中国古典文学名著丛书

清平山堂话本

[明] 洪楩 著

华夏出版社
HUAXIA PUBLISHING HOUSE

图书在版编目（CIP）数据

清平山堂话本／（明）洪楩著. —北京：华夏出版
社，2013.01（2024.09重印）

（中国古典文学名著丛书）

ISBN 978 - 7 - 5080 - 6347 - 8

Ⅰ. ①清… Ⅱ. ①洪… Ⅲ. ①话本小说 – 中国 – 明代

Ⅳ. ①I242. 3

中国版本图书馆 CIP 数据核字（2011）第 082630 号

出版发行：华夏出版社
　　　　（北京市东直门外香河园北里 4 号　邮编 100028）
经　　销：新华书店
印　　制：永清县晔盛亚胶印有限公司
版　　次：2013 年 01 月北京第 1 版
　　　　　2024 年 09 月北京第 2 次印刷
开　　本：670×970　1/16 开
印　　张：29
字　　数：426. 7 千字
定　　价：54. 00 元

本版图书凡印制、装订错误，可及时向我社发行部调换

前　言

　　话本是宋代兴起的白话小说。它多以历史故事和当时社会生活为题材，以通俗文字而成，是宋元民间艺人说唱的底本。明清时代的话本，虽然整体上还相当粗糙和幼稚、不成熟，但已完成了从民间艺人口头创作向文人书面文学的过渡。话本是短篇通俗小说的先驱。

　　明末清初是中国历史发生大变革的时期，也是小说发展的重要阶段。小说选本的编辑与刊刻在这一时期获得长足的发展。所谓选本，是指按照一定的取舍标准进行选择、对原作篇目顺序加以重新编排而形成的文本，以作品集的形式出现。本书即是一本明清时代的小说选本，包括《清平山堂话本》、《熊龙峰四种小说》、《四巧说》、《雨花香》、《通天乐》等五个短篇小说集。

　　《清平山堂话本》原名《六十家小说》，明代嘉靖时"清平山堂"堂主洪楩编印。全书分《雨窗》、《长灯》、《随航》、《欹枕》、《解闲》、《醒梦》六集，每集收小说十篇，共六十篇，是编印最早的一部话本小说选集。书中收集的小说包括宋、元、明三代的作品，分别出自不同作者之手。内容基本上是民间的创作，没有表现士大夫的心态，也不刻意追求高雅隽永的格调，而是以一般市井小民的眼光收揽五光十色的俗人俗事，创造的是与传统诗文迥然有别的艺术世界，呈现出一种与诗文一类雅文化截然不同的民间俗文化的艺术境界。

　　《熊龙峰四种小说》由明代书商熊龙峰刊行，包括《张生彩鸾灯传》、《苏长公章台柳传》、《冯伯玉风月相思小说》、《孔淑芳双鱼扇坠传》等四种话本小说。前两部为宋代作品，后两部为明代作品。其中，《张生彩鸾灯传》叙张舜美与刘素香破镜重圆的故事；《苏长公章台柳传》叙苏东坡失信于妓女章台柳事；《冯伯玉风月相思小说》叙洪武时冯伯玉与赵云琼的恋爱故事；《孔淑芳双鱼扇坠传》叙明弘治年间徐景春遇女鬼孔淑芳事。

《四巧说》由清代梅庵道人编辑，选清代小说集中四篇奇巧的故事，经过一些删改，组合成集。所选四篇都是"奇巧"之事：如《忠义报》中的《忠格天幻出男人乳 义感神梦赐内官须》一篇，文中忠义之仆尽忠护主，化名程寡妇，照顾小主十七年；正义内官极其仁慈，假旨将宫中备选之良家女放还。编者将生活中难以置信的事情添上一个"巧"字，增添了生动奇趣。

《雨花香》、《通天乐》为清代石成金所编著，二者皆为白话短篇小说集。其中《雨花香》收小说四十种，《通天乐》包括十二种小说。作者在每篇作品之前有类似小序的文字，并且在《通天乐》每篇作品之后还有一则针对故事本身而发的评论，形式颇新颖。但是小说叙事技巧僵硬，人物的出场几乎千篇一律；小说的主旨也大致雷同，大抵在于劝善惩恶和宣扬顺应自然、随遇而安、知足长乐的处世哲学。

由于是小说选集，所以这些小说选本的思想、艺术价值和影响力各不相同，主要取决于两个条件：一是选者个人的才学识；二是选者所处的文学思潮和时代精神。因为明末清初的小说选本中的作者大多不可考，所以除了从所选作品判断选者的眼光与格调外，也只能从选本所处的时代来分析小说选本的独特艺术价值了。

此次再版，我们对原书中的笔误、缺漏和难解字词进行了更正、校勘和释义，对原书原来缺字的地方用□表示了出来，以方便读者阅读。由于时间仓促，水平有限，其中难免有所疏失，望专家和读者予以指正。

编　者
2011 年 3 月

篇 目 目 录

清平山堂话本 …………………………………… （ 1 ）

熊龙峰四种小说 ………………………………… （187）

四巧说 …………………………………………… （223）

雨花香 …………………………………………… （295）

通天乐 …………………………………………… （413）

清平山堂话本

目　　录

卷一

柳耆卿诗酒玩江楼记 ………………………………………… （5）

简帖和尚 ……………………………………………………… （8）

西湖三塔记 …………………………………………………… （18）

合同文字记 …………………………………………………… （25）

风月瑞仙亭 …………………………………………………… （29）

卷二

蓝桥记 ………………………………………………………… （34）

快嘴李翠莲记 ………………………………………………… （36）

洛阳三怪记 …………………………………………………… （46）

风月相思 ……………………………………………………… （53）

张子房慕道记 ………………………………………………… （65）

卷三

阴骘积善 ……………………………………………………… （72）

陈巡检梅岭失妻记 …………………………………………… （75）

五戒禅师私红莲记 …………………………………………… （84）

刎颈鸳鸯会 …………………………………………………… （90）

杨温拦路虎传 ………………………………………………… （98）

雨窗集上

花灯轿莲女成佛记 …………………………………………… （109）

曹伯明错勘赃记 ……………………………………………… （118）

错认尸 ………………………………………………………… （122）

董永遇仙传 …………………………………………………… （133）

戒指儿记 …………………………………………………………（139）

雨窗集下（佚）

欹枕集上

羊角哀死战荆轲 …………………………………………………（148）

死生交范张鸡黍 …………………………………………………（153）

欹枕集下

老冯唐直谏汉文帝 ………………………………………………（158）

汉李广世号飞将军 ………………………………………………（164）

夔关姚卞吊诸葛 …………………………………………………（168）

雪川萧琛贬霸王 …………………………………………………（174）

李元吴江救朱蛇 …………………………………………………（180）

卷一

柳耆①卿诗酒玩江楼记

入话：

谁家弱女胜姮娥，行速香阶体态多；

两朵桃花焙晓日，一双星眼转秋波；

钗从鬓畔飞金凤，柳傍眉间锁翠娥。

万种风流观不尽，马行十步九蹉跎。

这首诗是柳耆卿题美人诗。

当时是宋神宗朝间，东京有一才子，天下闻名，姓柳，双名耆卿，排行第七，人皆称为"柳七官人"。年方二十五岁，生得丰姿洒落，人材出众。吟诗作赋，琴棋书画，品竹调丝，无所不通。专爱在花街柳巷，多少名妓欢喜他。在京师与三个出名上等行首打暖：一个唤做陈师师，一个唤做赵香香，一个唤做徐冬冬。这三个顶老陪钱争养着那柳七官人，三个爱这柳七官人，曾作一首词儿为证。其词云：

师师媚容艳质，香香与我情多，冬冬与我煞脾和，独自窝盘三个。

撰字苍王未肯，权将"好"字停那。如今意下待如何？"姦"字中间着我。

这柳七官人在三个行首家闲耍无事，一日，做一篇歌头曲尾。歌曰：

十里荷花九里红，中间一朵白松松。

白莲刚好摸藕吃，红莲则好结莲蓬。

结莲蓬，结莲蓬，莲蓬好吃藕玲珑。开花须结子，也是一场空。一时乘酒兴，空肚里吃三钟。翻身落水寻不见，则听得彩莲船上，鼓打扑鼕鼕。

柳七官人一日携仆到金陵城外，玩江楼上，独自个玩赏，吃得大醉，命仆取笔，作一只词，词寄《虞美人》，乃写于楼中白粉壁上。其词曰：

春花秋月何时了？往事知多少！小楼昨夜又东风，故国不堪回

① 耆（qí 音齐）。

首月明中！雕栏玉砌应犹在，只是朱颜改。问君能有几多愁，恰似一
江春水向东流。

柳七官人词罢，掷笔于楼，拂袖而返京都。

这柳耆卿诗词文采压于才士，因此近侍官僚弃敬者多举孝廉，保奏耆
卿为江浙路管下余杭县宰。柳耆卿乃辞谢官僚，别了三个行首，各各饯别
而不忍舍。遂别亲朋，将带仆人，携琴剑书箱，迤逦①在路。不一日，来到
余杭县上任。端的为官清政，讼简词清。

过了两月，用己财起造一楼于官塘水次，效金陵之楼，题之额曰"玩
江楼"，以自取乐。本处有一美丽歌妓，姓周，小字月仙，柳七官人每召至
楼上歌唱祗应②。柳县宰见月仙果然生得：

> 云鬟轻梳蝉翼，蛾眉巧画春山。朱唇注一颗天桃，皓齿排两行碎
> 玉。花生媚脸，冰剪明眸；意态妖娆，精神艳冶。岂特余杭之绝色，
> 尤胜都下之名花。

当日酒散，柳县宰看了月仙，春心荡漾，以言挑之。月仙再三拒之，弗从而
去。柳七官人交人打听，原来这周月仙自有个黄员外，情密甚好。其黄员
外宅，与月仙家离古渡一里有余，因此每夜用船来往。耆卿备知其事，乃
密召其舟人至，吩咐交伊："夜间船内强奸月仙，可来回复，自有重赏。"其
舟人领台旨去了。

却说周月仙一日晚独自下船，欲往黄员外宅去。月色明朗，船行半
路，舟人将船缆于无人烟处，走入船内，不问事由，向前将月仙搂抱在舱
中，逼着定要云雨。周月仙料难脱身，不得已而从之。与舟人云收雨散，
月仙惆怅，而作诗歌之：

> 自恨身为妓，遭淫不敢言。
>
> 羞归明月渡，懒上载花船。

是夜周月仙被舟人淫勾，不敢明言，乃往黄员外家，至晓回家。

其舟人已自回复柳县宰。县宰设计，乃排宴于玩江楼上，令人召周月
仙歌唱，却乃预令舟人假作客官预坐。酒半酣，柳县宰乃歌周月仙所作之
诗。曰：

---

① 迤逦(yǐ lǐ)——曲折连绵。

② 祗(zhī)应——恭敬地应答。祗，恭敬。

　　自恨身为妓,遭淫不敢言。

　　羞归明月渡,懒上载花船。

　柳耆卿歌诗毕,周月仙惶愧,羞惭满面,安身无地,低首不语。耆卿命舟人退去。月仙向前跪拜。告曰:"相公恕贱人之罪,望怜而惜之!妾今愿为侍婢,以奉相公,心无二也!"当日,月仙遂与耆卿欢洽。耆卿大喜而作诗曰:

　　洼人不自奉耆卿,却驾孤舟犯夜行。

　　残月晓风杨柳岸,肯教辜负此时情!

　诗罢,月仙拜谢耆卿而回。自此,日夕常侍耆卿之侧,与之欢悦无怠。

　忽一日,耆卿酒醉,命月仙取纸笔作一词,词寄《浪里来》。词曰:

　　柳解元使了计策,周月仙中了机扣。我交那打鱼人准备了钓鳌钩。你是惺惺人,算来出不得文人手。姐姐,免劳惭皱①,我将那点钢锹掘倒了玩江楼。

柳七官人写罢,付与周月仙。月仙谢了,自回。

　这柳县宰在任三年,周月仙殷勤奉从,两情笃爱。却恨任满回京,与周月仙相别,自回京都。

　　到今风月江湖上,万古渔樵作话文。

有诗曰:

　　一别知心两地愁,任他月下玩江楼。

　　来年此日知何处?遥指白云天际头。

又诗曰:

　　耆卿有意恋月仙,清歌妙舞乐怡然。

　　两下相思不相见,知他相会是何年?

_____

　①　惭皱——即"免劳"意。皱,皮肤皱纹。

简帖和尚

公案传奇

入话《鹧鸪天》：

　　白苎①千袍入嫩凉。春蚕食叶响长廊。禹门②已准桃花浪，月殿先救桂子香。鹏北海，凤朝阳，又携书剑路茫茫。明年此日青云去，却笑人间举子忙。

大国长安一座县，唤做咸阳县，离长安四十五里。一个官人，复姓宇文，名绶，离了咸阳县，来长安赴试，一连三番试不过。有个浑家③王氏，见丈夫试不中归来，把複姓为题做个词儿，专说丈夫试不中，名唤做《望江南》。词道是：

　　公孙④恨，端木⑤笔俱收。枉念歌馆经数载，寻思徒记万余秋，拓拔⑥泪交流。　　村仆固，闷驾独孤舟。不望手勾龙虎榜，慕容⑦颜老一齐休，甘分⑧守间丘。

那王氏意不尽，看着丈夫，又做四句诗儿：

　　良人得得负奇才，何事年年被放回？
　　君面从今羞妾面，此番归后夜间来。

宇文解元从此发忿道："试不中，定是不归！"到得来年，一举成名了，只在长安住，不归去。浑家王氏见这丈夫不归，理会得道："我曾做诗嘲他，可知道不归。"修一封书，叫当直王吉来："你与我将这封书去四十五里，把与官人！"书中前面略叙寒暄，后面做只词儿，名做《南柯子》。词道是：

----

① 白苎(zhù)——白色苎麻。
② 禹门——山西河津县西北龙门的别称。相传为夏禹所凿。
③ 浑家——妻子。此指宇文绶的妻子。
④ 公孙——为复姓。公孙，亦为封建社会对官僚子弟的尊称；拓拔，北魏皇族的姓，亦指代皇亲贵胄。
⑤ 同上。
⑥ 同上。
⑦ 同上。
⑧ 甘分——甘愿。

鹊喜噪晨树,灯开半夜花。果然音信到天涯,报道玉郎登第出京华。　　旧恨消眉黛,新欢上脸霞。从前都是误疑他,将谓经年狂荡不归家。

去这词后面,又写四句诗道:

　　长安此去无多地,郁郁葱葱佳气浮。

　　良人得意正年少,今夜醉眠何处楼?

宇文绶接得书,展开看,读了词,看罢诗,道:"你前回做诗,教我从今归后夜间来,我今试过了,却要我回。"就旅邸中取出文房四宝,做了只曲儿,唤做《踏莎行》:

　　足蹑①云梯,手攀仙桂,姓名高挂《登科记》。马前喝道"状元来"!金鞍玉勒成行缀。　　宴罢归来,恣游花市,此时方显平生志。修书速报凤楼人,这回好个风流婿!

做毕这词,取张花笺,折叠成书。待要写了付与浑家,正研墨,觉得手重,惹翻砚水滴儿,打湿了纸。再把一张纸折叠了,写成封家书,付与当直王吉,教吩咐家中孺人②:"我今在长安试过了,到夜了归来。急去传语孺人:不到夜,我不归来!"王吉接得书,唱了喏,四十五里田地,直到家中。

话里且说宇文绶发了这封家书,当日天色晚,客店中无甚底事,便去睡。方才朦胧睡着,梦见归去,到咸阳县家中,见当直王吉在门前,一壁③脱下草鞋洗脚。宇文绶问道:"王吉,你早归了?"再四问他不应。宇文绶焦躁,抬起头来看时,见浑家王氏把着蜡烛入去房里。宇文绶赶上来叫:"孺人,我归了!"浑家不睬。他又说两声,浑家又不睬。

宇文绶不知身是梦里,随浑家入房去,看这王氏时,放烛灯在桌子上,取早间一封书,头上取下金篦儿一剔,剔开封皮看时,却是一幅白纸。浑家含笑,就灯烛下把起笔来,就白纸上写了四句诗:

　　碧纱窗下启缄封,一纸从头彻底空。

　　知尔欲归情意切,相思尽在不言中。

写毕,换个封皮再来封了。那妇女把金篦儿去剔那蜡烛灯,一剔剔在宇文

---

① 蹑(niè)——踏、踩。

② 孺人——妻子;妇人。

③ 壁——边;面。

绽脸上,吃一惊,撒然睡觉,却在客店里床上睡,灯犹未灭。桌子上看时,果然错封了一幅白纸归去,着一幅纸写这四句诗。到得明日早饭后,王吉把那封书来,拆开看时,里面写着四句诗,便是夜来梦里见那浑家做底一般,当便安排行李,即时归家去。这便唤做"错封书"。

下来说的便是"错下书"。有个官人,夫妻两口儿正在家坐地,一个人送封简帖儿来与他浑家。只因这封简帖儿,变出一本跷蹊作怪的小说来。正是:

尘随马足何年尽? 事系人心早晚休。

淡画眉儿斜插梳,不忺①拈弄绣工夫。云窗雾阁深深处,静拂云笺学草书。　　多艳丽,更清姝,神仙标格世间无。当时只说梅花似,细看梅花却不如。

东京沛州开封府枣槊②巷里有个官人,复姓皇甫,单名松,本身是左班殿直,年二十六岁;有个妻子杨氏,年二十四岁;一个十三岁的丫环,名唤迎儿,只这三口,别无亲戚。当时,皇甫殿直官差去押衣袄上边,回来是年节第二节。

去枣槊巷口一个小小的茶坊,开茶坊人唤做王二。当日茶市方罢,相是日中,只见一个官人入来。那官人生得:

浓眉毛,大眼睛,蹶鼻子,略绰口。头上裹一顶高样大桶子头巾,着一领大宽袖斜襟褙子,下面衬贴衣裳,甜鞋净袜。

人来茶坊里坐下。开茶坊的王二拿着茶盏,进前唱喏奉茶。那官人接茶吃罢,看着王二道:"少借这里等个人。"王二道:"不妨。"等多时,只见一个男女托个盘儿,口中叫:"卖鹌鹑、馉饳③儿!"官人把手打招,叫:"买馉饳儿。"僧儿见叫,托盘儿入茶坊内,放在桌上,将条篾篁穿那馉饳儿,捏些盐,放在官人面前,道:"官人吃馉饳儿。"官人道:"我吃。先烦你一件事。"僧儿道:"不知要做什么?"

那官人指着枣槊巷里第四家,问僧儿:"认得这人家么?"僧儿道:"认得,那里是皇甫殿直家里。殿直押衣袄上边,方才回家。"官人问道:"他

---

① 忺(xiān)——高兴。

② 槊(shuò)。

③ 馉饳(gǔ tuǒ)——古时一种面食。一说即"馄饨"。

家有几口?"僧儿道:"只是殿直,一个小娘子,一个小养娘。"官人道:"你认得那小娘子也不?"僧儿道:"小娘子寻常不出帘儿外面,有时叫僧儿买馉饳儿,常去,认得。问她做什么?"

官人去腰里取下版金线篋儿,抖下五十来钱,安在僧儿盘子里。僧儿见了,可煞喜欢,叉手不离方寸:"告官人,有何使令?"官人道:"我相烦你则个①。"袖中取出一张白纸,包着一对落索环②儿,两只短金钗子,一个简帖儿,付与僧儿道:"这三件物事,烦你送去适间问的小娘子。你见殿直,不要送与他。见小娘子时,你只道官人再三传语,将这三件物来与小娘子,万望笑留。你便去,我只在这里等你回报。"

那僧儿接了三件物事,把盘子寄在王二茶坊柜上。僧儿托着三件物事,入枣檞巷来,到皇甫殿直门前,把青竹帘掀起,探一探。当时皇甫殿直正在前面校椅③上坐地④,只见卖馉饳的小厮儿掀起帘子,猖猖狂狂,探一探了便走,皇甫殿直看着那厮震威一喝,便是:

　　　当阳桥上张飞勇;一喝曹公百万兵。

喝那厮一声,问道:"做什么?"那厮不顾便走。皇甫殿直拽开脚,两来赶上,捽⑤那厮回来,问道:"甚意思? 看我一看了便走?"那厮道:"一个官人教我把三件物事与小娘子,不教把来与你。"殿直问道:"什么物事?"那厮道:"你莫问,不教把与你!"

皇甫殿直捏得拳头没缝,去顶门上屑那厮一攃⑥,道:"好好地把出来教我看!"那厮吃了一口,只得怀里取出一个纸裹儿,口里兀自道:"教我把与小娘子,又不教把与你!"皇甫殿直劈手夺了纸包儿,打开看,里面一对落索环儿,一双短金钗,一个简帖儿。皇甫殿直接得三件物事,拆开简子看时:

_____

① 则个——语气助词,表示委婉或商量,祈使等语气。
② 落索环(huán)——手镯。
③ 校椅——即"交椅"。亦称交床。一种可以折叠的轻便坐具。
④ 坐地——坐下。
⑤ 捽(zuó)——抓住。
⑥ 攃(bó)——击。

某惶恐再拜,上启小娘子妆前:即日孟春时,谨恭惟懿①候起居万福。某外日荷蒙持杯之款,深切仰思,未尝少替。某偶以薄干,不及亲诣,聊有小词,名《诉衷情》,以代面禀,伏乞懿览。

词道是:

知伊夫婿上边回,懊恼碎情怀。落索环儿一对,简子与金钗。伊收取,莫疑猜,且开怀。自从别后,孤怖冷落,独守书斋。

皇甫殿直看了简帖儿,劈开眉下眼,咬碎口中牙,问僧儿道:"谁教你把来?"僧儿用手指着巷口王二哥茶坊里道:"有个粗眉毛、大眼睛、蹶鼻子、略绰口的官人,教我把来与小娘子,不教我把与你!"皇甫殿直一只手揪着僧儿狗毛,出这枣槊巷,径奔王二哥茶坊前来。僧儿指着茶坊道:"恰才在拶②里面打底床铺上坐地的官人,教我把来与小娘子,又不交把与你,你却打我。"皇甫殿直再揪僧儿回来,不由开茶坊的王二分说。当时到家里,殿直焦躁,把门来关上,搌来搌了,唬得僧儿战做一团。

殿直从里面叫出二十四岁花枝也似浑家出来,道:"你且看这件物事!"那小娘子又不知上件因依,去交椅上坐地。殿直把那简帖儿和两件物事度与浑家看,那妇人看着简帖儿上言语,也没理会处。殿直道:"你见我三个月日押衣袄上边,不知和甚人在家中吃酒?"小娘子道:"我和你从小夫妻。你去后,何曾有人和我吃酒!"殿直道:"既没人,这三件物从哪里来?"小娘子道:"我怎知!"殿直左手指,右手举,一个漏风掌打将去。小娘子则叫得一声,掩着面,哭将入去。皇甫殿直叫将十三岁迎儿出来,去壁上取下一把箭簝③子竹来,放在地上,叫过迎儿来。看着迎儿生得:

短胳膊,琵琶腿。劈得柴,打得水。会吃饭,能屙屎。

皇甫松去衣架上取下一条绦④来,把妮子缚了两只手,掉过屋梁去,直下打一抽,吊将妮子起来,拿起箭子竹来,问那妮子道:"我出去三个月,小娘子在家中和甚人吃酒?"妮子道:"不曾有人。"皇甫殿直拿箭子竹去妮子腿上便揵,揵得妮子杀猪也似叫,又问又打。那妮子吃不得打,口

---

① 懿(yì)——美好、美德。旧多用为称艳美妇之辞。

② 拶(zǎn)——拶指之刑。此代指刑具房。拶,紧夹手指。

③ 簝(liáo 或 lǎo)——古代宗庙所用盛肉竹器。

④ 绦(tāo)——丝编带子、绳子。

中道出一句来:"三个月殿直出去,小娘子夜夜和个人睡。"皇甫殿直道:"好也!"放下妮子来,解了绦,道:"你且来,我问你,是和兀谁睡?"那妮子揩着眼泪道:"告殿直,实不敢相瞒,自从殿直出去后,小娘子夜夜和个人睡,不是别人,却是和迎儿睡。"

皇甫殿直道:"这妮子却不弄我!"喝将过去,带一管锁,走出门去,拽上那门,把锁锁了。走去转弯巷口,叫将四个人来,是本地方所由,如今叫做"连手",又叫做"巡平":张千、李万、董霸、薛超四人。来到门前,用钥匙开了锁,推开门,从里面扯出卖馉饳的僧儿来,道:"烦上名收领这厮。"四人道:"父母官使令,领台旨。"殿直道:"未要去,还有人哩!"从里面叫出十三岁的迎儿,和二十四岁花枝的浑家,道:"和他都领去。"薛超唱喏道:"父母官,不敢收领孺人。"殿直道:"你懑不敢领她,这件事干人命!"唬得四个所由,则得领小娘子和迎儿并卖馉饳儿的僧儿三个同去,解到开封钱大尹厅下。

皇甫殿直就厅下唱了大尹喏,把那简帖儿呈覆了。钱大尹看见,即时教押下一个所属去处,叫将山前行山定来。当时山定承了这件文字,叫僧儿问时,应道:"则是茶坊里见个粗眉毛、大眼睛、蹶鼻子、略绰口的官人,交把这封简子来与小娘子。打杀后也只是恁地供。"问这迎儿,迎儿道:"既不曾有人来同小娘子吃酒,亦不知付简帖儿来的是何人,打死也只是恁么供招。"却待问小娘子,小娘子道:"自从少年夫妻,都无一个亲戚来去,只有夫妻二人,亦不知把简帖儿来的是何等人。"

山前行山定看着小娘子生得怎地瘦弱,怎禁得打勘,怎地讯问她?从里面交拐将过来,两个狱子押出一个罪人来。看这罪人时:

> 面长皴①轮骨,胲②生渗癞腮;
>
> 有如行病鬼,到处降人灾。

小娘子见这罪人后,两只手掩着面,哪里敢开眼。山前行看着静山大王,道声与狱子:"把枷梢一纽!"枷梢在上,道上头向下,拿起把荆子来,打得杀猪也似叫。山前行问道:"你曾杀人也不曾?"静山大王应道:"曾杀人。"又问:"曾放火不曾?"应道:"曾放火。"教两个狱子把静山大王押

---

① 皴(cūn)——皮肤皴裂。

② 胲(gāi)——颊上肉。

入牢里去。山前行回转头来看着小娘子，道："你见静山大王吃不得几杖子，杀人放火都认了。小娘子，你有事只好供招了，你却如何吃得这般杖子？"小娘子籁地两行泪下，道："告前行①，到这里隐讳不得。"觅幅纸和笔，只得与她供招。小娘子供道："自从少年夫妻，都无一个亲戚来往，即不知把简帖儿来的是甚色样人。如今看要教侍儿吃甚罪名，皆出赐大尹笔下。"见怎么说，五回二次问她，供说得一同。

似此三日，山前行正在州衙门前立，倒断不下，猛抬头看时，却见皇甫殿直在面前相揖，问及这件事："如何三日理会这件事不下？莫是接了寄简帖的人钱物，故意不予决这件公事？"山前行听得，道："殿直，如今台意要如何？"皇甫松道："只是要休离了！"当日山前行入州衙里，到晚衙，把这件文字呈了钱大尹。大尹叫将皇甫殿直来，当厅问道："'捉贼见赃，捉奸见双，'又无证佐，如何断得她罪？"皇甫松告钱大尹："松如今不愿同妻子归去，情愿当官休了。"大尹台判："听从夫便。"

殿直自归。僧儿、迎儿喝出，各自归去。只有小娘子见丈夫不要她，把她休了，哭出州衙门来，口中自道："丈夫又不要我，又没一个亲戚投奔，教我哪里安身？不若我自寻死后休！"上天汉州桥，看着金水银堤汴河，恰待要跳将下去，则见后面一个人把小娘子衣裳一揢揢住，回转头来看时，恰是一个婆婆，生得：

> 眉分两道雪，鬓挽一窝丝。眼昏一似秋水微浑，发白不若楚山云淡。

婆婆道："孩儿，你却没事寻死做什么？你认得我也不？"小娘子道："不识婆婆。"婆婆道："我是你姑姑。自从你嫁了老公，我家寒，攀陪你不着，到今不来往。我前日听得你与丈夫官司，我日逐在这里伺候。今日听得道休离了，你要投水做什么？"小娘子道："我上无片瓦，下无卓锥，老公又不要我，又无亲戚投奔，不死更待何时！"婆婆道："如今且同你去姑姑家里后如何？"妇女自思量道："这婆子知她是我姑姑也个是。我如今没投奔处，且只得随她去了却理会。"当时随这姑姑家去看时，家里没什么活计，却好一个房舍，也有粉青帐儿，有交椅桌凳之类。在这姑姑家里过

---

① 前行——唐宋制度，尚书省各部排列顺序有前行、中行、后行三等；兵部、吏部及左、右司为前行，刑部、户部为中行，工部、礼部为后行。

了三两日。

当日,方才吃罢饭,则听得外面一个官人高声大气叫道:"婆子,你把我物事去卖了,如何不把钱来还?"那婆子听得叫,失张失志,出去迎接来叫的官人:"请入来坐地。"小娘子着眼看时,见入来的人:

> 粗眉毛,大眼睛,蹶鼻子,略绰口,抹眉裹顶高装大带头巾,阔上领皂褙儿,下面甜鞋净袜。

小娘子见了,□喻心,心喻□,道:"好似那僧儿说的寄简帖儿官人。"只见官人入来,便坐在凳子上,大惊小怪道:"婆子,你把我三百贯钱物事去卖了,经一个月日,不把钱来还。"婆子道:"物事自卖在人头,未得钱。支得时,即便付还官人。"官人道:"寻常交关钱物东西,何尝推许多日?讨得时,千万送来!"官人说了自去。

婆子入来,看着小娘子,籁地两行泪下,道:"却是怎好!"小娘子问道:"有什么事?"婆子道:"这官人原是蔡州通判,姓洪,如今不做官,却卖些珠翠头面。前日,一件物事教我把去卖,吃人交加了,到如今没这钱还他,怪他焦躁不得。他前日央我一件事,我又不曾与他干得。"小娘子问道:"却是什么事?"婆子道:"教我讨个细人,要生得好的。若得一个似小娘子模样去嫁与他,那官人必喜欢。小娘子,你如今在这里,老公又不要你,终不为了,不若姑姑说合你去嫁官人,不知你意如何?"小娘子沉吟半晌,不得已,只得依姑姑口,去这官人家里来。

逡巡①过了一年,当年是正月初一日,皇甫殿直自从休了浑家,在家中无好况,正是:

> 时间风火性,烧了岁寒心。

自思量道:"每年正月初一日,夫妻两人,双双地上本州大相国寺里烧香。我今年却独自一个,不知我浑家哪里去?"籁地两行泪下,闷闷不已,只得勉强着一领紫罗衫,手里把着银香盒,来大相国寺里烧香。到寺中烧香了恰待出寺门,只见一个官人领着一个妇女。看那官人时,粗眉毛、大眼睛、蹶鼻子、略绰口,领着的妇女,却便是他浑家。当时丈夫看着浑家,浑家又觑着丈夫,两个四目相视,只是不敢言语。

那官人同妇女两个入大相国寺里去。皇甫松在这山门头正恁沉吟,

----

① 逡(qūn)巡——迟疑不前。

见一个打香油钱的行者，正在那里打香油钱，看见这两个人去，口里道："你害得我苦！你这汉如今却在这里！"大踏步赶入寺来。皇甫殿直见行者赶这两人，当时叫住行者道："五戒，你莫待要赶这两个人上去？"那行者道："便是。说不得，我受这汉苦，到今日抬头不起，只是为他。"皇甫殿直道："你认得这个妇女？"行者道："不识。"殿直道："便是我的浑家。"行者问："如何却随着他？"皇甫殿直把送简帖儿和休离的上件事，对行者说了一遍。行者道："却是怎地？"

行者却问皇甫殿直："官人认得这个人？"殿直道："不认得。"行者道："这汉原是州东墦台寺里一个和尚。苦行便是墦台寺里行者。我这本师却是墦台寺监院，手头有百十钱，剃度这厮做小师。一年以前时，这厮偷了本师二百两银器，不见了，吃了些个情拷。如今赶出寺来，讨饭吃处，罪过！这大相国寺里知寺厮认，留苦行在此间打化香油钱。今日撞见这厮，却怎地休得？"方才说罢，只见这和尚将着他浑家从寺廊下出来。行者牵衣带步，却待去捽这厮，皇甫殿直扯住行者，闪那身已在山门一壁，道："且不得捽他。我和你尾这厮去，看哪里着落却与他官司。"两个后地尾将来。

话分两头。且说那妇人见了丈夫，眼泪汪汪，入去大相同寺里烧香了出来。这汉一路上却同这妇女道："小娘子，你如何见了你丈夫便眼泪出？我不容易得你来！我当初从你门前过，见你在帘子下立地，见你生得好，有心在你处。今日得你做夫妻，也不通容易。"两个说来说去，恰到家中门前，入门去。那妇人问道："当初这个简帖儿，却是兀谁把来？"这汉道："好交你得知，便是我交卖馉饳儿的僧儿把来。你的丈夫中我计，真个便把你休了。"妇人听得说，捽住那汉，叫声"屈！"不知高低。那汉见那妇人叫将起来，却慌就把只手去克着她脖项，指望坏她性命。

外面皇甫殿直和行者尾着他两人，来到门首，见他攛入去，听得里面大惊小怪，跄将入去看时，见克着他浑家，挣挫①性命。皇甫殿直和这行者两个即时把这汉来捉了，解到开封府钱大尹厅下：

出则壮士携鞭，入则佳人捧臂。世世靴踪不断，子孙出入金门②。

―――――――――――

① 挣挫(zhèng cuò)——同"挣挫"，挣扎。

② 金门——即"金马门"。汉朝宫门名。

他是：

　　　两浙钱王子，吴越国王孙。

大尹升厅，把这件事解到厅下。皇甫殿直和这浑家把前面说过的话对钱大尹历历从头说了一遍。钱大尹大怒，交左右索长枷把和尚枷了，当厅讯一百腿花，押下左司理院，交尽情根勘这件公事。勘正了，皇甫松责领浑家归去，再成夫妻；行者当厅给赏。和尚大情小节一一都认了，不合设谋奸骗，后来又不合谋害这妇人性命，准杂犯断，合重杖处死。这婆子不合假装姑姑，同谋不首，亦合编管邻州。当日推出这和尚来，一个书会先生看见，就法场上做了一只曲儿，唤做《南乡子》：

　　怎见一僧人，犯滥铺楼受典刑。案款已成招状了，遭刑，棒杀髡①囚示万民。　　　　沿路众人听，犹念高王观世音。护法喜神齐合掌，低声，果谓金刚不坏身。

　　话本说彻，且作散场。

---

①　髡（kūn）——古代一种剃去头发的刑罚。

西湖三塔记

入话：

> 水光潋滟晴偏好，山色空蒙雨亦奇。
>
> 若把西湖比西子，淡妆浓抹总相宜。

此诗乃苏子瞻①所作，单题两湖好处。言不尽意，又作一词，词名《眼儿媚》：

> 登楼凝望酒阑□，与客论征途。饶君看尽，名山胜景，难比西湖。
>
> 春晴夏雨秋霜后，冬雪□□□。一派湖光，四边山色，天下应无。

说不尽西湖好处，吟有一词云：

> 江左昔时雄胜，钱塘自古荣华。不惟往日风光，且看西湖景物：有一千顷碧澄澄波漾琉璃，有三十里青娜娜峰峦翡翠。春风郊野，浅桃深杏如妆；夏日湖中，绿盖红蕖②似画；秋光老后，篱边嫩菊堆金；腊雪消时，岭畔疏梅破玉。花坞相连酒市，旗亭萦绕渔村。柳洲岸口，画船停棹唤游人；丰乐楼前，青布高悬沽酒帘。九里乔松青挺挺，六桥流水绿粼粼。晚霞遥映三天竺，夜月高升南北岭。云生在呼猿洞口，鸟飞在龙井山头。三贤堂下千浔碧，四圣祠前一镜浮。观苏堤东坡古迹，看孤山和靖旧居。杖锡僧投灵隐去，卖花人向柳洲来。

这西湖是真山真水，一年四景，皆可游玩。真山真水，天下更有数处：

> 润州扬子江金山寺；滁州琅邪山醉翁亭；江州庐山瀑布泉；西川濯锦江潋滟堆。

这几处虽然是真山真水，怎比西湖好处？假如风起时，有千尺翻头浪；雨下时，有百丈滔天水。大雨一个月，不曾见满溢；大旱三个月，不曾见干涸。但见：

> 一镜波光青潋潋，四围山色翠重重。
>
> 生出石时浑美玉，长成草处即灵芝。

那游人行到乱云深处，听得鸡鸣犬吠，缫丝织布之声，宛然人间洞府，

---

① 苏子瞻——北宋文学家、书画家苏轼，字子瞻。

② 蕖（qú）——即"芙蕖"。荷花。

世上蓬瀛:

　　一派西湖景致奇,青山叠叠水弥弥。

　　隔林彷佛闻机杼,知有人家住翠微。

　　这西湖,晨、昏、晴、丽、月,总相宜:

　　清晨豁目,澄澄激滟,一派湖光;薄暮凭栏,渺渺暝朦,数重山色。遇雪时,两岸楼台铺玉屑;逢月夜,满天星斗漾珠玑。双峰相峙分南北,三竺依稀隐翠微。满寺僧从天竺去,卖花人向柳阴来。

　　每遇春间,有艳草、奇葩、朱英、紫萼、嫩绿、娇黄;有金林檎、玉李子、越溪桃、湘浦杏、东部芍药、蜀都海棠;有红郁李、山荼藤①、紫丁香、黄蔷薇、冠子样牡丹、耐戴的迎春:此只是花。更说那水,有蘸蘸色漾琉璃,有粼粼光浮绿腻。那一湖水,造成酒便甜,做成饭便香,做成醋便酸,洗衣裳莹白。这湖中出来之物:菱甜、藕脆、莲嫩、鱼鲜。那装銮的待诏取得这水去,堆青叠绿,令别是一般鲜明。那染坊博士取得这水去,阴紫阳红,令别是一般娇艳。这湖中何啻有千百只画船往来,似箭纵横,小艇如梭,便足扇面上画出来的,两句诗云:

　　凿开鱼鸟忘情地,展开西湖极乐天。

这西湖不深不浅,不阔不远:

　　大深来难下竹竿,大浅来难摇画浆;

　　大阔处游玩不交,大远处往来不得。

　　又有小词,单说西湖好处:

　　都城圣迹,西湖绝景。水出深源,波盈远岸。沉沉素浪,一方千载丰登;叠叠青山,四季万民取乐。况有长堤十里,花映画桥,柳拂朱栏;南北二峰,云锁楼台,烟笼梵寺。桃溪杏坞,异草奇花;古洞幽岩,白石清泉。思东坡佳句,留千古之清名;效社甫芳心,酬三春之媚景。王孙公子,越女吴姬,跨银鞍宝马,乘骨装花轿。丽日烘朱翠,和风荡绮罗。

　　若非日落都门闭,良夜追欢尚未休。

---

　　①　荼藤(tú mí)——即荼蘼。植物名。落叶灌木。

　　红杏枝头，绿杨影星，风景赛蓬瀛①。异香飘馥郁，兰莒②正芳馨。极目天桃簇锦，满堤芳草铺茵。风来微浪白，雨过远山青。雾笼杨柳岸，花压武林城。

　　今日说一个后生，只因清明，都来西湖上闲玩，惹出一场事来。直到如今，西湖上古迹遗踪，传诵不绝。

　　是时宋孝宗淳熙年间，临安府涌金门有一人，是岳相公麾下统制官，姓奚，人皆呼为奚统制。有一子奚宣赞，其父统制弃世之后，嫡亲有四口：只有宣赞母亲，及宣赞之妻，又有一个叔叔，出家在龙虎山学道。这奚宣赞年方二十余岁，一生不好酒色，只喜闲耍。当日是清明。怎见得？

　　乍雨乍晴天气，不寒不暖风光。盈盈嫩绿，有如剪就薄薄轻罗；
袅袅轻红，不若栽成鲜鲜丽锦。弄舌黄莺啼别院，寻香粉蝶绕雕栏。
奚宣赞道："今日是清明节，佳人、才子俱在湖上玩赏，我也去一遭，观玩湖景，就彼闲耍何如？"来到堂前禀覆："妈妈，今日儿欲要湖上闲玩，未知尊意若何？"妈妈道："孩儿，你去不妨，只宜早归。"

　　奚宣赞得了妈妈言语，独自一个拿了弩儿，离家一直出钱塘门，过昭庆寺，往水磨头来。行过断桥四圣观前，只见一伙人围着，闹哄哄。宣赞分开人，看见一个女儿。如何打扮？

　　头绾三角儿，三条红罗头须，三只短金钗，浑身上下，尽穿缟素衣
服。
这女孩儿迷踪失路。宣赞见了，向前问这女孩儿道："你是谁家女子，何处居住？"女孩儿道："奴姓白，在湖上住。我和婆婆出来闲走，不见了婆婆，迷了路。"就来扯住了奚宣赞道："我认得官人，在我左近住。"只是哭，不肯放。宣赞只得领了女孩儿，搭船直到涌金门上岸，到家见娘。娘道："我儿，你去闲耍，却如何带这女儿归来？"宣赞一一说与妈妈知道："本这是好事，倘人来寻时，还他。"

　　女儿小名叫做卯奴。自此之后，留在家间不觉十余日。宣赞一日正在家吃饭，只听得门前有人闹吵。宣赞见门前一顶四人轿，抬着一个婆婆。看那婆婆，生得：

---

① 蓬瀛（yíng）——蓬莱、瀛洲，传说海中三神山中的两座。另一座为"方丈"。
② 兰莒（jù）——兰草。

鸡肤满体，鹤发如银。眼昏加秋水微浑，发白似楚山云淡。形加
三月尽头花，命似九秋霜后菊。

这个婆婆下轿来到门前，宣赞看着婆婆身穿皂衣。卯奴却在帘儿下看着
婆婆，叫声："万福！"婆婆道："教我忧杀！沿门问到这里。却是谁救你在
此？"卯奴道："我得这官人救我在这里。"

婆婆与宣赞相叫。请婆婆吃茶。婆婆道："大难中难得宣赞救你，不
若请宣赞到家，备酒以谢恩人。"婆子上轿，谢了妈妈，同卯奴上轿。奚宣
赞随着轿子，直至四圣观侧首一座小门楼。奚宣赞在门楼下，看见：

金钉珠户，碧瓦盈檐。四边红粉泥墙，两下雕栏玉砌。即如神仙
洞府，王者之宫。

婆婆引着奚宣赞到里面，只见里面一个着白的妇人，出来迎着宣赞。宣赞
着眼看那妇人，真个生得：

绿云堆发，白雪凝肤。眼横秋水之波，眉插春山之黛。桃萼淡妆
红脸，樱珠轻点绛唇。步鞋衬小小金莲，玉指露纤纤春笋。

那妇人见了卯奴，使问婆婆："哪里寻见我女？"婆婆使把宣赞救卯奴
事，一一说与妇人。妇人便与宣赞叙寒温，分宾主而坐。两个青衣女童安
排酒来，少顷水陆毕陈，怎见得？

琉璃钟内珍珠滴，烹龙炮凤玉脂泣。

岁怖绣幕生杳风，击起鼍鼓①吹龙笛。

当筵尽劝醉扶归，皓齿歌兮细腰舞。

正是青春白日暮，桃花乱落如红雨。

当时一杯两盏，酒至三杯，奚宣赞目视妇人，生得如花似玉，心神荡
漾，却问妇人姓氏。只见一人向前道："娘娘，令日新人到此，可换旧人？"
妇人道："也是，快安排来与宣赞作按酒。"只见两个力士捉一个后生，去
了巾带，解开头发，缚在将军柱上，面前一个银盆，一把尖刀。霎时间把刀
破开肚皮，取出心肝，呈上娘娘。惊得宣赞魂不附体。娘娘斟热酒，把心
肝请宣赞吃。宣赞只推不饮。娘娘、婆婆都吃了。娘娘道："难得宣赞救
小女一命，我今丈夫又无，情愿将身嫁与宣赞。"正是：

春为花博士，酒是色媒人。

---

① 鼍（tuó）鼓——用鼍皮蒙的鼓。鼍，扬子鳄。

与夜,二人携手,共入兰房。当夜已过,宣赞被娘娘留住半月有余。奚宣赞面黄肌瘦。思归,道:"姐姐,乞归家数日却来!"

说犹未了,只见一人来禀覆:"娘娘,今有新人到了,可换旧人?"娘娘道:"请来!"有数个力士拥一人至面前,那人如何打扮?

> 眉疏目秀,气爽神清,如三国内马超,似淮甸①内关索,似西川活观音,岳殿上炳②灵公。

娘娘请那人共座饮酒,交取宣赞心肝。宣赞当时三魂荡散,只得去告卯奴道:"娘子,我救你命,你可救我!"卯奴去娘娘面前,道:"娘娘,他曾救了卯奴,可饶他!"娘娘道:"且将那件东西与我罩了。"只见一个力士取出个铁笼来,把宣赞罩了,却似一座山压住。娘娘自和那后生去做夫妻。

卯奴去笼边道:"我救你。"揭起铁笼道:"哥哥闭了眼,如开眼,死于非命。"说罢,宣赞闭了眼,卯奴背了。宣赞耳畔只闻风雨之声,用手摸卯奴脖项上有毛衣。宣赞肚中道:"作怪!"霎时听得卯奴叫声:"落地!"开眼看时,不见了卯奴,却在钱塘门城上。天色犹未明。怎见得:

> 北斗斜倾,东方渐白。邻鸡三唱,唤美人傅粉施妆;宝马频嘶,
> 催人争赴利名场。几片晓霞连碧汉,一轮红日上扶桑。

慢慢依路进涌金门,行到自家门前。娘子方才开门,道:"宣赞,你送女孩儿去,如何半月才回?叫妈妈终日忧念!"

妈妈听得出来,见宣赞面黄肌瘦,妈妈道:"缘何许久不回?"宣赞道:"儿争些不与妈妈相见!"便从头说与妈妈。大惊道:"我儿,我晓得了。想此处乃是涌金门水口,莫非闭塞了水口,故有此事。我儿,你且将息,我自寻屋搬出了。"忽一日,寻得一闲房,在昭庆寺弯,选个吉日良时,搬去居住。

宣赞将息得好,迅速光阴,又是一年,将遇清明节至。怎见得?

> 家家禁火花含火,处处藏烟柳吐烟。
> 金勒马嘶芳草地,玉楼人醉杏花天。

奚宣赞道:"去年今日闲耍,撞见这妇人,如今又是一年。"宣赞当日拿了弩儿,出屋后柳树边,寻那飞禽。只见树上一件东西叫,看时,那件物是人

---

① 淮甸——淮河流域。
② 炳(bǐng)——明。

见了皆嫌。怎见得？

　　百禽啼后人皆喜，唯有鸦鸣事若何？

　　见者都嫌闻者唾，只为从前口嘴多。

原来是老鸦，奚宣赞搭止箭，看得箭，一箭去，正射着老鸦。老鸦落地，猛然跳几跳，去地上打一变，变成个着皂衣的婆婆，正是去年见的。婆婆道："宣赞，你脚快，却搬在这里。"宣赞叫声："有鬼！"回身便走。婆婆道："宣赞哪里去？"叫一声："下来！"只见空中坠下一辆车来，有数个鬼使。婆婆道："与我捉人车中！你可闭目！如不闭目，叫你死于非命。"只见香车叶□地起，霎时间，直到旧日四圣观山门楼前坠下。

　　婆婆直引宣赞到殿前，只见殿上走下着白衣的妇人来，道："宣赞，你走得好快！"宣赞道："望娘娘恕罪！"又留住宣赞做夫妻。过了半月余，宣赞道："告娘娘，宣赞有老母在家，恐怕忧念，去了还来。"娘娘听了，柳眉倒竖，星眼圆睁道："你犹自思归！"叫："鬼使哪里？与我取心肝！"可怜把宣赞缚在将军柱上。宣赞任叫卯奴道："我也曾救你，你何不救我？"卯奴向前告娘娘道："他曾救奴，且莫下手！"娘娘道："小贱人，你又来劝我！且将鸡笼罩了，却结果他性命。"鬼使解了索，却把铁笼罩了。

　　宣赞叫天不应，叫地不闻，正烦恼之间，只见笼边卯奴道："哥哥，我再救你！"便揭起铁笼道："可闭目，抱了我。"宣赞再抱了卯奴，耳边听得风雨之声。霎时，卯奴叫声："下去！"把宣赞撤了下来，正跌在茭白荡内，开眼叫声："救人！"只见二人救起宣赞来。宣赞告诉一遍，二人道："又作怪！这个后生着鬼！你家在哪里住？"宣赞道："我家在昭庆寺弯住。"二人直送宣赞到家。妈妈得知，出来见了二人。荡户说救宣赞一事。老妈大喜，讨酒赏赐了，二人自去。宣赞又说与老妈。老妈道："我儿且莫出门便了。"

　　又过了数日，一日，老妈正在帘儿下立着，只见帘子卷起，一个先生入来。怎的打扮？

　　顶分两个牧骨髻，身穿巴山短褐袍。道貌堂堂，威仪凛凛。料为

上界三清客，多是蓬莱物外人。

老妈打一看，道："叔叔，多时不见，今日如何到此？"这先生正是奚统制弟奚真人，往龙虎山方回，道："尊嫂如何在此？"宣赞也出来拜叔叔。先生云："吾见望城西有黑气起，有妖怪缠人，特来，正是汝家。"老妈把前项事

说一遍。先生道:"吾姪,此三个妖怪缠汝甚紧。"妈妈叫安排素食,请真人斋毕。先生道:"我明日在四圣观散符,你可来告我。就写张投坛状来,吾当断此怪物。"真人自去。

　　到明日,老妈同宣赞安排香纸,写了投坛状,关了门,吩咐邻舍看家,径到四圣观见真人。真人收状子看了,道:"待晚,吾当治之。"先与宣赞吃了符水,吐了妖涎。天色将晚,点起灯烛,烧起香来,念念有词,书道符灯上烧了。只见起一阵风。怎见得?

　　风荡荡,翠飘红。忽南北。忽西东。春开杨柳,秋卸梧桐。凉人
　朱门户,寒穿陌巷中。嫦娥急把蟾宫闭,列子登仙叫救人。

风过处,一员神将,怎生打扮?

　　面色深如重枣,眼中光射流星。皂罗袍打嵌团花,红抹额销金蚩
　虎。手持六宝镶装剑,腰系蓝天碧玉带。

神将喝喏:"告我师父,有何法旨?"真人道:"与吾湖中捉那三个怪物来!"神将唱喏。去不多时,则见婆子、卯奴、白衣妇人,都捉拿到真人面前。真人道:"汝为怪物,焉敢缠害命官之子?"三个道:"他不合冲塞了我水门。告我师,可饶恕,不曾损他性命。"真人道:"与吾现形!"卯奴道:"告哥哥,我不曾奈何哥哥,可莫现形!"真人叫天将打。不打万事皆休,那里打了几下,只见卯奴变成了乌鸡,婆子是个獭,白衣娘子是条白蛇。奚真人道:"取铁罐来,捉此三个怪物,盛在里面。"封了,把符压住,安在湖中心。奚真人化缘,造成三个石塔,镇住三怪于湖内。至今古迹遗踪尚在。宣赞随了叔叔,与母亲在俗出家,百年而终。

　　只因湖内生三怪,至使真人到此间。

　　今日捉来藏箧内,万年千载得平安。

合同文字记

入话：

> 吃食少添盐醋，不是去处休去。

> 要人知重勤学，怕人知事莫做。

话说宋仁宗朝庆历年间，去这东京汴梁城离城三十里，有个村，唤做老儿村。村里有个农庄人家，弟兄二人，姓刘，哥哥名刘添祥，年四十岁，妻已故；兄弟名刘添瑞，年三十五岁，妻田氏，年三十岁，生得一个孩儿，叫名安住，年三岁。弟兄专靠耕田种地度日。

其年因为旱涝不收，一日，添瑞向哥哥道："看这田禾不收，如何过日？不若我们搬去路州高平县下马村，投奔我姨夫张学究处趁熟①，将勤补拙过几时。你意下如何？"添祥道："我年纪高大，去不得。兄弟，你和二嫂去走一遭。"添瑞道："哥哥，则今日请我友人李社长为明证，见立两纸合同文字，哥哥收一纸，兄弟收一纸。兄弟往他州趁熟，'人无前后眼'，哥哥年纪大，有桑田、物业、家缘，又将不去，今日写为照证。"添祥言："兄弟见得是。"遂请李杜氏来家，写立合同明白，各收一纸，安排酒相待之间，这李社长对刘添祥说："我有个女孩儿，刘二哥求作媳妇，就今日说开。"刘大言："既如此，选个吉日良辰，下些定礼。"

不数日完备，刘二辞了哥哥，收拾了行李，长行而去。只因刘二要去趁熟，有分教：去时有路，回却无门。正是：

> 旱涝天气数，家国有兴亡；

> 万事分已定，浮生②空自忙。

当日，刘二带了妻子，在路行了数日，已到高平县下马村，见了姨夫张学究，备说来趁熟之事。其人大喜，留在家。

光阴荏苒，不觉两年。这刘二嫂害着个脑疽疮，医疗一月有余，疼痛难忍，饮食不进，一命倾世。刘二痛哭哀哀，殡葬已毕。又过两月，刘二恹恹③成病，医疗少可。张学究劝刘二休忆妻子，将息身体，好养孩儿安住。

---

① 趁熟——谋饭吃；谋生。

② 浮生——谓世事无定，生命短促。此指"一生"。

③ 恹恹（yān）——精神不振貌。

又过半年,忽然刘二感天行时气,头疼发热。正是:

> 福无双至从来有,祸不单行自古闻。

害了六七日,一命呜呼,已归泉下。张学究葬于祖坟边刘二嫂坟上,已毕。

光阴似箭,日月如梭,安住在张家村里一住十五年,孩儿长成十八岁,聪明智慧,德行方能,读书学礼。一日,正值清明节日,张学究夫妻两口儿打点祭物,同安住去坟上祭扫。到坟前将祭物供养,张学究与婆婆道:"我有话和你说。想安住今已长成人了。今年是大通之年,我有心待交他将着刘二两口儿骨殖还乡,认他伯父。你意下如何?"婆婆道:"丈夫,你说得是。这的是阴骘①勾当。"

夫妻商议已定,教安住:"拜了祖坟,孩儿然后去兀那坟前,也拜儿拜。"安住问云:"父亲,这是何人的坟?"拜毕,学究言:"孩儿休问,烧了纸,回家去。"安住云:"父亲不通名姓,有失其亲。我要性命如何?不如寻个自刎。"学究云:"孩儿且住,我说与你,这是你生身父母。我是你养身父母,你是汴梁离城二十里老儿村居住。你的伯父刘添祥。你父刘添瑞同你母亲刘二嫂,将着你年方三岁,十五年前三口儿因为年歉,来俺家趁熟。你母患脑疽疮身死,你父得天行时气而亡,俺夫妻两口儿备棺木殡葬了,将孩儿如嫡亲儿子看养。"

不说万事俱休,说罢,安住向坟前放声大哭,曰:"不孝子哪知生身父母双亡?"学究云:"孩儿不须烦恼!选吉日良时,将你父母骨殖还乡,去认了伯父刘添祥,葬埋了你父母骨殖。休忘了俺两口儿的抚养之恩!"安住云:"父亲、母亲之恩,过如生身父母,孩儿怎敢忘恩?若得身荣,结草衔环报答!"道罢,收拾回家。至次日,叫人择选吉日,将父母骨殖包裹了,收拾衣服、盘费,并合同文字,做一担儿挑了,来张学究夫妻两口儿。学究云:"你爹娘来时,盘缠无一文,一头挑着孩儿,一头是些穷家私。孩儿路上在意,山峻难行,到地头便稍信来,与我知之。"安住云:"父亲放心,休忆念!"遂拜别父母,挑了担儿而去。

话休絮烦。却说刘添祥忽一日自思:"我兄弟刘二夫妻两个都去趁熟,至今十五六年,并无音信,不知有无?"因为家中无人,娶这个婆婆王氏,带着前夫之子来家,一同过活。一日,王氏自思:"我丈夫老刘有个兄

---

① 阴骘(zhì)——此谓阴德。

弟，和姪儿趁熟去，倘若还乡来时，那里发付我孩儿？好烦恼人哉！"

　　当日春社①，老刘吃酒不在家。至下午，酒席散回家，却好安住于路问人，来到门首，歇下担儿。刘婆婆问云："你这后生寻谁？"安住云："伯娘，孩儿是刘添瑞之子，十五年前，父母与孩儿出外趁熟，今日回来。"正议论间，刘大醉了回来，见了安住，问云："你是谁？来俺门前做什么？"安住云："爹爹，孩儿是安住！"老刘问："你那父母在何处？"安住去："自从离了伯父，到路州高平县下马村张学究家趁熟，过不得两年，父母双亡，只存得孩儿。亲父母已故，多亏张学究看养到今。今将父母骨殖还乡安葬，望伯父见怜！"

　　当下老刘酒醉。刘婆言："我家无在外趁熟人，哪里走这个人来，胡认我家？"安住云："我见有合同文字为照，特来认伯父。"刘婆教老刘："打这厮出去，胡厮缠来认我们！"老刘拿块砖，将安住打破了头，重伤血出，倒于地下。有李社长过，问老刘："打倒的是谁人？"老刘云："他诈称是刘二儿子，认我又骂我，被我打倒推死。"李社长云："我听得人说，因此来看。休问是与不是，等我扶起来问他。"

　　李社长问道："你是谁？"安住云："我是刘添瑞之子，安住的便是。"社长问："你许多年哪里去来？"安住云："孩儿在路州高平县下马村张学究家抚养长成，如今带父母骨殖回乡安葬。伯父、伯母言孩儿诈认，我见将着合同文字，又不肯看，把我打倒，又得爹爹救命。"

　　社长教安住："挑了担儿，且同我回去。"即时领安住回家中。歇下担儿，拜了李社长。社长道："婆婆，你的女婿刘安住将看父母骨殖回乡。"李社长教安住将骨殖放在堂前，乃言："安住，我是丈人，婆婆是你丈母。"交满堂女孩儿出来："参拜了你公公、婆婆的灵柩。"安排祭物，祭祀化纸已毕，安排酒食相待，乃言："孩儿，明日去开封府包府尹处，告理被晚伯母、亲伯父打伤事。"

　　当日歇了一夜，至次早，安住径往开封府告包相公。相公随即差人捉刘添祥并晚婆婆来，就带合同，一并赴官。又拘李社长明正。当口一干人到开封府厅上，包相公问："刘添祥，这刘安住是你姪儿不是？"老刘言："不是。"刘婆亦言："不是。既是亲姪儿，缘何多年不知有无？"

---

　　①　春社——祭祀土神的日子。一般在立春后第五个戊日。

　　包相公取两纸合同一看,大怒,将老刘收监问罪。安住告相公:"可怜伯伯年老,无儿无女,望相公可怜见!"包相公言:"将晚伯母收监问罪。"安住道:"望相公只问孩儿之罪,不干伯父伯婆之事。"包相公交将老刘打三十下。安住告相公:"宁可打安住,不可打伯父。告相公,只要明白家事,安住日后不忘相公之恩!"

　　包相公见安住孝义,发放各回家:"待吾具表奏闻。"包相判毕,各自回家。朝廷喜其孝心,旌表孝子刘安住孝义双全,加赠陈留县尹,全刘添祥一家团圆。

　　其李社长选日,令刘安住与女李满堂成亲。一月之后,收拾行装,夫妻二人拜辞两家父母,就起程直到高平具,拜谢张学究已毕,遂往陈留县赴任为官。夫妻偕老,百年而终。正是:

　　　　李社长不悔婚姻事,刘晚妻欲损相公嗣;

　　　　刘安住孝义两双全,包待制断合同文字。

　　话本说彻,权作散场。

风月瑞仙亭

入话：

> 夜静瑶台月正圆，清风渐沥满林峦。
>
> 朱弦慢促相思调，不是知音不与弹。

汉武帝元狩二年，四川成都府一秀士司马长卿，双名为相如，自父母双亡，孤身无倚，齑①盐自守。贯串百家，精通经史，虽然游艺江湖，其实志在功名。

出门之时，过城北七里许，口升仙桥。相如大书于桥柱上："大丈夫不乘驷马年，不复过此桥！"所以北抵京洛，东至齐楚。遂于梁孝王之门，与邹阳、枚皋辈为友。不期梁王薨，相如谢病归成都市上。临邛县有县令王吉，每每使人相招。一日，到彼相会，盘桓旬日。谈间，言及本处卓王孙巨富，有亭台池馆，华美可玩。县令着人去说，交他接待。

卓王孙资财巨万，僮仆数百，门阑奢侈。园中有花亭一所，名曰"瑞仙"。四面芳菲，锦绣烂熳，真可游览休息。京洛名园，皆不能过此。所以游宦公子，江湖士夫，无不相访。这卓员外丧偶不娶，慕道修真。只有一女，小字文君，及笄②未聘。聪慧过人，姿态出众。诗词歌赋，琴棋书画，描龙刺凤，女工针指，饮馔酒浆，无所不通。员外一应家中事务，皆与文君计较。

其日早晨，闻说县令友人司马长卿乃文章巨儒，知员外宅上园池佳胜，特来游玩。卓员外慌忙迎接至后花园中瑞仙亭上。相如举目看那园中景致，但见：

> 径铺玛瑙，栏刻香檀。聚山坞风光，为园林景物。山叠岷岷怪石，槛栽西洛名花。梅开庾岭冰姿，竹染湘江愁泪。春风荡漾，上林李白桃红；秋日凄凉，夹道橙黄橘绿。池沼内，鱼跃锦鳞；花木上，禽飞翡翠。

卓员外动问姓名，相如答曰："司马长卿。因与王县令故旧，特来相探，流连旬日，闻知名园胜景，故来拜访。"卓员外道："先生去县中安下不

---

① 齑（jī）——细粉，碎屑。

② 及笄（jī）——古代特指女子可以盘发插笄的年龄，即成年。笄，簪子。

便，敢邀车马于敝舍，何如？"相如遂令人唤琴童，携行李来瑞仙亭安下。倏忽半月。

且说卓文君去绣房中，每每存想："我父亲营运家业，富之有余，岁月因循，寿年已过。奈何！奈何！况我才貌过人，性颇聪慧，选择良姻，实难其人也。此等心事，非明月残灯安能知之？虽有侍妾，姿性狂愚，语言妄出，因此上抑郁之怀，无所倾诉。昨听春儿说：'有秀士司马长卿来望父亲，留他在瑞仙亭安下。'乃于东墙琐窗内窥视良久，见其人俊雅风流，日后必然大贵。但不知有妻无妻？我若得如此之丈夫，下生愿足！争奈此人箪瓢屡空，若待媒证求亲，俺父亲决然不肯。倘若错过此人，再后难得。"过了两日，女使春儿见小姐双眉愁蹙，必有所思，乃对小姐曰："今夜三月十五日，月色光明，请小姐花园中散闷则个。"小姐口中不说，心下思量："自见了那秀士，日夜废寝忘食，放心不下。我今主意已定，虽然有亏妇道，是我一世前程。"收拾些金珠首饰在此，小姐吩咐春儿："打点春盛食罍①，灯笼。我今夜与赏月散闷。"春儿打点完备，挑着，随小姐行来。

话中且说相如自思道："文君小姐貌美聪慧，甚知音律。今夜月明下，交琴童焚香一炷，小生弹曲瑶琴以挑之。"

文君正行数步，只听得琴声清亮，移步将近瑞仙亭，转过花阴下，听得所弹琴音曰：

> 凤兮凤兮归故乡，遨游四海兮求其凰。时未遇兮无所将，何悟今夕兮升斯堂？有艳淑女在闺房，室迩人遐毒我肠。何缘交颈为鸳鸯？胡颉颃②乎共翱翔。
>
> 凤兮凤兮从我栖，得托孳尾永为妃。交情通意心和谐，中夜相从知者谁？双翼俱起翻高飞，无感我思使余悲！

小姐听罢，对侍女曰："秀才有心，妾亦有心。今夜既到这里，可去与秀才相见。"遂乃行到亭边。

相如月下见了文君，连忙起身迎接，道："小生闻小姐之名久矣，自愧缘悭分浅，不能一见。恨无磨勒盗红绡之方，每起韩寿偷香窃玉之意。今

---

① 罍(lěi)——古代酒水器名，形似壶，腹下鼻。
② 颉颃(xié háng)——鸟上下风。

晚既蒙光临,小生不及远接,恕罪！恕罪！"文君敛衽①向前道："先生在此,失于恭敬,抑且寂寞,因此特来相见。"相如曰："不劳小姐挂意,小生有琴一张,自能消遣。"文君曰："妾早知先生如此辽阔,不来冒渎。今先生视妾有私奔之心,故乃轻言。琴中之意,妾已备知。"相如跪而告曰："小生得见花颜,死也甘心。"文君曰："请起。妾今夜到此,与先生同赏月,饮三杯。"

春儿排酒果于瑞仙亭上。文君、相如对饮。相如细视文君,果然生得：

　　眉如翠羽,肌如白雪。振绣衣,被桂裳。袂不短,纤不长。毛嫱障袂,不足程式；西施掩面,比之无色。临溪双洛浦②,对月两嫦娥。

酒行数巡,文君令春儿："收拾前去,我便回来。"相如曰："小姐不嫌寒儒鄙陋,欲就枕席之欢。"文君笑曰："妾慕先生才德,欲奉箕帚,唯恐先生久后忘恩。"相如曰："小生怎敢忘小姐之恩！"文君许成夫妇。二人倒凤颠鸾,顷刻云收雨散。文君曰："只恐明日父亲知道,不经于官,必致凌辱。如今收拾些少金珠在此,不如今夜与先生且离此间,别处居住。倘后父亲想念,搬回一家完聚,也未可知！"相如与文君同下瑞仙亭,出后园而走,却似：

　　鳌鱼脱却金钩去,摆尾摇头更不回。

且说春儿至天明不见小姐在房,亭子上又寻不见,报与老员外得知。寻到瑞仙亭上,和相如都不见。员外道："相如是文学之士,为此禽兽之行！小贱人,你也自幼读书,岂不闻：'女子出门,必拥蔽其面,夜行以烛,无则止。'事无擅为,行无独成,所以正妇道也。你不闻父命,私奔苟合,你到他家,如何见人？"欲要讼之于官,争奈家丑不可外扬,故尔中止。"且看他有何面目相见亲戚乎！"从此,隐而不出。正所谓：

　　含羞无语自沉吟,咫尺相思万里心。

　　抱布贸丝③君亦误,知音尽付七弦琴。

————————————

①　敛衽(liǎn rèn)——犹敛袂,整一整衣袖。元代以后称女子的礼拜为"敛衽"。

②　洛浦——洛神。洛水女神。

③　抱布贸丝——做买卖。语出《诗·卫风·氓》。

却说相如与文君到家,相如自思:"囊箧罄然,难以度日。正是:君子固穷,小人穷斯滥矣!想我浑家乃富贵之女,岂知如此寂寞!所喜者,略无愠色,颇为贤达。她料想司马长卿必有发达时分。"正愁闷间,文君至曰:"我离家一年。你家业凌替,可将我首饰钗钏卖了,修造房屋。我见丈夫郁郁不乐,怕我有懊悔。我既委身于你,乐则同乐,忧则同忧;生同衾,死同穴。"相如曰:"深感小姐之恩。但小生殊无生意。俗语道:'家有千金,不如日进分文;良田万顷,不如薄艺随身。'我欲开一个酒肆,如何?"文君曰:"既如此说,贱妾当垆①。"

未及半年,忽一日,正在门前卖酒,只见天使捧诏道:"朝廷观先生所作《子虚赋》,文章洁烂,超越古人。官里叹赏:'飘飘然有凌人之志气,恨不得与此人同时!'有杨得意奏言:'此赋是臣之同里司马长卿所作,现在成都闲居。'天子大喜,特差小官来征。走马临朝,不许迟延。先生收拾行装,即时同行。"正是:

> 一封丹凤诏,方表丈夫才。

当夜,相如与文君言曰:"朝廷今日征召,乃是友人杨得意举荐。如今天使在驿,专等起程。"文君曰:"日后富贵,则怕忘了瑞仙亭上与日前布衣时节!"相如曰:"小生那时虽见小姐容德,奈深堂内院,相见如登天之难,若非小姐垂怜看顾,怎能匹配?小生怎敢忘恩负义!"文君曰:"如今世情至薄,有等蹈德守礼,有等背义忘恩者。"相如曰:"长卿决不为此!"文君曰:"秀才每也有两般:有'君子儒',不论贫富,志行不私;有那'小人儒',贫时又一般,富时就忘了贫时。"长卿曰:"人非草木禽兽,小姐放心!"文君又嘱:"非妾心多,只怕你得志忘了我!"夫妻二人不忍相别。文君嘱曰:"

> 此时已遂题桥志,莫负当垆涤器人!"

且不说相如同天使登程,却说卓王孙听得杨得意举荐司马长卿,蒙朝廷征召去了,自言:"我女儿有先见之明,为见此人才貌双全,必然显达,所以成了亲事。老夫想起来,男婚女嫁,人之大伦。我女婿不得官,我先带侍女春儿,同往成都去望,乃是父子之情,无人笑我。若是他得了官时

---

① 当垆(lú)——指卓文君当垆卖酒之事。垆,酒店安置酒翁的土墩子,亦为酒店的代称。

去看他，交人道我趋时奉势。"次日，带同春儿，径到成都府，寻见卓文君。文君见了父亲，拜道："孩儿有不孝之罪，望爹爹饶恕！"员外道："我儿，你想杀我！今日送春儿来服侍你。孩儿，你在此受寂寞，比在家享用不同。你不念我年老无人?"文君曰："爹爹跟前不敢隐讳。孩儿见他文章绝代，才貌双全，必有荣华之日，因此上嫁了他。"卓员外云："如今且喜朝廷征召，正称孩儿之心。"卓员外住下，待司马长卿音信。正是：

　　　　眼望旌节旗，耳听好消息。

　　且说司马长卿同天使至京师，朝见，献《上林赋》一篇。天子大喜，即拜为著作郎，待诏金马门。近有巴蜀开通南夷诸道，用军兴法，转漕繁冗，惊扰夷民。宫里闻知大怒，召长卿议论此事，令作《谕巴蜀之檄》。宫里道："此一事欲待差官，非卿不可。"乃拜长卿为中郎将，持节，拥誓剑①、金牌，先斩后奏："卿若到彼，安抚百姓，缓骑回程，别加任用。"

　　长卿自思："正是衣锦还乡，已遂平生之愿。"乃谢恩，辞天子出朝。遂车前马后，随从者甚多。一日，迤逦到彼处，劝谕巴蜀已平，蛮夷清静。不过半月，百姓安宁，衣锦还乡。正是：(以下原缺)

---

　　① 誓剑——尚方宝剑。

卷二

蓝桥记

入话：

> 洛阳三月里，回首渡襄川。

> 忽遇神仙侣，翩翩入洞天。

裴航下第，游于鄂诸，买舟归襄汉。同舟有樊夫人者，国色也。虽闻其言语，而无计一面，因赂侍婢袅烟，而求达诗一章。曰：

> 同舟胡越犹怀思，况遇天妃隔锦屏？

> 倘若玉京朝会去，愿随鸾鹤入青冥！

诗久不答，航数诘问。袅烟曰："娘子见诗若不闻，如何？"航无计，因自求美醖①、珍果献之。夫人乃使袅烟召航相识。及帷，但见月眉云鬓，玉莹花明，举止即烟霞外人。

航拜揖。夫人曰："妾有夫在汉南，幸无谐谑为意！然亦与郎君有小小姻缘，他日必得为姻懿②。"后使袅烟持诗一章答航。曰：

> 一饮琼浆百感生，玄霜捣尽见云英。

> 蓝桥便是神仙宅，何必崎岖上玉京？

航览诗毕，不晓其意。后便不复见。

航遂饰装归辇下，道经蓝桥驿，偶渴甚，遂下马求浆而饮。见一茅舍，低而隘，有老妪缉缀麻苎，航揖之，求浆。妪呼曰："云英，擎一瓯浆来，郎君要饮！"航讶之，因忆夫人"云英"之句。俄于苇箔之中，出双玉手，授瓷瓯。航接饮之，真玉液也，觉异香透于户外。因还瓯，遽揭箔，睹一女子，华容艳质，芳丽无比，娇羞掩面蔽身，航凝视不知移步，因谓妪曰："某愿略憩于此！"妪曰："取郎君自便。"航谓妪曰："小娘子艳丽惊人，愿纳厚礼娶之，可乎？"妪曰："渠已许嫁一人，但未就耳。我今老而且病，只有此女

---

① 醖（yùn）——酿酒，也指酒。

② 姻懿（yīn yì）——婚配。

孙。昨日神仙遗药一刀圭,但须得玉杵臼①捣之百日,方可就吞。君若的欲要娶此女,但要得玉杵臼,吾即与之,亦不顾其前时许人也,其余金帛无用。"航谢曰:"愿以百日为期,待我取杵臼至。莫更许他人!"妪曰:"然。"

航遂怅恨而去。及抵京师,但以杵臼为念。若于喧哄处,高声访问玉杵臼,皆无影响。众号为"风狂"。如此月余,忽遇一货玉老翁,曰:"近得虢州药铺卞老书,言他有玉杵臼要货。闻郎君恳求甚切,吾当为书而荐导之。"航愧谢,珍重持书而去,果获玉杵臼,遂持归,至蓝桥昔日妪家。

妪大笑曰:"有如此之信上,吾岂爱惜一女子,而不酬其劳哉!"女微笑曰:"虽荷如此,然更用捣药百日,方可结姻。"妪于襟带解药,令航捣之。航昼捣而夜息,夜则妪收杵臼于内室。航又闻杵声,因窥之,有玉兔持杵,雪光耀室,可鉴毫芒。于是,航之意愈坚。

百日足,妪吞药,曰:"吾入洞,为裴郎具帷帐。"遂挈女行,谓航曰:"但少留此。"须臾,车盖来迎。俄见大第,锦绣帷帐,珠翠耀目。仙童、侍女引航入帐就礼讫,航拜妪感谢。乃引见诸亲宾,皆神仙中人,后有一女子,鬟髻,衣霓裳,称是妻之姊。航拜讫,女曰:"裴郎不忆鄂渚同舟而抵襄汉乎?"航问左右,言:"是小娘子之姊云翘夫人,刘纲天师之妻,已是高真②,为玉皇女史。"

妪遂遣航将妻入玉峰洞中,琼楼珠室而居之,饵以绛雪瑶英之丹,逍遥自在,超为上仙。正是:

　　玉室丹书著姓,长生不老人家。

----

① 杵(chǔ)臼——杵,捣物之锤;臼,捣物之器。
② 真——真人。道家称"修真得道"或"成仙"的人。

快嘴李翠莲记

入话：

> 出口成章不可轻，开言作对动人情；
>
> 虽无子路才能智，单取人前一笑声。

此四句单道：昔日东京有一员外，姓张名俊，家中颇有金银。所生二子，长曰张虎，次曰张狼。大子已有妻室，次子尚未婚配。本处有个李吉员外，所生一女，小字翠莲，年方二八。姿容出众，女红针指，书史百家，无所不通。只是口嘴快些，凡向人前，说成篇，道成溜，问一答十，问十道百。有诗为证：

> 问一答十古来难，问十答百岂非凡；
>
> 能言快语真奇异，莫作寻常当等闲。

话说本地有一王妈妈，与二边说合，门当户对，结为姻眷，选择吉日良时娶亲。三日前，李员外与妈妈论议，道："女儿诸般好了，只是口快，我和你放心不下。打紧她公公难理会，不比等闲的，婆婆又兜答，人家又大，伯伯、姆姆，手下许多人，如何是好？"妈妈道："我和你也须吩咐她一场。"只见翠莲走到爹妈面前，观见二亲满面忧愁，双眉不展，就道：

> "爷是天，娘是地，今朝与儿成婚配。男成双，女成对，大家欢喜要吉利。人人说道好女婿，有财有宝又豪贵；又聪明，又伶俐，双六象、棋六艺；吟得诗，做得对，经商买卖诸般会。这门女婿要如何？愁得苦水儿滴滴地。"

员外与妈妈听翠莲说罢，大怒曰："因为你口快如刀，怕到人家多言多语，失了礼节，公婆人人不喜欢，被人笑耻，在此不乐。叫你出来，吩咐你少作声，颠倒说出一篇来，这个苦恁的好！"翠莲道：

> "爷开怀，娘放意。哥宽心，嫂莫虑。女儿不是夸伶俐，从小生得有志气。纺得纱，续得苎，能裁能补能绣刺；做得粗，整得细，三茶六饭一时备；推得磨，捣得碓，受得辛苦吃得累。烧卖匾食有何难，三汤两割我也会。到晚来，能仔细，大门关了小门闭；刷净锅儿掩橱柜，前后收拾自用意。铺了床，伸开被，点上灯，请婆睡，叫声安置进房内。如此服侍二公婆，他家有甚不欢喜？爹娘且请放心宽，舍此之外值个屁！"

翠莲说罢,员外便起身去打。妈妈劝住,叫道:"孩儿,爹娘只因你口快了愁!今番只是少说些。古人云:'多言众所忌。'到人家只是谨慎言语,千万记着!"翠莲曰:"晓得。如今只闭着口儿罢。"

妈妈道:"隔壁张太公是老邻舍,从小儿看你大,你可过去作别一声。"员外道:"也是。"翠莲便走将过去,进得门槛,高声便道:

"张公道,张婆道,两个老的听禀告:明日寅时我上轿,今朝特来说知道。年老爹娘无倚靠,早起晚些望顾照!哥嫂倘有失礼处,父母分上休计较。待我满月回门来,亲自上门叫聒噪。"
张太公道:"小娘子放心,令尊与我是老兄弟,当得早晚照管;令堂亦当着老妻过去陪伴,不须挂意!"

作别回家,员外与妈妈道:"我儿,可收拾早睡休,明日须半夜起来打点。"翠莲便道:

"爹先睡,娘先睡,爹娘不比我班辈。哥哥、嫂嫂相傍我,前后收拾自理会。后生家熬夜有精神,老人家熬了打盹睡。"
翠莲道罢,爹妈大恼曰:"罢,罢,说你不改了!我两口自去睡也。你与哥嫂自收拾,早睡早起。"

翠莲见爹妈睡了,连忙走到哥嫂房门口高叫:

"哥哥、嫂嫂休推醉,思量你们忒①没意。我是你的亲妹妹,止有今晚在家中。亏你两口下着得,诸般事儿都不理。关上房门便要睡,嫂嫂,你好不贤惠。我在家,不多时,相帮做些道怎地?巴不得打发我出门,你们两口得伶俐?"
翠莲道罢,做哥哥的便道:"你怎生还是这等的?有父母在前,我不好说你。你自先去安歇,明日早起。凡百事,我自和嫂嫂收拾打点。"翠莲进房去睡。兄嫂二人,无多时,前后俱收拾停当,一家都安歇了。

员外、妈妈一觉睡醒,便唤翠莲问道:"我儿,不知什么时节了?不知天晴天雨?"翠莲便道:

"爹慢起,娘慢起,不知天晴是下雨。更不闻,鸡不语,街坊寂静无人语。只听得:隔壁白嫂起来磨豆腐,对门黄公舂糕米。若非四更时,便是五更矣。且把锅儿刷洗起,烧些脸汤洗一洗,梳个头儿光光

①　忒(tuī)——太。

地,大家也是早起些,娶亲的若来慌了腿!"

员外、妈妈并哥嫂一齐起来,大怒曰:"这早晚,东方将亮了,还不梳妆完,尚兀自调嘴弄舌!"翠莲又道:

"爹休骂,娘休骂,看我房中巧妆画。铺两鬓,黑似鸦,调和脂粉把脸搽。点朱唇,将眉画,一对金环坠耳下。金银珠翠插满头,宝石禁步身边挂。今日你们将我嫁,想起爹娘撇不下;细思乳哺养育恩,泪珠儿滴湿了香罗帕。猛听得外面人说话,不由我不心中怕;今朝是个好日头,只管都噜都噜说什么!"

翠莲道罢,妆办停当,直来到父母跟前,说道:

"爹拜禀,娘拜禀,蒸了馒头索了粉,果盒肴馔件件整。收拾停当慢慢等,看看打得五更紧。我家鸡儿叫得准,送亲从头再去请。姨娘不来不打紧,舅母不来不打紧,可耐姑娘没道理,说的话儿全不准。昨日许我五更来,今朝鸡鸣不见影。歇歇进门没得说,赏她个漏风的巴掌当邀请。"

员外与妈妈敢怒而不敢言。妈妈道:"我儿,你去叫你哥嫂及早起来,前后打点。娶亲的将次来了。"翠莲见说,慌忙走去哥嫂房门口前,叫曰:

"哥哥、嫂嫂你不小,我今在家时候少。算来也用起个早,如何睡到天大晓?前后门窗须开了,点些蜡烛香花草。里外地下扫一扫,娶亲轿子将来了。误了时辰公婆恼,你两口儿讨分晓!"

哥嫂两个忍气吞声,前后俱收拾停当。员外道:"我儿,家堂并祖宗面前,可去拜一拜,作别一声。我已点下香烛了。趁娶亲的未来,保你过门平安!"翠莲见说,拿了一炷,走到家堂面前,一边拜,一边道:

"家堂,一家之主;祖宗,满门先贤:今朝我嫁,未敢自专。四时八节,不断香烟。告知神圣,万望垂怜!男婚女嫁,理之自然。有吉有庆,夫妇双全。无灾无难,永保百年。如鱼似水,胜蜜糖甜。五男二女,七子团圆。二个女婿,达礼通贤;五房媳妇,孝顺无边。孙男孙女,代代相传。金珠无数,米麦成仓。蚕桑茂盛,牛马挨肩。鸡鹅鸭鸟,满荡鱼鲜。丈夫惧怕,公婆爱怜。妯娌和气,伯叔忻然。奴仆敬重,小姑有缘。不上三年之内,死得一家干净,家财都是我掌管,那时翠莲快活几年!"

翠莲祝罢,只听得门前鼓乐喧天,笙歌聒耳,娶亲车马,来到门首。张宅先生念诗曰:"

> 高卷珠帘挂玉钩,香车宝马到门头。
>
> 花红利市多多赏,富贵荣华过百秋。"

李员外便叫妈妈将钞来,赏赐先生和媒妈妈,并车马一干人。只见妈妈拿出钞来,翠莲接过手,便道:"等我分!"

"爹不惯,娘不惯,哥哥、嫂嫂也不惯。众人都来面前站,合多合少等我散。抬轿的合五贯,先生、媒人两贯半。收好些,休嚷乱,掉下了时休埋怨!这里多得一贯文,与你这媒人婆买个烧饼,到家哄你呆老汉。"

先生与轿夫一干人听了,无不吃惊,曰:"我们见千见万,不曾见这样口快的!"大家张口吐舌,忍气吞声,簇拥翠莲上轿。一路上,媒妈妈吩咐:"小娘子,你到公婆门首,千万不要开口。"

不多时,车马一到张家前门,歇下轿子,先生念诗曰:"

> 鼓乐喧天响汴州,今朝织女配牵牛。
>
> 本宅亲人来接宝,添妆含饭古来留。"

且说媒人婆拿着一碗饭,叫道:"小娘子,开口接饭。"只见翠莲在轿中大怒,便道:

"老泼狗,老泼狗,叫我闭口又开口。正是媒人之口无量斗,怎当你没的翻做有。你又不曾吃早酒,嚼舌嚼黄胡张口。方才跟着轿子走,吩咐叫我休开口。甫能住轿到门首,如何又叫我开口?莫怪我今骂得丑,真是白面老母狗!"

先生道:"新娘子息怒。她是个媒人,出言不可太甚。自古新人无有此等道理!"翠莲便道:

"先生你是读书人,如何这等不聪明?当言不言谓之讷,信这虔婆弄死人!说我婆家多富贵,有财有宝有金银,杀牛宰马做茶饭,苏木檀香做大门,绫罗缎匹无算数,猪羊牛马赶成群。当门与我冷饭吃,这等富贵不如贫。可耐伊家忒恁村,冷饭将来与我吞。若不看我公婆面,打得你眼里鬼火生!"

翠莲说罢,恼得那媒婆一点酒也没吃,一道烟先进去了;也不管她下轿,也不管她拜堂。

本宅众亲簇拥新人到了堂前,朝西立定。先生曰:"请新人转身向东,今日福禄喜神在东。"翠莲便道:

"才向西来又向东,休将新妇便牵笼。转来转去无定相,恼得心头火气冲。不知哪个是妈妈?不知哪个是公公?诸亲九眷闹丛丛,姑娘小叔乱哄哄。红纸牌儿在当中,点着几对满堂红。我家公婆又未死,如何点盏随身灯?"

张员外与妈妈听得,大怒曰:"当初只说要选良善人家女子,谁想娶这个没规矩、没家法、长舌顽皮村妇!"

诸亲九眷面面相觑,无不失惊。先生曰:"人家孩儿在家中惯了,今日初来,须慢慢地调理她。且请拜香案,拜诸亲。"

合家大小俱相见毕。先生念诗赋,请新人入房,坐床撒帐:

"新人挪步过高堂,神女仙郎入洞房。
花红利市多多赏,五方撒帐盛阴阳。"

张狼在前,翠莲在后,先生捧着五谷,随进房中。新人坐床,先生拿起五谷念道:"

撒帐东,帘幕深围烛影红。佳气郁葱长不散,画堂日日是春风。
撒帐西,锦带流苏四角垂。揭开便见姮娥面,输却仙郎捉带枝。
撒帐南,好合情怀乐且耽。凉月好风庭户爽,双双绣带佩宜男。
撒帐北,津津一点眉间色。芙蓉帐暖度春宵,月娥苦邀蟾宫客。
撒帐上,交颈鸳鸯成两两。从今好梦叶维熊①,行见螾②珠来入掌。
撒帐中,一双月里玉芙蓉。恍若今宵遇神女,红云簇拥下巫峰。
撒帐下,见说黄金光照社。今宵吉梦便相随,来岁生男定声价。
撒帐前,沉沉非雾亦非烟。香里金虬相隐映,文箫今遇彩鸾仙。
撒帐后,夫妇和谐长保守。从来夫唱妇相随,莫作河东狮子吼。"

说那先生撒帐未完,只见翠莲跳起身来,摸着一条面杖,将先生夹腰两面杖,便骂道:"你娘的臭屁!你家老婆便是河东狮子!"一顿直赶出房

① 维熊——古梦占,谓梦见熊罴可生男孩。
② 螾(bīn)珠——蚌珠。

门外去,道:

　　"撒甚帐?撒甚帐?东边撒了西边样。豆儿米麦满牀上,仔细
　思量象甚样?公婆性儿又莽撞,只道新妇不打当。丈夫若是假乖张,
　又道娘子垃圾相。你可急急走出门,饶你几下擀面杖。"

那先生被打,自出门去了。张狼大怒曰:"千不幸,万不幸,娶了这个村姑
儿!撒帐之事,古来有之。"翠莲便道:

　　"丈夫,丈夫,你休气,听奴说得是不是?多想那人没好气,故将
　豆麦撒满地。倒不叫人扫出去,反说奴家不贤惠。若还恼了我心儿,
　连你一顿赶出去,闭了门,独自睡,晏①起早眠随心意。阿弥陀佛念
　几声,耳畔清宁到伶俐。"

张狼也无可奈何,只得出去参筵劝酒。

　　至晚席散,众亲都去了。翠莲坐在房中自思道:"少刻丈夫进房来,
必定手之舞之的,我须做个准备。"起身除了首饰,脱了衣服,上得床,将
一条绵被裹得紧紧地,自睡了。

　　且说张狼进得房,就脱衣服,正要上床,被翠莲喝一声,便道:

　　"堪笑乔才你好差,端的是个野庄家。你是男儿我是女,尔自尔
　来咱是咱。你道我是你媳妇,莫言就是你浑家。那个媒人那个主?
　行什么财礼下什么茶?多少猪羊鸡鹅酒?什么花红到我家?多少宝
　石金头面?几匹绫罗几匹纱?镯缠冠钗有几付?将甚插戴我奴家?
　黄昏半夜三更鼓,来我床前做什么?及早出去连忙走,休要恼了我们
　家!若是恼咱性儿起,揪住耳朵采头发,扯破了衣裳抓破了脸,漏风
　的巴掌顺脸括,扯碎了网巾你休要怪,擒了你四鬓怨不得咱。这里不
　是烟花巷,又不是小娘儿家,不管三七二十一,我一顿拳头打得你满
　地爬。"

那张狼见妻子说这一篇,并不敢近前,声也不作,远远地坐在半边。

　　将近三更时分,且说翠莲自思:"我今嫁了他家,活是他家人,死是他
家鬼。今晚若不与丈夫同睡,明日公婆若知,必然要怪。罢,罢,叫他上床
睡罢。"便道:

　　"癫乔才,休推醉,过来与你一床睡。近前来,吩咐你,叉手站着

---

　　①　晏(yàn)——晚,迟。

莫弄嘴。除网巾,摘帽子,靴袜布衫收拾起。关了门,下幔子,添些油在晏灯里。上床来,悄悄地,同效鸳鸯偕连理。束着脚,拳着腿,合着眼儿闭着嘴。若还蹬着我些儿,那时你就是个死!”
说那张狼果然一夜不敢作声。

睡至天明,婆婆叫言:“张狼,你可叫娘子早起些梳妆,外面收拾。”翠莲便道:

　　“不要慌,不要忙,等我换了旧衣裳。菜自菜,姜自姜,各样果子各样妆;肉自肉,羊自羊,莫把鲜鱼搅白肠;酒自酒,汤自汤,醃鸡不要混腊獐。日下天色且是凉,便放五日也不妨。待我留些整齐的,三朝点茶请姨娘。总然亲戚吃不了,剩与公婆慢慢噇①。”

婆婆听得,半晌无言,欲待要骂,恐怕人知笑话,只得忍气吞声。耐到第三日,亲家母来完饭。两亲家相见毕,婆婆耐不过,从头将打先生、骂媒人、触夫主、毁公婆,一一告诉一遍。李妈妈听得,羞惭无地,径到女儿房中,对翠莲道:“你在家中,我怎生吩咐你来?叫你到人家,休要多言多语,全不听我。今朝方才三日光景,适间婆婆说你许多不是,使我悼恐万千,无言可答。”翠莲道:

　　“母亲,你且休吵闹,听我一一细禀告。女儿不是材天乐,有些话你不知道。三日媳妇要上灶,说起之时被人笑。两碗稀粥把盐蘸,吃饭无茶将水泡。今日亲家初走到,就把话儿来诉告,不问青红与白皂,一味将奴胡厮闹。婆婆性儿忒急躁,说的话儿不大妙。我的心性也不弱,不要着了我圈套。寻条绳儿只一吊,这条性命问他要!”

妈妈见说,又不好骂得,茶也不吃,酒也不尝,别了亲家,上轿回家去了。

再说张虎在家叫道:“成甚人家? 当初只说娶个良善女子,不想讨了个五量店中过卖来家,终朝四言八句,弄嘴弄舌,成何以看!”翠莲闻说,便道:

　　“大伯说话不知礼,我又不曾惹着你。顶天立地男子汉,骂我是个过卖嘴!”

张虎便叫张狼道:“你不闻古人云:‘教妇初来。’虽然不致乎打她,也须早

---

　　①　噇(chuáng)——原意为吃喝无度,此谓吃。

晚训诲；再不然,去告诉她那老虔婆知道!"翠莲就道:

"阿伯三个鼻子管,不曾撚着你的碗。媳妇虽是话儿多,自有丈夫与婆婆。亲家不曾惹着你,如何骂她老虔婆?等我满月回门去,到家告诉我哥哥。我哥性儿烈如火,那时叫你认得我。巴掌拳头一齐上,着你旱地乌龟没处躲!"

张虎听了大怒,就去扯住张狼要打。只见张虎的妻施氏跑将出来,道:"各人妻小各自管,干你甚事?自古道:'好鞋不踏臭粪!'"翠莲便道:

"姆姆休得要惹祸,这样为人做不过。尽自伯伯和我嚷,你又走来添些言。自古妻贤夫祸少,做出事比天来大。快快夹了里面去,窝风所在坐一坐。阿姆我又不惹你,如何将我比臭污?左右百岁也要死,和你两个做一做。我若有些长和短,阎罗殿前也不放过!"

女儿听得,来到母亲房中,说道:"你是婆婆,如何不管?尽着她放泼,像甚模样?被人家笑话!"翠莲见姑娘与婆婆说,就道:

"小姑,你好不贤良,便去房中唆调娘。若是婆婆打杀我,活捉你去见阎王!我爷平素性儿强,不和你们善商量。和尚道士一百个,七日七夜做道场。沙板棺材罗木底,公婆与我烧钱纸。小姑姆姆戴盖头,伯伯替我做孝子。诸亲九眷抬灵车,出了殡儿从新起。大小衙门齐下状,拿着银子无处使。任你家财万万贯,弄得你钱也无来人也死!"

张妈妈听得,走出来道:"早是你才来得三日的媳妇,若做了二三年媳妇,我一家大小俱不要开口了!"翠莲便道:

"婆婆休得要水性,做大不尊小不敬。小姑不要忒佻㑉,母亲面前少言论。訾①些轻事重报,老蠢听得便就信。言三语四把吾伤,说的话儿不中听。我若有些长和短,不怕婆婆不偿命!"

妈妈听了,径到房中,对员外道:"你看那新媳妇,口快如刀,一家大小,逐个个都伤过。你是个阿公,便叫将出来,说她几句,怕什么!"员外道:"我是她公公,怎么好说她?也罢,待我问她讨茶吃,且看怎的。"妈妈道:"她见你,一定不敢调嘴。"只见员外吩咐:"叫张狼娘子烧中茶吃!"

那翠莲听得公公讨茶,慌忙走到厨下,刷洗锅儿,煎滚了茶,复到房

---

①　訾(zǐ)——诽谤。

中,打点各样果子,泡了一盘茶,托至堂前,摆下椅子,走到公婆面前,道:"请公公、婆婆堂前吃茶。"又到姆姆房中道:"请伯伯、姆姆堂前吃茶。"员外道:"你们只说新媳妇口快,如今我唤她,却怎地又不敢说什么?"妈妈道:"这番,只是你使唤她便了。"

少刻,一家儿俱到堂前,分大小坐下,只见翠莲捧着一盘茶,口中道:

"公吃茶,婆吃茶,伯伯姆姆来吃茶。姑娘小叔若要吃,灶上两碗自去拿。两个拿着慢慢走,泡了手时哭喳喳。此茶唤作阿婆茶,名实虽村趣味佳。两个初煨黄栗子,半抄新炒白芝麻。江南橄榄连皮核,塞北胡桃去壳柤①。二位大人慢慢慢慢吃,休得坏了你们牙齿。"

员外见说,大怒曰:"女人家须要温柔稳重,说话安详,方是做媳妇的道理。哪曾见这样长舌妇人!"翠莲应曰:

"公是大,婆是大,伯伯姆姆且坐下。两个老的休得骂,且听媳妇来禀话:你儿媳妇也不村②,你儿媳妇也不诈。从小生来性刚直,话儿说了心无挂。公婆不必苦憎嫌,十分不然休了罢。也不愁,也不怕,搭搭风子回去罢。也不招,也不嫁,不搽胭粉不妆画。上下穿件缟素衣,侍奉双亲过了罢。记得几个古贤人:张良蒯文通说话,陆贾萧何快掉文,子建杨修也不亚,苏秦张仪说六国,晏婴管仲说五霸,六计陈平李佐车,十二甘罗并子夏。这些古人能说话,齐家治国平天下。公公要奴不说话,将我口儿缝住罢!"

张员外道:"罢,罢,这样媳妇,久后必被败坏门风,玷辱上祖!"便叫张狼曰:"孩儿,你将妻子休了罢!我别替你娶一个好的。"张狼口虽应承,心有不舍之意。张虎并妻俱劝员外道:"且从容教训。"翠莲听得,便曰:

"公休怨,婆休怨,伯伯姆姆都休劝。丈夫不必苦留恋,大家各自寻方便。快将纸墨和笔砚,写了休书随我便。不曾殴公婆,不曾骂亲眷,不曾欺丈夫,不曾打良善,不曾走东家,不曾西邻串,不曾偷人财,不曾被人骗,不曾说张三,不与李四乱,不盗不妒与不淫,身无恶疾能书算,亲操井臼与庖厨,纺织桑麻拈针线。今朝随你写休书,搬

---

① 柤(zhā)——同"楂"。

② 村——"傻"。

去妆奁①莫要怨。手印缝中七个字：'永不相逢不见面。'恩爱绝，情意断，多写几个弘誓愿。鬼门关上若相逢，别转了脸儿不厮见！"

张狼因父母作主，只得含泪写了休书，两边搭了手印，随即讨乘轿子，叫人抬了嫁妆，将翠莲并休书送至李员外家。父母并兄嫂都埋怨翠莲嘴快的不是。翠莲道：

"爹休嚷，娘休嚷，哥哥嫂嫂也休嚷。奴奴不是自夸奖，从小生来志气广。今日离了他门儿，是非曲直俱休讲。不是奴家牙齿痒，挑描刺绣能织纺。大裁小剪我都会，浆洗缝联不说谎。劈柴挑水与庖厨，就有蚕儿也会养。我今年小正当时，眼明手快精神爽。若有闲人把眼观，就是巴掌脸上响。"

李员外和妈妈道："罢，罢，我两口也老了，管你不得，只怕有些一差二误，被人耻笑，可怜！可怜！"翠莲便道：

"孩儿生得命里孤，嫁了无知村丈夫。公婆利害犹自可，怎当姆姆与姑姑？我若略略开得口，便去搬唆与舅姑。且是骂人不吐核，动脚动手便来拖。生出许多情切话，就写离书休了奴。指望回家图自在，岂料爹娘也怪吾。夫家娘家着不得，剃了头发做师姑。身披直裰挂葫芦，手中拿个大木鱼。白日沿门化饭吃，黄昏寺里称念佛祖念南无，吃斋把素用工夫。头儿剃得光光地，那个不叫一声小师姑。"

哥嫂曰："你既要出家，我二人送你到前街明音寺去。"翠莲便道：

"哥嫂休送我自去，去了你们得伶俐。曾见古人说得好：'此处不留有留处。'离了俗家门，便把头来剃。是处便为家，何但明音寺？散淡又逍遥，却不倒伶俐！不恋荣华富贵，一心情愿出家，身披一领锦袈裟，常把数珠悬挂。每日持斋把素，终朝酌水献花。纵然不做得菩萨，修得个小佛儿也罢。"

新编小说《快嘴媳妇李翠莲记》终。

---

①　妆奁(lián)——嫁妆。

洛阳三怪记

> 尽日寻春不见春，杖藜搠①破岭头云。
>
> 归来点检梅稍看，春在枝头已十分。

这四句探春诗是张元所作。东坡先生有一首探春词，名《柳梢青》，却又好。词曰：

> 昨日出东城，试探春。墙头红杏暗如倾。槛内群芳芽未吐，草已回春。　　　　绮陌敛香尘，点云霭前村。东君着意不辞辛。料想风光到处，吹绽梅英。

这一年四季，无过是春天最好景致。日谓之"丽日"，风谓之"和风"，吹柳眼，绽花心，拂香尘。天色暖谓之"暄"，天色冷谓之"料峭"。骑的马谓之"宝马"，坐的轿谓之"香车"。行的路谓之"香径"，地下飞起土来谓之"香尘"。应干草正发叶，花生芽蕊，谓之"春信"。春忒煞好。有首词曰：

> 韶光淡荡，淑景融和。小桃深，妆脸妖娆；嫩柳袅，宫腰细腻。百啭黄鹂，惊回午梦；数声紫燕，说尽春愁。日舒迟暖澡鹅黄，水渺茫藕香鸭绿。隔水不知谁院落，秋千高挂绿杨阴。

春景果然是好。到春来，则那府州县道，村乡镇中，都有游玩去处。

且说西京河南府又名洛阳。这西京有一县，唤做寿安县，在西京罗城外。县内有一座山，唤做寿安山，其中有万种名花异草。今时临安府官巷曰花市，唤做寿安坊，便是这个故事。两京城官员、士庶人家，都爱栽种名花，曾有诗道：

> 满路公卿宰相家，收藏桃李壮芳芽。
>
> 年年三月凭高望，不见人家只见花。

西京定鼎门外，寿安县路上，有一座名园，唤做会节园，甚次第，但见：

> 朱栏围翠玉，宝槛嵌奇珍。红花共丽日争辉，翠柳与晴天斗碧。妆起秋千架，彩结筑球门。流盃②亭侧水弯环，赏月台前花屈曲。几竿翠竹如龙，绕就太湖山，数簇香松似凤。楼台侧畔杨花舞，帘幕中

---

① 搠（shuò）——刺。

② 盃（bēi）——同"杯"。

间燕子飞。

每遇到春三二间,倾城都去这园里赏玩。

说这河南府章台街上,有个开金银铺潘小员外,名叫潘松。时遇清明节,因见一城人都出去郊外赏花游玩,告父母也去游玩。先到定鼎门里,寻相识的翁三郎,当时那潘松来到翁三郎门首,便问:"三郎在家么?"只见其妻相见道:"拙夫今日清明节,去门外会节园看花。却也会不多时,若是小员外行得快,便也赶得上。"潘松听得说,独自行出定鼎门外,迤逦行到这会节园时,正是:

> 乍雨乍晴天气,不寒不暖风和。盈盈嫩绿,有如剪就薄薄香罗;
> 袅袅轻红,不若栽成鲜鲜蜀锦。弄舌黄鹂穿绣卉,寻香粉蝶绕雕栏。

这潘松寻不着翁三郎,独自游玩,待要归去,割舍不得路上景致。看着那青山似画,绿水如描,行到好观看处,不觉步入一条小路,独行半亩田地。这条路游人稀少,正行之间,听得后面有人叫:"小员外!"回转看时,只见路旁高柳树下,立着个婆子,看这婆婆时,生得:

> 鸡皮满体,鹤发盈头。眼昏似秋水微浑,体弱如秋霜后菊。浑如
> 三月尽头花,好似五更风里烛。

潘松道:"素昧平生,不识婆婆姓氏?"婆婆道:"小员外,老身便是妈妈的姐姐。"潘松沉思半晌,道:"我也曾听得说有个姨姨,便是小子也疑道,婆婆面貌与家间妈妈相似。"婆婆道:"好见年不见,你到我家吃茶。"潘松道:"甚荷姨婆见爱!"即时引到一条崎岖小径,过一条独木危桥,却到一个去处。婆婆把门推开,是个人家。随着那婆婆入去,着眼四下看时,原来是一座崩败花园。但见:

> 亭台倒塌,栏槛斜倾。不知何代浪游园,想是昔时歌舞地。风亭
> 敞陋,唯存荒草绿萋萋,月榭崩摧,四面野花红拂拂。莺啼绿柳,每喜
> 尽日不逢人;鱼戏清波,自恨终朝无食饵。秋来满地堆黄叶,春去无
> 人扫落花。

这婆婆引到亭上:"请坐。等我入去报娘娘知,我便出来。"入去不多时,只见假山背后,两个青衣女童来道:"娘娘有请!"这潘松道:"有什么娘娘?"只见上首一个青衣女童认得这潘松,失惊道:"小员外,如何在这里?"潘松也认得青衣女童是邻舍王家女儿,叫做王春春,数日前,时病死了。潘松道:"春春,你如何在这里?"春春道:"一言难尽! 小员外,你可

急急走去,这里不是人的去处。你快去休! 走得迟,便坏你性命!"

当时,潘松唬得一似:

> 分开八片顶阳骨,倾下半桶冰雪水。

潘松慌忙奔走,出那花园门来,过了独木桥,寻原旧大路来,道:"惭愧惭愧,却才这花园,不知是谁家的? 那王春春是死了的人,却在这里。白日见鬼!"迤逦取路而归,只见前面有一家村酒店。但见:

> 傍村酒店几多年,遍野桑麻在地边。
>
> 白板凳铺邀客坐,柴门多用棘针编。
>
> 暖烟灶前煨麦蜀,牛屎泥墙画醉仙。

潘松走到酒店门前,只见店里走出一人,却是旧结交的天应观道人徐守真,问道:"师兄如何在此?"守真道:"往会节园看花方回。"潘松道:"小子适来逢一件怪事,几乎坏了性命。"把那前事对徐守真说了一遍。守真道:"我行天心①正法,专一要捉邪祟。若与吾弟同行,看甚的鬼魅敢来相侵!"二人饮酒毕,同出酒店。正行之次,潘松道:"师兄,你见不见?"指着矮墙上道:"两个白鹩子在瓦上厮啄,一个走入瓦缝里去。你看我捉这白鹩子。"方才抬起手来,只见被人一掀,掀入墙里去。却又是前番撞见婆子的去处。守真在前走,回头不见了人,只道又有朋友邀去了,自归。不在话下。

且说潘松在亭子上坐地。婆子道:"先时好意相留,如何便走? 我有些好话共你说。且在亭子上相等,我便来。"潘松心下思量,自道:"不妨再行前计。"只见婆子行得数步,再走回来:"适来娘娘相请,小员外便走去了,到怪我。你若再走,却不利害!"只见婆子取个大鸡笼,把小员外罩住,把衣带结三个结,吹口气在鸡笼上,自去了。潘松用力推不动;用手尽平日气力,也却推不动。不多时,只见婆子同女童来道:"小员外在哪里?"婆子道:"在客位里等待。"潘松在鸡笼里听得,道:"这个好客位里等待!"只见婆子解了衣带结,用指挑起鸡笼。青衣女童上下手一挽,挽住小员外,即时撮将去,到一个去处。只见:

> 金钉朱户,碧瓦盈檐。四边红粉泥墙,两下雕栏玉砌。宛若神仙之府,有如王者之宫。

---

① 天心——天意。

那婆婆引入去,只见一个着白的妇人出来迎接。小员外着眼看,那人生得:

> 绿云堆鬓,白雪凝肤。眼描秋月之明,眉拂青山之黛。桃萼淡妆红脸,樱珠轻点绛唇。步鞋衬小小金莲,十指露尖尖春笋。若非洛浦神仙女,必是蓬莱阆苑人。

那婆子引那妇女与潘松相见罢,分宾主坐定,交两个青衣安排酒来,但见:

> 广设金盘雕俎,铺陈玉盏金瓯。兽炉内高爇①龙涎,盏面上波浮绿酏②。筵间摆列,无非是异果蟠桃;席上珍馐,尽总是龙肝凤髓。

那青衣女童行酒,斟过酒来。饮得一盏,潘松始问娘娘姓氏,只听得外面走将一个人入来。看那人时,生得:

> 面色深如重枣,眼中光射流星。
>
> 身披烈火红袍,手执方天画戟。

那个人怒气盈面,道:"娘娘又共甚人在此饮宴?又是白圣母引惹来的,不要带累我便好。"当时娘娘把身迎接他。潘松失惊,问娘娘:"来者何人?"娘娘道:"他唤做赤土大王。"相揖了,同坐饮酒。少时,作辞去了。

娘娘道:"婆婆费心力请得潘松到此,今共与奴做夫妻。"吓得小员外不敢举头。也不由潘松,扯了手便走。两个便见:

> 共入兰房,同归鸳帐。宝香消绣幕低垂,玉体共香衾偎暖。揭起红绫被,一阵粉花香;撷起琵琶腿,慢慢结鸳鸯。三次亲唇情越盛,一阵酥麻体觉寒。

二人云雨,潘松终猜疑不乐。缠绵到三更已后,只见娘娘扑身起来出去。

小员外根底立着王春春,悄悄地与小员外道:"我叫你走了,却如何又在这里?你且去看那件事。"引着小员外,蹑足行来,看时,见柱子上缚着一人,婆子把刀劈开了那人胸,取出心肝来。潘松看见了,吓得魂不附体,问春春道:"这人为何?"春春说道:"这人数日前时,被这婆婆迷将来,也和小员外一般排筵会,也共娘娘做夫妻。数日间又别迷得人,却把这人坏了。"潘松听得,两腿不摇身自动:"却是怎生奈何?"

---

① 爇(ruò 或 rè)——燃烧。

② 绿酏——应为"醁酏"(lù yì)。酒面上浮起的浅碧色浓汁浮沫。

　　说犹未了，娘娘入来了，潘松推睡着。少间，婆婆也入来，看见小员外睡着，婆子将那心肝，两个斟下酒，那婆子吃了自去，娘娘觉得醉了，便上床去睡着。只见春春蹑脚来床前，招起潘松来，道："只有一条路，我交你走。若出得去时，对与我娘说听：多做些功德救度我。你记这座花园，唤做刘平事花园，无人到此。那着白的娘娘，唤做玉蕊娘娘；那日间来的红袍大汉，唤做赤土大王，这婆子，唤做白圣母。这三个不知坏了多少人性命。我如今救你出去，你便去房里床头边，有个大窟笼，你且不得怕，便下那窟笼里去，有路只管行，行尽处却寻路归去。娘娘将次觉来，你急急走！"

　　潘松谢了王春春，去床头看时，果然有个大窟笼。小员外慌忙下去，约行半里田地，出得路口时，只见天色渐晓。但见：

　　薄雾朦胧四野，残云掩映荒郊。江天晓色微分，海角残星尚照。牧牛儿未起，彩桑女犹眠。小寺内钟鼓初敲，高荫外猿声乍息。正是：大海波中红日出，世间吹起利名心。

　　潘松出得穴来，沿路上问采樵人，寻路归去，远远地却望见一座庙宇，但见：

　　朱栏临绿水，碧涧跨虹桥。依稀观宝殿觑觑，彷佛见威仪凛凛。庙门开处，层层冷雾罩祠堂；帘幕中间，阴阴黑云笼圣像。殿后簷松蟠异兽，阶前古桧似龙蛇。

行进数步，只见灯火灿烂，一簇人闹闹吵吵，潘松移身去看时，只见庙中黄罗帐内，泥金塑就，五彩妆成，中间里坐着赤土大王，上首玉蕊娘娘，下首坐着白圣母，都是夜来见的三个人。惊得小员外手足无措。问众人时，原来是清明节，当地人春赛，在这庙中烧纸酹献。小员外走出庙来，急寻归路，来到家中，见了父母，备说昨夜的事。大员外道："世上有这般作怪！"

　　父子二人，即时同去天应观，见徐守真。潘松说："与师兄在酒店里相会出来，被婆子摄入花园里去。"把那取人心肝吃酒的事，历历说了一遍："不是王春春叫我走归，几乎不得相见！"徐道士见说，即时登坛作法，将丈二黄绢，书一道大符，口中念念有词，把符一烧。烧过了，吹将起来，移时之间，就坛前起一阵大风。怎见得？那风：

　　风来穿陌巷、透玉宫。喜则吹花谢柳，怒则折木摧松。春来解冻，秋谢梧桐。睢河①逃汉主，赤壁走曹公。解得南华天意满，何劳宋玉辩雌雄！

那阵风过处，见个黄袍兜巾力士前来云："潘松该命中有七七四十九日灾厄，招此等妖怪，未可剿除。"徐守真向大员外道："令嗣有七七四十九日灾厄，只可留在敝观躲灾。"大员外谢了徐守真，自归。

小员外在观中住了月有余。忽一日，行到鱼池边钓鱼。放下钩子，只见水面开处，一个婆子咬着钓鱼钩。吓得潘松丢下钓竿，大叫一声，倒地而死。急忙救起，半晌重苏，令人便去请将大员外来。徐守真向大员外道："要捉此妖怪，除是请某师父蒋真人下山。"大员外问："这蒋真人却在何处？"徐守真道："见在中岳嵩山修行。"大员外道："敢烦先生亲自请蒋真人来，捉此妖怪。"徐守真相别了，就行。

且说小员外同爹归到家里，只是开眼便见白圣母在书院里面。忽一日，潘松在门前立地，只见那婆子道："娘娘叫我来请你。"正说之间，却遇着徐守真请蒋真人来到潘员外门前，却被蒋真人镇威一喝，吓得那婆子抱头鼠窜，化一阵冷风，不见了。徐守真令潘松："参拜了蒋真人，救你一命！"大员外即时请蒋真人相见。叙礼毕，安排饭食。不在话下。

那蒋真人道："今夜三更三点，先诛这白圣母。"天色渐晚，但见：

　　金乌西坠，玉兔东生。满空薄雾照平川，几缕残霞生远浦。渔父负鱼归竹径，牧童同犊返孤村。

当夜三更前后，蒋真人作罢法，念了咒语。两员神将驱提白圣母来。蒋真人交抬过鸡笼来，把婆子一罩住，四下用柴围着。蒋真人喝声："放火烧！"移时，婆子不见了，只见一个炙干鸡在笼里。

看看天晓，蒋真人道："今日午时，刘平事花园里去断除那两个妖怪。"到得日中，四人同行到花园门首。蒋真人道："叫徐守真将一道灵符，将两枚大钉，就花园门首地上便钉将下去。"只见起一阵大风，风过处，见四员神将出现。但见：

　　黄罗抹额②，污骖③皂罗袍光；袖绣团花，黄金甲束身微窄。剑

---

① 睢（suī）河——濉河。在安徽省西北部。

② 抹（mò）额——亦称抹头，束在额上的巾。

③ 骖（cān）——古代乘车在车右陪乘的人。

横秋水,靴踏狻①猫。上通碧汉之间,下彻九幽之地。业龙作过,自海波水底擒来;邪祟为妖,入洞穴中捉出。六丁坛畔,权为符吏之名;玉帝阶前,请走天丁名号。搜捉山前为怪鬼,拜会乾坤下二神。

四员神将领了法旨,去不多时,就花园内起一阵风。但见:

无形无影透人怀,四季能吹万物开。

就地撮将黄叶去,入山推出白云来。

风过处,只听得豁辣辣一声响亮,从花园里,神将驱将两个为祸的妖怪来。蒋真人道:"与吾打杀,立叫现形!"神将那时就坛前打杀,一条赤斑蛇,一个白猫儿。原来白圣母是个白鸡精,赤土大王是条赤斑蛇,玉蕊娘娘是个白猫精。

神将打死了妖怪,一阵风自去了。潘员外拜谢了蒋真人、徐守真,自去了。

话名叫做《洛阳三怪记》。

---

① 狻(suān)——狻猊(ní)。传说中的一种猛兽。

风月相思

入话:

> 深院莺花春昼长,风前月下倍凄凉,
> 只因忘却当年约,空把朱弦骂断肠!

洪武元年春,有冯琛者,字伯玉,故成都府朝阳门兴庆坊人也。父缊,为元先锋都督,生琛于金陵,时至元六年庚戌岁也。幼失怙恃①,伊舅氏育养。至总角,颖悟聪明,词章翰墨,与世罕有。少长,咸②羡誉之。未几,南北盗贼兴起。琛奔走流离,浪迹江湖。至临安时,直殿将军赵彧③见而异之。公无子,得琛甚喜。琛事之如亲父焉。公有女名云琼,幼丧母,公命庶母刘氏育之。年至十三,同琛延师教之。琛加恭敬,如亲妹,而琼待琛亦如亲兄。

一日,琛忧思干戈不宁,恻然有感,遂赋一诗以呈师,云:

> 两虎争雄势不休,回头何处是神州?
> 一朝鼙鼓喧天动,万里尘埃匝地浮。
> 白日豺狼当路道,黄昏烽火起边楼。
> 何时南北干戈息,重睹君王旧冕旒④!

师诵毕,特以示威,曰:"此子当有大志,非常才也!"公亦喜。

将二载,刘氏以云琼年长,可笄,遂令入闺阁,习女工。一日,琛在书馆独坐,见春光明媚,蜂蝶交飞,不觉惆怅,吟一绝云:

> 桃花如锦草如茵,妆点园林无限春。
> 蜂蝶分飞缘底事? 东君应念断肠人!

琛吟毕,云琼在书馆后游玩,听其吟诗有惆怅之意,悒悒⑤不乐。越数日,百和亭前牡丹盛开,琛往观之,琼亦在彼,遂同玩赏。琼问曰:"'东君应念断肠人',为谁作也?"琛笑而不答,又将牡丹花题诗一首:

---

① 怙恃(hù shì)——依靠。这里代指父母。

② 咸——都。

③ 彧(yù)。

④ 冕旒(miǎn liú)——古代帝王,诸侯及卿大夫的衣冠。

⑤ 悒悒(yì)——忧闷不乐。

娇姿艳质解倾城，似语还休意未成。

一点芳心谁共诉？千重密叶苦相屏！

君王笑处天香满，妃子观时国色盈。

何幸倚栏同一赏，恨无杯酒浥芳馨！

琼见诗，知琛意有属于己，乃一笑，叹息而去，回顾再三。

琛自此之后，见其姿容秀丽，其心不能自持。琼此后无心针指，时出游戏消遣，见蜂蝶燕莺，景物繁华，赋诗一首：

春色平分二月时，弓鞋款款步莲池。

九回肠断无由诉，一点芳心不自持。

灼灼奇花留粉蝶，阴阴古木啭黄鹂。

晓来闷对妆台立，巧画蛾眉为阿谁？

琼有侍女韶华，颇巧慧，能讴诗。见琼长吁短叹，识其意而不敢问。一日，偶过书馆，琛语之曰："我万里无家，四海一身，与我结为兄妹，何如？"韶华曰："贱妾卑微，何敢上扳①君子！"生曰："何害？"二人拜为兄妹。自此之后，与琛来往甚密。

一日，琛问曰："连日不见琼娘子，固无恙乎？"答曰："娘子近日偶疾如疟，神思不宁，倚床作《望江南》词。"琛曰："愿闻。"韶华云：

"香闺内，空自想佳期。独步花阴情绪乱，慢将珠泪两行垂，胜会在何时？　　恹恹病，此夕最难持。一点芳心无托处，荼蘼架上月迟迟，书惆怅有谁知？"

韶华别去。知琼有意于己，潸然下泪。

次日，与赵公会宴，琼侍父侧，虽然眉目往来，不能通言语为憾。琛归室，见宝鸭香消，银台烛暗，愁怀万斛，展转至晓，乃赋一律：

暗思昨日可怜宵，得见佳人粉黛娇；

银海晓含珠泪湿，金莲微动玉钩摇

谢鲲徒折机边齿，弄玉空吹月下箫。

一笑倾城殊绝代，宁交不瘦沈郎腰！

一日，琛与韶华曰："我有手书一缄，烦汝送琼，幸勿沉滞！"韶华乃潜纳于镜奁。次早，琼梳妆，见书，视之，乃《满庭芳》词：

---

① 上扳——上攀。

蝉鬓拖云，蛾眉扫月，天生丽质难描。樽前席上，百媚千娇。一点芳心初动，五更清兴偏饶。诉衷肠不尽，虚度好良宵。秦楼明月夜，余音袅袅，吹彻鸾箫。闲敲棋子，愈觉无聊。何时识得东风面，堪成凤友鸾交？凭鸿雁，潜通尺素，盼杀董妖娆！

复吟一绝：

　　每同玉步踏香尘，曾见妆台点绛唇。

　　春色谩随桃杏去，天台谁为款刘晨？

琼读毕，怒责韶华曰："汝怎敢传消递息！我与夫人说知。"韶华悲泣哀告。琼意稍解，乃曰："舍人何以知我病，而送药方与我？当以实对。"韶华曰："向者①，舍人与妾言曰：'我四海无亲，欲与结为兄妹！'当时妾惶愧不敢当。复问：'娘子无恙？'妾曰：'因病，稍安。'妾读娘子《望江南》词，舍人不觉泪下。至晚，以书令妾转达。"琼曰："我虽未愈，不服此药。不可辜其美意，我今回一缄去谢之。"

韶华候琼作书毕，持以诣琛室。琛见韶华，甚喜。琛展视之，乃和《满庭芳》词，云：

短短金针，纤纤玉手，闲将绣带轻描。描鸾刺凤，想象剔还挑。不觉黄昏又到，谁知玉减香消！鸳鸯被，寻思展转，倏忽至中宵。阳台魂梦杳，彩鸾归去，辜负文箫！算人生几，行乐陶陶！何日相逢一面，樽前唱彻红绡？知此时芳心动也，愁杀盖宽饶！

复吟一绝：

　　丰姿绝代更青春，妾意拳拳在汝身。

　　叨月一轮花满地，肯容香露湿湘裙？

琛视毕，不觉失魂丧志，莫知身之所在。

琼曰："彼时以我病愈，兄妹之情，喜之。"与时，韶华颇疑之，退而叹曰："人生莫作妾婢身，城门失火池鱼殃。日后必贻祸于我矣！"自此非堂前有命，不出于外。琼虽意恋，不能相会。

生自此之后竟不得见，憔悴疲倦，饮食减少。夫人刘氏时加宽慰以"休思乡里"，琛但俯首而已。有一日，夫人与侍女数人，于后花园迎风亭上观赏荷花。琼推疾不出。夫人去后，琼潜至琛室，问曰："兄何恙？"琛

_____
① 向者——刚才，不久之前。

泪下，不能答言。琼曰："兄何故如此？万事岂由人乎？琼闻夫子曰：'贤贤易色①。'古圣所戒！"生曰："钻穴逾墙，吟琴折齿，妹独不知？"言语未尽，侍女报曰："夫人至。"琼曰："且与告别，情话难尽。翌日牛女②佳期，妾当陈瓜果，与君登楼乞巧，以占灵配。"生诺。

至期，生乃赴约。刘氏命琼在堂行酒，亦召琛预宴。琛不胜懊恨，仰观其天，轻云翳③月，乍明乍暗，织女牵牛，黯淡莫辨。忽听谯楼鼓已三更矣，乃赋诗云：

> 几度如梳上碧空，缺多圆少古今同。
>
> 正期得见嫦娥面，又被痴云半掩笼！

次日，于堂侧偶见琼，生以此示之。琼口占一绝：

> 停杯对月问蟾蜍，独宿嫦娥似妾无？
>
> 今日逢君言未尽，令人长恨命多孤！

琼自后作事，闷闷不已；女工之事，俱无情意。患病数日，家人惊惶，乃白④刘氏。夫人即唤韶华，曰："汝知娘子之病？"韶华不敢答。夫人再三逼之，只得言："娘子与冯官人相见之后，至今三好两怯。"夫人即与公曰："妾闻'男冠而有室，女笄而有家'，今琼年二十，闺房之事，想已知之。且琛居门下，亦有年矣，而琼岂无思念之心？妾视动静之间，俱有不足之意；不如早命纳琛为婿，庶免彰人之耳目。"

或大怒，不悦，寻思良久，乃曰："依汝言也罢。"当韶华面前告琼。琼喜，令韶华告琛。琛喜，赋诗一首以自贺：

> 昨回窗前阅简编，银红双结并头莲。
>
> 当时以此非容易，今日方知岂偶然。
>
> 红叶沟中传密意，赤绳月下结姻缘。
>
> 从前多少心头事，尽付东流水一川。

翌日，公令人探琛，曰："投托门下，多蒙厚恩，敢效结草之意。既蒙有命，

---

① 贤贤易色——用具有尊贵优秀品德的心来交换、改变爱好美色的心。见《论语·学而》。

② 牛女——指牵牛星和织女星。

③ 翳（yì）——遮蔽。

④ 白——告诉。

安敢不从!"退以告公。

越十余日,公命媒行娉为婿,于二室。至期,屏开孔雀,褥隐芙蓉,花烛莹煌,管弦歌沸。琛与琼拜于堂,一如神仙归洞府。宾客叹其郎才女貌,世间罕有。至筵席散,琛偕入洞房,见其象床瑶席,凤枕鸳衾,乐谐琴瑟。琛与琼曰:"昔慕子之心,每于花前月下,抚景伤怀。今日至此,岂非天假良缘耶!"琼曰:"遇君之后,行无定迹,寝不贴席。今也天随人愿,获侍巾栉,但愿君子始终如一,则万幸矣!"琼拟《蜂情蝶意遂》词,云:

翠荷花里鸳鸯浴,碧桃枝上鸾凤宿。花烂枝尚柔,俄惊一夜秋。

百岁共谐和,相看奈汝何?

琛亦口占《减字木兰花》词一,云:

调云弄雨,迤逦罗帏同笑语;春透花枝,一日偎倚十二时。相怜相爱,还了平生憔悴债;鱼水欢情,剪下青丝结誓盟。

越月余,公破召,促装赴京,嘱琛家事而别。越三月,公奏曰:"臣老,不能用也。有婿冯琛,素怀异才。臣荐为国,非私也。"上大悦,遣使召琛。琛与琼曰:"蒙旨征召,暂与相别。"琼曰:"相会未几而遽①别,奈何!奈何!妾闻金陵胜地,歌楼不可留恋!"生曰:"噫!卿误也!我心尤如冰玉,后当自知。"即促装起程。

琼今韶华备酒肴,饯于郊外。琼握琛手,相视大恸。琛亦呜咽。琼曰:"君今弃妾,妾无负于君!"琛曰:"我与子岂一朝一夕之缘分!今日之行,出于无奈;卿有是言,殆非以为陌路人耶?"琼曰:"君无二心,妾何以报!"口占二绝以赠。

其一:

鱼水欢娱未一秋,临歧分袂②更绸缪。

诉君不尽衷肠事,唯有潸潸珠泪流。

其二:

香闺绣幞恨悠悠,一片离情不自由。

争奈君心似流水,滔滔东去不能留。

琛赋律诗一首以答:

---

① 遽——急,突然。

② 分袂(mèi)——分手,离别。

> 懒上雕鞍闷不胜，此心如醉为多情。
>
> 空垂眼底千行泪，难阻天涯万里程。
>
> 最苦凄凉冯伯玉，可怜憔悴赵云琼。
>
> 男儿且学四方志，铁石心肠作广平。

琼情不已，亦作《茶瓶》词，云：

> 忆昔当时相会，共结百年姻配。枕前盟誓如山海，此意千载难买。思①和爱，知何在？情默默，有谁瞅彩？妾心未改君先改，奈②好事多成败！

词毕，恸哭不舍。琛扶琼至家，嘱韶华劝慰。次早，不令琼知而去。

琼晚见月界窗痕，风鸣纸隙，举目无亲，以赋《临江仙》词一阕：

> 明窗纸隙风如箭，几多心事难忘。茶蘼架下见行藏③，交加双粉蝶，交颈两鸳鸯。　　岂知今日成抛弃，尪羸④减玉消香。谁与诉衷肠？行云缥缈，恨杀楚襄王。

琛行不觉逾旬，未尝不思琼也，观京畿将近，偶成一律：

> 冉冉时光日似梭，相思无计欲如何？
>
> 五云缥缈皇畿近，万里迢遥客恨多。
>
> 愁望银河看织女，魂飞阆苑⑤问仙娥。
>
> 金陵谩说花如锦，一点芳心誓匪⑥他。

生行至京，见上于奉天殿。上甚爱其才，即除为起居郎。一日出朝，因便人作书以寄：

> 冯琛端肃书奉云琼娘子妆前：拜违懿范，已经月余。思仰香闺，梦寐行坐，未尝离于左右。迩来未审淑候何如？琛至京，蒙授起居郎。谁料菲才，幸际风云之会，得依日月之光。偶因风便，封缄以寄眷恋之私云。

---

① 思——疑为"恩"。

② 奈——疑为"争奈"。争，怎。

③ 行藏——行止。

④ 尪羸（wāng léi）——瘦弱。

⑤ 阆（láng）苑——传说中的神仙住处。常用指宫苑。

⑥ 匪——非。

琼得书,一喜一悲。贺者填门,而琼悲号不已。刘夫人命具杯酌,弦歌宽慰。琼编《驻马听》,命韶华讴之,闻者莫不凄惋。自兹愈无聊赖,鸾孤凤只,竹瘦梅癯,而似梨花带雨,眉如杨柳含烟。暑中风凉月冷,形只影单,赋诗一律:

> 夜深独坐对残灯,默默怀人百感增。
>
> 愁肠百结如丝乱,珠泪千行似雨倾。
>
> 月照纱窗光皎皎,风摇铁马响铃铃。
>
> 总藉夫人宽慰我,金樽漫有酒如渑①。

　　素娥善言语,一日,对琼曰:"妾闻西湖鸳鸯失侣,相思而死,何谓也?"琼曰:"汝戏我乎?"曰:"既知,何不自想?"琼曰:"汝不闻李白云:

> 锦水连天碧,荡漾双鸳鸯。
>
> 甘同一处死,不忍两分张!"

素娥曰:"谁无夫妇,如宾似友?至于离合,故不可测。《关雎》诗,曰乐虽盛,而不失其正,忧虽深,而不害于和。是以传之于经。娘子朝夕哭泣,过于哀怨;倘致不虞,将如之何?望以身命为重!"琼意稍解。

　　琼恐琛心有异,不能无疑焉,乃作古风一章以自慰:

> 忆昔与君相拜别,三月鹃声哀夜月。鸳鸯帐里彩鸾孤,惆怅良人音信绝。妾心如水水复深,妾泪如珠珠溅血。深院无人春昼长,几回独把湘帘揭。湘帘揭起飞双燕,燕燕差池相眷恋。令人感动心益悲,欲寄征鸿风不便。文君空有《白头吟》,婕妤②谩赋齐纨扇。君心若与我心同,妾亦于君复何怨!

琼作虽非怨悔,相思之心殊切,抚景兴怀,时无休歇。伫见征鸿北去,乌鹊南飞;寒蛩在壁,秋水连天;桐风飒飒,桂月娟娟;香残烛暗,枕冷衾寒。斯时也:空闺寂寂,人各一天;经年累月,有谁见怜!作《满庭芳》一阕:

> 皓月娟娟,清灯灼灼,回身转过西厢。可人才子,流落在他乡。只望团圆到底,谁知度属参商③。君知否?星桥别后,一日九回肠。

---

① 有酒如渑(shéng)——语出《左传·晤公十二年》"有酒如渑,有肉如陵"。渑,渑水,即山东时水。

② 婕妤(jié yú)——妃嫔称号。

③ 参(shēn)商——参、商两星此出彼没,两不相见,喻两人分离不得相见。

相思无尽极,惨云愁雨,减玉消香。几回梦里,与子飞扬。尤记山盟
海誓,地久天长。春已老,桃花无主,何日遇刘郎?

题毕,谓韶华曰:"古之女亦有如我者乎?"答曰:"有之。如王妫之丧身,
姜女之死节,皆如此也。然悲欢离合,亦自古有之;若不自惜其身,至于
殒绝,亦或有之。"

琼曰:"汝之言,我非不知。但恨与琛会合未久,遽成离别,恐作王魁
负桂英也。"因而赋歌一首:

　　黄昏渐近兮,白日颓西。对景思人兮,我心空悲。云归岫兮去
远。霞映水兮呈辉。倏天光兮黯淡,月初出兮星稀。叹南飞兮乌鹊,
绕树枝兮无依。久凭栏兮徒倚,追往事兮嗟吁。香消兮玉减,花落兮
色衰。陟高庭兮眺望,仍凝思兮迟迟。霜凋残兮落叶,雨滴损兮花
枝。花委谢兮寂寂,叶辞柯兮凄凄,恨关凶兮路远,极国望兮天涯。
自勉强兮假寝,风飒飒兮吹衣。奈好梦兮杳渺,忽惊觉兮邻鸡,傍妆
台兮抑郁,临宝镜兮惨凄。霞鬓云鬟兮,为谁梳洗?兰心蕙质兮,空
自昏迷。睹双飞兮粉蝶,听百啭兮黄鹂。何人生兮不若?嗟物类兮
如斯。愧年少兮多别离。望美人兮空踌躇!

韶华观其吟,亦掩泪,谓娘子曰:"恐生有'富易妻,贵易交'之意,莫若令
人赍书与冯生,起居动静,可知之矣。胡乃孤眠独宿,行吁坐叹,而自苦若
此也!"琼曰:"岂必书也。自生别后,有诗十余首,并录寄赠,以见我之心
耳!"即日遣家童赍书抵京。

琛得书,不胜欣喜,展视之,皆琼佳制也:

其一

　　泪雨潸潸洒满衣,含愁强赋断肠诗。
　　自从昔日相分手,直至今朝懒画眉。
　　东阁尚怀挥翰墨,西园犹想折花枝。
　　自君一去无消息,独对青铜怨别离。

其二

　　景物鲜妍在上林,水山玉树占朝阴。
　　鸣蝉树底愁人巧,蟠蟀阶前动客心。
　　泣别最嫌金魄冷,悲离不胜彩衣砧。
　　梦魂几度潇湘水,空惹斑斑泪雨淋。

其三

晓来妆罢不胜悲，独对鸾钗懒画眉。
魂迷游蜂身似借，肠牵飞絮意如痴。
泪血几从心内落，脸香半褪手还支。
相思相见如何日。最苦谯楼漏滴迟。

其四

别时记得共芳樽，今日犹余万种恩。
绣妒鸳鸯闲白昼，书空鱼鸟盼黄昏。
一番对月一成梦，几度临风几断魂。
挑尽残灯凄切处，薄衾香冷倩谁温。

其五

晓来睡起思重重，袄恨无人笑语同。
心似游丝牵恨短，意如流水惹情惆。
当年还道春如锦，今日须知色是空。
回首雕阑真寂寞，开愁千里付孤鸿。

其六

闲事萦心不得眼，玉人一别已经年。
新诗蔑裂惭吟雪，旧事凄凉怕问天。
锦帐生寒愁蟏蛸，鸳衾孤寥怕啼鹃。
梦回神绕金陵路，安得鸾胶续断弦。

其七

空庭草色入帘青，无奈分飞两鹡鸰。
凤髻乱盘浑似懒，娥眉淡扫不成形。
梦中相合非真境，帐里孤眠怎得宁。
起傍花阴强排遣，枝头社宇又难听。

其八

凭阑无语怨东风，愁遇春归恨转浓。
一枕鸳鸯魂梦杳，半窗花月影阴重。
佩声细巧千般懒，粉面清消万事慵。
纸短语长题不尽，殷勤寄收早相逢。

其九

花开深处有啼莺，听得声声怨别轻。

翠叶慵簪歌绿鬓，彩裳倦整辍红筝。

纷纷柳絮随风舞，朵朵葵英向日倾。

无限幽怀羞自语，可怜无主赵云琼。

其十

无端镇日锁只蛾，缕缕愁来似叠波。

闲数落花消积恨，坐牵蕉叶馘①情魔。

堪嗟好事成还败，深憾佳期别更多。

拂鬓自怜犹自叹，冯生负我奈之何。

琛览毕，感念倍增，即遣家童往迎云琼，亦作诗一首。诗云：

梦魂几度到河阳，执手凄凄诉断肠。

最苦冰弦操别调，深悲玉女整离装。

睡去牵衣真得意，醒来分袂独凄惶。

已知闪得成愁也，早驾香车到帝乡！

家童归，韶华报琼曰，"冯官人书信至矣。"时琼方倦寝，一闻此言，踊跃而起。见家童道，生意念勤恳，特迎夫人，不胜欣喜。顾谓韶华曰，"汝自幼从我，顷刻不离。及归于冯，汝犹不弃，我今将行，汝从我乎？"韶华曰："妾幼侍夫人居于闺阁之中，誓生死相随。今夫人将行，妾愿侍随。"即日治办行装而去。

离朝五里许，琛先在郊外候琼而来，其融融，乃曰："一别许久，不想今日复睹仪容。"琼再拜谢，曰："妾女流也，不知理法。荷蒙君子不弃，誓同生死！"琛与琼轿马相随，归衙，重寻旧约，再整前盟："今夕之会，何幸如之。琛赋诗一律：

朱颜一别几经春，两地相思各惨神。

失意如今还得意，旧人偏觉胜新人。

颠鸾倒凤情何洽？誓海盟山乐更真。

寄语司天台上客，更筹促漏莫交频！"

不觉已五更鼓矣，琛起，整秋冠而进朝。

---

① 馘（guó）——古代战时割取所杀敌人的左耳，用以计功。引申"杀情魔"。

俄闻倭夷有警,上敕①琛为静海将军,即日承命。至家,与琼曰:"吾奉朝命,领兵收贼,有一载之别。汝宜保重! 吾不敢久留以缓君命。"于是率凤阳精兵以迸。上大悦,亲劳军士,同兵部尚书李斌、左平章廖禹,复率羽林等共五十八万军马,旌旗蔽野,水陆继进。

琛之英风锐气,所向无前,驻扎连栈。倭夷鏖战佯走,琛兵追之。倭度其半入,以精兵五千,出其不意,由别道尾其后,官军溺死者无算,江水为之不流。琛呼谓众曰:"今天败我,非众之罪也! 第无以报效朝廷。"生复招集残兵,整顿军旅,身先士卒。众乃奋身戮力,与敌鏖战,无不一当百。倭夷大败。琛喜曰:"不意天兵之果锐也!"倭夷遂遣使称臣求和。琛恐有变,许之,奏凯而还。

上得捷音,天颜大悦,谓宋景曰:"以羸败之兵,入危险之地,而能克敌,皆卿之荐举得其人也。"景稽首拜,曰:"愚臣无知之明敏果断,举选得人。"上曰:"古有社稷之臣,令琛近之矣!"琛引兵由玄武门而入。上坐金殿上,召琛入丹陛②。上慰劳之,曰:"克战之功,出于卿也!"琛拜曰:"陛下顺行天道,御物无私;臣下奉行政令而已。"遂拜琛为镇国大将军,赐剑履趋朝;云琼封为赵国夫人,金冠霞帔。夫荣妻贵,近世未有。

夫何盛极有衰,天年不永。洪武七年甲寅岁,十一月初一日壬戌,薨③。病亟之夕,执琼手谓曰:"当负汝矣! 路隔幽冥,不复相见也!"急呼家童,燃灯取笔,题诗云:

　　九泉未肯忘恩爱,一死无由报主恩!
　　君命妻情俱未了,空留怨气塞乾坤!

琼曰:"君无忧也,不久当相见!"言讫,琛卒。

次日,大夫宋景奏闻。上曰:"天何夺吾伯玉之速也!"命礼部官具衾椁④,拟以王礼祭之,曰:明仁忠烈武安王。越十五日丙子,琼亦以忧思不进饮食而卒。敕合葬于采石⑤之阳。越一月,御祭,墓碑丹书,命陶凯篆

　①　敕(chì)——帝王的诏书、命令。
　②　丹陛——即"丹墀"。称古时宫殿前以红色涂饰的石阶。
　③　薨(hōng)——唐称二品以上官员之死。
　④　衾椁(guǒ)——冥衣、棺椁。椁,椁外的套棺。
　⑤　采石——地名。在今安徽马鞍山市境内。

额,宋景作序。有子二人:长曰明德,尚平公主;次子明烈,娉廖禹之女。是为之记。

优俪相期寿百年,谁知一旦丧黄泉!

云琼节义非容易,伯玉姻缘岂偶然!

配获鸾凤真得意,敬同宾友不虚传。

《关雎》风化今重见,特为慇懃着简编。

《风月相思记》终。

张子房^①慕道^②记

入话：

梦中富贵梦中贫，梦里欢娱梦里嗔。

闹热一场无个事，谁人不是梦中人？

话说汉朝年间，高祖登基，驾坐长安大国。忽一日，设朝聚集文武两班，九卿四相。各人奏事已毕。班部中转过一人，紫袍金带，执简当胸，出班奏曰："我王万岁！微臣看得近今天下太平，风调雨顺，万民乐业。臣欲要慕道修行，不知我王意下如何？"高祖问曰："卿因何要入山慕道？"张良答曰："臣见三王苦死，不能全终。"高祖曰："哪三王？"张良曰："是齐王韩信，大梁王彭越，九江王英布。原来这三王，忠烈直臣，安邦定国。臣想昔日楚王争战之时，身不离甲，马不离鞍，悬弓插箭，挂剑悬鞭，昼夜不眠，日夜辛苦，这般猛将尚且一命归阴，何况微臣！岂不怕死？"高祖曰："卿莫非官小职低，弃却寡人？岂不闻钢刀虽快，不斩无罪之人？"张良曰："岂无罪过！臣思日月虽明，尚不照覆盆之下。三王向如此乎？"高祖曰："齐王韩信，他有罪过，如何苦死？卿不知其情，寡人有诗为证：

韩信^③功劳十代先，夜斩诗祖赫赵燕。

长要损人安自己，有心要夺汉朝天。"

张良诉说已罢，微微冷笑，便道："我王岂不闻古人云：'君不正，臣投外国；父不正，子奔他乡。'我王失其政事，不想襄州筑坛拜将之时。我王不信，有诗为证：

韩信遭逢吕后机，不由天子只由妃。

智赚未央宫内见，不想襄州拜将时。"

高祖曰："卿，韩信、彭越^④、英布^⑤三人有怨寡人之心。"张良答曰：

---

① 张子房——汉初大臣张良，字子房。

② 慕道——出家。

③ 韩信——汉初诸侯王，为吕后所杀。

④ 彭越——汉初诸侯王，为刘邦所杀。

⑤ 英布——汉初诸侯王。因彭越、韩信相继被杀，举兵反，战败逃江南，被长沙王诱杀。

"臣自有诗为证：

> 韩信临危剑下亡，低头无语怨高皇。
>
> 早知死在阴人手，何不当初顺霸王！"

张良言曰："微臣眼前不见二人，一心只要慕道。"高祖道："卿，你做官中第一，极品随朝，身穿紫罗袍，腰悬白玉带，口飡①珍馐百味，因甚却要归山慕道？"张良曰："臣见三王遭诛，臣怀十怕。"高祖曰："卿哪十怕？"张良曰："赦臣之罪，微臣敢说。"高祖曰："朕赦之！"良曰："听臣所说，有诗为证：

> 一怕火院锁牢缠；
>
> 二怕家眷受熬煎；
>
> 三怕病患缠身体；
>
> 四怕有病服药难；
>
> 五怕气断身亡死；
>
> 六怕有难哭皇天；
>
> 七怕彩木花棺椁；
>
> 八怕牢中展却难；
>
> 九怕身葬荒郊外；
>
> 十怕萧何律上亡！"

张良曰："我王，倘若无常到来，如何躲得？"高祖曰："卿，你正好荣华富贵，却要受冷耽饥。"张良曰："皇若不信，有词为证：

> 慕道逍遥，修行快乐。粗衣淡饭随时着，草履麻鞋无拘束。不贪富贵荣华，自在闲中快乐。手内提着荆篮，便入深山采药。去下玉带紫袍，访友携琴取乐。"

高祖曰："卿要归山，你往哪里修行？"张良曰："臣有诗存证：

> 放我修行拂袖还，朝游峰顶卧苍田。
>
> 渴饮蒲荡香醪酒，饥餐松柏壮阳丹。
>
> 闲时观山游野景，闷来潇洒抱琴弹。
>
> 若问小臣归何处？身心只在白云山。"

高祖曰："卿意要去修行，久后寡人有难，要卿扶助朝纲，协立社稷。"

---

① 飡（cān）——吃。

张良回答曰："臣有诗存证：

　　十年争战定干戈，虎斗龙争未肯和。

　　虚空世界安日月，争南战北立山河。

　　英雄良将年年少，血染黄沙岁岁多。

　　今日辞君巨去也，驾前无我待如何！"

高祖曰："如今天下太平，正好随伴寡人，在朝受荣华富贵，却要耽寒受冷，黄齑淡饭，修行慕道！"张良曰："听臣所说，有诗为证：

　　两轮日月疾如梭，四季光阴转眼过。

　　省事少时烦恼少，荣华贪恋是非多。

　　紫袍玉带交还主，象简乌靴水上波。

　　脱却朝中名与利，争名夺利待如何！"

高祖曰："不要卿行职事，早晚随伴寡人，意下如何？"张良曰："臣有诗存证：

　　荣华富贵终无久，仔细思量白发多。

　　为人不免无常到，人生最怕老来磨。"

高祖曰："卿若年老，寡人赐你俸米，月支钱钞，四季衣服，封妻荫子，有何不可？"张良曰："蒙赐衣、钱、米，老来如何替得？有词存证：

　　老来也，百病熬煎。一口牙疼，两臂风牵。腰驼难立，气急难言。吃酒饭，稠痰倒转；饭茶汤，口角流涎。手冷如钳，脚冷如砖。似这般百病，值不得两个沙模儿铜钱。"

高祖曰："卿一心既要入山慕道，寡人管你四季道粮并衣服鞋袜。"张良曰："臣有诗为证：

　　日月如梭来不牢，时光似箭斩人刀。

　　清风明月朝朝有，火院①前程无人稍。

　　日月韶光随时转，太阳真火把人熬。

　　你强我弱争名利，不免阎王走一遭。"

高祖苦劝，张良不允。"且回相府，明日再来商议。"张良辞驾出朝，吟诗一首：

　　"游遍江湖数百州，人心不似水长流。

---

①　火院——此谓"苦海"。

> 受恩深处宜先退，得意浓时便可休。
>
> 莫待是非来灌耳，从前恩爱反为仇。
>
> 不是微臣归山早，服侍君王不到头。"

张良拜辞，出朝回家。

高祖曰："众文武百官，寡人苦劝张子房不听。"遂令百官领圣旨，往张良相府，劝他回心转意："丞相，主人留你：'不要入山修行，在家出家，朝再随伴寡人，道粮衣服钱米，每月供俸。'却不是好？"张良曰："臣想韩信、彭越、英布，争江山，夺社稷，累建大功。如今功劳却在何处？"张良不允。众官又劝："丞相，如今天下太平，官封极品，位至三公，朝中享荣华富贵，如何归山慕道？"张良呵呵大笑："有诗为证：

> 汉王张良散楚歌，八千兵散走奔波。
>
> 霸王只为江山死，悔不当初过界河。
>
> 万里江山朝皇帝，八方宁净罢干戈。
>
> 因甚子房归山早，恩深到惹是非多！"

众文武百官苦劝不从，各回去了。

张良送众官，回到相府，辞了老夫人："我今欲要入山慕道。"老夫人便道："丞相，你每日受享龙楼凤阁，耳听山呼万岁，吃珍馐，饮御酒，端的是：

> 春眠红锦帐，夏卧碧纱橱。
>
> 两双红烛引，一对美人扶。

如何却要归山慕道？旷野荒郊，孤身独自；冬夏衣服道粮谁管？闷来有谁消愁？只在家中修行。"

张良见说："有诗为证：

> 兔走鸟飞不暂闲，古今兴废已千年。
>
> 才见婴儿并幼女，不觉苍颜白鬓边。
>
> 慕道修真还苦行，游山玩景炼仙丹。
>
> 闲时便把琴来操，闷看猿猴上树巅。"

老夫人听说："丞相如今高官极品，富贵荣华；一人之下，万人之上；朝则同次，暮则同乐；不肯受用，情愿入山慕道，耽寒受冷，忍饥受饿，那时悔之晚矣！"张良不允，留诗一首：

> "生死轮回几万遭，迷人不省半分毫。

贪心似草年年长，造罪如山渐渐高。

不去佛前求忏悔，贪迷火院受煎熬。

若人不行平等事，三涂地狱苦难逃。"

老夫人道："丞相，你却修行去了，家中儿女未曾婚配，男孤女只。待等家事已完，那时未迟。"张良答曰："倘若大限到来，身归泉世，命染黄沙，如何留得？"张良即便题诗一首：

"一日无常万事休，半床席卷不中留。

忧愁恋儿年纪小，爱子贪妻不到头。

使尽机关争名利，魂离魄散做骷髅。

人人尽是癫呆汉，难免荒郊卧土丘。"

张良说罢而出。

高祖传旨，遂令把门官军："不要放出张丞相。若不辞朕，怎敢便去？"高祖正说之间，张良将冠带、袍服、象简、乌靴，朱红盘内托来，放于五凤楼前，私行去了。高祖差人四下追赶捕获，寻至数日，杳无踪迹。史见朱红盘内，有诗为证：

懒把兵书再展开，我王无事斩贤才。

腰间金印无心挂，拂袖白云归去来。

两手拔开名利锁，一身跳出是非街。

不是微臣归山早，怕死韩信剑下灾！

高祖自从去了张良，每日思想悬悬，放心不下。朝门外大张黄榜："有人得知张良下落者，封其官职。"忽有一樵夫，分开人众，前来揭榜，入朝："奏上我王万岁，臣见张丞相却在白云山修行慕道。"高祖听罢，心中大喜，龙颜甚悦，即排鸾驾，前往白云山前，寻访一遭。行至一日，只见茅庵一所，不见张良，令人来到名山，有诗为证：

白云山前字两行，张良留下劝人方。

红颜爱色抽心死，紫草连枝带叶亡。

蜂彩百花人食蜜，牛耕荒地鼠食粮。

世上三般冤屈事，月缺花残人少亡。

高祖念诗已罢。不见张良，眼中垂泪，吟诗一首：

"君王亲自驾临山，不见贤臣空到庵。

日映桃花侵目艳，风吹竹叶透人寒。

炉内烧丹灰未冷,壁上题诗墨未干。

棋盘踪迹端然在,子房何处把身安?"

高祖吟诗已罢,不见张良,仰天长叹。回驾,行至半山,忽见张良渔鼓简子,口唱道情,仙鹤绕舞,野鹿衔花,前来接驾。

高祖一见张良,龙颜大喜,作诗一首:

"十度宣卿九不朝,关心路远费心劳。

明知你有神仙法,点石成金不用烧。

朝中缺少擎天柱,单等贤臣挂紫袍。

卿若转心回朝去,寡人世界得坚牢。"

张良听说:"面奏我王,臣誓不回,只在山中修行慕道。我王不信,微臣有诗一首:

闲时山中采药苗,不愿朝中挂紫袍。

高祖咬牙封雍齿,汉王滴泪斩丁公。

萧何稳坐为丞相,韩信安邦命不牢。

不是微臣嫌官小,犯了王法不肯饶。"

张良奏上我王万岁得知,韩信、英布、彭越三人,争南夺北,个个死于剑下。我王不信,有诗为证:

我去归山脱离灾,韩信遭计倒尘埃。

因为我王无正道,吕后定讨斩英才。"

高祖曰:"卿不比在前浑浊之时。"张良答曰:"我王若要回朝,请我王到茅庵,献清茶一盏。"张良引驾,正行之间,前面一个仙童,指化一条大涧,横担独木高桥一根,请高祖先行。高祖恐怕木滚,不敢行过。张良拂袖而过此桥,吟诗一首:

"桥上横担松一根,不知哪是造桥人?

独木怎过龙驹马,深水难行伴侣人。

百条龙尾空中挂,千根大蟒涧边存。

虽然不是神仙法,吓得人心不敢行。"

这涧中碧沉沉水,波浪千层阻隔,高祖龙车不能前进。张良见了,呵呵大笑,吟诗一首:

"范蠡归湖脱紫绂,子房修道不回还。

心猿牢锁无根树,意马牢拴不放闲。

辞文官来别武将,功名二字两分单。

不是微臣归山去,免被云阳剑下丹。"

高祖苦劝张良不回,心中忧闷,眼泪恓①惶,张良就于涧边拜辞高祖,吟诗二首:

"张良交印与高皇,范蠡归湖别越王。

二人不嫌官职小,只怕江山不久长。

向后莫听吕后语,君王失政损忠良。

万丈火坑抛撒了,一身跳出是非场。"

张良收心归山,普劝世人,作诗一首:

"普劝阎浮②贤大良,世间莫要把名扬。

无常那怕公侯子,不怕文官武将强。

不惧男女收心早,大限来时手脚忙。

学得子房归山去,免向阎王论短长。"

---

① 恓(xī)——烦恼;匆忙劳碌。

② 阎浮——世人。阎,门,里巷;浮,浮生,众生。

卷三

阴骘积善

入话：

> 燕门壮士吴门豪，竹中注铅鱼隐刀。
>
> 感君恩重与君死，太山一击若鸿毛。

唐德宗朝有秀才，南剑州人，姓林名积，字善甫。为人聪俊，广览诗书，九经三史无不通晓，更兼为事耿直。在京师大学读书，给假在家，侍奉母亲之病。母病愈，不免再往学中，离不得暂别母亲，相辞亲戚邻里，叫当直王吉挑着行李，迤逦前进。在路，但见：

> 或过山林，听樵歌于云岭；又经别浦，闻渔唱于烟波。或抵乡村，却遇市井。才见绿杨垂柳，影迷己处之楼台；那堪啼鸟落花，知是谁家之院宇。行处有无穷之景致，奈何说不尽之驱驰。

饥餐渴饮，夜住晓行，无路登舟。不只一日，至蔡州，到个去处。天色晚，但见：

> 十色俄分黑雾，九天云里星移。八方商旅，归店解卸行李；北斗七星，隐隐遮归天外。六海钓叟，系船在红蓼①滩头；五户山边，尽总牵牛羊入圈。四边明月，照耀三清。边廷两塞动寒更，万里长天如一色。

天色晚，两个投宿于旅邸。小二哥接引，拣了一间宽洁房，当直的安顿了担杖。林善甫稍歇，讨了汤，洗了脚，随分吃了些个晚食。无事闲坐则个，不觉早点灯，叫当直安排宿歇，来日早行。当直王吉下了宿，在床前打铺自睡。

且说林善甫脱了衣裳也去睡，但觉物隐其背，不能睡着。壁上有灯，尚犹未灭，遂起身，揭起荐席看时，见一布囊。囊中有一锦囊，其中有大珠百颗，遂收于箱箧中。当夜不在话下。到来朝，天色晓，但见：

> 晓雾装成野外，残霞染就荒郊。耕夫陇上，朦胧月色时沉；织女

---

① 红蓼(liǎo)——植物名。蓼的一种，多生水边，花淡红。

机边，晃荡金乌欲出。牧牛儿尚睡，养蚕女犹眠。樵舍外犬吠，岭边
山寺犹未起。

天色晓，起来洗漱罢，系裹毕，交当直一面安排了行李，林善甫出房中
来，问店主人："前夕甚人在此房内宿？"店主人说道："昨夕乃是一臣商。"
林善甫见说："此乃吾之故友也，出俟失期。"看着那店主人道："此人若回
来寻时，可使他来京师上岸贯道斋，寻问林上舍，名积，字善甫。千万！千
万！不可误事！"说罢，还了房钱，相揖作别了去。当直的前面挑着行李
什物，林善甫后面行，迤逦前进。林上舍善甫犹不放心，恐店主人忘了，遂
于沿路上，令当直王吉于墙壁黏贴手榜，云：

"某年、某月、某日，有剑浦林积假馆上养，有故人元珠，可相访
于贯通斋。"

不只一日，到于学中，参了假，仍旧归斋读书。

且说张客到于市中，取珠欲货，不知去向。唬得魂不附体，道："苦
也！苦也！我生受数年，只选得这包珠子。今已失了，归家，妻子孩儿如
何肯信！"再三思量，不知于何处丢失，只得再回，沿路店中寻讨。直寻到
林上舍所歇之处，问店小二时，店小二道："我却不知你失去物事。"张客
道："我歇之后，有甚人在此房中歇？"店主人道："我便忘了！从你去后，
有个官人来歇一夜了，绝早便去，临行时吩咐道：'有人来寻时，可千万使
他来京师上岸贯道斋，问林上舍，名积。'"

张客见说言语跷蹊，口中不道，心下思量："莫是此人收得我之物？"
当日，只得离了店中，迤逦再取京师路来。见沿路贴着手榜，数中有"元
珠"之句，略略放心。不只一日，直到上岸，未去歇泊，便来寻问。学府对
门，有个茶坊，但见：

花瓶高缚，吊挂低垂。壁间名画，皆则唐朝吴道子①丹青；瓯内
新茶，尽点山居玉川子②佳茗。风流上灶，盏中点出百般花；结棹佳
人，柜上挑茶千钟韵。

张客入茶坊坐，吃茶了罢，问茶博士道："哪个是林上舍？"茶博士见
问，便道："姓林的甚多，不知哪个林上舍？"张客说："贯道斋，名积，字善

---

① 吴道子——唐代著名画家。
② 玉川子——唐朝诗人卢仝的号。卢仝性喜茶，故用玉川子指嗜茶者。

甫。"茶博士见说："这个便是贯道斋的官人。"

张客见说道好人，心下又放下二三分。小二说："上舍多年个远亲，不相见，怕忘了。若来时，相指引则个。"正说不了，茶博士道："兀的出斋来的官人便是。他在我家寄衫帽。"张客见了，不敢造次。林善甫入茶坊，脱了衫帽。张客方才向前，看着林上舍，唱个喏，便拜。林上舍见道："男儿膝下有黄金，如何拜人？"那时林上舍不识他，道："有甚事？但说。"张客簌簌地泪下，哽咽了，说不得；歇定，便把这上件事一一细说一遍。林善甫见说，便道："不要慌！物事在我处。我且问你则个，里面有什么？"张客道："布囊中有锦囊，内有大珠百颗。"林上舍道："都说得是。"带他去安歇处，取物交张客。看见了道："这个便是。不愿都得，但只觅得一半归家，养膳老小，感戴恩德不浅！"林善甫道："岂有此说！我若要你一半时，须不沿路黏贴手榜，交你来寻。只是此物非是小可事，官凭文引，私凭要约。若便还你，恐后无以为凭。你可亲书写一幅领状，来领去。"

张客再三不肯都领，情愿只领一半。林善甫坚执不受。如此数次相推，张客见林上舍再三再四不受，免不得去写一张领状来与林上舍。上舍看毕，收了领状，双手付那珠子还那张客，交张客："你自看仔细，我不曾动你些个。"张客感戴洪恩不已，拜谢而去。

张客将珠子一半于市货卖，卖得那钱，舍在有名佛寺斋僧，就与林上舍建立生祠供养，报达还珠之恩。

不说张客自主。林善甫后来一举及第。怎见得？诗曰：

> 林积还珠古未闻，利心不动道心存。
> 暗施阴德天神助，一举登科耀贵名。

上舍名及第，位至三公。养子长成，历任显官。正是：

积善有善报，作恶有恶报。

积善之家，必有余庆；积不善之家，必有余殃。

正是：

> 祸福无门人自招，须知乐极有悲来。
> 夜静玉琴三五弄，金风动处月光寒。
> 除非是个知音听，不是知音莫与弹。
> 黑白分明造化机，谁人会解劫中危？
> 分明相与长生路，争奈人心着处迷！

陈巡检梅岭失妻记

入话：

　　独坐书斋阅史篇，三真九烈古来传。

　　历观天下崄①岖峤，大庚梅岭不堪言。

　　君骑白马连云栈，我驾孤舟乱石滩。

　　扬鞭举棹休相笑，烟波名利大家难。

　　话说大宋徽宗宣和三年上春间，黄榜招贤，大开选场。云这东京汴梁城内，虎异营中，一秀才姓陈，名辛，字从善，年二十岁。故父是殿前太尉。这官人不幸父母早亡，只单身独自，自小好学，学得文武双全，正是：

　　文欺孔孟，武赛孙吴；五经三史，六韬三略，无有不晓。

　　新娶得一个浑家，乃东京金梁桥下张待诏之女，小字如春，年方二八，生得如花似玉，比花花解语，比玉玉生香。夫妻二人，如鱼似水，且是说得着，不愿同日生，只愿同日死。这陈辛一心向善，常好斋供僧道，一日，与妻言说："今黄榜招贤，我欲赴选，求得一官半职，改换门闾，多少是好。"如春答曰："只恐你命运不通，不得中举"。陈辛曰："我正是'学成文武艺，货与帝王家'。"

　　不数日，去赴选场，偕众伺候挂榜。旬日之间，金榜题名，已登三甲进士。上赐琼林宴②，宴罢谢恩，御笔除授广东南雄沙角镇巡检司巡检。回家说与妻如春道："今我蒙圣恩，除做南雄巡检之职，就要走马上任。我闻广东一路，千层峻岭，万叠高山，路途难行，盗贼烟瘴极多；如今便要收拾前去，如之奈何？"如春曰："奴一身嫁与官人，只得同受甘苦；如今去做官，便是路途险难，只得前去，何必忧心！"陈辛见妻如此说，心下稍宽。正是：

　　青龙与白虎同行，吉凶事全然未保。

　　天高寂没声，苍苍无处寻；

　　万般皆是命，半点不由人。

当日，陈巡检唤当直王吉，吩咐曰："我今得授广东南雄巡检之职，争奈路

---

①　崄(xiǎn)——1.古同"险"。2.高峻的样子。

②　琼林宴——朝廷招待新及第的进士的宴会。琼林，宋代苑名，在汴京城西。

途险峻,好生艰难。你与我寻一个使唤的,一同前去。"王吉领命往街市寻觅,不在话下。

却说陈巡检吩咐厨下使唤的:"明日是四月初三日,设斋,多备斋供,不问云游全真道人,都要斋他,不得有缺。"

不说这里斋主备办。且说大罗仙界有一真人,号曰紫阳真人,于仙界观见陈辛奉真斋道,好生志诚,今投南雄巡检,争奈他妻有千日之灾,叫一真人化作道童:"听吾法旨,权与陈辛做伴当,护送夫妻二人。他妻若遇妖精,你可护送。"道童听旨,同真君到陈辛宅中,与陈巡检相见。礼毕,斋罢,真君问陈辛曰:"何故往日设斋欢喜,今日如何烦恼?"陈辛叉手告曰:"听小生诉禀。今蒙圣恩除南雄巡检,争奈路远,实难行程,又无兄弟,心怀千里,因此忧闷也。"真人曰:"我有这个道童,唤作罗童,年纪虽小,有些能处。今日权借与斋官,送到南雄沙角镇,便着他回来。"夫妻二人拜谢曰:"感蒙尊师降临,又赐道童相伴,此恩难报。"真君曰:"贫道物外之人,不思荣辱,岂图报答!"拂袖而去了。

陈辛曰:"且喜添得罗童做伴。"收拾琴剑书箱,辞了亲戚邻里,封锁门户,离了东京,十里长亭,五里短亭,迤逦在路道:

> 村前茅舍,在后竹篱。村醪①香透瓷缸,浊酒满盛瓦瓮。架上麻衣,昨日芒郎留下当;酒市大字,乡中学究醉时书。李白闻言休驻马,刘伶知味且停舟。小桥曲涧野梅芳,茅舍竹篱村犬吠。

陈巡检骑着马,如春乘着轿,王吉、罗童挑担书箱行李,在路少不得饥餐渴饮,夜住晓行。罗童心中自忖:"我是大罗仙中大慧真人,今奉紫阳真君法旨,交我跟陈巡检去南雄沙角镇去。吾故意装疯做痴,交他不识咱真相。"随乃行不动,上前退后。如春见罗童如此嫌迟,好生心恼,再三要赶回去。陈巡检不肯,恐误背了真人重恩。

罗童正行在路,打火造饭,哭哭啼啼不吃。陈巡检与如春孺人定要赶罗童回去,罗童越耍疯,叫"走不动"。王吉搀扶着,行不五里,叫"腰疼"。笑哭不止。如春说与陈巡检:"当初止望得罗童用,今日不曾得他半分之力,不如叫他回去。"陈巡检不合听了孺人言语,打发罗童回去,有分交如春争些个做了失乡之鬼。正是:

---

① 醪(láo)——浊酒。

鹿迷郑相①应难辨,蝶梦周公②未可知。

神明不肯说明言,凡夫不识大罗仙。

早知留却罗童在,免交洞内苦三年。

当日打发罗童回去,陈巡检夫妻和王吉三人,且得耳根清净。

且说梅岭之北有一洞,名曰中阳洞,洞中有一怪,号曰白巾公,乃猢狲精也。弟兄三人:一个是通天大圣,一个是弥天大圣,一个是齐天大圣。小妹便是泗洲圣母。这齐天大圣神通广大,变化多端,能降各洞山魈③,管领诸山猛兽,兴妖作法,摄偷可意佳人,啸月吟风,醉饮非凡美酒,与天地齐休,日月同长。这齐天大圣在洞中观见岭下轿中抬着一个佳人,娇嫩如花似玉,意欲娶她,乃唤山神吩咐:"听吾号令,便化客店,你做小二哥,我做店主人。他必到此店投宿,更深夜静,摄此妇人入洞中。"山神听令,化作一店,申阳公变作店主,坐在店中。

却好至黄昏时分,陈巡检与孺人如春并王吉至梅岭下,见天色黄昏,路逢上店,唤"招商客店"。王吉向前人敲门。店小二问曰:"客长有何勾当?"王吉答道:"我主人乃南雄沙角巡检之任,到此赶不着馆驿,欲借店中一宿,来早便行。"申阳公迎接陈巡检夫妻二人入店,头房安下。申阳公说与陈巡检曰:"老夫今年八十余岁,今晚多口劝官人一句,前面梅岭,奸生僻静,虎狼劫盗极多,不如就老夫这里安下孺人,官人自先去到任,多差弓兵人等来取不好?"陈巡检答曰:"小官三代将门之子,通晓武艺,常怀报国之心,岂怕狼虎盗贼!"申阳公情知难劝,便不敢言,自退去了。

且说陈巡检夫妻二人到店房中吃了些晚饭,却好一更。看看二更,陈巡检先上床脱衣而卧,只见就中起一阵风,正是:

风穿珠户透帘栊,灭烛能交蒋氏雄;

吹折地狱门前树,刮起风都顶上尘。

那阵风过处,吹得灯半灭而复明。陈巡检大惊,急穿衣起来看时,就

---

①　鹿迷郑相——春秋时郑国樵夫打死一只鹿,藏鹿于坑中,盖上蕉叶,取鹿时竟忘了所藏地方。于是以为一场梦,即以鹿梦比喻得失荣辱如梦幻。

②　蝶梦周公——庄子《齐物论》载,庄周梦见自己变为蝴蝶。不知蝴蝶为自己,自己为蝴蝶。以此喻梦幻之意。

③　魈(xiāo)——1.弥猴的一种,尾巴很短。2.传说中山里的鬼怪。

房中不见了孺人张如春。开房门叫得王吉，那王吉睡中叫将起来，不知头由，慌张失势。陈巡检说与王吉："房中起一阵狂风，不见了孺人张氏！"主仆二人急叫店主人时，叫不应了，仔细看时，和店房都不见了，王吉也吃一惊。看时，二人立在荒郊野地上，止有书箱、行李并马在面前，并无灯火；客店、店主人，皆无踪迹。只因此夜，直叫陈巡检三年不见孺人之面，未知久后如何。正是：

> 千千丈琉璃井里，番为失脚夜行人。
>
> 雨里烟村雾里都，不分南北路程途。
>
> 多疑看罢僧繇①画，收起丹青一轴图。

陈巡检与王吉听谯楼更鼓，正打四更。当夜月明早光之下，主仆二人，前无客店，后无人家，惊得魂飞天外，魄散九霄。只得叫王吉挑了行李，自跳上马，月光之下，依路径而行。在路，巡检知是中了妖法："化作客店，摄了我妻去，自从古至今，不见闻此异事。"巡检一头行，一头哭："我妻不知着落！"迤逦而行，却好天明。王吉劝官人："且休烦恼，理会正事。前面梅岭，望着好生嵚崚崎岖，凹凸难行，只得捱过此岭，且去沙角镇上了任，却来打听寻取孺人不迟。"陈巡检听王吉之言，只得勉强而行。

且说申阳公摄了张如春归于洞中，惊得魂飞魄散，半晌醒来，泪两行下。原来洞中先有一娘子，名唤牡丹，亦被摄在洞中日久，向前来劝如春："不要烦恼。"申阳公说与如春："娘子，小圣与娘子前生有缘，今日得到洞中，别有一个世界。你吃了我仙桃、仙酒、胡麻饭，便是长生不死之人。你看我这洞中仙女，尽是凡间摄将来的。娘子休闷，且共你兰房同室云雨。"

如春见说，哀哀痛哭，告申阳公曰："奴奴不愿洞中快乐，长生不死，只求早死。若说云雨，实然不愿！"申阳公见她如此，自思："我为她春心荡漾，她如今烦恼，未可归顺。其妇人性执，若逼令她，必定寻死，却不可惜了这等端妍少貌之人？"乃唤一妇人，名唤金莲，洞主也是日前摄来的，在洞中多年矣。申阳公吩咐："好好劝如春，早晚好待她，将好言语诱她，等她回心。"

金莲引如春到房中，将酒食管待。如春酒也不吃，食也不吃，只是烦

---

① 繇(yáo)——姓。

恼。金莲、牡丹二妇人再三劝说："你既被摄到此间，只得无奈何。自古道：'在他矮檐下，怎敢不低头！'"如春告金莲云："姐姐，你岂知我今生夫妻分离，被这老妖半夜摄将到此，强要奴家云雨，决不依随，只求快死，以表我贞洁。古云：'烈女不更二夫。'奴今宁死而不受辱！"金莲云："'要知山下事，请问过来人。'这事我也曾经来。我家在南雄府住，丈夫富贵，也被申公摄来洞中五年。你见他貌恶，当初我亦如此，后来惯熟，方才好过。你既到此，只得没奈何随顺了他罢！"

如春大怒，骂云："我不似你这等淫贱，贪生受辱，枉为人在世，泼贱之女！"金莲云："好言不听，祸必临身！"遂自回报申阳公，说："新来佳人不肯随顺，恶言诽谤，劝她不从。"申阳公大怒而言："本待将铜锤打死这个贱人，如此无礼！为她花容无比，不忍下手。如此，交付牡丹娘子，你管押着她。将这贱人剪发齐眉，蓬头赤脚，罚去山头挑水，浇灌花本，一日与她三顿淡饭。"

牡丹依言，将张如春剪发齐眉，赤脚，把一副水桶。如春自思："我今情愿挑水。争奈本欲投岩洞中而死，倘有再见丈夫之日！"不免含泪而挑水。正是：

> 宁可洞中挑水苦，不作贪淫下贱人。

> 世路山河险，石门烟雾深。

> 年年上高处，未肯不伤心。

不说张氏如春在洞中受苦。且说陈巡检与同王吉自离东京，在路两月余，至梅岭之北，被申阳公摄了孺人去，千方无计寻觅。王吉劝官人且去上任，巡检只得弃舍而行。乃望前面一村酒店，巡检到店门前下马，与王吉入店，买酒饭吃了，算还酒饭钱，再上马而去。见一个草舍，乃是卖卦的，在梅岭下，招牌上写："杨殿干，请仙下笔，吉凶有准，祸福无差。"陈巡检到门前，下马离鞍，入门与杨殿干相见已毕。殿干问："尊官何来？"陈巡检将昨夜遇申公之事，从头至尾说了一遍。杨殿干焚香请圣，陈巡检跪拜，祷祝昨夜遇申公摄了孺人之事。只见杨殿干请仙至，降笔判断四句诗曰：

> 千日逢灾厄，佳人意自坚。

> 紫阳来到日，镜玻再团圆。

杨殿干断曰："官人且省烦恼，孺人有千日之灾，三年之后，再遇紫阳,夫妇团圆。"陈巡检自思:"东京曾遇紫阳真人借罗童为伴,因罗童怄气,打发他回去。此间相隔数千里路,如何得紫阳到此?"遂乃心中少宽,还了卦钱,谢了杨殿干,上马同王吉并众人上梅岭来。陈巡检看那岭时,真崄峻!陈巡检并一行过了梅岭,直叫陈巡检:

> 施呈三略六韬法,威镇南雄沙角营。
>
> 欲问世间烟瘴路,大庾梅岭苦心酸。
>
> 山中大象成群走,吐气巴蛇满地攒。

这巡检过了梅岭,岭南二十里有一小亭,名唤做接官亭。巡检下马入亭中暂歇,忽见王吉报说:"有南雄沙角镇巡检衙弓兵人等,远来迎接。"陈巡检唤入,参拜毕。过了一夜。次日,共同弓兵吏卒走马上任。至于衙中,升厅,众人参贺以毕。

陈巡检在沙角镇做官,且是清正严谨。光阴似箭,正是:

> 窗外日光弹指过,席前花影坐间移。

倏忽在任,不觉一载有余,差人打听孺人消息,并无踪迹,端的:

> 好似石沉东海底,犹如线断纸风筝。

陈巡检为因孺人尤有消息,心中好闷,思忆浑家,终日下泪。正思念张如春之际,忽弓兵上报:"相公,祸事!今有南雄府府尹府札来报军情:'有一强人姓杨名广,绰号镇山虎,聚集五七百小喽啰,占据南林村,打家劫舍,杀人放火,百姓遭殃。札付巡检,火速带领所管一千人马,关顿军器,前去收捕,毋得迟误!'"陈巡检听知,火速收付军器鞍马,披挂已了,引着一千人马径奔南林村来。

却说那南林村镇山虎正在寨中饮酒,小喽啰报说:"官军到来!"急上马持刀,一声锣响,引了五百小喽啰前来迎敌。陈巡检与镇山虎并不打话,两马相交。那草寇怎敌得陈巡检过,斗无十合,一矛刺镇山虎于马下,枭其首级,杀散小喽啰,将首级回南雄府,当厅呈献,府尹大喜,重赏了当,自回巡检衙,办酒庆贺已毕。只因斩了镇山虎,真个是:

> 威名大振南雄府,武艺高强众所钦。
>
> 亭亭孤月照行舟,寂寂长江万里流。
>
> 乡国不知何处好?云山漫漫遣人愁。

这陈巡检在任,倏忽却早三年官满,新官交替。陈巡检收什行装,与王吉离了沙角镇,两程并作一程行。相望庚岭之下,红日西沉,天色已晚,陈巡检一行人，望见远远松林间，有一座寺。王吉告官人："前面有一座寺，我们去投宿则个。"陈巡检勒马向前，看那寺时，额上有"红莲寺"三个大金字。巡检下马，同一行人入寺。原来这寺中长老，名号旃①大惠禅师，佛法广大，德行清高，是个古佛出世。

　　当日行者报与长老："有一过往官人投宿。"长老交行者相请。巡检入方丈参见长老，礼毕，长老问："官人何来？"陈巡检备说前事："万望长老慈悲，指点陈辛寻得孺人回乡，不忘重恩。"长老曰："官人听禀，此怪是白猿精，千年成器，变化难测。你孺人性真烈，不肯依随，被他剪发赤脚，挑水浇花，受其苦楚。此人号曰申阳公，常到寺中听说禅机，讲其佛法。官人若要见孺人，可在我寺中住几时，等申阳公来时，我劝化他回心，放还你妻，如何？"陈巡检见长老如此说，心中喜欢，且在寺中歇下。正是：

　　　　端的眼观旌节旗，分明耳听好消息。

　　　　五里亭亭一小峰，上分南北与西东。

　　　　世间多少迷路客，一指还归大道中。

　　陈巡检在红莲寺中一住十余日。忽一日，行者报与长老："申阳公到寺来也。"巡检闻之，躲于方丈中屏风后面。只见长老相迎申阳公入方丈，叙礼毕，分位而坐，行者献茶。茶罢，申阳公告长老曰："小圣无能断除爱欲，只为色心迷恋本性，谁能虎项解金铃？"长老答曰："尊圣要解虎项金铃，可解色心本性。色即是空，空即是色，一尘不染，万法皆明。莫怪老僧多言扣劝，闻知你洞中有一如春娘子，在洞三年。她是真烈之妇，可放她一命还乡，此便是断却欲心也。"申阳公听罢，回言长老："小圣心中正恨此人，罚她挑水三年，不肯回心。这等愚顽，决不轻放。"陈巡检在屏风后听得说，正是：

　　　　心头一把无明起②，怒气咬碎口中牙。

陈巡检大怒，拔出所佩宝剑，劈头便砍。申阳公用手一指，其剑自着身。申阳公曰："吾不看长老之面，将你粉骨碎身。此冤必报！"道罢，申阳公别了长老，自去了，自洞中叫张如春在面前，欲要剖腹取心，害其性命，得牡丹、金莲二人救解，依旧挑水浇花，不在话下。

---

①　旃（zhān）——同"旃"。

②　起——疑为"火"。

　　且说陈巡检不知妻子下落也罢，在红莲寺方丈中，拜告长老："怎生得见我妻之面？"长老曰："要见不难，老僧指一条径路上山去寻。"长老叫行者引巡检去山间寻。行者自回寺。

　　只说陈辛去寻妻，未知寻得见寻不见。正是：

> 风定始知蝉在树，灯残方见月临窗。
>
> 夫妻会合是前缘，堪恨妖魔逆上天。
>
> 悲欢离合千般苦，烈女真心万古传。

当日，陈巡检带了王吉一同行者，到梅岭山头，不顾崎岖峻崄，走到山岩潭畔，见个赤脚挑水妇人，慌忙向前看时，正是如春。夫妻二人抱头而哭，行诉前情，莫非梦中相见，一一告诉。如春说："昨日申阳公回洞，几乎一命不存！"巡检乃言："谢红莲寺长老指路来寻，不想却好遇你，不如共你逃走了罢！"如春道："走不得。申阳公妖法广大，神通莫测，他若知我走，赶上，和官人性命不留！我闻申阳公平日只怕紫阳真君，与官人降仙笔诗亦同。官人可急回寺去，莫待申阳公知之，其祸不小。"

　　陈巡检只得弃了如春，归寺中拜谢长老说："已见娇妻，言申阳公只怕紫阳真君。他在东京曾与陈辛相会，今此间窎①远，如何得他来救？"长老见他如此哀告，乃言："等我与你入定去看，便见分晓。"长老交行者焚香入定去了；一响，入定回来，说与陈巡检曰："当初紫阳真人与你一个道童，你到半路赶了他回去。你如今便可往，急走三日，必有报应。"陈巡检见说，依其言，急急步行出寺。迤逦行了两日，并无踪迹。

　　且说紫阳真人在大罗仙境与罗童曰："吾三年前，那陈巡检去上任时，他妻合有千日之灾，今已将满。吾怜他养道修真，好生虔心，吾今与汝同下凡间，去梅岭救取其妻回乡。"罗童听旨，一同下凡，而往广东路上行来。这日，却好陈巡检撞见真君同罗童远远而来，乃急急向前跪拜，哀告曰："真君，望救度弟子妻张如春，被申阳公妖法摄在洞中三年，受其苦楚，望真君救难则个！"真君笑曰："陈辛，你可先去红莲寺中等，我便到也。"陈辛拜别，先回寄中备办香案，迎接真君救难。正是：

> 从空伸出拿云手，救出天罗地网人。
>
> 法箓持身不等闲，主身起业有多般。

――――――――――

　　①　窎(diào)――遥远，深邃的样子。

千年铁树开花易，一回酆都①出世难。

陈巡检在寺中等了一日，只见紫阳真君行至寺中，端的道貌非凡。长老直出寺门迎接，入方丈叙礼毕，分宾主坐定。长老看紫阳真君端的有神仪八极之表，道貌堂堂，威仪凛凛。陈巡检拜在真君面前，告曰："望真君慈悲，早救陈辛妻张如春性命还乡，自当重重拜答深恩！"真君乃于香案前，口中不知说了几句言语，只见就方丈里起一阵风，但见：

无形无影透人怀，二月桃花被绰开。

就地撮将黄叶去，入山推出白云来。

那风过处，只见两个红忆兜中天将出现，甚是勇猛。这两员神将朝着真君声喏道："吾师有何法旨？"紫阳真君曰："快与我去申阳洞中擒拿齐天大圣前来，不可有失！"两员大将去不多时，将申阳公一条铁索锁着，押到真君面前。申阳公跪下。紫阳真君判断，喝令天将将申阳公押入酆都天牢问罪；交罗童入申阳公洞中，将众多妇女各各救出洞来，各令发付回家去讫。张如春与陈辛夫妻再得团圆，向前拜谢紫阳真人。真人别了长老、陈辛，与罗童冉冉腾空而去了。

这陈巡检将礼物拜谢了长老，与一寺僧别已了。收拾行李轿马，王吉并一行从人，离了红莲寺，迤逦在路。不则一日，回到东京故乡，夫妻团圆尽老，百年而终。正是：

虽为翰府名谈，编作今时佳话。

话本说彻，权作散场。

---

① 酆（fēng）都——旧县名。在四川省东部，长江北岸。1958 年改名丰都县。俗称"鬼城"。

五戒禅师私红莲记

入话：

　　禅宗法教岂非凡，佛祖流传在世间。

　　铁树花开千载易，坠落阿鼻要出难。

　　话说大宋英宗治平年间，去这浙江路宁海军钱塘门外，南山净慈孝光禅寺，乃名山古刹。本寺有两个得道高僧，是师兄师弟，一个唤做五戒禅师，一个唤作明悟禅师。这五戒禅师三十一岁，形容古怪，左边瞽①一目，身不满五尺。本贯西京洛阳人，自幼聪明，举笔成文，琴棋书画，无所不通。长成出家，禅宗释教，如法了得，参禅访道。俗姓金，法名五戒。且问：何谓之五戒？

　　第一戒者，不杀生命。

　　第二戒者，不偷盗财物。

　　第三戒者，不听淫声美色。

　　第四戒者，不饮酒茹荤。

　　第五戒者，不妄言起语。

此谓之五戒。忽日，云游至本寺，访大行禅师，禅师见五戒佛法晓得，留在寺中坐了上色②徒弟。不数年，大行禅师圆寂，本寺僧众立他做住持，每日打坐参禅。

　　那第二个唤做明悟禅师，年二十九岁。生得头圆耳大，面阔口方，眉清目秀，丰彩精神，身长七尺，貌类罗汉。本贯河南太原府人氏，俗姓王，自幼聪慧，笔走龙蛇，自幼参禅访道，出家在本寺沙陀寺，法名明悟。后亦云游至宁海军，到净慈寺来访五戒禅师。禅师见他聪明晓事，就留于本寺做师弟。二人如一母所生，且是好。但遇着说法，二人同升法座，讲说佛教。不在话下。

　　忽一日，冬尽春初，天道严寒，阴云作雪，下了两日。第三日，雪霁③

---

① 　边瞽(gǔ)——瞎子。

② 　上色——寺中办理佛法事物的和尚。色，佛教名词，指有形质的能使人感触到的东西。

③ 　霁(jì)——雨雪停止，天放晴。

天晴,五戒禅师清早在方丈禅椅上坐,耳内远远地听得小孩儿啼哭声,当时便叫身边一个知心腹的一个道人,唤做清一,吩咐道:"你可去山门外各处看看有甚事,来与我说。"清一道:"长老,落了两日雪,今日方晴,料无甚事。"长老道:"你可快去,看了来回话。"清一推托不过,只得走到山门边。那时天未明,山门也不曾开。叫门公开了山门,清一打一看时,吃了一惊,道:"善哉!善哉!"正所谓:

> 日日行方便,时时发道心。
>
> 但行平等事,不用问前程。

当时清一见山门外,松树根雪地上,一块破席,放一个小孩儿在那里,口里道:"苦哉!苦哉!甚人家将这个孩儿丢在此间,不是冻死,便是饿死!"走向前仔细一看,却是五六个月一个女儿,将一个破衲头包着,怀内揣着个纸条儿,上写生年、月、日、时辰。清一口里不说,心下思量:"古人有云:'救人一命,胜造七级浮屠①。'"连忙走回方丈,禀复长老道:"不知甚人家,将个五七个月女孩儿破衣包着,撇在山门外松树根头。这等寒天,又无人来往,怎的做个方便,救他则个?"长老道:"善哉!善哉!清一,难得你善心。你如今抱了回房,早晚把些粥饭与她,喂养长大,把与人家,救她性命,胜做出家人。"

当时清一急急出门去,抱了回方丈中,把着长老看。道:"清一,你将那纸条儿我看。"清一递与长老,长老看上却写道:"今年六月十五日午时生,小名红莲。"长老吩咐清一:"好生抱去房里,养到五七岁,把与人家去,也是好事。"清一依言,抱到千佛殿后一带三间四椽平屋房中,放些火在火囤内烘她,取些粥喂了。似此日往月来,藏在空房中,无人知觉,一向长老也忘了。不觉红莲已经十岁。清一见她生得清秀,诸事见便,藏匿在房里,出门锁了,入门关了,且是谨慎。

光阴似箭,日月如梭,倏忽这红莲女长年一十六岁。这清一如自生的女一般看待。虽然女子,却只打扮如男子衣服鞋袜,头上头发前齐眉,后齐项,一似个小头陀。且是生得清楚,在房内茶饭针线。清一止望寻个女婿,要他养老送终。

一日,时遇六月炎天,五戒禅师忽想十数年前之事,洗了浴,吃了晚

---

① 浮屠——佛塔。

粥,径走来千佛阁后来。清一道:"长老希行。"长老道:"我问你,那年抱的红莲,如今在哪里?"清一不敢隐匿,引长老到房中,一见,吃了一惊,却是:

　　　　分开八块顶阳骨,倾下半桶冰雪来!

长老一见红莲,一时差讹了念头,邪心遂起,嘻嘻笑道:"清一,你今晚可送红莲到我卧房中来,不可有误。你若依我,我自抬举你。此事切不可泄漏,只叫她做个小头陀,不要叫人识破他是女子。"清一口中应允,心内想道:"欲待不依长老,又难,依了长老,今夜去到房中,必坏了女身。千难!万难!"长老见清一应不爽利,便道:"清一,你锁了房门,跟我去房里去。"

　　清一跟了长老,径到房中。长老去衣箱里取出十两银子,把与清一,道:"你且将这些去用。我明与你讨道度牒①,剃你做徒弟。你心下如何?"清一道:"多谢长老抬举!"只得收了银子,别了长老,回到房中,低低说与红莲道:"我儿,却才来的,是本寺长老。他见你,心中喜爱你。今等夜静,我送你去服侍长老。你可小心仔细,不可有误!"红莲见父亲如此说,便应允了。

　　到晚,两个吃了晚饭。约摸二更天气,清一领了红莲径到长老房中,门窗无些阻挡。原来长老有两个行者在身边服侍,当晚吩咐:"我要出外用走乘凉,门窗且未要关。"因此无阻。长老自在房中,等清一送红莲来,候至三更,只见清一送小头陀来房中。长老接入房内,吩咐清一:"你到明日此时,来领他回房去。"清一自回房中去了。且说长老关了房门,灭了琉璃灯,携住红莲手,一将将到床前,叫红莲脱了衣服。长老向前一搂搂住,搂在怀中,抱上床去。却便似:

　　　　戏水鸳鸯,穿花鸾凤。喜孜孜,连理并生;美甘甘,同心带绾。恰恰莺声,不离耳畔;津津甜唾,笑吐舌尖。杨柳腰,脉脉春浓;樱桃口,微微气喘。星眼朦胧,细细汗流香玉体;酥胸荡漾,涓涓露滴牡丹心。一个初侵女色,犹如饿虎吞羊;一个乍遇男儿,好似渴龙得水。可惜菩提甘露水,倾入红莲两瓣中。

当日长老与红莲云收雨散,却好五更。天将明,长老思一计,怎生藏她在房中。房中有口大衣厨,长老开了锁,将厨内物件都收付了,却叫红莲坐

────────────────

　　①　度牒(dié)——封建时代政府对出家审批合格得度后所发的证明文件。

在厨中，吩咐道："饭食，我自将来与你吃，可放心宁耐①则个。"红莲自是女孩儿家，初被长老淫勾，心中也喜，躲在衣橱内，把锁锁了。少间，长老上殿诵经，毕，入房，闩了房门，将橱开了锁，放出红莲，把饮食与她吃了，又放些果子在厨内，依先锁了。至晚，清一来房中，领红莲回房去了。

却说明悟禅师当夜在禅椅上入定回来，慧眼已知，"五戒禅师差了念头，犯了色戒，淫了红莲，把多年清行直抛弃。我今劝省他，不可如此。"也不说出。至次日，正是六月尽，门外撒骨池内红白莲花盛开。明悟长老令行者采一朵白莲花，将自己房中取一枝瓶插了，交道人备杯清茶在房中，交行者去请五戒禅师："我与他赏莲花，吟诗谈话则个。"

不多时，行者请到五戒禅师，两个长老坐下。明悟道："师兄，我今日见莲花盛开，对此美景，折一朵在瓶中，特请吾兄吟诗清话。"五戒道："多蒙清爱。"行者捧茶至。茶罢，明悟禅师道："行者，取文房四宝来。"行者取至面前。五戒道："将何物为题？"明悟道："便将莲花为题。"长老捻起笔来，便写四句诗道：

　　一枝菡萏②瓣儿张，相伴蜀葵花正芳。

　　红榴似火复如锦，不如翠盖芰荷香。

长老诗罢。明悟道："师兄有诗，小僧岂得无言语乎？"落笔便写四句。诗曰：

　　春来桃杏柳舒张，千花万蕊斗芬芳。

　　夏赏芰荷真可爱，红莲争似白莲香？

明悟长老依韵诗罢，呵呵大笑。

五戒听了此言，心中一时解悟，面皮红一回，青一回，便转身辞回卧房，对行者道："快与我烧桶汤来洗浴！"行者连忙烧汤，与长老洗浴罢，换了一身新衣服，取张禅椅到房中，将笔在手，拂一张纸开，便写八句《辞世颂》，曰：

　　吾年四十七，万法在归一。

　　只为念头差，今朝去得急。

　　传与悟和尚，何劳苦相逼？

———————

①　宁耐——忍耐。

②　菡萏(hàn dàn)——荷花。

幻身如雷电,依旧苍天碧!

写罢《辞世颂》,交焚一炉香在面前,长老上禅椅上左脚压右脚,右脚压左脚,合掌坐化。

行者忙去报与明悟禅师。禅师听得,大惊,走到房中看时,见五戒师兄已自坐化去了,看了面前《辞世颂》,道:"你好却好了,只可惜差了这一着。你如今虽得个男子身,长成不信佛、法、僧三宝,必然灭佛谤僧,后世却坠落苦海,不得皈依佛道。深可痛哉!真可惜哉!你道你走得快,我赶你不着,不信,……"当时,也叫道人烧汤,洗浴,换了衣服,到方丈中,上禅椅跏趺①而坐,吩咐徒众道:"我今去赶五戒和尚;汝等可将两个龛子盛了,放三日,一同焚化。"嘱罢,圆寂而去。

众僧皆惊:"有如此异事。"城内城外听得本寺两个禅师同日坐化,各皆惊讶。来烧香、礼拜、布施者,人山人海,男子妇人,不计其数。嚷了三日,抬去金牛寺焚化,拾骨撒了。这清一遂挽人说议亲事,将红莲女嫁与一个做扇子的刘大诏为妻,养了清一在家过了下半世。

且说明悟一灵真性,自赶至西川眉州眉山县城中,五戒已自托生在一个人家,姓苏,各洵,字明允,号老泉届士,诗礼之人。院君王氏夜梦一瞽目和尚走入房中,吃了一惊,明旦分娩一子,生得眉清目秀,父母皆喜。三朝满月,百日一周,不在话下。

却说明悟一灵也托生在本处,姓谢名原,字道清。妻章氏亦梦一罗汉,手持一印,来家抄化,因惊醒,遂生一子。年长,取名谢端卿。自幼不肯吃荤酒,只要吃素,一心要出家。父母见他如此心坚,送他在本处寺中做了和尚,法名佛印,参禅问道,如法聪明,是个诗僧,不在话下。

却说苏老泉的孩儿长年七岁,叫他读书写字,十分聪明,目视五行书。后至十岁来,五经书史,无所不通。取名苏轼,字子瞻。年十六岁,神宗天子熙宁三年,子瞻往东京应举,一举成名,御笔除翰林院学士。不三年,升端明殿大学士。道号东坡。此人文章冠世,举笔珠玑,为官清廉公正;只是不信佛法,最不喜和尚,自言:"我若一朝管了军民,定要灭了这和尚们。"

---

① 跏趺(jiā fū)——"结跏趺坐"的略称。本作"加趺"。亦称"加趺坐"。佛教中修禅者双足交迭而坐的一种修禅方式。

　　且说佛印在于开元寺中出家,闻知苏子瞻一举成名,在翰林院学士,特地到东京大相国寺来做住持。忽一日,苏学士在府中闲坐,忽见门吏报说:"有一和尚要见学士相公。"相公叫门吏出问:"何事要见相公?"佛印见问,于门吏处借纸笔墨来,便写四句,送入府去。学士看其四字:"诗僧谒见。"学士取笔来,批一笔云:"诗僧焉敢谒王侯。"交门吏把与和尚。和尚又写四句诗,道:

　　　　四海尚容蛟龙隐,五湖还纳百川流。

　　　　同一答十知今古,诗僧特地谒王侯。

　　学士见此僧写、作二者俱好,必是个诗客,遂请入。佛印到厅前问讯,学士起身叙礼,邀坐待茶。学士问:"和尚,上刹何处?"佛印道:"小僧大相国寺住持。久闻相公誉,欲求参拜。今日得见,大慰所望!"学士见佛印如此言语,问答如流,令院子备斋。佛印斋罢,相别回寺。自此,学士与佛印吟诗作赋交往。

　　忽一日,学士被宰相王荆公寻件风流罪过,把学士奏贬黄州安置去了。佛印退了相国寺,径去黄州住持甘露寺,又与苏学士相友至厚。

　　后哲宗登基,取学士回朝,除做临安府太守,佛印又退了甘露寺,直到临安府灵隐寺住持,又与苏东坡为诗友。在任清闲无事,忽遇美景良辰,去请佛印到府,或吟诗,或作赋,饮酒尽醉方休。或东坡到灵隐寺,闲访终日。两个并不怠倦。盖因是佛印监着苏子瞻,因此省悟前因,敬佛礼僧,自称为东坡居士。身上礼衣,皆用茶合布为之。在于杭州临安府,与佛印并龙井长老辨才、智果寺长老南轩,并朋友黄鲁直、妹夫秦少游,此五人皆为诗友。

　　这苏东坡去西湖之上造一所书院,门栽杨柳,园种百花,至今西湖号为苏堤杨柳院。又开建西湖长堤,堤上一株杨柳一株桃。后有诗为证:

　　　　苏公堤上多佳景,唯有孤山浪里高。

　　　　西湖十里天连水,一株杨柳一株桃。

　　后元丰五年,神宗天子取子瞻回京,升做翰林学士,经筵讲官。不数年,升做礼部尚书,端明殿大学士。告老致仕还乡,尽老而终,得为大罗天仙。佛印禅师圆寂在灵隐寺了,亦得为至尊古佛,二人俱得善道。

　　虽为翰府名谈,编入《太平广记》。

刎颈鸳鸯会

入话：

眼意心期卒未休，暗中终拟约秦楼。

光阴负我难相偶，情绪牵人不自由。

遥夜定怜香蔽膝，闷时应弄玉搔头。

樱桃花谢梨花发，肠断青春两处愁。

丈夫只手把吴钩，欲斩万人头；如何铁石打成心性，却为花柔？

君看项籍并刘季，一以使人愁；只因撞着虞姬戚氏，豪杰都休。

上诗词各一首，单说着"情""色"二字。此二字，乃一体一用也。故色绚于目，情感于心；情色相生，心目相视。虽亘古迄今，仁人君子，弗能忘之。晋人有云："情之所钟，正在我辈。"慧远曰："顺觉如磁石遇针，不觉合为一处。无情之物尚尔，何况我终日在情里做活计耶？"

如今则管说这"情""色"二字则甚？

且说个临淮武公业，于咸通中任河南府功曹参军。爱妾曰非烟，姓步氏，容止纤丽，弱不胜绮罗；善秦声，好诗弄笔。公业甚嬖之。比邻乃天水赵氏第也，亦衣缨之族。其子赵象，端秀有文学。忽一日，于南垣隙中窥见非烟，而神气俱丧，废食思之，遂厚赂公业之阍①人，以情告之。阍有难色，后为赂听动，令妻伺非烟闻处，具言象意。非烟闻之，但含笑而不答。阍媪②尽以语象。象发狂心荡，不知所如，乃取薛涛笺，题一绝于上。诗曰：

绿暗红稀起暝烟，独将幽恨小庭前。

沉沉良夜与谁语？星隔银河月半天。

写讫，密缄之，祈阍媪达于非烟。非烟读毕，吁嗟良久，向媪而言曰："我亦曾窥见赵郎，大好才貌，今生薄福，不得当之。尝嫌武生粗悍，非青云器也。"乃复酬篇，写于金凤笺。诗曰：

画檐春燕须知宿，兰浦双鸳肯独飞？

长恨桃源诸女伴，等闲花里送郎归。

---

① 阍（hūn）——守门，守门人。

② 媪（ǎo）——妇女。

封付阍媪,会遗像。象启缄,喜曰:"吾事谐矣!"但静室焚香,时时虔祷以候。

越数日,将夕,阍媪促步而至,笑且拜,曰:"赵郎愿见神仙否?"象惊,连问之。传作烟语曰:"功曹今夜府直,可谓良时。妾家后庭即君之前垣也。若不逾约好,专望来仪,方可候晤!"语罢,即曛黑,象乘梯而登,非烟已令重榻于下。既下,见非烟艳妆盛服,迎入室中,相携就寝,尽缱绻之意焉。及晓,象执非烟手,曰:"接倾城之貌,把稀世之人,已誓幽明,永奉欢狎。"言讫,潜归。兹后不盈旬日,常得一朝于后庭矣,展幽彻之思,馨宿昔之情,以为鬼鸟不知,人神相助,如是者周岁。

无何,非烟数以细过挞①其女奴。奴衔之,乘间尽以告公业。公业曰:"汝慎勿扬声,我当自察之!"后堂至直日,乃密陈状请暇。迨夜,如常入直,遂潜伏里门。俟暮鼓既作,蹑足而回,循墙至后庭,见非烟方倚户微吟,象则据垣斜睨。公业不胜其忿,挺前欲擒象。象觉,跳出。公业持之,得其半襦,乃入室,呼非烟,诘之。非烟色动,不以实告。公业愈怒,缚之大柱,鞭楚血流。非烟但云:"生则相亲,死亦无恨!"遂饮杯水而绝。象乃变服易名,远窜于江湖间,稍避其锋焉。可怜:

　　雨散云消,花残月缺!

且如赵象知机识务,事脱虎口,免遭毒手,可谓善悔过者也。于今又有个不识窍的小二哥,也与个妇人私通,日日贪欢,朝朝迷恋,后惹出一场祸来,尸横刀下,命赴阴间,致母不得侍,妻不得顾,子号寒于严冬,女啼饥于永昼,静而思之,着何来由!况这妇人不害了你一条性命了?真个:

　　峨眉本是蝉娟刃,杀尽风流世上人。

权做个笑耍头回。

说话的,你道这妇人住居何处?姓甚名谁?原来是浙江杭州府武林门外落乡村中,一个姓蒋的生的女儿,小字淑珍。生得甚是标致:

　　脸衬桃花,比桃花不红不白;眉分柳叶,如柳叶犹细犹弯。自小聪明,从来机巧,善描龙于刺凤,能剪雪以裁云。心中只是好些风月,又做得几杯酒。年已及笄,父母议亲,东也不成,西也不就。每兴凿穴之私,常感伤春之病。自恨芳年不偶,郁郁不乐。垂帘不卷,羞教

---

① 挞(tà)——用鞭子或棍子打。

紫燕双双；高阁慵凭，厌听黄莺并语。

未知此女儿时得偶素愿？因成商调《醋葫芦》小令十篇，系于事后，少述斯女始末之情。奉劳歌伴，先听格律，后听芜词：

> 湛秋波，两剪明；露金莲，三寸小。弄春风，杨柳细身腰；比红儿，态度应更娇。她生得诸般齐妙，纵司空见惯也魂消！

况这蒋家女儿如此容貌，如此伶俐，缘何豪门巨族，王孙公子，文士富商，不求行聘？却这女儿心性有些跷蹊，描眉画眼，傅粉施朱，梳个纵鬓头儿，着件叩身衫子，做张做势，乔模乔样，或倚槛凝神，或临街献笑，因此闾里皆鄙之。所以迁延岁月，顿失光阴，不觉二十余岁。

隔邻有一儿子，名叫阿巧，未曾出幼，常来女家嬉戏。不料此女以动不正之心有日矣。况阿巧不甚长成，父母不以为怪，遂得通家，往来无间。一日，女父母他适①，阿巧偶来。其女相诱入室，强合焉。忽闻扣户声急，阿巧惊遁而去。女父母至家，亦不知也。且此女欲心如炽，久渴此寻，自从情窦一开，不能自己。阿巧回家，惊气冲心而殒。女闻之死，哀痛弥极，但不敢形诸颜颊。奉劳歌伴，再和前声：

> 锁修眉，恨尚存；痛知心人已亡。霎时间，云雨散巫阳；自别来，几日行坐想。空撇下一天情况，则除是梦里见才郎。

这女儿自因阿巧死后，心中好生不快活，自思量道："由我之过，送了他青春一命。"日逐蹀躞②不下。

倏尔又是一个月来，女儿晨起梳妆，父母偶然视听其女颜色精神，语言恍惚。老儿因谓妈妈曰："莫非淑珍做出来了？"殊不知其女：

> 春色飘零，蝶粉蜂黄都退了；韶华狼藉，花心柳眼已开残。

妈妈、老儿互相埋怨了一会，"只怕亲戚耻笑！常言道：'女大不中留。'留在家中，却如私盐包儿，脱手方可。不然，直待事发弄出丑来，不好看。"那妈妈和老儿说罢，央王嫂嫂作媒，将高就低，深长补短，发落了罢。

一日，王嫂嫂来，说嫁与近村某二郎为妻。且某二郎是个农庄之人，又四十多岁，只图美貌，不计其他也。过门之后，两个颇说得着。

瞬忽间十有余年，某二郎被她彻夜盘弄衰惫了，年将五十之上，此心

---

① 他适——出门。适，往；去到。

② 蹀躞(dié xiè)——小步走路；徘徊。

已灰,奈何此妇正在妙龄,酷好不厌,仍与夫家西宾①有事,某二郎一见,病发身故。这妇人眼见断送两人性命了。奉劳歌伴,再和前声:

结姻缘,十数年;动春情,三四番。萧墙祸起片时间,反为难上难。把一对鸾凤惊散,倚栏杆,无语泪偷弹。

那某大郎斥退西宾,择日葬弟之柩。这妇人不免守孝三年。其家已知其非,着人防闲;本妇自揣于心,亦不敢妄为矣。朝夕之间,受了多少的熬煎,或饱一顿,或缺一餐,家人咸视为敝帚也。

将及一年之上,某大郎自思:"留此无益,不若逐回,庶免辱门败户。"遂唤原媒,眼同将妇罄身②赶回。本妇如鸟出笼,似鱼漏网,其余服饰,亦不较也。妇抵家,父母只得收留,那有好气待她,如同使婢。妇亦甘心忍受。

一日,张二官过门,因见本妇,心甚悦之,俾人说合,求为继室。女父母允诺。恨不推将出去。且张二官是个行商,多在外,少在内,不曾打听得备细,就下盒盘羊酒,涓吉成亲。这妇人不去则罢,这一去,好似:

猪羊奔屠宰之家,一步步来寻死路!

是夜,画烛摇光,粉香喷雾。绮罗筵上,依旧两个新人;锦绣衾中,各出一般旧物。奉劳歌伴,再和前声:

喜今宵,月再圆;赏名园,花正芳。笑吟吟,携手上牙床;恣交欢,恍然入醉乡,不觉地浑身通畅,把断弦重续两情偿。

他两个自花烛之后,日则并肩而坐,夜则叠股而眠;如鱼藉水,似漆投胶。一个全不念先夫之恩念,一个那曾题亡室之音容。妇羡夫之殷富,夫怜妇之丰仪。两个过活了一月。一日,张二官人早起,分讨虞侯收拾行李,要往德清取帐。这妇人怎生割舍得他去?张二官人不免起身,这妇人簌簌垂下泪来。张二官道:"我你既为夫妇,不须如此。"各道保重而别。

别去又早半月光景。这妇人是久旷之人,既成佳配,未尽畅怀,又值孤守岑寂,好生难遣,觉身子困倦,步至门首闲望,对门店中一后生,约三十已上年纪,资质丰粹,举止闲雅,遂问随侍阿满。阿满道:"此店乃朱理秉中开的。此人和气,人称他为朱小二哥。"妇人问罢,夜饭也不吃,上楼

① 西宾——旧时对家塾教师或幕友的敬称。

② 罄(qìng)身——空身。

睡了。楼外乃是官河，舟船歇泊之处。将及二更，忽闻稍人嘲歌声隐约，记得后两句，曰：

> 有朝一日花容退，双子招郎郎不来。

妇人自此复萌觊觎①之心，往往倚门独立。朱秉中时来调戏。彼各相慕，自成眉语，但不能一叙款曲为恨也。奉劳歌伴，再和前声：

> 美温温，颜面肥；光油油，鬓发长。他半生花酒肆颠狂，对人前扯拽都是说。全无有风云气象，一谜里窃玉与偷香。

这妇人羡慕朱秉中不已，只是不得凑巧。一日，张二官讨账回家，夫妇相见了，叙些间阔②的话。本妇似有不悦之意，只是免强奉呈，一心倒在朱秉中身上了。张二官在家又住了一个月之上，正值仲冬天气，收买了杂货赴节，赁船装载，到彼发卖之间，不甚称意，把货都赊与人上了，旧账又讨不上手，俄然逼岁，不得归家过年，预先寄些物事回家支用不题。

且说朱秉中因见其夫不在，乘机去这妇人家贺节。留饮了三五杯，意欲做些暗昧之事，奈何往来之人，应接不暇，取便约在灯宵相会。秉中倾教而去。撚指间，又届十三试灯之夕。于是：

> 户户鸣锣击鼓，家家品竹弹丝。游人队队踏歌声，仕女翩翩垂舞袖。鳌山彩结，巍峨百尺矗晴空；凤篆香浓，缥缈千层笼绮陌。闲庭内外，溶溶宝烛光辉；杰阁高低，烁烁华灯照耀。

奉劳歌伴，再和前声：

> 奏箫条，一派鸣；绽池莲，万朵开。看六街三市闹攘攘，笑声高，满城春似海。期人在灯前相待，几回家又恐燕莺猜。

其夜，秉中老早地更衣着靴，只在街上往来。本妇也在门首抛声衒俏。两个相见暗喜，准定目下成事。不期伊母因往观灯，就便探女。女扃③户邀入参见，不免留宿。秉中等至夜分，闷闷归卧。次夜如前，正遇本妇，怪问如何爽约，挨身相就，止做得个"吕"字儿而散。少间，具酒奉母，母见其无情无绪，向女而曰："汝如今迁于乔木，凡宜守分，也与父母争一口气。"岂知本妇已约秉中等了二夜了，可不是鬼门上贴卦？平旦，

---

① 觊觎（jì yú）——非分的希望，企图。

② 间阔——久别，久不相见。

③ 扃（jiōng）——从外面关门的门闩。

买两盒饼馓,催顶轿儿,送母回了。

薄晚,秉中张个眼慢,钻进妇家,就便上楼。本妇灯也不看,解衣相抱,曲尽于飞。然本妇平生相接数人,或老或少,那能造其奥处?自经此合,身酥骨软,飘飘然,真滋味不可胜言也。且朱秉中日常在花柳丛中打交,深谙十要之术。那十要?

　　一要滥于撒镘,

　　二要不算工夫,

　　三要甜言美语,

　　四要软款温柔,

　　五要乜斜缠帐,

　　六要施逞枪法,

　　七要装聋作哑,

　　八要择友同行,

　　九要穿看新鲜,

　　十要一团和气。

若狐媚之人,缺一不可行也。

再说秉中已回,张二官又到。本妇便害些"木边之目","田下之心",要好只除相见。奉劳歌伴,再和前声:

　　报黄昏,角数声;助凄凉,泪儿行。论深情,海角未为长;难捉摸,这般心内痒。不能勾相偎相傍,恶思量萦损九回肠。

这妇人自庆前夕欢娱,直至佳境,又约秉中晚些相会,要连歇几十夜,谁知张二官家来,心中气闷,就害起病来,头疼、腹痛、骨热、身寒。张二官颙望①回家将息取乐,因见本妇身子不快,倒带了一个愁帽,遂请医调治,倩巫烧献,药必亲尝,衣不解带,反受辛苦似在外了。且说秉中思想,行坐遑安,托故去望张二官,称道:"小弟久疏趋侍,昨闻荣回,今特拜谒,奉请明午于蓬舍少具鸡酒,聊与兄长洗尘。幸勿他却!"

翌日,张二官赴席。秉中出妻女奉劝,大醉扶归。已后还了席,往往来来。本妇但闻秉中在座,说也有,笑也有,病也无。倘若不来,就呻吟叫唤,邻壁厌闻。张二官指望便好,谁知日渐沉重。本妇病中,但瞑目就见

――――――――――

　　① 颙(yóng)望——盼望。颙:昂头景仰貌。

向日之阿巧和某二郎偕来索命，势甚狞恶。本妇惧怕，难以实告，惟向张二官道："你可替我求问：几时脱体！"如言，径往洞虚先生卦肆，卜下封来，判道："此病大分不好，有横死老幼阳人在命为祸。非今生，乃宿世之冤。今夜就可办备福物、酒果、冥衣各一份，用鬼宿渡河之次，向西铺设，苦苦哀求，庶有少救。不然，不可也。"奉劳歌伴，再和前声：

> 揶揄来，若怨咱；朦胧着，便见他。病恹恹，害的眼见花；瘦身躯，怎禁没乱杀？则说不和我干罢，几时节离了两冤家！

张二官正依法祭祀之间，本妇在床又见阿巧和某二郎击手言曰："我辈已诉于天，着来取命。你央后夫张二官再四恳求，意甚虔恪，我辈且容你至五五之间，待同你一会之人，却假弓长之手，与你相见。"言讫，歘然①不见了。本妇当夜似觉精爽些个。后看看复旧。张二官喜甚不题，却见秉中旦夕亲近，馈送迭至，意颇疑之，犹未为信。

一日，张二官入城催讨货物，回家进门，正见本妇与秉中执手联坐。张二官倒退扬声，秉中迎出相揖。他两个亦不知其见也。话说的张二官当时见他殷勤，已自生疑七八分了，今日辏个满怀，辏成十分。张二官自思量道："他两个若犯在我手里，教他死无葬身之地！"遂往德清去做买卖。到了德清，以是五月初一日，安顿了行李在店中，上街买一口刀，悬挂腰间，至初四日，连夜奔回，匿于他处，不在话下。

再提本妇渴欲一见，终日去接秉中。秉中也有些病在家里。延至初五日，阿满又来请赴鸳鸯会。秉中勉强赴之。楼上已张筵水陆矣：盛两盂煎石首，贮二器炒山鸡。酒泛菖蒲，糖烧角黍。其余肴馔蔬果，未暇尽录。两个遂相轰饮，亦不顾其他也。奉劳歌伴，再和前声：

> 绿溶溶，酒满斝；纽焰焰，烛半烧。正中庭，花月影儿交；鱼吃得，玉山时自倒。他两个贪欢贪笑，不提防门外有人瞧！

两个正饮间，秉中自觉耳热眼跳，心惊肉战，欠身求退。本妇怒曰："怪见终日请你不来，你何轻贱我之甚！你道你有老婆，我便是无老公的？你殊不知我做鸳鸯会之主意。大此二鸟，飞鸣宿食，镇常相守；尔我生不成双，死作一对。"昔有韩凭妻美，郡王欲夺之，夫妻自杀。王恨，两塚瘗②

---

① 歘（xū）然——歘，同"欻"。歘然，如火光之一现，方迅速。

② 瘗（yì）——埋；埋葬。

之。后塚上二连理树，上有鸳鸯，悲鸣飞去。此两个要效鸳鸯比翼交颈，不料使成语谶。况本妇甫能閫閾得病好，就便荒淫无度，正是：

> 偷鸡猫儿性不改，养汉婆娘死不改。

再说张二官提刀在手，潜步至门，梯树窃听，见他两个戏谑歌呼，历历在耳，气得按捺不下，打一砖去。本妇就吹灭了灯，声也不则了。连打了三块，本妇教秉中先睡："我去看看便来。"阿满持烛前行，开了大门，并无人迹。本妇叫道："今日是个端阳佳节，哪家不吃几杯雄黄酒？"正要骂间，张二官跳将下来，喝道："泼贱！你和甚人贪夜吃酒？"本妇唬得战做了一回，只说："不！不！不！"张二官乃曰："你同我上楼一看，如无，便罢！慌做什么？"

本妇又见阿巧、某二郎一齐都来，自分必死，延颈待尽，秉中赤条条惊了床来，匍匐，口称："死罪！死罪！情愿将家私并女奉报，哀怜小弟母老妻娇，子幼女弱！"张二官哪里准他？则见刀过处：

> 一对人头落地，两腔鲜血冲天。

当初本妇卧病，已闻阿巧、某二郎言道："五五之间，待同你一会之人，假弓长之手，再与相见。"果至五月五日，被张二官杀死。"一会之人"，乃秉中也。祸福未至，鬼神必先知之，可个惧欤！故知士矜才则德薄，女衒色则情放。若能如执盈，如临深，则为端士、淑女矣。岂不美哉？惟愿率王之民，夫妇和柔，琴瑟谐协；有过则改之，来而则戒之，敦崇风教，未为晚也。

在座看官，要备细，请看叙大略，漫听秋山一本《刎颈鸳鸯会》。又调《南乡子》一阕于后。奉劳歌伴，再和前声：

> 见抛砖，意暗猜；入门来，魂已惊。举青锋过处丧多情，到今朝
> 你心还未省！送了他三条性命，果冤冤相报有神明。

词曰：

> 春云怨啼鹃，玉损香消事可怜。一时风流伤白刃，冤！冤！惆怅
> 劳魂赴九泉。抵死苦留连，想是前生有业缘！景色依然人已散，天！
> 天！千古多情月自圆。

正所谓：

> 当时不解恩成怨，今日方知色是空。

杨温拦路虎传

入话：

> 阔舍平野断云连，苇岸无穷接楚田。
>
> 翠苏苍崖森古木，坏桥危磴走飞泉。
>
> 风生谷口猿相叫，月上青林入未眠。
>
> 独倚阑干意难写，一声邻笛旧山川。

话说杨令公之孙，重立之子，名温，排行第三，唤作杨三官人，武艺高强，智谋深粹。长成几冠，娶左班殿值太尉冷镇之女为妻。择定良时吉日，娶那冷太尉宅院小娘子归，花烛宴会。可谓是：

> 箫鼓喧天，笙歌聒地。画烛照两行珠翠，星娥拥一个婵娟。鼓乐迎来，绣房深处，果谓名不虚传。这冷氏体态轻盈，俊雅仪容。楚鸣云料凤髻，上峡岫扫蛾眉。刘源桃凝作香腮，庚岭梅印成粉额。朱唇破一点樱桃，皓齿排两行碎玉。弓鞋窄小，浑如衬水金莲；腰体纤长，俏似摇风细柳。想是嫦娥离月殿，犹如仙女下瑶台。

这杨官人自娶冷氏之后，行则同行，坐则并坐，不觉过了三年五载。

一日，出街市闲走，见一个卦肆，名牌上写道："未卜先知。"那杨三官人不合去买了一卦，占出许多事来，言道："作怪！作怪！"杨三官人说了年、月、日、时，这先生排下卦，大笑一声，道："这卦爻①动，必然大凶。破财、失脱、口舌，件件有之。卦中主腾蛇入命，白虎临身，若出百里之外，方可免灾。"这杨三官人听得先生说这话，心中不乐。度日如年，饮食无味，怏怏成病。其妻冷氏见杨三官人日夜忧闷，便启朱唇，露皓齿，问杨三官人道："日来因何忧闷？"杨三官人把那"未卜先知"先生占卦的事，说与妻子。冷氏听罢，道："这先生既说卦象不好，我丈夫不须烦恼，我同你去东岳还个香愿，祈禳此灾，便不妨。"杨三官人道："我妻说得也是。"次日，同妻禀辞父母，并丈人冷太尉，便归房中收拾担杖，安排路费，摆布那暖轿马匹，即时出京东门。少不得饥餐渴饮，夜住晓行，不在话下。

迤逦行到一个市井，唤做仙居市，去东岳不远，但见天晚：

---

① 爻（yáo）——组或八卦的长短横道。卦的变化取决于爻的变化。故爻表示交错和变动的意思。

烦阴已转，日影将斜。遥观渔翁收缯罢钓归家，近睹处处柴扉半
掩。望远浦几片帆归，听高楼数声画角。一行塞雁，落隐隐沙汀；四
五只孤舟，横潇潇野岸。路上行人归旅店，牧童骑犊转庄门。
天色已晚，杨三官人同那妻子和当直去客店，解一房歇泊。到得三更，被
一伙强盗劫入店来。那贼是什么人？

大林木编成寨栅，涧下水急作东流。霹雳火性气难当，城头上勇
身便跳。刀见金时时拈弄，天河水夜夜观瞻。月黑搜寻钗钏金，风高
放起山头火。
那一伙强人劫入店来，当时杨三官人一时无准备，没军器在手，被强人捽
住，用刀背剁锏，暗气一口，僻然倒地。正是：

假饶千里外，难躲一时灾。
那杨三官人，是三代将门之子，哪里怕他强人，只是当下手中无随身器械，
便说不得，却被那强人入房，挟了杨三官人妻子冷氏夫人，和那担仗什物，
却有一千贯细软金珠宫贵，都被那强人劫去。杨官人道："我是将门之
家，却被强人劫了，我如今却有何面目归去？"当时杨三官人受这一口气，
便不夸烦，没出豁得，便离了这客店，来县里投奔刘家客店安歇，自思量
道："我当初夫妻二人出来，如今独自一身，交我归去不得！我要去官司
下状，又没个钱！"身体觉得病起来，在店中倒了半个月。

后来幸得无事，出那店来，行去市心，见一座茶坊，入去坐地。只见茶
博士叫道："官人，吃茶吃汤？"那杨二官人道："吃茶也不争，只是我没茶
钱。"茶博士道："官人吃茶也不妨。"茶博士点茶来。这茶是：

溪岩胜地，乘晓露剪拂云芽；玉井甘泉，汲清水烧汤烹下。赵州
一碗知滋味，请入肌肤远睡魔。
那杨三官人吃茶罢，茶博士问道："官人是哪里人？"杨三官人道："我是东
京人。"茶博士道："官人莫不病起来？"杨温道："然也。"茶博士道："官
人，你没钱，如何将息？我叫官人撰百十钱把来将息，你却肯也不肯？"杨
三官人道："好也，谢你周全。"茶博士道："我这茶坊主人却是市里一个财
主，唤做杨员外，开着金银铺，又开质库，这茶坊也是他的；若有人来唱个
喏告他，便送钱与他。这员外……"将讲来，说犹未了，只见员外入茶坊
来。正是：

着意栽花栽不活，等闲插柳却成阴。

那杨三官人也曾做诗一首道：

> 财散人离后，无颜返故京。
>
> 不因茶博士，怎得显其名。

那杨员外吃饭了，过茶坊闲坐，茶博士使努嘴。杨三官人与杨员外唱个喏，员外回头。杨官人又唱一个喏，员外还了礼。那官人是个好人，好举止，待开口则声，说不出来。那茶博士又决嘴道："你说！"那员外说："官人无甚事？"那官人半饱了才说得出来，道是："客人杨温是东京人，特来上岳烧香。病在店中，要归京去，又无盘缠，相恳尊官周全杨温回京则个。"

那员外听得，便交茶博士取钱来数。茶博上抖那钱出来，数了，使索子穿了，有三贯钱，把零钱再打入竹筒去。员外把三贯钱与杨三官人做盘缠回京去。正是：

> 将身投虎易，开口告人难。

才人有诗说得好：

> 求人须求大丈夫，济人须济急时无。
>
> 渴时一点如甘露，醉后添杯不若无。

那杨三官人得员外三贯钱，将梨花袋子袋着了这钱，却待要辞了杨员外与茶博士，忽然远远地望见一伙人，簇着一个十分长大汉子。那汉子生得得人怕，真个是：

> 身长丈二，腰阔数围。青纱巾，四结带垂；金帽环，两边耀日。纻丝袍，束腰衬体；鼠腰兜，柰①口浸裆。锦搭膊上尽藏雪雁，玉腰带柳串金鱼。有如五通善萨下天堂，好似那灌口二郎离宝殿。

这汉子坐下骑着一匹高头大马，前面一个拿着一条齐眉木俸，棒头挑着一个银丝笠儿，滴滴答答走到茶坊前过，一直奔上岳庙中去，朝岳帝生辰。

那杨员外对着杨三官人说不上数句，道是："明日是岳命生辰，你每是东京人，何不去做些杂手艺？明日也去朝神，也叫我那相识们大家周全你，撰二三十贯钱归去。"那杨三官人道："温世事不会。"茶博士道："官人，你好朴实头！"杨官人却问道："适来骑马的是什么人？"员外道："这人

---

① 柰(nài)——同"奈"，怎样，如何。

是个使棒的,姓李名贵,诨名叫做山东夜叉。这汉上岳十年,灯尽天下使棒的,一连三年无对;今年又是没对,那利物有一千贯钱,都属他。对面壁上贴的是没对榜子。"那杨温道:"复员外,温在家世事不会,只会使棒;告员外,周全杨温则个,肯共社头说了,叫杨温与他使棒,赢得他后,这一千贯钱,出赐员外。"员外道:"你会使棒?"杨温道:"温会使棒。"员外道:"你会使棒,你且共我使一合棒,试探你手段则个。你赢得我,便举保你入社,与你使棒。"

员外交茶博士道:"关了茶坊门,今日不开了。"茶坊茶博士即时关了。杨温随员外入来后地,推开一个固角子门,入去看,一段空地。那杨三官人道:"好也! 这坡空地,只好使棒!"员外道:"你弱我健。"且唤茶博士买一角酒、二斤肉来,交杨温吃。那官人吃了酒和肉,叫茶博士也吃些。员外道:"茶博士,去取棒来。"

茶博士去不多时,只见将五条杆棒来,撒在地上。员外道:"你先来拣一条。"杨官人觑一觑,把脚打一踢,踢在空里,却待脱落,打一接住。员外道:"这汉为五条棒,只有这条好,被他拣了。"员外道:"要使旗鼓。"那官人道:"好,使旗鼓!"员外道:"使旗来!"杨官人使了一个旗鼓。茶博士拣棒,才开两条棒起,斗不得三两合,早输了一个人。正是:

　　　　未曾伸山拿云手,莫把蓝桨一样看。

那官人共员外使棒,杨温道:"我不敢打着,打着了不好看。"使两三合了,员外道:"拽破,你那棒有节病。"那杨温道:"复员外,如何有节病。"员外道:"你待打不打,是节病;你两节鬼使,如何打得人?"杨温道:"复员外,员外架,你棒迟,我棒快,特地棒倒;待员外隔时,棒才落。"古人所谓:

　　　　烂柯仙客妙神通,一局曾经几度春。

　　　　自出洞来无敌手,得饶人处且饶人。

员外道:"我正要你打着我。我喜欢你打来,不妨两个再使。"杨温道:"打着了不好看。"

两人正使,则听得门口有人敲门。茶博士唱个喏,马都头问道:"员外在哪里?"茶博士道:"在里面使棒。"马都头道:"你行! 我道你休使棒,他却酷爱。"都头走入来,共员外厮叫了。杨官人向前来唱个喏,马都头似还不还一喏。马都头道:"员外可知道庵老,原来你这般刷子。"员外道:"不是。他要上岳,共山东夜叉李贵使棒。我见他说,共他使看。"马都头道："这汉要共李贵使棒！噤，你却如何赢得他？不被他打得疾患，也得你不识李贵。我兀自请他，问他腾倒棒法。"

杨官人口里不道，肚内思量："叵耐这汉忒欺负我。"马都头道："我乃使棒部署，你敢共我使一合棒？你赢得我时，我却变你共山东夜叉李贵使棒；如赢不得我，你便离了我这里去休！"杨官人道："我敢共都头使棒。"员外同棒，都头拿一条棒起，做了一个旗鼓。杨官人也做一个旗鼓，道："都头，一合使，是两合使？"都头道："只一合。"间棒起，两个不三合，不两合，只一合地使。所谓：

　　两条硬棒相迎敌，宁免中间无损伤；
　　手起不须三两合，须知谁弱与谁强。

马都头棒打杨官人，就幸则一步，拦腰便打。那马都头使棒，则半步一隔，杨官人便走。都头赶上使一棒，劈头打下来，杨官人把脚侧一步，棒过和身也过，落夹背一棒，把都头打一下伏地，看见脊背上肿起来，杨官人道："都头使得好，我不是刷子！"都头起来，着了衣裳，道："好，你真个会。"正是：

　　好手手中呈好手，红心心里中红心。

马都头道："我去说与众社里人，叫来请你！"马都头自去。

员外道："哥哥，你真个会！适才是你饶我。马都头恁地一条棒，兀自奈何你不得，我如何奈何得你？只在我茶坊里歇，我把物事来将息你，把两贯钱去还了人却来。"杨官人便出茶坊，来店中还了房钱并饭钱，却来茶坊里。茶博士道："官人，你却何恁的本事。我这员外，件件不好，只好两件：厮扑、使棒。"

到明日，吃饭了，正与员外吃茶，只见二十人入茶坊来，共员外厮叫道："我们听得，有一个要共山东夜叉李贵使棒，交他出则个！"员外道："在这里坐地便是。"那官人唱了喏，道："客人杨三官便是。"数中一个道："便是他要共山东夜叉李贵使棒。"那官人道："都头，昨夜莫怪。"都头道："是我欺负他了，被打了一棒，却是他会。"众社官把出三百贯钱来，道："杨三哥，你把来将息。"杨官人谢了，众人都去。

三月三十七日，节级部署来见员外，员外叫道："哥哥，我去上岳。"次日，杨官人打扮朝岳。到岳庙前一凤，果谓是：

　　青松影里，依稀见宝殿巍峨；老桧阴中，彷彿侵三门森耸。百花掩映，一条道路无尘；翠竹周围，两下水流金线。离楼①左视，望千里如在目前；师旷②右边，听幽微直同耳畔。草参亭上，炉内焚百和名香；祝献台前，案上放灵种杯筊③。朝闻木马频嘶，暮听泥神唱喏。

杨三官人到这岳庙烧香，参拜了献台上社司间署。

众社官都在献台上，社司道："李贵今年没对。"李贵道："唱三个喏与东岳圣帝，谢菩萨保护。"觑着本社官唱一个喏，道："李贵今年无对，明年不上山。不是李贵怕了不上山，及至上山又没对头，白拿这利物，惶恐！惶恐！"又一个唱喏与上山下山的社官。唱喏了，那日李贵遂回头勒那两军使棒："谁敢与爷爷做对？"众人不敢则声。那使棒的三上五落。李贵道："你们不敢与我使棒，这利物属我。"李贵道："我如今去拿了利物。"

那献台上，人丛里，喝一声道："且住！且住！这利物不属你！"李贵吃了一惊，抬起头一看，却是一个承局出来道："我是两京杨承局，来这里烧香，特地来看使棒。你却共社官斯说要白拿这利物。你若赢得我，这利物属你；你输于我，我便拿这利物去。我要和你放对，使一合棒，你敢也不敢？"李贵道："使棒各自闻名，西京那有杨承局会使棒？"部署道："你要使棒，没人央考你，休絮！休絮！"社司读灶毕，部署在中间间棒。

这承局便是杨二官人，共部署马都头曾使棒，则瞒了李贵。李贵道："教他出来！"杨三官人把一条棒，李贵把一条棒，两个放对使一合。杨三是行家，使棒的叫做腾倒，见了冷破，再使一合。那杨承局一棒劈头便打下来，唤做大捷。李贵使一打嗝，杨官人棒待落，却不打头，入一步则半步一棒，望小腿上打着，李贵叫一声，辟然倒地。正是：

　　好鸡无两对，快马只一鞭。

李贵输了，杨温就那献台上说了四句诗，道是：

　　天下未尝无敌手，强中犹自有强人。

　　霸王尚有乌江难，李贵今朝折了名。

只因杨温读了四句诗后，撩拨得献台上有二十来个子弟，却是皇亲国

---

① 离楼——即离娄。古代传说之明目者。

② 师旷——春秋时晋国乐师。

③ 杯筊（pēi jiǎo）——占吉凶之器。

戚,有钱财主,都是李贵师弟,看见师父输了,焦懆,一发都上来要打那承局。原来"寡不敌众,弱难胜强",那杨温当时怎的计较?

　　有指爪劈开地面,为腾云飞上青霄。

　　若无入地升天术,目下灾殃怎地消。

　　众子弟正奔来要打那杨温,却见数中杨员外道:"不可打他,这四山五岳人看见,不好看! 只道我这里欺他,后番难赛这社。若要打他,下山去到杨玉茶坊里了,却打他未迟。"众人道:"员外也说得是。"

　　这杨承局归到杨玉茶坊,把利物入茶坊后地房里去了。众子弟道:"员外,你交他出来,我们打他,与我师父报仇!"杨员外入后房里,叫杨三官人:"他们众人要打你。且说你几岁了?"杨温道:"今年二十四岁了。"杨员外道:"我却三十岁,较长六岁,我做你哥哥。你肯拜我为哥哥么? 我救你这一顿拳踢。"杨温自思量道:"我要去官司下状取妻,便结识得一个财主,也不枉了。"便告员外道:"我先出去,你随我来。"员外道:"适来在献台上使棒的杨玉叔叔兄弟,且望诸位阇略①则个!"众人道:"你何不早说? 既是令弟,请他出来与我们厮见则个。"员外叫:"杨三哥,你与众官员子弟相见。"杨官人出来,唱三个喏。众人还礼,道是:"适间莫怪。少间,师父李贵自来相谢。"

　　不多时,李贵入茶坊来,唱了一个喏,道是:"李贵几年没对,自是一个使棒的魁手,今日却被官人赢了。官人想不是一样人,必是将门之子。真个恁的好手段! 李贵情愿下拜。"杨官人道:"不消恁的。"却把些剩物送与李贵,李贵谢了自去。杨玉员外道:"我弟只在我这里住。"

　　当日,杨员外和杨温在金银铺坐地,也是早饭罢,则见一个大汉,骑一匹马,来金银铺前下马,唱喏道:"复员外,太公不快,叫来请员外回来则个!"那汉说了,上马便去。杨温认得:当夜被劫,是这厮把着火把。欲待转身出柜,来捉那厮,三步近,两步远,那厮马快,走了。杨员外道:"兄弟,你看着铺,我回去见我爹则个,五七日便来。"杨三官人道:"复仁兄,温要随仁兄去走一遭,叫公公则个。"员外道:"你去不得,我爹爹心烦利害人,则好休去。"杨温道:"铺中许多财物,不敢在此。"杨玉道:"我把你不妨,便有甚的要紧?"杨温道:"复仁兄,容温同去。"员外道:"你苦苦要

　　———————————————

　　①　阇略——忽略,原谅。

去时,随你去也不妨。"

二个一人一匹马,行到一个所在,三十里,是仙居市,到得一座庄子。看那庄时:

> 青烟渐散,薄雾初收。远观一座苔山,近睹千行宝盖。团团老桧若龙形,郁郁青松如虎迹。三冬无客过,四季少人行。蓦闻一阵血腥来,原是强人居止处。盆盛人鲊酱,私盖铸香炉,小儿做戏弄人头,媳妇拜婆学劫墓。

二人到庄前下马,庄里人报:"太公,员外来也!"那大伯在草厅上坐,道:"叫他来见我。"杨玉入去,唱喏了。大伯道:"孝顺儿子来也。这几日道路如何?"杨玉道:"复爹爹,有买卖。"那大伯正说话里,见厅下一个人,问儿子道:"厅下这人是谁?"杨玉道:"复爹爹,是一客人杨三哥。这汉子得上献台使棒,赢得山东夜叉李贵!"大伯见了,即时焦躁道:"叫庄客与我缚了他!"当时,杨温恰似蛟龙出水,虎豹投崖。古人曾有诗云:

> 祸出师人口,休贪不义财。

> 会思天上计,难免目下灾。

大伯叫庄客缚了杨温,当时却得杨玉搭救,道:"众人不动手,都退去。"杨玉道:"且告爹爹:这汉会使棒,了得!"大伯道:"他如何奈何得山东夜叉李贵?我后生时,共山东夜叉使棒,也赢他不得。这厮生得恁的,如何赢得李贵?想这厮必是妓弟家中闲汉。你增他家,使钱不归;我叫你归,那行道怕你不去,使他跟着你。"员外道:"复爹爹:此人不是闲汉,使棒真个了得!"大伯将员外转上草厅上去,说与庄客:"叫他在客店里歇。"庄客引杨温去。

那杨温去店房里坐定了,道:"这大伯是个作怪人,这员外也不是平人。我浑家则是在这里!"不多时,见一个妇女问杨玉道:"孩儿,你须知你爹是个不近道理的人,你没事带他来则甚?"员外道:"告妈妈,他自要来。杨玉只叫他在金银店里,他不肯,定要跟将来。"两口说到房门边,正入房中来。那妇女把些酒肉道:"你且吃些酒和肉,不须烦恼,不妨事。大伯自是恁地生受。"说罢,杨玉同娘都去了。

多时间,只听得有人来报道:"复公公:大王使人在这里。叫传语公公,见修山寨未了,问公公挪借北侃旧庄,权屯小喽啰;庄中米粮搬过,不敢动一粒,修了山寨,却还公公。一道请公公和员外过来则个。大王新近

夺得一个妇女,乃是客人的老婆,且是生得好,把来做扎寨大人。请公公
员外过来则个!"大伯道:"交传与他,我明日日中过来。"小喽啰即时便
去。那杨温听得,喜从天降,笑逐颜开,道:"我这浑家却在这北侃旧庄强
人处。这大伯也不是平人!"

等到次日天晓。怎见得?

残灯半灭,海水初潮,窗外曙色才分,人间仪容可辨。

正是:

一声鸡叫西江月,五更钟撞满天星。

只见东方亮,灵鸡叫,天色大晓,杨玉出来客房里叫:"杨三哥,你去休。
我三五日便归。"杨温道:"告仁兄:借一条棒防路。此间取县有百三十里
来,路中多少事,却怎的空手,去不得。"杨员外把一条棒与杨温。那杨温
接了,辞员外先去。

杨温离他庄,行个一里路,去向深草丛里去藏着身,觑着杨青大伯去
庄。不多时,则见二人骑两匹马来,杨温放过人了。杨温恩量道:"我又
不认得北侃旧庄,则就随他去便了。"前一匹马是大伯杨青,绰号唤做秃
尾虎;后面是杨员外。杨温随他行得二里来田地,见一所庄院,但见:

冷气侵人,寒风扑面。几间席屋,门前炉灶造馒头;无限作,后
厦常存刀共斧。清晨日出,油然死火荧荧;未到黄昏,古涧悲风悄
悄。路僻何曾人客到,山深时听杀人声。

杨青共杨玉到庄前,下马入去。这杨温却离庄有得半里田地,寻个草
中躲了。那两人入得庄中,细腰虎杨达,下首是冷氏夫人,对席是杨青,杨
青下首是杨玉,分四人坐定。杨玉看这妇人,生得意态自然,必是好人家
女子。怎见是:

云鬟轻梳蝉远,翠眉淡拂春山。朱唇缀一颗樱桃,皓齿排两行碎
玉。花生丹脸,水剪双眸,意态自然,精神更好。

正是:

杀人壮士回头觑,入定法师着眼看。

杨玉道:"好个妇人,大王也不枉了!"那杨达道:"公公,员外,在此无
可相待,略吃三五碗酒,一道庆贺扎寨夫人。一并说过,就借公公北侃旧
庄,米谷搬过一边,不敢动一粒,修完山寨了毕,即使出还,不敢久住。"大
伯道:"不妨,便是家的人一般。"

那杨温却离他庄,更远得半里来田地,思量道:"我妻却在这里,找若还去告官,几时取得? 不如且捉手中一条棒,去年将来!"古人所谓:

> 下坡不走快,难逢上天;
>
> 同壁落入地,共返黄泉。

杨温怎忍得住,只得离了深草丛中,出那大路来。忽然又遇二三十个小喽啰,拦住杨温道:"你是甚人? 因何到此?"杨温道:"我是客人,迷路到此,褥罪乞恕!"小喽啰道:"这里不是你去处。你自放了手中棒,便饶你!"杨温哪里肯放,便要拿起与他厮斗。不知后面几个小喽啰赶上,把一条索子,将杨温缚了,远远地前去一个庄所。这座庄:

> 园林掩映茅舍,周回地肥桑枣。绕篱栽嫩草,牛羊连野牧。桥下
> 碧流寒水,门前青列奇岭。耕锄人满溪边,春播声喧屋下。

正是:

> 野草闲花香满路,那知不是武陵①家。

杨温被那小喽啰缚将去,到这庄前,正所谓:

> 脱了天罗,又逢地网。

小喽啰走报庄中大王。只见大王正坐在草厅上桌,一口大刀在身边,便唤:"拥他来,问它则个!"手下人便拥杨温,立于厅下。

大王问道:"你姓甚名谁? 为何到此? 直说来情,宥汝无罪!"杨温道:"复大王,我乃西京人,姓杨名温,是杨令公之曾孙,祖是杨文素,父是杨重立。今来同妻子上岳烧香,在仙居市被人劫去妻子。今却在这庄北侧北侃旧庄细腰虎杨达处。温亦探知动静,特地要去夺取妻子回归。温是将门之子,绰号拦路虎,大王曾知否? 今来受擒于此,有罪请诛,无罪请恕!"大王道:"久闻大名,今幸拜识。"便令左右解了索,请上厅对坐,请罪,曰:"我乃重立舍人帐下小卒,姓陈名千,后因狼狈,不得已而落草,今见将军,乃是我恩人,却在此被劫,自当效力相助!"正是:

> 路不见平,拔剑相助。

那陈千便安排些酒菜请杨温吃了,便带一百余人,同奔那北侃旧庄。则见那杨达和那杨青、杨玉、冷氏夫人,四位在那里吃酒。被杨温拿一条棒突入庄去,就草厅上将手中捧觑着杨达劈面一棒,搠番打倒杨达,叫取

---

① 武陵——地名。武陵郡。此指东晋陶潜作《桃花源记》中的世外桃源。

妻子出来。即时杨达睁起眼来,将部下一二百人小喽啰赶上:

　　半千子路,五百金刚,人人有举鼎威风,个个负拔山气概,石刃无
非能锭,介胄①尽使浆金。

　　杨温见强人赴上,他又叫取妻子在一边,抵敌未得,却荷得陈千许多
人马,前来迎敌。斗经一两合,陈千人马败走。原来是杨达人多,陈千人
少。杨温同妻子与陈千人马一向奔走,后面杨达又一面追来。正是:

　　会思天上无穷计,难免今朝目下灾。

　　正奔走之间,只听得一棒锣声响来,杨温打一看时,却是县司弓手五
十来人,出巡到此。为头弓手却是马都头。杨温便与马都头唱个喏,把从
前事说了一遍。马都头便说与部下弓手,同陈千人马,再回身去迎敌。那
细腰虎杨达当头斗敌,杨温出来与战,战不得一合,一棒打倒杨达。

　　自此,杨温和那妻子归京,上边关立一件大大功劳,直做到安远军节
度使,检校少保。可谓是:

　　能将智勇安边境,自此扬名满世间。

----

　　①　介胄(zhòu)——甲胄;盔甲。

雨窗集上
花灯轿莲女成佛记

入话：

> 六万余言七幅装，无边妙义广含藏。
>
> 白玉齿边流舍利，红莲舌上放毫光。
>
> 喉中甘露涓涓滴，灌顶醍醐滴滴凉。
>
> 假饶造罪如山岳，只须妙法两三行。

却才白①过这八句诗，是大宋皇帝第四帝仁宗皇帝做的，单做着赞一部《大乘妙法莲花经》，极有功德。为何说他？自家今日说个女娘子而诵《莲经》得成正果。

这女娘子的父亲，姓张字元善。母王氏。夫妻二人，无一男半女。原是襄阳人氏，家传做花为生，流寓在湖南潭州，开个花铺。平日好善，只好看经念佛，斋僧布施。二人心中常常不乐，自思量："傍中年之寿，不曾生一男半女，如何是了？"每日在门前坐地，只见个婆婆，双目不明，年纪七旬之上，头如堆雪，朗朗之声，背诵念一部《莲经》，如瓶注水。张待诏道："我夫妻两个如今四旬之上。无男无女、正好修善。如何得他教我看此卷《莲经》则个？看他许大年纪，在街头吃化，想他也无男无女了。"

如此，这日叫婆婆来门前，张待诏娘子盛一碗饭，一碗羹，斋这无眼婆婆，遂问道："婆婆，你多少年纪？"婆婆道："老拙七十五岁了。"王氏道："你在那以住？家中有甚人管顾你？你眼见也不见？"婆婆道："老拙无个男只女，在百斯求院子里住。两目青盲，略见些儿，每日出来看经吃化。自四十岁无了丈夫，五十岁坏了眼，平日只爱看经。到今看五十余年经了，因此背诵如水。"说罢，王氏道："可怜！可怜！婆婆是这般健便好，倘有些病痛，何人服侍你？忽一日岁寿终，谁来断送你？我有一句话与你说，不知你肯否？"婆婆道："不知妈妈有甚说话？"王氏道："自从今日起，

---

① 白——道白。

你搬来我家住,每日只在我家吃饭。量你一个老人家吃"得多少? 你便教我看这部《妙法莲花经》。教得我会时,无甚相谢你,待你百年之后寿终,我夫妻二人与你戴孝,如母亲一般断送。你意下如何?"婆婆听了,满面笑容,道是:"婆子哪里得这般福分! 若教看经,甚是容易,岂敢指望相谢! 但得妈妈收留,实是万幸!"张待诏娘子听说了,大喜,便交婆婆归去,百厮求院子内收拾了粗衣破衫便来。

婆婆去不多时,来到张待诏家里住,当下王氏便烧汤与他洗浴,换了几件洁净衣服与他着,别折一个房交他住卧。每日搬茶搬饭与他吃。早晚之间烧一炷香,一只桌儿上安着经,共婆婆对坐了同看。王氏从来却识字,看着经本读,婆婆背念。一日三,三日九,不刚一日,教得夫妻二人每日看念,如瓶注水。王氏每服侍婆婆,并无怨心。

自此,一住三年有余。忽然间,婆婆看着王氏道:"婆子在此蒿恼三年,今晚去也!"王氏听得,大惊道:"婆婆,你在我家,我夫妻二人不曾何甚言语! 你从来说道无亲无故,你却哪里去?"婆婆笑道:"借你肚皮里安身则个。"王氏笑道:"我却道只个,原来婆婆取笑耍。"当下只是取笑过,各自去睡。次日侵早,王氏笑道:"婆婆如何不起?"径到房前,推开房门,只见婆婆端然坐于床上。王氏大惊,出门外和丈夫商议。只得买个龛子盛了,留了七日,做些功果与他。以毕,抬将出来,众邻相送,至山林边烧化了。第三日,收拾骨殖葬了,不在话下。

王氏自从没眼婆婆死后,便觉腹中有孕,渐渐腹大。看看十月满足,忽日傍三更时分,肚内阵阵疼来。张待诏去神前烧香点烛祷告:"不在是男是女,保护快生快养。"雇个妇人服侍了。张待诏许下愿心,拜告神明,觉道自己困倦,便去床边略合眼,只见白头婆子从外面笑将入来,便望房里去,张待诏随后跟入来,被门槛一绊,一交惊将觉来,却是梦里,听得鼓打三更,自思量道:"怪哉! 我道明白的事,却是梦里!"说犹未了,只听得呀呀地小儿哭响,连忙看时,已自妻子分娩了。又得快雇来的妇人服侍。张待诏见是个女儿,却和那没眼婆婆一般相似。当下,张待诏甚是喜欢。当日过了,第三日,做了三朝①。看看满月,不在话下。

光阴似箭,日月如梭,渐渐长成。一周取名,思量婆婆的看经事,取名

_____

① 三朝(zhāo)——旧称结婚、生子或死亡的第三日,并行礼仪。

莲女。又早七年之期，这女子件件聪明，见经识经，见书识书，邻近又有一个学堂，教此女子入学读书，不过一年，经史皆通。其实奇异。父母惜如珠玉。夫妻二人，每日斋僧布施，随喜看经，在家做些花朵。只听得街坊人热闹，又听得鼓钹声喧，张待诏出门问："做什么鼓钹响？"有人道："能仁寺长老惠光禅师引众僧来抄化斋粮，因此闹热。"不在话下。

且说莲女在学堂内读书，听得鼓钹响，走出学堂看。一看，见能仁寺长老惠光禅师坐在轿上，与众僧沿街抄化披疏，只见莲女猛然抢上前来，用手扯住惠光禅师，学人启问："堂头大和尚，我有一转语，敢问和尚则个。"道："龙女八岁，献宝珠，得成佛道；奴今七岁，无宝珠，得成佛否？"莲女道罢，只见惠光禅师不慌不忙，便道："何不投院子里来，此处又无法座？"莲女道："我不理会得，只还我问头来。"以手扯住长老衣服，扯下轿来，扯得长老团团地转。

满街人都嚷起来，惊动张待诏。正与妻在门前做生活，听得人嚷，走出街上打一看，只见有人说道："待诏，你的女儿有些疯了，扯住和尚，向他讨什么问头，故此作嚷。"待诏见说，连忙走去，分开人众打一看，果是女儿扯住长老，急忙便道："我女儿有些疯，看我面，莫要责她！"一头说，抱了女儿便走回家。当下众人都散了，长老上了轿，于路抄化去了。

且说莲女，爷抱回家，娘吃了一惊，道："女儿，下次休得如此，被人耻笑！"似此之后，又过三五日，忽然不见莲女。诸处无寻处。原来莲女在学堂里听得法鼓，却是能仁寺长老讲经说法，一径走入寺中，一看，果然长老升座说法。莲女分开人众，直到法座下，高声问曰："龙女八岁，献宝珠，得成佛道，奴今七岁，无宝珠，得成佛否？"莲女道罢，长老不答，乃手划一个圆象，言曰："你还见么？"莲女见了，正欲再问，只见："张待诏，你女儿又去能仁寺问长老。"连忙赶去，抱了便走回家，道："你如今疯了，被人耻笑。"

自此之后，年去月来，再不叫女儿入学，每日只在家做些花卖，做生活了过。不觉时光似箭，日月如梭，年去月来，看看长成十六岁，生得端妍妙貌，有十分颜色。忽然时遇元宵，家家点放花灯，不拘男子妇人，都上街看灯。不在话下。

当日正是正月十五日元宵，邻近有几家老成的妇人相呼相唤看灯，因此叫女儿同去。于是众簇着，迤逦长街游看。真个好灯！怎见得：

笙箫盈耳，丝竹括街。九衢灯火灿楼台，三市绮罗盈巷陌。花灯万盏，只疑吹下满天星；仕女双携，错认降凡王母队。灯下往来翠女，歌中相斗绮罗人。几多骏骑嘶明月，无限香车碾暗尘。

当下，莲女和街坊妇人女子往来观看花灯，来到能仁寺前扎个鳌山，点放诸般异样灯火，山门大开，看灯者不分男女，挨出拥入。莲女见，也不顾街坊妇女，挨将入去看灯。真个好灯：三门两廊，有万盏花灯，照耀如同白日。莲女和众人相挨，失了街坊妇女。妇女不见了莲女，却走到观音堂前，只见两个和尚铺着白蓝，抄化钱买灯油。莲女挨向前，看着和尚道："和尚！和尚！我问你：能仁寺中许多灯，哪一碗最明?"和尚见问得跷蹊，便回言道："佛殿上灯最明。"莲女又问曰："佛灯在佛前；心灯在何处?"道罢，和尚答不出来，只叫："却非！却非！"被莲女抢上前，去和尚头上削两个栗暴，削得火光送赞。和尚摔了头叫苦："呀！呀！这小娘子到好硬手！我不曾相犯你，你如何便打我?"莲女道："还我问头来!"

和尚都波了去告长老。莲女又到佛殿上，见两个和尚在那里，便两只手扯住，问道："能仁寺许多灯，哪一碗最明?"那和尚猛可地乞他扯住，连忙应他："只有佛殿上灯最明。"莲女又问道："佛灯在佛前；心灯在何处?"莲女道罢，和尚答不来，只叫："却非！却非！"被莲女抢上前去。和尚道："我不理会得。"莲女道："你不理会得，要你如何?"放了一只手，看着和尚脸上只一拍，打个大耳光。

和尚被打，去告长老。长老听得道："不须你们说，我自知了。这魔头又来了恼我!"连忙叫侍者擂鼓升法座。又有那好事多口地道："小娘子！长老升法座，你可去问他。"

莲女见说，一气走来法座下，众僧都随着。惠光禅师坐在法堂上，年纪高人，十分精神，端的是罗汉圣僧。怎见得：

双眉垂雪，碧眼横波。衣披六幅烈火鲛绡，柱杖九环锡杖。霜姿古貌，有如南极老人星；鹤骨松形，好似西方长寿佛。料应元寂光中客，定是楞严会上人。

惠光长老坐定，用慧眼一观，见莲女走到法座下，合掌却欲要问。长老不等他开口，便厉声叫曰："且住！你受我四句偈言：

衲①僧不用看他灯，自有灵先一点明。

今日对君亲说破，尘尘刹刹放光明。"

道罢，莲子听了，便答四句：

"十方做个灯球子，大地将为蜡烛台。

今日我师亲答问，不知哪个眼睛开？"

道罢，又曰："你还我灯么？"长老答曰："照天照地，天地俱明。"

莲女又问曰："照一席大众也无？能令众人明否？"长老答曰："着！然，然，然！"莲女又问道："照见几个？"长老答曰："照见一个、半个。"莲女同曰："一个是谁？半个是谁？"长老道："一个是我，半个是你。"莲女曰："借吾师法座来，与你讲法。"长者曰："且去寻个汉子来还债。"道罢，莲女遮红了脸。众人都和起来。有等不省得的，便骂道："这和尚许大年纪，说这等的话！"有一等晓得的，便道："是禅机，人皆不知。"正如此说，只见同来的妇人、女子入法堂来，寻见了莲女，领了，道："何处不觅到！若是不见你时，叫我们回去怎地见你爹娘？"说罢，众妇女簇拥出来。却不说寺中之事，各人叫了"安置"，散了。这日之后，莲女只在门前做生活，若有人来买花，便去卖，再不闲管。

这莲女渐渐生长得堪描堪画。从来道："女大十八变。"这女娘子年方一十七岁，变得大有颜色，张待诏点一铺茶请街坊吃，与女儿上头。上头之后，越觉生得好。怎见得：

精神潇洒，容颜方二八之期，体态妖娆，娇艳有十分之美。凤鞋稳步，行苔径，衬双足金莲；玉腕轻抬，分花阴，露十枝春笋。胜如仙子下凡间，不若嫦娥离月殿。

这莲女年一十七岁，长得如花似玉，每日只在门首卖花，闲便做生活。

街坊有个人家，姓李，在潭州府里做提控，人都称他做押录。却有个儿子，且是聪明俊俏，人都叫他做李小官人。见这莲女在门前卖花，每日看在眼里，心虽动，只没理会处。年方一十八岁，未曾婚娶，每日只在莲女门前走来走去。有时与他买花，买花不论价，一买一成。或时去闲坐地，看做生活，假托熟，问东问西，用言撩拨她。不只一日。李小官思思想想，没做奈何，废寝忘食，也不敢和父母说，因此害出一样证候，叫做"相思

---

① 衲(nà)——僧徒的衣服常用许多碎布补缀而成，因以为僧徒的代称。

病"。看看地恹恹黄瘦了,不间便有几声咳嗽。每日要见这莲女,没来由,只是买花。买花多了,没安处,插得房中满壁都是花。一日三,三日九,看看病深,着了床不能起。父母见了心慌,使病人医调治服药,不能痊可。

你道这病怕人?乃是情色相牵。若两边皆有意,不能完聚者,都要害倒了,方是谓之"相思病";若女子无心,男子执迷了害的,不叫做"相思病",唤做"骨槽风"。今日李小官却害了此病,正是没奈何处。如何见得这病怕人?曾有一只词儿说得好。正是:

四百四病人可守,唯有相思难受。不疼不痛恼人肠,渐渐地交人瘦。　　　　　愁怕花前月下,最苦是黄昏时候,心头一阵痒将来,便添得几声咳嗽。

且说李小官想这莲女害得着了床,父母慌了,有妈妈来看他,只见房里满壁的花,都插着异样奇花,也不晓他意,又不好问他;思量半晌,便问他道:"缘何有这许多花朵?"小官言道:"妈妈,你不知,我买来供奉和合①、利市②哥哥的。"娘道:"你是胡说!便做供养,也不消得许多,必有缘故。你有什么事,实对我说。"小官只不肯说,别了面皮朝里壁睡了。妈妈只得出来,与丈夫商量,便叫奶子来,吩咐:"你去房里款曲③,可问他是何原故。"奶子道:"不消吩咐,我自有个道理,哄漏其情回复。"

奶子说罢,便入房里来,将药递与小官吃,自言自语道:"官人这病蹊蹊,你实对我说,我自有个道理方便你处。你不要瞒我,这病思量老婆了,气血不和,以致害得如此。"那小官见说,道:"奶子莫笑我,实不相瞒你,我有一件事,只是难说。"奶子道:"说不妨,此间别无一人。"小官人道:"只为一个冤家,恼得我过活不得。"奶子道:"又是苦呀!却是什么冤家?莫不是负命欠钱的冤家?"小官人过:"不是这个,都只为我们隔壁,过三五家,张待诏有个做花的女儿叫做莲女,十分中我意,因她引动我心,使我神魂荡漾,废寝忘食,日夜思之。你不见我房里插满花枝?因此上起。"

---

　①　和合——中国神话中象征夫妻相爱的神名。常画二像,蓬头笑面,一持荷花,一捧圆盒,取和谐合好之意。

　②　利市——财神。

　③　款曲——殷勤。此为"殷勤侍奉"意。

奶子听了，呵呵大笑，道："有何难哉！我与员外、妈妈商量了，完成此事，这一段姻缘。"道罢，出房来堂前，见了押录、妈妈，把此事说了一遍。李押录道："妈妈，如何是好？他是做花的手艺人，我是押录，不是门当户对。"妈妈道："要孩儿好，只得将高就低。倘若不依他，孩儿有些失所，悔之晚矣！"

李押录见妈妈说，只得将就应允了，便请两个官媒来，商议道："你两个与我去做花的张待诏家议亲。"二人道："领钧旨！"便去。走到隔壁张待诏家，与他相见了，便道："我两个是喜虫儿，特来讨茶吃，贺喜事。"张待诏："多蒙顾管，且请坐，吃茶罢！"便问："谁家小官人？"二人道："隔壁李押录小官人。"张待诏道："只是家寒，小女难以攀陪。"二人道："不妨。"张待诏道："只凭二位。"二人道："他不谦你家。你若成得这亲事，他养你家一世，不用忧柴忧米了。"夫妻二人见说甚喜，就应允了。两个媒婆别了出门，回报李押录。押录见回复肯了，大喜，随择一日下财纳礼，奠雁传书，选嫁吉日成亲，小官人见应承之后，百病皆散，将息复旧，唇红齿白。

不觉时光似箭，日月如梭，早是半年之上日期。李押录着两个媒人到张宅说亲："近新冬日子，十五日好。"这张待诏有一般做花的相识，都来与女儿添房，大家做些异样罗帛花朵，插在轿上左右前后："也见得我花里行肆！"不在话下。到当日，李押录使人将轿子来。众相识把异样花朵，插得轿子满红。因此，至今留传"花灯轿儿"。今人家做亲皆因此起。

当时轿子到门前，众人妆裹得锦上添花，请莲女上轿，抬到李宅门前歇了。司公茶酒传会，排列香案。时辰到了，司公念拦门诗赋，口中道："脚下慢行！脚下慢行！请新人下轿！"遂念诗曰：

喜气盈门，欢声透户，珠市绣幕低。拦门接次，只好念断诗。红光射银台画烛，氤氲香喷金猊。料此会，前生姻眷，今日会佳期。喜得过门后，夫荣妇贵，永效于飞。生五男二女，七子永相随。衣紫腰金，加官转职，门户光辉。从今后喜气成双尽老，福禄永齐眉。

念毕："请新人脚下慢，请行。"时辰将傍，不见下轿，司公又念诗赋曰：

瑞气氤氲，祥云缭绕，笙歌一派声齐。门阑喜庆，彷彿坠云霓。画烛花随红影，沉檀满热金猊。香风度，迎仙客唱，迎仙客乐遏云低。喜得过门后，夫荣妻显，永效于飞。男才过子建，女貌赛西施。寿比南山，福如东海，佳期。从今后，儿孙昌盛，个个赴丹墀。

司公念毕诗赋，再请新人下轿。三回五次，不见莲女下轿。司公怕错过时辰，便叫张待诏妈妈自向前请新人下轿。

妈妈见说，走到轿子边，隔着帘子低叫："我儿！时辰正了，可下轿下来！"说罢，里面也不应。妈妈见不应，忍不住用手揭起帘子，叫儿声"我儿"，又不应。看莲女鼻中流下两管玉箸来，遂揭了销金盖头，用手一摇，见莲女端然坐化而死。只见怀中揣着一幅纸，妈妈拿了放声大哭，把将去众人看，上面有四句《辞世颂》曰：

> 我本林泉物外人，偶将两脚踏红尘。
>
> 明公若肯兴慈造，便是当年身外身。

当日，众人都惊呆了，道："不曾见！不曾见！真个难得！"李押录夫妻也没做理会处，小官人也惊呆了，道："只是我没福！"张待诏："只得抬到我家，买口棺材断送她，也不枉了我家出个善知识。"李押录道："使不得！既嫁了我家，'生是我家人，死是我家鬼'，如何又打回去？我自断送。"两边怄气了，只见街坊立满人，都来看，有来礼拜的，也有合掌的。正如此之间，只见一簇人，围着一乘四人轿子，那和尚分开人众，高声，在一柄青凉伞下，扛着轿子，叫道："你两家不要慌！也不要争！断送这娘子，也不是你两家人，正是老僧徒弟。我僧房中有龛子，扛一个来盛了，看老僧与她下火，点化这女子，去好处安身。"说罢，众皆道："好！不是这佛来，如何计结。"张待诏夫妻二人磕头礼拜道："我师，望乞指我女儿到好处去！"说罢，惠光禅师急令从人回寺，抬了龛子至李押录门首，扶莲女入龛子，扛去能仁寺法堂内停了。做了三日功果。至第五日，扛去本寺后化人场。

当时张李二家都来做斋，拜了长老。长老讨条凳子立了，打个圆象与莲女下火，念《下火文》，曰：

> "可惜当年二八春，不沾风雨共微尘。如何两脚番身去，虚作阎浮一世人？如今花已谢，移根别处新。百骨头上生火焰，九重台上现金身。曹娥①十四投江，名传天下；龙女八岁成佛，声动十方。这两

---

① 曹娥——曹娥是东汉上虞人，父亲溺于江中，数日不见尸体。当时曹娥年仅十四，昼夜沿江号哭。十七日后，在五月五日投江，五日后抱出父尸。

个女子，风流怎比莲女俏，惜未嫁早死，已知色是空。可惜未成花烛洞房，且免得儿啼女哭。咄！一段祥云成两足，逍遥直到梵王宫。"惠光长老念罢，须臾，火着化了，把骨殖送在寺中。

张待诏夫妻二人亦然弃俗出家。不过三年，夫妻二人成双坐化而去。善有善报，莲女即是无眼婆婆后身，子母一门，俱得成其正果。作善的俱以成佛，奉劝世人：看经念佛不亏人。

曹伯明错勘赃记

入话：

> 二八佳人巧样妆，洞房夜夜换新郎。
>
> 两条玉腕千人枕，一颗明珠万客尝。
>
> 做出百般娇体态，生成一片歹心肠。
>
> 迎新送旧多机变，假作相思泪两行。

话说大元朝至正年间，去那北路曹州东平府管下东关里，有一客店。这店主姓曹，双名伯明，年二十岁。浑家亡化，止留下个孩儿，年十岁，叫做驴儿。

这曹州城里，有一个妓者，唤做谢小桃，年二十二岁，生得千娇百媚，是个上厅行首。伯明与她来往一年有余。伯明一心爱小桃，要娶他为妻。那小桃口里应允，终是妓者心不一。原来他自有个孤老，唤做倘都军，与他相处五年。小桃一心要嫁他，争奈倘都军没钱，因此还接客。不想伯明痴心要他，一日，来城里和姑娘①商议。原来姑娘死了姑夫，与儿子开着饭店。当见侄儿来家，同坐说话。伯明言："姑娘，我今妻已死多年，家中无人，如今行首谢小桃要嫁我，我亦要取她，特说与姑娘知之。"姑娘道："侄儿不可取她！她是花门柳户之人，心不一的，别娶个良家的妇女。"

这伯明不听姑娘说，作别回家，自使钱备礼，立婚书，讨了谢小桃回家为妻。只因不信姑娘口，争些死非命。正是：

> 金风未动蝉先觉，暗送无常死不知。

古语云：

> 两脸如香饵，双眉似曲钩。
>
> 吴王遭一钓②，家国一齐休！

这曹伯明与谢小桃相聚，过了两个月余。忽日倘都军来望谢小桃，小桃低低说与倘都军道："我和你要做夫妻容易。这曹伯明每日五更出去接客，只是不在家多。你去五更头，等他来时，打死了他，咱两个永远做夫妻，却

---

① 姑娘——此谓姑妈。

② 吴王遭一钓——指春秋末期越王勾践以向吴王夫差献美女西施为饵，削弱其国力，终灭吴国。

不是好？"倘都军见说，大喜道："姐姐此计大妙！"辞别去了。不在话下。

　　却说五更头有个剪径①的，唤做独行虎宋林，白日不敢出来，只是五更半夜行走。一日，去一家偷得些东西驮着，正走到五更头，撞见曹伯明。伯明大喝一声道："你是甚人？"宋林道："你是甚人？"伯明道："我是东关里开客店的曹伯明。"宋林曰："曹伯明，没事便休，若事发，不放了你！"道罢去了。

　　过了数日，忽一日曹伯明到五更头接客。是冬月，到得五里地时，纷纷雪下。等了一会，雪下没客到，迎风冒雪走回。行得没一里，路上被个包袱一纠倒。伯明扒起来，见了包袱，自思："若是有钱的，拿了，犹自可；那没钱的，拿了，忧愁病死。"便乃叫曰："前面客人脱下包袱！"叫了十数声，没人来往，雪又下得大，天色已晓，只得驮了包袱回家。敲门，小桃开门，见了包袱，便问道："哪里的东西？"伯明道："娘子，我和你合该发迹。才走到五里头，见雪大没客来，走回来被这包袱绊一跌，起来叫人时，没人来往，我只得驮回和你受用。常言道：

　　　　人无横时不富；马无夜料不肥。

也是天赐与我，你收过。"有分交伯明惹得烦恼。正是：

　　　　争似不来还不往，也无欢喜也无愁。

古人有云：

　　　　天听寂无声，茫茫何处寻？

　　　　非高亦非远，都只在人心。

　　话分两头。却说曹州州尹升厅，忽东平府发文书来取曹州东关里开客店的曹伯明正身到来，急唤张千："你可去捉拿曹伯明来！"无多时，到阶前跪下。州尹问："你如何吓诈贼赃，驮回家去，从实招来！"伯明告："相公，小人不曾拿人东西。"州尹交打。当拖番在地，打了二十下，打得皮开肉绽，鲜血淋淋，伯明不肯招认。欲道再问，只见谢小桃驮着包袱，来州厅上出首，告道："数日前，曹伯明不知那里驮这包袱来家，不知是谁的，妇人特来出首。"伯明道："你这烟花泼妇，如此歹心！我和你是夫妻，你和别人做一路屈害我！"州尹大怒，言："赃计有了，如何不招？"伯明再三苦告："相公，小人在五里路接客，雪里拾得这包袱驮回，并不知贼盗事

_____

　　①　剪径——拦路抢劫。

情。"

州尹不听，六问三推，伯明受不过这苦楚，只得哭告。谢小桃假意哭道："我怕你吃打，将包袱出首。你使用了罢！"伯明骂曰："泼贱了，你害我死！"州尹交将伯明枷了，封了赃，做了文书，解上东平府人。有分交①个人去数千里外去安身立命。正是：

> 老龟烹不烂，移祸在枯桑。

当日，两个公人押伯明到姑娘门首。伯明告姑娘曰："当初不信姑娘口，今日被这娼妓与别人做路陷我。我将儿子寄在姑娘处，我若死后，望姑娘抬举侄孙则个。"姑娘安排酒食，请了姪儿和两个公人。

两个公人解曹伯明并赃物、文卷，到府厅交割了，讨了回文自回。蒲左丞问："曹伯明，你如何吓诈贼赃，从实供说！"伯明告言："相公明镜，小人在五里头拾得包袱，并不知贼情。"蒲左丞言："现在贼首宋林已打死，他告你吓诈他赃物。赃物现存，如何赖得？"伯明再三哭告："小人为讨娼妇谢小桃为妻，致有今日屈害。望相公做主！"蒲左丞听了言语，心中疑惑："此事难断，且监，差人去曹州拿谢小桃来，有分，得洗清了曹伯明冤屈。"正是：

> 报应本无私，影响皆相似。
>
> 要知祸福因，但看所为事。

却说公人径来曹州，拿了谢小桃到府。蒲左丞叫带谢小桃上厅来跪下。蒲左丞言："你这娼妇，快快实说！你与何人有奸，排害曹伯明？说得是实，饶你罪名；若一句不实，先打死你这淫妇！"谢小桃抵赖，不肯招说。浦左丞叫："揪下打一百，打死了罢！"当下拖番，打了十下。小桃熬疼不过，告言："相公，委的与倘都军来往情密，后被曹伯明娶了妾，因此与倘都军设计，叫宋林将赃物放于地下，待伯明驼回家陷害，要谋妾为妻。只此是实。"

蒲左丞急差四个公人火速来曹州拿了都军，把淫妇收监，一并问罪。只因去拿倘都军，有分交谢小桃入官为奴。正是：

> 凶恶若还无报应，天地神明必有私。

次日，捉到倘都军，押至厅前跪下。蒲左丞不问事情，叫："先打一百

---

① 有分交——旧小说段终的套语，并提示情节发展。

黄荆,却问。"当时打得倘都军皮开肉绽,鲜血淋淋。蒲左丞交取曹伯明、谢小桃出来,当厅判断。两个跪在一边,倘都军跪在一边。蒲左丞令倘都军供招,生情发意,欲谋曹伯明性命,一一供招。蒲左丞执笔,判这倘都军杖三十,刺配三千里牢城,不许还乡。谢小桃罚入官为奴。曹伯明公名无事,发落宁家。曹伯明拜谢蒲左丞神明报应。曹伯明回家,父子依旧开客店,过了生世。正是:

　　画龙画虎难画骨,知人知面不知心。

错认尸

入话:

> 世事纷纷难竟陈,知机端不误终身;
>
> 若论破国亡家者,尽是贪花恋色人。

话说大宋仁宗皇帝明道元年,这浙江路宁海军,即今杭州是也。在城众安桥北首观音庵,有一个商人,姓乔,名俊,字彦杰,祖贯钱塘人。自幼年丧父母,长而魁伟雄壮,好色贪淫。娶妻高氏,各年四十岁。夫妻不生得男子,只生一女,年一十八岁,小字玉秀。至亲三口儿,只有一仆人,唤作赛儿。这乔俊看来有三五万贯资本,专一在长安、崇德收丝,往东京卖了,贩枣子、胡桃、杂货回家来卖,一年有半年不在家。门首叫赛儿开张酒店,催一个酒大工,叫做洪三,在家造酒。其妻高氏常管日逐出进钱钞一应事务。不在话下。

明道二年春间,乔俊在东京卖丝已了,买了胡桃、枣子等货,船到南京上新河泊。正行船,出风阻,一住三日,风胜大,开船不得。忽见邻船上有一美妇,生得肌肤似雪,髻挽乌云。乔俊一见,心甚爱之,乃闲访于艄工:"你船中是什么客人?缘何有宅眷在内?"艄工答言:"此建康府周巡检病故,今家小扶灵枢回山东去。这年小的妇人乃是巡检之侍妾也。官人问他做甚?"乔俊言:"艄工,你与我问巡检夫人,若肯将此妾与我,我情愿与她多些财礼,讨此人为妾。说得此事成了,我把五两银子谢你。"

艄工遂乃下船仓里去,问老夫人道:"小人告夫人,眼前这个小娘子,肯嫁与人否?"见说言无数句,放不一席,有分交这乔俊取了这个妇人为妾,直使得:

> 一家人口因他丧,万贯家资一旦休。
>
> 两脸如香饵,双眉似铁钩。
>
> 吴王遭一钓,家国一齐休。

老夫人当时对艄工道:"你有甚好头脑说她?若有人要取她,就应成与他,只要一千贯文,便嫁与他。"艄公便言:"邻船上有一贩枣子客人,要取一个二娘子,特叫小人过船来,与夫人说知。"夫人便应承了。

艄工回复乔俊说:"夫人肯与你。"乔俊听说大喜,即使开箱取出一千贯文,便交梢公送过夫人船上去。夫人接了,说与梢公,叫请乔俊过船来相见，乔俊换了衣服，径过船来，拜见夫人。大人问了乡贯、姓氏，明白了，就叫侍妾近前，吩咐道："相公已死，家中儿子厉害。我今做主，将你嫁与这个官人为妾，即今便过乔官人船上，去宁海郡大马头去处，快活过了生世。你可小心服侍，不可托大！"其妇与乔俊拜辞了老夫人。夫人与他一个衣箱物件之类，却送过船去。乔俊取五两银子谢了艄工。

乔俊心中十分欢喜，乃问其妇："你的名字叫做什么？"其妇乃言："我叫作春香，年二十五岁。"当晚就船中与春香同铺而睡，次日天晴，风息浪平，大小船只一齐都开。乔俊也行了五七日，早到此新关歇船上岸，叫一乘轿子抬了春香，自随着，径入武林门里，来到自家门首，下了轿，打发了轿子去了。

乔俊引春香入家内来，自先走入家里去与高氏相见，说知此事，出来引春香入去参见。其妻见了春香，焦躁起来："丈夫，你既娶来了，我难以推故。你只依我两件事，我便容你。"乔俊道："你且说，哪两件事？"高氏启口说出，直叫乔俊：有家难奔，有国难投！正是：

没兴赊得店中酒，灾来撞着有情人。

佳人有意郎君俏，红粉无情浪子村。

妇人之语不宜听，分门割户坏人伦。

勿信妻言行大道，男子纲常有几人？

当下，高氏说与丈夫："你今已娶来了，你可与她别住，不许你放她在家里。"乔俊听得，言："容易，我自赁房屋一间与她住过。"高氏又说："自从今日为始，我再不与你做一处。家中钱本、什物、首饰、衣服，我自与女儿两个受用，不许你来讨。你依得么？"乔俊沉岭了半晌，心里道："欲待不依，又难过日子。罢！罢！"乃言："都依你。"高氏不语。次月起早，去搬货物行李回家，就央人赁房一间，在铜钱局前，今对贡院是也。拣个吉日，乔俊带了周氏点家伙，一应什物完备，搬将过去住了，三朝两日，归家走一次。

光阴似箭，日月如梭，不觉半年有余，乔俊收丝已完，打点家中柴米之类，吩咐周氏："你可奈净，我出去，多只两月便回。如有急事，可回去大娘家里说知。"道罢，径到家里，说与高氏："我明日起身去后，多只两月便回。倘有事故，你可照管周氏，看夫妻之面。"女儿道："爹爹早回。"别了妻女，又来新住处，打点明早起程。此时是九月间，出门搭船，登途去了。

一去两个月,周氏在家,终日倚门而望,不见丈夫回来。看看又是冬景至了。其年大冷,忽一日晚,彤云密布,纷纷扬扬下一天大雪。高氏在家思忖:"丈夫一去,因何至冬时节只故不回?"说与女儿道:"这周氏寒冷,赛儿又病重,不久身亡。"乃叫洪三将些柴米、炭火、钱物,送与周氏。周氏见雪下得大,闭门在家哭泣,只听得敲门,只道是丈夫回来,慌忙开门,见了洪大工挑着东西进门。周氏乃言:"大工,大娘、大姐一向好么?"大工答言:"大娘见大官人不回,计挂你无盘缠,交我送柴米、钱钞与你用。"周氏见说,回言道:"大工,你回家去,多多拜上大娘、大姐!"此时大工别了,自回家去。

次日午时分,周氏门首又有人敲门。周氏道:"这等大雪,又是何人敲门?"不因这人来,有分交周氏再不能与乔俊团圆。

> 世间好物不坚牢,彩云易散琉璃脆。

> 贤愚痴蠢出天才,巧庆多能拙庆呆。

> 正是闭门屋里做,端使祸从天上来。

当日雪下得越大,周氏在房中向①火,忽听得有人敲门,起身开门看时,见一人头带破头巾,身穿旧衣服,便向周氏道:"嫂子,乔俊在家么?"周氏答道:"自从九月出去,还未回。"其人言:"我是他里长,今来差乔俊去海宁砌江塘,做夫十日,歇二十日,又做十日。他既不在家,我替你们寻个人,你出钱雇他去做工。"周氏答言:"既如此,只凭你叫人替了,我自还你工钱。"

里长相别出门,次日饭后领个后生,方年二十岁,与周氏相见。里长说与周氏:"此人是上海县人,姓董名小二。自小他父母俱丧,如今专靠与人家做工过日。每年只要你二五百贯钱,冬夏做些衣服与他穿,我看你家里又无人,可雇他在家不妨。"周氏见说,心中欢喜,道:"委实我家无人走动。"看其人,是个良善本分人,遂谢了里长,留在家里。

至次日,里长来叫去海宁做夫,周氏取些钱钞与小二,跟着里长去了十日回来。这小二在家里小心谨慎,烧香扫地,件件当心。

且说乔俊在东京卖丝,与一个上厅行首沈瑞莲来往,倒身在他家使钱,因此,留恋在彼,全不管家中妻妾,只恋花门柳户,逍遥快乐。哪知家

---

① 向——动词,面向,面朝。

里赛儿病了两个余月死了,高氏叫洪三变具棺木,扛出城外化人场烧了。高氏立性贞洁,自在门前卖酒,无有半点狂心。不想周氏自从安了董小二在,到有心看上他,有时做夫回家,热羹热饭搬与他吃。小二见他家无人,勤说做活。这周氏时常涎邓邓①的眼引他。这小二也有心,只是不敢上前。

一日,正是十二月三十日夜,周氏叫小二去买些酒果、鱼肉之物过年。到晚,周氏叫小二关了大门,去灶上烫一注子酒,切些肉,做一盘,安排火盆,点上了灯,就在房内床面前。小二在灶前烧火。周氏轻轻地叫小二道:"你来房里来,将些东西去吃。"小二千不合,万不合,走入房内,有分交小二死无葬身之地。正是:

> 只因酒色财和气,断送堂堂六尺躯。
>
> 僮仆人家不可无,岂知撞了不良徒!
>
> 分明一段跷蹊事,瞒却堂堂大丈夫。

此时,周氏叫小二到床前,便道:"小二,你来!你来!我和你吃两杯酒,今夜就和你做了夫妻,好么?"小二道:"不敢!"周氏骂了两三声:"蛮子!"周氏双手把小二抱到床边,挨肩而坐,便将小二扯过,怀中解开主腰儿,叫他摸胸前麻团也似白奶。小二淫心荡漾,便将周氏脸搂过来,将舌尖儿度在周氏口内,任意快乐。

周氏将酒筛下,两个吃一个交杯盏。两人合吃五六杯。周氏道:"你在外头歇,我在房内也是自歇,寒冷难熬,你今无福,不依我的口。"小二跪下:"感承娘子有心,小人亦有意多时了,只是不敢说。今日娘子抬举小人,此恩杀身难报。"二人说罢,解衣脱带,就做了夫妻。一夜快乐,不必说了。天明小二先起来,烧汤、洗碗、做饭,周氏方起梳妆、洗面,罢,吃饭。正是:

> 少女少郎,情色相当。

却如夫妻一般,在家过活。左右邻舍皆知此事,无人闲管。

却说高氏因无人照管门前酒店,忽一日,听得闲人说周氏与小二通奸,放心不下,出此叫洪大工去与周氏说:"且搬回家,省得两边家伙。"周氏见洪大工说此事,回言道:"既是大娘灯意,今晚就将家伙搬回家去。"

----

① 涎邓邓——即涎涎邓邓,贪馋的样子。

洪大工自回家去了。

　　周氏便叫小二商量:"今大娘要我回家,你今却如何?"小二便答:"娘子,大娘家里也无人,小人情愿与大娘家送酒走动。一来,只是不好与娘子快乐;不然,就今日拆散了。"说罢,两个搂抱着哭了一回。周氏道:"你且安心,我今收拾衣箱、什物,你与我挑回大娘家里。我自与大娘说,留你在家,暗地里与我快乐。且等丈夫回来,再做计较。"小二见说,才放心欢喜,回言道:"万望娘子用心!"

　　当日下午收拾已了,小二先挑箱笼大娘家来。捱到黄昏,洪大工提个灯笼去接周氏。周氏取其锁,锁了大门,同小二回家。正是:

　　　　飞蛾投火身须丧,蝙蝠投竿命必倾。

　　　　为人切莫用欺心,举头三尺有神明。

　　　　若还作恶无报应,天下凶徒人吃人。

当时,小二与周氏到家,见了高氏。高氏道:"你如今回到家一处住了,如何带小二归来? 何不打发他去了?"周氏道:"大娘门前无人照管,不如留他在家使唤,待得丈夫回时,打发他未迟。"高氏是个清洁的人,心中想道:"在我家中,我自照管着他,有甚皂丝麻线①?"遂留下,交他看店、讨酒坛,一应都会得。

　　不觉又过了数月,周氏虽和小二有情,终究不比自住之时两个任意取乐。一日,周氏见大娘说起小二诸事勤谨,又本分,乃言:"大娘何不将大姐招小二为婿,却不便当?"大娘听得,大怒,骂道:"你这贱人,好无志气!我女儿招雇工人为婿?"周氏不敢言语,乞这大娘骂了三四日。大娘只倚着自身正大,全不想周氏与他通奸,故此要将女儿招他;若还思量此事,只消得打发了小二出门,后来不见得自身同女打死在狱,灭门之事。

　　且说小二自三月来家,古人云:"一年长工,二年家公,三年太公。"不想乔俊一去不回,小二在大娘家一年有余,出入房屋,诸事托他,便做乔家公,欺负洪三。或早或晚,见了玉秀,便将言语调戏她。不则一日,不想玉秀被这小二奸骗了。其事周氏也知,只瞒着大娘。似此又过一月,其时是六月半,天道大热,玉秀在房内洗浴,大娘走入房中,看见女儿奶大,吃了一惊。待女儿穿了衣裳,叫这女儿到面前,问道:"你乞何人弄了身体,这

――――――――――

　　①　皂丝麻线——比喻不清不白,关系混乱。

奶大了？你好好实说，我便饶你。"玉秀推托不过，只得实说："我被小二哄了。"高氏跌脚叫苦："这事都是这小婆娘做一路，坏了我女孩儿。此事怎生是好？"欲待声张起来，又怕嚷动人知，苦了女儿一世之事。当时沉吟了半晌，眉头一纵，计上心来："只除害了这蛮子，方才免得人知。"

　　不觉又过了两月，忽值八月中秋节时，高氏叫小二买些鱼肉、果子之物，安排家宴。当晚，高氏、周氏、玉秀在后园赏月，叫洪三和小二别在一边吃。高氏至夜三更，叫小二，赏了两大碗酒。小二不敢推辞，一饮而尽，不觉大醉，倒了。洪三也有酒，自去酒房里睡了。这小二只因酒醉，中了高氏计策，当夜便是：

　　　　东狱新添在死鬼，阳间不见少年人。

当时，高氏使女儿自去睡了，便与周氏说："我只管家事买卖，我哪知你与这蛮子通奸。你两个做一路，故意叫他奸了我的女儿，丈夫回来，叫我怎地见他分说？我是个清清白白的人，如今讨了你来，被你玷辱我的门风，如何是好？我今与你，只得没奈何害了这蛮子性命，神不知，鬼不觉。倘丈夫回来，你与我女儿俱各免得出丑，各无事了，你可去将条索来！"

　　周氏初时不肯，被高氏骂道："都是你这贱人与他通奸，因此坏了女儿，你还恋着他！"周氏乞骂得没奈何，只得回房以取了麻索，递与大娘，大娘接了书去小二脖项下一绞。原来妇人家手软，缚了一个更次，绞不死。小二叫起来。高氏急无家伙在手边，交周氏去灶前捉把劈柴斧头，把小二脑门上一斧，脑浆流出，死了。高氏与周氏商量："好却好了，这死尸须是今夜发落便好。"周氏道："可叫洪三起来，将块大石缚在尸上，驮去丢在新桥河里水底去了，待他尸首自烂，神不知，鬼不觉。"

　　高氏大喜，便到酒作坊里，叫起洪大工来。大工走入后园，看见了小二尸首，道："祛除了这害，最好。倘留他在家，大官人回来，也有老大的口面。"周氏道："你可趁天未明，把尸首驮去新河里，把块大石缚住，坠下水里。若到天明，倘有人问时，只说道小二偷了我家首饰、物件，夜间逃走了。他家又无人来寻望，如今已除了一害。"洪大工驮了尸首，大娘将灯照出门去。此时有五更时分，洪大工驮到河边，掇块大石，绑缚在尸首上，丢在河内，直推开在中心里。这河有丈余深水，当时沉下水底去了，料道永无踪迹，洪大工回家，轻轻地关了大门。大娘子与周氏各回房内睡了。

　　高氏虽自清洁，也欠些聪明之处，错干了此事。既知其情，只可好好打发了小二出门，便了此事。今来千不合，万不合将他绞死，后来自家被人首告，打死在狱，灭门绝户。

且说洪大工睡至天明，起来开了酒店。大娘子依旧在门前卖酒。玉秀眼中不见了小二，也不敢问。周氏自言自语，假意道："小二这厮无礼，偷我首饰、物件，夜间逃走了。"玉秀自在房里，也不问他。那邻舍也不管他家小二在与不在。高氏一时害了小二性俞，疑决不下，早晚心中只恐事发，终日忧闷过日。正是：

　　要人知重勤学，怕人知事莫做。

却说武林门外清湖闸边，有个做靴的皮匠，姓陈名文，一妻程氏五娘，夫妻两口儿只靠做靴鞋度日。此时是十月初旬。这陈文与妻争论，一口气走入门里蒲桥边皮市里买皮，当日不回，次日午后也不回。程五娘心内慌起来。又过了一夜，亦不见回，独自一个在家烦恼。

将及一月，并无消息，这程五娘不免走入城里问人。径到皮市里来，问买皮店家。皆言："一月前何曾见你丈夫来买皮？莫非死在哪里了？"有多口地道："你丈夫穿甚衣服出来？"程五娘道："我丈夫头戴万字头巾，身穿着青绢一口巾，月前说来皮市里买皮，至今不见信息，不知何处去了！"众人道："你可城内各处去寻，便知音信。"

程五娘谢了众人，绕城中逢人便问，一日并无踪迹。过了两日，吃了早饭，又入城来寻问。不端不正，走到新桥上过，正是：

　　事有凑巧，物有故然。

只见河岸上有人喧哄，说道："有个人死在河里，身上穿领青衣服，泛起在桥下水而上。"

程五娘听得说，连忙走到河岸边，分开人众一行时，只见水面上漂浮一个死尸，穿着青衣服，远远看时，有些相像。程氏就乃大哭道："丈夫缘何死在水里？"

看的人都呆了。程氏又乃告众人："哪个伯伯肯与奴家拽过我的丈夫尸首到岸边，奴家认一认看。奴家自奉酒钱五十贯。"

当时有一个破落户，叫名王酒酒，专一在街市上帮闲打哄，赌骗人财。这厮是个泼皮，没人家理他，当时也在那里，看程五娘许说五十贯酒钱，便乃向前道："小娘子，我与你拽过尸首来岸边，你认看。"五娘哭罢，道："若得伯伯如此，深恩难报！"

这王酒酒见只过往船，便跳上船去，叫道："梢公，你可住一住，等我替这个小娘子拽这尸首到岸边！"当时王酒酒拽那尸首来。王酒酒认得乔家董小二的尸首，口里不说出来，只交程氏认看。只因此起，有分交高氏一家死于非命。直叫：

> 高氏俱遭囹圄苦，好色乔郎家业休。
>
> 闹里钻头热处歪，遇人猛惜爱钱才；
>
> 谁知错认屍和首，惹出冤家祸患来。

此时，王酒酒在船上将竹篙推那尸到岸边来，程氏看时，见头面破肉却被水浸坏了，全不认得。看身上衣服，却认得是丈夫的模样。号号大哭，告言王酒酒道："烦伯伯同奴去买口棺木来盛了，却又作计较。"

王酒酒便随程五娘到褚堂仵作①李团头家，买了棺木，叫了两个伙家，来河下捞起尸首，盛了棺内，就在河岸边存着。那时新桥下无甚人家住，每日只有船只来往。程氏取五十贯钱谢了王酒酒，王酒酒得了钱，一径来到高氏酒店门前，以买酒为名，便对高氏说："你家缘何打死了董小二，丢在新河桥内，如今泛将起来，你道一场好笑！那里走一个来错认做丈夫尸首，买具棺木盛了，改日却来安葬！"大娘子道："王酒酒，你莫胡言乱语，我家小二偷了我首饰、衣服在逃，追获不着，那得这话！"王酒酒道："大娘子，你不要赖！瞒了别人，不要瞒我。你今送我些钱钞买求我，便等那妇人错认了去；你若白赖不与我，我就去本府首告，叫你乞一场人命官司。"高氏听得，便骂起来："你这破落户，千刀万剐的贼，不长进的乞丐！见我丈夫不在家，今来诈我！"

王酒酒被骂大怒，便投一个去处，有分叫乔家一门四口性命。能杀的妇人到底无志气，胡乱与他些钱钞，也不见得此事：

> 雪隐鹭鸶飞起见，柳藏鹦鹉语方知。
>
> 一毫之恶，劝人莫作；
>
> 衣食随缘，自然快乐。

当时，高氏千不合，万不合，骂了王酒酒这一顿，被那厮走到宁海郡安抚司前叫起屈来。安抚相公正直厅上押文书，叫左右叫至厅下，问道："有何屈事？"王酒酒跪在厅下，告道："小人姓王名青，钱塘县人，今来旨告：邻

---

① 仵作——旧时官府检验命案尸首的人。

居有一乔俊,出外为营未回,其妻高氏与妾周氏,一女玉秀,与家中一雇工人董小二有奸情。不知怎的缘故,把董小二谋死,丢在新桥河里,如今泛来。小人去与高氏言说,反被本妇百般辱骂。他家有个酒大工,叫做洪三,敢是同心谋害。小人不甘,因此上叫屈。望相公明镜昭察!"安抚听罢,着外郎录了王青口词,押了公文,差两个牌军押着王吉去捉拿三人并洪三,火急到厅。

当时,公人径到高氏家,捉了高氏、周氏、玉秀、洪三四人,关了大门,取锁锁了大门,同到安抚司厅上。一行人跪下。相公是蔡州人,姓黄名正大,为人奸狡,贪滥酷刑,问高氏:"你家董小二何在?"高氏道:"告小二拐物在逃,不知去向。"吏人道:"要知明白,只问洪三,便知分晓。"安抚遂将洪三拖翻拷打,两腿五十黄荆,血流满地。打熬不过,只得招道:"董小二先与周氏有好,后搬回家,奸了玉秀。高氏知觉,恐丈夫回辱灭了门风,于今八月十五日夜,赏中秋月,叫小的同小二两个在一边吃酒,我两个都醉了。小的怕失了事,自去酒房内睡了。到五更时分,只见高氏、周氏来酒房门边,叫小的去后园内,只见小二尸首在地。小的驮去丢在河内,回家,小的问高氏因由。高氏备将前事说道:'二人通同奸骗女儿,倘忽丈夫回日怎的是好? 我今出于无奈,因此赶他不出去,又怕说出此情,只得用麻索绞死了。'小的是个老实的人,说道:'看这厮忒无理,也祛除了一害。'小的便将小二尸首,驮在新桥河边,用块大石缚在他身上,沉在水底下。只此便是实话。"

安抚见洪三招状明白,点指画字。二妇人见洪三已招,惊得魂不附体。玉秀抖做一块。安抚叫左右将三个妇人过来供招。玉秀只得供道:"先是周氏与小二有奸,母高氏收拾回家,将奴调戏,奴不从。后来又调戏,奴又不从,将奴强抱到后园,奸骗了奴身。到八月十五日,备果吃酒赏月,母高氏先叫阿奴去房内睡了,并不知小二死亡之事。"安抚又问周氏:"你既与小二有奸,缘何将女孩儿坏了? 你好好招成,免至受苦!"周氏两泪交流,只得从头一一招了。安抚又问高氏:"你缘何谋杀小二?"抵赖不过,从头招认了。都押下牢监了。安抚俱将各人供状方案。

次日差县尉一人,带领仵作行人,押了高氏等去新河桥下检尸。当时闹动城里城外人都得知,男子妇人,挨肩擦背,不计其数,一齐来看:

险道神脱了衣裳,这场话谤不小。

乔俊贪淫不可论，故叫妻女受奸情；

只因酒色亡家国，岂见诗书误好人？

却说县尉押着一行人到新河下，打开棺木，取出尸首检看明白，将尸放在棺内。县尉带了一干回话："董小二尸虽是斧头打碎顶门，麻索绞痕见在。"安抚叫左右将高氏等四人，各打二十下，俱是昏晕复醒。取一面长枷，将高氏枷了，周氏、玉秀、洪三俱用铁索锁了，押下大牢内监了。王青随衙听候。且说那皮匠妇人也知得错认了，再也不来哭了，思量起来，一场惶恐，已时不敢见人。这话且不说。

再说玉秀在牢中汤水不吃，次日死了。又过了两日，周氏也死了。洪三看看病重，狱卒告知安抚，安抚令官医医治，不痊而死。只有高氏，浑身发肿，棒疮疼痛，熬不得，饭食不吃，服药无用，也死了。可怜不过半个月日，四个都死在牢中。狱卒通报，知府与吏商量："乔俊久不回家，妻妾在家谋杀人命，本该偿命，凶身人等俱死。具表申奏朝廷，方可决断。"

不则一日，圣旨一到，开读道："凶身俱以身死，将家私抄扎入官。小二尸首又无苦主亲人，烧化了罢。"当时安抚即差吏去打开乔俊家大门，将细软钱物尽数入官，烧了董小二尸首。不在话下。

却说乔俊合当穷苦，在东京沈瑞莲家，全然不知家中之事。住了两年，财本使得一空，被虔婆①常常发语道："我女儿恋什了你，又不能接客，怎的是了？你有钱钞，将些出米使用；无钱，你自离了我家，等我女儿接些客人。终不成饿死了我一家罢？"乔俊是个有钱过的人，今日无了钱，被虔婆赶了数次，眼中泪下，寻思要回乡，又无盘缠。那沈瑞莲见乔俊泪下，也哭起来，道："乔郎，是我苦了你。我有些日前攒下的零碎钱，与你做盘缠，回去了罢。你若有心，到家取得些钱，再来走一遭。"乔俊大喜，当晚收拾了旧衣服，打了一个衣包，沈行首取出三百贯文，把与乔俊打在包内，别了虔婆，驮了衣包，手提了一条棍棒，又辞了瑞莲。两个不忍分别。

且说乔俊于路搭船，不则一日，来到北新关，天色晚了，便投一个相识船家宿歇，明早入城。其船家见了乔俊，吃了一惊，道："乔官人，你如何恁的不回？一向在哪里去了？你家中小娘子周氏与一个雇工有好，大娘

---

① 虔婆——指开设秦楼楚院，媒介色情交易的妇人。

子取回一家住了，怎的又与女儿有奸。我听得人说，不知争奸也是怎的，大娘子谋杀了雇工人，酒大工洪三将尸放在新桥河内。得了两个月，尸首泛将起来，有一个皮匠妇人来错认了。又有人认得是你家雇工人的尸首，首告在安抚司，捉了大娘子、小娘子、你女儿并酒大工洪三到官。拷打不过，只得招认。监在牢里，受苦不过。如今四人都死了。朝廷文书下来，抄扎你家财产入官。你如今投哪里去好？"

乔俊听罢，却似：

分开八片顶阳骨，倾下半桶冰雪来！

这乔俊惊得呆了，半晌语言不得。那船主人排些酒饭与乔俊吃，哪里吃得下，两行泪珠如雨，收不住哽咽悲啼，心下思量："今日不想我闪得有家难奔，有国难投，如何是好？"翻来覆去，过了一夜。次日，黑早起来，辞了船主人，背了衣包，急急奔武林门来。到近着自家对门一个古董店王将仕门首立了，看自家房屋，俱拆没了，只有一片荒地。却好王将仕开门，乔俊放下衣包，向前拜道："老伯伯，不想小人不回，家中如此模样！"王将仕道："乔官人，你一向在哪里不回？"乔俊道："只为消折了本钱，归乡不得，并不知家中的消息。"

王将仕邀乔俊到家中坐定，道："贤姪听老身说，你去后家中如此如此。"把从头之事一一说了，"只好笑一个皮匠妇人，因丈夫死在外边，到来错认尸。却被王酒酒那厮首告，害了你夫妻、小妾、女儿并洪三到官，被打得好苦恼，受疼不过，都死在牢里，家产都抄扎入官了。你如今哪里去好？"乔俊听罢，两泪如倾，辞别了王将仕，上南不是，落北又难，叹了一口气，道："罢！罢！罢！我今年四十余岁，儿女又无，财产妻妾俱丧了，去投谁的是好？"一径走到西湖上第二桥，望着一湖清水便跳，投入水下而死。这乔俊一家人口，深可惜哉！

至今风月江湖上，千古渔樵作话传。

尸首不能入棺归土，这个便是贪淫好色下场头！

如花妻妾牢中死，似虎乔郎湖内亡。

只因做了亏心事，万贯家财属帝王。

董永遇仙传

入话：

　　典身因葬父，不愧业为佣。

　　孝感天仙至，滔滔福自洪。

　　话说东汉中和年间，去至淮安润州府丹阳县董槐村，有一人，姓董名永，字延平，年二十五岁。少习诗书，幼丧母亲，只有父亲，年六十余岁。家贫，唯务农工，常以一小车推父至田头树阴下，以工食供父。如此大孝。时直荒旱，井内生烟，树头生火，米粮高贵，有钱没处买。董永心思：“离村十里之外，有一傅长者，专一济穷拔苦，不免去求他。”乃对父曰：“如此饥荒，无饭得吃。天色寒冷，孩儿欲去傅长者家，借些钱米来过活。”父言：“你去，借得与借不得，便回，免叫我记念。”

　　董永辞别父亲，三步作两步而行，正是十二月半天气，地冷天寒，西北风大作，腹中又饥，身上又冷，捱着饥寒而走。不想纷纷扬扬，下落一天雪来：

　　尽道丰年瑞，丰年瑞若何？

　　长安有贫者，为瑞不宜多。

　　话分两头。却说傅长者正在家中与妈妈赏雪。这长者见雪下得大，叫院子王全，去库中取一千贯钱，仓中搬米十石，在门前散施。不问男女，皆得救济。当时董永也来到门首，见散钱米，遂得钱十贯，米一斗，谢了长者，火急回身。正是：

　　求人须求大丈夫，济人须济急时无。

董永迎风冒雪，靠着钱米回家。其父见儿子回来，喜不自胜。董永将钱买柴米，与父烘火，做饭吃了，看那雪时，到晚来越下得紧。正是：

　　拳头大块空中舞，路上行人只叫苦。

　　父子二人过了半月有余，其父因饥寒苦楚成病，忽然一卧不起。董永心中好苦，要请医人调治，又无钱物。指望捱好，不想父亲病得五六日身亡。董永哀哭不止，昏绝几番。端的是：

　　屋漏更遭连夜雨，行船又撞打头风。

　　董永自父死后，举手无措，寻思：“只有我娘舅在东村内往，只得去求他，借些财物买棺木。”当时径到娘舅家，备告丧父无钱之事。娘舅见说，又无现钱,遂将布二匹,绢一匹,借与董永。董永换具棺木回家,盛停在家中,早晚哭泣。日间与人耕种度日。欲要殡葬,又无钱使。

荏苒光阴,不觉过了一年有余,无钱殡送,心思一计:"不免将身卖与人佣工,得钱揭折。"当日离家,径投傅长者家,见了院子,央他报说卖身之事。傅长者出厅,叫董永入来,备问其事。董永道:"小人姓董名永,丹阳县董槐村人氏。自幼丧母。今年又丧父,停枢在家,无钱殡葬。今日特告长者,情愿卖身与长者,欲要千贯钱回家葬父,便来长者家佣工三年。望长者慈悲方便!"长者见说,乃言:"你是大孝之人!"便教院子取一千贯钱付与董永。董永拜别长者出门。正是:

> 从空伸出拿云手,提起天罗地网人。

董永将钱回家,至次日,雇请倩乡人扛抬棺木,往南山祖坟安葬已毕。过了一夜,次日收拾随身行李,锁了大门,迤逦便行。行至一株大树下,歇脚片时,不觉睡着在树下。

却说董永孝心,感动天庭。玉帝遥见,遂差天仙织女降下凡间,与董永为妻,助伊织绢偿债,百日完足,依旧升天。当时织女奉敕,下降于槐树下。董永睡着,抬头见一女子,生得:

> 月里嫦娥无比,九天仙女难描。玉容好似太真娇,万种风流绝妙。行动柳腰蜩娜,秋波似水遥遥。金莲小笋生十指,羞花闭月清标。

那女子启一点朱唇,露两行碎玉,向前道个万福,问:"郎君何故在此?"董永答礼,道:"小人姓董名永,董槐树人氏。自幼失母。年前丧父,因停枢在家,不能安葬,因此卖身。葬父已了,今往傅长者家还债。行走困倦,少歇于此。娘子尊问,只得实告。"道罢,两泪交流。仙女道:"原来如此大孝。好叫官人得知,奴是句容县人。公婆父母皆丧。不幸先夫过世,难以营生,欲嫁一个好心之人,甘当伏事①。"董永道:"娘子请便,小人告辞。"仙女道:"今见官人如此大孝,情愿与官人结为夫妇,同到傅家还债。官人心下如何?"董永答道:"多蒙娘子厚情,又无媒人,难以成事。"仙女道:"既无媒人,就央槐树为媒,岂不是好?"

董永再四推却。仙女怒道:"非奴自贱,因见官人是个大孝之人,故此

---

① 伏事——应为"服侍"。

情愿为妻。你到反意推却！岂不闻古人云：'有缘千里能相会，无缘对面不相逢。'此亦是缘分，何必生疑！"董永无可奈问，只得结成夫妇，携手而行，乃云："我前日在傅长者面前，以说佣工三年准债。今日见我夫妻二人入门，只恐焦皂①。"仙女道："不妨。我自幼会得织绸绫绵绢，他必喜欢。"

　　迤逦行到，二人拜见长者，具言同妻织绢之事。长者大喜，便问："要多少丝？"仙女道："起首要十斤，一日织十匹。"长者见说："我不信，难道生百只手？既然如此，我只要你织三百匹纻丝，便放你回去。"当时便与丝十斤，令董永夫妻二人去织。果然一日一夜织成十匹纻丝，呈上长者。长者并家中大小皆惊："不曾见如此手快之人。"原来仙女到夜间，自有众仙女下降帮织，以此织得快。

　　光阴撚指，一月之期，织成纻丝三百余匹，呈上长者。长者大喜，言称："世间少有这般妇人。"乃问董永："你妻非是凡人；若是凡人，如何一月织得三百匹纻丝？"董永答道："实不相瞒，是小人路上相遇此妇人，她见我说孝心之事，她便情愿嫁我，相帮还债。"长者道："有如此之事！你真是孝心所感。当初说佣工三年，如今正是三月。我与你黄金十两，将去别作生理。"

　　董永当时拜谢长者，领妻出门。行至旧日槐阴树下暂歇。仙女道："当初我与你在此槐树下结亲，如今又三月矣！"不觉两泪交流。董永道："贤妻何故如此？"仙女道："今日与你缘尽，出此烦恼。实不相瞒，我非是别人，乃织女也。上帝怜你孝意，特差我下降与你为妻，相助还债，百日满足。奴今怀孕一月，若生得女儿，留在天宫；若生得男儿，送来还你。你后当大贵，不可泄漏天机。"道罢，足生祥云，冉冉而起。董永欲留无计，仰天大哭："指望夫妻偕老，谁知半路分离！"哭罢，一径回到坟前，又哭一场，结一草庐，看守坟茔，不在话下。

　　却说傅长者在家无甚事，打开仙女所织之纻丝看时，上面皆是龙文凤样，光彩映日月。长者大惊，不敢隐藏，将此事申呈本府。府尹问知，有如此孝感之事，具表奏上朝廷。汉天子览表，龙颜大悦，曰："朕即位已来，累有孝行之人，未尝有如此大孝之人。"遂命近臣修诏书一道，宣董永入朝面君。即日，天使到润州，府尹着人请董永到府叙礼。董永大惊，拜道：

----

　　① 焦皂——焦燥。

"董永是一介小人,有何德能,敢劳大人如此敬重!"府尹道:"不必谦辞!阁下乃大孝之人,天子有表在此。"只见天使取出表来开读,董永与府尹跪听。其表云:

奉天承运皇帝诏曰:为臣者忠,为子者孝,此人道之大敦,立身之大要也。故忠者为邦国之权衡,而孝者乃齐家之珍器也。今据润州府奏鸣董永之孝感,盖起自棘篱之间,而知《孝经》大意。则数居颠沛之际,犹存佣乐之心,此非我国有将兴之机乎?而孝子起于郊野者矣!诏书到日,着董永即使觐阙①,量才擢②用,岂不有感发将来者?钦哉!钦哉!

董永听罢,望阙谢恩已毕,请天使在驿中安下。董永回家即辞别亲邻,到次日,拜别府尹,一同天使起程。正是:

皇恩宣诏往宸京,跃马扬鞭莫暂停。

一色杏花红十里,春风得意马蹄轻。

董永同天使不只一日到京,近臣引见汉天子。天子大喜,封为兵部尚书,莅任为官。不在话下。

却说傅长者因进贡异样绫丝,朝廷亦封为金判之职。长者有一女儿,名唤做赛金娘子,生得十分容貌,未曾招亲。当日长者与院君商议:"何不将赛金招董永为婿,却不是好?"遂央媒人与董永说知此事。董永闻知,十分欢喜,乃言:"前者之恩,未曾补报。今又招亲,此恩难忘。"便令媒人拜上傅长者:"小生一听尊命。"乃选吉良时,下财纳礼,成亲已毕。正是:

清风明月两相宜,女貌郎才天下奇。

在天愿为比翼鸟,入地愿为连理枝。

不说董尚书夫妻和睦。且说天宫织女自与董永别后,不觉十月满足,生下一子,已得一月,取名叫做董仲舒,遂自送下界来,与董永抚养。

却说董尚书升厅,只见牌坊下立着一个妇人。董尚书叫人喝问:"那妇人是何人?敢窥望朝臣?"只见仙女高声叫道:"忘却织绢之恩,倒来喝我?"董永听得,慌忙下厅看时,却是前妻,吃了一惊,相抱而哭,便道:"今日有何缘,得遇贤妻下降?手中抱者何人?"仙女道:"是你儿子,今日特

---

①　觐阙(jìn quē)——拜见天子。

②　擢(zhuó)——选拔,提升。

送还你。"董永拜谢,道:"多感贤妻之恩,不知曾取名否?"仙女道:"玉帝已取名了,唤做仲舒。"董永大喜,接了孩儿,便道:"自别之后,又早一年有余。今日相逢,与你同享荣华,偕老百年。"仙女笑道:"相公差了。夫妻自有天数,不可久留。"说罢,云生脚下,再冉而起。董尚书仰天大哭。只见傅氏夫人听得,出未看时,便问:"相公如何烦恼? 手中抱者何人?"董永把上项事说了一遍。夫人大喜,乃命奶子抚养。

光阴撚指,正是:

　　乌乱飞,兔不歇,朝来暮往何时彻? 女娲会炼补天石,岂会熬胶
　黏日月?

倏尔已经十余年,董仲舒年登一十二岁。父母教他上学读书,九经书史,无所不通。一日,正在书院中读书,只见同学小儿戏骂仲舒道:"无娘子!"仲舒被骂,不敢回言,径回来,看着董尚书,一把扯往,大哭起来:"不知因何,别人皆骂我做'无娘子'? 今且定要见个明白! 定要见我亲娘!"董尚书乃言:"你娘是天宫仙女,如何得见?"仲舒听罢,放声大哭,道:"若见得母亲,便死也瞑目。若说见不得,就撞死在此。"董尚书道:"孩儿尽可焦皂! 此去长安市上,有一卖卦严君平先生,能则过去未来之事。你可去问他。"

仲舒见说,便将了十文钱,径来问卦。严君平问道:"小官人欲占何卦?"仲舒备言欲见母亲之事:"望先生指引只个。"先生看卦已了,乃言:"你母乃天仙织女,如何得见?"仲舒听罢,哭拜在地:"万望先生指引,死生不忘。"先生道:"难得这股孝心。我与你说,可到七月七日,你母亲同众仙女下降太白山中采药,那第七位穿黄的便是。"仲舒道:"不知此去太白山,有多少路?"先生道:"约有三千余里。"仲舒道:"我到彼,娘如何肯认我?"先生道:"那穿黄的,你一把扯住,拜哭起来,她便认你。若问何人教你来,切不可说是我!"

仲舒取钱拜谢先生而去,径回府中,见父母,备言:"严先生教我往太白山中见母,今日拜别便行。"董尚书道:"此去太白山三千余里,虎狼极多,孩儿年幼,如何去得?"仲舒道:"便死无恨,去心难留!"董尚书见他拼命要去,只得叫老王付与盘缠:"伏事孩儿去。"

当日拜别登程,在路饥飡渴饮,夜住晓行,不只一日,来到一座山下,问人时,正是太白山。行过一重山,只见野鹿含花,山猿献果;又一重山,

只见鲜花翠草乱纷纷,瀑布飞流,此时正是七月七日,忽见一群仙女下来洗药瓶,仲舒便叫老王躲过了,慌走上前,看着第七位穿黄的纳头便拜,扯住了只叫:"母亲,丢得孩儿好苦!"

仙女问道:"你是何家孩儿?甚人叫你来?"仲舒道:"孩儿便是董仲舒,爹爹叫我来拜见母亲。"仙女道:"孩儿快回去!此处豺狼伤人,不可久居!"仲舒道:"孩儿千山万水到此,如何便打发我回去?"仙女道:"显然母子之情难舍,犹恐天上得知,见罪非轻。你可回去,拜上父亲,善养天年。此必是严君平老子饶舌教你来。你可将此金瓶寄与严先生,谢他卦灵。又与你一个银瓶,瓶内有米数合,你将回去,每日只吃一粒,切不可吃多!"说罢,云生脚下,众仙女一齐冉冉而起。仲舒欲要拖住,又去远了,只得仰天大哭。老王听得走来,劝了,挑了行李急回去。

不止一日,已达长安,拜见父母,具说见母之事:"多多拜上父亲。寄此金瓶与严先生。此一银瓶,与孩儿戏耍。"董尚书大喜,便道:"既是你母寄与严先生的金瓶,不可有违,快寄将去!"

仲舒即时将了金瓶,径往严先生家里来。先生正在门前坐,仲舒拜罢,递上金瓶与先生,道:"母亲多多谢上先生,无物相酬,特将此金瓶相谢。"先生接看时,光彩射目,口中不道,心下思量:"此物乃世上大宝,人所罕见,乃天宫金净瓶。"翻来覆去看。把手去开这瓶盖时,吃了一惊。只见从瓶口内飞出一星火来,将上元甲子并知过去未来之书,尽数烧了。这先生手忙脚乱,急救火时,被烟一冲,不想将双目皆冲瞎了。至今流传瞎子背记蠢子之书,自此始。

仲舒惊得目睁口呆,急奔回家,将银瓶内米倾出看时,约有七合,呵呵大笑:"母亲教我一日吃一粒,如何得饱?不如将此米一顿煮来吃了。"不想吃饭之后,一日、二日、三日,身已长大魁肥,饭食不吃亦不饥,没半月光景,身长一丈,腰大十阔,自亦心中惊异,夜不安枕,没药可救。父母见了大惊。不期其父董永一者受惊,二者年老多病,一疾乌乎。

这仲舒见父已故,哀痛之甚,备衣衾棺椁,送柩同乡。安葬已了,守孝三年,不思饮食。忽一日,对人言道:"前者母亲与我仙米,我却不知,一顿吃了,不料形体变异。今玉帝差火明大将军宣我上天,封为鹤神之职。每遇壬辰癸巳上天,辛亥己酉游归东北方,四十四日后还天上一十六日也。"直至于今,万古千年,在太岁部下为鹤神也。

戒指儿记

入话：

> 好姻缘是恶姻缘，不怨干戈不怨天。
>
> 两世玉箫难再合，何时金镜得重圆？
>
> 彩鸾舞后腹空断，青雀飞来信不传。
>
> 安得神虚如倩女，芳魂容易到君边。

自家今日说个丞相，家住西京河南府梧桐街兔演巷，姓陈名太常。自是小小出身，历升相位。年将半百，娶妾无子，只生一女，叫名玉兰。那女孩儿生于贵室，长在深闺，青春二八，有沉鱼落雁之容，闭花羞月之貌。况描绣针线精通，琴棋书画，无所不晓。怎见得？有只词，名《满庭芳》，单道着女人娇态。其词曰：

> 香霭①雕盘，寒生冰筋，画堂别是风光。主人情重，开宴出红妆。
>
> 腻玉圆搓素颈，藕丝嫩，新织仙裳。双歌罢，虚栏转目，余韵尚悠扬。
>
> 人间何处有？司空见惯，应谓寻常。坐中有，狂客恼乱愁肠。报
> 道金钗坠也，十指露，春笋纤长。亲曾见，竟胜宋玉，想象赋《高唐》。

劝了后来人：男大须婚，女大须嫁，不婚不嫁，弄出丑吒。

那陈太常倚着当朝宰相，见女儿容貌作常，况兼聪明智慧，常与夫人闲坐，说着那小姐的亲事。太常曰："我做到极贵之臣，家财受用的、穿的、吃的，不可胜数，只生得这个女儿，况兼有这般才貌，我若不寻个才貌名目相称的儿郎，枉做了朝中大臣。"陈太常与媒氏言曰："我家小姐，有三样全的，你可来说；如少一件，徒自劳力。我一要当代臣僚的子，二要才貌相当，三要名登黄甲。有此三者，立赘为婿。"因此，往往选择：忽有年貌相当，及第，又有是小可出身；忽有名臣之子，况无年貌相称。

光阴似箭，日月如梭，不觉时值正和二年上元令节，国家有旨，赏庆元宵。鳌山架起，满地华灯。笙箫社火，锣鼓喧天。禁门不闭，内外往来。人人都到五凤楼前，端门之下，插金花，赏御酒，国家与民同乐。自正月初五日起，至二十日止，万姓歌欢，军民同乐，便是至穷至苦的人家，也是欢娱取乐。怎见得？有只词儿，名《瑞鹤仙》，单道着上元佳景：

---

① 霭（ài）——云彩很厚的样子。

　　瑞烟浮禁苑。正绛阙春回，新正方半。冰轮桂华满，溢花衢歌市，芙蓉开遍。龙楼两观，见银烛，星球灿烂。卷珠帘，尽日笙歌，盛集宝钗金钏。　　堪美：绮罗丛里，兰麝香中，正宜游玩。风柔夜暖。花影乱，笑声喧。闹蛾儿满地，成团打块，簇着冠儿斗转。喜皇都，旧日风光，太平再见。

　　志浅家豪因有福，才高不富为无缘。

　　男儿未遂平生意，知命须当莫怨天。

这四首诗，奉劝世间贤愚智勇的人，皆听于命，妄想非为，致有败亡之祸。

　　话说一个聪明伶俐的才郎，家住兔演巷内，姓阮名华，排行第三，唤做阮三郎。那哥哥阮大与父专在两京商贩，阮二专一管家。那阮三年方二九，一貌非俗，诗词歌赋，般般皆晓，笃好琴箫，结交几个豪家子弟，每日向歌管笑楼，终朝喜幽闲风月。时遇上元宵夜，知会几个弟兄来家，笙箫弹唱，歌笑赏灯。大门前灯光灿烂，画堂上士女佳人，往来喧闹，有不断香尘。这伙子弟在阮三家吹唱到三更时分，行人四散。阮三送出门，见街上人渐稀少，与众兄弟说道：“今宵一喜天宇澄彻，月色如昼，二喜夜深人静，临再举一曲可也。”众人皆执笙箫象板，口儿内叶出金缕清声，吹出那幽窗下沉吟。半晌，遗音济亮，惊动那贵室佳人，聒耳笙簧，惹起孤眠独宿。怎见得？正是：

　　隔墙须有耳，窗外岂无人？

　　那阮三家正与陈丞相对衙。衙内小姐玉兰欢耍赏灯，将次要去歇息，忽听得街上乐声缥缈，响彻云际，忙唤梅香，轻移莲步，况夜深内外人睡者多，醒者少，直至大门边听了一问。起一点朱唇，露两行碎玉，暗暗地唤梅香过来，低低地将衷情泄漏。

　　只因这女子贪听乐中情曲，惹起一场人命祸事。

　　那小姐寂寂暗唤心腹的梅香：“你替找去街上看甚人吹唱？”梅香心腹，巴不得趋承小姐，听得使唤这事，轻轻地走到街边，认得是对邻子弟，忙转身入内，回复小姐道：“对邻阮三官，与几个相识，在他门首吹唱。”那小姐半晌之间，口中不道，心下思量：“数日前，我爹曾说阮三点报朝中驸马，因使用不到退回家，想便是此人。”

　　却说那伙子弟又吹了一个更次，各人分头回家。且说小姐回房，身虽卸却衣襟睡上床，开眼直到天明，欲见此人，无由得睹。

　　且说天晓，阮三同几个子弟到永福寺中游玩，见士女佳人烧香成队，游春公子去驻留还，穿街过短巷，见几处可意闺人，看几个半老妇女。那阮郎心情荡漾，佳节堪夸。有首诗词，单道着新春佳景。诗曰：

　　　　喜胜春幡袅凤钗，新春不换旧情怀。

　　　　草根隐绿冰痕满，柳眼藏娇雪影埋。

　　那阮三郎到晚回家，仍集昨夜子弟，一连吹唱了三夜。或门首小斋内，忽倚门消遣。迤逦至二十，偶在门侧临街轩内，拿壁间紫玉鸾萧，手中按着宫商徵羽，将时样新同曲调，清清地吹起。吹不了半只曲儿，举目见个侍女自外而至，深深地向前道个万福。阮三停箫问道："你是谁家的姐姐？"那丫环道："我是对邻，陈衙小姐特地着奴请官人一见。"那阮三心下思量道："他是个宰相人家，守阃耳目不少，进去路容易，出来的路难。被人瞧见，如问无由，不无自身受辱。"那阮三回复道："我嫌外人耳目多，不好进来，上覆小姐。"

　　毕竟未知进来与小姐相见也不相见？正是：

　　　　雪隐鹭鸶飞始见，柳藏鹦鹉语方知。

那梅香慌忙走入来，低声报与小姐说："阮三官防畏内外人耳目，不敢过来。恐来时有人撞着，小姐不认，拿着不好，出此交我上覆你。"那小姐想起夜来音韵标格，一时间春心有动，便将手中戒指，勒一个金镶宝石戒指儿，付与那梅香："你替我将这件物事寄与阮三郎，将带他进来见我一见。"

　　那梅香接得在手，一心忙似箭，两脚走如飞，慌忙来到小轩。阮三官还在那里，那丫环手儿内托出这个物来，观看半晌，口中不迫，心下思量："我有此物为证，何怕他人？"随即与梅香前后而行。行上二门外，那小姐觑首阮三，目不转睛。那阮郎看女子甚是仔细。正欲交言，门外吆喝道："丞相回衙！"那小姐慌忙回避归房。阮三郎火速归家内。自此，想那小姐的像貌，如今难舍。况无心腹通知，又兼闺阁深沉，在家内，出外，但是看那戒指儿，心中十分惨切，无由再见，追忆不已，那阮三虽不比宦家子弟，亦是富室伶俐的才郎，因是相思日久，渐觉四肢羸瘦，以致废寝忘餐。忽经两月有余，做恹成病。父母再四严问，并不肯说。

　　一日，有一个豪家子弟，姓张名远，素与阮三交厚，因见阮三有病月余，心意悬挂，想着那阮三常往来的交情，嗟叹不已。次日早，到阮三家内,询问起居。阮三在卧榻上,听得堂中有似张远的声音,唤仆邀入房内。张远看着阮三面黄肌瘦,咳嗽吐痰,那身就榻床上坐定道:"阿哥,数日不见,如隔三秋。不知阿哥心下怎么染着这般晦气? 借你手,我看了脉息。"

那阮三一时失于计较,便将左手抬起,与张远察脉。那张远左手按着寸关尺部,眼中笑谈自若,悄见那阮三手戴着个金嵌宝石的戒指。张远把了脉息,口中不道,心下思量:"他这等害病,还戴着这个东西,况又不是男子戴的戒指,必定是妇女的表记①。"低低用几句真言挑出,挑出他真情肺腑。

毕竟那阮三说也不说? 正是:

　　人前只说三分话,未可全抛一片心。

那张远道:"阮哥,你手中戒指,是妇女戴的。你这般病症,我与你相交数年,重承不弃,日常心腹,我知你心,你知我意,你可实对我说。"那阮三见张远参到八九分的地步,况兼是心腹朋友,只得将来历因依,尽行说了。张远道:"哥哥,他虽是个相府的小姐,若无这个表记,便定下牢笼的巧计,诱他相见你,心下未知肯与不肯。今有这物,怎与你成就此事,容易。阮哥,你可宽心保重。小弟不才,有个图她良策。"

只因这人举出,直交那阮三命归阴府。

张远看访回家,转身便到一个去处。那个所在,是:

　　清幽舍宇,寥寞山房。小小的一座横墙,墙内有半檐疏玉。高高殿宇,两边厢,排列金绘天王; 隐隐层台,三级内,金妆佛像。香炉内,篆烟不断,烛架上,灯火交辉。方丈里,常有施主点新茶; 法堂上,别无尘事劳心意。有几间小巧轩窗,真个是神仙洞府。

昔日人有一首,单道着小庵儿的幽雅。诗曰:

　　短短横墙小小亭,半檐疏玉响伶伶。

　　尘飞不到人长静,一篆炉烟两卷经。

小庵内有个尼姑,姓王名守长,她原是个收心的弟子,因师弃世日近,不曾接得徒弟,只有两个烧香、上灶烧火的丫头。专一向富贵人家布施,佛殿后化铸三尊观音法像。中间一尊完了,缺这两尊,未有施主。这日正出庵

_____

①　表记——信物,纪念品。

门相遇着那张远。

尼姑道："张大官何往？"张远答言："特来。"那厄姑回身请进，邀入幽轩，坐分宾主，茶延请话。尼姑谢道："向日蒙承舍佛金圣像一尊已完，这二尊还未有施主，望檀越①作成，作成！"那张远开言道："师父，我有个心腹朋友，昨日对我说起师父之事，愿舍这二尊圣像，浼②烦干这事，就封这二锭银子在此。"袖儿里将出来，放在香桌上，"如成就得，盖庵盖殿，随师父的意。"

那尼姑贪财惹事，见了这两锭细丝白银，眉花笑眼道："大官人，你相识浼我干甚事？"那张远道："师父，这件事其实是心腹事，一来除是你师父干得，二来况是顺便。可与你到密室说知。"二人进一小轩内，竹榻前，说什么话，计较什么事出来？正是：

> 数句拨开君子路，片言提起梦中人。

那张远道："师父，我们家下说，师父翌日遣礼去陈丞相府中，因此特来。我那心腹朋友于今岁正月间，蒙陈丞相小姐使梅香寄个表记来与他，至今无由相会。明日师父到陈衙内接了奶奶，倘到小姐房中，善用一言，接到庵中，与我那朋友一见，便是师父用心之处。况师父与陈衙内外淳熟，故来斗胆。"那尼姑见财起意，将二锭银子收了，低低的附耳低言，不过数句，断送了女孩儿的身家，送了阮三郎性命。

那张远见许了，又设计奇妙，深深谢了，送出庵门。不说张远回复阮三。却说尼姑在床上想了半夜，次日天晓起来梳洗毕，备办合礼，着女童挑了，迤逦来到陈衙，首到后堂歇了。那陈太常与夫人见他，十分欢喜道："姑姑，你这一向少见。"尼姑回言："无甚事，不敢擅进。"奶奶道："出家人，我无甚布施，到要烦你拿来与我。"就交厨下办斋，过午了去。陈太常在外理事。

少间，夫人与尼姑吃斋，小姐坐在侧边相陪。斋罢，尼姑开言道："我小庵内今春托赖檀越之福，量化得一尊观音圣像，涓选四月初八日我佛诞辰，启首道场，开佛光明。特来相请奶奶、小姐，万希光降，如蓬荜③增

---

① 檀(tán)越——施主。佛教名词音译。

② 浼(měi)——恳托。

③ 蓬荜——即"蓬门荜户"，比喻穷人家的屋子。因为自谦之词。

辉。"奶奶听了道:"小姐怎么来得?"那尼姑眉头一纵,计上心来,道:"小僧前日坏腹,至今未好,借解一解。"

那小姐出为才郎,心中正闷,无处可纳解情怀散闷,忽闻尼姑相请,喜不自胜,正要行动,仍听夫人有阻,巴不得与那尼姑私恣计较,扛哄丞相、夫人。因见尼姑要解手,随呼个丫环领那尼姑进去,直至闺室。那尼姑坐在触桶上,道:"小姐,你明日同奶奶到我小庵觑一觑,若何?"那小姐露一点绛唇,开两行碎玉,道:"我来,只怕爹爹、妈妈不肯。"那尼姑甜言美语道:"小姐,数日前有个俊雅的官人,进庵看妆观音圣像,指中褪下个戒指儿来,带在菩萨手指上,祷祝道:'今生不遂来生愿,愿得来生逢这人!'半日,闲对着那圣像,潜然挥泪。被我再四严问,绝无一语而去。"

那小姐见说了,满面绯红,道:"师父,那戒指儿是金造的? 是银造的?"尼姑回言:"金嵌宝石的。"小姐又问道:"那小官人常来么?"尼姑回道:"不常来庵闲观游玩。"小姐道:"那戒指曾带来么?"尼姑又道:"这颗宝石在我这里,金子挖会与雕佛人了。"小姐讨这颗宝石,仔细看了半晌,见鞍思马,睹物思人。只因这颗宝石,惹动闺人情意。正是:

> 折戟沉沙铁半①消,自将磨洗认前朝。
>
> 东风不与周郎便,铜雀春深锁二乔。

那小姐认得此物,微微冷笑道:"师父,我要见那官人一见,见得么?"尼姑见说,道:"小姐,那官人也要见小姐一面。"那小姐连忙开了箱儿,取出一个戒指儿与尼姑。尼姑将在手中,觑得分明,笑道:"合与这舍的戒指一般厮像。"小姐道:"就舍与你。我浼你知会那官人,来日到庵见一见。"尼姑道:"他有心,你有意,只亏了中间的人。既是如此,我有句话与你说。"

只因说出这话来,害了那女人前程万里。正是:

> 鹿迷郑相应难便,蝶梦庄周未可知。

那尼姑附耳低言:"小姐来日到我庵内,倘斋罢闲坐,便可推睡,此事就谐了。"

小姐同尼姑走出房来,老夫人接着,问道:"你两个在房里长远了,两个说什么样话?"惊得那尼姑顶门上不见了三魂,脚板底荡散了七魄,忙

---

①　半——原诗为"未"。

答道："小姐因问我建佛像功成，以此上讲说这一晌。"夫人送出厅前，尼姑深深作谢道："来日仰望。"

却说那尼姑出了丞相府门，将了小姐舍的金戒指儿，一直径到张远家来。那张远在门首伺候了多时，远远地望见那尼姑来，口中不道，心下思量："家下耳目众多，怎么言得此事？"提起脚步慌走上前道："烦师父回庵去，随即就到。"那尼姑回身转巷，这张郎穿径寻庵，与尼姑相见，邀入松轩，将此事从头诉说，将戒指儿度与那张远。张远看罢："若非师父，其实难成。阮三官还有重重相谢。"

至则月初七日，渐渐见红轮坠西，看看布满天星斗。那张远预先约期阮三。那阮三又喜得又收了一个戒指，笑不出声，至晚，悄悄地用一乘女轿抬庵里。那尼姑接入，寻个窝窝凹凹的房儿，将阮三安顿了。

怎见得相见的欢娱，死去的模样？正是：

> 猪羊送屠户之家，一脚脚来寻死路。

那尼姑睡到五更时分，唤那女童起来，梳洗了，上佛前烧香点烛，到厨下准备斋供。大天明开了庵门，专待那老娘、妇女。

将次到巳牌时分，来人通报道："陈丞相的夫人与小姐来了！"那尼姑连忙出门迎接，邀入方丈。茶罢，佛殿上同小姐拈香已毕，见办斋缭乱，看看前后去处，见小姐洋洋瞑目作睡。夫人道："孩儿，你今日想是起得早了些？"那尼姑慌忙道："告奶奶，我庵中绝无闲杂之辈，便是志诚老实的老娘们，也不许她进我的房内。小姐去我房中，拴上房门睡一睡，自取个稳便。等奶奶闲步步。你们几年何月来走得一遭。"奶奶道："孩儿，你这般打盹，不如师父房内睡睡。"

小姐依母之言，走进房内，拴上门。那阮三从床背后走出来，看了小姐，深深地作了一个揖，道："姐姐，候之久矣！"小姐举手摇摇，低低道："莫要响动！"那阮三同携素手，喜不自胜，转过床背后，开了侧门，又到一个去处，小巧漆卓藤床，隔断了外人耳目，双双解带，犹如鸾凤交加；卸下衣襟，好似渴龙见水。有只词，名《南乡子》，单道着日间云雨。怎见得？词曰：

> 情兴两和谐。搂定香肩脸贴腮。手摸酥胸奶绵软，实奇哉。褪了裤儿脱绣鞋。　　玉体着郎怀。舌送丁香口便开。倒凤颠鸾云雨罢，嘱多才。芳魂不觉绕阳台。

天有不测风云，人有暂时祸福。

那阮三是个病久的人，因为这女子七情所伤，身子虚弱，这一时相逢，情兴酷浓，不顾了性命。那女子想起日前要会不能得会，令日相见，全将一身要尽自己的心，情怀舒畅。不料乐极悲生，倒凤颠鸾，岂知吉成凶兆；任意施为，那顾宗筋有损，一阳失去，片时气转，离身七魄分飞，魂灵儿必归阴府。正所谓：

谁知今日无常，化作南柯一梦。

那小姐见阮三伏在身上，寂然不动，用双手儿搂住了郎腰，吐出丁香送郎口，只见牙关紧咬难开，摸着遍身冰冷。惊慌了云雨娇娘，顶门上不见了三魂，脚底下荡散了七魄，翻身推在里床，起来，忙穿襟袄，走出房前。喘息未定，怕娘来唤，战战兢兢，向妆台重整花钿；闷闷忧忧，对鸾镜再匀粉黛。恰才了得，房门外夫人扣门，小姐开了门。夫人道："孩儿，殿上功德散了，你睡才醒？"小姐道："我醒了半晌也，在这里整头面，正要出来，和你回衙去。"夫人道："轿夫伺候了多时。"小姐与夫人谢了尼姐，送出庵门。

不说那夫人、小姐回衙。且说尼姐王守长转身回到庵，去厨收拾灾埃顿桌器，佛殿上收了香火供食。一应都收拾已毕，只见那张远同阮二哥进庵，与那尼姑相见了，称谢不已，问道："我这三小官人今在哪里？"尼姑道："还在我里头房里睡着。"

那尼姑引阮二与张远开了侧房门，来卧床边，叫道："三哥，你恁的好睡，还未醒？"连叫数声不应，那阮二用手摇，也不动，口鼻已无气息，始知死了。那阮二便道："师父，怎地把找兄弟坏了性命？这事不得净办。"尼姑道："小姐自早到庵，便寻睡的意，就入房内，约有两个时辰。殿上功德已了，老夫人叫醒来。恰才去得不多时。我只道睡着，岂知有此事！"尼姑道："阮二官，张大官在此，向日蒙赐布施，实望你家做檀越施主，因此用心不已，终不成倒害你兄弟性命？张大官，今日之事，恰是你来寻我，非是我来寻你，告到官司，你也不好，我也不好。向日蒙施银二锭，一锭用了，只留得一锭，将来与三官人买口棺木装了，只说在庵养病，不料死了。"那尼姑将出这锭银子放在桌上，道："你二位凭你怎么处置。"

张远与那阮二默默无言，呆了半晌，道："我将这锭银子去也。棺木少不得也要买。"走出庵门。未知家内如何。正是：

青龙与白虎同行，吉凶事会然未保。

夜久喧暂息，池塘唯月明。

无因驻清境，日出事还生。

那阮二与张远出了庵门，迤逦路上行着。张远道："二哥，这个事本不干尼姑事，想是那女子与三哥行房，况是个有病症的，又与他交会，尽力去了，阳气一脱，人便就是死的。我也只是为令弟而上情分好，况令弟前日在床前再三叮咛，央浼不过，只得替他干这等的事。"阮二回言道："我论此事，人心天理来，也不干着那尼姑事，亦不干你事，只是我这小官人年命如此，神作祸作，作出这场事来。我心里也道罢了，只愁大哥与老官人回来，愿畅怎的得了。"连晚与张远买了一口棺木，抬进庵里装了，就放在西廊下，只等阮员外、大哥归来定夺。正是：

灯花有焰鹊声喧，忽报佳音马着鞍。

驿路迢迢烟树远，长江渺渺雪潮颠。

云程万赚何年尽？皓月一轮千里圆。

日暮乡关将咫尺，不劳鸿雁寄瑶①笺。

秋风飒飒，动行人塞北之悲；夜月澄澄，兴游子江南之梦。忽一日，阮员外同大官人商贩回家，与院君相见。合家欢喜。员外动问阮三孩儿病的事，那阮二只得将前后事情细细诉说了一遍，老员外听得说三孩儿死了，放声大哭了一场，要写起词状，要与陈太常理涉，与儿索命："你家贱人来惹我的儿子！"阮大、阮二再四劝说："爹爹，这个事思论……"（下文残缺）

---

①　瑶（yáo）——美好。

雨窗集下（佚）
欹^①枕集上

羊角哀^②死战荆轲

（原文开头残缺三页，缺文参《古今小说》补附于篇后。）

"……冻死矣。死后谁葬吾兄？"乃于雪中再拜伯桃而哭曰："不肖弟此去，望兄阴力相助。但得微名，必当后^③葬。"伯桃点头半答。角哀号泣而去。伯桃死于桑中。

角哀捱自寒冷，半饥不饱，来至楚国，于旅邸中歇定。次日入城，问人曰："楚君招贤，何得而进？"人曰："宫门外设一宾馆，令上大夫裴仲接纳天下之士。"角哀径投宾馆前来，正值上大夫下车。角哀乃向前揖。裴仲见角哀衣虽褴褛，气宇不凡，慌忙答礼而问曰："贤士何来？"角哀曰："小生姓羊，双名角哀，吴国人也。闻上国招贤，特来归投。"裴仲邀入宾馆，具酒食以进，宿于馆中。

次日，设宴以待之。角哀将胸中所有，谈论如流。裴仲大喜，入奏元王，王宣入殿见，同富国强兵之道。角哀首陈一策，皆切，为当世之急务。元王大喜，设御宴以待之，加为中大夫，赐黄金百两，彩缎有匹。角哀再拜流涕。元王惊而问曰："卿痛哭者何也？"角哀言左伯桃饿死一事，尽奏知。元王闻其言，为之伤感，诸大臣皆为痛容。"卿欲如何？"角哀曰："臣乞告假彼处，迁葬伯桃已毕，却回来事圣上。"元王遂赠已死伯桃为中大夫，仍差人跟随角哀车骑，同去敕葬^④。

角哀辞了元王，巡奔梁山地面。寻旧日枯桑之处，果见伯桃死尸尚在。角哀乃再拜而哭，呼左右唤集乡中父老，卜地于浦塘之原，前临大溪，

---

① 欹（qī）。

② 羊角哀——战国时燕人。

③ 后——应为"厚"。

④ 敕（chì）葬——宋代大臣或贵戚死亡，皇帝遣内侍监护丧事，称"敕葬"。

后靠高崖,左右诸峰环抱,风水甚好。遂以香汤沐浴伯桃之尸,置内棺外椁,大夫衣冠,而葬坟陵。造梁墙栽树。离坟三十步,建享堂,塑伯桃仪容。立华表,柱上建牌额。墙偶盖瓦屋,令人看守。造毕,设祭于享堂,哭泣甚切。乡老、从人,无不下泪。祭罢,各自散去。

角哀是夜明灯燃烛而坐,感叹不已,忽然阴风飘飘,烛火复明。角哀视之,见一人于灯影中,或进或退,隐隐有哭声。角哀叱曰:"何人也?辄敢黉夜而入?"其人不言。角哀起而观之,乃伯桃也。角哀大惊,问曰:"兄阴灵不远,今来见弟,必有事焉!"伯桃曰:"感弟记忆,初登仕路,奏请葬吾,更赠重爵,并棺椁、衣衾之美,固事十全,但坟地与荆轲相连近。此人在世时,为刺秦王不中,以被追戮,高渐离以其尸葬于此处,神极威猛,每夜仗剑来骂吾曰:'汝是冻死饿杀之人,安敢建坟居吾上肩,夺吾风水?若不迁移他处,吾发墓取尸,掷之野外。'有此危难,特来告汝。望改葬于他处,以免此祸!"角哀再欲问之,风起,忽然不见。

角哀在享堂中一梦惊觉,尽记其事,天明,再唤乡老问:"此处有坟相近否?"乡老曰:"松阴中有荆轲墓,墓前有庙。"角哀曰:"此人昔刺秦王不中被杀,缘何有坟于此?"乡老曰:"高渐离乃此间人,知荆轲被害,弃尸野外,乃盗其尸,葬于此地,每每显灵。土人建庙于此,四时享祭,以求福利。"角哀闻其言,遂信梦中之事,引从者径奔荆轲庙,指其神而骂曰:"汝乃燕邦一匹夫,入秦行事,丧身误国,却来此处惊惑乡民,要求祭祀。吾兄左伯桃当代名儒,仁义廉洁之士,汝安敢逼之!再如此,吾当毁其庙而发其冢,永绝汝之根本!"骂讫,却来伯桃墓前祝曰:"如荆轲令夜再来,兄当报我!"归至享堂。

是夜,秉烛以待。果见伯桃哽咽而来,告曰:"感弟如此,奈荆轲从人极多,皆土人所献。弟可束草为人,以彩为衣,手执器械,焚烧于墓前。吾得以助,使荆轲不能侵谤。"言罢,不见。角哀连夜使人束草为人,以彩为衣,各执刀枪器械,连数十于墓侧,以火焚之,祝曰:"如其无事,亦望回报!"归至享堂。

是夜,闻风雨之声,如人战敌,角哀出户观之,见伯桃奔走而来,言曰:"弟所烧之人不得其用。荆轲又有高渐离相助,不久,吾尸必出墓矣。望弟早与迁移他处殡葬,免受此苦!"角哀曰:"此人安敢如此欺凌吾兄!弟当力助以战之!"伯桃曰:"弟阳人也。我皆阴鬼。阳人虽有勇烈,尘世相隔,焉敢战阴鬼也!虽刍草之人,但能助喊,不能退此强魂。"角哀曰:"兄且去。弟来日自有区处。"

次日,角哀修表一道表章,上谢楚君,言:"昔日并粮与臣,因此得活,以遇圣主,重蒙厚爵,平生足矣,容图后世尽心报主!"词意甚切。表付从人,遂往荆轲庙内,打碎神像,放火焚烧庙宇后,来伯桃墓侧大哭一场,与从者曰:"吾兄被荆轲强魂所逼,去往无门,吾所不忍。宁死为泉下之鬼,力助吾兄战此强魂。汝等可将吾尸葬于此墓之右,生死共处,以报伯桃交粮之义。回奏楚君:万乞听纳臣言,永保山河社稷!"言讫:掣取佩剑,自刎而死。从者皆惊,具衣冠,停尸于墓侧。

是夜二更,风雨大作,雷电交加,喊杀之声,闻数十里。清晓视之,荆轲墓上震烈如穴,肉骨撒于墓前,四散皆有;墓边松柏,和根拔起。

(附)

原文卷首佚失三页,兹据《古今小说·羊角哀舍命全交》补录于下:
背手为云覆手雨,纷纷轻薄何须数!君看管鲍平时交,此道今人弃如土。昔时齐国有管仲,字夷吾,鲍叔,字宣子,两个自幼时以贫贱结交。后来鲍叔光在齐桓公门下,信用显达,举荐管仲为首相,位在已上。两人同心辅政,始终如一。管仲曾有几句言语道:"吾尝三战三北①,鲍叔不以我为怯②,知我有老母也。吾尝三仕三见逐,鲍叔不以我为不肖,知我不遇时也。吾尝与鲍叔谈论,鲍叔不以我为愚,知时有利不利也。吾尝与鲍叔力贾,分利多,鲍叔不以我为贪,知我贫也。生我者父母,知我者鲍叔。"所以古今说知心结交,必曰'管鲍'。今日说两个朋友,偶然相见,结为兄弟,各舍其命,留名万古。春秋时,楚元王崇儒重道,招贤纳士,天下之人闻其风而归者,不可胜计。西羌积石山有一贤士,姓左,双名伯桃,幼亡父母,勉力攻书,养成济世之才,学就安民之业。年近四旬,因中国诸侯互相吞并,行仁政者少,恃强霸者多,未尝出仕。后闻得楚元王慕仁好义,遍求贤士,乃携书一囊,辞别乡中邻友,径奔楚国而来。迤逦来到雍地,时值隆冬,风雨交作。有一篇《西江月》词,单道冬天雨景:

"习习悲风割面,濛濛细雨侵衣。

---

① 北——打了败仗往回逃。

② 不以我为怯(qiè)——不认为我胆小。

催冰酿雪逞寒威，不比他时和气。

山色不明常暗，日光偶露还微。

天涯游子尽思归，路上行人应悔。”

左伯桃冒雨荡风，行了一日，衣裳都沾湿了。看看天色昏黄，走向村间，欲觅一宵宿处，远远望见竹林之中，破窗透出灯光。径奔那个去处，见矮矮篱笆，围着一间草屋。乃推开篱障，轻叩柴门。中有一人，启户而出。左伯桃立在檐下，慌忙施礼，曰：“小生西羌人氏，姓左，双名伯桃，欲往楚国。不期中途遇雨，无觅旅邸之处，求宿一宵，来早便行。未知尊意肯容否？”那人闻言，慌忙答礼，邀入屋内。伯桃视之，止有一榻。橱上堆积书卷，别无他物。伯桃已知亦是儒人，便欲下拜。那人云：“且未可讲礼，容取火烘干衣服，却当会话。”当夜烧竹为火，伯桃烘衣，那人炊办酒食，以供伯桃，意甚勤厚。伯桃乃问姓名。其人曰：“小生姓羊，双名角哀，幼亡父母，独居于此。平生酷爱读书，农业尽废。今幸遇贤士远来，但恨家寒，乏物为款，伏乞恕罪！”伯桃曰：“阴雨之中，得蒙遮蔽，更兼一饮一食，感佩何忘！”当夜二人抵足而眠，共话胸中学问，终夕不寐。比及天晓，淋雨不止。角哀留伯桃在家，尽其所有相待，结为昆仲。伯桃年长角哀五岁，角哀拜伯桃为兄。一住三日，雨止道干。伯桃曰：“贤弟有王佐之才①，抱经纶之志，不图竹帛，甘老林泉，深为可惜！”角哀曰：“非不欲仕，奈未得其便耳。”伯桃曰：“今楚王虚心求士，贤弟既有此心，何不同往？”角哀曰：“愿从兄长之命！”遂收拾些小路费粮米，弃其茅屋。二人同望南方而进。行不两日，又值阴雨，羁身旅店中，盘费罄尽，止有行粮一包，二人轮换负之，冒雨而走。其雨未止，风又大作，变为一天大雪。怎见得？你看：

风添雪冷，雪趁风威。纷纷柳絮狂飘，片片鹅毛乱舞。团空搅阵，不分南北西东；遮地漫天，变尽青黄赤黑。探梅诗客多清趣，路上行人欲断魂。

二人行过岐阳，道经梁山路，问及樵夫，皆说：“从此去百余里，并无人烟，尽是荒山旷野，狼虎成群，只好休去。”伯桃与角哀曰：“贤弟心下如何？”角哀曰：“自古道‘死生有询。’既然到此，只顾前进，休生退悔！”又行了一日，夜宿古墓中，衣服单薄，寒风透骨。次日，雪越下得紧，山中彷佛

---

① 王佐（zuǒ）之才——辅佐帝王创业治国的才能。

盈尺。伯桃受冻不过,曰:"我思此去百余里,绝无人家,行粮不敷,衣单食缺。若一人独往,可到楚国;二人俱去,纵然不冻死,亦必饿死于途中,与草木同朽,何益之有!我将身上衣服,脱与贤弟穿了,贤弟可独赍此粮于途,强挣而去。我委地行不动了,宁可死于此地。待贤弟见了楚王,必当重用。那时却来葬我未迟。"角哀曰:"焉有此理!我二人虽非一父母所生,义气过于骨肉。我安忍独去而求进身耶?"遂不许,扶伯桃而行。行不十里,伯桃曰:"风雪越紧,如何去得?且于道旁寻个歇处。"见一株枯桑,颇可避雪。那桑下只容得一人,角哀遂扶伯桃入去坐下。伯桃命角哀敲石取火,燃些枯枝,以御寒气。比及角哀取了柴火到来,只见伯桃脱得赤条条地,浑身衣服,都做一堆放着。角哀大惊曰:"吾兄何为如此?"伯桃曰:"吾寻思无计,贤弟勿自误了,递穿此衣服,负粮前去!我只在此守死。"角哀抱持大哭曰:"吾二人死生同处,安可分离!"伯桃曰:"若皆饿死,白骨谁埋!"角哀曰:"若如此,弟情愿解衣与兄穿了。兄可赍粮去,弟宁死于此。"伯桃曰:"我平生多病。贤弟少壮,比我甚强。更兼胸中之学,我所不及,若见楚君,必登显宦。我死何足道哉!弟勿久滞,可直速往!"角哀曰:"今兄饿死桑中,弟独取功名,此大不义之人也。我不为之!"伯桃曰:"我自离积石山,至弟家中,一见如故。知弟胸次不凡,以此劝弟求进。不幸风雨所阻,此吾天命当尽。若使弟办亡于此,乃吾之罪也。"言讫,欲跳前溪觅死。角哀抱住痛哭,将衣拥护,再扶至桑中。伯桃把衣服推开。角哀再欲上前劝解时,但见伯桃神色已变,四肢厥冷,口不能言,以手挥令去。角哀寻思:"我若久恋,亦……"

(原文篇末残缺,据《古今小说·羊角哀舍命全交》补录如下)庙中忽然起火,烧做白地。乡老大惊,都往羊左二墓前焚香展拜。从者回楚国,将此事上奏元王。元王感其义,重差官往墓前建庙,加封上大夫,敕赐庙额①,曰"忠义之祠",就立碑以记其事。至今香火不断。荆轲之灵,自此绝矣。土人四时祭祀,所祷甚灵。有古诗云:

　　古来仁义包天地,只在人心方寸间。

　　二士庙前秋日净,英魂常伴月光寒。

---

① 额——匾。

死生交范张鸡黍①

（原文开头残缺三页，缺文参《古今小说》补附于篇后。）

……张请母弟与同服罪。范摇手止之。张曰："唤舍弟拜兄，若何？"范亦摇手而止之。张曰："兄食鸡黍后进酒，若何？"范蹙其眉，而似叫张退后之意。张曰："鸡黍不足以奉长者之飡，乃邵当日之约，幸勿嫌责！"范曰："弟当退后，吾尽悄诉之。吾非阳世之人也，乃阴鬼也。"

张大惊曰："兄何故出此言？"范曰："自与兄弟相别之后，回家为妻子口腹之累，溺身商贾中。尘世滚滚，岁月匆匆，不觉又是一年。向日鸡黍之约，非不挂心，近被蝇利所牵，忘其日期。今早邻佑送茱萸②酒至，方知是重阳，忽记贤弟之约，此心如醉，山阳至此，千里之隔，非一日可到。若不如期，贤弟以我为何物？鸡黍之约，尚且爽信，何况大事乎？寻思无计。常闻古人有云：'人不能日行千里，魂能日行千里。'遂嘱咐与妻子曰：'吾死之后，且勿下葬，待吾弟张元伯至，方可入土！'嘱罢，自刎而死，魂驾阴风，特来赴鸡黍之约。万望贤弟怜悯愚兄，恕其轻忽之过，鉴其凶暴之诚，不以千里之程，肯为辟亲动于山阳，一见吾尸，死亦瞑目无憾矣！"言讫，泪如迸泉，急离坐榻，下阶砌。

张乃趋步逐之，不觉忽踏了苍苔，攧③倒于地，阴风拂面，不知巨卿所在，如梦如醉，哭声惊动母亲并弟。急起视之，见堂上陈列鸡黍酒果，张元伯昏倒于地，用水救醒，扶到堂上，半晌不能言，又哭至死。

母问曰："汝兄巨卿不来，有甚利害？何苦自哭如死？"元伯曰："巨卿以鸡黍之约，已死于非命矣！"母曰："何以知之？"元伯曰："适间亲见巨卿到来，邀迎入坐，具鸡黍以迎。但见其不食，再三恳之。巨卿曰：'为商贾用心，失忘了日期，今早方醒。恐负所约，遂自刎而死。阴魂千里，特来一见。'母可教儿亲到山阳，葬其兄尸。定明早收拾行李便行。"母哭曰："古人行云：'囚人梦赦、渴人梦浆。'此是吾儿念念在心，故有此梦惊耳！"元伯曰："作梦也。儿亲见来。酒食见在。逐之不得，忽然跌倒。岂是梦

---

① 鸡黍（shǔ）——指招待宾客的饭菜。
② 茱萸（zhū yú——音朱于）——山茱萸。落叶小乔木，果实可入药。
③ 攧（diān）——跌。

乎？巨卿乃诚信之士，非虚诳也，岂妄报耶？"

弟曰："此未可信。如有人山阳去，当问其虚实。"张曰："人禀天地而生。天地有五行，金、木、水、土、火，人则有五常，仁、义、礼、智、信，以配之。惟信，非同小可。仁所以配木，取其生意也；义所以配金，取其不朽也；信所以配上，取其重厚也。圣人云：'大车无輗，小车无軏，其何以行之哉？'①又云：'足食足兵，民信之矣。''不得已而去，于斯三者何先？'子曰：'去兵。'又曰：'必不得已而入，于断三者何先？'子曰：'去食。皆有死，民无信不立。'巨卿既以为信而死，吾安可不敬而不去哉！弟专务农业，足可以奉老母。吾去之所，加倍恭敬；晨昏甘旨，勿使有失；生养送死，大宜谨之。"拜辞曰："不孝男张邵，今为义兄范巨卿为信义而亡，须当往吊。"已，再三叮咛张勤："今侍养老母，母亲早晚勉强饮食，匆以忧愁，自当善保尊体。邵于国不能尽忠，于家不能尽孝，徒生于天地之间耳！今当辞去，以全大信。"母曰："吾儿去山阳千里之遥，月余便回，何放出不利之语？"张曰："生如浮沤。死生之事，且夕难保。"恸哭而拜。弟曰："勤与兄同去，若何？"元伯曰："母亲无人侍奉。汝当尽力事母，勿令吾忧！"洒泪别弟，背一个小书囊，来早使行。

沿路上饥不择食，寒不思衣。夜宿店中，虽梦中亦哭。每日早起赶程，恨不得身生两翼。行了数日，到了山阳，问巨卿何处住，径奔至家门首，见门户锁着。问及邻人，邻人曰："巨卿已过二七，具妻扶灵柩，往廓外去下葬。送葬之人，向自未回。"张问了去处，奔至廓外，见山林前新筑一造土墙。墙外有数十人，面面相觑，各有惊异之状。

张汗流如雨，走望观之。见一妇人，身披重孝，一子约有十七八岁，伏棺而哭。元伯大叫曰："此处莫非范巨卿灵柩乎？"其妇曰："来者莫非汝是张元伯乎？"张曰："张邵自来不曾到此，何以知名姓那？"妇泣曰："此夫主再三之遗言也。夫主范巨卿自洛阳回，常谈贤叔盛德，但恨不识尊颜。前者重阳日，夫主忽举止失措，对妾曰：'我失却元伯之大信，徒生何益？常闻人不能行千里，魂能行千里。吾宁死，不敢有误鸡黍之约。死后且不

---

① 大车无輗(ní)，小车无軏(yuè)，其何以行之哉——语出《论语·为政》。輗，古代大车辕端与横木相接的部分。軏，古代小车辕端与横木相接的部分。

可葬,待元伯来见我尸,方可入土。'今日已及二七,人劝云:'元伯不知,如何得来见其尸。先葬讫,后报知未晚。'因此扶枢到此。众人都拽棺椁入金井①,并不能动,因此在坟前都惊怪。见叔叔远来,如此慌速,必然是也。"元伯乃哭倒于地。妇亦大恸。送殡之人,无不下泪。

元伯于囊中取钱,令买祭物,香烛纸陌,陈列于前,取出祭丈,酹酒再拜。号泣而读。文曰:

……

元伯发棺视之,哭声恸地,回顾嫂曰:"兄为弟亡,岂能独生那! 囊中已具棺椁二费,愿嫂垂怜,不弃鄙贱,将劭葬于兄侧,平生之大幸也!"嫂曰:"叔何故出此言也?"邵曰:"吾思已决,勿请惊疑!"言讫,掣带刀自刎而死。

众皆惊愕,申闻本州太守,烦高亲至坟前设祭,具衣棺营葬于巨卿墓中,将此事表奏。明帝怜其信义深重,两生虽不登第,亦可褒赠,以励后人。范巨卿赠山阳伯、张元伯赠汝南伯。墓前建庙,号"信义之祠",墓号"情义之墓"。旌表门闾,官给衣粮,以膳其子,巨卿子范纯缓,及第进士,官至鸿胪寺卿。至今山阳古迹犹存,题咏极多、聊陈二诗曰:

义重张元伯,恩深范巨卿。

不辞迢递路,千里赴鸡黍。

既报身倾没,辞亲即告行。

山间□□□,万古仰高情。

〔附〕

原书本篇卷首缺失三页,兹据《古今小说·范巨卿鸡黍死生交》补录如下:种树莫种垂杨枝,结交莫结轻薄儿,杨枝不耐秋风吹,轻薄易结还易离。君不见昨日书来两相忆,今日相逢不相识? 不如杨枝犹可久,一度春风一回首! 这篇言语,是《结交行》,言结交最难。今日说一个秀才,乃汉明帝时人,姓张名劭,字元伯,是汝州南城人氏。家本农业,苦志读书,年三十五岁,不曾婚娶。其老母年近六旬,并弟张勤努力耕种,以供二膳。时汉帝求贤,劭辞老母,别兄弟,自负书囊,来到东都洛阳应举。在路非只一日,到洛阳不远。当日天晚,段店宿歇。是夜,常闻邻房有人声唤。劭

---

① 金井——墓穴、骨瓮。此指墓穴。

至晚,问店小二:"间壁声唤的是谁?"小二答道:"是一个秀才,害时症,在此将死。"劭曰:"既是斯文,当以看视。"小二曰:"瘟病过人,我们尚自不去看他,秀才你休去!"劭曰:"死生有命,安有病能过人之理!吾须视之。"小二劝不住,劭乃推门而入,见一人仰面卧于土榻之上,面黄肌瘦,口内只叫救人。劭见房中书囊衣冠,都是应举的行动,遂扣头边而言口:"君子勿忧!张劭亦是赴选之人,今见汝病至笃,吾竭力救之,药饵粥食,吾自供奉。且自宽心!"其人曰:"若君子救得我病,容当厚报。"劭随即挽人请医,用药调治。早晚汤水粥食,劭自供给。数日之后,汗出病减,渐渐将息,能起行立。劭问之,乃是楚州山阳人氏,姓范名式,字巨卿,年四十岁。世本商贾,幼亡父母,有妻小。近弃商贸,来洛阳应举。以及范巨卿将息得无事了,误了试期。范曰:"今因式病,有误足下功名,甚不自安。"劭曰:"大丈夫以义气为重,功名富贵,乃微末耳。已有分定,何误之有!"范式自此与张劭情如骨肉,结为兄弟。式年长五岁,张劭拜范式为兄。结义后,朝暮相随,不觉半年,范式思归,张劭与计算房钱,还了店家。二人同行数日,到分路之处,张劭欲送范式。范式曰:"若如此,某又送回。不如就此一到,约再相会。"二人酒肆共饮,见黄花红时,妆点秋光,以助别离之兴。酒座间杯泛茱萸,问酒家,方知是重阳佳节。范式曰:"吾幼亡父母,屈在商贾,经书虽则留心,奈为妻子所累。幸贤弟有老母在堂,汝母即吾母也,来年今日,必到贤弟家中,登堂拜母,以表通家之谊。"张劭曰:"但村落无可为款,倘蒙兄长不弃,当设鸡黍以待。幸勿失信!"范式曰:"焉肯失信于贤弟耶!"二人饮了数杯,不忍相舍。张劭拜别范式。范式去后,劭凝望堕泪。式亦回顾泪下。两各悒怏而去。有诗为证:

手彩黄花泛酒卮,慇懃见订隔年期。临歧不忍轻分别,执子依依各泪垂。且说张元伯到家,参见老母。母曰:"吾儿一去,音信不闻,令我悬望,如饥似渴。"张劭曰:"不孝男于途中遇山阳范巨卿,结为兄弟,以此逗留多时。"母曰:"巨卿何人也?"张劭备述详细。母曰:"功名事皆分定,既逢信义之人结交,甚快我心。"少刻,弟归,亦以此事从头说知,各各欢喜。自此张劭在家再攻书史,以度岁月。光阴迅速,渐近重阳。劭乃预先畜养肥鸡一只,杜酝浊酒。是日早起,洒扫草堂,中设母座,傍列范巨卿位,遍插菊花于瓶中,焚信香于座上,呼弟宰鸡炊饭,以待巨卿。母曰:"山阳至此,迢递千里,恐巨卿未必应期而至,待其来,杀鸡未迟。"劭曰:"巨卿信土也，必然今日至矣。安肯误鸡黍之约！入门便见所许之物，足见我之持久。如候巨卿来而后宰之，不见我惓惓之意。”母曰：“吾儿之友，必是端士。”遂烹炰①以待。是日天晴日朗，万里无云。劭整其衣冠，独立庄门而望。看看近午，不见到来。母恐误了农桑，令张勤自去田头收割。张劭听得前村犬吠，又往望之。如此八七遭。因看红日西沉，现出半轮新月，母出户，令弟唤劭曰：“儿久立倦矣。今日莫非巨卿不来，且自晚膳。”劭谓弟曰：“汝岂知巨卿不至耶？若范兄不至，吾誓不归。汝农劳矣，可自歇息。”母弟再三劝归，劭终不许。候至更深，各自歇息。劭倚门如醉如痴，风吹草木之声，莫是范来，皆自惊讶。看见银河耿耿，金宇澄澄，渐至三更时分，月光都没了，隐隐见黑影中一人随风而至。劭视之，乃巨卿也，再拜踊跃。而大喜曰：“小弟自早直候至今，知兄非爽信也，兄果至矣！旧岁所约鸡黍之物，备之已久。路远风尘，别不曾有人同来？”便请至草堂，与老母相见。范式并不答话，径入草堂。张劭指座榻曰：“特设此位，专待兄来。兄当高座。”张劭笑容满面，再拜于地，曰：“兄既远来，路途劳困，且未可与老母相见。杜酿鸡黍，聊且弃饥。”言讫又拜。范式僵立不语，但以衬袖反掩其面。劭乃自奔入厨下，取鸡黍并酒，列于面前，再拜以进，曰：“酒肴虽微，劭之心也。幸兄勿责。”但见范于影中以手绰其气而不食。劭曰：“兄竟莫不怪老母并弟不曾远接，不肯食之？”

---

①　炰（páo）——同“炮”。把带毛的肉用泥包好在火上烤。

欹枕集下

老冯唐直谏汉文帝

（原文开头残缺一页）。

……葛亮，越范蠡，唐郭子仪，分两行为十哲。两廊下分□□，列□十二人，左押班白起，右押班孙膑，其余各有资次。□□准奏，便下诏建庙，供器祭物，一切完备。后至五代，未尝或缺。至宋太祖武德皇帝登基于汴梁，大展殿庙。故唐时虽各州有庙，并体长安所建，未甚广大，宋朝增广甚盛。

乾德正年，太祖车驾幸国子监，听诸儒讲说前代史书。时有丞相赵普，尚书窦仪、张昭侍侧。太祖听讲周齐太公用兵之法，圣情大喜，随问："武成庙在何处？"张昭奏曰："只在国学之西。"太祖驾往武庙，上殿烧香，令丞相赵普替拜，以下百官亦皆拜。天子逐一位问其功劳，赵普等以本传对。

太祖策玉尘斧，下殿左廊，指押班："此何人也？"窦仪曰："秦将白起也。"太祖曰："莫非坑赵卒四十万①乎？"窦仪曰："然。"太祖大怒，指白起画像而言："坑降杀顺之人何得押班？"以尘斧划碎其面，回顾赵普曰："当以何人代之？"普曰："非吴起不可。"太祖问吴起事，普奏呈吴起之书。吴心大喜，便令即日代之，就书其事于上。

后太祖崩，太宗传位真宗，国家升平无事。真宗诏史官讲前代名臣列传，遂命驾幸武庙，上殿烧香，令丞相替拜。逐一位同。问至韩信，真宗曰："信曾反汉遭诛，何得庙食？可贬出庙！"尚书张询出奏："唐李勣曾阿谀言，高宗几乎丧国。此时高宗欲立武氏，诸大臣皆不可。勣曰：'家事岂问大臣？'遂立武氏，险送了大唐。此人亦不可入庙。"真宗曰："韩信、李勣，皆有大罪，合贬下殿。诸葛亮虽有微功，乃忠善之士，不可降之。"

---

① 坑赵卒四十万——战国时秦国名将白起在长平之战大胜赵军，抗杀俘虏四十多万人。

奏请:"赵充国乃汉之名将,年七十犹建大功,可代韩信之位。李茂威震华夏,唐之功臣,可代李勣之位。"真宗从之。又奏:"伍子胥曾鞭主尸,赵云曾叱主母,此二人不堪入庙。"真宗曰:"此二人亦英杰也,可于门首享祭。"至今于武庙为把门将。仁宗朝加武成王为昭烈,不则仁宗立庙,唐太宗有凌烟阁图画功臣,汉光武建云台以祀诸将,不则云台凌烟,西汉高祖亦曾在香火院画前代功臣。高祖于香火院画功用于壁间,令人四时享祭。

今日说汉文帝朝,有一大将,姓魏名尚,官拜云中留守,屯兵十万,杀得匈奴不敢望南牧马,闻魏尚之名,肝胆皆碎。文帝为边上战士多负勤劳,令中贵仇广居赍金帛五十车,直往云中劳军。魏尚接着仇太尉馆驿中安下,随即唤管军□交割金帛,便行给散,自己合得亦皆俵①散。

仇太尉见魏尚相款甚薄,心中不悦,临起身,使人问魏尚索回程厚礼。尚曰:"天子为王事而来,彼为私心而来!"去人回报此语。仇广居大怒,不辞而回。至长安,文帝问:"劳军若何?"广居曰:"军将虚受其赐,皆怨主也。"文帝大怒,便差皇叔刘昂为云中留守,就调遣本部军马,兼问魏尚克减情罪。刘昂到郡,将魏尚拿下,长枷送狱,勘问其实。军将无一个不下泪。

细作深听得,报知匈奴。匈奴大起番军,兵分两路,一取云中郡,一取河东上党郡。刘昂听知番军来,引魏尚所辖军马出迎。军马皆无战心,交锋未战先走。番军赶至,乱军中杀死刘昂。其余各逃难归。

云中文书雪片也似告急。文帝急聚文武商议,令中大夫金勉引军五万,守飞狐关(今之代州之地);令楚相苏意引军五万,守句注关(郡,雁门也);前将军张武引军五万,守北地(今之真定是也)。三路首尾相接,同救云中之危,即日起程。这三路军马虽去把守边关去处,不曾得匈奴半根折箭。匈奴增添人马,三路攻击。

飞报至紧,文帝怀忧。又令宗正卿刘礼引军三万,于霸上屯驻;左将军徐厉引军三万,于棘门屯驻;右将军周亚夫引军三万,于细柳营屯驻。细柳营在渭河北,昆明池南,京兆之西。三路军以防不虞,其余军马尽移北边助敌。凡百余日,并不见边廷报捷之书。

---

① 俵(biào,标〈去声〉)——散发。

文帝甚忧，乃引近臣僚黄门户尉三千余人，各乘马匹，棘门、霸上、细柳三处劳军。文帝先使近臣传旨至棘门，左将军徐厉令将士皆全装，离营三十里迎接车驾。天子降旨，每军士一名，绢一匹，银十两，肉五斤，酒一瓶。左右自有去散之人。众军声喏，以谢圣恩。

次日至霸上，宗正刘礼大小三军亦去三十里迎接，如棘门一般赏军。天色已晚，文帝往细柳营去。半途，迎着传圣旨的人，回奏："虽听了圣旨，不开营门。"天子催动龙车，直至细柳营前，并无一人迎接。左右皆惊。

文帝至营门，令近臣传圣旨："天子亲至行营，特来犒军。"把门都尉回言："天昏日暮，不是天子远来时分，恐引奸诈。"屯门不开。奉御曰："天子有诏，汝何人？敢抗拒耶？"都尉曰："军中只闻将军令，不闻天子诏！"奉御回奏。文帝令持汉节而往。都尉于门首侧门接汉节，入见亚夫。亚夫曰："既有汉节，天子必至。休开大门，开侧门，止放天子一人一骑入寨，其余当在辕门之外。"

都尉传令，众官下马，天子按辔而行。入营，全帐下马。亚夫不拜，以军礼见天子。天子赏军已毕，急急上马。亚夫送至门首，再不远出。众官一齐下马，徐奏与文帝："亚夫罔①上耶？"文帝曰："此真将军也！向者棘门、霸上，如儿戏耳！"众官皆不能答。

文帝回銮，至安陵。众乡老皆拜舞于道旁。文帝曰："汝等皆安乎？"乡老曰："托陛下洪福齐天下，一岁收三岁粮米，科敛甚轻，下民皆鼓腹讴歌。陛下真乃圣明尧舜之君！"文帝大喜，幸香火院，下马踞床而坐。乡老皆献盘馔，文帝甚喜，就留下在院中。

黄昏秉烛，见一老人，须眉皆白，拜于阶下，文帝问曰："卿何人也？"老者曰："臣历仕二朝，直香火院使臣中郎署长冯唐。"文帝曰："卿于何年入仕？"冯唐曰："臣先大父仕于赵国。臣历于秦，至本朝，历事凡四十年矣。"文帝曰："四十年历事吾朝，如何只在西廊署？此微末官耳！"冯唐曰："臣生赵时，正在童稚之间。吾遭秦乱，坑戮儒生。及至先皇重兴之时，好武臣，但小臣能文，因此不用。今者幸遇圣主临朝，崇儒重道，以年逾八十，已无用于世矣！"文帝大笑曰："卿虽世雄才，奈何却如此之命薄耳！"赐锦墩而坐。冯唐再拜于前。

---

① 罔（wǎng）——蒙蔽，诬告。

少顷，文帝更衣，执尘斧入院烧香。礼毕，闲观两廊壁，各画十余人，皆衣冠士。文帝回顾，见众臣宰并乡老环立于阶下，乃问曰："此画者何人也？"冯唐对曰："皆前代功臣也。"帝喜，召唐近前，逐一问之。见于内二人，形容魁伟，帝指而问曰："此二人，何代功臣也？"唐曰："此赵国廉颇、李牧也。"帝曰："朕昔居代州，常闻赵将李齐战于巨鹿之下。朕寝食未尝忘之。李齐比颇、牧如何？"唐曰："臣父皆仕于赵，足知李齐之为人，比之廉颇、李牧，十不及一。"帝笑曰："朕常读《史记》，亦知颇、牧之善用兵，李齐不及也。朕若得廉颇、李牧，何虑匈奴耶？"冯唐进前曰："陛下虽得廉颇、李牧，亦不能用。"文帝瞪目而视老冯，面有愧色，纵步下阶，径往阁中。人皆指老冯曰："此老干犯①圣威，必死矣！"唐容无愧色。

少刻，文帝呼近御臣宣冯唐入阁中。帝曰："朕虽不明，卿何故于稠人中面折寡君耶？"唐拜于地，答曰："臣乃山野村夫，不识忌讳，误触天威，罪该万剐！"帝命平身。良久，帝曰："卿何知寡人不能用颇、牧耶？"唐曰："赦臣死罪，方敢奏。"帝曰："尽该赦下，卿无隐焉！"

唐曰："臣闻古之帝王得天下者，初拜将时，须与筑坛三层，遍诏士卒。天子亲以白旄黄钺②，兵符将印，"跪而进曰："阃之内，寡人制之；外者，将军制之。"其军天子不校，出入听其任用。先皇亦曾捧毂推轮，以拜韩信为大将。此古命将之道也。昔李牧在赵为将，革车一千三百乘，精骑一万三千匹，百金之士五万人，乃一人价百金也。由是北逐匈奴，南支韩魏，西拒强秦，破东胡，灭澹林，纵横天下，遂为霸国。四海之人，皆知李牧之英雄，莫敢犯也。从赵王迁立为君，其母出身倡优，用郭开为相，开素恶李牧，妄言反叛，将李牧杀之，赵国遂灭。今圣朝魏尚，为云中留守，其军市之租，尽飨士卒。另借禄养钱，五日一锭，率养宾客、军吏、舍人。由是北拒匈奴，不敢正眼而觑视中原。此皆魏尚之力也。云中战士，岂知有尺籍五符哉！不顾性命，终日力战，方能上功。幕府一言不相应，文墨之吏法绳之，圣朝法不明，赏太轻，罚太重。此亦未足为怪。魏尚国之柱石，陛下信听谗佞之言，罢其官爵，夺其军权，下狱问罪，以致匈奴长驱大进，轻

---

① 干犯——冒犯，触犯。

② 白旄（máo）黄钺（yuè）——军旗兵器。白旄。古代一种军旗。旄，旗杆上用旄牛尾作的装饰。钺，兵斧。以黄金为饰。

视中国。以此推论，故此陛下有廉颇、李牧而不能用也。"

文帝愕然，拍其股而叹曰："非卿所奏，则寡人遭万世之骂名！"一面传旨，收仇广居狱中，对冯唐曰："卿勿以年老为辞，可持节亲往云中，赦魏尚之罪，就将各州兵马，皆令本人调遣，以追匈奴。"冯唐再三不能推却，次日，辞天子，持汉节，乘驿马，投云中来。

比及到郡，尚有百余里，见一簇人马，摇旗操鼓而来。冯唐大惊，驻马而待之。见军将向前而问曰："持节者何人也？有甚公干？"冯唐曰："吾奉天子命，特来赦魏尚罪。"众皆拜伏于地，曰："某等皆是魏将军所辖之人也。闻主无罪陷于缧绁①之中，我等皆欲劫狱救主，投匈奴，以取中是。今天子既明，当拱手听死。"冯唐曰："汝等何不跟我入城，听天子诏？"众皆踊跃大喜。

冯自跃马至云中，狱中取出魏尚，听圣旨罢，仍再交割兵符印。尚曰："某自来与公无旧，何为力赐辨白也？"唐曰："大丈夫生于世间，岂无公论？将军威名播于四夷，谁不仰慕？但天子一时信听谗言，以惑其众心，如浮云之蔽日。风至云散，日复明矣！又何疑焉！"魏尚曰："吾无可报公之大恩，公可暂停车驿于驿中，容某建一两阵功劳，令公回长安报捷，庶几不负公之重报。尊意若何？"唐曰："老夫专待将军好音。"魏尚再行训练兵将。兵将皆大呼曰："愿死战以报主公！"

尚引军，整肃衣甲弓马，□□部军出阵先，与匈奴交锋，匈奴犹以为等闲，长驱番兵，奋力冲突。尚引铁骑数十，高竖旌旗，操戈直出。匈奴一见，众痴呆，介弓矢放旛，望北而走。魏尚引铁骑数千，大队人马如砍瓜截瓢之势，番兵大溃，连夜进兵，克复州县。匈奴王子知魏尚又领军马，连宵遁避。

尚扫荡边寨，不及半月，匈奴归降，回见冯唐，谢曰："若非丈丈，安能再得见天日！今旬奴遣使，赍②名马金珠，献纳上久。望同去长安，而见圣上，以奏前事。"冯唐大喜，持节同番使入朝奏知。文帝与冯唐曰："若慧卿直言，朕几乎损了良将。果然顺颇、李牧不可及也。"准匈奴求和之事。宣魏尚入朝，封为关内侯，都督塞北军马。冯唐加为主爵都尉。唐再

---

① 缧绁(léi xiè)——捆绑犯人的黑绳索。借指监狱，囚禁。

② 赍(jī)——以物送人。

三拜谢。文帝赐田三千亩，住宅一区，冠服几杖等。后年九十六岁，无疾病而终。

有诗曰：

三老兴言可立邦，汉文屈己问冯唐。

当时若不思颇牧，魏尚何由得后桂？

汉李广世号飞将军

入话：

> 楚汉相驰百战兴，至今何代不谈兵？
>
> 凌烟阁上从头数，安得无征见太平？

这四句诗，说武官万死千生，开疆展土，非小可事。伏羲、神农之时以前，并无征战。自轩辕黄帝之时，蚩尤作乱，黄帝命风后为师，破蚩尤涿鹿之野，自此始用兵戈。五帝之时，便有征战。三代春秋，互相吞并，东夷西戎，南蛮北狄。

世言匈奴倚仗人强马壮，不时侵犯中原。秦始皇筑万里长城，以拒胡虏。秦灭汉兴，传至文帝，二十三年为君，多被匈奴所挠。十四年上，匈奴数十万入寇萧关，边廷告急。文帝下诏招军，良家子弟应募者量才授职。于山西成纪得一人，姓李名广。其祖李信，秦时为将，跟逐王翦攻燕有功。专习弓箭，自谓传得甘蝇、纪昌①之法。久居陇西槐里，后迁成纪，世世家传箭法。文帝时，李广与弟李蔡一同应募，随军征战，出萧关，首先射死匈奴百余人。匈奴大溃，回长安面君，封为中郎将。弟李蔡封为武骑常侍。

一日，广从文帝上林射猎，忽然深草中赶起一只猛虎，众皆躲避。广骑马向前，拈弓搭箭，一箭正中虎腰，坠坡而死。山后喊声不绝，又于山边赶出一虎。广听知，飞马转过山脚。正遇虎相近，一箭去，正中虎目，直透过脑而死。文帝亲见李广射死二虎，叫取金百两，绢百匹以赏之，抚其背，谓广曰："惜乎，子不遇时！若子在高帝时，封万户侯岂足道哉！"那时文帝尊儒好礼，不尊武官，故发此言。乃李广命薄，不得加封。有诗云：

> 射虎英雄孰可加？君王抚背重咨嗟。
>
> 高皇若遇封侯易，从此功名到底差。

文帝崩，景帝立，除李广为陇西都尉，改武骑郎。值吴楚乱。帝命周亚夫为将，收吴楚。加广为骠骑都尉、前部先锋。首先射死二将，连胜数阵。梁王见，喜，以将军印背了。广背身先士卒，连立奇功，吴楚平，班师回朝。谏议大夫奏："广乃先锋，不当背将军印，将功折罪，不与赏赐。"迁上谷郡太守。

---

① 甘蝇、纪昌——二人皆为古代传说中的善射者。

匈奴日夜侵边，广累战累胜。公孙昆邪见景帝，泣而奏曰："广之才气，天下无双。自负其能，凡与虏战，不顾生死。然一旦去之，诚为可惜，乃废国家栋樑也。"往任上郡太守。广至上郡未及半年，匈奴大入。广领上郡岳兵出战，连胜数阵。奏闻景帝。帝遣中贵①孟优，往军前探虚实，见广，问破虏事。广白曰："视匈奴如小儿耳！"中贵要看战斗，广以无人敢敌，遂引数千骑，请中贵看破虏。

是日，出到野外，并不见匈奴，迤逦袭去，见空中一皂雕②飞翔，广取弓欲射，只听得弓弦响，雕坠空而下，广同曰："何人射中皂雕？"从骑皆言："不曾放箭。"广飞马观之，山坡下有二人，各乘骏马，披顶服，控弓矢而望。广引军追之。射雕者见中贵衣锦袍于军中，意必是主帅，一箭射来，正中心窝，坠马而死。广大怒，拍马赶上，射杀二人，一人逃命。广曰："此必射雕者！"飞马赶上，生擒付从者。只引十余骑，再寻匈奴。

忽尘土起，万余骑从上峪中出。广取出百箭，百中。箭尽，匈奴不退。广引十余骑上山，下马离鞍高卧。匈奴视之，恐有埋伏，不敢上山击之，徐徐引军退走。广见山下军中一人，金甲白马，乃匈奴王子，为首阿廷。广不起而射之，一箭中面颜而死。匈奴大退，广乘势杀之，败归沙溪，以功上奏。官僚言："可赏！"景帝曰："损吾中贵孟优，不可赏，将功折罪。"除广未央宿卫。

四年，匈奴十余万出雁门。帝遣广为将，引军三万迎之。广受命，至雁门关，忽然风寒卧病不起。匈奴攻击得紧，诸军催战，广怒气上马，与虏交锋。胡将四人并力攻广，广病躯不能胜，被胡将刺于马下。胡人大呼曰："王子传旨，拿得李广，可生擒来！"因此不杀，用皮囊盛贮，夹于两马间。汉军大败，损将折军。广在皮囊中诈死不动，胡人以为真死，开展视之，大呼一声如巨雷，胡人措手不及，被广跃起，夺枪刺杀，抢马一匹骑回，再聚败残兵将，连夜去劫掳营寨。匈奴大败，归沙溪去了。

广班师回长安，省官奏广折军大半。帝怒，将广下廷尉问罪。于法当斩，遇大赦，免罪。罢官闲居蓝田山中庄上，与颍阴侯婴孙强为友，每日以饮酒做闷。

---

① 中贵——中贵人。帝王所宠幸的宦官。

② 皂（zào）雕——一种黑色大型猛兽。

居数年。一日，天寒大雪，广乘匹马、挟弓箭，往邻庄上相探，主人设酒相待，为言："塞上辛苦立下大功，今日朝廷不用，空闲了英雄手段！"自歌自叹一回，不胜大醉。强留宿，广不肯，乘兴上马，风雪正急，策马而行，忽古木号风，举头视之，见一猛虎卧于林前，广急拈弓搭箭，尽力射去。射得火光迸散，其虎不动，广拍马近前观之，乃墓前石虎也。其箭射入石中半寸。广方知衔住箭头。广自惊异，再回马于旧射虎之处，再放十余箭，箭头皆不能入石。广方知始见时将谓真虎，乃施神力；今已知之，心中轻慢，力不能及也，呵呵大笑，策马回庄。

时已初更时分，但雪光夜明，因此不觉。至霸陵桥上，廷尉引军喝曰："此何人也？"广曰："吾乃前将军李广。"廷尉曰："今将军尚不敢夜行，何况前将军乎？"喝军士挽广下马，吊于桥上。冻至天明，韩安国见广吊于桥上，喝令放之。

后半年，匈奴入寇，杀辽西太守，边报甚急。帝遣韩安国为将破之。安国到边廷，连输数阵，上表乞李广救援，帝宣广为北平太守兼将军，上边破虏。广至，乞霸陵廷尉为先锋，尉只得去北平。韩安国言："匈奴势大不可敌。"广差霸陵廷尉引千骑出阵，大败而归。广曰："昔时在霸陵如此英雄，今日临边如此败也！"廷尉无言。广命斩之。广引军出，匈奴一见，望风而走，大呼曰："飞将军来也！"自此世号"飞将军"。

匈奴遁去，广回长安。韩安国奏功，帝欲加官。霸陵尉家人诣阙①，告广起挟仇报，无罪斩尉。帝怒，将功折罪，再为闲人。

后武帝登基，匈奴左贤王拥精兵二十万，入寇中原。群臣奏请博望侯张骞为帅。骞保举广同行。武帝准奏，加广为前将军，与骞同赴边上。整肃队伍，与骞分兵作两路破匈奴，骞从东道入，广从西道。

广留军陆续进发，先与长子李敢引五十骑长驱大进。正与匈奴左贤王军马相迎。胡兵十万，旗旛蔽日而来，汉军大恐。广与子李敢曰："汝可持刀以遏其后，如军士退者立斩。吾当以身先之。"左贤王乘大纛②车，于军中调遣。广引千余骑先冲入阵中。匈奴掩面大呼曰："飞将军又来也！"李敢随军士攻击，胡兵四散奔走。广死左贤王，纵马追杀败散，被箭

---

① 诣阙(yì què)——前往朝廷。诣，去到，前往。阙，宫阙，帝王居所，代指朝廷。

② 纛(dào)——古代帝王车舆上的饰物或古代军队或仪仗队中的大旗。

所伤死于沙场者勿知其数。

广回，正迎左贤王大纛车，就乘而回，路遇张骞，骞将为是胡兵，将本部军围定。广下车备说其事，骞大喜。边上平复，张骞、李广回长安面君。人奏上："广在塞上乘左贤王车，意图不仁。"送下廷尉问罪。骞力奏："广大小功次十余件，杀死左贤王，皆广之功也。不幸误坐王车，乞圣情宽恕！"帝命将功折罪，废为庶人。

后匈奴又犯三关，至急，人奏请大将退之。武帝乃命卫青为帅，保外甥霍去病为先锋。大臣奏曰："李广累战匈奴，匈奴大惧，号曰'飞将军'。如此人去，必有人获捷报。"帝宣广为前将军，随卫青上边。广此时已老，带子李敢、李椒同至塞上。卫青分兵三路：青自取中原，霍去病东路，广取西路。约至接天岭取齐。广与二子引兵马万余，迤逦杀奔北边来。一日，天降大雾，漫山蔽野，意不知东西。广恐失误限期，纵军马行。至日午，方始雾收。广军有曾北征者，见路生涩，勒住人马，回报李广。广犹未信，只顾纵军前时。整行一日，至山，广方信差了路途，急纵回军，路上迎见汉军报来："卫青、霍去病两路军马，大破匈奴，已到接天岭屯驻。"广仰天叹曰："吾自幼从军，多功沙漠，今已年老，终身不遇，奈何命薄耶！"

晚到岭下见卫青时，功劳已自报朝廷去了，广郁郁不乐。朝廷使命至，宣卫青班师。广与子敢曰："宁死番地，我无面目见朝廷矣！"霍去病至，曰："朝廷要斩汝首，以止慢功之罪。"霍去病随卫青还国。广思："空归人世，一生不遇，几遭黜逐，万代笑耻！"帐中拔剑自刎而死。如此一个将军，化作南柯一梦！后来，李敢、李禹刺霍去病。朝廷命霍去病子霍光为勘官，见李氏子子孙孙不绝，必世世报仇，遂解释其事。李氏子李陵，皆李广之后也。

王勃作《腾王阁诗序》一联："冯唐易老，李广难封。"冯唐如此足智多谋之士，年老不得重用，李广如此雄才豪气之将，终身不得封侯：皆时也，运也，命也！

胡曾先生有四句诗：

> 原头日落雪边云，犹放韩卢①避兔群。
>
> 况是西方无事日，霸陵②谁识旧将军？

---

① 韩卢——战国时韩国名犬，色黑，故名卢。

② 霸陵——古县名。在今陕西西安市东北。

夔①关姚卞吊诸葛

入话：

（诗一首残缺）

话说宋朝仁宗朝，有一秀才，姓姚名卞，表字伯善，祖贯嘉禾人氏，父母双亡，孑然一身，在外祖家中教授度日。嘉祐年间，赴京应举，不第，回于嘉禾教学。为人聪明，好看史书，常常议论古人。能操琴，写晋字，曲尽玄妙。尤好抚剑谈兵。但得闲暇，便去游山玩水，追访前事。那时嘉禾只是个县治，后来高宗南渡，方改作州府，地名檇李②，号秀州嘉兴府。因真宗朝禾生九穗，因此名嘉禾。

嘉祐五年春，二月半后，姚秀才散了中学，正在学堂中改工课，只见一个承局③背个包袱，驼把伞，入来放下行李，纳头便拜。姚秀才慌忙扶起，问道："从何而来？"那承局道："小人姓李，西川成都府上厅承局。今奉安抚们公差遣，一径来见解元，有书在此。"姚秀才道："小生自来不曾到西川，蜀中又无亲故。何人请命？承局莫非错矣？"李承局解包袱，取出书信，度与姚秀才。看封皮上写："成都府安抚晁尧臣，书与付江南嘉禾姚文昭男姚伯善秀才收拆。"姚秀才看了大喜，便道："姚文昭乃是家尊，晁尧臣与家父莫逆之交。尧臣曾拜先人为兄，是我叔父之道。十数年音信不闻不知，今做到成都府尹，特叫承局远来，必有事故。"拆封看了，书中意思云："近人自江南来，说贤侄教学度日，唯恐误了功名。今特遣人赍白金百两，与侄为路赞。望侄与去人一同前来，别有商议，如书到日无阻。"姚秀才读罢大喜，与承局云："我和外祖商议，方可一行。"留承局安歇定了，来见外祖，说上件事务。外祖道："汝正青春，又无家小所累，既尧臣取你，有抬举之意，去走一遭，有何小可！"

秀才领命，当日散了学生，收拾衣装，无非是琴剑书箱，数日之内都完备了。姚秀才辞了外祖，雇觅小舟，和李承局下船，望西川进发。在路上

---

① 夔(kuí)。

② 檇(zuì)李——又作醉李，就李。在今浙江嘉兴西南。

③ 承局——宋代低级军官。

不则一日，上江下江，并是水路，迤逦到川口，李承局道："此间若从水路搭川船上，路途急切难得到，不若买匹驴儿，拴束一副鞍辔。"姚秀才携鞍上驴背，李承局挑着行李、往剑阁路上来。姚秀才但见一程程青山耸翠，绿水拖蓝，又值暮行，夹路野花，穿林啼鸟，天气不暖不寒，甚是清人诗兴。正是：

　　　　路上有花并有酒，一程分作两程行。

　　行了数日，前至一关，关前一个舌镇，姚秀才下驴背，与李承局道："连日行路驱驰，不如早歇，来朝登程。"李承局挑着行李入店，寻间干净房歇定。安排晚饭，骞驴牵入后槽，小二哥就备草料，不在话下。

　　姚秀才吃罢饭，信步出店，上山闲登谯楼，望大江。江外一派青山，半衔落日。江边小船收缯①卷网，冲淡烟，望远浦而去。姚秀才见了江山景物，真乃天开图画，如何不喜？转过曲阑干，直下俯观。见平沙滩上堆叠怪石，约有六十余堆，方圆曲直，各有门户。秀才嗟呀不已，忽然守关在侧，姚秀才揖罢，问曰："沙上石堆，此乃何人戏作也？"老吏曰："我观秀才虽服儒衣，不识古今之人也。"秀才曰："吾自幼读书，安不知耶？"老吏曰："既读业书，安不知汉末三分诸葛武侯之古迹也？此关乃夔关，前即夔府也，乃古之白帝城也。关下乃鱼腹浦。沙滩之上，乃诸葛当时所列'八阵图'也。旧日曾伏陆逊于此。到今关边人，遇春时皆来游玩，谓之踏迹。公既读《三国志》，必知其事。"秀才曰："三分到今，千余年矣。大江潮水，往来冲击，何得尚在？"老吏曰："川中大树可径十数围，长五七丈，年遇洪水骤发，放入大江，顺流而不转遗，冲波突浪，如飘一苇。山岸尚自崩裂，况堤岸堆？此石冲击不动，故唐杜工部有诗云：'功盖三分国，名成八阵图；江流石不转，遗恨失吞吴。'此神异之圣迹也。"秀才曰："既有此圣迹，里人何不建庙？"老吏指："关下松阴中，即其庙也。"

　　姚卞就邀老吏同往，到庙，上殿瞻圣像，再拜。下阶观壁上题咏，触然有感。正欲留题，恨无笔砚。老吏于庙祝②处借笔砚至，姚卞挥毫于壁上，题《酹江月》一篇，云：

　　　　小舟横截。看云峰高拥，千堆苍壁。白帝城中，冠盖换了田野玄

―――――――――

①　缯（zēng）——绳。

②　庙祝——旧称神庙里管理香火的人。

德。三顾频繁，两朝开济，何处寻遗迹？翻石阵图，至今神护沙碛。
遥想诸葛当年，隆中高卧，抱图王计策。见说祠堂今尚在，中有参天
松柏。巡蜀英谋，吞吴遗恨，俯仰成今昔。空令豪俊，浩歌横涕挥臆。
题罢，还笔砚，别老吏，归店中。

是夜，山月澄澄，江南淅淅，穿云射榻，勾引诗兴，姚卞遂呼承局点起
灯光，于行囊中取古笺一幅，并笔墨，砚瓦于几上，寻思："武侯乃古今无
比之人，小词安可吊之？遂作长篇，来早就致祭而去。"援笔一挥，文不加
点。写毕，睡至天明。早膳罢，令承局于镇节买香纸、酒果、果馔，先去庙
中罗列。姚卞遂更衣，执祭文，往庙中烧香再拜，酹酒而读：

　　维皇宋嘉祐五年，嘉禾姚卞，谨以清酌庶羞之奠，致祭于汉丞相
诸葛亮之灵，曰：

　　炎精杪暮当桓录，妖气蔽之豺狼存。操虽汉相实汉贼，逼胁万乘
迁神京。二袁刘表孙破虏，坐视三虎扬旗旌。豫州哀悯世无主，殷勤
三作茅庐行。先生感激襄弃耜，坐间谈笑许诛鲸。运谋教权破赤壁，
长剑西至烟尘清。托孤啼泣蹄继死，愿效忠贞竭股肱。祁山六出耀
神武，威伏鼠盗潜无申。中兴汉业世罕有，折冲不用施刀兵。苍天何
事绝炎汉，半夜耿耿长星倾！哀悯豪杰志不遂，呜咽怨气空填膺。惟
神有灵，俯垂昭鉴！

读罢，烧纸再拜，遂将酒肴，邀守关老吏并庙祝共饮，论武侯之事。庙祝
言："风雨之夜，闻庙中人语马嘶。"姚卞疑所言不实，酒尽，辞庙祝，步下
山坡，乘微醉，望沙上石阵而去，入内遍观，良久，仰面掀髯大笑，曰："姚
卞何如此之愚也！亦信之妄言！此但只是成块乱石，安得有神哉！"言
罢，寻路欲回。忽然阴风四起，愁云满地，怪石槎枒似剑，黄沙重叠如墙，
滚滚江声，似万马冲突而至。

姚卞大惊，欲寻走跑，四面皆无，惊得魂飞天外，魄散九霄，遂叹曰：
"当日陆逊提百万精兵到此，亦不能再回东吴矣！"正慌速间，见一童子，
顶绾丫角，明眸皓齿，青衣称身，皂绦掠膝，进衣拜揖而言曰："主翁谨请
解元庄上会茶！"姚卞曰："你主翁何人也？"童子曰："姓葛，只在石坡下便
是。"

姚卞乃随童子出石阵，沙上行不数步，但见山色侵眸，莺声到耳，花香
扑鼻，莎草衬足，红桃绿柳阴中。掩映竹篱茅舍。童子入报，主翁出迎。

姚卜视之，其人年近六十，身长七尺，面如美玉，唇若绛丹，戴逍遥偃月①巾，穿飞绒白鹤氅，飘飘然神仙之侣，挺挺乎廊庙之材②。姚秀才见了，慌忙进前施礼。老丈答曰："衰老无力出庄，请邀文斾③，切乞恕罪！"姚卜答曰："江南晚进，得造贵地，幸蒙见召，敢不奉命！"邀入草堂之上，分宾主坐。

姚卜看草堂左右，松柏交加，琴书罗列，遂问："老丈世居此处耶？"老丈答曰："老夫世居成都，近辞职闲居于此。昨蒙庙中仰观佳章，今日又闻朗诵杰作，下怀不胜健羡。不敢拜问解元，入川何干？"姚卜曰："晁安抚乃先人至交，特令人呼唤一行。"

老丈向单子取茶以进。茶罢，老丈问曰："老夫僻居村落，闻见甚疑，胸中有少疑之事，欲求解元一决，可乎？"姚卜曰："晚生虽不才，愿闻丈丈胸中之疑。但恐有辱下问。"老丈曰："昔日汉室衰微，奸雄竞起，跨州连郡，以众击寡，不可胜计。且如魏有张辽、张郃、徐晃、李典、司马懿等辈，吴有周瑜、鲁肃、吕蒙、陆逊。此数子运谋决胜，用武行师，未尝败北，解元并无一言称道盛德。诸葛孔明困守一隅之地，六出祁山，虚费钱粮，功业小成，何如此之浅陋！解元以为世之罕比，莫非太过否！此乃老夫胸中之疑，愿足下察之！"

姚卜听罢，仰面大笑而言曰："丈丈乃坐井观天矣！"老丈拱手而问曰："乞赐教益，一洗尘垢！"姚卜正容而言曰："丈丈可听晚生以世间二物譬喻之：蚊虫运翅，终日不能抚越廊庑；若附凤尾，片时可以周游四方。骐骥展足，瞬息可以至千里；若遭羁绊，经年不能移寸步。蚊虫，至微之物，夏日间飞腾，终日只在门里门外而止，若附凤尾，一霎时，哪里不去了？骐骥者，千里马之名，一日可走一千里路；若是绳子缚了，经年只在这里，待走哪里去？是这等譬喻。曹孟德专权，挟天子而令诸侯，占据中原，偷攘神器，钱粮浩大，军马极多。司马懿仗其镃基④，坚守取胜。孙仲谋袭父兄之势，开国江南，倚衡霍险，抗拒西蜀。陆逊赖其声名，偶然一胜之

---

①　偃月——半月形。
②　廊庙之材——封建时代称才器可任朝廷要职的人。
③　斾(pèi)——古代旗末端状如燕尾的垂旒。
④　镃基——家业，基业。

法,此非用武之能,乃蚊虫附凤尾者也。诸葛孔明晦迹南阳,不求闻达。刘先主四海无家,兵微将寡,三请先生,力举大事,创业未半,而中道崩殂。嗣子刘禅,懦弱愚蒙,事无大小,并得总裁,尽力存心,死而后已。六出祁山,无人敢敌,师进不可迎,兵退不可追。自古以来,全才全德,一人而已!盖为粮食不进,汉历数终,致使功业不成而卒。此非用兵之不能,乃骐骥遭羁绊者也。二事灼然而见,公复何疑!

老丈起身谢曰:"非解元无以启蒙,愿求作文以记之,若何?"姚卞欣然曰:"愿赐纸笔!"老丈命童子抬几案于前,挥过文房四宝。姚卞拂开玉版纸,浣饱紫毫笔,长揖一声,下笔便写,片时写就,乃朗吟曰:

> 灰飞烟灭,倾危事始于桓灵;地复天翻,叛逆祸生于操卓。四方之盗贼蚁聚,六合之奸雄鹰扬。血浸郊原,骨填沟壑。孙仲谋袭父兄之势,割据江东;曹孟德挟将相之权,跨存中夏。豫州奔逃江表,孔明奋起南阳。领兵于已败之间,授任在危难之际。运谋决策,使周公瑾如治婴孩;羽扇纶巾,破司马懿似摧枯朽。佐主抱忠贞之节,处事怀公正之心。望重两朝,名高三国。天时将革,贤不及愚;汉历数终,才怎及庸?然管仲霸齐,难同盛德,自开辟以来,一人而已!信笔成文,聊记实迹云耳。

老丈喜,命童子取银一锭,以酬润笔之资。姚卞再三推却,而不肯受。忽见堂下,紫衫银带,锦衣花帽从者十数人,牵玉骢①马一匹。一人上阶,手执蒜瓣骨朵,唱云:"请丞相上马!"老丈趋步下阶,回顾姚卞曰:"白帝城外,老柏阴中,亮之所居。如到彼处,从容下访。"攀鞍上马。姚卞大惊,慌速下阶,再拜于地。见老丈回首,以鞭答云:"亮之形迹,君已知之,不敢久留,容图后报。"言讫,望西而去。但见碧油红旆翩翩,簇拥于云烟之内。回顾视之,童子并庄院不知所在,却立于沙滩之上。

姚卞回至庙中,登殿再拜,尽书真文于壁间。回邸驿,收拾行李,乘驴,与李承局望成都而去。不则一日,到。见晁尧臣,叙旧事了,遂言神会请葛之事。晁尧臣曰:"城外祠堂尚存,何不往祭?"次日,牵黑猪白羊,往庙中祭祀。真庙亦有大柏树,甚异。唐杜工部亦曾有诗。庙内诗词歌赋,不计其数。祭罢,回府。每日与晁尧臣攀话。尧臣曰:"吾始初间,指望

---

① 骢(cōng)——青白杂毛的马。

取你来成都府,就些小功名,不想你如此饱学,栋梁之才,安可小用者！勉力读书,后举必登甲第。"

　　次年,春榜动,选场开,晁尧臣备鞍马衣装,使二仆从送姚卞赴京应举,客店安下已定,将次入院,忽然夜至三更,梦一黄巾使者,手执文书,进前声喏,云:"某乃武侯之所使。今奉主命,预告试题。"姚卞启封视之,见上写:"明堂赋、田赋策。"觉来作文,如有神助。次日入院,果是此题,并不思量,一笔挥就而出。考试官见了大喜,取为头名状元。面君赐赏,丹墀进奏,对答如流。初任嘉禾县令,次后便除察院,累任官拜吏部尚书,升参知政事。寿□□□,无病而卒。前人曾有诗云:

　　　　茅庐未出已三分,鱼腹空遗八阵存。

　　　　谁想归天千载后,江边犹得拜英魂！

霅①川萧琛贬霸王

入话：

> 三桥横镇碧波中，绕廓芙渠映水红。
>
> 晚后小舟游玩处，只因身在水晶宫。

这四句房题着湖州风景，号为吴兴郡，自三代时，便有州治。后秦时有商家造酒最好，诸处皆来沽去。一家姓乌，一家姓程，直则如今，乌程坊是乌程县也，自古号吴兴邪，地名霅川。城濠镇于水中，多栽荷花。两条桥镇于濠上，一条名骆驼桥，一条名仪凤桥。周围景致极多，故号"水晶宫"。

昔日，晋朝建都金陵，吴兴郡乃鱼米之地，最为上郡，钱粮极广。此时未有杭州、嘉兴。晋后至南朝，齐大祖萧道成字绍伯，乃汉萧何二十四代孙，即位以来．天下太平，无刀兵土马，江南丰稔，足有余钱，御用足备。建元二年，御笔点差御弟萧猷来任吴兴太守。猷平生为人心慈好善，敬天地，重神明。到任之初，郡民敬服。历任将及半载，时遇暮春，太守命左右安排画船，下乡劝农，就观村景。比时就将带抵侯十数人，船中自备酒肴。出到城郭外，舟中坐看，满目山川似画，一条绿水如蓝，山桥边酒旆翻风，垂柳畔渔舟下钓。太守心中喜乐。

劝农回来，舟行之后，见山顶松阴之中有一庙宇，大守问曰："此何神所居耶？"吏答曰："此是西楚霸王之庙。"太守曰："霸王乃临淮人也。他后死于乌江，安得建庙于此？"吏曰："山后有一村，名曰项村，此乃霸王昔日与叔项梁避乱于此，尚有子孙存焉。此山名弁山，霸壬曾于此显灵，故立庙于山顶，已经百余年矣。"太守命舟到岸，登山谒庙，上殿焚香。拜罢，观庙中多年崩损，神像毁剥。太守问："庙祝何在？"吏口："多年无人祭赛，庙祝已去。"太守交唤本处乡司："唤集人民，重修庙宇，再整神像，吾亦助半年俸金，共成胜事。"太守回州，令人并工完备，不过百日，庙宇一新。太守具黑猪、白羊，往弁山致祭。自此，乡民祈祷日盛。

忽一夜，太守在室中秉烛观书，座间阴风飒飒，灯灭复明。太守观之，有一黄衣人立于堂上。太守问云："汝是何人？黄夜入府堂门，有甚紧急

---

① 霅(xiá)。

之事?"黄衣人答曰:"弁山神君特来相访。"太守大惊.急离座榻,问:"神何在?"但见一人自外而入,头带风翅兜鍪①,身穿锦袍金带,半身现于云雾之中。太守慌忙下拜。神令黄衣扶起:"项籍奉玉帝敕命,守镇弁山百有余年。香火废弛已久,深感重兴,今特称谢,请勿惊疑!"太守又拜。神曰:"你乃金枝玉叶,一路诸侯,吾焉敢受礼!"太守曰:"萧猷早知有尊神庙堂,不敢稽迟许久,望乞恕察!"神曰:"君能与吾祭祀,必图后报!"言讫,风掀帘幕,不知所在。

次日,太守聚集郡中父老,宰大牢,往弁山大祭霸王而回。乡民见太守如此致敬,城里城外,都兴社火,昼夜不绝。太守每夜于中堂焚香秉烛,陈设酒肴,伺候神降。果然,霸王引从者五七人,降于堂前。太守拜请,延之上座。神曰:"项籍深谢君劳力作成,安敢忘报!"太守曰:"但恐恭敬不周,怎敢希报乎?"神乃享祭而去。

次日,太守传台旨,令合属人等各办事,于正厅上妆塑霸王神像,修设从人。面前罗列供县什物,轩下窗棂、神帏、祭器俱全。每月初一、十五日,官司支用猪羊祭赛。四季宰大牢以享之。任民间入府,烧香祈祷。太守另于正厅侧畔造一小厅,理断公事。自此,居民皆赴公府烧香,日有数千,事无巨细,尽来祈祷。霸王不时降于中堂,与太守攀话。郡民皆知此事,不敢作私事。三年之间,风调雨顺,田禾倍收,里无盗贼。人皆以为霸王之力也。

萧猷任满,改除西川成都刺史,上马管军,下马管民,御赐金牌宝剑,便宜行事。代官已至,萧猷将弁山神事诉与代官,再三叮咛:"倍加钦敬,不可纤毫轻慢;忽恐遭嗔。"代官谨听萧猷之言,加法祭赛,季用大牢。却说萧猷往弁山辞庙,夜宿庙中,梦神告曰:"君往成都,但有危难,当呼吾名,必来救护。"次日舟行,将带钧眷往西川赴任。远接近接,到成都公廨②,选择吉日礼上。西川之人闻其威权,无不畏惧。

不觉在西川又早一年。忽有人报:"云南地面,齐狗儿聚众作耗,劫掠州郡,攻打西川城池,无人敢当,渐近成都,事在紧急!"萧相闻得,聚集大小军官,商议退寇之策。众皆推举统领官二员,本部先锋。一人姓韩名

---

①　兜鍪(móu)——上兵的头盔。

②　公廨(xiè)——官署。

晃，一人姓崔名平，世居西川，将门之子。先点成都官兵一万五千，出境迎敌，然后萧相自统远近官军，并本州民兵接应。

先说韩晃、崔平领军马出成都境界，正遇齐狗儿贼兵。两军相迎，列成阵势。韩晃提刀，跃马出阵，见贼势浩大，心中惧怯。对阵齐狗儿顶盔贯甲，跨马轮枪，冲开阵势而去。韩晃大骂，"打脊匹夫，怎敢聚众谋反？大军到处，犹自抗拒！"齐狗儿大笑："量你等黄口孺子，素不习战，吾何惧哉！"挺枪骤马。韩晃舞刀来迎。战不三合，齐狗儿大喝一声："着！"一枪正中韩晃面门，倒撞于马下。崔平在门旗影里见了，大怒，随后赶去。被齐狗儿带住铁枪，去马鞍前鞒暗取流星锤在手，觑得崔平轻清，飘一锤飞来，打个正中，翻身落马。二将俱休。齐狗儿回身招群寇向前一掩，杀散官军，夺其军器、马匹，连夜杀入本境。

败残军马奔告，萧相大惊。人报："贼兵至！"萧相闻得，面如土色，无计可施，视左右将，只待要走。正慌之间，老仆言道："向日吴兴弁山神道曾许救难，何不祷之？"萧相曰："江南至此，路隔数千，神安能救吾耶？"仆曰："主当唤之。令众军营吁西楚霸王名号，以宽众心。"萧相下令："交三军一齐称霸王名号，自然神佑其力。"贼兵渐近。皆大呼曰："西楚霸王，当来救难！"贼众闻之，大笑。

自对阵之时，忽然天昏地黑，阴风怒起，走石飞沙。齐狗儿当先出马，萧相拈弓搭箭，望齐狗儿射之，正中额角，拨马回走，众贼掩面皆倒。萧相大驱军马一掩，数千贼不战而败。齐狗儿砍为肉泥，生擒活捉不可胜计。杀得横尸通野，血流成河。奔散逃命者，萧不追赶，回成都。擒捉贼众，约有千余，问其："临敌何故掩面受死？"贼言："但见交锋之际，阴云骤起，有铁骑飞来，交战极是雄猛，因此俱各掩面受死。

少刻，乡老数对，到来府中，告说："某等到处，贼众败走，皆被擒捉。但有一将，面如紫玉，目若朗星，金盔金甲，胯马持枪。背后铁甲马军，约有数千。乡民皆惊倒地上。金甲马上大将曰：'乡老休惊怕！可往城中告知萧相，吾乃弁山神也，特来报恩。'今不敢隐，特来告知相公。"萧相见敕个乡老所说皆同，方知是西楚霸王来川中效应，火急写表申奏朝廷。一面使人直到弁山庙、吴兴城中二处，宰大牢祭祀。把朝廷加赐"弁凶灵应"敕额。祭赛人回，告称："弁山庙祝言说：'一月之前，这日正殿上，神像并从人汗如雨，人皆惊惧，后方知助战之神也。'"

萧相在成都,亦与吴兴时同,立建西楚霸王庙,令居民享祭。后,萧猷回金陵,病卒。

至齐武帝朝,永明四年秋,朝廷除李仁为吴兴太守。郡吏禀复:"前任太守到任,必用大牢享祭弁山并公廨神位。"太守李仁大怒,曰:"吾平生文武兼齐,未尝信邪,何神敢近吾耶? 不祭,看如何?"吏曰:"前官夜静,常见神降,极是威猛。"李仁曰:"但能武艺,吾岂不如耶? 吾披甲仗剑以待之!"是夜,身披重铠,坐列画戟,从者十余人,大张灯烛,坐于堂中。

夜至三更,忽然狂风骤起,见一人身长一丈,腰大十围,叱咤而来,从者皆走,李仁欲持戟迎之。霸王大喝曰:"无端小辈,敢谤吾耶!"李仁被其人威赫惊倒。众人至晓方散,看视李仁太守,已死,七窍内迸流鲜血。人皆惊愕。李仁家自具棺木殡葬,申闻朝廷。自此后,吴兴百姓谁敢乱言? 四时祭赛不绝。

北齐之主,共做二十四年,被梁灭了。武帝登基,改元天监。至天监十年,除孔靖为吴兴太守。靖乃是至圣文宣王三十九代孙,挈家赴任。吏等接着,先言此事。靖曰:"吾乃先圣之后,未尝信邪神,如何宰杀大牢,祀之于国无益之神? 此前官愚之甚也!"吏亦告曰:"其神至灵,但有亵渎者,神立降祸。前后损人多矣! 齐永平年间,李太守不信,亦然受责而亡。"靖曰:"江南邪地,多有邪神,倚草附木,妄害平民。吾欲断此事。"吏再三告复,终不听信,移家眷于府中,歇定,并不烧香祭祀。父老亦来告说此事。靖怒,皆喝退堂。

夜坐于中堂,约有三更,但见阴风拂面,有人大喝而来,靖视之,乃霸王,提剑在手,直至中堂座前,责骂曰:"汝祖尚云:'鬼神之为德,其盛矣乎!'尔乃乳臭小儿,焉敢对众谤言,以绝吾之祭祀!"靖无可答。霸王手起剑落,一声响亮,火光四起,将冲堂掀了半角。家人急往视之,孔靖已死。郡中大惊。自此,弁山祖庙,舍钱物者,舍田土者,不可胜计。府中行祠,祭器皆以金玉为之,将正厅倍增华饰。孔靖家小,行殡葬,回乡。

之后,绝无人敢来吴兴为太守。但有得除者,便推事故,不来赴任。郡中事务俱废。居民只得迎赛弁山神君,以为正事。天监十二年,御笔点进士出身,西川嘉陵人氏,姓萧名琛。天子玉音道:"吴兴久缺太守,郡事俱废。卿可以重新整治,勿负朕心!"琛回奏曰:"臣无学不才,滥叨厚禄,今领重爵,敢不尽心!"御赐酒,以饯其行。

琛妻小留京师,只带一仆,携琴剑书箱,投吴兴来。路上人皆接不着。琛乘小舟,暗行打听,足知居民专一祭赛弁山神君,以为大事。琛留老仆于店中,自背琴剑书箱,径到州衙前门子,曰:"吾乃本郡太守萧琛也。公吏安在?"门子飞报,郡吏毕集。琛上厅阶,见珠帘窣地,香烟缭绕,指而问曰:"此厅上何故珠帘悬挂?"吏跪于阶下而告曰:"乃弁山神也,系西楚霸王。前朝太守建祠于此,容郡民四时享祭。太守到任,必用大牢祭之,一年自有一祭常例。东首为公厅署事。"琛大笑曰:"自古及今,立州治公厅,号为'黄堂',日与天子理民间之疾苦,安得以奉神耶!"郡吏皆再拜而告曰:"其神至灵,不可轻亵。前朝李仁,本朝孔靖,二位太守,皆不信教,到郡不二日而受其祸。居民轻慢者,打死十数人矣。"

琛大恕曰:"汝等愚匹之辈! 古言:'非其鬼而祭之,谄也。'吾今奉天子来守本郡,安令吾侧厅署事? 此大乱之道也。吾且打碎泥神躯,看今宵如何降祸?"众吏皆力告。琛大怒,拔所佩之剑,直入正厅,扯下黄罗帐幔,先斫①下头,然后把泥神推倒,唤郡吏上厅,曰:"若不听吾言者,吾立斩之! 将泥神尽皆打碎! 供桌祭器尽皆毁之! 洒扫厅堂,吾将夜坐,以待神至。"当日,谁敢不从? 就正厅礼上,参贺以毕。郡吏以为今夜必死。

当夜,大张灯烛于厅上。交从人皆散,独自焚香按剑而坐。谯楼禁鼓,以待三更。但见风扑灯光,冷气满厅。只见其神霸王,仗剑咬牙,怒目而来。琛大喝一声:"来者是谁?"神曰:"吾乃西楚霸王也!"琛曰:"汝是临淮项籍,死已数百载,来此何干?"神曰:"吾乃在于弁山为神,前官塑吾于此。汝何人? 敢毁吾像,占据其位?"琛噀②其面曰:"汝非霸王,是邪鬼耶!"神曰:"汝焉知吾也?"琛曰:"项籍吴楚八千子弟,纵横天下,挫灭强秦,聚十万之师,七十二阵,未尝败北。一旦势去,九里山败绩,羞见江东父老,自刎而死于乌江。生时尚无面目渡江东,死后却为江东之何神也? 以此论之,知汝非项籍霸王也。"神曰:"吾奉玉帝敕命,为弁山神。"琛曰:"令汝守弁山,自合守分,润国利民,今却来理论王事,占据诸侯公厅,其罪一也。前来辄杀太守二员,其罪二也。要求祭祀,损害良民,其罪三也。牛乃国家有用之物,汝有何功,辄取大牢之祭? 其罪四也。生不能与汉高

---

① 斫(zhuó)——大锄;引申为刀斧砍。

② 噀(xùn)——喷。

祖争天下，死后妄逞神威，大无廉耻，其罪五也。据此五罪，当处极刑。尚自提剑而来，何不奋神力于垓下乎？"神乃顿首服罪，曰："君至言责项籍，曲尽其理，望以祭之，以图后报！"琛曰："吾一毫之私不敢取于人，安得曲从，以图报效？汝当退去，来日听吾发落！"其神惶恐，化阵清风，飘然不见。

　　琛坐而待旦。郡吏见琛无事，惊拜阶下。琛呼郡吏上厅，大写文榜张挂。北门立一庙，可不要甚大，叫百姓烧香。其榜曰：

　　　当职奉天子命，守镇吴兴，见治为神所据，前后二千石棺椁杀者百。询之，则曰："西楚霸王，弁山神也。"吾思之，乃临淮项籍也。生为人时，有扛鼎之力，勇敌万夫，遂灭秦而有天下。复独专自大，不能任人；群贤皆去，诸侯皆叛，数十万之师，闻楚歌而散，乌骑不逝，虞姬自刎，单马奔逃，犹叹曰："天亡我！"由其不明也如此。至乌江岸口，与舟师曰："吾无面目见江东父老！"遂自刎而死。则为有耻矣。今则却为江东弁山之神，何无耻也如此！自合静守弁山，润国利民。不即安分，却来据吾之公厅，此又不知耻也如此！希宰牛为祭，前后妄杀太守于公厅，何不仁也如此！生不能与汉高祖公天下，死据一州之厅；一厅之大，何比天下？生而惜爵，死而望祭；一牛之祀，何比诸侯？而其愚也甚。今毁庙绝祀。然项籍为人刚毅，亦当世之豪杰，世之罕有者也。除已迁庙于本州北门之左，此后，士民除用三牲祭享之外，毋得擅宰大牢。如犯者，当治极刑。亦不许迎神赛社，扇惑愚民，有妨生理。神当以润国泽民，永保香火。神若无灵，亦当毁。故榜！

　　自此之后，不复再兴。萧琛后为梁大丞相。至今湖州有霸王门，即当时立庙之地也。

　　有诗曰：

　　　楚汉兴亡事已陈，威灵空作弁山神！
　　　像如虎战三河日，碑叙鹰扬六合晨。
　　　兵败岂知逢韩信，毁祠犹自遇萧琛。
　　　至今徒有虚名在，谁是焚香酹①酒人？

―――――――――

　　①　酹（lèi）――洒酒于地表示祭奠或立誓。

李元吴江救朱蛇

入话：

> 劝人休诵经，念甚消灾咒？
>
> 经咒总慈悲，冤业如何救？
>
> 种麻还得麻，种豆还得豆。
>
> 报应本无私，作了还自受。

这八句言语乃徐神翁所作，言人在世，积善逢善，积恶逢恶。古人有云："积金以遗子孙，子孙未必能守；积书以遗子孙，子孙未必能读；不如积阴骘于冥冥之中，以为子孙长久之计。"

昔日，孙叔敖①晓出，见两头蛇一条横截其路。孙叔敖用砖打死而埋之，归家，告其母曰："儿必死矣！"母曰，"何以知之？"敖曰："常闻人见两头蛇者必死，儿今日见之。"母曰："何不杀乎？"叔敖曰："儿已杀而埋之，免之后人见，以伤后人之命。儿宁一身受死！"母曰："此乃阴骘，儿必不死！"后叔敖官拜丞相。

今日说一个秀才，救一条蛇，亦得后报。

北宋神宗朝，熙宁年，汴梁有个官人，姓李名懿，历任官至杞县知县，除金杭州判宫。本官世本陈州人氏，有妻韩氏，子李元，学儒。李懿到家收拾行李，不将②妻子，只带两个仆人，闲看经史。倏忽一年，猛思子李元在家攻书，不知近日学业如何，写封家书，使王安往陈州，取孩儿李元来杭州，早晚作伴，就买书籍。

王安辞了本官，不一日，至陈州，参见恭人，呈上家书。书院中唤出李元，令读了父亲家书，收拾行李。李元在前，曾应举不第，近日琴书意懒，只以游山玩水，以自娱乐，闻父命呼召，收拾琴剑书箱，拜辞母亲，与王安登程。沿路觅船，不一日到扬子江。李元看了江山景物，观之不足，乃赋诗曰：

> 西以昆仑东到海，惊涛拍岸浪掀天。
>
> 月明满耳风雷吼，一派江声送客船。

---

① 孙叔敖——春秋时楚国人，官令尹。

② 将——带领。

渡江至润州，一只小船来杭州。迤逦到常州，过苏州，至吴江。

是日申牌时分，李元舟中看见吴江风景，不减游湘图画，心中大喜，令艄公泊舟近长桥之侧。元登岸上桥，来垂虹亭上，凭栏而坐，望太湖晚景。李元观之不足，忽见桥东一造粉墙中，中有殿堂，不知阿所，却值渔翁卷网而来，揖而问之："桥东粉墙，乃是何处？"渔人口："三高士祠也。"李元问曰："三高士何人也？"渔人曰："乃范蠡、张翰、陆龟蒙，此三高士之堂也。"元喜，寻路渡一横桥，至三高士祠。入侧门，观石碑。上堂，见三人列坐，中间范蠡，左张翰，右陆龟蒙。

李元寻思间，一老人策杖而来。问之，乃看祠堂之人。李元曰："此祠堂几年矣？"老丈曰："近千余年矣。"元曰："吾闻张翰在朝，曾为显官，因思鲈鱼、莼菜之美，弃官归乡，彻老不仕，乃是急流中勇退之人，世之高士也。陆龟蒙绝代诗人，隐于吴淞江上，唯以养鸭为乐，亦世之高士。北二人立祠，正当其理。范蠡乃越国之上卿，因献西施于吴王夫差，就中取事，破吴国。后见越王义薄，遍舟遨游五湖，自号鸱夷子。此人虽贤，乃吴国之仇人，如何于此受人享祭？"老人曰："前人所建，不知何意。"

李元于老丈处借笔砚，题诗一绝于壁间，以明鸱夷不可于此受享。诗曰：

地灵人杰夸张陆，共预清福是可宜。
千载难消亡国恨，不应此地着鸱夷！

题罢，还老丈笔砚，相辞出门，见数个小孩儿，用竹杖于深草中戏打小蛇，李元近前视之，见小蛇生得奇异，金眼黄口，赭身锦鳞，体如珊瑚之状，腮下有绿毛，可长寸余。其蛇长尺余，如瘦竹之形。元见尚有游气，慌忙止住小童："休打，我与你铜钱百文，可将小蛇放了，卖与我！"小童簇定要钱。李元将朱蛇用衫袖包裹，引小童至船边，与了铜钱自去，唤王安开书箱，取艾叶煎汤。原来艾叶放在书中不蛀，因此取来煎汤。少等，温贮于盅中，将小蛇洗去污血。命艄公开船。远望岸上草木茂盛之处，急无人到，就那里将朱蛇放于草中。蛇乃回头数次看李元。元曰："李元今日放了你，可于僻静去处躲避，休再叫人见！'朱蛇探于水中，穿波底而去。

李元令移舟望杭州而行，三日已到，拜见父亲，言讫家中事了毕。父问其学业，李元一一对答，就言三高士祠。父喜。李元曰："母亲在家，早晚无人侍奉，儿欲归家，就赴春选。"父乃收拾俸余之资，买些土物，令元回乡,又令王安送归。行李已搬下船,拜辞父亲,与王安二人离了杭州,出东新桥官塘大道,过长安埧,至嘉禾,近吴江,从旧岁所观山色江湖景迹,意中不舍。到长桥时,日已平西,李元交暂住行舟,且观景物,宿一宵,来早去。就桥下湾住船。上岸独步,上桥,登垂虹亭,凭栏伫目。遥望湖光潋滟,山色溟蒙。风定渔歌聚,波摇雁影分。

正观玩间,忽见一青衣小童进前作缉,手执名榜一纸,曰:"东人①有名榜在此,欲见解元,未敢擅便。"李元曰:"汝东人何在?"青衣曰;"在此桥左,拱听呼唤。"李元看名榜纸上,一行书云:"学生朱伟谨谒。"元曰:"汝东人莫非误认找我乎?"青衣曰:"正欲见解元,安得误耶?"李元曰:"我自来江左,并无相识,亦无姓朱者来往为友,多敢同姓者乎?"青衣曰:"正欲见通判相公李衙内李元,岂有误耶?"李元曰:"既然如此,必是斯文,请来相见何碍?"

青衣去不多时,引一秀才至,眉清目秀,齿白唇红,飘飘然有凌云之志,挺挺乎绝尘世之姿,见李元先拜。元慌忙答礼。朱秀才曰:"家尊与令祖相识甚厚,闻先生自杭而回,特命学生伺侯已久。倘蒙不弃,少屈文旆,至舍下,与家尊略备叙旧,可乎?"李元曰:"元年幼,不知先祖与君家有旧,失于拜探,幸乞恕察!"朱秀才曰:"蜗居只在咫尺,幸勿见却!"

李元见朱秀才坚意叩请,乃随秀才出垂灯亭,至长桥尽处。柳阴之中,见一画舫,上有数人,容貌魁梧,衣装鲜丽。邀元下船,见船内五彩装画,裀②褥铺高,皆极富贵。元早惊异。朱秀才叫开船者荡桨,舟去如飞,两边搅起浪花,如雪飞舞。须臾之间,船已到岸。朱秀才请李元上岸。元见一带松柏,亭亭如盖。沙草滩头,摆列紫衫银带约二十余人,两乘紫藤兜轿。李元问曰:"此公吏,何府第之使也?"朱秀才曰:"此家尊之所使也。请上轿,咫尺便是。"

李元惊感之甚,不得已上轿。左右呵喝,入松林。行不一里,见一所宫殿,背靠青山,面朝绿水。水上一桥。桥上列花石栏杆。宫殿上盖琉璃瓦。两廊下皆捣红泥墙壁。朱门三座,上有金字牌,题曰"玉华之宫"。轿至宫门,请下轿。李元不敢挪步,战栗不已。宫门内有两人出迎,皆头

---

① 东人——东家。

② 裀(yīn)——褥子,床垫。

戴貂蝉冠,身披紫罗襕①,腰系黄金带,手执花纹简,进前施礼,请曰:"王上有命,谨请解元。"李元半晌不能对答。朱秀才在侧,曰:"吾父有请,慎勿惊疑!"李元曰:"此何处也?"秀才曰:"先生到殿上便知也。"

李元勉强随二臣宰行,从东廊历阶而进,上月台,见数十个人,皆锦衣,簇拥一老者出殿上。其人蟾冠、大袖、朱履、长裙,手执玉圭,进前迎迓。李元慌速下拜。王者命左右扶起。王曰:"坐邀文旆,甚非所宜。幸沐来临,万乞情恕!"李元但只唯答应而已。左右迎引入殿。王升御坐,左手下设一绣墩,请解元得席。元再拜于地,曰:"布衣寒生,王上御前,安敢侍坐?"王曰:"解元吾家处有大恩,今令长男邀请至此,坐之何碍?"二臣宰请曰:"王上敬先生,勿辞!"李元再三推却.不得已,低首躬身,坐于绣墩。王乃唤:"小儿来拜恩人。"

少顷,屏风后宫女数人,拥一郎君至。头带小冠,身穿绛衣,腰系玉带,足蹑花靴,面如傅扮,唇似抹脂,立于王侧。王曰:"小儿外日游于水际,不幸遇顽童所获,若非解元一力救之,则身为齑粉矣!众族感戴,未尝忘报。今既至此,吾儿可拜谢之!"小郎君近前下拜。李元慌忙答礼。王曰:"君是吾儿之大恩人也,可受礼!"命左右扶定,令儿拜讫。

李元仰视王者,满面虬髯,目有神光。左右之人,形容皆异,方悟此处是水府龙宫,所见者,龙君也。旁立年少郎君,即向日三高士祠后所救之小蛇也。元慌稽颡②顿拜于阶下。王起身曰:"此非待恩人处,请入宫殿后,少进杯酌之礼。"

李元随王转玉屏。花砖之上,皆铺绣褥。两旁皆绷锦步障。出殿后,转行廊,至一偏殿。但见金碧交辉,内列龙灯、风烛,玉炉喷沉麝之香,绣幕飘流苏之带。中设二座,皆是鲛绡③拥护。李元惊怕而不敢坐。王命左右扶李元上座。两旁仙音嘹绕,数十美女各执乐器,依次而入。前面执宝杯盘进酒献果者,皆绝色美女。但闻异香馥郁,瑞气氤氲。李元不知手足所措,如醉如痴。王曰:"钦敬回答。"须臾,令二子进酒,皆再拜。抬上果桌,伫目观之,器皿皆是玻璃水晶、琥珀玛瑙为之,曲尽巧妙,非人间所有。

---

① 罗襕(lán)——古时上下衣相连的服装。

② 稽颡(qǐ sǎng)——古时一种跪拜礼。屈膝下拜,以额触地。

③ 鲛绡(jiāo xiāo)——此指薄纱。

王自起身，与李元劝酒，其味甚佳。肴馔极多，不知何物。王令诸宰臣轮次举杯相劝。李元不觉大醉，起身拜王，曰："臣实不胜酒矣！"俯伏在地，而不能起。王命侍从扶出殿外，送至客馆，交歇。

李元酒醒，红日已透窗前，惊起视之，房内床榻帐幕，皆是鲛绡围绕。从人安排洗漱已毕，见夜来朱秀才来房内相邀，并不穿世之儒服，裹球头帽，穿绛绡袍、玉带、皂靴，从者各执斧钺。李元曰："夜来大醉，甚失礼仪。"朱伟曰："无可相款，幸乞情恕！父王久等，请恩家到偏殿进膳。"引李元见王。曰："解元且宽心怀，住数日去，亦不迟。"李元再拜曰："荷王上厚意。家尊令李元归乡侍母，就赴春选，日已逼迫。更兼仆人久等，不见必忧，倘回杭报父得知，必生远虑。因此不敢久留，只此告退。"王曰："既解元要去，不敢久留。虽有纤粟之物，不足以报大恩。但能者，当一一奉纳。"李元曰："安敢过望！平生但得称心足矣。"王笑曰："解元既欲吾女为妻，敢不奉命！但三载后，须当复回。"王乃传言："唤出称心女子来。"

须臾，众侍女簇拥一美女至前。元乃偷眼视之，雾鬓云鬟，柳眉星眼，有倾国倾城之貌，沉鱼落雁之容。王指此女，曰："此是吾女称心也。君既求之，愿奉箕帚①！"李元拜于地，曰："臣所欲称心者，但得一举登科，以称此心，岂敢望天女为配偶耳！"王曰："此女小名称心，既以许君，不可悔矣。若欲登科，只问此女，亦可辩也。"王乃唤朱伟："送此妹与解元同去。"李元再拜，谢。

朱伟引李元出宫，同到船边，见女子已改素妆，先在船内。朱伟曰："尘世阻隔，不及亲送，万乞保重！"李元曰："君父王，何贤圣也？愿乞姓名！"朱伟曰："吾父乃西海群龙之长，多立功德，奉玉帝敕命，令守此处。幸得水洁波澄，足可荣吾子孙。君此去，切不可泄漏天机，恐遭大祸。吾妹处，亦不可问仔细。"元拱手听罢，作别上船。朱伟又付金珠一帕相送。但耳畔闻风雨之声，不觉到长桥边。从人送女子并李元登岸，与了金珠，火急开船，两桨如飞，倏忽不见。

李元似梦中方觉，回观女子在侧，惊喜。元与女子曰："汝父令汝与吾为夫妇，你还随我去否？"女子曰："妾奉王命，令吾事奉箕帚，但不可以告家中人。若泄漏，则妾不能久住矣。"李元引女子同至船边。仆人王安

---

① 箕帚——簸箕和扫帚。借指妻妾。

惊疑,接于船中,曰:"东人一夜不回,小人何处不寻,竟不知所在!"李元曰:"吾见一友人,邀于湖上饮酒,就以此女与我为妇。"王安不敢细问情由,请女子下船,将金珠藏于囊中,收拾行船官河。一路涉河渡埧①,看着来到陈州。升堂参见老母,说罢父亲之事,跪而告母曰:'儿在途中,娶得一妇,不曾得父亲之言,不敢参见。"只曰:"男婚女聘,古之礼也。你既娶妇,何不领归?"母命引称心女子拜见老母,合家大喜。

自搬回家,不过数日,以近试期,李元见称心女子聪明智慧,无有不通,乃问曰:"前者汝父曾言,若欲登科,必问于汝。来朝吾入试院,你有何见识教我?"女子曰,"今晚吾先取试题.汝在家中先做了文章,来日依本去写。"李元曰:"如此甚妙。此题目从何而得?"女子曰:"吾闭目作用,慎勿窥觑!"李元未信。女子归房,坚闭其门,但闻一阵风起,帘幕皆卷。约有更余,女子开户而出,手执试题与元。元大喜,恣意捡本,做就文章,来日入院,果是比题,一挥而出。后日亦如此,连二场,皆是女子飞身入院,盗其题目。

李元待至开榜,李元果中高科。初任陈州金判,闾里作贺,走马上任。一年,夫除奏院。李元三年任满,除江南吴江县令,引称心女子并仆从五人,辞父母,来本处之任。

到任上不数日,称心女子忽一日辞李元曰:"三载之前,为因小……"(原文此后缺失。)

原文篇末缺失,据《古今小说·李公子救蛇获称心》补录如下:"'……弟蒙君救命之恩,父母教奉箕帚。今已过期,即当辞去。君宜保重!'李元不舍,欲向前拥抱,被一阵狂风,女子已飞于门外,足底生云,冉冉腾空而去。李元仰面大哭。女子曰:'君勿误青春,别寻佳偶。官至尚书,可宜退步。妾若不回,必遭重责。聊有小诗,永为表记。'空中飞下花笺一幅,有诗云:'三载酬恩已称心,妾身归去莫沉吟!玉华宫内浪埋雷,明月满天何处寻?'李元终日悒怏。后三年,官满,回到陈州。除秘书。王丞相招为婿。累官至吏部尚书。直至如今,吴江西门外有龙王庙尚存,乃李元旧日所立。有诗云:昔时柳毅传书信,今日李元逢称心。恻隐仁慈行善事,自然天降福星临。"

————————————

①　埧(jù)——堤塘。

熊龙峰四种小说

目　录

张生彩鸾灯传 ……………………………………………（191）

苏长公章台柳传 …………………………………………（200）

冯伯玉风月相思小说 ……………………………………（204）

孔淑芳双鱼扇坠传 ………………………………………（216）

张生彩鸾灯传

入话：

致和上国逢佳妹，思厚燕山遇故人。

五夜华灯应自好，绮罗丛里竞怀春。

话说东京卞梁，宋天子徽宗放灯①买市，十分富盛。且说在京一个贵官公子，姓张名生，年方十八，生得十分聪俊，未娶妻室。因元宵到乾明寺着灯，忽于殿上拾得一红绡帕子。帕角系一个香囊，细看帕上，有诗一首云：

囊里真香谁见窃，鲛绡滴血染成红。

殷勤遗下轻绡意，奴与才郎置袖中。

生吟讽数次，诗尾后，有细字一行云："有情者拾得此帕，不可相忘，请待来年正月十五夜于相蓝②后门一会，车前有鸳鸯灯是也。"生叹赏久之，乃和其诗曰：

浓麝因同琼体纤，轻绡料比杏花红。

虽然未近来春约，已胜襄王魂梦中。

自此之后，生以时挨日，以日挨月，以月挨年，倏忽间乌飞电走，又换新正。将近元宵，思赴去年之约。乃于十四日晚，候于相篮后门，果见车一辆，灯挂双鸳鸯，呵卫甚众。生惊喜无措，无因问答。乃诵诗一律，或先或后，近车吟咏，云：

何人遗下一红绡，暗遣吟怀意气饶。

勒马住时金镫脱，掜身亲用宝灯挑。

轻轻滴滴深深韵，慢慢寻寻紧紧瞧。

料想佳人初失去，几回纤手摸裙腰。

车中女子，闻生吟讽，默念昔日遗香囊之事谐矣。遂启帘窥生，见生容貌皎洁，仪度闲雅，愈觉动情。遂令侍女金花者，通达情款，生亦会意。须臾，香车远去，已失所在。

---

① 放灯——旧时元宵节，燃点花灯，让人通夜观览，叫放灯。

② 相(xiàng)蓝——宋汴京大相国寺的省称。后因以称佛寺。

次夜，生复伺于旧处。俄①有青盖旧车，迤里而来，更无人从，车前挂双鸳鸯灯。生睹车中非昨夜相遇之女，乃一尼耳。车夫连称："送师归院去。"

生迟疑间，见尼转手而招生，生潜随之，至乾明寺。老尼迎门，谓曰："何归迟也。"

尼入院，生随入小轩，轩中已张灯列宴。尼乃去包丝，则绿发堆云，脱僧衣而红裳映月。生女联坐，老尼侍傍，酒行之后，女曰："愿见去年相约之媒。"

生取付女视之，女方笑曰："京华人物极多，唯君得之，岂非天赐尔我姻缘耶。"

生曰："当时获之，亦曾奉和，"因举其诗。

女喜曰："真我夫也。"于是推生就枕，极尽欢娱。

顷而鸡鸣四起，女谓生曰："妾处深闺，祝天求合，得成夫妇。昨日浓欢，今朝离别，从此之后，无复再会。不若以死向君，无忘此情，妾亦感恩地下矣。"

生曰："我非木右，岂肯独生。"

女曰："君有此情，我之愿也。"遂解衣带共结，与生同悬于梁间。

尼急止之曰："岂可轻生如是乎。你等要成夫妇，但恨无心耳。"

生女只只跪拜求计于尼，尼曰："汝能远涉江湖，变更姓名于千里之外，可得尽终世之情也。"

女与生俯首受计，女遂约生："今夜三鼓后，可于城北巨柳之下，我当将黄白之资②，从君之道。"

生曰："果然否。"

女曰："妾与君性命可捐，何况余事乎。"

女乃告归，生亦收拾黄白之资一包，如约同于城北柳下，仿佛观夜分，其女蹑步而来，并携包里。生女奔宿于通津邸中。次早，雇舟，自卞涉淮，直至苏州平江，刱第而居。两情好合，偕老百年。正是：

　　意似鸳鸯飞比翼，情同鸾凤舞和鸣。

①　俄——不久，旋即。
②　黄白之资——金银钱财。

今日为甚说道段话。却有个波俏①的女娘子也因灯夜游玩,撞着个狂荡的小秀才,惹出一场奇奇怪怪的事来。未知久后成得夫妇也不。且听下同分解。正是:

灯初放夜人初会,梅正开时月正圆。

且道,那女娘子遇着甚人。那人是越州人氏,姓张双名舜美。年方弱冠②,是一个轻俊标致的秀士,风流未遇的才人。偶因乡荐③来杭,不能中选,遂淹留邸舍中,半年有余。正逢着上元佳节,舜美不免关闭房门,游玩则个。况杭州个热闹去处,怎见得杭州好景。柳耆卿有首望海潮词,单道杭州好处。词云:

东南形胜,三吴都会,钱唐自古繁华,烟柳画桥,风帘翠幕,参差十万人家。雪树绕堤沙,怒涛卷霜雪,天堑无涯。市列珠玑,户盈罗绮,竞奢华。重湖桑献清佳。有三秋桂子,十里荷花。弦管弄晴,菱歌泛夜,嬉嬉的钓叟莲娃。千骑拥高牙,乘时听箫鼓,吟赏烟霞。异日图将好景,归到凤池赊。

舜美观看之际,勃然兴发。遂占如梦令词以解怀。云:

明月娟娟筛柳,春色溶溶如酒。今夕试华灯,约伴六桥闲走。回首回首,楼上玉人知否。

且诵且行之次,遥见灯影中一个丫环,肩卜斜挑一盏彩鸾灯,后面一女手冉冉而来。那女子生得如何?

凤髻铺云,蛾眉扫月。一面笑共春光斗艳,只眸溜与秋水争明。檀口生风,脆脆甜甜声远振;金莲印月,弓弓小小步来轻。纵使梳装宫样,何如标格④天成。媚态多端,如妒如慵。娇滴滴异香数种,非兰非蕙,软盈盈得他一些半点,令人万死千生。假饶心似铁,相见意如糖。

正是:

---

① 波俏——形容有风致。
② 弱冠——《礼记·曲礼上》:"二十曰弱冠。"弱,年少,古代男子二十岁行完礼,故用以指男子二十岁左右的年龄。
③ 乡荐——唐制,由州县地方官推举赴京师应礼部试,叫"乡荐"。
④ 标格——犹风范,风度。

桃源洞里登仙女，兜率宫中稔色人。

这舜美一见了那女子，沉醉顿醒，竦然整冠，汤瓶样摇摆过来。为甚的做如此模样。原来这调光①的人，只在初见之时，就便使个手段，便见分晓。有几般讨探之法，说与郎君听着。做子弟的牢记在心，勿忘了调光经。怎见调光经法：

> 冷笑佯言，装痴倚醉。屈身下气，俯就承迎。陪一面之虚情，做许多之假意。先称他容貌无双，次答应殷勤第一。常时节将无做有，几回价送暖偷寒。施恩于未会之前，设计在交关之际。意密致令相见少，情深番使寄书难。少不得潘驴邓耍，离不得雪月风花。往往的匆忙多误事，遭遭为大胆却成非。久玩狎乘机便稳，初相见撞下方题。得了时寻常看待，不得后老大嗟吁。日日缠望梅止渴，朝朝晃画饼充饥。吞了钓，不愁你身子正纳降罢，且放个脚儿稀。《调光经》于中蕴奥，爱女论就里玄微。决烈妇闻呼即肯，相思病随手能医。情当好极，防更变；认不真时，莫强为。锦香囊乃偷期之本，绣罗帕乃暗约之书。撇情的中心泛滥，卖乖的外貌威仪。才待相交，情便十分之切，未曾执手，泪先两道而垂。搂一会，抱一会，温存软款；笑一回，耍一回，性格痴迷。点头会意，咳嗽知心。讪语时，口要紧；刮涎处，脸须皮。以言词为说客，凭色眼作梯媒。小丫头易惑，歪老婆难期。紧提苍，慢调雏。凡宜斟酌，济其危，怜他困，务尽扶持。入不觑，出不顾，预防物议；擦不羞，诟不答，提防猜疑。赴幽会，多酬使婢，递消息，厚赆鸿鱼。露些子不传妙用，令儿辈没世皈依②。见人时佯佯不采，没人处款款言词。如何他风情惯熟。这舜美是谑浪勤儿。真个是：

> 情多转面语，妒极定睛看。

说那女娘子被舜美撩弄，禁持不住。眼也花了，心也乱了，腿也苏了，脚也麻了，痴呆了半晌，四目相睃③面面有情。那女娘子走得紧，舜美也跟得

---

① 调光——调情，谓勾引妇女。

② 皈(guī)依——信仰佛教者的入教仪式。

③ 四目相睃(suō，旧读 jùn)——睃，看。《水浒全传》第五十一回："都头如何不去睃一睃。"

紧;走得慢,也跟得慢,但不能交接一语。不觉又到众安桥,桥上做卖做买,东来西去的,挨挤不过,过得众安桥,失却了女手所在,只得闷闷而回。开了房门,风儿又吹,灯儿又暗,枕儿又寒,被儿又冷,怎生睡得。心里丢不下那个女娘子,思量再得与她一会也好。你看,世间有这等的痴心汉子,实是好笑。正是:

　　半窗花影模糊月,一段春愁着摸人。

　　舜美甫能够①捱到天明,起来梳裹了,三餐已毕。只见街市上人,又早收拾看灯。舜美身心按捺不下,急忙关闭房门,径往夜来相遇之处。立了一会,转了一会,寻了一会,靠了一会,呆了一会,只是等不见那女娘子来。遂调如梦令一词消遣,云:

　　燕赏良宵无寐,笑倚东风残醉。未审那人儿,今夜玩游何地。留
　意留意,几度欲归又滞。

　　吟毕,又等了多时。正尔要回,忽见小环挑着彩鸾灯同那女娘子从人丛中挨将出来。那女子瞥见舜美,笑容可掬。况舜美也约摸着有五六分上手,那女娘子径往盐桥,进广福庙中拈香。再拜已毕,转入后殿。舜美随于后,那女子偶尔回头,不觉失笑一声。舜美呆着老脸,赔笑起来。他两个挨挨擦擦,前前后后,不复顾忌。那女子回身,自袖中遗下一个同心方胜儿②。舜美会意,俯而拾之,就于灯下,拆开一看,乃是一幅花笺纸。不看万事全休,只因看了,直叫一个秀才害了一二年鬼病相思,险些送了一条性命。你道花笺上写的什么文字。原来也是个如梦令,词云:

　　邂逅相逢如故,引起春心追慕。高挂彩鸾灯,正是儿庭户。那步
　那步,千万来宵垂顾。

　　词后,复书云,"妾之敝居十官子巷中,明日父母兄嫂赴江干舅家灯会,十七日方归。只妾与侍儿小英在家,敢邀仙郎惠然枉驾,少慰鄙怀。妾当焚香扫门迎候翘望,妾素香拜束。"

　　舜美看了多时,喜出望外。那女娘子已去,及归,一夜无眠。

　　次早,又是十五日。天晚,舜美乘便赴约,早至其处,不敢造次突入。

①　甫能够——才能够、好容易。
②　方胜儿——方形的彩胜,古代妇人饰物,以彩绸等为之,由两个斜方形部分迭合而成。也指这种形状的东西。

乃成如梦令一词，来往歌云：

漏滴铜龙声折，风送金猊香别。一见彩鸾灯，顿使狂心烦热。应说应说，昨夜相逢时节。

女子听得歌声，掀帘而出，果是灯前相见可意人儿。遂迎迓①到于房中。吹灭银灯，解衣就枕。他两正是旷夫怨女②，相见如饿虎逢羊、苍蝇见血，哪有功夫问名叙礼，且做一般半点儿事，有首《南乡子》词单题着交欢趣向，道是：

粉汗湿罗衫，为雨为云事忙。两只脚儿肩上搁，难当。颦蹙春山入醉乡。忒杀太颠狂。口口声声叫我郎。舌送丁香娇欲滴，初尝。非蜜非糖滋味长。

两个交欢已罢，舜美弱躬身言曰："仆乃途路之人，荷承垂盼，以凡遇仙，自思白面书生，愧无纤毫奉报娘子。"那女子抚舜美背曰："我因爱子胸中锦绣，非图你囊里金珠。"舜美称谢不已，那女子忽然长叹，收泪而言曰："今日已过，明日父母回家，不得复相聚矣。如之奈何。"两个沉吟半晌，计上心来。女娘子曰："莫若你我私奔他所，免使两地永抱相思之苦，未知郎意何如。"舜美大喜曰："我有远族，见在镇江五条街，开个招商客店，可往依焉。"女子应允。

是夜，女子收拾了一帕子金珠，也装做一个男儿打扮，与舜美携手逦里而行。将及二鼓，才方行到北关门下。说话因何三四里路，走了许多时光。只为那女子小小一只脚儿，只好在屧廊③缓步，芳径轻移，亭台绣阁之中，出没湘裙之下，却又穿了一只大靴，叫她跋长途，登远道，心中又慌，怎么能拖得动。且又城中人要出城，城外人要入城，两下不免撒手，前后随行。出得第二重门，被人一涌，各不相顾，那女子径出城门，从半塘洪去了。

舜美虑她是个妇女，身体柔弱，挨挤不出去，还在城里不见得。急回身寻问把门军士，军士说道："适才有个少年秀士寻问同辈，回未半里多

---

① 迎迓（yà）——迓，迎接。
② 旷夫怨女——旷夫，无妻的成年男子。怨女，旧指年长不能婚嫁的女子。
③ 屧（xiè）廊——春秋时吴王宫中的廊名。相传以梓板铺地，让西施穿屧走过时发出声响。亦称"屧廊"。

地。”

舜美自思：“一条路往钱塘门，一条路往师姑桥，一条路往褚家堂，三四条叉路，往哪一路好。踌躇半晌，只得依旧路赶去，至十官子巷，那女子家中，门已闭了，悄无人声。急急回至北关门，门又关了。整整寻了一夜。巴到天明，挨门而出。至新马头，见一伙人围得紧紧的，看一只绣鞋儿。舜美认得是女子脱下之鞋，不敢开声。众云，“不知何人家女孩儿。为何事来，溺水而死，遗鞋在此。”

舜美听罢，惊得浑身冷汗，复到城中探信，满城人喧嚷，皆说：“十官巷内刘家女子被人拐去。”又说：“投水死了，随处做公的缉访。”这舜美自因受了一昼夜辛苦，不曾吃些饭食，况又痛伤那女子，死于非命。回至店中，一卧不起，寒热交作，病势沉重将危。正是：

　　　　相思相见知何日。多病多愁损少年。

且不说舜美卧病在床，劫说那女子自北关门失散了舜美，从二更直走到五更，方至新码头。自念：“舜美好计，必先走往镇江去了。”遂暗暗地脱下一只绣花鞋在地，那女娘子唯恐家中有人追赶，故托此相示，以绝父母之念。

那女娘子乘天未明，赁舟沿流而去。数日之间，虽水火之事，亦自谨慎。艄人亦不知其为女人也。比至镇江，打发舟钱登岸，随路物色，访张舜美亲族，又忘其姓名居址。问来问去，看看日落山腰，又无宿处。偶至江亭，少憩之次，此时乃是正月二十二日。况是月出较迟，是夜夜色苍然，渔灯隐映，不能辨认咫尺。

那女子自思：“为他抛离乡井，父母兄弟，又无消息，不若从浣纱女游于江中。”哭了多时，只恨那人不知妾之死所，不觉半夜光景，亭隙中射下月光来。遂移步凭栏，四顾澄江，渺茫千里。正是：

　　　　一江流水三更月，两岸青山六代都。

那女子呜呜咽咽，自言自语在那里说，不觉亭角暗中走出一个尼师，向前问曰：“人耶。鬼耶。何自苦如此。”

女子听罢，答曰：“荷承垂问，敢不实告。妾乃浙江人也。因随良人之任，前往新丰。却不思幔藏海盗，艄子因瞰良人囊金妾貌，辄起不仁之心。良人婢仆，皆被杀害，独留妾一身。艄子欲淫污妾，妾以死誓奔而不能。次日艄子饮酒大醉，妾遂着先夫衣冠，脱身奔逃。不意延路抵此。”

那女子难以私奔告,假托此一段说话。

尼师闻之,愀然①曰:"设非昨日渡江归迟入亭,今日何能与娘子相遇。真是个大功果。娘子肯从我否。"

女子曰:"妾身回视家乡,千山万水。得蒙提挈②,乃再生之赐。"尼师曰,"出家人以慈悲方便为本,此分内事,不必虑也。"女子拜谢,天明随至大慈庵,屏去俗衣,束发簪冠,独处一室。诸品经咒,目过辄能成诵。旦夕参礼神佛,拜告白衣大士,并持大士经文,哀求再会。尼师见其贞顺,自谓得人,不在话下。

再说舜美在那店中,延医调治,日渐平复。家中父母令回去,瞬息又是上元灯夕。舜美追思去年之事,仍去十官子巷中一看。可怜景物依然,只是少个人在目前。闷闷归房,因诵秦学士所作《生查子》,词云:

　　去年元夜时,花市灯如昼。月在柳梢头,人约黄昏后。

　　今年元夜时,月与灯依旧。不见去年人,泪湿春衫袖。

舜美无情无绪,洒泪而归。惭愧物是人非,怅然绝望,誓终身而不娶,尽一世以孤眠,唯务温习经史,无复燕游花柳。

已而③流光如箭,又逢大比。舜美得中首选解元,赴鹿鸣宴④罢,驰书归报父母,亲友贺者填门。数日后,将带琴剑书箱,上京应试。一路风行路宿,舟次镇江江口。将欲渡江,忽狂风大作,移舟傍岸,少待风息。其风数日不止,只得停泊在彼。

且说那女子在大慈庵中,荏苒首尾三载。是夜忽梦白衣大士报云:"尔夫明日来也。"恍然惊觉,汗流如雨。自思:"平素未尝如此,真是奇怪。"不言与师。

再说舜美等了一日,又是一日,心中好生不快。遂散步独行,沿江闲看。行至一松竹林中,中有小庵,题曰大慈之庵。庵中极大,清雅可爱。趋身入内,庵主出迎,拉至中堂供茶。那女子天使其然,向窗楞中一看,吓

① 愀(qiǎo)然——形容神色变得严肃或不愉快。
② 提挈(qiè)——照顾、提拔。
③ 已而——旋即,不久。
④ 鹿鸣宴——唐代乡举考试后,州县长官宴请得中举子的宴会。因为宴会上歌《诗·小雅·鹿鸣》,故名。

得目睁口呆,宛如酒醒梦觉。尼师忽入换茶,女子乃具道厥由。师尼出问曰:"相公莫非越州张秀才乎。"舜美骇然曰:"不宵与师,素昧平生,何缘垂识。"师尼又问曰:"曾娶妻否。"舜美簌簌泪下,乃应曰:"曾有妻刘氏素香,因三载前元宵夜,观灯失去,未知存亡下落。今生虽不才,得中解元,便到京得进士,终身亦誓不再娶也。"师遂呼女子出见,两个抱头恸哭多时,收泪而言曰:"不意今生再得相见。"悲喜交集,拜谢老尼。乃沐浴更衣,诣大士前,焚香百拜。次以白金百两,段绢二端,奉师尼为寿。两个相别,渡江到舟。二人缺月重圆,断弦再读,大喜不胜。

　　一路至京,连科进士,除授①福建兴化府莆田县尹,谢恩回乡。路经镇江,二人复访大慈庵,赠尼金一笏。回至杭州,径报十官子巷刘家,其家不知何由。少然车马临门,拜于庭下,父母兄嫂见之大惊,悲喜交集。父母道,"因元宵失却我儿,闻知投水身死,我们苦得死而复生。不意今日缺月重圆,又得相会。况得此佳婿,刘门幸也。"乃大排筵宴,作贺数日,令小英随去。二人别了丈人丈母,到家见了父母。舜美告知前事,令妻出拜公姑。生父母大喜过望,作宴庆贺。不数日,同妻别父母上任支讫。久后舜美得生二子,前程远大,不负了半世钟情。正所谓:

　　　　间别三年死复生,润州城下念多情。

　　　　今宵燃烛频频照,笑眼相看分外明。

　　话本说彻,权作散场。

---

　　①　除授——拜官授职。

苏长公章台柳传

入话：

> 春城无处不飞花，寒食东风御柳斜。
>
> 日暮汉宫传蜡烛，轻烟散入五侯家。

大宋真宗朝有临安府太守，姓苏名轼，字子瞻，道号东坡居士，人皆称眉山老叟。前任翰林学士，后升端明殿大学士。此人文章冠世，下笔珠玑。为因口舌耿直，多有伤人，恶了当朝宰相王荆公，被他寻件风流罪过，把苏学士贬去黄州安置。时人说苏东坡风雪贬黄州。

后哲宗登基，复取回朝，除做临安太守，在任词清讼简，每日金书公座，并无事务发落，却去西湖之上，造一所书院。门栽杨柳，圃种花木。但遇闲暇，去书院中，吟诗作赋，清闲洒落。至今西湖号为西东杨柳院，和靖老梅轩，古迹犹存。

时遇暮春天道，后园牡丹花开。那看园的园公，报与东坡知道："牡丹花正开，请相公游玩。"东坡闻言。吩咐左右："安排筵席①，在四望亭上赏玩。不要请别人，汝可去请灵隐寺佛印长老来。此僧与我至交，我前任翰林院学士，他住持大相国寺，每日与我联诗酌酒。不想我贬黄州，此僧退了大相国寺，又去住甘露寺，又与我相交。今除在此做太守，他又退了甘露寺，来此住持灵隐寺，又与我交。多感他德，今令人可速请佛印长老来共赏牡丹酌酒。"

左右安排筵席已了，遂请佛印长老来。只见那书院中绿窗朱户，小小亭轩，内排筵席。遂唤一妓者歌唱。此女生得有沉鱼落雁之容，闭月羞花之貌。体态妖娆，精神清爽，当筵只应清唱。唱罢，佛印问东坡曰："此妓者，何人也。"

东坡曰："此妓是西湖上有座酒楼唱的，唤做章台柳。那女子能文章，好歌唱，每日只是怨恨落在风尘里。今日着她唱奉长老饮酒。"佛印大喜。东坡问章台柳道："闻知汝能文章，怨落在风尘里。汝果有此意乎。我今日出个题目与你做一篇，若做得好，纳了花冠褙子，便与你从良嫁人去。敢是我就娶了你。"

---

① 筵(yán)席——古人度地而坐，筵和席都是铺在地上的坐具。

　　那女子闻言，乃上前深深地道个万福道："妾果有此意，若得相公如此，山海之恩不忘。"东坡曰："你既有此心，便将你'柳'为题，要见从良娶你的意思，或诗或词，从速做来。只不要见'柳'字。"那女子将起笔作一词来，乃是《沁园春》：

> 　　弱质娇姿，黛眉星眼，画工怎描。自章台分散，隋堤别后，近临缘水，远映红姿蓼。半占官街，半侵私道，长被狂风取次摇。当今桃腮杏脸难比好妖娆，春朝晓露才消。暗隐黄鹂深处娇，千丝万缕零零风拂水，随风随雨，晴雪飘飘，欲告东君移归庭院，独对高堂舞细腰。从今后，无人折损柔条。

作罢，呈上东坡相公。东坡与佛印二人看了，言道："不枉了这女子，如此聪明。"长老又道："相公，这女手既有如此之才，向不作一首诗赠他。"东坡道："我先作一首，烦长老亦作一首诗赠他。"东坡诗云：

> 　　章台杨柳不禁风，虑恐风吹西复东。
> 　　且与移来庭院内，免教攀折路岐中。

长老诗云：

> 　　带烟和雨几多标，惹恨牵愁万种娇。
> 　　欲识章台杨柳态，请君先看柳眉腰。

长老作诗罢，递与东坡。东坡曰："绝妙好词。"叫左右交与那女子，女子深深谢了东坡，供筵唱毕，酒阑①席散，女子纳还花冠褙子回家。揭去帘儿，闭了门在家里专候太守来娶他。不想东坡是醉中之言，哪里记得去她。

　　却说那章台柳在家专候了一年，不见来娶，只得寻个媒人，嫁与一个丹青大夫，姓李名从善去了。

　　又过一年，忽一日，东坡相公的妹夫，学士秦少游来临安访东坡。东坡留待午膳，与他在杨柳院中饮酒，不想风吹一片柳叶，落在酒杯里。那东坡猛然感上心来，记得"前年有一个妓女章台柳，我曾许去娶。不料一向失忘了，如今不知那女子在也不在。"随即写下一简帖，令左右寻问那女子消息。吩咐道："若寻见她，就将我这简儿与她，叫她快来。"

　　左右奉命去寻，偶然问着，她嫁了丹青大夫李从善。遂一径到李家递

---

　　①　酒阑——阑，尽。

那简此儿与她，章台柳见是临安府太守差人，遂拆开看时，却是一首诗。诗云：

> 章台柳，章台柳，昔日青青今在否。
>
> 纵使柔条似旧垂，多应折在他人手。

章台柳看罢，乃与左右说道，"多多拜上相公，妾奉命守了一年以上，不见来娶，如今已嫁了丹青大夫了。"

左右闻此言，即便回府禀复东坡道："章台柳已嫁了一个丹青大夫，姓李名从善。"

东坡道："是我负了她，她今已嫁了丹青大夫，汝等就将一幅纸与她丈夫李从善，叫她画一枝杨柳来与我。"左右领了言语，去着李从善画了一枝杨柳图回来，递与东披相公。东坡乃题诗一首在上，诗曰：

> 翠柳依依在路旁，不堪时暂被炎光。
>
> 终身难断风狂性，无分迁移到画堂。

东坡题罢，叫左右："送将去，不要与李从善看。只将此画付与章台柳看。"左右遵命将去递与那妇人，那妇人看见画上有诗四句，况又画他本名，看了一回，亦将笔来也题四句于画上，令左右速带回与东坡看。诗曰：

> 昔日章台舞细腰，行人任便折枝条。
>
> 而今已落丹青手，一任风吹不动摇。

左右辞了妇人，回到府中，将画递与东坡。东坡看了，口称："难得，难得。"将来挂在书院中，安排筵席，请到佛印长老，龙井寺辨才长老，智果寺南轩长老并学士秦少游，一同饮宴。酒至数巡，将那妇人的诗词与众人看，尽称："难得，累好奇才。"东坡曰："欲求列位珠玉一首在上以纪之，可乎。"只见佛印长老道："小僧先占一词在上。"词云：

> 记到去年时节，春色湖光晴彻。杨柳绿依依，因甚行人折。听说
> 听说，已属他人风月。

辨才长老云："老僧也作一词。"词云：

> 春色湖光如练，杨柳依稀拂面。杨柳已离栽，向别家庭院。哀怨
> 哀怨，欲见无由得见。

南轩长老云："老僧亦作一词。"词云：

> 柳眼笑窥人送，袅娜舞腰纤弄。那更柳眉效颦，三件皆出众。尊
> 重尊重，已作一场春梦。

秦少游曰:"小子也作一词。"词云:

　　传与东坡尊舅,欲作栏杆护佑。心性慢些儿,先着他人机勾。虚谬虚谬,这段姻缘生受。

　　东坡曰:"我亦作诗一首在上。"诗曰:

　　　　杨柳因风不自然,分明对面没姻缘。

　　　　如今落在丹青手,留与诗人作话传。

　　诗罢,众人大笑,尽醉而散。

　　　　至今风月江湖上,千古渔樵作话传。

冯伯玉风月相思小说

入话:

> 深院莺花春昼长,风前月下倍凄凉,
>
> 只因忘却当年约,空把朱弦骂断肠!

洪武元年春,有冯琛者,字伯玉,故成都府朝阳门兴庆坊人也。父缊,为元先锋都督,生琛于金陵,时至元六年庚戌岁也。幼失怙恃①,伊舅氏育养。至总角,颖悟聪明,词章翰墨,与世罕有。少长,咸②羡誉之。未几,南北盗贼兴起。琛奔走流离,浪迹江湖。至临安时,直殿将军赵彧③见而异之。公无子,得琛甚喜。琛事之如亲父焉。公有女名云琼,幼丧母,公命庶母刘氏育之。年至十三,同琛延师教之。琛加恭敬,如亲妹,而琼待琛亦如亲兄。

一日,琛忧思干戈不宁,恻然有感,遂赋一诗以呈师,云:

> 两虎争雄势不休,回头何处是神州?
>
> 一朝鼙鼓喧天动,万里尘埃匝地浮。
>
> 白日豺狼当路道,黄昏烽火起边楼。
>
> 何时南北干戈息,重赌君王旧冕旒④!

师诵毕,特以示威,曰:"此子当有大志,非常才也!"公亦喜。

将二载,刘氏以云琼年长,可笄,遂令入闺阁,习女工。一日,琛在书馆独坐,见春光明媚,蜂蝶交飞,不觉惆怅,吟一绝云:

> 桃花如锦草如茵,妆点园林无限春。
>
> 蜂蝶分飞缘底事? 东君应念断肠人!

琛吟毕,云琼在书馆后游玩,听其吟诗有惆怅之意,悒悒⑤不乐。越数日,百和亭前牡丹盛开,琛往观之,琼亦在彼,遂同玩赏。琼问曰:"'东君应念断肠人',为谁作也?"琛笑而不答,又将牡丹花题诗一首:

---

① 怙恃(hù shì)——依靠。这里代指父母。

② 咸——都。

③ 彧(yù)。

④ 冕旒(miǎn liú)——古代帝王,诸侯及卿大夫的衣冠。

⑤ 悒悒(yì)——忧闷不乐。

娇姿艳质解倾城，似语还休意未成。

一点芳心谁共诉？千重密叶苦相屏！

君王笑处天香满，妃子观时国色盈。

何幸倚栏同一赏，恨无杯酒浥芳馨！

琼见诗，知琛意有属于己，乃一笑，叹息而去，回顾再三。

　　琛自此之后，见其姿容秀丽，其心不能自持。琼此后无心针指，时出游戏消遣，见蜂蝶燕莺，景物繁华，赋诗一首：

春色平分二月时，弓鞋款款步莲池。

九回肠断无由诉，一点芳心不自持。

灼灼奇花留粉蝶，阴阴古木啭黄鹂。

晓来闷对妆台立，巧画蛾眉为阿谁？

琼有侍女韶华，颇巧慧，能讴诗。见琼长吁短叹，识其意而不敢问。一日，偶过书馆，琛语之曰："我万里无家，四海一身，与我结为兄妹，何如？"韶华曰："贱妾卑微，何敢上扳①君子！"生曰："何害？"二人拜为兄妹。自此之后，与琛来往甚密。

　　一日，琛问曰："连日不见琼娘子，固无恙乎？"答曰："娘子近日偶疾如疟，神思不宁，倚琛作《望江南》词。"琛曰："愿闻。"韶华云：

　　"香闺内，空自想佳期。独步花阴情绪乱，慢将珠泪两行垂，胜会在何时？　　　　恹恹病，此夕最难持。一点芳心无托处，荼蘼架上月迟迟，书惆怅有谁知？"

韶华别去。知琼有意于己，潸然下泪。

　　次日，与赵公会宴，琼侍父侧，虽然眉目往来，不能通言语为憾。琛归室，见宝鸭香消，银台烛暗，愁怀斛解，展转至晓，乃赋一律：

暗思昨日可怜宵，得见佳人粉黛娇；

银海晓含珠泪湿，金莲微动玉钩摇

谢鲲徒折机边齿，弄玉空吹月下箫。

一笑倾城殊绝代，宁交不瘦沈郎腰！

一日，琛与韶华曰："我有手书一缄，烦汝送琼，幸勿沉滞！"韶华乃潜纳于镜奁。次早，琼梳妆，见书，视之，乃《满庭芳》词：

----

①　上扳——上攀。

　　蝉鬓拖云，蛾眉扫月，天生丽质难描。樽前席上，百媚千娇。一点芳心初动，五更清兴偏饶。诉衷肠不尽，虚度好良宵。秦楼明月夜，余音袅袅，吹彻鸾箫。闲敲棋子，愈觉无聊。何时识得东风面，堪成凤友鸾交？凭鸿雁，潜通尺素，盼杀董妖娆！

复吟一绝：

　　　　每同玉步踏香尘，曾见妆台点绛唇。

　　　　春色谩随桃杏去，天台谁为款刘晨？

琼读毕，怒责韶华曰："汝怎敢传消递息！我与夫人说知。"韶华悲泣哀告。琼意稍解，乃曰："舍人何以知我病，而送药方与我？当以实对。"韶华曰："向者①，舍人与妾言曰：'我四海无亲，欲与结为兄妹！'当时妾惶愧不敢当。复问：'娘子无恙？'妾曰：'因病，稍安。'妾读娘子《望江南》词，舍人不觉泪下。至晚，以书令妾转达。"琼曰："我虽未愈，不服此药。不可辜其美意，我今回一缄去谢之。"

　　韶华候琼作书毕，持以诣琛室。琛见韶华，甚喜。生展视之，乃和《满庭芳》词，云：

　　短短金针，纤纤玉手，闲将绣带轻描。描鸾刺凤，想象别还挑。不觉黄昏又到，谁知玉减香消！鸳鸯被，寻思展转，倏忽至中宵。阳台魂梦香，彩鸾归去，辜负文箫！算人生几，行乐陶陶！何日相逢一面，樽前唱彻红绡？知此时芳心动也，愁杀盖宽饶！

复吟一绝：

　　　　丰姿绝代更青春，妾意拳拳在汝身。

　　　　叨月一轮花满地，肯容香露湿湘裙？

琛视毕，不觉失魂丧志，莫知身之所在。

　　琼曰："彼时以我病愈，兄妹之情，喜之。"与时，韶华颇疑之，退而叹曰："人生莫作妾婢身，城门失火池鱼殃。日后必贻祸于我矣！"自此非堂前有命，不出于外。琼虽意恋，不能相会。

　　生自此之后竟不得见，憔悴疲倦，饮食减少。夫人刘氏时加宽慰以"休思乡里"，琛但俯首而已。有一日，夫人与侍女数人，于后花园迎风亭上观赏荷花。琼推疾不出。夫人去后，琼潜至琛室，问曰："兄何恙？"琛

---

　　① 向者——刚才，不久之前。

泪下，不能答言。琼曰："兄何故如此？万事岂由人乎？琼闻夫子曰：'贤贤易色①。'古圣所戒！"生曰："钻穴逾墙，吟琴折齿，妹独不知？"言语未尽，侍女报曰："夫人至。"琼曰："且与告别，情话难尽。翌日牛女②佳期，妾当陈瓜果，与君登楼乞巧，以占灵配。"生诺。

至期，生乃赴约。刘氏命琼在堂行酒，亦召琛预宴。琛不胜懊恨，仰观其天，轻云翳③月，乍明乍暗，织女牵牛，黯淡莫辨。忽听谯楼鼓已三更矣，乃赋诗云：

几度如梳上碧空，缺多圆少古今同。

正期得见嫦娥面，又被痴云半掩笼！

次日，于堂侧偶见琼，生以此示之。琼口占一绝：

停杯对月问蟾蜍，独宿嫦娥似妾无？

今日逢君言未尽，令人长恨命多孤！

琼自后作事，闷闷不已；女工之事，俱无情意。患病数日，家人惊惶，乃白④刘氏。夫人即唤韶华，曰："汝知娘子之病？"韶华不敢答。夫人再三逼之，只得言："娘子与冯官人相见之后，至今三好两怯。"夫人即与公曰："妾闻'男冠而有室，女笄而有家'，今琼年二十，闺房之事，想已知之。且琛居门下，亦有年矣，而琼岂无思念之心？妾视动静之间，俱有不足之意；不如早命纳琛为婿，庶免彰人之耳目。"

彧大怒，不悦，寻思良久，乃曰："依汝言也罢。"当韶华面前告琼。琼喜，令韶华告琛。琛喜，赋诗一首以自贺：

昨回窗前阅简编，银红双结并头莲。

当时以此非容易，今日方知岂偶然。

红叶沟中传密意，赤绳月下结姻缘。

从前多少心头事，尽付东流水一川。

翌日，公令人探琛，曰："投托门下，多蒙厚恩，敢效结草之意。既蒙有命，

---

① 贤贤易色——用具有尊贵优秀品德的心来交换、改变爱好美色的心。见《论语·学而》。

② 牛女——指牵牛星和织女星。

③ 翳（yì）——遮蔽。

④ 白——告诉。

安敢不从!"退以告公。

越十余日,公命媒行娉为婿,于二室。至期,屏开孔雀,褥隐芙蓉,花烛莹煌,管弦歌沸。琛与琼拜于堂,一如神仙归洞府。宾客叹其郎才女貌,世间罕有。至筵席散,生偕入洞房,见其象床瑶席,凤枕鸳衾,乐谐琴瑟。琛与琼曰:"昔慕子之心,每于花前月下,抚景伤怀。今日至此,岂非天假良缘耶!"琼曰:"遇君之后,行无定迹,寝不贴席。今也天随人愿,获侍巾栉,但愿君子始终如一,则万幸矣!"琼拟《蜂情蝶意遂》词,云:

　　　翠荷花里鸳鸯浴,碧桃枝上鸾凤宿。花烂枝尚柔,俄惊一夜秋。

百岁共谐和,相看奈汝何?

琛亦口占《减字木兰花》词一,云:

　　　调云弄雨,迤逦罗帏同笑语;春透花枝,一日偎倚十二时。相怜

相爱,还了平生憔悴债;鱼水欢情,剪下青丝结誓盟。

越月余,公破召,促装赴京,嘱琛家事而别。越三月,公奏曰:"臣老,不能用也。有婿冯琛,素怀异才。臣荐为国,非私也。"上大悦,遣使召琛。琛与琼曰:"蒙旨征召,暂与相别。"琼曰:"相会未几而遽①别,奈何!奈何! 妾闻金陵胜地,歌楼不可留恋!"生曰:"噫! 卿误也! 我心尤如冰玉,后当自知。"即促装起程。

琼令韶华备酒肴,饯于郊外。琼握琛手,相视大恸。琛亦呜咽。琼曰:"君今弃妾,妾无负于君!"琛曰:"我与子岂一朝一夕之缘分! 今日之行,出于无奈;卿有是言,殆非以为陌路人耶?"琼曰:"君无二心,妾何以报!"口占二绝以赠。

其一:

　　　鱼水欢娱未一秋,临歧分袂②更绸缪。

　　　诉君不尽衷肠事,唯有潸潸珠泪流。

其二:

　　　香闺绣幄恨悠悠,一片离情不自由。

　　　争奈君心似流水,滔滔东去不能留。

琛赋律诗一首以答:

---

① 遽——急,突然。

② 分袂(mèi)——分手,离别。

懒上雕鞍闷不胜,此心如醉为多情。

空垂眼底千行泪,难阻天涯万里程。

最苦凄凉冯伯玉,可怜憔悴赵云琼。

男儿且学四方志,铁石心肠作广平。

琼情不已,亦作《茶瓶》词,云:

忆昔当时相会,共结百年姻配。枕前盟誓如山海,此意千载难买。思①和爱,知何在?情默默,有谁瞅睬?妾心未改君先改,奈②好事多成败!

词毕,恸哭不舍。琛扶琼至家,嘱韶华劝慰。次早,不令琼知而去。

琼晚见月界窗痕,风鸣纸隙,举目无亲,以赋《临江仙》词一阕:

明窗纸隙风如箭,几多心事难忘。荼蘼架下见行藏③,交加双粉蝶,交颈两鸳鸯。　　　　岂知今日成抛弃,尫羸④减玉消香。谁与诉衷肠?行云缥缈,恨杀楚襄王。

琛行不觉逾旬,未尝不思琼也,观京畿将近,偶成一律:

冉冉时光日似梭,相思无计欲如何?

五云缥缈皇畿近,万里迢遥客恨多。

愁望银河看织女,魂飞阆苑⑤问仙娥。

金陵谩说花如锦,一点芳心誓匪⑥他。

生行至京,见上于奉天殿。上甚爱其才,即除为起居郎。一日出朝,因便人作书以寄:

冯琛端肃书奉云琼娘子妆前:拜违懿范,已经月余。思仰香闺,梦寝行坐,未尝离于左右。迩来未审淑候何如?琛至京,蒙授起居郎。谁料菲才,幸际风云之会,得依日月之光。偶因风便,封缄以寄眷恋之私云。

---

①　思——疑为"恩"。

②　奈——疑为"争奈"。争,怎。

③　行藏——行止。

④　尫羸(wāng léi)——瘦弱。

⑤　阆(láng)苑——传说中的神仙住处。常用指宫苑。

⑥　匪——非。

琼得书,一喜一悲。贺者填门,而琼悲号不已。刘夫人命具杯酌,弦歌宽慰。琼编《驻马听》,命韶华讴之,闻者莫不凄惋。自兹愈无聊赖,鸾孤凤只,竹瘦梅癯,而似梨花带雨,眉如杨柳含烟。暑中风凉月冷,形只影单,赋诗一律:

> 夜深独坐对残灯,默默怀人百感增。
>
> 愁肠百结如丝乱,珠泪千行似雨倾。
>
> 月照纱窗光皎皎,风摇铁马响铃铃。
>
> 总藉夫人宽慰我,金樽漫有酒如渑①。

素娥善言语,一日,对琼曰:"妾闻西湖鸳鸯失侣,相思而死,何谓也?"琼曰:"汝戏我乎?"曰:"既知,何不自想?"琼曰:"汝不闻李白云:

> 锦水连天碧,荡漾双鸳鸯。
>
> 甘同一处死,不忍两分张!"

素娥曰:"谁无夫妇,如宾似友?至于离合,故不可测。《关雎》诗,曰乐虽盛,而不失其正,忧虽深,而不害于和。是以传之于经。娘子朝夕哭泣,过于哀怨;倘致不虞,将如之何?望以身命为重!"琼意稍解。

琼恐琛心有异,不能无疑焉,乃作古风一章以自慰:

> 忆昔与君相拜别,三月鹃声哀夜月。鸳鸯帐里彩鸾孤,惆怅良人
> 音信绝。妾心如水水复深,妾泪如珠珠溅血。深院无人春昼长,几回
> 独把湘帘揭。湘帘揭起飞双燕,燕燕差池相眷恋。令人感动心益悲,
> 欲寄征鸿风不便。文君空有《白头吟》,婕妤②谩赋齐纨扇。君心若
> 与我心同,妾亦于君复何怨!

琼作虽非怨悔,相思之心殊切,抚景兴怀,时无休歇。伫见征鸿北去,乌鹊南飞;寒蛩在壁,秋水连天;桐风飒飒,桂月娟娟;香残烛暗,枕冷衾寒。斯时也:空闺寂寂,人各一天;经年累月,有谁见怜!作《满庭芳》一阕:

> 皓月娟娟,清灯灼灼,回身转过西厢。可人才子,流落在他乡。
> 只望团圆到底,谁知度属参商③。君知否?星桥别后,一日九回肠。

---

① 有酒如渑(shéng)——语出《左传·昭公十二年》"有酒如渑,有肉如陵"。
　渑,渑水,即山东时水。

② 婕妤(jié yú)——妃嫔称号。

③ 参(shēn)商——参、商两星此出彼没,两不相见,喻两人分离不得相见。

相思无尽极,惨云愁雨,减玉消香。几回梦里,与子飞扬。尤记山盟海誓,地久天长。春已老,桃花无主,何日遇刘郎?

题毕,谓韶华曰:"古之女亦有如我者乎?"答曰:"有之。如王妫之丧身,姜女之死节,皆如此也。然悲欢离合,亦自古有之;若不自惜其身,至于殒绝,亦或有之。"

琼曰:"汝之言,我非不知。但恨与琛会合未久,遽成离别,恐作王魁负桂英也。"因而赋歌一首:

黄昏渐近兮,白日颊西。对景思人兮,我心空悲。云归岫兮去远。霞映水兮呈辉。倏天光兮黯淡,月初出兮星稀。叹南飞兮乌鹊,绕树枝兮无依。久凭栏兮徙倚,追往事兮嗟吁。香消兮玉减,花落兮色衰。陟高庭兮眺望,仍凝思兮迟迟。霜凋残兮落叶,雨滴损兮花枝。花委谢兮寂寂,叶辞柯兮凄凄,恨关凶兮路远,极国望兮天涯。自勉强兮假寝,风飒飒兮吹衣。奈好梦兮杳渺,忽惊觉兮邻鸡,傍妆台兮抑郁,临宝镜兮惨凄。霞鬓云鬟兮,为谁梳洗?兰心蕙质兮,空自昏迷。睹双飞兮粉蝶,听百啭兮黄鹂。何人生兮不若?嗟物类兮如斯。愧年少兮多别离。望美人兮空踌躇!

韶华观其吟,亦掩泪,谓娘子曰:"恐生有'富易妻,贵易交'之意,莫若令人赍书与冯生,起居动静,可知之矣。胡乃孤眠独宿,行吁坐叹,而自苦若此也!"琼曰:"岂必书也。自生别后,有诗十余首,并录寄赠,以见我之心耳!"即日遣家童赍书抵京。

琛得书,不胜欣喜,展视之,皆琼佳制也:

其一

泪雨潸潸洒满衣,各愁强赋断肠诗。
白从昔日相分手,直至今朝懒画眉。
东阁尚怀挥翰墨,西园犹想折花枝。
自君一去无消息,独对青铜怨别离。

其二

景物鲜妍在上林,水山玉树占朝阴。
鸣蝉树底愁人巧,蟠蟀阶前动客心。
泣别最嫌金魄冷,悲离不胜彩衣砧。
梦魂几度潇湘水,空惹斑斑泪雨淋。

其三

晓来妆罢不胜悲，独对鸾钗懒画眉。
魂迷游蜂身似借，肠牵飞絮意如痴。
泪血几从心内落，脸香半褪手还支。
相思相见如何日。最苦谯楼漏滴迟。

其四

别时记得共芳樽，今日犹余万种恩。
绣妒鸳鸯闲白昼，书空鱼鸟盼黄昏。
一番对月一成梦，几度临风几断魂。
挑尽残灯凄切处，薄衾香冷倩谁温。

其五

晓来睡起思重重，袄恨无人笑语同。
心似游丝牵恨短，意如流水惹情惆。
当年还道春如锦，今日须知色是空。
回首雕阑真寂寞，开愁千里付孤鸿。

其六

闲事萦心不得眼，玉人一别已经年。
新诗蒌裂惭吟雪，旧事凄凉怕问天。
锦帐生寒愁蟠蟀，鸳衾孤零怕啼鹃。
梦回神绕金陵路，安得鸾胶续断弦。

其七

空庭草色入帘青，无奈分飞两鹡鸰。
凤髻乱盘浑似懒，娥眉淡扫不成形。
梦中相合非真境，帐里孤眠怎得宁。
起傍花阴强排遣，枝头社宇又难听。

其八

凭阑无语怨东风，愁遇春归恨转浓。
一枕鸳鸯魂梦杳，半窗花月影阴重。
佩声细巧千般懒，粉面清消万事慵。
纸短语长题不尽，殷勤寄收早相逢。

其九

花开深处有啼莺,听得声声怨别轻。

翠叶慵簪歌绿鬓,彩裳倦整辍红筝。

纷纷柳絮随风舞,朵朵葵英向日倾。

无限幽怀羞自语,可怜无主赵云琼。

其十

无端镇日锁只蛾,缕缕愁来似叠波。

闲数落花消积恨,坐牵蕉叶馘①情魔。

堪嗟好事成还败,深憾佳期别更多。

拂馘自怜犹自叹,冯生负我奈之何。

生览毕,感念倍增,即遣家童往迎云琼,亦作诗一首。诗云:

梦魂几度到河阳,执手凄凄诉断肠。

最苦冰弦操别调,深悲玉女整离装。

睡去牵衣真得意,醒来分袂独凄惶。

已知闪得成愁也,早驾香车到帝乡!

家童归,韶华报琼曰,"冯官人书信至矣。"时琼方倦寝,一闻此言,踊跃而起。见家童道,生意念勤恳,特迎夫人,不胜欣喜。顾谓韶华曰,"汝自幼从我,顷刻不离。及归于冯,汝犹不弃,我今将行,汝从我乎?"韶华曰:"妾幼侍夫人居于闺阁之中,誓生死相随。今夫人将行,妾愿侍随。"即日治办行装而去。

离朝五里许,琛先在郊外候琼而来,其融融,乃曰:"一别许久,不想今日复睹仪容。"琼再拜谢,曰:"妾女流也,不知理法。荷蒙君子不弃,誓同生死!"琛与琼轿马相随,归衙,重寻旧约,再整前盟:"今夕之会,何幸如之。生赋诗一律:

朱颜一别几经春,两地相思各惨神。

失意如今还得意,旧人偏觉胜新人。

颠鸾倒凤情何洽?誓海盟山乐更真。

寄语司天台上客,更筹促漏莫交频!"

不觉已五更鼓矣,琛起,整秋冠而进朝。

---

① 馘(guó)——古代战时割取所杀敌人的左耳,用以计功。引申"杀情魔"。

俄闻倭夷有警，上敕①琛为静海将军，即日承命。至家，与琼曰："吾奉朝命，领兵收贼，有一载之别。汝宜保重！吾不敢久留以缓君命。"于是率凤阳精兵迸。上大悦，亲劳军士，同兵部尚书李斌、左平章廖禹，复率羽林等共五十八万军马，旌旗蔽野，水陆继进。

琛之英风锐气，所向无前，驻札连栈。倭夷鏖战佯走，琛兵追之。倭度其半入，以精兵五千，出其不意，由别道尾其后，官军溺死者无算，江水为之不流。琛呼谓众曰："今天败我，非众之罪也！第无以报效朝廷。"生复招集残兵，整顿军旅，身先士卒。众乃奋身戮力，与敌鏖战，无一当百。倭夷大败。琛喜曰："不意天兵之果锐也！"倭夷遂遣使称臣求和。琛恐有变，许之，奏凯而还。

上得捷音，天颜大悦，谓宋景曰："以羸败之兵，入危险之地，而能克敌，皆卿之荐举得其人也。"景稽首拜，曰："愚臣无知之明敏果断，举选得人。"上曰："古有社稷之臣，令琛近之矣！"琛引兵由玄武门而入。上坐金殿上，召琛入丹陛②。上慰劳之，曰："克战之功，出于卿也！"琛拜曰："陛下顺行天道，御物无私；臣下奉行政令而已。"遂拜琛为镇国大将军，赐剑履趋朝；云琼封为赵国夫人，金冠霞帔。夫荣妻贵，近世未有。

夫何盛极有衰，天年不永。洪武七年甲寅岁，十一月初一日壬戌，薨③。病亟之夕，执琼手谓曰："当负汝矣！路隔幽冥，不复相见也！"急呼家童，燃灯取笔，题诗云：

　　　　九泉未肯忘恩爱，一死无由报主恩！

　　　　君命妻情俱未了，空留怨气塞乾坤！

琼曰："君无忧也，不久当相见！"言讫，琛卒。

次日，大夫宋景奏闻。上曰："天何夺吾伯玉之速也！"命礼部官具衾椁④，拟以王礼祭之，曰：明仁忠烈武安王。越十五日丙子，琼亦以忧思不进饮食而卒。敕合葬于采石⑤之阳。越一月，御祭，墓碑丹书，命陶凯篆

---

①　敕（chì）——帝王的诏书、命令。

②　丹陛——即"丹墀"。称古时宫殿前以红色涂饰的石阶。

③　薨（hōng）——唐称二品以上官员之死。

④　衾椁（guǒ）——冥衣、棺椁。椁，椁外的套棺。

⑤　采石——地名。在今安徽马鞍山市境内。

额,宋景作序。有子二人:长曰明德,尚平公主;次子明烈,娉廖禹之女。
是为之记。

　　　伉俪相期寿百年,谁知一旦丧黄泉!
　　　云琼节义非容易,伯玉姻缘岂偶然!
　　　配获鸾凤真得意,敬同宾友不虚传。
　　　《关雎》风化今重见,特为慇懃着简编。
　　《风月相思记》终。

孔淑芳只鱼扇坠传

入话：

山外青山楼外楼，西湖歌舞几时休。

暖风熏得游人醉，直把杭州作汴州。

话说弘治年间临安府旬宣街，有个富翁姓徐名大川。娶妻戴氏，俱已五十有三，只生一男，名徐景春。其年二十有六，善调诗韵，经营为业。其时春间天气，景物可人，无以消遣。素闻山明水秀，乃告其父母，欲往观看。遂吩咐琴童，肩挑酒罍①，出到涌金门外，游于南北两山，西湖之上，诸刹寺院，石屋之洞，冷泉之亭，随行随观，崎岖险峻，幽涧深林，悬崖绝壁，足迹殆将遍焉。

正值三月之望，桃红夹岸，柳绿盈眸。游鱼跳掷于波间，宿鸟飞鸣于树际。景春酒至半酣，仰见日落西山，月生东海，唤舟至岸，命琴童挑酒樽食罍，取路而归。还了舟银，迅步而行，至于漏水桥侧。琴童或先或后，跟着徐生。徐生忽然见一美人，娉婷②先行，侍女随后。美女云鬟绿鬓，绰约多姿，体态妖娆，望之殆若神女。怎见美人好处。词云：

秋水横只眼，春山列两眉。芙蓉面仿海棠姿，却与舞风杨柳斗腰

肢。琢削冰为骨，妆成雪作肌。不须傅粉抹胭脂，可爱自然颜色，赛

过西施。

徐生观之，神魂飘荡，叹赏人间罕有，世上无只。美人亦眉目留情，依依不舍。忽言曰："湖山如故，风景不殊。时移世换，令人有黍离③之悲。"徐生趋前揖之曰："娘子何以独行，知其景趣。"美人笑曰："妾与父母同行踏青游玩，至于玉泉寺内。王孙公子，士女佳人，出入纵横观赏，池中金鲤，涌跃纷纷。其时失群于父母，欲取路回归，不想迷踪失址，遂尔落后。"生问姓名居址，美人曰："妾姓孔，小字淑芳，湖市宦家之女，排行第二。家事

① 罍（léi）——古代器名。圆形或方形。小口，广肩，深腹，圈足，有盖，肩部有两环耳，腹下并有一鼻可系。用以盛酒和水。

② 娉（pīng）婷——美好貌。特指女子的姿态美。

③ 黍离——《诗经·王风》篇名。谓东周大夫出行至旧都镐京，见宗庙宫室破坏，感伤而作此诗。

零替,父母与兄同居,仍鲜族党,止妾一身,与玉梅侨居于西湖耳。"生称送之,美人笑曰:"官人可能垂盼,敝居咫处尺,同行何如。"生欣然并肩而行,极其款昵。

至晚月上东轩,莲开南浦。径造女室,至一小轩,名曰幽轩。前有葡萄一架,松柏数株,靠墙结一翠柏屏风,轩内铺设琴棋书画。八仙桌上,菖蒲水底,宝鸭香焚,轻烟馥郁。生与女并肩而坐,女命丫环附耳低言,排列肴馔于秋香亭下。饮至数杯,即挽生就寝,与生枕席之欢,共效于飞之乐。女谓生曰:"与君宿缘,同衾共枕。"女口占诗一律:

　　　玉砌雕栏花一枝,相逢却是未开时。

　　　娇姿未惯风和雨,吩咐东君好护持。

生曰:"护持之心,我已知之。弟今日能容,庶乎他日见惬。"女曰:"妾年珠幼,容貌丑陋,感君不弃,方荐枕席耳,惟君怜之。"二人解衣卸带,极尽欢娱。细语娇声,触心聒耳,正是:

　　　云淡淡天边鸾凤,水沉沉交颈鸳鸯。

　　　写成今世不休书,原结来生欢喜带。

徐生缱绻绸缪之际,朦朦胧胧,如痴如醉。将有一更天气,昏迷不醒。

且说徐生父母,见子遨游未归,倚门悬望。忽见琴童,挑了酒尊食罍回来,便问:"官人何在。你为何独自先回。"

琴童曰:"官人秤还船钱,在路缓缓来矣。"再审问间,不觉楼头鼓起,僧寺钟鸣。细思醉倒于街衢,存想或投于楚馆。欲往寻访,不知其所。城门既阖,举家忧惶。挨了一夜,直至五更,徐大川仓皇走起,与仆挨步寻访,杳无踪迹。

忽有右邻张世杰籴粜①为活,是日市罢,沿河取路而归。行到新河坝上孔坟之侧,只见绿桧青柏,乔松密草,谷为悲鸣,野猿哀叫。又闻坟内唏嘘,似有人声。

张世杰趋前观看,便见一人衣冠济楚,俯伏于他。而前排列些松枝野草,桧柏青苔,如痴如醉,口中狂言妄语。寻思其人必被鬼魅所缠,急扶救之,乃是邻人徐景春也。世杰毛发尽竖,寒栗遍体。奔走至于霍山坊,雇轿一乘,扶送回家。直至中堂,老幼惊惧。

---

① 籴粜(dí tiào)——籴,买进粮食。粜,卖出粮食。引申做粮食生意的。

世杰曰:"汝子被幽阴鬼魅,迷于孔坟之中,险为黄泉之客。故此雇轿送归,须要好好调息。"

徐大川夫妻二人,扶子于卧榻之上,倒身便拜世杰,以金帛相酬。世杰誓不肯受,遂辞而出。大川曰:"感君之德,救了吾儿,日后病痊,犬马以报。"

亲戚邻里,闻者莫不骇愕,俱来候问。徐大川备言前事,邻翁曰:"孔坟于新河坝侧,侨居湖北,柩葬在彼,此子宿世偶遇,犹恐妖气甚浓,汝宜速救。急请符箓①治他,方保无事。"大川临卧榻前,见子寒热交作,日轻夜重,甚是狼狈。怎见得徐景春狼狈。有词为证云:

> 面如金纸,体瘦如柴。悠悠无七魄三魂,细细有一丝两气。牙关紧急,连朝水米不沾牙,胸膈膨脝②,尽日药汤难下腹。隐隐耳中闻磬响,昏昏眼晕见萤飞。六脉俱沉,东岳判官催速去,一灵缥缈,西方佛祖唤同行。

大川慌张无措,只得求神问卜,荐以功德,祭以牲礼,汤药调治,多买香烛楮币,赍指白茅观,建醮③三昼夜,荐拔妖魂。幸而疾病已去,行动如常。父母问其前事,浑然不知,有如梦觉。

大川乃备了礼物,遣景春往谢张世杰。世杰曰:"自小与君交契深密,若图谢礼,岂人所为。"景春曰:"我命亏兄所救,今得痊可,感恩非浅。微微礼物,聊申芹悃而已,兄若见却,莫不是嫌我轻薄也。"世杰见说,勉强收受,啜茶已罢,作别还家。父母闻世杰受了,喜悦不胜。

倏忽数月,大川促子经商,辏积④银两,置买丝绵段绢等样,往临清货卖。命僮仆于新宫桥侧泊船袋载,吉日起程,冒雨迎风,不辞辛苦。"一路迤里,径抵彼处东门停歇,往投旧友金荣,荣乃信义人也。接入中堂,讲叙家事,随备酒肴数杯,整顿西轩安宿。次日将货发至其家,彼处正缺货物,

---

① 符箓(lù)——道教使用的一种毛画屈曲,似字非字的图形。亦称"符字"、"墨箓"、"丹书"、"云箓"。道教认为可用来"祭祷"、"治病"、"遣神役鬼""镇魔压邪"。

② 膨脝(hēng)——腹膨大貌。

③ 建醮(jiào)——一种祷神的祭礼。宋玉《高唐赋》:"醮诸神,礼太一。"后来专指僧道为禳除灾祟而设的道场。

④ 辏(còu)积——辏,车轮的辐集中于毂上。引申为聚集。

都市萧条，闻知货到，一齐奔辏。景春得利数倍，喜笑盈腮。金荣与景春，朝暮相爱，旦夕不离。

不觉数月有余，景春辞归，金荣款留再四，置酒饯于甘路寺，以诉衷曲。翌日车马仆从登途，金荣不忍分别，又送一程。景春含泪登舟，沿途饥餐渴饮，夜住晓行，舟抵杭州，命仆先归，报知父母。其家见子出外日久，求神问卜，无所不至。不觉琴童直至中堂，父母见之，喜不自胜。问子经商之事，仆言："获利数倍，泊舟新宫桥侧，令我先归。"大川愈喜，次早景春整顿行李，使人挑回。父母见了，慰谕再三，备酒馔，饮毕。景春将金荣款留之事，备告父母，货甚得利，父母以手加额，欣幸无比。亲朋邻尽来探访。

数日后，大川遣媒议亲，有杭郡宦家李廷晖之女，父存母亡，家资巨万，才色双全，徐家纳礼聘定。娶来之后，妇道甚修，家法谨饬，择言而发，非礼不行。夏清①冬温，孝养不缺。不觉光阴似箭，日月如梭，又经半载之期。父母逼子经商，景春归房告知妻子，妻子昔劝不住，泪下两行，又住了两日，收买杂货完备，雇船装载。作别父母妻子，径过了长安崇德，舟抵常州，搬卖货物，十分得利，收买米麦而回。账目俱已清楚，次早开船，径至北新关张克让家，交托米麦，明白交割账目。又令琴童先挑行李回家，父母闻之甚喜，报知媳妇李氏。李氏说："昨夜灯花结蕊，今朝喜鹊噪檐。且说丈夫经商百倍，利息十分，天之幸也。"

不说家中欢喜。且说徐景春在张克让家，其日正值端午良辰，景春急欲回家以慰父母妻子悬望。无奈张克让苦苦款留，解粽饮酒取乐，申牌时分，景春告归。酒以半酣，沿城而走。却好走到武林门下，迎头两亮，那女子拦在前头。徐景春便昏昏沉沉，不知不觉与那女子携手而行，款语切切。女子解下双鱼扇坠，交与景春作为表记②。景春将袖中罗帕，递与女子。他两个偎偎倚倚，就在城边地下交合起来。缠到五更天气，徐景春踉踉跄跄，跑到家中，也不知天晓日晏，只管俯伏在地上，不走起来。父母问他不应，妻子问他也不答。只是胡言乱语，叫"淑芳姐姐。"合家惊惶无计，邻里来看的也没法可治。邻翁谓大川曰："人乃纯阳之精，鬼乃阴邪

---

①　清(jìng)——凉。

②　表记——信物。

之秽。汝不及早救治,汝子一旦真无耗尽,髓竭精枯,惜乎以青春之年,为黄泉之客。"景春有如水雕泥塑的一般,不做一声。大川乃与邻翁商议已定,明早哀求法师相救。正是:

> 丧门吊客以临身,扁鹊卢医难下药。

次早大川与邻翁径往紫阳宫中。那紫阳宫有一真人,现居山岩之上,能考勘鬼神,法术灵验。大川攀藤附葛,直上绝顶。果见一庵,正遇真人出庵闲看。大川与众人一齐跪下,告求下山。真人曰:"汝何以知之。"邻翁曰:"承蒙玄妙观杨法师所指,特来求恳。"真人曰:"汝子既被妖魅所迷,旦夕死矣。吾不能下山救他。"众人再拜,哀求不已。真人曰:"吾已老矣,安能复与世间事,既汝被迷苦楚,只得扶往治之。"即令童子挽扶下山,到于彼处,结立法坛,书符焚化。不多时间,只见两员神将,本部城隍,当境土地,立于坛前。真人捏诀念咒,喝间土地:"此间有一阴鬼为祸,扰害生民,汝等岂不知之。宜速拘来,以凭发遣。"众神领命,即往彼处捉获,枷锁镣钮,押孔淑芳并一丫环到坛前,跪下。真人研审,各以鞭杖流血,拷责良久,令其供状,即将纸笔受录。淑芳供曰:

> 念某青春弃世,白昼无聊。三魂虽去,一灵不绝。聊效崔氏而逢张珙,谐百年鱼水之欢娱,岂被王魁而负桂英,作万载风流之话本。实不知律重而得罪难逃,望慈悲哀怜而从轻赦宥。

丫环供曰:

> 念某生时侍人,死亦奉人。岂曾得一夕之欢娱,到惹下三条之罪过。不知阴律而犯匪轻,却图阳世而贪生药。不害生灵于人间,岂敢为妖于世上。烦望祖师,从轻大赦。

二鬼供毕,递与真人。真人看了,援笔判曰:

> 天地初分,二气始判。而万物化生,此乃清平之世,坦荡之时,本部城隍失于监察,纵邪气侵人,权且姑记。当坊土地,乃尔隐藏,容妖害生民,另行究治。孔淑芳有冥律可究,怪丫环岂无阴法治之。押赴九幽之狱,酆都①之郡,万劫不赦,天恩不宥,永无得出之期,难以姑容此事。临安郡从今清净,新河坝永绝妖气。速赴莫违。急急如律令。

---

① 酆(fēng)都——鬼域。

神将押赴酆都，二鬼哭声不绝。孔女父母立于坛侧，心中惨然，两目泪下，不觉伤心昏晕到地，良久方醒。真人书符烧灰，令徐景春吞之，吐出涎痰，渐轻无事。大川与众人，赍香拜送真人回山。真人乃收拾徐景春所得双鱼扇坠，免致后患。女父母见了扇坠，方信是女为祟，告官发冢。

　　自此一境清宁，徐景春生一子接续香火善终。见今新河坝孔家坟墓见存。

四巧说

目　录

补南陔　收父骨千里遇生父　裹儿尸七年逢活儿 …………（227）

反芦花　幻作合前妻为后妻　巧相逢继母是亲母 …………（245）

赛他山　假传书弄假反成真　暗赎身因暗竟说明 …………（262）

忠义报　忠格天幻出男人乳　义感神梦赐内官须 …………（279）

补南陔

收父骨千里遇生父　裹儿尸七年逢活儿

诗曰：

> 新燕长成各自飞，巢中旧燕望空悲。
>
> 燕悲不记为雏日，也有高飞舍母时。

这首诗，将白乐天《咏燕》古风一篇约成四句，是劝人行孝的。常言："养子方知父母恩"。人家养个儿子，不知费多少心力，方得长成。及至儿子长成，往往反把父母撇在一边。那时父母嗔怪他不孝，却不思自己当初为子之时，也曾蒙父母爱养，正与今日我爱儿子一般。我当日在父母面上未曾尽得孝道，又何怪儿子今日这般待我。所以，白乐天借燕子为喻，儆劝世人。然虽如此，也有心存孝念，天不佐助的，如皋鱼所言："子欲养而亲不在"。又有父母未亡，自己先死的，不唯不能养亲，反遗亲以无穷之痛，如卜子夏①，为哭子而丧明，岂非人伦中极可悲之事。如今待在下说一丧父重逢，亡儿复活的奇遇，与列位听。

话说宋仁宗时，河北贝州城中，有一秀士，姓鲁名翔，字翱甫，娶妻石氏。夫妇同庚，十六岁毕姻。十七岁即生一子，取名鲁惠，字恩卿，自小聪俊，性格温良，事亲能孝。鲁翔亲自教他读书作文。他过目成诵，点头会意，年十二即游庠入泮。鲁翔自己连走数科不第。至儿子入泮时，他已二十九岁，那年才中乡榜。明年幸喜联捷，在京候选。春选却选不着，要等到秋选。因京寓寂寞，遂娶一妾。那女子姓咸，名楚娘。美貌知书，赋性贤淑。有词为证：

> 白非脂非粉，短长难减难增。等闲一笑十分春，撇下半天半韵。
>
> 停当身材可意，温柔性格消魂。更兼识字颇知文，记室、校书偏称。

鲁翔甚是宠爱。到得秋选，除授广西宾州上林县知县。领了文凭，带了楚娘，一同归家。

---

① 卜子夏——春秋时晋国人，孔子的学生，"七十二贤"之一。

石氏见丈夫才中进士，便娶小夫人，十分不乐。只因新进士娶妾也算通例，不好禁得他。当下鲁翔唤楚娘拜见夫人。楚娘极其恭谨。石氏口虽不语，心下好生不然。又闻她已有了三个月身孕，更怀醋意。因问鲁翔道："你今上任，要带家眷同行么？"鲁翔道："彼处逼近广南。今反贼侬智高正在那里作乱，朝廷差安抚使杨畋①到彼征讨，不能平定。近日方另换狄青为安抚，未知可能奏效。我今上任，不可拖带家眷，只着几个家人随去。待太平了，来接你们罢。"石氏笑道："我不去也罢。只是你那心爱的人，若不同去，恐你放心不下。"鲁翔也笑道："夫人休取笑。安见夫人便不是我心爱的？"又指着楚娘道："她有孕在身，纵然路上太平，也禁不得途中劳顿。"这句话，鲁翔是无心之言。那知石氏却作有心之听，暗想道："原来他是护惜小妮子身孕，不舍得她路途跋涉，故连我也不肯带去，却把地方不安静来推托。"辗转寻思，愈加恼恨。正是：

> 一妻无别话，有妾便生嫌。
>
> 妻妾争光处，方知说话难。

鲁翔却不理会得夫人之意，只顾收拾起身。那上林县接官的衙役也到了。鲁翔唤两个家人跟随，一个中年的，叫做吴成，一个少年的，叫做沈忠。其余脚夫数人。束了行李，雇了车马，与石氏、楚娘作别出门。公子鲁惠直送父亲至三十里外，方才拜别。鲁翔嘱咐道："你在家好生侍奉母亲。楚娘怀孕，叫她好生调护。每事还须你用心看顾。"鲁惠领命自回。

鲁翔在路晓行夜宿，行至广西地界。只见路人纷纷都说："前面贼兵猖獗，路上难走。"鲁翔心中疑虑，来到一馆驿内，唤驿丞来细问。驿丞道："目下侬智高作乱，新任安抚狄爷领兵未到。有广西钤②辖使陈曙，轻敌致败，贼兵乘势抢掠。前途甚是难行，上任官员如何去得！老爷不若稍停几日，等狄爷兵来，随军而进，方保无虞。"鲁翔道："我凭限严急，哪里等得狄爷兵到！"沉吟一回，想出一计，道："我今改换衣装，扮作客商前去，相机而行，自然无事。"

当晚歇了。次日早起，叫从人改装易服。只见家人吴成把帕子包着头，在那里发颤，行走不动。原来吴成本是中年人，不比沈忠少年精壮，禁

---

① 畋（tián）

② 钤（qián）——官印，钤印。

不起风霜，因此忽然患病。鲁翔见他存病，不能随行，即修书一封，并付些盘费，叫他等病体略痊，且先归家；自己却扮作客商，命从人也改装束，起身往前而去。按下慢题。

且说吴成拜别家主，领了家书，又在驿中住了一日。想公馆内不便养病，只得投一客店住下，将息病体。不想一病月余。病中听得客店内往来行人传说："前路侬家贼兵，遇着客商，杀的杀，掳的掳，凶恶异常。"吴成闻说，好不替主人担忧。到得病愈，方欲作归计，却有个从广南来的客人，说道："今狄安抚杀退侬智高，地方渐平。前日被贼杀的人，狄爷都着人掩其尸骸。内有个赴任的知县，也被贼杀在柳州地方。狄爷替他买棺安葬，立一石碑记着哩。"吴成惊问道："可晓得是那一县知县，姓甚名谁？"客人道："我前日在那石碑边过，见上面写的是姓鲁，其余却不曾细看。"说罢，那客人自去了。

吴成哭道："这等说，我主人已被害也。"又想："客人既看不仔细，或者别有个鲁知县，不是我主人，也不可知。我今到彼探一实信才好。奈身边盘缠有限，又因久病，用去了些，连回乡的路费还恐不够，怎能前进？"寻思无计，正呆呆的坐着，忽听得有人叫他道："吴大叔，你如何在此？"吴成抬头一看，原来那人也是一个宦家之仆，叫做季信，平日与吴成相识的。他主人是个武官，姓昌，名期，号汉周，亦是贝州人，现任柳州团练使。

当下吴成见了季信，问他从何处来。季信道："我主人蒙狄安抚青目，向在他军中效用，近日方回原任。今着我回乡迎接夫人、小姐去，故在此经过，不想遇着你。可怜你家鲁爷遭此大难，你又怎地逃脱的？"吴成大惊道："我因路上染病，不曾随主人去。适间闻主人凶信，未知真假。欲往前探看，又没盘费。你从那边来，我正要问个实信。你今这般说，此信竟是真了。"季信道："你还不知么？你主人被贼杀在柳州界上，身边带有文凭。狄安抚查看明白，买棺安葬，立碑为记，好等你家来扶柩。碑上写：'赴任遇害，上林知县鲁翔葬此。'我亲眼见过，怎么不真！"吴成听罢，大哭道："老爷呀，早知如此，前日依着驿丞言语，等狄爷兵来同走也罢。为何冒险而行，致遭杀身之祸！可怜新中个进士，一日官也没做，弄出这场结果！"季信道："你休哭罢，家中还要你去报信，如今快早收拾回去。盘费若少，我就和你作伴同行。"吴成收泪称谢，打点行囊，算还房钱，与季信一同回乡。时已残冬，在路盘桓两月，至来年仲春，方才抵家。

且说家中自鲁翔出门后,石氏常寻事要奈何①楚娘,多亏公子鲁惠解劝,楚娘甚感之。鲁惠闻广西一路兵险难行,时时挂念,这日,正坐在书房,听说吴成回来,喜道:"想父亲已赴任,今差他来接家眷了。"连忙步出,只见吴成哭拜于地。举家惊问,吴成细将前事哭述一遍,取出家书呈上,说道:"这封书,不想就做老爷的遗笔。"鲁惠听了跌脚捶胸,仰天号恸。拆书观看,书中说:"我上任后,即来迎接汝母子。"末后,又叮嘱看顾楚娘孕体。鲁惠看了,一发心酸,与石氏、楚娘俱皆哭昏。正是:

> 指望一家同赴任,谁知千里葬孤魂。
>
> 可怜今日途中骨,犹是前宵梦里人。

当日家中都换孝服,先设虚幕,招魂立座,等扶柩归时,然后治丧。鲁惠对石氏道:"儿本欲即去扶柩,但二娘孕体将产,父亲既嘱孩儿看顾,须等她分娩,方可出门。"石氏道:"都是这妖物脚气不好,克杀夫主。如今还要她则甚?快叫她转嫁人罢。"鲁惠道:"母亲说哪里话,她现今怀孕,岂有转嫁之理。"石氏道:"就生出男女来,也是克爷种,我决不留的。"鲁惠道:"母亲休如此说。"这亦是父亲的骨血,况人家遗腹子尽有好的,怎么不留!"石氏只是恨恨不止。

楚娘闻知叫苦,思欲自尽,又想:"生产在即,待产过了,若夫人必欲相逼,把所生孩子托付大公子,然后自寻死路未迟。"不隔数日,早已分娩,生下一个儿子,又且眉清目秀。鲁惠见了,苦中一乐,就与他取名为鲁意,字思之,取思亲之意。只有石氏不喜,说道:"我不要这逆种,等他满了月,随娘转嫁去罢。"

鲁惠见母亲口气不好,一发放心不下,恐自己出门后,楚娘母子不保,有负亡父之托。正在踌躇,不想鲁意这小孩就出起痘花来。鲁惠延医看视。医人说要避风,鲁惠吩咐楚娘好生拥护。石氏却睬也不睬,只逐日在丈夫灵座前号哭。楚娘本也要哭,因恐惊孩子,不敢高声,但背地吞声饮泣。石氏不见她哭,只道她没情义,越发要她改嫁。过了两日,鲁意痘花虽稀,却不知为甚,忽然手足冰冷,瞑目闭口,药乳俱不进。捱了半晌,竟直挺挺不动了。楚娘放声大哭,泪如雨下。鲁惠也哭一场。

石氏道:"不必哭,死了倒干净!"便吩咐吴成:"未满月的死孩,例不

---

① 奈何——1.怎么办;2.对付,处置。

用棺木。快把蒲包包着，拿去义坛上掩埋。"楚娘心中不忍，取出绣裙一条，上绣白凤二只。楚娘裂做两半条，留下半条，把半条裹了孩子，然后放入蒲包内。鲁惠也不忍去送，就着吴成送去。吴成领命，携去义坛上。那坛上住着个惯替人家埋尸的，叫做刘二，说道："今日星辰不利，埋不得。且放在我家屋后，明日埋罢。"吴成见说不利，不敢造次，只得依言放下。到明日去看，却早埋好在那里了。吴成道："怎不等我来看埋?"刘二道："埋人的时辰是要紧的。今日利在寅、卯二时，等你不及，我先替你埋了。难道倒不好?"吴成道："也罢。"遂取些钱，赏了刘二，自去回复主命，不题。且说楚娘，夫亡子死，日夕悲啼。石氏道："你今孩子又死，没甚牵挂了，快转嫁罢。"楚娘哭道："妾受先老爷之恩，今日正当陪侍夫人，一同守节。就是妾有二心，夫人还该正言切责，如何反来相逼?"石氏道："你不要今日口硬，日后守不得，弄出不伶不俐的事来，倒坏我家风。"楚娘见夫人出言太重，大哭起来，就要寻死觅活。鲁惠再三劝解，又劝石氏道："二娘有志守节，是替我家争气的事。母亲正该留她陪侍，何必强她。"石氏道："我眼里容不得这样人。你若要她陪侍我，却不是要气死我了!"鲁惠听说，踌躇半晌，乃对楚娘道："二娘，你既不肯改节，母亲又不要与你同居，依我愚见，不如去出家罢。但不知你情愿否?"楚娘道："夫人既不相容，妾情愿出家，只恐没有可居的庵院。"鲁惠道："你若肯出家，待我寻个好所在送你去。"便吩咐吴成："要寻一清净庵院，送二娘去出家。"吴成道："本城中有个女真观，名为清修院，乃是九天玄女①的香火。小人亡故的母亲曾在那里出家。内中道姑数人，都是老成的。二娘若到这所在去，倒也稳便。"鲁惠闻言，即亲往观中访看，见这些道姑，果然都是朴实有年纪的，遂命吴成通知来意，道姑见说是鲁衙小夫人要来出家，不敢不允。鲁惠择了吉日，备下银米、衣服之类，亲送楚娘到观中去。楚娘哭别了灵座，欲请夫人拜别，夫人不肯相见，楚娘掩泪登车，径往清修院中出家去了。石氏此时方才拔去眼中之钉，十分欢喜。

鲁惠既安顿了楚娘，便收拾行装，哭别母亲，仍唤吴成随着，起身出门，往柳州扶枢。一路上，水绿山青，鸟啼花落，适增鲁惠的悲感。不则一日，来至柳州地面，问到那埋枢的所在。只见荒冢垒垒，其中有一高大些

---

①　九天玄女——中国古代神话中的女孩，后经道教增饰奉为女仙。

的,前立石碑,碑上大书鲁翔名字。鲁惠见了,痛入心脾,放声一哭,天日为昏。吴成亦哭泣不止。鲁惠唤吴成买办香氏、酒肴,就冢前祭奠,伏地长号。

正哭得悲惨,忽有旌旗伞盖,拥着一位官人,乘马而来,行至冢前,勒住马,问:"哭者何人?"鲁惠还只顾啼哭,未及回答。吴成上前代禀,只见那官人马后随着一人,就是前日途中相遇的季信。吴成便晓得这官人是团练使昌期,遂禀道:"此即已故鲁爷的公子,今特来扶枢。小人便是鲁家的苍头①。"昌期忙下马道:"既是同乡故宦之子,快请来作揖。"吴成扶起鲁惠,拭泪整衣,上前相见。

昌期见他仪表非俗,虽面带戚容,自觉丰神秀异,暗暗称羡。问慰了几句,因说道:"足下不辞数千里跋涉,远来扶枢,足见仁孝。但来便来了,扶枢却不容易。约计道里、舟车之费,非几百金不可。足下若囊无余资,难以行动。"鲁惠哭道:"如此说,先人灵枢无还乡之日矣。"昌期道:"足下勿优。令先尊原系狄公所葬,足下欲扶枢,须禀知狄公。今狄公驻节宾州,足下也不必自去禀他,且暂寓敝署,等学生替你具文详报,并述足下孝思,狄公见了,必有所助。学生亦当以薄赙②奉敬。那时足下方可图归计耳。"鲁惠拜谢道:"若得如此,真生死而肉骨也。"昌期便叫左右备马与鲁惠乘坐,并吴成一同带至衙中。鲁惠重复与昌期叙礼。昌期置酒款待,鲁惠因哀痛之余,酒不沾唇。昌期也不忍强劝。次日,正待具文申详狄公,忽衙门上传进邸报③,探得河北贝州有妖人王则等作乱,窃据城池,势甚猖獗。昌期忙把与鲁惠看道:"贝州是你我家乡,今被妖人窃据,归路不通。学生家眷,幸已接到。不知足下宅眷安否?扶枢之事,一发性急不得。狄公处,且不必申文去罢。"鲁惠惊得木呆,哭道:"不肖终鲜兄弟,只有孀母在堂,没人侍奉。指望早早扶枢回乡,以慰母心。不能事父,犹思事母。不料如今死父之骸骨难还,生母之存亡又未卜,岂不可痛!"昌期劝道:"事已如此,且免愁烦。天相吉人,令堂自然无恙。妖人作乱,朝

---

① 苍头——奴仆。

② 赙(fù)——旧指以财物助人办丧事。

③ 邸报——中国古代报纸的一般统称。是封建王朝传知朝政的工具。据已知材料,它始出于唐代,宋代以后日渐流行。

廷不日遣兵讨灭。足下且宽心住此，待平定了，扶枢回去未迟。"鲁惠无奈，吞声忍泣，勉强住下。住了多时，昌期见他丰姿出众，又询知他尚未婚聘，且系同乡，意欲与他结姻。

原来昌期有女无子。夫人元氏，近日在家新得一子，乳名似儿，年甫一岁，与女儿月仙同携至任所。那月仙年已十四，才色绝伦，性度端雅。昌期爱之如宝，常欲择一佳婿。今见鲁惠这表人物，欲与联姻，但不知内才若何，要去试他一试。

看官，你道昌期是个武弁①，那文人的学问深浅，他哪里试得出？不知那昌期原来是弃文就武的，胸中尽通文墨。所以前日安抚狄青取他到军中参赞，凡一应檄文告示，表章奏疏。都托他动笔。今欲面试鲁惠，却是不难。

当日步至书斋，正要探鲁惠所学。只见鲁惠取一幅素笺，在那里写什么，见昌期来，忙起身作揖。昌期看那笺上，草书夭矫，墨迹未干，便欢喜道："足下字学大妙。"鲁惠道："偶尔涂鸦，愧不成字。"一头说，一头便要收藏。昌期却先取在手中，道："此必足下所题诗词，何妨赐览。"鲁惠道："客馆思亲，不堪入览。"昌期道："学生正欲请教。"遂展笺细看，乃七言律一首，云：

> 荷蒙下榻主人贤，痛我何心理简编。
>
> 莪蓼有诗宁可读，陔华欲补不成篇。
>
> 死悲椿树他乡骨，生隔萱帏故国天。
>
> 石砚杨花点点落，未如孤子泪无边。

昌期看毕，称赞道："仁孝之言，一字一泪，容学生更细吟之。"鲁惠道："拙句污目，敢求斧正。"昌期道："学生当依韵奉和。"说罢，把诗笺袖入内来，想道："鲁生诗又好，字又好，真才可知。若以为婿，足称佳选。但女儿自负有才，眼界最高。我今把此诗与她看，要她代我和一首，看她如何说。"便叫丫环请小姐来。那小姐果然生得：

> 眸凝秋水，黛点春山。裙下小小金莲，袖中纤纤玉笋。端详举止，素禀钟仪。伶俐心情，足称闺秀。若教玩月，宛见嫦娥有双。试使凌波，真是洛神再世。

---

① 武弁（biàn）——旧时称武官为弁。

　　月仙闻唤出来，问：“爹爹有何呼唤？”昌期取出诗笺，道：“这便是在此作寓的鲁生思亲之咏，试与你观之。”月仙接来看了，称赏道：“诗意既凄恻动人，字迹又离奇耸目，真佳制也！”昌期见她称赏，便取扇一柄，付月仙道：“我欲将此诗依韵奉和，写在这扇上，就送与鲁生。你可为我代笔。”月仙道：“诗，便孩儿代咏。字，还是爹爹自写。恐闺中笔迹不宜传示外人。”昌期道：“我说是自写的，他哪知是你的笔迹。你不必辞。”月仙不敢违命，取过笔砚，展开扇子，不假思索，一挥而就。其诗曰：

　　　　得窥翰墨景高贤，仁孝留题诗一编。
　　　　至性可方莪蓼句，深情堪补白华篇。
　　　　经成阙里来黄玉，泪洒空山格旻天。
　　　　他日朝廷升季秀，声名应到凤池边。

　　月仙写完，昌期大加称赞，便连那原笺一齐拿去，与夫人元氏观看，把鲁惠如何题诗，月仙如何和韵，并自己欲招他为婿之意，细述一遍。夫人道：“你既看得鲁生入眼，女儿诗中又赞他后日声名必显，这头姻便可联了。”两个说话，不防月仙从外厢走来，听得父母是说她的姻事，遂立住脚，听了仔细。回至房中，暗想：“爹妈欲把我与鲁生联姻，此生诗字俱佳，自是才子，又常见爹爹说他丰姿秀异，不知果是怎样。”沉吟一回，道：“婚姻大事，不可草草。待我捉空私自看他一看，方才放心。”正在思想，恰好这日昌期因有紧急军情报到，连诗扇也未及送与鲁惠，忙忙出外料理去了。月仙乘间唤一个环着，以看花为由，悄然至书斋前，从门隙偷觑。见鲁惠身穿麻素，端坐观书。但见：

　　　　眉目带愁，是孝子之容。器宇昂藏①，有才人之概。素衣如雪，
　　正相宜粉面何郎。缟带迎风，更不让飘香荀令②。若叫笑口肯轻开，
　　未识丰姿又何似。

　　月仙偷觑半晌，悄步归房，心上又喜又惊。喜的是，此生才貌双全。惊的是，此生的面庞与月仙的幼弟似儿仿佛相像。那似儿貌极清秀，月仙最爱之。今见鲁惠状貌相类，故此惊疑。因遂取花笺一幅，题一词云：

----

　①　昂藏——仪表雄伟，气宇不凡。
　②　荀令——三国时曹操的谋士荀彧，因做过尚书令，人称“荀令君”。荀令因到别人家，坐过的地方有香味，所在用荀令比喻美男子。

常怜幼弟颜如玉，目秀眉清迥出俗。今日见乔才，宛然类小孩。
萍踪忽合处，状貌何相似。疑是一爹娘，偶然拆雁行。

　　题毕，把来夹在针线帖中。次日，夫人偶至月仙房中，适值月仙绣倦，隐几而卧。夫人不惊醒他，但翻玩其所绣双凤图，忽见针线帖中露出花笺角儿。取出一看，上有词一阕，认是女儿笔迹。依旧放好，密呼丫环问之，晓得她昨日曾窃窥鲁生，故作此词。因想："她平时最爱幼弟清秀，今以鲁生状貌与之相类，却不是十分中意！此姻不可错过。"

　　是晚，昌期回衙。夫人把女儿题词之事说知。昌期欢喜，随取诗扇并原笺到馆中见鲁惠，说道："足下阳春一曲，属和殊难。学生聊步尊韵，幸勿见哂①。"鲁惠看罢，极口称谢。昌期因问道："足下质美才高，宜早中东床②之选，为何至今尚未婚聘？"鲁惠道："寒家本系儒素，下肖又髫稚③无知，安敢遽思射雀？"昌期道："足下太谦了。从来才士下轻择偶，犹才女之不轻许字。若平常男女，倒容易替他寻家觅室。偏是有才貌的，其遇合最难。即如学生有一女，亦颇不俗，欲求一佳婿，甚难其人。"鲁惠道："令爱名闺淑质，固难其配，然以先生法眼藻鉴，必得佳偶。"昌期笑道："学生眼界亦高。今见足下，不觉心醉。"鲁惠逊谢道："过蒙错爱，使不肖益深愧赧④。"昌期道："足下勿过谦。我蓄此心已久，今不妨直告，不识足下亦有意乎？"鲁惠忙起，揖谢道："蒙先生如此见爱，感入五内。但娶妻必告父母，今不肖父遭惨变。母隔天涯，方当寝苦枕块、陟岵⑤望云之时，何忍议及婚姻。"昌期道："尊君既捐馆，足下便可自主。日后令堂知道，谅亦必不弃嫌。"鲁惠垂泪道："不肖以奔丧扶柩而来，姻事断非今日所忍议。尊谕铭刻在心，待回乡之日，请命于母，即来纳聘，不敢有负。"昌期道："足下仁孝如此，愈使我敬爱。今日一言已定，金石不渝矣。"言罢，即作

---

①　哂（shěn）——微笑。此处作"笑"。
②　东床——晋代太尉郗鉴派一位门客到到王导家去选女婿。门客回来说："王家的年轻人都很好，但听到有人去选女婿，都拘谨起来，只有一位在东边床上敞开衣襟吃饭的，好像没听见似的。"郗鉴说："这正是一位好女婿。"这个人就是王羲之。于是把女儿嫁给他。后称女婿为东床。
③　髫（tiáo）稚——髫，古时小孩的下垂头发，引申以指童年。
④　愧赧（nǎn）——因羞愧而脸红。
⑤　陟岵（zhì qǐ）——登高、登山。

别入内,将这话述与夫人听了。夫人也赞他仁孝。月仙闻知。亦暗暗称其知礼。

自此,昌期夫妇愈敬鲁惠,待之竟如子婿一般。鲁惠十分感激,但贝州妖人未平,归期杳隔,逢时遇节,唯有向冢前哭拜而已。

光阴迅速,不觉一住五年。鲁惠年已十八,学识日进,只是悲死念生,时时涕泣。一日,正在闷坐,忽昌期来说道:"近日侬智高已败死,其部将以众投降,寇氛已平。昨狄安抚行文来,要我去议军情,又要我作平贼露布①一篇。我想,这篇大文非比泛常,敢烦足下代为挥洒。"鲁惠道:"弱笔岂堪捉刀,还须先生自作。"昌期道:"必欲相求,幸勿吝教。鲁惠推辞不过,便提起笔,顷刻草成露布,其文甚雄。正是:

狭巷短兵相接处,沈郎雄快无多句。

岂若鲁生今日才,雄文快笔通篇是。

昌期见了,大喜称谢,随亲录出。别了鲁惠,就起身,至宾州参见狄公。原来狄公杀败侬智高,尽降其众,并日前被掳去的人,俱得逃回。狄公恐有贼党混入其中,都叫软监在宾州公所,特取昌期来,委他审问,果系良民,方许归籍。当下昌期见了狄公,呈上露布。狄公看罢,大公道:"团练雄才,比前更胜十倍。"昌期道:"不敢相瞒,此实非卑职所作,乃一书生代笔。"狄公惊道:"何物书生,雄快乃尔!"昌期把鲁惠的来因,并其孝行高才,细说一遍。狄公喜道:"才子又是孝子,实不易得。我当急为延访。"遂命昌期修书一封,又差偏将一员,速至柳州,立请鲁生来相见。

鲁惠接了昌期书信,备知狄公雅意,不敢违慢,即令吴成跟随,与来人同至宾州安抚衙门,以儒生礼进见。鲁惠拜谢狄公收葬父骨之恩。狄公赞他代作露布之妙,命坐看茶。问答之间,见他言词敏捷,且仪表堂堂,不觉大喜,便道:"我军中正少个记室②参军,足下不嫌卑末,且权在此,佐我不及。即日当表荐于朝,以图大用。"鲁惠辞道:"愚生父母,死别生离,方深悲痛,无心仕进。"狄公道:"足下服制已满,正当奋图功名,以显亲事。不必推辞。"遂命左右取参军冠带,与鲁生换了。鲁惠不敢过却,只得从命。狄公置酒后堂,并传昌团练来,与鲁参军会饮。饮酒间,狄公问起鲁

---

① 露布——军中捷报。
② 记室——古代官名。旧时也作秘书的代称。

惠曾婚娶否,昌期便把昔日欲招他为婿,他以未奉亲命为辞。狄公道:
"参军与团练本系同乡,且久寓其中,这姻自不容辞。况相女配夫,以参
军之才,而团练欲以女为配,其令爱必是闺中之秀了。"昌期道:"小女不
敢云闺秀,然亦不俗。卑职因见他无心中称赞参军的佳咏,故有婚姻之
议。"鲁惠道:"令爱几曾见过拙句?"昌期笑道:"不但见过,且曾和过。不
但小女见过尊咏,足下也曾见过小女和章。昔日那扇上的诗与字,实俱小
女所书,非学生之笔也。"鲁惠惊讶道:"原来如此,怪道那字体妍媚,不像
先生的翰墨。"狄公便问:"什么诗扇?"昌期将二诗一一念出。狄公赞道:
"才士才女,正当作配。老夫作媒,今日便可联姻,参军不必更却。"鲁惠
还欲推辞,一来感昌期厚恩,二来蒙狄公盛意,三来也敬服小姐之才,只得
应允。乃取身边所带象牙环一枚,权为聘物。昌期亦以所佩碧玉猫儿坠
答之。约定扶柩归后,徐议婚礼。正是:

> 象环身未还,玉坠姻先遂。
>
> 贵人执斧柯,权把丝萝系。

鲁惠当日就住在狄公府中,昌期自去公馆审理逃回人口。

　　次日,鲁惠问起狄公如何败死侬智高,狄公道:"据军士报称,此贼自
投山涧中溺死,其尸已腐,不可识认。因有他所穿金甲在涧边,以此为
信。"鲁惠沉吟道:"据愚生看来,此贼恐未死。"狄公点头道:"吾亦疑之,
但今无可踪迹。且贼众已或杀或降,即使贼首逃脱,亦孤掌难鸣,故宽追
捕耳。"鲁惠道:"然虽如此,擒贼必擒其主。愚闻此贼巢穴向在大理府,
今若逃至彼处,啸聚诸蛮,重复作乱,亦大可忧。还宜觅一乡导①遣兵直
穷其穴为是。"正议间,忽报昌团练禀事。狄公召进,问有何事。昌期道:
"其事甚奇。卑职审问逃回人口,内有一人自称是上林知县鲁翔。"鲁惠
听说,大惊道:"不信有这事!"狄公亦惊道:"鲁知县已死,文凭现据,如何
还在? 既如此,前日死的是谁?"昌期道:"据他说,死的是家人沈忠。当
日为路途艰险,假扮客商而行。因沈忠少年精壮,令其拤刀防护,文凭也
托他收藏。不意路遇贼兵,见沈忠拤刀,疑是兵丁,即行杀死。余人皆被
掳去,今始得归还。有同被掳的接官衙役,口供亦同。卑职虽与鲁翔同
乡,向未识面,不知真伪,伏候宪裁。"狄公道:"这不难,今鲁参军现在此,

---

①　乡(xiàng)导——引路的人。今作"向导"。

叫他去识认便了。"昌期道："他又说有机密事，要面禀大人。卑职现带他在辕门伺候。"狄公即命唤进。鲁惠仔细一看，果然是父亲鲁翔，此时也顾不得狄公在上，便奔下堂，抱住大哭。鲁翔见了儿子，也相抱而哭。

狄公叫左右劝住，细问来历。鲁翔备言前事，与昌期所述一般。又云："侬智高查问被掳人口中有文人秀士，及有职官员，即授伪爵。知县不肯失身，改易名姓，甘为俘囚。"狄公道："被掳不失身，具见有守。"又问："有何机密事要说？"鲁翔道："侬贼战败，我军获其金甲放山涧边，误认彼已死。不知此贼解甲脱逃，现在大理府中，复谋为乱。知县在贼中深知备细。今其降将，实知其事。大人可即用为乡导，速除乱本，勿遗后患。"狄公听了，回顾鲁惠道："果不出参军所料。参军真智士，而尊父实忠臣也！"遂传令遣兵发将，星夜至大理府，务要速除贼首侬智高。其降将姑免前此知而不首之罪，用为乡导自赎。一面令昌期回柳州任所，将前所立鲁翔之碑推倒，一面拨公馆与鲁翔父子安歇。鲁翔谢了狄公，与鲁惠至公馆。此时鲁惠喜出望外，正是：

　　　终天忧恨一朝舒，数载哀情今日快。

当卜家人吴成也叩头称贺。少顷，昌期也来贺喜，说起联姻的事。鲁翔欢喜拜谢。昌期别过，自回柳州任所。鲁家父子相聚，各述别后之事。鲁翔闻家乡寇警，不知家眷如何，又闻幼子不育，楚娘出家，未免喜中一忧。

过了几日，那发去大理府的兵将，果然追获侬智高，解赴军前。狄公斩其首级，驰送京师献捷，表奏鲁翔被掳不屈，更探得贼中情事来报，其功足录；鲁惠孝行可嘉，才识堪用。叙功本上，又高标昌期名字。不一日，圣旨到下：狄青加升枢密副使，班师回京；鲁翔加三级，改选京府大尹；鲁惠赐进士第，授中书舍人；昌期升山西指挥使。各准休沐一年，然后供职。恩命既颁，狄公即择日兴师。恰有邸报到，报朝廷贝州妖人未平，特命潞国公文彦博督师征讨去了。狄公对鲁翔道："文潞公老成练达，旌旗所指，小丑必灭。贤乔梓与昌指挥使既奉旨休沐，可即同归矣。"

鲁翔大喜，即与鲁惠辞谢狄公，至柳州昌期任所商议，欲先叫鲁惠与月仙小姐成婚，以便同行。鲁惠哭道："母亲存亡未卜，为子的岂忍先自婚娶。"鲁翔见他孝思诚至，不忍强他，遂别了昌期，主仆三人起身先行。昌期领了家眷，随后进发，鲁翔等行至半途，早闻贝州妖贼被文潞公剿灭，河北一路已平，即趱程前进。鲁惠此时巴不得一翅飞到贝州看母下落。

这话且按在下。

却说石氏夫人自儿子去后，日夜悬望。不意妖人王则，勾结妖党，据城而叛。那王则原是州里的衙役，因州官克减兵粮，激变军心，他便恃着妻子胡永儿、丈母圣姑姑的妖术，乘机作乱。据城之后，纵兵丁打粮三日。城中男女，一时惊窜。且喜这班妖人，都奉什么天书道法，凡系道观，不许兵丁混入。因此，男女都望着道观中躲避。那些道士、道姑，又恐惹祸，认得的便留了几个，不认得的一概推出。

当下石氏值此大乱，只得弃了家业，与僮仆、妇女辈一齐逃奔。恰遇兵丁冲过，石氏随众人避入小巷。及至兵丁过了，回看仆妇辈，都已失散。独自一个，一头哭，一头走，见有一般逃难的妇女说道："前面女贞观中可避。"石氏随行逐队，奔至观前，只见个老道姑正在那里关门。石氏先挨身而入，众妇齐欲挨入。道姑嚷道："我这里躲的人多了，安着你们不下。"众妇哪里肯去。道姑不由分说，把门关上。只有石氏先挨在里面，抵死不去。道姑道："你要住，也须问我观主肯不肯。"石氏道："我去拜求你观主。"便随着道姑走进法堂。果然先有许多避难的女人，东一堆，西一簇。法堂中间，有一少年美貌的道姑，端坐在云床上，望之俨如仙子。石氏方欲上前叩求，仔细一看，呀！那道姑不是别人，却就是咸氏楚娘。

原来此观即清修院。楚娘自被石氏逼逐至此出家，众道姑见她聪明能事，遂推她为主，每事要请问她。不想石氏今日恰好避入，与她劈面相逢，好生惭愧。看官，你道当初石氏把她恁般逼逐，如今倒来相投，苦楚娘是个没器量的，就要做出许多报复的光景了。那晓楚娘温厚性成，平日只感夫主之恩，公子之德，并不记夫人之怨。那日见石氏避难而来，忙下云床拜见。石氏告以相投之意，楚娘欣然款留。石氏倒甚不过意。有词为证：

逢狭路，无生路，夫人此日心惊怖。旧仇若报命难全，追悔从前真太妒。求遮护，蒙遮护，何意贤卿不记过？冤家今变作恩人，服彼汪洋真大度。

三日后，外面打粮的兵已走，观中避难妇女渐皆归去。石氏也想归家，不料家中因没人看守，竟被兵丁占住，无家可归。亲戚俱逃，无可投奔。石氏号陶大哭，楚娘再三劝道："夫人且住在此，安心静待，不必过伤。"石氏感谢，权且住。不意妖人闻各道观容留闲人在内躲避，出示禁约。兵丁借此为由,不时敲门打户来查问。众道姑怕事,都劝楚娘打发石氏出去。石氏十分着急,楚娘心生一计,叫石氏换了道装,也扮作道姑,掩人耳目。然虽如此,到底怀着鬼胎。

却喜妖母圣姑姑是极奉九天玄女的,一日偶从观前经过,见有玄女圣像,下车瞻礼。因发告示,张挂观门,不许闲人混扰。多亏这机缘,观中没人打搅,不但石氏得安心借住,连楚娘也得清净焚修。石氏在观中,设立丈夫灵座,日夕拜祷,愿孩儿鲁惠路途安稳,早得还乡。楚娘亦不时祷告。

直至五年之后,文潞公统兵前来,灭了妖贼,恢复城池。破城之日,即出榜安民。此时石氏意欲归家,奈房屋被乱兵践踏几年,甚费修理。婢仆又都散失,难以独居。只得仍住观中,候鲁惠回来计议。

却说鲁家主仆三人星夜赶回贝州。但见一路荒烟衰草,人迹甚稀,确是乱离后景象,不胜伤感。到得家中,仅存败壁颓垣,并没人影。欲向邻里问信,亦无一人在者。鲁惠见这光景,只道母亲凶多吉少,放声大哭,鲁翔道:"且莫哭,你想楚娘在那观中出家,今不知还在否? 若彼还在,必知我家消息,何不往问之。"鲁惠依命,一齐奔至清修院来。

那日恰值下元令节,楚娘设斋追荐夫主,正与石氏在灵前拜祭。忽叩门声甚急,老道姑开了门。鲁翔先入,石氏看见,吃了一惊,大叫道:"活鬼出现了。"举步欲奔,却早吓倒在地。还是楚娘些胆识,把手中拂子指着鲁翔道:"老爷阴灵不泯,当早生天界,不必白日现形,以示怪异。"鲁翔道:"哪里说起,我是活人。"

随后鲁惠、吴成也到。鲁惠看见母亲,方才大喜,忙上前扶起道:"母亲勿惊,孩儿在此。父亲已生还,前日凶信,乃讹传耳。"石氏与楚娘听说,才定心神。四人相对大哭。哭罢,即撤去灵座,各诉别后之事,转悲为喜。众道姑莫不啧啧称异。正是:

　　　　只道阴魂显圣,谁料真身复还。

　　　　岂比鹤归华表,宛如凤返丹山。

鲁翔收拾住房,重买婢仆,多将金帛酬谢道姑,接取夫人并楚娘归家。楚娘不肯道:"我今已入玄门,岂可复归绣闱?"石氏道:"当初都是我不是,致你身入玄门。五年以来,反蒙你看顾,使我愧悔无及。今日正该同享荣华,你若不肯同去,我又何颜独归。"鲁翔道:"夫人既如此说,你不可推却。"鲁惠又再三敦请,楚娘方允诺,拜了神像,谢了道伴,改装同归。

自此石氏厚待楚娘，不似前番妒忌了。

过了几日，昌期家眷亦归。鲁翔择吉行礼，迎娶月仙与鲁惠成婚。奁具之丰，花烛之盛，自不必说。合卺①后，鲁惠细觑仙姿，真个似玉如花。月仙见鲁惠紫袍纱帽，神采焕发，比前身穿缟素、面带愁容时又大不同。二人欢喜，同入罗帏，枕边叙起昔年题诗写扇之事，愈相敬爱。此夜恩情，你贪我悦，十分美满。自此夫妻恩爱，不必细说。

且说楚娘出家过了一番，今虽复归，尘心已净，凡事都看得恬淡。只有亡儿鲁意，时常动念。那裹尸剩下的半条白凤裙，一向留着，每每对之堕泪。一日，昌家有人来问候小姐，说起昌期身边有个宠婢怀孕，前夜已生一子，老爷、夫人甚是欢喜。楚娘闻知，又触动了思念亡儿，即取出那半条白凤裙来看，泪下如雨。

适月仙进房来闲话，楚娘拭泪相迎。月仙一见此裙，即取来细看，口中嗟呀不已，问道：“这半条裙是哪里来的？”楚娘道：“是我自穿的。七年前裂下半条裹了亡儿去，留此半条以为记忆。”月仙听说，连声道奇。楚娘道：“有何奇处？”月仙道：“我也有半条，恰好与此一样。”便叫丫环快去取来看。

少顷取至。楚娘展开细看，好生惊讶。再把那半条来一配，恰正是一条，大惊道：“这分明就是我裹儿的，如何却在小姐处？”沉吟半晌，又道：“是了，此必当日掩埋亡儿之时，彼人偷此半裙去卖，因而宅上买得。”月仙摇头道：“我家买的，正不独一裙。”楚娘道：“还有何物？”

月仙想了半晌，问道：“当时小叔死了，拿去何处掩埋？”楚娘道：“着吴成拿去义坛上掩埋。”月仙道：“二娘可曾自去看埋？”楚娘道：“我那时生产未满月，不便出门，大公子不忍去看，只着吴成送去。又值这日星辰不利，不曾埋，放在坛上人家屋后。明日去埋时，那坛上人已替我埋好了。”月仙又问：“这坛上埋人的可是叫刘二？”楚娘想了一想，道：“记得当初吴成来回复，正说是刘二。小姐问他则甚？”

月仙听罢，拍掌道：“奇哉，奇哉！如此起来，莫非小叔不曾死？”楚娘大惊道：“如何不曾死？”月仙道：“不瞒二娘说，我那幼弟似儿，实非我父

---

① 合卺(jǐn)——卺：瓢。合卺指成婚，旧时婚礼，把匏(páo)瓜剖成两个瓢，新郎新娘各拿一个饮酒。

母所生。当初母亲未至爹爹任所之时,有个赵婆,抱一个两三月的小孩子来,说是义坛上人刘二所生,因无力养育,要卖与人。母亲见他生得清秀,自己无子,遂将钱十五贯买了,取名似儿,雇个乳娘领着,携至爹爹任所。爹爹甚喜,竟如亲生一般。今年正是七岁,聪明可爱。这半条风裙,就是裹那孩子来的。因我爱这风绣得好,故留我处。今裙既系二娘物,孩子又从刘二处来,莫非我似儿就是你的亲儿么?"楚娘闻言,半信半疑道:"想刘二当初只为要偷这半条裙,故不等我家人去看埋,竟先埋了。如今裙便是我的,孩子或是他的,也未可知。"月仙道:"二娘勿疑,此子必非刘二所生。只看他相貌与我相公无二,若非兄弟,何相像至此?但不知既死如何复生?此中必有故。今只唤刘二与赵婆来问,便知端的。"楚娘道:"有理。"遂把这话述与鲁翔并夫人听了,月仙也对鲁惠说知,俱各惊异。忙令吴成去唤刘二。月仙亦传谕家人季信,要唤赵婆。次日,季信回复:"赵婆已死。"吴成却寻得刘二来。鲁翔细细问之,果然那昌公子就是鲁公子重活转来的。

看官听说,一个未满月的孩子,出痘死了,如何会活?即使活了,那刘二怎不来鲁衙报喜讨赏,却把去卖与人?

原来有个缘故。凡痘花都要避风。偏有一种名"紫金痘"者,倒要透风。若透了风,便浆满气足,不药而愈。若只藏在暖房,风不透,反弄坏了。这种奇痘,出的也少。就有出的,医人也不识。昔有神医周广,能识此痘,可惜不曾传示后人,所以人多未晓。

当日鲁意出的正是此种痘,被医生误事,叫他避风,弄得昏晕了去。人见了,只道他已死,把蒲包包了,拿去义坛上,又不便埋,放在刘二屋后。那时的风,透得爽利了。到晚间,刘二忽闻屋后孩子哭声,吓了一跳,急呼老婆同去看。只见蒲包在那里动,解开看时,那孩子已活。大家都道奇怪。刘二叫老婆抱起,正要去报知鲁衙,恰值他相识的赵媒婆走来,说知其故。赵婆说:"吾闻鲁家大夫人妒忌,此儿是小夫人所生,原是要他死,不要他活的。今若抱去还她,不讨得好,反断送了孩子。不如瞒着鲁家,待我替你另寻个好人家去养育,倒赚得几贯钱。"刘二依言,把孩子付老婆乳哺,遂将空蒲包埋了,瞒过吴成。

隔了月余,孩子痘花平复,越长得清秀。赵婆晓得昌衙夫人无子,遂把此子仍用绣裙裹去,只说是刘二养的,卖与昌衙,得钱十五贯,自取五贯,把十贯与刘二。后来赵婆已死,刘二移居城内。不想今日被吴成寻着,扯来见主人,质问此事。刘二料瞒不过,只得把前后事情备细说出。举家骇异。鲁翔又把五贯钱赏刘二,就取这两半幅裙,同着鲁惠往见昌期,备言前事。昌期惊叹道:"死而复生,离而又合,千古奇事。不意多见于君家父子兄弟间,真可庆幸。"遂入内与夫人说知,呼似儿出拜亲父。却说这似儿年虽幼稚,性极颖悟,向并不知自己是螟蛉子①。近因昌期生了幼儿,家人私语道:"此才是真公子,不是假公子了。"这句话落在似儿耳中,不觉惊疑,想道:"我既是假公子,我的真父母何在?"又想:"姐夫鲁惠,千里奔丧,却遇生父。不知我亦有父母重逢之日否?"正疑想间,忽闻昌期叫他出去拜见亲父,又闻姐夫的父亲就是我的父亲,大惊大喜,忙奔出堂,望着鲁翔便拜。

鲁翔抱他起来,仔细一看,果然与大儿鲁惠面庞相像。鲁惠向在昌衙,曾见似儿,无心中不知他与己同貌,今日细看,方知酷肖,父子兄弟意外重逢,好不欢喜。昌期设宴庆贺。宴毕,便叫把轿送似儿归去。鲁翔道:"久蒙抚育,不忍遽去。今暂领归拜母,仍当趋侍左右。"昌期笑道:"令郎久离膝下,今日正当珠还合浦,岂可复使郑六生儿盛九当乎?"鲁翔也笑,遂命似儿拜谢恩父恩母,领归家中。

楚娘见了,悲喜交集。石氏心也欢喜。月仙道:"二娘,你看他兄弟二人,可不是一般面貌? 我昔年曾题一词,末云:'疑是一爹娘,偶然拆雁行。'不想竟猜着了。"众人听说,尽皆称异。正是:

> 奇情种种,怪事咄咄。冢中非父,不难将李代桃;包内无儿,幻在以虚作实,偶然道着拆雁词,猜得如神;忽地相遭半凤裙,凑来恰一。嫂子就是姐姐,亲外加亲,姊丈竟是哥哥,戚上添戚。幼弟莫非小叔,月仙向本生疑;舅爷与我同胞,鲁惠今才省得。再来转世未为奇,暗里回生料不出。

当日大排喜筵,合家称贺。自此似儿仍名鲁意,常常到昌家来往。至明年,鲁、昌二家各携家眷赴任。鲁翔做了三年官,即上表乞休,悠游林下,训课幼子。鲁惠以狄公荐,累迁至龙图阁侍制,母、妻俱应封诰。鲁意勤学孝弟,有阿兄之风。年十六即成进士,联姻贵室。后来功名显达,楚娘

---

① 螟蛉子——养子;过继儿子。

亦受荣封。昌期官至经略，以军功，子孙世袭指挥使，与鲁家世为姻好。这段话，亲能见子之荣，子能侍亲之老，孝子之情大慰。《诗经·南陔》之篇，乃孝子思养父母而作。其文偶阙，后来束皙虽有补亡之诗，然但补其文，未能补其情。今请以此补之，故名之曰《补南陔》。

反芦花

幻作合前妻为后妻　巧相逢继母是亲母

诗曰：

　　当时二八到君家，尺素无成愧桑麻。

　　今日对君无别语，莫叫儿女衣芦花。

　　此诗乃前朝嘉定县一个妇人临终嘱夫之作。末句"衣芦花"，用闵子骞①故事。其夫感其词意痛切，终身不续娶。这等说来，难道天下继母都是不好的？平心而论，人子事继母，有事继母的苦。那做继母的，亦有做继母的苦。亲生儿子，任你打骂，也不记怀。不是亲生的，慈爱处便不记，打骂便记了。管他，即要淘气②，不管他，丈夫又道继母不着急，左难右难。及至父子之间，偶有一言不合，动不动道听了继母。又有前儿年长，继母未来时，先娶过媳妇。父死之后，或继母无子，或有子尚幼，倒要在他夫妻手里过活。此岂非做继母的苦处？

　　所以，尽孝于亲生母不难，尽孝于继母为难。试看"二十四孝"中，事继母者居其半。然虽如此，前人种树后人收，前妻吃尽辛苦，养得个好儿子，倒与后人受用，自己不能生受他一日之孝，深可痛惜。如今待在下说一人，娶第三个浑家，却遇了第一个妻子，他孩儿事第二个继母，重逢了第一个亲娘。

　　这件奇事，出在唐肃宗时。楚中房州地方，有个官人，姓辛，名用智，曾为汴州长史。夫人孟氏，无子，只生一女，小字端娘，丰姿秀丽，性格温和。女工之外，更通诗赋。父母钟爱，替她择一快婿，是同乡人，复姓长孙，名陈，字子虞。风流倜傥，博学多才。早岁游库，至十七岁，辛公把女儿嫁去，琴瑟极其和调，真好似梁鸿配了孟光，相如得了文君一般，说不尽

---

①　闵子骞——春秋时期鲁国人。孔子徒弟，七十二贤之一。闵子骞少时为后母虐待。

②　淘气——和别人怄气，生气。

许多恩爱。有词为证：

> 连理枝栖两凤凰，同心带绾二鸳鸯。花间唱和莺儿匹，梁上徘徊
> 燕子双。郎爱女，女怜郎，朝朝暮暮共徜徉。天长地久应无变，海誓
> 山盟永不忘。

毕姻二年后，生下一子，乳名胜哥，相貌清奇，聪慧异常。夫妻二人甚
喜。只是长孙陈才高命蹇①，连试礼闱不第。到二十七岁，以选贡除授兴
元郡武安县儒学教谕，带了妻儿并家人，同赴任所。在任一年，值本县知
县升迁去了，新官未到，上司委他署县印。

谁知时运不济，署印三月，恰遇反贼史思明作乱，兵犯晋阳。朝廷命
河北节度使李光弼讨之。史思明战败而奔，李光弼从后追击。贼兵且战
且走，随路焚劫，看看逼近武安县。飞马连连报到，长孙陈正商议守城，争
奈本县守将尚存诚，十分怯懦，一闻寇警，先已逃去，标下兵丁俱散。长孙
陈欲点民夫守城，那些百姓都已惊慌，哪里肯上城守御？一时争先开城而
走，连衙役也都走了。

长孙陈禁约不住，眼见空城难守，想道："我做教谕，原非守城之官。
今署县印，便有地方干系。若失了城，难免罪责。"又想："贼兵战败而来，
怕后面官兵追赶，所过州县，必不敢久住。我且同家眷，暂向城外山僻处
避几日，等贼兵去了，再来料理未迟。"遂改换衣装，将县印系放臂上，备
下马一匹，车一辆，自己骑马，叫辛氏与胜哥坐了车子，把行李、干粮都放
在车上，唤两个家僮推车。其余婢仆，尽皆步行。出得城门，看那些逃难
百姓扶老携幼地奔窜，真个可怜。但见：

> 乱慌慌风声鹤唳，闹攘攘鼠窜狼奔。前逢堕珥②，何暇回首来
> 看；后见遗簪，哪个有心去拾。任你王孙公子，用不着缓步徐行；凭他
> 小姐夫人，怕不得鞋弓袜小。香闺冶女，平日见生人吓得倒退，到如
> 今挨挨挤挤入人丛；富室娇儿，常时行短路也要扛抬，至此日哭哭啼
> 啼连路跌。觅人的，爹爹妈妈随路号呼；问路的，伯伯叔叔逢人乱叫。
> 夫妻本是同林鸟，今番各自逃去；娘儿岂有两般心，此际不能相顾。
> 真个宁为太平犬，果然莫作乱离人。

---

① 蹇（jiǎn）——迟钝，不顺利。

② 珥（ěr）——用珠子或玉石做的耳环。

行不数里,忽闻背后金鼓乱鸣,回望城中,火光烛天。众逃难的发喊道:"贼来了!"霎时间,狂奔乱走,一阵拥挤,把长孙陈的家人都冲散。两个推车的也不知去向,只剩下长孙陈与辛氏、胜哥三人。

长孙陈忙下马,将车中行李、干粮移放马上,要辛氏抱胜哥骑马,自己步行。辛氏道:"我妇人家怎能骑马?还是你抱孩儿骑马,我自步行罢。"长孙陈道:"这怎使得?"三回五次催辛氏上马,辛氏只是不肯。长孙陈只得一手搀妻子,一手牵马而行。不及数十步,辛氏走不动了。长孙陈着急道:"你若不上马快走,必被贼兵追及矣。"辛氏哭道:"事势至此,你不要顾我罢。你只抱胜哥自上马逃去,休为我一人所误。"胜哥哭道:"母亲怎说这话!"长孙陈也哭道:"我怎割舍得你,我三人死也死在一处。"一面说,一面又行了几步。走到一个井亭之下,辛氏哭对丈夫道:"你只为放我不下,不肯上马。我今死在你前,以绝你念。你只保护了这七岁孩子,逃得性命,我死瞑目矣。"言讫,望着井中便跳,说时迟,那时快,长孙陈忙去扯时,辛氏早已跳下井中去了。正是:

马上但求全弱息,井中拼得葬芳魂。

慌得胜哥乱哭乱叫,也要跳下井去。长孙陈双手抱住胜哥,去望那井中,虽不甚深,却急切没做道理救他,眼见不能活了,放声大哭。正哭时,后面喊杀之声渐近,只得一头哭,一头先抱胜哥坐在马上。自己随后也上马,又将腰带系住胜哥,拴在自己腰里。扎缚牢固,把马连加数鞭,望山僻小路而去。听后面喊声已渐远,惊魂稍定。走至日暮,来到一个败落山神庙前。

长孙陈解开腰带,同胜哥下马,走入庙中。先有几个人躲在内,见长孙陈牵马而来。惊问何人。长孙陈只说是一般避难的,解下马上行李,叫胜哥看守。自己牵马去吃了草,回来系住马,就神座旁与胜哥和衣而卧。胜哥痛念母亲,哭泣不止。长孙陈心如刀割,一夜未曾合眼。天明起身,寻些水净脸,吃了些干粮,再喂了马,打叠行李。正要去探听贼兵消息,只见庙外有数人奔来,招呼庙里躲难的道:"如今好了,贼兵被李节度大兵追赶,昨夜已尽去。城中平定,我们回去罢。"众人听说一齐去了。

长孙陈道:"贼兵即去,果不出吾所料。"遂与胜哥上马,仍回旧路。行近官塘,胜哥要下马解手。长孙陈抱下来,系马等他,望见前面有榜文张挂,众人拥看。长孙陈也上前一观,只见上写道:

钦命河北节度使李,为晓谕事。照得本镇奉命讨贼,连胜贼兵,贼已望风奔窜。其所过州县,该地方官正当尽心守御。昨武安县署印知县长孙陈及守将尚存诚,弃城而逃,以致百姓流离,城池失守,殊可痛恨。今尚存诚已经擒至军前斩首示众,长孙陈不知去向,俟追缉正法。目下县中缺官失印,本镇已札委能员,权理县事,安堵如故。凡尔百姓逃亡在外者,可速归复业,毋得观望。特示。

长孙陈看罢大惊,回身便走,胜哥解手方完,迎问道:"什么榜文?"长孙陈不答,忙抱胜哥上马,挂缚好了,加鞭纵辔,望山僻小路乱跑。穿林过岭,走得人困马乏。臂上系的印,不知失落何处了。奔至一溪边,才解带下马,牵马去饮水,自己与胜哥也饮了几口。

胜哥细问惊走之故,长孙陈方把适间所见榜文述与他听。胜哥道:"城池失守,不干爹爹事。爹爹何不到李节度军前把守将先逃之事禀告他?"长孙陈道:"李节度军法最严,我若去,必然被执。"胜哥道:"既如此,今将何往?"长孙陈道:"我前见邸报,你外祖辛公新升阆州刺史。此时想已赴任,我要往投奔他。一来,把你母的凶信报知;二来,就求他替我设法挽回。若挽回不得,变易姓名,另图个出身。"说罢,复与胜哥上马而行。正是:

> 井中死者不复生,马上生人又惧罪。
>
> 慌慌急急一鞭风,重重叠叠千行泪。

行了一程,已出武安县界,来至西乡县地方。时已抵暮,正苦没宿处,遥望林子里有灯光射出。策马上前看时,却是一所庄院。庄门已闭,长孙陈与胜哥下马叩门。见一老妪,携灯启户,出问是谁。长孙陈道:"失路之人,求借一宿,幸勿见拒。"老妪道:"我们没男人在家,不便留宿。"长孙陈指着胜哥道:"念我父子俱在难中,望乞方便。"老妪道:"这等说,待我去禀复老安人则个。"言毕,回身入内。少顷,出来说道:"老安人闻说你是落难的,又带幼儿在此,甚是怜悯。叫我请你进去,面问备细,可留便留。"长孙陈遂牵马与胜哥步入庄门。见里面堂上点起灯火,庭前两株大树。长孙陈系马树下,与胜哥同上堂。早见屏后走出个中年妇人来。老妪道:"老安人来了。"长孙陈连忙施礼,叫胜哥也作了揖。老安人道:"客官何处人,因何到此?"长孙陈扯谎道:"小可姓孙,是房州人。因许下云台山三元大帝香愿,同荆妻①与小儿去进香。不想路遇贼兵,荆妻投井而死,仆从奔散,只逃得愚父子性命。"老安人道:"如此真可伤了。敢问客官何业?"长孙陈道:"是读书。因累举不第,正要乘进香之便,往阆州投奔亲戚。谁料运蹇,又遭此难。"老安人道:"原来是位秀士,失敬了。"便叫老妪看晚饭。长孙陈谢道:"借宿已不当,怎好又相扰?"因问:"贵庄高姓? 老安人有令郎否?"老安人道:"先夫姓甘,去世五载。老身季氏,不幸无儿,只生一女。家中只有一老苍头,一老妪,并一小厮。今苍头往城中纳粮未回,更没男人在家,故不敢轻留外客。适因老妪说客官是落难人,又带幼子在此,所以不忍峻拒。"正说间,小厮捧出酒肴,排列桌上。老安人叫客官请便,自进去了。

长孙陈此时又饥又渴,斟酒便饮。胜哥只坐在旁边吞声饮泣。长孙陈拍着他背道:"我儿,你休哭坏了身子,还勉强吃些东西。"胜哥只是掩泪,杯箸也不动。长孙陈不觉心酸,连自己晚饭也吃不下。便起身把被褥安放在堂侧榻上,讨些汤水,净了手脚,又讨些草料,喂了马,携着胜哥同睡。

胜哥哪里睡得着,一夜眼泪不干。长孙陈又因连日困苦,沉沉睡去。次早醒来,看胜哥,见他浑身发热,口叫心疼,不能行动,一时惊慌无措。甘母闻知,叫老妪出来说道:"客官,令郎有病,且宽心住此,将息好了去,不必着忙。"长孙陈感激称谢,又坐在榻前,抚摩着胜哥,带哭地说道:"你母亲只为要留你这点骨血,故自拼一命,我心如割。你今若有些长短,连我也不能活了。"口中说着,眼中泪如雨下。却早感动了里面一个人。

你道是谁? 就是甘母的女儿。此女小字秀娥,年方二八,甚有姿色,亦颇知书。因算命的说她婚姻在远不在近,当为贵人之妻,故凡村中富户来求婚,甘母都不允,立意要她嫁个读书人。

秀娥亦雅重文墨,昨夜听说借宿的是个秀士,偶从屏后偷觑,也是天缘合凑,一见了长孙陈相貌轩昂,又闻他新断弦,心里竟有几分看中意。今早又来窃窥,正听得他对胜哥说的话,因想他伉俪之情如此真笃,料非薄幸者,便一发有意了。只不好自对母亲说,乃私白老妪,微露其意。

老妪即以此意告知主母,又撺掇道:"这正合着算命的言语了。那客

---

① 荆妻——古时对人称自己妻子的谦称。

官是远来的，又是秀士，必然发达。小姐有心要嫁他，真是天缘前定。"甘母本是极爱秀娥，百依百顺的，听了这话，便道："难得她中意，我只恐她不肯为人继室。她若肯，依她便了。但我只一女，必须入赘，不知那人可肯入赘在此？"

正待使老妪去问他，恰好老苍头纳粮回来，见了长孙陈，便问："此位何人？"老妪对他说知备细。苍头对长孙陈道："昨李节度有宪牌行到各州县，挨查奸细。过往客商，要路引查验。客官若有路引，方好相留。如无路引，不但人家住不得，连客店也去不得。"长孙陈道："我出门时，只道路上太平，不曾讨得路引，怎么处？"苍头道："宪牌上原说，在路客商若未取原籍路引者，许赴所在官司禀明查给。客官可就在敝县讨了路引罢。"长孙陈道："说得是。"口虽答应，心愈忧疑。正是：

> 欲求续命线，先少护身符。

到了晚间，胜哥病势稍宽，长孙陈私语他道："我正望你病好了，速速登程，那知又要起路引来。叫我何处去讨？"胜哥道："爹爹何不捏个鬼名，到县中去讨。"长孙陈道："这里西乡与我那武安县接壤，县中耳目众多，倘识破我是失守的官员，不是耍处。"

父子窃窃私语，不防老苍头在壁后听到了，次早入内，说与甘母知道。甘母吃了一惊，看着女儿道："那人来历如此，怎生发付他？"秀娥沉吟半晌，道："他若有了路引，或去或住，都不妨了。只是他要在我县中讨路引却难，我们要讨个路引与他倒不难。"甘母道："如何不难？"秀娥道："堂兄甘泉现做本县押衙，知县最信任他。他又极肯听母亲言语的。今只在他身上要讨个路引，有何难处？"甘母道："我倒忘了。"便叫老苍头速往县中请侄儿甘泉来。一面亲自到堂前，对长孙陈说道："官人休要相瞒，我昨夜听得你自说是失守官员。你果是何人？实对我说，我倒有个商量。"长孙陈惊愕了一回，料瞒不过，只得细诉实情。甘母将适间和女儿商量的话说了，长孙陈感谢不尽。

至午后，甘泉骑马，同苍头到庄。下马登堂，未及与长孙陈相见，甘母即请甘泉入内，把上项事细说一遍，并述欲招他为婿之意。甘泉一一应诺，随即出见长孙陈，叙礼而坐，说道："尊官的来踪去迹，适间家叔母已对卑人说知。若要路引，是极易的事。但家叔母还有句话说。"长孙陈道："有何见教？"甘泉便把甘母欲将女儿秀娥结为婚姻之意说出。长孙陈道："极承错爱，但念亡妻惨死，不思再娶。"甘泉道："尊官年方庄盛，岂有不续弦之理？家叔母无嗣，欲赘一佳婿，以娱晚景。若不弃嫌，可入赘在此。若是令郎有恙，不能行路，阆州之行，且待令郎病愈，再作商议，何如？"

长孙陈暗想："我本不忍续弦，奈我的踪迹已被他知觉。那甘泉又是个衙门贯役，若不从他，必然弄出事来。"又想："我在难中蒙甘母收留，不嫌我负罪之人，反欲结为姻眷，此恩亦不可忘。"又想："欲讨路引，须托甘泉。必从其所请，他方肯出力。"踌躇再四，乃对甘泉道："承雅意惓惓，何敢过辞。但入赘之说未便。一者，亡妻惨死，未及收殓。待小可到了阆州，遣人来收殓了亡妻骸骨，然后续弦，心中始安。二者，负罪在身，急欲往见家岳，商议脱罪复官之计。若入赘在此，恐误前程大事。今蒙不弃，可留小儿在此养病，等小可往阆州见过岳父，然后来纳聘成婚罢。"

甘泉听说，即以此言入告甘母。甘母应允，只要先以一物为聘。长孙陈听了，遂向头上拔下一只金簪为聘。甘母以银香盒一枚回敬。正是：

　　　　思到绝处逢生路，又向凶中缔新姻。

聘礼既定，长孙陈急欲讨路引，甘泉道："这不难，妹丈必须写一禀词，说出情由，待弟代禀县尊，路引即日可得。"长孙陈就写一个禀词，改了姓名，叫做孙无咎，取前程无咎之意。因要往六台灵山进香，特求路引一张，以便前往。写完，递与甘泉。甘泉收了，遂别而去。

却说胜哥卧在榻上，听得父亲已与甘家结婚，十分伤心。霎时间，心疼复作，发热起来。长孙陈好生急闷，只得把自己不得不结婚的苦情对他说明，又恐被人听见，不敢细说。至次日，甘泉果然讨得路引来了。长孙陈看见有了路引，十分欢喜，又见胜哥的病体沉重，放心不下。甘母替他延医服药，过了几日，方渐渐愈。长孙陈才放宽了心，打点起身。甘母治酒饯行，又赠了些路费。

至次日早起，长孙陈请甘母出来拜别，又嘱她看顾胜哥。甘母道："令郎病体，自然代你调养，不消吩咐。只是贤婿此去，料理明白，速速回来，勿使我倚庐而望。"长孙陈道："自然领命。"说罢出门。胜哥送出门外，长孙陈令他入去，不必远送，各道"保重身体"，流泪而别。

长孙陈身边有了路引，所过关隘，取出呈验，竟无盘诘，一路上想起辛氏惨死，时时流泪。

行了几日,在一个客店安歇。晚饭后,出房散步。忽有一人认得长孙陈,忙叫道:"子虞兄,你在武安县"长孙陈回头一看,不等他说完,忙摇手道:"噤声。"那人便住了口。

看官,你道那人是谁?原来是长孙陈一个同乡的好友,姓孙,名去疾,字善存,年纪小长孙陈三岁,才名不相上下。近因西川节度使严武闻其才,荐之于朝,授夔州①司户,领凭赴任。他本家贫未娶,别无眷属携带,只有几个家僮并接官衙役相随。不想中途遇贼,尽被杀死。他幸逃脱,又复患病,羁留客店。

当下见了长孙陈,问出这话。长孙陈忙道:"噤声。"遂遣开了店主,见四下无人,方把自己的事告诉他。孙去疾也自诉其事,因说道:"如今小弟有一计在此。"长孙陈问:"何计?"孙去疾道:"兄既没处投奔,弟又抱病难行。今文凭现在,兄可顶了贱名,竟往夔州赴任。严节度但闻弟名,未经识面,接官衙役又都被杀,料无人知觉。"长孙陈道:"多蒙厚意,但此乃兄的功名,弟如何占得?况尊恙自当痊可,兄虽欲为朋友地,何以自为地?"

孙去疾道:"贱恙沉重,此间不是养病处。倘若死了,客店岂停棺之所。不若弟倒顶了孙无咎的鬼名,只说是孙去疾之弟。兄去上任,以轻车载弟同往。弟若不幸而死,乞兄殡殓,随地安葬。如幸不死,同兄到私衙慢慢调理,岂不两便。"长孙陈想了道:"如此说,弟权且代疱。候尊恙痊愈,禀明严公,那时小弟仍顶无咎名字,让兄即真便了。"

计议已定,恐店主人识破,即雇一车,将去疾载至前面馆驿中住下。然后取了文凭,往地方官处讨了夫马,另备安车,载孙去疾,竟望夔州进发。正是:

去疾忽然有疾,善存几不能存。

无咎又恐获咎,假孙竟冒真孙。

不一日,到了夔州,坐了衙门。孙去疾就于私衙中另治一室安歇,延医调治。时严公正驻节夔州,长孙陈写着孙去疾名字的揭帖,到彼参见。严公留宴,欲试其才,即席命题赋诗,长孙陈授笔立就。严公深加叹赏,只道孙去疾名不虚传,哪知是假冒的。以后又发几件疑事来审理,长孙陈断

---

① 夔(kuí)州——古地名,在今四川省奉节县一带。

决如流,严武愈加敬重。

长孙陈莅①任半月,即分头遣人往两处去。一往武安城外井亭中捞取辛氏夫人骸骨,殡殓寄厝②,另期安葬。一往西乡城外甘家,迎接公子胜哥,并将礼物、书信寄与甘泉,就甘母同秀娥至任所成婚。一面于私衙中,设立辛氏夫人灵座。

长孙陈公事之暇,不是与孙去疾闲话。就是对灵座流涕。一夕,独饮了几杯闷酒,看了灵座,不觉痛上心来。遂吟《忆秦娥》词一首云:

　　黄昏后,悲来欲解全凭酒。全凭酒,只愁酒醒,悲情还又。新弦
将续难忘旧,此情未识卿知否? 卿知否,唯求来世,天长地久。

吟罢,取笔写出。常常取来讽咏嗟叹。过了几日,甘家母女及胜哥都接到。甘母、秀娥且住在城外公馆里,先令苍头、老妪送胜哥进衙。长孙陈见胜哥病体已愈,十分欢喜,对他说了自己顶名做官之故。领他去见了孙去疾,呼为老叔,又叫他拜母亲灵座。胜哥一见灵座,哭倒在地。长孙陈扶他去睡。

次日,衙中结彩悬花,迎娶新夫人。胜哥见这光景,愈加悲啼。长孙陈恐新夫人来见了不便,乃引他到孙去疾那边歇了。少顷秀娥迎到,甘母也坐轿进衙。长孙陈与秀娥结了亲,拜了甘母,又到辛氏灵座前拜了,然后迎入洞房。长孙陈于花烛下觑那秀娥,果然美貌。此夜恩情,自不必说。有一曲《黄莺儿》,单道那续娶少妇的乐处:

　　幼妇续鸾胶,论年庚,儿女曹,柔枝嫩蕊怜他少。憨憨语娇,痴痴
笑调,把夫怀当做娘怀倒。小苗条,抱来膝上,不死也魂销。

当夜,胜哥未曾拜见甘氏。次日又推有病。至第三日,方来拜见。含泪拜了两拜,到第三拜,竟忍不住哭声。拜毕,奔到灵前,放声大哭。他想:"我母亲惨死未久,尸骸尚未殓,为父的就娶了新人。"心中如何不痛? 长孙陈也觉伤心,流泪不止。

甘氏却不欢喜,想道:"这孩子无礼。莫说你父亲曾在我家避难,就是你患病,也亏在我家将息好的。如何今日这般体态? 全不看我继母在眼里。"口虽不言,心下好生不悦。自此之后,胜哥的饥寒饱暖,甘氏也不

---

①　莅(lì)——到。

②　寄厝(cuò)——暂时浅埋以待改葬,或停柩待葬。

耐烦去问他,倒不比前日在他家养病时的亲热。胜哥亦只推有病,晨昏定省①也甚稀疏。又过几日,差往武安的人回来,禀说井中并无骸骨。长孙陈道:"如何没有,莫非你们打捞不到?"差人道,"连井底下泥也翻将起来,并没甚骸骨。"长孙陈委决不下。胜哥闻知,哭道:"此必差去的人不肯用心打捞,须待孩儿自去。"长孙陈道:"你孩子家,病体初愈,如何去得? 差去的人,谅不敢欺我。正不知你娘的骸骨那里去了?"胜哥听说,又到灵座前去痛哭。

一头哭,一头说道:"命好的直恁好,命苦的直恁苦。我娘不但眼前的荣华不能受用,只一口棺木,一所荒坟,也消受不起。"说罢又哭。长孙陈再三劝他。甘氏只不开口,暗想:"他说命好的直恁好,明明妒忌着我。你娘自死了,须不是我连累的,没了骸骨,又不是我不要你去寻。如何却怪起我来?"辗转寻思,愈加不乐。正是:

> 开口招尤,转喉触讳。
>
> 继母有心,前儿获罪。

说话的,我且问你:那辛氏的骸骨,既不在井中,毕竟那里去了? 看官听说。那辛氏原不曾死,何处讨她骸骨?

她那日投井之后,众贼怕官兵追杀,一时都去尽。随后便是新任阆州刺史辛用智领家眷赴任,紧随着李节度大兵而来,见武安县遭此变乱,不知女儿、女婿安否? 正想要探问,恰好行至井亭下,随行众人要取水吃。忽见井口有人,好像还未死的,又好像个妇人。辛公夫妇只道是逃难民妇投井,即令救起。众人便设法救将起来。辛公夫妇见了,认得是女儿端娘,大惊大哭。夫人摸她心头还热,口中有气,急叫随行的仆妇、养娘们,替她脱下湿衣,换了干衣,扶在车子上。救了半晌,辛氏渐渐苏醒。

辛公夫妇询知其故,思量要差人去找寻女婿及外甥,又恐一时没寻处,迟误了自己赴任的限期,只得载了女儿,同往任所。及到任后,即蒙钦召,星夜领家眷赴京,一面着人到武安打探。却因"长孙陈"三字,与"尚存诚"三字声音相类,那差去的人粗莽,听得人说:"尚存诚失守被杀。"误认做长孙陈被杀,竟把这凶信回报。辛氏闻知,哭得发昏。及问胜哥,又

---

① 晨昏定省——谓晚间服侍就寝,早上省视问安。旧时人子侍奉父母的日常礼节。

不知下落，一发痛心。自想："当日拚身舍命，只为要救丈夫与儿子，谁知如今一个死别，一个生离，岂不可痛。"因作《蝶恋花》一词，以志悲思云：

　　独坐孤房泪如雨，追忆当年，拚自沉井底。只道妾亡君脱矣，那知妾在君反死。君既死兮儿没主，飘泊天涯，更有谁看取？痛妾苟延何所济，不如仍赴泉台去。

辛氏几度要自尽，亏得父母劝住。于是，为丈夫服丧守节，终日求神问卜，讨那胜哥消息，真个望儿望得眼穿，哭夫哭得泪干。那知长孙陈与甘氏夫人在夔州受用。正是：

　　各天生死各难料，两地悲欢两不同。

今不说辛氏随父在京。且说长孙陈因不见了辛氏骸骨，心里惨伤，又作《忆秦娥》词一首，云：

　　心悲悒，香消玉碎无踪迹。无踪迹，欲留青冢，遗骸难觅。风尘不复留仙骨，莫非化作云飞去？云飞去，天涯一望，泪珠空滴。

长孙陈将此词，并前日所题的词，并写在一纸，把来粘在辛氏灵座前壁上。甘氏走来见了，指着前一首道："你只愿与前妻天长地久，娶我这一番却不是多的了。"看到后一首，说道："你儿子只道无人用心打捞骸骨，你何不自往天涯去寻觅？"说罢，变色归房。慌得长孙陈忙把词笺揭落，随往房中，见甘氏独坐流泪。长孙陈赔着笑脸道："夫人为何烦恼？"甘氏道："你只想着前妻，怪道胜哥只把亲娘当娘，全不把我当娘。"长孙陈道："胜哥有甚触犯，你不妨对我说。"甘氏道："说他怎的。"长孙陈再问，甘氏只是不语。长孙陈急得没法。

原来长孙陈与甘氏恩爱，比前日与辛氏恩爱，又添一个"怕"字。世上怕老婆的，有几样怕法：有势怕，有理怕，有情怕。势怕有三：一是畏妻之贵，仰其阀阅①；二是畏妻之富，资其财贿；三是畏妻之悍，避其打骂。理怕亦有三：一是敬妻之贤，仰其淑范；二是服妻之才，钦其文采；三是量妻之苦，念其食贫。情怕亦有三：一是爱妻之美，奉其色笑；二是怜妻之少，屈其青春；三是惜妻之娇，不忍其怒。今甘氏美少而娇，大约理怕居半，情怕居多。有一曲《桂枝香》，说哪怕娇妻的道：

　　爱她娇面，怕她颜变。为甚俯首无言？慌得我意忙心乱。看春

---

①　阀阅——有功勋的世家。

山顿锁，春山顿锁，是谁触犯？忙陪欢脸，向娘前，直待你笑语还如故，才叫我心儿放得宽。

这叫做因爱生怕。只为爱妻之至，所以妻若蹙额，他也皱眉，妻若忘餐，他也废食。好似虞舜待弟一般，像忧亦忧，像喜亦喜。又好似武王事父一般，文王一饭亦一饭，文王再饭亦再饭。

闲话少说，只说正文。当下长孙陈偎伴甘氏半晌，却来私语胜哥道："你虽痛念母亲，今后却莫对着继母啼哭，晨昏定省，不要稀疏了。"胜哥不敢违父命，勉强趋承。甘氏也只落落相待。一个面红颈赤，强支吾的温存，一个懒词迟言，不耐烦的答应。长孙陈见他母子终不亲热，亦无法处之。胜哥日常间倒在孙去疾卧室居多。

此时孙去疾的病已痊愈。长孙陈不忍久占其功名，欲向严公禀明其故，料严公爱他，必不见罪。乃具申文，只说自己系孙去疾之兄孙无咎，向因去疾途中抱病，故权冒名供职，今弟病已痊，理合避位。向日朦胧之罪，愿乞宽宥。严公见了申文，甚是惊讶，即召去疾相见，试其才学，正与长孙陈一般。严公大喜道："二人正当兼收并用。"遂令将司户之印交还孙去疾，其孙无咎委署本州司马印，遂奏请实授。

于是，孙去疾自为司户。长孙陈携家眷，迁往司马署中，独留胜哥在司户衙内，托与去疾抚养教训，免得在继母面前厌恶。此虽爱子，也是惧内。只因碍着枕边，只得权割膝下。正合着《琵琶记》上两句曲儿，道："你爹行见得好偏，只一子不留在身畔。"甘氏离却胜哥之后，说也有，笑也有，不似前番时常变脸了。

光阴迅速，不觉五年。甘氏生下一女一男，如女珍姑，男名相郎，十分欢喜。哪知乐极悲生，甘母忽患急病，三日暴亡。甘氏哭泣躃踊，哀痛之极，要长孙陈在衙署治丧。长孙陈道："衙署治丧，必须我答拜。我官职在身，缌麻①之丧，不便易服。今可停枢于寺院中，一面写书去请你堂兄甘泉来，立他为嗣，方可设幕受吊。"甘氏依言，将灵枢移去寺中。

长孙陈修书，遣使送与甘泉，请他速来主持丧事。甘泉得了书信，禀过知县，讨了给假，星夜前来奔丧。正是：

---

①　缌(sī)麻——旧时丧服名，五服中最轻的一种。其服用细麻布制成。服期三个月。

虽敦族谊,亦是趋势。

贵人来召,怎敢不去。

甘泉既到,长孙陈令其披麻执杖,就寺中治丧。夔州官府并乡绅,看司马面上,都来至吊。严公亦遣官来吊,孙去疾也引胜哥来拜奠。热闹了六七日方止。

却不知甘氏心上还有不足意处。因枢在寺中,治丧时,自己不便到幕中哭拜。直到甘泉扶枢起行之日,方用肩舆抬至灵前奠别,又不能亲自还乡送葬。为此,每日哀痛,染成一病,恹恹不起。慌得长孙陈忙请医看视,都道伤感七情,难以救治。看看服药无效,一命悬丝。

常言道:人之将死,其言也善。甘氏病卧在床,反复自思:"吾向嗔怪胜哥哭母,谁想今日轮到自身。吾母抱病而亡,有尸有棺,开丧受吊,我尚痛心。何况他母死于非命,尸棺都没有,如何叫他不哭?"又想:"吾母无子,赖有侄儿替他服丧。我若死了,不是胜哥替我披麻执杖,更有何人?可见生女不若生男,幼男又不若长男。我这幼女幼男,干得甚事?"便含泪对长孙陈道:"我当初错怪胜哥。如今我想他,可速唤来见我。"长孙陈听说,便道:"胜哥一向常来问安,我恐你厌见他,故不便进见。你今想他,唤他来就是。"说罢,忙着人到去疾处,将胜哥唤到。

胜哥至床前,见了甘氏,吃惊道:"不想母亲一病至此。"甘氏执着胜哥的手,双眼流泪道:"你是个天性纯孝的,我向来所见不明,错怪了你。我今命在旦夕,汝父正在壮年,我死之后,他少不得又要续娶。我这幼子幼女,全赖你做长兄的看顾。你只念当初在我家避难的恩情,切莫记我后来的不是。"说毕,泪如泉涌。胜哥也流泪道:"母亲休如此说。正望母亲病愈,看顾孩儿。倘有不讳,这幼妹幼弟,与孩儿一父所生,何分尔我。纵没有当初避难的恩情,孩儿在父亲面上推爱,岂有二心!"甘氏道:"我说你是仁孝的好人。若得如此,我死瞑目矣。"又对长孙陈道:"你若再续娶后妻,切莫轻信其语,撇下这三个儿女。"长孙陈哭道:"我今誓愿终身不续娶了。"甘氏含泪道:"这话只恐未必。"言讫,瞑目不语。少顷,即奄然而逝。正是:

自古红颜多薄命,琉璃易破彩云收。

长孙陈放声大哭,胜哥也大哭。免不得买棺成殓,商议治丧。长孙陈叫再买一口棺木进来,胜哥惊问何故,长孙陈道:"汝母无尸可殓,今设立虚枢,将衣服殓了,一同治丧,吾心始安。"胜哥道:"爹爹所见极是。"便于内堂停下两枢,一虚一实。幕前挂起两个铭施,上首的写"元配辛孺人之枢",下首的写"继配甘孺人之枢",择日治丧,十分热闹。

但丧贴上还是孙无咎出名。原来唐时律令:凡文官失守后,必有军功,方可赎罪。长孙陈虽蒙严武奏请,已实授司马之职,然不过簿书效劳,未有军功,故不便改正原名。

恰好事有凑巧,夔州有山寇窃发,严公遣将征剿。司马是掌兵的官,理合同往。长孙陈即督同将校前去。那些山寇不过乌合之众,长孙陈画下计策,设伏击之,杀的杀,降的降,不几日奏凯而还。严公嘉其功,将欲表奏朝廷。长孙陈那时方说出自己真名,把前后事一一诉明,求严武代为上奏。严公即具疏奏闻。奉旨:孙无咎即系长孙陈,准复原姓名,仍论功升授工部员外,正是:

　　昔日复姓只存一,今日双名仍唤单。

长孙陈既受恩命,遂遣人将两枢先载回乡安厝,即时辞谢严公,拜别孙去疾,携着三个儿女并仆从,进京赴任。

此时辛用智在京,为左拾遗之职,当严武上表奏功时,已知女婿未死,对夫人和女儿说了,俱各大喜。但不知他可曾续娶,又不知胜哥安否,遂先使人前去暗暗打听消息。不一日,家人探得备细,一一回报了。夫人对辛公道:"偏怪他无情。待他来见时,你且莫说女儿未死,只须如此如此,看他如何?"辛公笑而许。

过了几日,长孙陈到京谢恩,上任后,即同着胜哥,往辛家来。于路先叮嘱胜哥道:"你在外祖父母面前,把继母中间这段话,可隐瞒些。"胜哥应诺。既至辛家,辛公夫妇出见,长孙陈哭拜于地,诉说妻子死难之事。胜哥亦哭拜于地。辛公夫妇见胜哥已长成至十三岁,甚是欢喜。夫人扶起胜哥,辛公扶起长孙陈,说道:"死生有命,不必过伤。且请坐了。"

长孙陈坐定,辛公便问道:"贤婿曾续弦否?"长孙陈道:"小婿命蹇,续弦之后,又复断弦。"辛公道:"贤婿续弦,在亡女死后几年?"长孙陈局蹐①道:"就是那年。"夫人道:"如何续得恁快?"

长孙陈正待诉告甘家联姻的缘故,只见辛公道:"续弦也罢了。但续

---

① 局蹐(jí)——畏缩不安的样子。

而又断,自当更续。老夫有个侄女,年貌与亡女仿佛,今与贤婿续此一段姻亲何如?"长孙陈道:"多蒙岳父厚爱,只是小婿已誓不再续矣。"夫人道:"这却为何?"长孙陈道:"先继室临终时,念及幼子幼女,其言哀惨,所以不忍再续。"辛公道:"贤婿差矣。若如此说,我女儿惨死,你一发不该续弦了。难道亡女投井时,独不念及幼子么? 贤婿不忍负继夫人,何独忍负亡女乎? 吾今以侄女续配贤婿,亦在亡女面上推情,正欲使贤婿不忘亡女耳。"长孙陈满面通红,无言可答,只得说道:"且容商议。"辛公道:"愚意已定,不必商议。"长孙陈不敢再言,即起身告别。辛公道:"贤婿莅新任,公事烦冗,未敢久留。胜哥且住在此,尚有话说。"长孙陈便留下胜哥,作别自回。

　　辛公夫妇携胜哥入内,置酒款之,问起继母之事,胜哥只略谈一二。辛公夫妇直不叫他母子相见,也不说明其母未死,只说道:"吾侄女即汝母姨,今嫁汝父,就如汝亲母一般。你可回去对汝父说,叫他明日纳聘,后日黄道吉日,便可成婚。须要自来亲迎。"说毕,即令一个家人同一个养娘送胜哥回去,就着那养娘做媒人。

　　胜哥回见父亲,备述辛公之语,养娘又致主人之意。长孙陈无可奈何,只得依他,纳了聘。至第三日,打点迎娶,先于两位亡妻灵座前祭奠。胜哥引着那幼妹、幼弟同拜,长孙陈见了,不觉大哭。胜哥也大哭。那两个小的,不知痛苦,只顾呆着看。长孙陈愈觉凄伤,对胜哥道:"将来的继母,即汝母姨,待汝自然不薄。只怕苦了这两个小的。"胜哥哭道:"甘继母临终之言,何等惨切。这幼妹、幼弟,孩儿自然用心看顾。只是爹爹也须自立主张。"长孙陈点头滴泪。黄昏以后,准备鼓乐香车,亲自乘马,到门奠雁①。等了一个更次,方迎得新人上轿。一路上,笙箫鼓乐,十分热闹。及新人迎进门,下轿,拜了堂,掌礼的引去拜两个灵座。新人立住,不肯拜。长孙陈正错愕间,只听得新人在兜头的红罗里大声说道:"众人退后,我乃长孙陈前妻辛氏端娘的灵魂,今夜附着新人之体,来到此间,要和他说话。"众人大惊,都退走出外。长孙陈也吃一惊,倒退数步。胜哥在旁听了,大哭起来,上前扯住,要揭起红罗来看。辛氏推住,道:"我怕阳气相逼,且莫揭起。"

---

①　奠雁——古代婚礼新郎到女家迎亲,用雁作见面礼物,叫"奠雁"。

长孙陈定了一回，说道："就是鬼也说不得。"亦上前扯住，哭道："贤妻，你灵魂向在何处？骸骨为何不见？"辛氏挥手道："且休哭。你既哀痛我，为何骨肉未冷，便续新弦？"长孙陈道："本不忍续，只因在甘家避难，蒙其厚意惓惓，故勉强应承。"辛氏说："你为何听后妻之言，逐胜儿出去？"长孙陈道："此非逐他，正是爱他。因他失欢于继母，恐无人调护，故寄养在孙叔叔处。"辛氏道："后妻病故，你即治丧，我遭惨死，竟不治丧。直等后妻死了，趁她的便，一同设幕，是何道理？"长孙陈道："你初亡时，我尚顶孙叔叔的名字，故不便治丧。后来孙无咎虽系假名，却没有这个人，故可权时治丧。"辛氏道："甘家岳母死了，你替她治丧。我父母现在京中，你为何一向不遣人通候？"长孙陈道："因不曾出姓复名，故不便遣人通候。"辛氏道："这都罢了。但我今来要和你同赴泉台，你肯随我去么？"长孙陈道："你为我而死，今随你去，固所甘心，有何不肯？"胜哥听说，忙跪下道："望母亲留下爹爹，待孩儿随母亲去罢。"辛氏见胜哥如此说，不觉堕泪，又见丈夫肯随我去，看来原不是薄情，因说道："我实对你说，我原非鬼，我即端娘之妹，奉伯父命，叫我如此试你。"

长孙陈听罢，才定了心神，却又想："新嫁到的女儿，怎便如此做作？听她言语，宛似前妻的声音。莫非这句话，还是鬼魂哄我？"正在疑想，只见辛氏又说："伯父吩咐，叫你撤开甘氏灵座，待我只拜姐姐端娘的灵座。"长孙陈没奈何，只得把甘氏灵座移在一边。辛氏又道："将甘氏神主焚化了，方可成亲。"长孙陈道："这个说不去。"胜哥也道："这怎使得？"辛氏却三回五次催逼要焚。

长孙陈此时，一来还有几分疑她是鬼，二来便认是新人的主见，却又碍着她是辛公侄女，不敢十分违拗，只得含泪，把甘氏神主携在手，欲焚不忍。辛氏叫住，道："这便见算你的薄情了。你当初在甘家避难，多受甘氏之恩，如何今日听了后妻，便要把她的神主焚弃？你还供养什么？你今只把辛氏的神主焚了罢。"

长孙陈与胜哥听说，都惊道："这却为何？"辛氏自己把兜头的红罗揭落，笑道："我如今已在此了，又立我的神主则甚？"长孙陈与胜哥见了，俱大惊，一齐上前扯住，问道："毕竟是人是鬼？"辛氏那时方把前日井中被救的事说明。长孙陈与胜哥如梦初觉。夫妻母子，抱头大哭。正是：

本疑凤去秦台杳，何意珠还合浦来。

　　三人哭罢，胜哥就引幼妹、幼弟拜见母亲，又对母亲述甘氏临终之语，望乞看视这两个。辛氏道："这不消虑。当初我是前母，甘氏是继母，如今他又是前母，我又是继母了。我不愿后母虐我之子，我又何忍虐前母之儿？"长孙陈闻言，起身称谢道："难得夫人如此贤德。"因取出那两首《忆秦娥》同来与辛氏看，以见当日思念她的实情。辛氏也把那《蝶恋花》一词与丈夫看。自此，夫妻恩爱，比前更笃。

　　至明年，孙去疾亦升任京职，来到京师，与长孙陈相会。原来去疾做官之后，已娶了夫人，至京未几，生一女。恰好辛氏亦生一子，即与联姻。辛氏把珍姑、相郎与自己所生一子样看待，并不分彼此。长孙陈欢喜感激，不可言尽。正是：

　　　　稽首顿首敬意，诚欢诚忭①恩情。

　　　　无任瞻天仰圣，不胜激切屏营。

　　看官听说，第四个子与第一个子是同胞，中间又间着两个继母的儿女，此乃从来未有之事。

　　后来甘泉有个侄女，配了胜哥。那珍姑与相郎，又皆与辛家联姻。辛、甘两家，永为秦晋，和好无间。若天下前妻晚娶之间，尽如这段话，闵子骞之衣可以不用，嘉定妇之诗可以不作矣。故名之曰《反芦花》。

---

　　①　忭（biàn）——高兴。

赛他山

假传书弄假反成真　暗赎身因暗竟说明

诗曰：

> 美人家住莫愁村，蓬头粗服朝与昏。
>
> 门前车马似流水，户内不惊鸳鸯魂。
>
> 座中一目识豪杰，无限相思少言说。
>
> 有情不遂莫若死，背灯独扣芙蓉结。

话说前朝嘉靖年间，南京苏州府城内，有一个秀士，姓高，讳楫，号涉川。年方弱冠，生得潇洒俊逸。诗词歌赋，举笔惊人。只是性情高傲，避俗如仇。父亲名叫高子和，母亲周氏，每每要为他择配，他自己忖量道："婚姻之事，原该父母主张，但一日丝萝，即为百年琴瑟。比不得行云流水，易聚易散，这是要终日相对，终身相守的。倘配着一个村女俗妇，可不憎嫌杀眉目，辱没杀枕席么？"遂立定主意，就权辞父母道："孩儿立志，必待成名之后，方议室家。如今非其时也。"父母见他志气高大，甚是欢喜，又见高涉川年纪还小，便迟得一两年，也还不叫做旷夫，因此也不说起婚姻之事。

一日，高涉川的厚友，姓何，名鼎，表字靖调，约他去举社。这何靖调，家私虽不十分富厚，最爱结交名人，做人还在慷慨一边。是日举社，预备酒席，请了一班昆腔戏子演唱。不多时，宾朋毕集。大家作过了揖，分散过诗题，便开筵饮酒，演了一本《浣纱记》。高涉川啧啧羡慕道："好一位西施，看她乍见范蠡，即订终身，绝无儿女子气，岂是寻常脂粉。"同席一友，叫做欧若怀，接口说道："西施不过是一个没廉耻的女子，何足羡慕。"高涉川见言语不投，并不去回答他。

演完半本，众人道："《浣纱》是旧戏，看得厌烦了。将下本换了杂出罢。"扮末的送戏单到高涉川席上来，欧若怀忙说道："不悄扯开戏目，就演一出'大江东'罢。"高涉川道："这一出戏不许做。"欧若怀道："怎么不许做？"高涉川道："我辈平日见了关夫子圣偶，少不得要跪拜，若一样装做傀儡，我们饮情作乐，岂不亵渎圣贤？"欧若怀大笑道："老高，你是少年豪爽的人，为何今日效了村学究的体态，说这等道学话来？"随即对着扮末的说道："你快吩咐戏房里装扮。"高涉川听了，冷笑一笑，便起身道："羞与汝辈为伍。"竟自洋洋拂袖去了。

回到家里，吃过晚饭，独自掩房就枕。翻来覆去，不能成寐。忽然害了相思病，想起戏场上的假西施来，意中辗转道："死西施只好空想，不如去寻一个活跳的西施罢。闻得越①地多产名姝，我明日便治装出门，到山阴去寻访。难道我高涉川的时运，就不如范大夫了？"算计已定，方才睡去。

过了些时，忽见纱窗明亮，忙忙披着衣服下床，先叫醒书童琴韵，打点行囊，自家便去禀知父母，要往山阴游学。父母许允。高涉川即叫琴韵取了行囊跟随，就拜辞父母。

才走出大门外，正遇着何靖调来到。高涉川问道："兄长绝早要往哪里去？"何靖调道："昨日得罪足下，不曾终席奉陪，特来请罪。"高涉川道："小弟逃席，实因欧若怀惹厌，不干吾兄事。吾兄何用介意？"何靖调道："欧若怀那个怪物，不过是小人之雌，一味犬吠正人，不知自家是井底蛙类。吾兄不必计较他。"高涉川道："这种小人，眼内也还容得，自然付之不论不议之列。只是小弟今日匆匆要往山阴寻访丽人，不及话别。此时一晤，正惬予怀。"何靖调道："吾兄何时言归？好翘首伫望。"高涉川道："丈夫遨游山水，也定不得归期。大约严慈②在堂，不久就要归省。"何靖调握手相送出城，候他上了船，才挥泪而别。

高涉川一路无事，在舟中不过焚一炉香，读几卷古诗。到了杭州，要在西湖上赏玩，忽又止住，说道："西湖风景，不是草草可以领会。且待山阴回棹，恣意游览一番。"遂渡过钱塘江，觉得行了一程，便换一种好境界。船抵山阴，亲自去赁一所荒园，安顿行李，便去登会稽山，游了阳明第十一洞天，又到宛委山眺望，心目怡爽，脚力有些告竭，徐徐步入城来。

到了一个所在，见了无数戴儒巾、穿红鞋子的相公，拥挤着盼望。高涉川也挤进去，抬头看那宅第，上面一匾，是石刻的三个大字，写着"香兰

---

①　越——古国名。建都会稽（今浙江绍兴）。

②　严慈——严父和慈母的省称。代指父母。

社"。细问众人,众人俱说是妇女做诗会。

高涉川听说,不觉呆了,痴痴地踱到里面去。早有两三个仆从看见,便骂道:"你是何方野人? 不知道规矩,许多夫人、小姐在内里举社,你敢大胆擅自闯进来么?"有一个后生,怒目张牙,赶来咤叱道:"这定是白日撞,销去见官,敲断他脊梁筋。"

一派喧嚷,早惊动那些锦心绣口的美人,走出珠帘,见众家人争打一位美貌郎君,遂喝住道:"休得乱打!"仆从才远远散开。高涉川听得美人来解救,遂上前深深唱了一喏,弯着腰,再不起来,只管偷眼去看众美人。众美人道:"你大胆扰乱清社,是什么意思?"高涉川道:"不佞是苏州人,为慕山阴风景,特到此间,闻得夫人、小姐续兰亭雅集,偶想闺人风雅,愧杀儒巾不若,不觉擅入华堂,望乞怜恕死罪。"

众美人见他谈吐清俊,因问道:"你也想要入社么? 我们社规严肃,初次入社,要饮三叵罗①酒,才许分韵做诗。"高涉川听见众美人许他入社,踊跃狂喜道:"不佞还吃得几杯。"美人忙唤侍儿道:"可取一张小文几,放在此生面前,准备文房四宝。先斟上三叵罗入社酒,与此生吃。"

侍儿领命,把文几、纸笔墨砚安顿,就先斟一叵罗酒,递与高涉川。高涉川接酒在手,见那叵罗是尖底巨腮小口,足足容得二斤多许,乘着高兴,一饮而尽。众美人见了,皆说好量。高涉川被美人赞得魂□□□,愈加抖擞精神。

侍儿又斟第二叵罗酒来,高涉川又接酒在手,勉强再吃下肚,还剩下些残酒,不曾吃得干净。侍儿执着酒壶,在旁边催道:"快,快,吃完酒,好重斟的。"高涉川又咽下口去。这一口酒,才吞过喉,便立不住,只得靠在桌上。

原来高涉川酒量原未尝开垦过,平时吃肚脐眼的钟子,还作三四口打发,略略过度,便要害起酒病来。今日雄饮两叵罗,倒像樊哙撞鸿门宴,厄酒安足辞的吃法。也是他一种痴念,思想夹在明眸皓齿队里,做个带柄的妇人,挨入朱颜翠袖丛中,做个半雄的女子,拼得书生性命,结果这三大叵罗。那知到第二叵罗,嘴唇虽然领命,腹中先写了壁谢的帖子,早把樊哙吃鸿门宴的威风,换了毕吏部醉倒在酒瓮边的故事。

---

① 叵罗——酒器,敞口的浅杯。

此时众美人还在那里赞他量好,不料高涉川却没福分顶这个花盆,有如泰山石压在头上,一寸一寸缩短了身体,不觉蹲倒桌下去逃席。众美人见了,大笑道:"无礼狂生,我今不如此惩戒他,也不知桃花洞口,原非渔郎可以问信。"随即唤侍女们,涂他一个花脸。众侍女闻令,各各拿了朱笔、墨笔,不管横七竖八,把高涉川清清白白、赛潘岳、似六郎的容颜,倏忽□□□□□庙中的瘟神痘使。众仆从走来,扛头拽脚,直送他到街上丢下。

那街路都是青石铺成的,高涉川浓睡到日夕方醒,醉眼蒙胧,心内想道:"我今睡在美人白玉床上。"但见身子渐渐寒冷,揉一揉眼,周围一望,才知帐顶就是天面,席褥就是地皮,惊骇道:"我如何拦街睡着?"忙立起身来,正要踏步归寓,早拥上无数顽皮孩童,拿着荆条,拾起瓦片,望着高涉川打来。有几个喊道:"疯子,疯子!"又有几个喊道:"小鬼,小鬼!"高涉川不知他们是玩是笑,奈被打不过,只得抱头鼠窜。

归到寓所,书童琴韵看见,掩嘴便笑。高涉川道:"你笑什么?"琴韵道:"相公想在哪家串戏来。"高涉川道:"我从不会□□,这话说得可笑。"琴韵道:"若不曾串戏,因何开了小小的花脸?"高涉川也疑心起来,忙取镜子一照,自家笑道:"可知娃童叫我是小鬼,又叫我是疯子。"琴韵取过水来,净了面。

高涉川越想越恨,道:"那班蠢佳人,这等恶取笑,并不留一毫人情,辜负我老高一片怜才之念。料想苎萝山①也未必有接代的夷光。便有接代的夷光,不过也是蠢佳人慕名结社,摧残才子的行径。罢了,罢了,我今再不要妄想了,不如回到吴门,留着我这干净面孔,晤对那些明窗净儿,结识那些野鸟幽花,还不致出乖露丑。倘再不知进退,真要弄出话把来,难道我面孔是铁打的,累上些瘢点,岂不是一生之玷。"遂唤琴韵,收拾归装,接浙而行。连西湖上也只略眺望一番。正是:

乘兴来游,败兴遇过。

前有子猷,后有小高。

话说高涉川回家之日,众社友齐来探望。独有何靖调请他接风,吃酒中间,因问高涉川道:"吾兄出游山阴,可曾访得一两个丽人否?"高涉川

① 苎萝山(zhù)——相传为春秋时越国美女西施的出生地。

道:"说来也可笑。小弟此行,莫说丽人访不着,便访着了,也只好供他们嬉笑之具。总是古今风气不同,妇女好尚迥别。古时妇女,还晓得以貌取人。譬如遇着潘安仁貌美,就掷果,张孟阳貌丑,就掷瓦。虽足她们一偏好恶,也还眼里识货。大约文人才子,有三分颜色,便有十分风流,有一种蕴藉,便有百种俏丽。若只靠面貌上用工夫,那做戏子的一般也有俊优,做奴才的一般也有俊仆。只是他们面貌,与俗气俗骨,是上天一齐秉赋□的,任你风流俏丽杀,也只看得吃不得。一吃便嚼嘴了。偏恨此辈,惯会败坏人家闺门。这皆是下流妇女,天赋她许多俗气俗骨,好与那班下贱之人浃洽①气脉,浸淫骨髓。倘闺门□上流的,不学贞姬节妇,便该学名媛侠女,如红拂之奔李靖,文君之奔相如,皆是第一等大名眼、大侠肠的裙钗。近来风气不同,千金国色定要拣公子王孙,才肯配合。闾阎②之家,间有美女,又皆贪图厚贽,嫁作妾媵③。间或几个能诗善画的闺秀,口中也讲择人,究竟所择的也未必是才子。可见佳人心事,原不肯将才子横在胸中。况小弟一介寒素,哪里轮流得着?真辜负我这一腔痴情了。"

何靖调听了,笑道:"吾兄要发泄痴情,何不到扬州青楼中一访?"高涉川道:"若说着青楼中,那得有人物?"何靖调道:"从来多才多情的美女,皆出于青楼。如薛涛、真娘、素秋、亚仙、湘兰、素徽,难道不是妓家么?"高涉川闻言,拍掌大叫道:"有理,有理!请问:到处有妓,吾兄何故独称扬州?"何靖调道:"扬州是隋皇歌舞、六朝佳丽之地,到今风流一脉,犹未零落。日前有一个朋友从彼处来,曾将花案诗句写在扇头,吾兄一看便知。"说罢,便将扇递与高涉川。高涉川接扇在手,展开一看,就读那上面的诗道:

　　润容幽如空谷兰,镜怜好向月中看。

　　棠娇分外春酣雨,燕史催花片片传。

高涉川正在读罢神往之际,只见欧若怀跑进书房来,大嚷道:"反了,反了!我与老何结盟在前,老何与小高结盟在后。今日你们两个对面吃酒,便背着我了。"何靖调道:"小弟备这一席酒,因为涉川兄自山阴来,又

---

①　浃(jiā)洽——融洽,和洽的意思。

②　闾阎——里巷的门。亦借指平民。

③　妾媵(yìng)——古时诸侯之女出嫁,以妹妹和侄女从嫁,后泛指妾。

要往扬州去，一来是洗尘，二来是送行，倘若邀过吾兄来，少不得也要出个份子，这倒是小弟不体谅了。"

欧若怀道："扬州有一个敝同社在那里做官。小弟要去望他，就同高兄联舟何如？"高涉川道："小弟还不就行，恐怕有误尊兄。"欧若怀想是他推却，酒也不吃，作别出门去了。高涉川还宽坐一会，才告别去。

且说欧若怀回家，暗恼道："方才小高可恶之极。我好意挈他同行，怎便一口推阻？待我明日到他家中一问。若是不曾起身，便罢。倘若悄悄先去了，我决不与他干休。"哪知高涉川的心肠，恨不得有缩地之法，霎时到了扬州，哪里有想欧若怀来查问。候至天色微明，假托事故，禀明父母，要往扬州，仍带书童琴韵同行，起身出门，登舟去了。

这欧若怀偏又多心，道是高涉川轻薄，说谎骗我，是日竟到高家查问。知他已起身去了，也忙忙雇船，赶到扬州，遍问宿店、饭店，并不知高涉川的踪迹，只得罢了。

原来高涉川到了扬州，住在平山堂下七松园里。他道扬州名胜只有个平山堂，寻画船箫鼓，游妓歌郎，皆集于此。每日吃过饭，就循着寒河一带，览芳寻胜。看来看去，都是世俗之妓，再不见有超尘出色的女子。

一日，正在园中纳闷，忽见书童琴韵慌慌走来，道："园主人叫我们搬行李哩，说是新到一位公子，要我们出这间屋与他。"高涉川骂道："我高相公先住在此，哪个敢来夺我的屋？"还不曾说完，那一位公子已踱到园里，听见高涉川不肯出房，大怒道："众小厮，可进去将这狗头的行李搬了出来。"把高涉川赶出书房门。高涉川正要发话，忽看见公子身边，立着一位美貌丽人，只道是他家眷，便不开口，走了出来。园主人接着道："高相公，莫怪小人无礼。因这位公子是彭显宦的儿子，极有势力，人皆畏他。他住不多几日，就要去的。相公且权在这竹阁上住下，候他起身，再移进去罢了。"高涉川见那竹阁也还幽雅，便叫书童搬行李上去，心中只管想那一位丽人，道是："世间有这等绝色，反与蠢物受用。我辈枉有才貌，只好在画图中结交两个相知，眼皮上饱看。这个尤物，那得能够沐浴脂香，亲承粉泽，做着一双夫妇？总是天公不肯以全福予人，偏偏生此丽人，配在富贵之家，与那目不识丁的为伴，再不肯与那无财无势的才子为偶，真是可恨。"正是：

天莫生才子，才人会怨天。

　　牢骚如不作,早赐与婵娟。

　　高涉川自见了丽人之后,心神恍惚,时时挂念,屡屡走到竹篱边偷望。有时见丽人在亭子中染画,有时见丽人凭栏对着流水长叹,有时见丽人蓬头焚香,有时见丽人在月下吟诗。高涉川常常见了,心神愈加荡漾,情不自持,走来走去,就像走马灯儿,照上个火,不住团团转地一般。几番被彭家下人呵斥,高涉川亦不理论。

　　这些光景,早落在彭公子眼里了。彭公子算计道:"这个色中饿鬼,我且叫他受我一场屈气。"就呼小厮研墨,自家取了一张红叶笺,拿起笔来,杜撰几句偷情话儿。写完了,用上一颗鲜红的小圆印。钤封好了,命一个后生小厮,叫他:"将这书送与竹阁上的高相公,只说这书是娘娘的,约他在今夜等到夜静相会。切不可露是我的机关。"小厮笑了一笑,接了这书,竟自持去。

　　才走出竹篱门,只见高涉川背剪着手,望着竹篱内叹气。小厮走到他身后,轻轻拽一拽衣袖。高涉川回头一看,见是彭家的人,恐怕又惹他辱骂,慌忙跑回竹阁去。小厮跟到阁里,低低说道:"高相公,我来作成你好事的。"高涉川还道是取笑,反严声厉色道:"胡说。我高相公是个正经人,你辄敢来取笑么?"小厮听了,叹道:"我好意传我娘娘的情书与你,如今被你这般拒绝,岂不辜负了我娘娘一片雅情?"故意向袖中取出情书来,在高涉川面前略晃一晃,依旧走了出去。

　　高涉川一时认真,忙赶上前,扯住道:"好兄弟,你向我说知就里,我买酒酬谢你。"小厮道:"高相公既然疑心,扯我做什么?"高涉川道:"好兄弟,你不要怪我,快快取出书来。"小厮道:"我这带柄的红娘初次传书递柬,不是经易打发的哩。"高涉川听了,忙在头上拔下一根金簪子来送他。小厮接了金簪,将书交付高涉川,又说道:"娘娘约你夜静相会,须放悄密些。"说罢,从竹阁外去了。

　　高涉川取书在鼻头上嗅了一阵,就如嗅出许多美人香来。拆开一看,只见书内写道:

　　妾幽如敛衽①拜具书,高郎台下:素知足下钟情妾身,奈无缘相见。今夜乘拙夫他出,足下可于月明人静之后,跳墙而来。妾在花阴

---

　　① 敛衽(rèn)——旧指妇女行礼。

深处,专候张生也。

　　高涉川看完了书,手舞足蹈,狂喜起来。坐在阁上,呆等那日色衔山,又待那月轮降世,就走出竹阁,打听消息。只见彭公子穿着簇新衣服,乔模乔样的,后面跟着□□□家人,□了毡包,一齐下小船里去了。又走回一个家人,大声说道:"大爷吩咐,叫你们早早闭上园门。今夜不得回来,这园中四面旷野,须小心防贼要紧。"高涉川听得,暗笑道:"呆公子,你只好防偷物的贼,那里防得我这园内的偷花贼。"

　　候至更阑,悄悄走到竹篱边,把园门推了一推,那门是虚掩上的,一推便开。高涉川喜道:"丽人用意,何等周到。你看她先把园门开在这里了。"遂进园内,将门虚掩,从花架边走去。

　　那高涉川原是熟路,便直进卧室。但初次偷婆娘,未免有些胆怯,心欲前而足不前,趑趑趄趄①早被一块砖头绊倒。众家人齐声大喊道:"什么响?"忙走出来,看见高涉川,不问是贼不是贼,先打上一顿,拿条索子绑在柱上。高涉川喊道:"我是高相公,你们也不认得么?"众家人道:"哪个管你高相公低相公,但黉夜②入人家,非奸即贼,任你招成那一个罪名罢。"高涉川又喊道:"绑得麻木了,快些放我罢。"众家人道:"我们怎敢擅放?待大爷回来发放。"高涉川道:"我不怕什么,现是你娘子约我来的。"

　　忽见里面开了房门,走出那位丽人来,骂道:"何处狂生,平白冤我黉夜约你?"高涉川道:"现有亲笔书在此,难道我今夜无因而至?你若果然是个情种,小生甘心为你而死。你今既摈我于大门之外,毫不怜念,反骂我是狂生之浪子哉。"那丽人默然不语,暗地踌躇道:"我看此生,风流倜傥,磊落不羁,倒是可托终身之人。只是我并不曾写书约他来,他这样孟浪③而来,必定有个缘故。"叫家人细细搜他身中,看有何物。

　　那些家人闻言,一齐动手,把高涉川身上一搜,搜出一幅花笺来,拿与丽人,丽人却认得是彭公子笔迹。当时猜破机关,亲自替高涉川解缚,送他出去。正是:

　　　　多情窈窕女,痴杀可怜人。

――――――――――

①　趑趑趄趄(zī jū)――又作"趑趄"。且前且后,犹豫不进。
②　黉(yín)夜――深。深夜。
③　孟浪――鲁莽。

不信桃花落,渔郎犹问津。

看官,你道这丽人是那一个? 原来是扬州名妓,那花案上第一个叫做润容的便是。这润娘,性好雅淡,能工诗赋。虽在风尘中,极要拣择长短,立心要择一个可托终身之人。不料择了数年,莫说郑元和是空谷遗音,连卖油郎也是稀世活宝。择来择去,并无一个中意的。因此润娘镇日①闭户,不肯招揽那些语言无味、面目可憎之人。且诙谐笑傲,时常弄出是非来。

老鸨本意要女儿做个摇钱树,谁知倒做了惹祸胎,不情愿留她在身边,就暗暗要卖她。当时得了彭公子五百白金,瞒神瞒鬼,将一乘轿子抬来,交付彭公子。及润娘晓得这事,但身已落在火坑。也无可奈何,只是终日忧郁,不觉染成一病。彭公子还觉知趣,便不去歪缠,借这七松园与她养病。

那一夜放走高生之时,众家人候彭公子回来,预先下石润娘,说:"夜静时,把高涉川绑得端端正正的,等待公子回来发落。不料被润娘放了。"彭公子听了,正要发作,润娘反说出一片道理来,道:"妾身既入君门,便属君家妻妾。岂有冒名偷情,辱没自家闺阃②之理? 风闻自外,不说君家戏局,反使妾抱不白之名,即君家亦蒙不明之诮。岂是正人君子所为?"彭公子闻言,目定口呆,羞惭满面。

润娘从此茶饭都减,病势转剧。彭公子求神请医,慌个不了。那知润娘起初害的病,还是厌恶公子、失身非偶的病症。近来新害的病,却是爱上高涉川、相思抑郁的症候。这相思抑郁的症候,不是药饵可以救得,针砭③可以治得,必须一剂活人参汤,才能回生起死。润娘千算万计,扶病写了一封书,寄与那有情的高郎,指望高郎做个医心病的卢扁,哪知反做了误杀人的庸医。

这是什么缘故? 原来高涉川自幼父母爱之如宝,大气儿也不敢呵着他。便是上学读书,从不曾经过一下竹片。娇生娇养,比女儿还不同些。

---

① 镇日——犹言整日。

② 闺阃(kǔn)——古指内室。

③ 针砭——古代以砭石为针的治病法。后世泛称金针治疗与砭石出血为针砭。

前番被山阴妇女涂了花脸，还心上懊悔不过，今番受这雨点的拳头脚尖，着肉的麻绳铁索，便由你顶尖好色的痴人，没奈何也要回头，熬一熬火性。

今日想又接着润娘这封性急的情书，便真正笔迹，高涉川也不敢认这个犯头。接书在手，拆开看了一遍，反拿去出首，当面羞辱彭公子一场。彭公子无言可答，疑心道："我只假过一次书，难道今日这封书，又是我假的？"把书一看，书上写道：

　　　　足下月夜虚惊，皆奸谋预布之地。虽小受折挫，妾已心感深情。倘能出我水火，生死以之，即白头无怨也。

彭公子将书看完，勃然大发雷霆，赶进房内，痛挞润娘。立刻叫家人去唤老鸨来，叫她领去。高涉川目击这番光景，心如刀割。尾在润娘轿后，直等轿子住了，才纳闷而归。

迟了几日，高涉川偷问彭家下人，备知润娘原委，放心不下，复进城到润娘家去询视。老鸨回说："女儿卧病在床，不便相见。"高涉川取出三两一锭，递与老鸨。老鸨道："银子我且收下，待女儿病好，相公再来罢。"高涉川道："小生原为看病而来，并无他念。但在润娘卧榻边，容小生另设一榻相伴，便当厚谢妈妈。"老鸨见这个雏儿是肯出手的，还有什么作难，便一直引高涉川到润娘床前。

润娘一见，但以手招高涉川，衔泪不语。高涉川道："卞体违和，该善自调理。小生在此，欲侍奉汤药，未审尊意见许否？"润娘点头作喜。高涉川即时跑回寓所，把铺盖行李携来，寓在润娘家里。一应供给，尽出己资。及至润娘病好，下床梳洗，艳妆浓饰，拜谢高涉川。当夜自荐枕席，共欢鱼水。正是：

　　　　银釭照冰簟，珀枕坠金钗。

　　　　云散雨方歇，佳人春满怀。

高涉川与润娘，在被窝之中，订了百年厮守的姻缘，相亲相爱，起坐不离。但小娘爱俏，老鸨爱钞，是千百年铁板铸定的旧话。高涉川初时，还有几两孔方，热一热老鸨的手，亮一亮老鸨的眼，塞一塞老鸨的口。及至囊橐①用尽，渐渐拿了衣服去编字号。老鸨手也无银了，眼也势利了，口也零碎了。高涉川平日极有性气，不知怎么，到了此地位，任凭老鸨嘲笑

---

①　橐（tuó）——口袋。

怒骂，一毫不动声色，就像受过戒的禅和子。

忽一日，扬州有许多恶少，同着一位下路朋友来闯寡门。老鸨正没处发挥，对着众人，一五一十的告诉道："我的女儿已是从良过了，偏她骨头作痒，又要出来接客。彭公子立逼取足身价，老身东借债，西借债，方得凑完。若是女儿有良心的，见我这般苦恼，便该用心赚钱，偏又恋着一个没来历的穷鬼，反要老娘拿闲饭养她。许多有意思的主客，被她关着房门尽打断了。众位相公请思想一想，可有这样道理么？"

那班恶少听了，□袖挥拳道："老妈妈，你放心，我们替你赶他出门。"一齐拥进润娘房里，看见高涉川正与润娘说话，正要动手，那一个下路朋友止住道："列位盟兄，不可造次。这一位是敝同社涉川兄。"高涉川认了一认，才知道是欧若怀。

众人闻言，一齐坐下。欧若怀道："小弟谬托在声气中，当日相约同舟，何故拒绝过甚？莫不是小弟身上有俗人气息，怕污了吾兄么？"高涉川道："不是若怀兄有俗人气息，还是小弟自谅不敢奉陪。"欧若怀讥诮道："这样好娘娘，吾兄也该做个大老官，带挈我们领一领大教，为何闭门做嫖客？"

高涉川两眼看着润娘，只当不曾听见。欧若怀又将手中一把扇子递与润娘，道："小弟久慕大笔，粗扇上要求几笔兰花，幸即赐教。"润娘闻言，并不做腔，取过一枝画笔，就用那砚池里残墨，任意画完了，众人看了，称羡不已。

欧若怀道："这一面是娘娘的画，那一面少不得要求涉川兄题一首诗。难道辞得小弟么？"高涉川提起笔来，胡乱写完。欧若怀念道：

> 古木秋厚散落晖，王孙叩犊不能归。
>
> 骄人惭愧称贫贱，世路何妨骂布衣。

润娘晓得是讥刺欧若怀，暗自含笑。欧若怀不解其中意思，欢欢喜喜，同着众人，辞别出门。

那老鸨实指望劳动这些天神天将，退了灾星、难星出宫，哪知求诗求画，反讲做一家的人，心上又添了一番气恼。想了半晌，只得施展出调虎离山之计，暗暗另置一所房屋，欲将润娘藏过。

候一日，高涉川因手中并无分文，难以度日，只得写一封书，递与书童琴韵，叫他回苏州去，送与何靖调，要借他几两银子来应用。琴韵接书去了。高涉川就脱下一件衣服，出去典当些银来用。

老鸨乘他外出，密遣鸨儿去雇两乘轿来，假说一个姨娘因今日是她生日，要请老妈并润娘去赴宴。润娘不知是计，遂与老鸨上轿。鸨儿与丫头把门锁了，随轿而去。

高涉川回来，见门封锁，不知缘故。访问邻家，邻家说："方才有两乘轿在门前，只见鸨妈与润娘上轿，挈家而去。我们不知她是往何方。"高涉川听了，好似一桶冷水在头上淋下一般，弄得进退无门，一身无主。遍问附近人等，并无一人晓得，只得权在饭店中安身。正是：

> 累累丧家之狗，惶惶落汤之鸡。
>
> 前辈元和榜样，卑田院里堪栖。

话分两头。再说欧若怀回到苏州，将那一把扇子到处卖弄。遇着一个明眼人，解说那高涉川的诗句，道是："明明笑骂，怎还视如宝贝，拿在手里，出自己的丑态？"欧若怀听了，将扇扯碎，心中衔恨，满城布散流言，说："高涉川在扬州嫖得精光，被老鸨赶出大门。我亲见他在街上讨饭。"众朋友闻知，也有惋惜的，也有做笑话传播的。

独有何靖调，闻知高涉川落在难中，十分着急，想了半晌："除非如此如此，可以激他。"遂去见欧若怀，问明妓女名姓。及时回家，带了银两，正要起身往扬州去。忽见书童琴韵来到，将书递与何靖调。靖调将书拆开一看，知是要借银子，就将流言究问琴韵。

琴韵料难隐匿，只得将前事说明，在街上讨饭是未有的。何靖调想是他为主人隐讳，不肯一尽说明，只得叫他回家："去见你老主人，不可说出这事，使你老主人忧愁。只说大相公不日就回来，我今要亲身往扬州去寻你小主人回来。"琴韵听了，欢喜回去。

何靖调急急叫船，连夜赶到扬州，访的确了润娘住居，敲门进去，向老鸨唱喏。老鸨问道："尊客要见我女儿么？"何靖调道："然也。"老鸨道："尊客莫怪，小女实不能相会。"何靖调询问何故，老鸨道："是因我女儿爱上一个穷人，叫做高涉川，一心一念要嫁他。这几日，那穷人不在面前，啼啼哭哭，不肯接客。叫老身也无奈何。"何靖调道："既是令爱不肯接客，你们行户人家，可经得一日冷落的？他既看上一个情人，将来也须防她逃走。稍不随她的意，寻起死路来，你老人家贴了棺材，还带累人命官司哩。不如趁早出脱她，再讨一两个赚钱的，这便人财两得。"

老鸨见他说得有理，沉吟一会，道："出脱是极妙的，但一时寻不出主客来。"何靖调道："令爱多少身价？"老鸨道："是五百金。"何靖调道："若肯减价，在下还娶得起。倘要索高价，便不敢担当。"老鸨急要推出门外，就说道："极少也须四百金。再少，便那移不去。"何靖调道："你既说定四百金，我即取来□与你，只是即日要过门的。"老鸨道："这不消说得。"何靖调叫仆从放下背箱来。

老鸨引到自己房里，配搭了银水，充足数目。正交赎身契，忽听得外面敲门。那老鸨听一听，认是高涉川声音，便不开门。何靖调道："敲门的是哪个？"老鸨道："就是我女儿要嫁他的那穷鬼。"何靖调道："原来是他。我倒少算了，你虽将女儿嫁我，却不曾与女儿说明。设使一时不情愿出门，你如何强得？"老鸨道："不妨。你只消叫一乘轿子在门前，我自有法度。你令一位大叔速速跟着，不可露出行径来。"何靖调道："我晓得了。"起身告别。

老鸨开门，送出门外，四面一望，不见高涉川，放心大胆回身进内，和颜悦色对女儿说道："我们搬在此处，地方太僻，相熟朋友不见有一个来走动。我想，坐吃山空，不如还搬到旧地。你心下何如？"润娘想道："我那心上人，久不得见他，必是他寻不到此处。若重到旧居，或者可以相会。"就点头应允。老鸨故意收拾皮箱物件。润娘又向镜前梳妆，指望牛郎再会。老鸨转一转身，向润娘道："我在此发家伙，你先到那边去照管。现有轿子在门前哩。"润娘并不疑心，出来上轿。老鸨出来，与何家小厮做手势，打个照会。那轿夫如飞地抢了去。何家小厮也如飞地跟着轿子。后面又有一个人如飞地赶来，扯着何家小厮。

原来这小厮叫做登云，两只脚正跑得高兴，忽被人扯了衣服，急得口中乱骂。回头一看，见后面一个人，破巾破服，宛如乞丐一般，又觉有些面善。那一个人也不等登云开口，先自说道："我是高相公，你缘何忘了？"登云哎哟道："小人眼花，连高相公竟不认得，该死，该死。"高涉川道："你匆忙跟这轿子往哪里去？"登云道："我家相公新娶一个名妓，我跟着上船去哩。"高涉川还要盘问，不料登云将被扯的衣服脱去丢下，飞跑了去。

原来高涉川因老鸨拆开之后，一心牵挂润娘，住在饭店里，到处访问消息。这一日，正寻得着，又闭门不纳。高涉川闷闷走到旁边庙里闲坐，思想觑个方便好进去。坐了一个时辰，踱出庙外，远远望见他门内一乘轿子出来,恰如王母云车,恨不得攀辕留驾。偏那两个轿夫比长兴脚子更跑得迅速。高涉川却认得轿后的是登云,拉着一问,才知他主人娶了润娘,一时发怒,要赶到何靖调那边,拼了你死我活。争亲受这一口气,下部尽软。赶不上五六步,恰恰遇着冤家对头。

那何靖调面带喜容,抢上前来,深躬大喏,道:"久别高兄,渴想之极。"高涉川礼也不回,大声骂道:"你这假谦恭,哄哪个? 你不过有几两铜臭,便如此大胆,硬夺朋友妻妾。"何靖调道:"我们相别许多时,不知你见教的哪一件?"高涉川道:"人儿现已抬在船上,反佯推不知么?"何靖调大笑道:"我只道那件事儿得罪,原来为这一个娼家。小弟虽是淡薄财主,也还亏这些铜臭,换得美人来家受用。你只好想天鹅肉吃罢了。"

高涉川道:"你不要卖弄家私,只将你倒吊起来,腹中看有半点墨水么?"何靖调道:"我腹中固欠墨水,只怕你也是空好看哩。"高涉川道:"不敢夸口说我这笔尖儿戳得死你这等白丁哩。"何靖调道:"空口无凭,你既自恃才高,便该中举、中进士,怎么像叫花子的形状,拿着赶狗棒儿骂皇帝,贵贱也不自量,还敢夸口说腹中有墨水? 纵是有些墨水,也不该如此行径,只好安心去做叫化罢了,还敢说什么?"高涉川听了,气得手冰足冷,心恨目睁,只得说道:"待我中了举人、进士,好让你这小人来势利罢。"说毕,竟走了。

彼时润娘□到船中下□,知是为□□□□卖在此间,放声大哭,要去寻死。忽见何靖调赶到,上前说道:"嫂嫂不必悲伤,我是高涉川同窗至厚朋友,如今代高兄为嫂嫂赎身,要送嫂嫂去与高兄完聚,但思高兄虽是绝世才子,未免有暴弃心性,我意欲激他用心勤读,以图上进。待他功名成就之日,自然送嫂嫂与他完聚。如今且到我家中过日,我自然以礼相待,决不敢有些欺心。愿嫂嫂勿疑。"润娘听了这话,又见他是正人,举动并无半点邪意,也就安心与他回去。

这事按下。且说高涉川当日被何靖调一段激发,又思:"润娘终是妓女心性,今日肯嫁了他人,有什么真情,我何苦恋她怎么?"自此思想润娘之念丢在东洋大海了。一时便振作起功名的心肠,连夜回家,闭户读书。一切诗词歌赋,置之高阁。平日相好朋友,概不接见。父母见他潜心攻苦,竭力治办供给。

高涉川埋头勤读三年,正逢大比,宗师秉公取士,录在一等。为没有盘缠动身,到了七月将至,尚淹留家下。父母又因坐吃山空,无处借贷,只是纳闷。

忽见一个小厮进来,夹着朱红拜匣。高老者认得是何家的登云,揭开拜匣一看,见封简上写着:"程仪十两。"连忙叫出儿子,说:"何家来送盘费。"高涉川见了,分外焦躁,认是何靖调来奚落,拿起拜匣,掷在阶下。登云捣鬼道:"我相公送你盘费,又不希图什么,如何做这样嘴脸?"拾起拜匣,出门去了。

高老者道:"何靖调是你好友,送来程仪,便该领谢才是,如何反去抵触他?"高涉川切齿道:"孩儿宁可沿路叫化进京,决不受这无义之财!"高老者不知就里①,只管埋怨。

又见学里门斗②柳向茂走来催促道:"众相公俱已进京,你家相公怎么还不动身?"高老者道:"不瞒你说,我因家事萧条,糊口尚且不暇,哪里措了许多盘缠? 只算不中罢了。"柳向茂道:"不妨,不妨。我有十两银子,快拿去,作速起身罢。"高涉川接了银子,十分感激,就别父母,带领琴韵,上京应试。

到了应天府,次日便进头场,果然篇篇掷地作金石,笔笔临池散蕊花。原来有意思的才人再不肯留心举业,哪知天公赋他的才分,宁有多少,若将一分才用在诗上,举业内便少了一分精神;若一分才用在画上,举业内便少了一分火候;若将一分才用在宾朋应酬上,举业内便少了一分工夫。所以才人终身博不得一第,都是这个病症。

高涉川天分既好,又加上三年苦功,自然中选,哪里怕广寒宫的桂花没有上天梯子攀折。及至三场完毕之后,看见监场御史告示,说放榜日近,生员毋得回家,如违拿歇家重究。高涉川只得住下。

过了数日,一日在街上闲步,撞到应天府门前,只见搭棚挂彩,用缎结就一座龙门。再走进去,又见一座亭子内,供着那踢斗的魁星,两廊排设的桌尽是风糖胶果。独有一桌,物件更加倍齐整。高涉川就问承值的军健,才知道明日放榜,预先排下鹿鸣宴,那分外齐整的是解元桌面。心内十分欣慕,回到寓中,是夜在床上思想:"未知明日我有福分能享此宴

①　就里——犹言内中,内幕。

②　门斗——清代儒学中的公役。

否？"

　　到了五鼓时候,耳边听见外面喧嚷。早有几个报人,从被窝里扶起来,替他穿了衣服鞋袜,要他写喜钱。高涉川此时如立在云端,就写喜钱,赏了报人。及看试录,见自家是解元,愈加欢喜,慌忙打点去赴宴。

　　及到应天府,拜座师,会同年。主考房官见解元少年风流,各各欢喜。及至宴罢,鼓乐送回寓所。同乡的人,都送礼来贺。高涉川要塞何靖调的口,过了两日,急急回家。

　　那出榜之日,报子报到苏州,何靖调见高涉川中了解元,忙忙入内,报知润娘。润娘听了,不胜欢喜。何靖调道:"我今可以放此担子了。"遂叫小厮雇一乘轿子,请润娘上轿到高家。又选一个丫环跟随,自己亲身送去。

　　高老者见何靖调来,出来迎接.又见一个美女下轿,忙问缘故。何靖调就将三年前之事细细说明。高老者闻言,感激拜谢,遂引润娘入内,见了老妻,说明缘故。老妻欢喜,润娘请翁姑拜了四拜。

　　过了数日,忽见琴韵来报:"解元回来了。"不多时,鼓乐迎高涉川入门,拜见父母,各个欢喜。少顷,房中走出一个丫环,说道:"娘娘要出来相见。"高涉川问道:"是哪个亲戚?"父母道:"孩儿,你倒忘记了。当初你在扬州时,可曾与润娘订终身之约么?"高涉川变色道:"这话提他则甚。"父母道:"你这件事负不得心。何靖调特特送她来与你成亲,岂可今日富贵,遂改前言?"

　　高涉川骂道:"那何靖调畜生,我决不与他干休! 孩儿昔日与润娘订了终身之约,被何靖调挟富娶去,反辱骂孩儿一场。孩儿怀恨,奋志读书。若论润娘,只好算是随波逐浪的女客。盟誓未冷,旋嫁他人,虽然是妓家本色,只是初时设盟设誓者何心,后来嫁与他人者又何心? 既要如此,何苦在牝牡骊黄①之外,结交我这穷汉,可不辜负了她的眼睛。如今何靖调见孩儿侥幸,便送润娘来赎罪。孩儿虽愚,也不肯收此失节之妇,以污清白之躯。"

　　里面润娘听了这话。忙走出来,高声说道:"高郎,你不要错怪了人。

――――――――――

　　①　牝(pìn)牡骊黄——牝牡即雌雄;骊,黑色;黄,黄色。后以"牝牡骊黄"比喻事物的表面现像。此指追求表面显赫。

那何靖调分明是押衙①一流人物,待奴家细细说出原委。昔日郎君与妾相昵,有一个姓欧的撞来,郎君曾做诗讥诮他。他衔恨不过,便在苏州谎说郎君狼狈,做了郑元和的行止。何靖调信以为真,变卖田产,带了银子,星夜赶来,为妾赎身。妾为老鸨计赚,哄到他船上,一时要寻死,谁知何靖调不是要娶我,原是为郎君娶下的。"

高涉川道:"既为我娶下,何不彼时就送来?"润娘□□□有话说。他道郎君是天生才子,只不肯沉潜□□□妾归郎君之后,未免流连房闱,致废本业,不是成就郎君,反是贻害郎君了。所以当面笑骂,正是激励郎君踊跃功名的念头。妾到他家,另置一屋,安顿妾身,以弟妇相待。便是他妻子,亦以姒娣相称。后来见郎君取□科举,无力进京,又馈送路费。郎君乃掷之阶下,只得转托柳门斗送来。难道郎君就不是解人,以精穷之门斗,哪得有十金资助贫士?这件事不该省悟么?前日得了郎君发解之信,欢喜道:"吾今可以放此担子了。"就送妾来。如此周旋,虽押衙亦不能及。若郎君疑妾有不白之行,妾唯有立死君前,以表彰心迹,但凭白埋没了侠士一片热肠也。

高涉川汗流浃背,如梦方醒,就请润娘同拜父母,又交拜了。随即叫两乘轿子,到何靖调家去,请他夫妇拜谢,说道:"小弟前日若非吾兄激发,安有今日之荣?诗云:'他山之石,可以攻玉。'正吾兄之谓也。且吾兄又使小弟夫妇复合,不唯可比他山之石,实可赛他山之石也。此恩此德,未知何时可报。"何靖调道:"小弟不过尽友谊而已,何足挂齿。"

后来高涉川生下一女,配与何靖调儿子为妻。自此两家世世婚姻不绝。

①　押衙——唐小说中的人物,肯舍生救人,成人之美。

忠义报

忠格天幻出男人乳　义感神梦赐内官须

诗曰：

　　□□□□□，□□□化□。

　　□□□一事，□□实相思。

话说南宋高宗时，北朝金国管下的蓟州丰润县，有个书生，姓李，名真，字道修。博学多才，年方壮盛，立志高尚，不求闻达，隐居在家，但以笔墨陶情，诗词寄傲。他闻得：往年北兵南下，直取相、浚等处，宋人莫敢拒敌。因不胜感悼。又闻：南朝任用奸臣秦桧，力主和议。本国兀术太子为岳将军所败，欲引兵北还。忽有一书生叩马而谏，说道："未有奸臣在内，而大将能立功于外者。岳将军性命且未可保，安望成功？"兀术省悟，遂按兵不退。果然岳将军被秦桧召还处死。自此南朝更不能恢复汴京，迎还二帝①了。李真因又不胜感悼。遂吟诗两首，以叹之。一曰《哀南人》，其诗曰：

　　八公草木已摧残，此日秦兵奏凯还。

　　最惜江南诸父老，临风追忆谢东山。

一曰《悼南事》，其诗曰：

　　书生叩马挽元戎，预料南军必丧功。

　　恨杀奸回误人国，徒令二帝泣西风。

李真把此二诗写在一幅纸上，读了两遍，夹在案头一本书内。哪知有个同窗朋友，叫做米家石，此人内心奸险，面目可憎，语言无味，李真心厌之。他却常到李真家里来，李真不十分睬他。米家石见李真待他冷淡，心甚不悦，一日，与李真在朋友家会饮。醉后，互相嘲谑。李真将米家石姓名为题，口占一诗，谑之云：

　　元章袖出小山峰，袍笏徒然拜下风。

---

①　二帝——宋徽宗和宋钦宗。二人为金人所俘。

若教点头潭不解,可怜未得遇生公。

众朋友听了此诗,无不大笑。米家石知道嘲他是顽石,且又当众友面前讥诮,十分恼恨。外面佯为含忍,付之一笑,心里却想要寻些事故,报这一口怨气。

一日,乘李真不在家,闯入书斋,翻看案头书籍。也是合当有事,恰好翻着那幅《哀南人》、《悼南事》的诗笺。米家石见了,眉头一皱,恶计顿生,想道:"此诗是李真的罪案,我把去出首,足可报我之恨了。"便将诗笺袖过,奔到家中,写起一纸首呈,说:"李真私题反诗,其心叵测。"把首呈并诗笺一齐拿到蓟州,赴镇守都督尹大肩处首告。

那尹大肩乃米家石平时钻刺熟的,是个极贪之人,见了首呈并诗笺,即差人至丰润县,把李真提拿到蓟州,监禁狱中,索要贿赂,方免参究。李真一介寒儒,哪有财帛与他。尹大肩索诈不遂,竟具本申奏朝廷。

那时朝中丞相业厄虎,见了这参本,大怒道:"秦桧是南朝臣子,尚肯替我朝做奸细,李真这厮是本国人,如何倒心向南朝,私题反诗?十分可恶。"便禀旨:"将李真就彼处处斩,其家产籍没,妻子入官为奴。出首之人,官给赏银二百两。"这旨意传到蓟州,尹大肩即奉旨施行。一面去狱中绑出李真,赴市曹①处决。一面行文至丰润县,着县官给赏首人,并籍没李真家产,拿他妻子入官。

原来李真之妻江氏,年方二十岁,贤而有识,平日常劝丈夫莫作伤时文字。又常说:"米家石是歹人,该存心相待,不该触恼他。"李真当初不听这好话,至临刑之时,想起妻言,追悔无及,仰天大哭。正是:

夫人不言,言必有中。

非夫人恼,而谁为恼。

却说江氏只生得一子,乳名生哥,才及两月。家中只有一个十二岁的丫环,并一个苍头,叫做王保。那王保却是个极有忠肝义胆的人,自主人被捉之后,他亦随至蓟州,等候消息,一闻有拿家口之信,遂星夜赶回家,报知主母,教她早为之计,若公差一到,便难做手脚了。

江氏闻此凶信,痛哭一场,抱着生哥,对王保说道:"官人既已惨死,我便当自尽,誓不受辱。但放这小孩子不下,你主人只有这点骨血,你若

_____

① 市曹——市内商业集中之处。古代常于此处决犯人。

能看主人之面,保全这孩儿,我死在九泉之下,亦得瞑目矣。"王保流泪领诺。至黄昏后,江氏等丫环睡熟,将生哥乳哺饱了,交付与王保。又取出一包银两,几件簪钗,与王保做盘费。自却转身进房,自缢而死。有诗为证:

> 红粉拼将一命倾,夫兮玉碎妇冰清。
>
> 愿随湘瑟声中死,不逐胡笳拍里生。

王保见主母已死,哭拜了几拜,抱着生哥,正待要走,却又想道:"我若这般打扮,恐走不脱,须改头换面,方才没人认得。"想了半晌,生出一计,走入房中,将一身衣服脱下,取出主母几件女衣来穿了,头上脚下都换了女装,原来王保是个太监脸儿,一些髭①须也没有,换作女人装束,便宛然一个老妪形状了。当下打扮停妥,取了银两并簪钗,抱了幼主,开后门,连夜逃去。

至次日,县官接了尹大肩的文书,差人来拿家属,只拿一个丫环。及拘邻舍审问,禀称:"李真尚有个两月的孩儿,并家人王保,不知去向。"县官遂差人缉捕,将丫环官卖,申文回报督府。江氏尸首,着地方收殓。

那时本城有个孝廉花黑,与李真素未识面,却因怜李真文才,又重江氏贞烈,买棺择地,将江氏殡葬。又遣人往蓟州收殓李真尸首,取来与江氏合葬正是:

> 不识面中有义士,最相知者是奸人。

且说王保自那夜逃走出门,等到五更,挨出了城,望村僻小路而走。走上一二十里、腹饥口渴,生哥又在怀中啼哭,只得且就路旁坐了。思量要取些碎银,往村中买点心吃,伸手去腰里摸时,只叫得苦。原来走得慌急,这包银子和几件簪钗,不知落在哪里了。王保不觉大哭,忽又想道:"莫说盘费没了,即使有了盘费,这两个月的孩子,岂是别样东西可以喂得大的? 必须得乳来吃方好。如今却何处去讨? 若保全不得这孩子,可不负了主母之托!"遂立起身,仰天跪下,祝告道:"皇天可怜,倘我主人不该绝嗣,伏愿凶中化吉,绝处逢生。"

说也奇怪,才一祝罢,便打几个呕逆,顿觉满口生津,也不饥渴了。少顷,又觉胸前酸疼,两乳登时发胀。王保解开衣襟看时,竟高突突变了两

---

① 髭(zī)——嘴上边的胡子。

只妇人的乳,乳头流出浆来。王保骇然,忙把乳头纳在生哥口中,只听得顺热而咽,像呼满壶茶的一般。真是:

　　口里来不及,鼻里喷而出。

　　左只吃不完,右只满而溢。

　　当下王保大喜道:"谢天谢地,今番不但小主人得活,我既有了乳,也再没人认得我是男身了。"便一头袒着胸,看生哥吃乳,一头起步前走,只向村镇热闹所在,求乞行去,讨得些饭食点心。行到日暮,没处投宿,远望前面松林内,露出一带红墙,像是庙宇,便趋步向前。及走到庙前,天已昏黑。王保入庙,抱着小主,就拜台上和衣而卧。

　　睡到天明,爬起来,看那神座上,有两个神像,座前立着两个牌位。牌上写的是春秋晋国赵氏家臣程婴、公孙杵臼两个的牌位。王保看了,倒身下拜,低声祷告道:"二位尊神是存赵氏孤儿,王保今日也抱主人的孤儿在此,望神力护佑。"浑罢起身,抱生哥,走出庙。看庙门匾额,是"双忠庙"三字。

　　王保自此竟把这庙作栖身之地,夜间至庙中宿歇,日里却出外求乞。有人问他,不唯自己装作妇人,连生哥也只说是个女子,他取程婴存孤之意,只说:"我姓程,叫做程寡妇。女儿叫做存奴,是我丈夫遗腹之女。我今口食不周,不愿再嫁人,又不愿去人家做养娘。故此只得求乞。"众人听了这话,多有怜她,施舍她些饭食,倒也不曾受饿。那时官府正行文各乡村,缉捕王保及生哥,亏得她改换女装,又变了两只大乳,因得无事。

　　王保行乞,过了数日。忽一日早起,走出庙门。只见一个道人,皂袍麻履,手待羽扇,徐步而来,看着王保说道:"你且慢行,我有话对你说。"王保见道人生得清奇古怪,童颜鹤发,有神仙气象,便立住脚,问道:"师父要说什么?"道人道:"我看你不是行乞的,这庙也不是你安身之处。我传你个法儿,教你不消行乞何如?"王保道:"如此甚妙。但不知师父传甚法儿?"那道人便去袖里取出个小小盒儿,递与王保道:"这盒内有丹药一粒,名为银母。你可把此盒贴肉藏好,每朝可得银三分,足你一日之用。"王保接了,跪下拜谢。道人道:"你且休拜,可随我来。"王保便抱生哥,随道人走过半里路,到一个茅庵。门上用锁锁着,道人取钥匙开了,引王保入内,说道:"这里名留后村。此庵是我盖造的,庵中锅灶碗碟、床榻桌椅之类都有。我今将往别处云游,这庵让你安身。七年后,我再来相会。"

言讫,转身出庵便走。王保再要问时,那道人步履如飞,已不见了。

王保看那茅庵两旁,右边是空地,左边有一带人家。再入庵内细看,是两间草房,外一间排着锅灶,内间设着一张木榻,榻上被褥都备。榻前排列木桌木椅,桌上瓦罐内还有吃不尽的饭。王保大喜,以后就不消乞食了。

当晚,有几邻舍来问道:"这庵是两月前一个道人来盖造的,如何今日是你来住?"王保道:"是那师父哀怜我没处栖身,故把这庵舍与我住,他自往别处云游去了。"众邻舍听说,便由他住下。王保过了一夜,次早开那丹盒来看,果然内有白银一小块。取戥①来称,恰重三分。自此日用不缺。

光阴荏苒,过了几年,生哥已不吃乳,只要吃粥饭。却又作怪,那银母丹盒内每日又多生银三分,共有六分之数,足供两人用度。王保欢喜无限,便每日节省一分半分,积少成多,把来做些女衣,与生哥穿着,只不替他缠脚寄耳。邻舍问时,王保扯慌道:"前日那道人说,他命□华盖,应该出家。故不与他缠足穿耳。"众邻舍信以为然。每遇岁时伏腊②祭祀主人主母,悲号痛哭。邻舍问之,假说是奠亡夫,与亡夫的前妻。众邻舍都道他有情义。王保又每遇朔望,必引着生哥,到双忠庙去拈香。一日,正烧讨了香,走出庙门,忽遇着前番那道人。此时,生哥已是八岁,恰好是七年之后了。王保一见,慌忙下拜。道人道:"你莫拜,我特来求你施舍。"王保道:"师父休取笑,我母女一向吃的住的,都是师父施舍的,为何今日倒说要求我施舍?"

道人指着生哥,对王保道:"我不要你施舍别的,只要这孩子舍与我做徒弟罢。"王保道:"先夫只有这点骨血,怎好叫他出家?"道人道:"你对人扯谎,便道我说他该出家。今日我真要他出家,你又不肯么?"王保无言可答。

道人笑道:"我特来试你,你不肯把他舍与我,正见你的忠心。我今也不要他出家,只要他随我去学些剑术。"王保道:"学剑恐非女儿之事。"

---

①　戥(děng)——一种小型的秤。
②　伏腊——伏,夏天的伏日;腊,冬天的腊日。古代两种祭祀的名称。也泛指节日。

道人笑道:"你在我面前也说假话? 他女子学不得剑,你男人如何有乳?"王保见说破了他的底蕴①,吓得只顾磕头。

道人扶他起来,说道:"我要教这孩子的剑术,将来好为父报仇,目下当随我入山,五年后,送来还你。"说罢,袖中取出两个白丸,望空一掷,变了两把长剑。道人接在手中,就庙前舞起来。但见寒光一片,冷气侵人,分明是瑞雪纷飞,霜花乱滚。王保看得眼花。

比及寒光散处,道人连生哥都不见了。王保惊得呆了半晌,想:"这道人是个神仙。我当初遇他时,他说七年后来相会,今七年后准准到来。方才他说五年后送幼主来还我,定非虚言。我只得安心等到五年后,看是如何。"当日独自回庵,邻舍问他女儿何在,王保道:"适才遇见前年那道人,领他去教习经典,约五年后送来还我。"邻舍道:"游方道人,哪有实话? 你被他哄女儿去了。"王保道:"他舍庵与我住,决不哄我。"邻舍心内终是疑惑,王保更不猜疑。正是:

　　　　桥边得遇赤松子,圯上休疑黄石公。

自此,王保独处庵中。看看已及五载。那时,北朝正值海陵王为帝,尹大肩儿做京营统制,米家石求他荐引②,也授皇城大使之职。二人逢迎上意,劝海陵广选民间女子,以充后宫。海陵准奏,即差二人为采选使,先往蓟州一路选去。凡十三岁以外,十六岁以内者,皆在所选。

二人奉了钦差,遂借端骗民间贿赂,有钱的便免了,没钱的便选去,不论城市村坊,搜求殆遍。凡人家有女儿的,无不哭哭啼啼,惊慌无措。王保见了这光景,心中暗忖:"我家这假女子,亏得那道人先领去。若还在此,今年恰是十三岁,正在选中,却怎地支吾?"又过了两三个月,忽有人传说,尹、米二人尽皆杀了。你道为何? 原来米家石私自于选到女子中挑取美貌的留下数人,自己受用。尹大肩闻知,恐日后被海陵王查出,连累着他,遂先具密疏奏闻。海陵大怒,即传旨将米家石就所在地方阉割了,逐归原籍。过了几日,忽一夜,尹大肩在公馆中被人杀死。榻前粉壁上,大书七个血字道:"杀人者米家石也。"手下人报知地方官,以其事奏闻。海陵怒甚,即将米家石处斩,收他妻子入宫为奴。

---

①　底蕴——事物的内容,内部情况。
②　荐引——荐举;引荐。

王保闻知这消息，私自庆幸道："且喜我主人两个仇家都被杀了。真是天理昭昭，果报不爽。"又过月余，闻得朝廷差太监颜权持节到来，停罢选女之事，将选过女子悉还民间。一时村坊市镇，欢声载道。王保暗想："我小主人躲过这灾难，此时若归，安然无事了。"

看看腊尽春回，过了一年。屈指算来，生哥已是十四岁了，不见那道人送来。王保终日盼望，常往双忠朝去拜祝。一日，走至朝中，忽见那道人同生哥坐在里面。王保又惊又喜，看生哥披发垂肩，已十分长成，依然是女子打扮。王保望着道人磕头道："多感仙翁大恩，真不失信。"

道人指着生哥对王保道："我教会他剑术，已报了父仇。但目下还出头不得，你可仍保他到你庵中住下。待十日后，有个姓须的画师到你庵侧居住。你可叫他到彼学画，将来自有奇遇。不得有误。"言毕，走出庙门，腾空而去。有诗为证：

遨游仙界在虚空，来似风兮去似风。

只为忠心如铁石，故能白日致仙翁。

王保见了，望空拜了数拜，回身抱着生哥，问道："你去了这五六年，一向在哪里？"生哥道："我在那边住下，不多几时，怎说是五六年？"王保道："想是仙家一日抵得凡间几年了。你且说，仙翁姓甚名谁，领你到什么去处？可细述与我听。"

生哥道："我自从那日看仙翁舞剑，忽见一道白光将我身子裹住，耳边如闻。风雨之声。到得白光散了，定睛一看，却立在一个石洞里，洞中石床石椅、笔墨诗书等物都备。仙翁把男衣与我换了，着几个青衣童子服侍我。每日与我饮食，又不见他炊煮，不知是哪里来的。仙翁常有朋友来，都呼为碧霞真人。这洞也叫做碧霞洞，仙翁先教我读书，后教我学剑。初学剑时，命我在石崖上奔走跳跃，习得身子轻了，然后把剑法传我，有咒有诀，可以剑里藏身，飞腾上下。学得纯熟之后，常书符在我臂上，捏诀念咒，往来数百里，只须顷刻。记得几日前，命我到一个去处，杀了一人。又命我书七字于壁上，道：'杀人者米家石也。'仙翁说：'此人是你杀父之仇。你今杀了此人，父仇已报，可送你回去了。'便叫我仍旧女装。我对仙翁说：'我一向但认得母亲，并不认得父亲，也不见母亲说起父亲的事。不知我父亲怎生死的，我又如何要男人女扮？'仙翁道：'你回去问你母亲，便知端的。'说罢，遂把我送到此间。母亲如今快把事情说与我知道。"

王保听说，不觉涕泪横流，呜呜咽咽，哭将起来，说道："我不是你母亲，你母亲也是死于非命。"生哥闻言大哭，扯着王保问道："你快说个明白。"王保正待要说，却又住了口，走出庙门，四下一望，见没有人，然后再入庙中，对生哥道："此事不可声张。你且住了哭，待我说来。"

当下生哥拭泪，王保把李真夫妇惨死，并自己女装，保护幼主，细细说出。生哥听罢，哭倒在地。正是：

　　　　十年遁迹一孤儿，失记分离两月时。

　　　　前此犹疑慈恃下，谁知怙恃已双悲。

王保扶起生哥，说道："今日既已说明，小人不该乔装假母，本当正主仆之分，但方才仙翁有言，目下不是出头日子。小主人切勿露圭角①，还须仍旧女装，呼小人为母，以掩众人耳目。"生哥道："我若无你保护，性命早已休了。多亏你一片忠诚，致使神仙感应。我就拜你为母，也不为过。"说罢，便拜下去。王保忙叩头道："不要折杀了小人。自今以后，只要在人前假装母女便了。"

当日主仆回到庵中，依旧母女相呼。邻舍见了，只道程寡妇的女儿已归，都替他欢喜。

数日后，间壁旧邻迁移了去，空下两间房屋，果然有姓须的人领着儿子来租住。那姓须的，不是别人，就是太监颜权。

原来前日海陵王并无停罢选女之旨，特命颜权来代尹大肩之任，收取女子到京。哪知颜权是个极慈心、极义气的太监，他乘此机会，倒矫旨将众女给还民间。因此自料回朝必然被戮，乃于半路遣开从人，微服遁走，恰好也走到双忠庙里宿歇。

睡至五更，忽见庙中灯烛辉煌，一个青衣童子走来，把颜权按住，说道："我奉神人之命，赐你须髯，以避灾难。"就把一只金针去颜权颏下刺了半晌，又向袖中取出一把须髯，插在他颏下。又脱下身上青衣并脚上鞋袜，放于地上，吩咐道："这东西你可收着，明日好去救一个人。"

颜权忙爬起来，扯住童子要问，童子用手一推，颜权跌了一跤，猛然惊醒，却是一梦。伸手去嘴上一摸，果然有三绺须髯，约长一尺，须根里尚觉

---

① 圭角——圭玉的棱角。犹言锋芒。

有些酸痒，好生奇异。直至天明，又见有一件青衣并鞋袜在地上，一发惊怪。起身拜谢神明，就取了青衣并鞋袜，走出庙门，想："嘴上有须，没人认得我是太监了。"大胆向前行去。

走不上一里，忽闻路旁有哭声。颜权一看，却是个十二三岁的女子，坐在路旁啼哭，丰姿甚好。颜权问其来历，女子不肯说。颜权好言再三慰问，女子方说道："我乃蓟州玉田县人。父亲廉国光，官为谏议大夫，因直言忤旨，身被刑戮，家产籍没，近又有旨，收妻女入宫。幸我母亲向已亡过。我被统制拘捉，与所选民间女子一齐封置公馆。今众女奉旨放回，各有父母领去，唯我无家可归，所以啼哭。"

颜权听罢，想昨夜梦中之言，又想廉谏议的忠节可敬，又想："自己也是玉田县人，正与此女同乡，我当救她。"便算出一条计策，领这女子回至双忠庙里。先把自己的来历低声诉与她，因对她说道："我和你都是避罪之人，我昨夜梦神人教我今日救一个人，想就是你，我今欲救你，你当认我为义父。但你是罪人之女，未经赦免，出头不得。昨夜神人赐我男人衣履，想要叫你女扮男装，方保无虞。你今就改扮男子，与我同行何如？"

那女子听说，忙忙拜谢。颜权教她拜了神像，把青衣鞋袜与她换了。问她什么名，今年几岁。女子道："我名冶娘，年方十三岁。"颜权道："我今呼你为儿，把'冶'字去了两点，改名台官罢。"冶娘欢喜领诺。颜权想："我有这假男儿，如今客店不是安身之处，必须租两间房屋居住。"

恰好寻着那庵旁空屋住下。他因自己生须，便托言姓须。只说从玉田县携儿到此，投奔亲戚不着，回乡不得，只得在此权住。幸身边有些银两，不敢滥用，要寻个长久度日之计。

冶娘便道："义父不须忧虑。我幼时读书，习学针指，又学得一件技艺是丹青。常画些山水花草，至于传神写像，也都会得。我今就卖画为活也好。"颜权大喜，便入城买了纸笔并颜色之类来。先叫冶娘画些山水花草，果然画得好。又叫他画自己形象，却又酷肖。颜权甚喜，便裓起传神卖画的招牌。外人闻留后村须家有个十三岁小儿善于丹青，便都来求他画。但若有人要请他到家去，冶娘即托故不去，只坐在家中卖画，取些笔资度日。王保住在间壁，见须客人的孩儿善画，因记起仙翁之言，便来拜望颜权，要将生哥送过去，求他孩儿指教丹青，颜权想："生哥是女子，我这假子也是女身，女子与女子相处，有何妨碍。"遂慨然应允。王保想：

"生哥原是男身，便与他家孩儿亲近，也不妨事。"自此早去暮回，冶娘与生哥姊弟相称，甚是契合。

那时，海陵王闻颜权矫旨放回众女，十分震怒。画影图形缉捕颜权，又欲遣官重选女子入京。幸有人出使南朝回来，盛称南朝子女胜于北地。海陵王遂有兴兵南下之意，故把重选女子之事停搁。因此，生哥虽假女身，却安然无恙。

一日，生哥至冶娘处学画，恰值颜权他出。冶娘问生哥道："姐姐姿性敏捷。丹青之道，略加指点，便都晓得。将来必然胜我十倍。这般颖悟，不识幼时曾读书否？"生哥道："颇知一二。然我辈女流，读书原非所重。若贤弟少年才隽，必精词翰，何不以文章求仕进，乃仅以丹青著名乎？冶娘道："君子藏器待时。此时世口，恐文章不足以取功名，适足以取祸患耳。"

生哥听了这话，想起父亲因以诗文被奸人陷害，触动本心，不禁悲愤起来，对冶娘道："我幼遇异人，学得一件本事，今日试演一番与贤弟看。"说罢，向袖中取出一个白丸，走到庭前，望空一掷，化成一把长剑。生哥接剑在手，就庭前舞起，初时，犹见人影在白光里。后来，但见白光，不见有人影。及至舞完，依然一个白丸在手，不知剑在那里。冶娘看了，说道："姐姐有这般本事，真女中丈夫。若改换男装，花木兰当拜下风矣。"因题诗一首赠之。诗曰：

> 剑锷簇芙蓉，寒光谢碧空。
>
> 霜飞如舞云，电走似驱风。
>
> 腾跃出还没，往来西复东。
>
> 隐娘今再见，不数薛家红。

冶娘把诗写在纸上，与生哥看。生哥十分叹赏，笑道："贤弟高才，方才道我是女中丈夫，我今看你这字体柔妍，倒像女子。我也有俚言奉赠。"遂题《西江月》词云：

> 体学夫人字美，文兼幼妇词芳。纤纤柔翰谱瑶章，不似儿郎笔仗。雅称君家花貌，依稀冶女风光。若叫易服作宫装，奉引昭容堪况。

冶娘看毕，见词意比我是女子，不觉面色微红，笑道："姐姐如何把女子比我？我看姐姐全无女子气象，如今不叫你姐姐竟叫你哥哥吧。"又题一绝以戏之云：

美尔英雄大丈失，应叫弟弟唤哥哥。

他年姊丈相逢处，也作埙箎①伯仲呼。

生哥看了，笑道："你若呼我为哥哥，我就呼你为妹妹。"因亦口占一绝以答之云：

爱你才郎似女郎，几疑书室是闺房。

他年弟妇相逢处，伉俪应同妹妹行。

两人戏谑了一回，生哥自回家去，只道须家的台官是男人女相，冶娘也道程家的存奴是女人男相，两下都不知是假的。

一日，正当清明节日，生哥这日不到冶娘家来，自与王保在家中祭奠亡亲。

这日，冶娘也对颜权说，要祭奠父母。颜权买些纸钱祭品，安放在家，自己往双忠庙去烧香。冶娘闭上了门，独自在室中祭奠先灵。他终是女子家，不敢高声痛哭，只是流泪。忽听得间壁哀号之声。冶娘向壁缝里张看，原来他家还在那里设祭。只见存奴跪在前面，他的母亲倒跪在后面，叩头流涕。存奴哭倒于地，他的母亲去扶他，口中喃喃的劝。听得不甚明白，只听得他叫"小官人"三字。及祭毕而起，存奴望上作揖。

冶娘看了，好生惊疑，想："他这般光景，甚是跷蹊。我一向疑他像个男子，莫非也与我一般改头换面乔装扮的？待我明日试他一试。"至次日，生哥到冶娘家来。冶娘等颜权出去了，就说道："姐姐如此聪明，必然精于女工。为何不见你拈针刺绣，织锦运机？请做来与小弟一看。"

生哥道："我因幼孤，母亲娇养，不曾学得组绣之事。"冶娘笑道："题诗舞剑都学，我知你女工必妙，若遇着个女郎，定然把组绣之事做出来。今在小弟面前，故不肯做出。"生哥道："丹青与组绣相类，莫非吾弟倒善于组绣么？"冶娘道："我非女子，哪知组绣？你是女子，倒习男子之事，奈何把女工问我？"

生哥笑道："你道自己不是女子，只怕女子中倒没有你这个伶俐人物。"冶娘也笑道："姐姐本是女子，倒像个男子，还怕男子中倒没有你这

---

① 埙箎(xūn chí)——古代吹奏乐器。埙，土制；箎，竹制。这两种乐器合起来，声音和谐，后因用为赞美兄弟和睦之辞。

样倜傥人才。"因指纸上所画红拂私奔的图像,对生哥说道:"姐姐若学红拂改换男装,莫说夜里私奔,就是日里私奔,也没人认得你是女子。"生哥笑道:"你叫我私奔哪个? 我若做红拂,除非把你做李靖。"冶娘又指画上鸳鸯,对生哥道:"我和你姊弟相你,如雁行一般,恐雁行不若鸳鸯为亲切。倘蒙姐姐不弃,待我对爹爹说,结为夫妇向如?"

生哥听罢,沉吟半晌,忽然流泪。冶娘惊问道:"姐姐为何烦恼?"生哥拭泪答道:"我的行藏①,无人能识。今蒙吾弟错爱,我只得实说了。"便去桌上取过一幅纸来,援笔题诗一绝云:

> 改装易服本非真,为乏桃源可避秦。
>
> 若欲与君为伉俪,愿天真化女人身。

冶娘见诗,大惊道:"难道你真个是男子么? 你快把自己的来历,实说与我知道。"生哥便把上项事细述一遍,叮嘱道:"吾弟切勿泄漏。"冶娘甚是惊异,因笑道:"我一向戏将姐姐比哥哥,不想真是哥哥。"生哥道:"我向只因假装女子,不好与你亲近。今既说明,当与你把臂促膝,为联床接席之欢。"说罢,就来与冶娘并坐,又伸手去扯他臂。慌得冶娘红了脸,连忙起身避开。生哥笑道:"贤弟不是女子,如何做出这羞态?"冶娘便道:"你既不瞒我,我又何忍瞒你。"也取过纸笔,和诗一绝云:

> 姊不真兮弟岂真? 亦缘无地可逃秦。
>
> 君如欲与为兄弟,愿我真为男子身。

生哥看了,也惊道:"不信你倒是女子。你也快把来历说与我听。"冶娘遂将前事述了一遍。生哥称奇,因说道:"我是男装女,你是女装男,恰好会在一处。正是天缘凑合,应该作配。你方才说,雁行不若鸳鸯。自今以后,不必为兄弟,直为夫妇了。"冶娘道:"兄果有此心,当告知义父,明明配合,不可造次。"

正说间,颜权回来了。生哥亦即辞去,把这段话告知王保。那边,冶娘也把生哥的话对颜权说,大家欢异。次日,王保来见颜权,商议联姻,颜权慨然应允。在众邻面前,只说程家要台官为婿,须家要存奴为媳。央一个老婆婆做了媒妁,择日行聘。邻舍中有几个轻薄的,胡猜乱想说:"程

---

① 行藏——《论语·述而》:"用之则行,舍之则藏。"后因以"行藏"指出处或行止,改装易服本非真,为乏桃源可避秦。

寡妇初时要女儿出家,如何今日许了须家的台官? 想必这妈妈先与须客人好了? 如今两亲家也恰好配作一对。"王保由他猜想,只不理他。

时光迅速,过了两年。生哥是十七岁,冶娘是十六岁了。颜权便替他择吉毕姻。拜堂时,生哥仍旧女装,冶娘仍旧男装,新郎是高髻云鬟,娘子是青袍花帽,真个好笑。但见:

> 红箩盖却粉郎头,皂靴套上娇娘足。作揖的是新妇,万福的是官人。只道长女配其少男,那知巽却是震,艮却是兑;只道阳爻合乎阴象,谁识乾反是地,坤反是天。白日里唱随,公然颠倒扮去;黑夜间夫妇,暗地较正转来。没鸡巴的公公,倒娶了个有鸡巴的子妇①;有阳物的妈妈,倒招了个没阳物的东床。只恐新郎的乳渐高,正与假婆婆一般作怪;还怕新娘的须欲出,又与假爹爹一样蹊跷。麋边鹿,鹿边麋。未识孰麋孰鹿? 凤求凰,凰求凤,不知谁凤谁凰? 一场幻事是新闻,这段奇缘真笑柄。

是夜,颜权受二人之拜。掌礼的要请王保出来受礼,王保只推腹痛,先去睡了。生哥与冶娘毕姻之后,夫妻恩爱,自不必说。但恨不敢改装易服、出姓复名。

那知事有凑巧,既因学画生出这段姻缘,又因卖画引出一段际遇②。你道有何际遇? 原来那时孝廉花黑已中过进士,选过翰林,因与承相业厄虎不睦,致仕家居。他的夫人蓝氏,要画一幅行乐图,闻得留后村须家的媳妇善能传神,特遣人抬轿来请,要邀到府中去画。冶娘劝生哥休去,生哥想花黑有收葬他父母的恩,今日不忍违他夫人之命,遂应召而往。

那夫人只道生哥是女子,请至内堂相见。礼毕,吃了茶点,便取出白绢教生哥写照。生哥把夫人细看一回,提笔描画起来。顷刻间,画成一个小像。夫人与侍女看了,都说像得紧。

夫人大喜,因对生哥道:"我先母蓝太太的真容,被我兄弟遗失了,今欲再画,争奈难于摹仿。我今说个规模,就烦你画,若画得像,更当重谢。"生哥领诺。夫人指自己面庞,说那一处与先母相同,那一处与先母略异。生哥依言,凭空画出真容。却也奇怪,竟画得俨然如生。夫人看

---

① 子妇——儿媳妇。
② 际遇——犹遭遇。多指得到好的机遇。

了,拍掌称奇,一头赞,一头看,越看越像,如重见母亲一般,不觉呜咽涕泣起来。生哥在旁看了,也不觉泪流满面。夫人怪问道:"我哭是想念先母。你哭是为何?"生哥拭泪道:"妾幼丧二亲,都不曾认得容貌。今见夫人描画令先慈之像,因想妾身枉会传神,偏无二亲可画,故不禁泪落耳。"

夫人听说,问道:"我闻你的母亲尚在,如何说幼丧二亲?"生哥忙转口道:"夫人听错了,妾说幼丧父亲。"夫人道:"我如何会听错? 你方才明明说幼丧二亲,莫非你不是程寡妇亲生的? 可实对我说。"生哥想:"花公是有情义的人,我今对他实说来历,料也不妨。"因向前对夫人道:"当初我父亲蒙花老爷厚恩,今日怎敢隐瞒? 但望夫人恕我死罪,方敢说出。"夫人道:"奇怪了。我与你家素不相识,我家有何恩? 你今有何罪?"生哥道:"乞夫人屏退左右,容我细禀。"夫人便叫女使们退避一边。

生哥先说自己男扮女装,本不当直入内室,因不敢违夫人之命,勉强进来,罪该万死。然后从头至尾缘故细细告陈,并将妻子冶娘的始末,一发说明。夫人听罢,十分惊异,便请花黑进来,对他说知其事,叫与生哥相见,花黑亦甚惊异。

忽家人进来说:"报人报到。报老爷原官起用。"原来海陵王御驾南征,中途遇害。丞相业厄虎护驾,亦为乱军所杀。朝中更立世宗为帝。这朝人主,极是贤明,凡前日无辜被杀的官员,尽皆恤赠,录其后人;其余被黜被逐的,起复原官。因此,花黑亦以原官起用。

当下花黑看了报文,便对生哥道:"当今新主贤明,褒录海陵时受害贤臣的后人,廉谏议亦当在褒录之例。你今既为他婿,廉公无子可录,女婿可当半子。至于令先尊题诗被戮,我当奏白其冤。你不唯可脱罪,还可受封。"生哥谢道:"昔年蒙恩相收葬先人骸骨,今日又肯如此周全,此恩此德,天高地厚。"说罢,侧身下拜。拜毕,回到家中,说知其事。冶娘与颜权、王保,俱各欢喜。

花黑即日赴京陛见,就上疏白李真之冤,说:"他所题二诗,一是叹本朝无人,一是叹南朝为奸臣所误,并无一语侵犯本朝。却被奸人谋害,无辜受戮,深为可悯。其妻江氏,洁身死节,尤宜矜恤。况今其子生哥,现配先臣廉国光之女,国光无子,当收录其婿,以酬其忠。"又将王保感天赐乳,颜权梦神赐须之事,一一奏闻。世宗览奏,降旨:"赐生哥名存廉,授翰林待诏。封冶娘为孺人①。王保忠义昌可嘉，授太仆丞。太监颜权，召还京师，授为六宫都提点。"命下之后，生哥与冶娘方才改正衣装。一个大乳苍头人，一个长须内相，都复了本来面目。一时传作奇谈。正是：

　　前此阴阳都是假，今朝男女尽归真。

众人受了恩命，各各打点赴京。生哥独上一疏道："臣向因患难之中，未曾为父母守制。今欲补尽居丧之礼，庐墓三年，然后就职。"天子准奏。生哥与冶娘披麻执杖，至父母墓前，排下祭品拜奠。想起二亲惨死，死后有缺祭扫，直至今日方敢到墓前一拜，便伏地痛哭，哭得路旁观者无不悲伤。王保闻得生哥夫妇都在墓所，便于赴京之前，备下祭礼，到墓前设祭。那时王保脱下冠带，换了青衣小帽，向墓前叩头，哭告道："主人主母在上，小人王保昔年在蓟州时，因急欲归报主母消息，未及收殓主人尸首。及主母死后，小人又急保护幼主，避罪而逃，也不及收殓尸首。今日天幸，得遇恩赦，才得到墓一拜。向蒙皇天赐乳，仙翁庇佑，我主仆二人得以存活。今幸大仇已报，小主人已谐姻配，又得了官职。未识主人主母知道否？倘阴灵不远，伏乞照鉴。"一头说，一头哭。从人见之，尽皆下泪。

王保祭毕，换了冠带，恰值颜权也来吊奠。王保等他奠罢，一同别了生哥夫妇，再备祭品，同颜权到双忠庙拜祭一番。颜权又将庙宇重修，神像再塑，然后与王保赴京。

生哥自与冶娘庐墓。又闻朝廷有旨，着玉田县官为廉国光立庙，岁时致祭。生哥遂同冶娘到彼处拜祭了，复回墓所。三年服满，然后赴京，谢恩到任。

在京未久，忽闻塘报，临城县有妖妇牛氏，结连山寇作乱，势甚猖獗。你道那妖妇是谁？原来就是尹大肩之妻。那尹大肩存日，恃海陵王宠幸，作恶多端。近来被人告发，世宗有旨，籍没其家。不想他妻子牛氏，颇知妖术，遂与其子尹彪逃入山中，啸聚山贼作乱，自称通圣娘娘。官兵追捕，反为所败。

生哥闻知此事，激起雄心，说道："此是我仇人妻子，我当手刃之。"遂上疏自请剿贼。天子准奏，命以翰林待诏兼行军千户，领兵三千，前往讨

---

① 孺人——《礼记·曲礼下》："天子之妃曰后，诸侯曰夫人，大夫曰孺人，士曰妇人，庶人曰妻。"宋代用为通直郎以上之母或妻的封号。

贼。生哥奉旨,督师前进。牛氏统领贼众,据着险峻高岭,立下营寨,要用妖法迎敌。哪知生哥有碧霞真人所传的剑术,便不等交锋,先自飞腾上岭,挥剑斩了牛氏并尹彪首级,然后驱兵杀去。贼众无主,非逃即降,寇氛悉平,奏凯回朝。天子嘉其功,升为中书右丞,兼枢密副使,并降旨追赠其父母。生哥谢恩。是夜即得一梦,梦见一个金幞绯衣的官长,一个凤冠霞帔的夫人,对生哥道:"我二人是你父母。上帝怜我二人,一以文章被祸,一以节烈捐躯,已脱鬼录,俱得为神。今受皇恩,又膺天宠,你今不消哀念。"

生哥醒来,记着梦中所见父母的形貌,画出两个真容,去唤王保来看。王保见了,惊说道:"与主人主母容貌一般。"生哥大喜,即去装裱,供养在家。王保做了三年官,即弃了官,要去寻访碧霞真人,入山修道,竟拜别生哥夫妇,飘然而去。生哥思念其忠,也画他形像,立放李真之侧,一样岁时致祭。又画碧霞真人之像,供养于旧日茅庵,亦以王保配享。后来花黑出使海上,遇见王保,童颜鹤发,于水面上飞身游行。归来报知生哥,知其已成了仙。颜权出入宫中勤谨,极蒙天子宠眷,寿至九十七而终。冶娘替他服丧守孝,也画真容供养。这是两人忠义之报。看官听说,人若存了忠义,不愁天不助,神不佑。试看奴仆、宦竖尚然如此,何况士大夫,故这段话文名曰《忠义报》。

雨花香

目　录

第 一 种　今觉楼　………………………………………（299）

第 二 种　铁菱角　………………………………………（304）

第 三 种　双鸾配　………………………………………（308）

第 四 种　四命冤　………………………………………（314）

第 五 种　倒肥鼋　………………………………………（321）

第 六 种　洲老虎　………………………………………（323）

第 七 种　自害自　………………………………………（327）

第 八 种　人抬人　………………………………………（329）

第 九 种　官业债　………………………………………（331）

第 十 种　锦堂春　………………………………………（333）

第十一种　牛丞相　………………………………………（339）

第十二种　狗状元　………………………………………（341）

第十三种　说蜣螂　………………………………………（343）

第十四种　飞蝴蝶　………………………………………（345）

第十五种　村中俏　………………………………………（347）

第十六种　关外缘　………………………………………（350）

第十七种　假都天　………………………………………（352）

第十八种　真菩萨　………………………………………（355）

第十九种　老作孽　………………………………………（358）

第二十种　少知非　………………………………………（363）

第二十一种　刻薄穷　……………………………………（368）

第二十二种　宽厚富　……………………………………（370）

第二十三种　斩刑厅　……………………………………（372）

第二十四种　埋积贼　……………………………………（374）

第二十五种　掷金杯　……………………………………（375）

第二十六种　还玉佩　……………………………………（378）

第二十七种　乩仙偈　……………………………………（381）

第二十八种　亦佛歌　……………………………………（385）

第二十九种　枉贪赃　……………………………………（390）

第 三 十 种　空为恶　……………………………………（393）

第三十一种　三锭窟　……………………………………（394）

第三十二种　一文碑　……………………………………（395）

第三十三种　晦气船　……………………………………（397）

第三十四种　魂灵带　……………………………………（399）

第三十五种　得会银　……………………………………（400）

第三十六种　失春酒　……………………………………（401）

第三十七种　旌烈妻　……………………………………（403）

第三十八种　剐淫妇　……………………………………（404）

第三十九种　定死期　……………………………………（407）

第 四 十 种　出死期　……………………………………（409）

第 一 种
今觉楼

世人要享快乐，只需在心念上领略，则随时随地俱享快乐，切莫在境界谋求，不独奢妄难遂，反多愁苦无休。试看陈画师，不过眼前小就，便日日享许多自在快乐之福。谁个不能，哪个不会？读者须当悟此。

予尝诌二句，曰："福要人会享，会享就多福。"要知人若不会享福，虽有极好境界，即居胜蓬瀛①，贵极元宰，怎奈他心中忧此虑彼，愁烦不了。视陈画师之小局实受，反不如也。人能安分享乐，病也少些，老也老得缓些，福也受得多些，寿也长些。陈画师即现在榜样也。

崇贞年间，扬州西门外有个高人，姓陈，名正，字益庵，生得丰姿潇丽，气宇轩昂，飘飘然有出尘之表。家甚淡薄，只一妻、一子、一仆。幸西山里有几亩旱田，出的租稻，仅仅供食。这人读书不多，因看破人世虚幻，每日只图享乐。但他的乐处，与世人富贵荣华，酒、色、财、气的乐处不同。

他日常说："文人有四件雅事，最好的是琴、棋、书、画。要知弹琴，虽极清韵，必须正襟危坐，心存宫商，指按挑剔，稍不留意，即失调矣。我是个放荡闲散的人，哪里奈得，所以并不习学。又如着棋，高下对敌，筹运思维，最损精神。字若写得好，亲友的屏轴、斗方、扇条，应酬不了。且白求的多，我俱不为。四件之内，只有尾上的绘画一件，任随我的兴趣。某处要山就画山，某处要水就画水，某处要楼台树木，就画楼台树木。凡一切风云、人物、花鸟、器用，俱听我笔下成造，我所以专心学画。若画完一幅，自对玩赏，心旷神怡，赠与知音，彼亦快乐。"每喜唐伯虎四句口号，云：

> 不炼金丹不坐禅，不为商贾不耕田。
>
> 闲来画幅青山卖，不用人间作业钱。

陈画师因有了这个主意，除卖画之外，一应诗文，自量自己才疏学浅，总不

---

① 蓬瀛——蓬莱和瀛洲。古代传说中神山名。

撰作,落得心无挂碍,只是专享闲乐之福。

就在西门外高岗上,起盖了三间朝南小屋,安住家口。苑阔约四五丈,栽草花数种,如月季、野菊之类,并无牡丹、芍药之贵重的,周围土墙柴门。苑之东南上,起了一间小楼,楼下只可容三、四人,一几四椅,中悬条画,几上除笔砚之外,堆列着旧书十余部,用的都是沙壶、瓦盏。楼上起得更加细小,只可容二、三人,设有棕榻、小桌,四面推窗明朗。楼之南面,遥望镇江、长山一带云树、烟景。楼之北面,正对着虹桥、法海、花柳、林堤。楼东一望,各花园亭阁,高下参差。唯楼西都是荒坟、荒冢。陈师坐此楼,自知往日之尘劳尽去,顿生觉悟。因题"今觉楼"三字匾,悬于下层。又诌一封联粘柱,时刻自省,兼以省人。联云:

> 觉性凡夫登佛位,乐心斗室胜仙都。

此联重在"乐"、"觉"二字,所谓"趣不在境"也。楼之上层,曾有客登此楼,西望尽是高低坟墓,每云不乐。师因晓之曰:"昔康对山构一园亭,其地在北邙山麓,所见无非丘陇。客讯之曰:'日对此景,令人何以为乐'?对山曰:'日对此景,乃令人不敢不乐。'我深敬服。其所以起楼在荒冢旁,原是仿此。今每日目睹此累累者,皆是催我急急行乐,不容少缓也。"因又诌一联,粘上层柱,云:

> 引我开怀山远近,催人行乐冢高低。

陈师自立规矩,每日上半日画些山水,卖得笔赀,以为沽酒杂用。凡有求画之人,都在上半日相会,一到午后,便停笔不画。一应亲友,令小童俱答外出,却在楼上,任意颠狂笑傲。夏则北迎保障,湖内莲叶接天,荷花数里,或科头①裸体,高卧榻上,或乘风透凉,斜倚栏边。世之炎暑,总不知也。冬则西岗一带,若遇有雪,宛如银装玉琢。否则闭窗垂幙,炉烧榾柮②,满室烘烘,世之寒冷总不知也。春秋和暖,桃红柳绿,梧翠菊黄,更自快心。每日清晨向东遥望,瞳瞳朝气,生发欣然。每日午后,虹桥之画船、萧鼓,恒舞酣歌,四时不绝。

陈师曾遇异人,传授定慧功夫,静坐楼上,任意熟习。少有倦怠,或缓步以舒身体,或远眺以畅神思,或玩月之光华,或赏花之娇媚,或随意吟几

---

① 科头——不戴帽子。

② 榾柮(gǔ duò)——木块。

首自在诗文,或信口唱几支无腔词曲,或对酒当歌,或谈禅说偈,种种闲乐,受用甚多。

但陈师的性情,落落寡交,朋友最少,只有两人与师契厚。一个是种菜园的,姓李。只因此人邻近不远,极重义气,所以时常来往。一个是方外僧人,诨名"懒和尚"。一切世事,俱不知晓,只喜默坐念佛,偶然说出一句话来,到有许多性理,所以时常来往。

这两个人酒量甚小,会饮。每人不过四、五杯,就各醺然。陈师每常相会,也不奉揖,也不套话,也不谦上下,只一拱手,随便就坐。且这卖菜李老,并不衣帽,惟粗粗短衣、草鞋,卖完了菜,就到陈师楼上闲玩。若遇饮酒,就饮几杯,桌上放的不过午饭留下的便肴一二碟。这"懒和尚"不吃荤腥,只不戒酒。若是来时,不过腐干、盐豆佐酒。

隔几日,卖菜的李老,也煎碗豆腐□□师和尚,到他家草屋里饮乐。因陈师的小楼在荒郊野外,忽一夜有六个强盗,点明火把,各执器械,打开陈师门,吓得陈师连叫:"大王,怜念贫穷,并无财物。"众盗周围照看,并无铜、锡物件,即好衣也无,正在搜劫,忽闻门外有多人呐喊捕捉。众盗慌张,既无财可劫,又听众声喊叫,一哄而散。原来,是卖菜李老,在竹篱内探知盗至师室,因叫起众邻救援。陈师知道,感激不已。

自后过了两个多月,又见一军官骑着马,带了三个家人,捧着杯缎聘礼,口称:"北京来的某王爷,闻师画法精妙。特来请师往京面会。"礼拜之后,力辞不脱,陈师亦有允意。忽见"懒和尚"到来,同见礼后,向来人说:"既承好意远来,屈先暂回,待僧人力劝陈师同去。"来人闻言,遂将礼物留下送别。

这"懒和尚"拉陈师密说:"我等世外高人,名利久忘,只图闲乐,何苦远到京都,甘受尘劳?可将妻子、仆人,暂移乡村,只留我僧人将礼物壁回,推陈师得病,已搬西山服药。"陈师依计。

次日,来人见画师藏躲,因无罪过,遂而辞去。续后闻得聘到京都之人,俱遭罪辱,方信懒僧高见。陈师迟了几日,知京人已散,复又至小楼,仍旧安享闲乐。每常自撰四句俚咏,云:

　　　岗上高楼整日闲,白云飞去见青山。

　　　达人专领惺惺趣,不放晴明空往还。

又常述大义禅师,传授密诀八句,普示人众,云:

莫只忘形与死心,此个难医病最深。

直须提起吹毛利,要剖西来第一义。

瞪起眼睛剔起眉,反复看渠渠是谁。

若人静坐不施功,何年及第悟心空。

陈师后来老而康健,寿至九十六岁,无病而终。予曾亲见此老,强壮不衰,乃当代之高人,诚可敬、可法也。陈师所生一子,承继父业,家传的画法,甚是精妙。其契友李菜佣、懒和尚,寿高俱至九十以外,总因与陈师薰陶染习而致也。

惺^①斋十乐

乐于知福　　人能知福,即享许多大福,当常自想念,今幸生中国太平之世,兵戈不扰。又幸布衣蔬食,饱暖无灾。此福岂可轻看,反而思之。彼罹灾难,困苦饥寒病痛者,何等凄楚。知通此理,即时时快乐矣。

乐于静怡　　不必高堂大厦,虽茅檐斗室,若能凝神静坐,即是极大快乐。试看名缰利锁^②,惊风骇浪,不知历无限苦楚。我今安然,静怡性情,此乐不小。唯有喜动不喜静之人,虽有好居室,好闲时,才一坐下,即想事务奔忙,乃是生来辛苦之人。未知静怡滋味,又何必强与之言耶!

乐于读书　　圣贤经书,举业文章,皆修齐治平之学,人不可不留心精研,以为报国安民之资。但予自恨才疏学浅,年老七十余岁,且多病多忘,如何仍究心于此,尚欲何为乎?目今唯将快乐、诗歌文词,如邵子、乐天、太白、放翁诸书,每日熟读吟咏,开畅心怀而已。又将旧日读记之得意书文,从新诵理,恍与圣贤重相晤对,复领嘉训,乐何如耶?

乐于饮酒　　予性喜饮酒,奈酒量甚小,每至四、五杯,则熙熙皞皞^③,满体皆春,乐莫大焉。凡酒不可夜饮,亦不可过醉,不但昏沉不知其乐,且有伤脏腑也。

乐于赏花　　观一切种植之花,须观其各有生生活泼之极,袅袅娇媚之态,不必限定牡丹、芍药之珍贵者,随便各种草本木本之花。或有香,

---

①　惺(xīng)——聪明。

②　名缰利锁——谓为名利所束缚。

③　熙熙皞皞(hào)——心情舒畅的样子。

或有色,或有态度,皆为妙品。但有遇即赏,切勿辜此秀色清芳也。

乐于玩月　　凡有月时,将心中一切事务,尽行抛开。或持杯相对,或静坐清玩,或独自浩歌,或邀客同吟。此时心骨俱清,恍如濯魄冰壶,置身广寒宫矣。此乐何极!想世人多值酣梦,听月自来自去,深可惜哉!

乐于观画　　画以山水为最,可集名画几幅,不必繁多,只要入神妙品。但需赏鉴之人,细观画内有可居可游之地,心领神怡,将予幻身恍入画中,享乐无尽,不独沧海凄然,移我性情也。

乐于扫地　　斋中扫地,不可委之僮仆,必须亲为。当操箕执帚之时,即思此地非他,乃我之方寸地也。此尘埃非他,乃我之沉昏俗垢也。一举手之劳,尘去垢除,顿还我本来清净面目矣。迨扫完静坐,自觉心地与斋地俱皆清爽,何乐如之。

乐于狂歌　　凡乐心词曲、诗歌,熟读胸次,每当诵读之余,或饮至半酣之时,即信口狂歌,高低任意,不拘调,不按谱,唯觉我心胸开朗,乐自天来,直不知身在尘凡也。

乐于高卧　　睡有三害:曰思、曰饱、曰风。盖睡而思虑,损神百倍;饭后即睡,停食病生;睡则腠理①不密,风寒易入,大则中厥,小亦感冒。除此三害,日日时时,俱可享羲皇之乐。不拘昼夜,静卧榻上,任我转侧伸舒,但觉身心快乐,不减渊明之得意也!

---

①　腠(còu)理——肌肉的纹理。

第 二 种

铁菱角

积财富翁，只知昼夜盘算，锱铢①必较。家虽陈柴烂米，有人来求救济，即如剐肉。有人来募化做好事，若修桥补路之类，即如抽筋。且又自己甘受苦恼，不肯受用，都留为不肖子孙，嫖赌浪费，甚至为有力势豪攫取肥橐②，全不省悟。观汪于门之事，极可警心。家贫妄想受用，固是痴愚。若有财富翁，不肯受用，所谓好时光、好山水、好花鸟、诗酒，都付虚度。岂非枉过一生？更为痴愚，诚可惜可怜。

曾有一后生，姓汪，号于门，才十五岁。于万历年间，自徽洲携祖遗的本银百余两，来扬投亲，为盐行伙计。这人颇有心机，性极鄙啬，真个是一钱不使，二钱不用，数米而食，秤柴而炊，未过十多年，另自赚有盐船三只，往来江西、湖广贩卖。又过十多年，挣有粮食豆船五只，往来苏、杭贩卖。这汪人，每夜只睡个三更，便想盘算。自己客座屏上，粘一贴大书云：

一、予本性愚蠢，淡薄自守，一应亲友，凡来借贷，俱分厘不应，免赐开口。

二、予有寿日、喜庆诸事，一应亲友，只可空手来贺，莫送礼物。或有不谅者，即坚送百回，我决定不收。至于亲友家，有寿日、喜庆诸事，我亦空手往贺，亦不送礼，庶可彼此省事。

三、凡冬时年节，俱不必重贺，以免往返琐琐。

四、凡请酒，最费赀财。我既不设席款人，我亦不到人家叨扰，则两家不致徒费。

五、寒家衣帽布素，日用器物，自用尚且不敷，凡诸亲友有来假借者，一概莫说。

---

① 锱(zī)铢——锱、铢都是古代很小的重量单位。比喻极微小的数量。

② 橐(tuó)——口袋。

愚人汪于门谨白

汪人生性吝啬,但有亲族朋友来求济助的,分厘不与;有来募做好事积德的,分厘不出。自己每常说:"人有冷时,我去热人;我有冷时,无人热我。"他自己置买许多市房,租与各人开店铺,收租银。他恐怕人拖欠他的房租,预先要人抵押房银若干,租银十日一兑,不许过期。如拖欠,就于押银内扣除。都立经账,放在肚兜,每日早起,直忙到黑晚,还提个灯笼,各处讨租。

有人劝他寻个主管相帮,他答道:"若请了主管,便要束脩①,每年最少也得十多两银子。又每日三餐供给,他是外人,不好怠慢。吃了几日腐菜,少不得觅些荤腥与他解馋。遇个不会吃酒的还好,若是会吃酒的,过了十日、五日,熬不过,又未免讨杯酒来救渴,极少也得半斤、四两酒奉承他。有这许多费用,所以不敢用人,宁可自己受些劳苦。况且银钱都由自手,我才放心。"他娶的妻子,可可也是一般儿俭啬,分厘不用。

一日,时值寒冬,忽然天降大雪。早晨起来,看地下积有一尺多深,兀自飞扬不止,直落得门关户闭,路绝人稀。汪人向妻道:"今日这般大雪,房租等银,是他们的造化,且宽迟这一日,我竟不去取讨,只算坐在家中吃本了。但天气这等寒冷,我和你也要一杯酒冲冲寒,莫失了财主的规矩。"妻道:"你方才愁的吃本,如今又要吃起酒来,岂不破坏了家私?"汪人道:"我原不动已财沽酒,我切切记得八月十五中秋这一日,间壁张大伯请我赏月,我怕答席,因回他有誓在前,不到人家叨扰,断不肯去。后来,他送了我一壶酒,再三要我收,勉强不过,我没奈何只得收了。我吩咐你倒在瓦壶里,紧紧封好。前日冬至祭祖用了一小半,还剩有一大半,教你依旧藏好,今日该取出来受用受用。"妻笑道:"不是你说,我竟忘了。"

即时去取出这半壶酒来,问丈夫道:"须得些炭火暖一暖方好饮。"汪人道:"酒性是热的,吃下肚子里,自然会暖起来,何必又费什么炭火!"妻只得斟一杯冷酒送上。汪人也觉得寒冷,难于入口,尖着嘴慢慢地呷了一口,在口中焐温些吞下,将半杯转敬浑家。妻接下呷半口,嫌冷不吃了。汪人道:"享福不可太过,留些酒再饮罢。"

他自戴的一顶毡帽,戴了十多年,破烂不堪,亦不买换,身上穿的一件

---

① 束脩——原指学生送给老师的礼物,也是给老师的报酬。这里引申工钱。

青布素袍,非会客要紧事,亦不肯穿,每日只穿破布短袄。但是,渐次家里人口众多,每日吃的粥饭,都是粗糙红米,兼下麦糗①,至于菜肴,只拣最贱的菜蔬,价值五六厘十斤的老韭菜、老苋菜、老青菜之类下饭。或鱼、或肉,一月尚不得一次。

如此度日,还恨父母生这肚子会饥渴,要茶饭吃;生这身子会寒冷,要棉衣穿。他自己却同众人一样,粗饭粗菜共食,怕人议论他吃偏食。就是吃饭时,他心中或想某处的盐船,着某某人去坐押;或想某处的豆船,叫某某人去同行;某处的银子,怎的还不到? 某处的货物,因何还不来? 某盐场我自己要盘查,某行铺我自己要看发。千愁万虑,一刻不得安宁。

其时,西门外有个陈画师,闻知:“汪人苦楚得可怜。”因画一幅画提醒他,画的一只客船,装些货袋,舱口坐了两个人,堤岸上牵夫牵船而行。画上题四句,云:

> 船中人被利名牵,岸上人牵名利船。
>
> 江水滔滔流不尽,问君辛苦到何年?

将画送至汪人家内,过了三日,汪人封了一仪,用拜匣盛了,着价②同原画送还,说:“家爷多拜上陈爷,赐的画虽甚好,奈不得工夫领略,是以奉还。”价者依言送至陈楼。陈师开匣,看见一旧纸封袋,外写:“微敬”二字,内觉厚重,因而拆开一看,原来是三层厚草纸包着的,内写“壹星八折”。及看银子,是八色潮银,七分六厘,陈师仍旧封好,对来价说:“你主人既不收画,竟存下来,待我另赠他人。这送的厚礼太多了,我也用不起,亦不敢领,烦尊手带回,亦不另写回帖了。”价者听完,即便持回。陈师自叹说:“我如此提醒,奈他痴迷不知,真为可怜。”这汪人因白送了八分银子,就恼了半日,直待价者回来,知道原银不收,方才喜欢。

他的鄙吝辛苦的事极多,说也说不尽。内中单说他心血苦积的银子,竟有百万两,他却分为“财”、“源”、“万”、“倍”四字,号四库堆财利。有这许多银子,时刻防间。他叫铁匠打造铁菱角。每个约重斤余,下三角,上一角,甚是尖利,如同刀枪,俱用大篾箩盛着,自进大门天井到银库左右,每晚定更之后,即自己一箩一箩捧扛到各路库旁,尽撒满地。或人不

---

① 糗(xiàn)——粗麦粉。

② 价(jiè)——旧时称被派遣传送东西或传达事情的人。

知，误踹着跌，鲜血淋漓，几丧性命，到五更之后，自己又用扫帚，将铁菱角仍堆箩内，复又自捧堆空屋。虽大寒、大热、大风雨，俱不间隔。其所以不托子侄家人者，恐有歹人通同为奸。这汪人如此辛苦，邻人都知道，就将"铁菱角"三字起了他的诨名。一则因实有此事。收撒苦楚；二则言"铁菱角"，世人不能咬动他些微。

这汪人年纪四十余岁，因心血费尽，发竟白了，齿竟落了。形衰身老，如同七八十岁一般。

到了崇贞末年，大清兵破了扬州城，奉御王令旨，久知汪铁菱家财甚富，先着大将军到他家搬运银子来助济军饷。大将军领兵尚未到汪门，远远看见一人破衣破帽，跪于道旁。两手捧着黄册，顶在头上，口称："顺民汪于门，迎接大将军献饷。"将军大喜，即接册细看，百万余两，分为"财"、"源"、"万"、"倍"四字，号四库。因吩咐手下军官，即将令箭一枝，插于汪铁菱门首，又着百余兵把守保护。如有兵民擅动汪家一草一木者，即刻斩首示众。汪人叩首感激，引路到库，着骡马将银装驮。自辰至午，络绎不绝。汪人看见搬空，心中痛苦，将脚连跳几跳说："我三十余年的心血积聚，不曾丝毫受用，谁知尽军饷之用。"长嚎数声，身子一倒，满口痰拥，不省人事，即时气绝。将军闻知，着收敛毕。

其子孙家人，见主人去世，将盐窝引目，以及各粮食船只，房屋家伙，尽行出卖，以供奢华浪费。不曾一年，竟至衣不充身，食不充口，祈求诸亲族朋友救济，分厘不与，都回说："人有冷时，我去热人；我有冷时，无人热我。"子孙闻知，抱愧空回。只想会奢华的人，怎肯甘贫守淡？未久俱抑郁而死。此等痴愚，不可不述以醒世也！

第　三　种

双鸳配

世人只知娶妻须要美貌，殊不知许多坏事，都从此而起。试看陈子芳之妻，常时固是贞洁。一当兵乱，若或面不粗麻，怎得完璧来归？前人谓："丑妻，瘦田家中宝。"诚至言也。

这一种事说，有三个大意：第一是劝人切不可奸淫，除性命丧了，又把己妻偿还，岂不怕人？第二是劝老年人切不可娶少妇，自寻速死，岂不怕人？第三是劝人闺门谨慎，切不可纵容妇女站立门首，以致惹事破家，岂不怕人？

崇贞年间，荆州府有一人，姓陈，名德，号子芳。娶妻耿氏，生得面麻身粗，却喜勤俭治家，智胜男子。这子芳每常自想道："人家妻子美貌，固是好事。未免女性浮荡，转不如粗丑些，反多贞洁。"因此夫妻甚是和好。他父亲陈云峰，开个绸缎店铺，甚是富余。生母忽然病故，父亲在色上着意①，每觉寂寞，勉强捱过月余，忙去寻媒续娶了丁氏。这丁氏一来年纪小，二来面貌标致，三来极喜风月，甚中云峰之意，便着紧绸缪。不上半年，竟把一条性命交付阎家。子芳料理丧葬，便承了父业。

不觉过了年余，幸喜家中安乐，独有丁氏正在青年，又有几分颜色，怎肯冷落自守。每日候子芳到店中去，便看街散闷，原来，子芳的住房，却在一个幽僻巷内，那绸缎铺另在热闹市口，若遇天雨，就住在店中，因而丁氏常在门首站立。

一日，有个美少年走过，把丁氏细看。丁氏回头，又看那少年，甚是美貌，两人眉来眼去。这少年是本地一个富家子弟，姓都，名士美，最爱风流。娶妻方氏，端壮诚实，就是言语也不肯戏谑。因此士美不甚相得，专在外厢混为。因谋入丁氏房中，十分和好。往来日久，耿氏知风，密对丈夫说知。但子芳极孝，虽是继母，每事必要禀命，因此丁氏放胆行事。

---

①　着意——犹用心。

这日，子芳暗中细察，丑事俱被瞧见，心中大怒，思量要去难为她。只碍着继母不好看相。况家丑不可外扬，万一别人知道，自己怎么做人？踌躇一回，倒不如叫他们知道我识破，暗地里绝他往来，才为妥当。算计已定，遂写了一贴，粘在房门上，云：

> 陈子芳是顶天立地好男子，眼中着不得一些尘屑。何处小人，肆无忌惮？今后改过，尚可饶恕。若仍前怙恶不悛①，勿谓我无杀人手也。特字知会。

士美出房看见，吓得魂不附体，急忙奔出逃命，丁氏悄悄将贴揭藏。自此月余不相往来，子芳也放下心肠。

一日，正坐在店中。只见一个军校打扮的人，走入店来，说道："我是都督老爷家里人，今老爷在此经过，要买绸缎送礼，说：'此处有个陈云峰，是旧主顾。'特差我来访问，足下可认得么？"子芳道："云峰就是先父。动问长官，是哪个都督老爷？不知要买多少绸缎？"那人道："就是镇守云南的，今要买二三百两银子。云峰既是令先尊，足下可随我去见了老爷，兑足银子，然后点货何如？"子芳思量："父亲在日，并不曾说起。今既来下顾，料想不害我什么，就去也是不妨。"遂满口应承，连忙着扮停当，同了那人就走。

看看走了二十余里，四面俱是高山大树。不见半个人烟，心卜疑惑。正要动问，忽见树林里钻出人来，把子芳劈胸扭住。子芳吃了一惊，知是剪径的好汉，只得哀求，指望同走的转来解救。谁知那人也是一伙，身边抽出一条索子绑住子芳，靴筒里扯出一把尖刀，指着子芳道："谁叫你违拗母亲，不肯孝顺。今日我们杀你，是你母亲的主意，却不干我们的事。"子芳哭道："我与母亲，虽是继母，却哪件违拗她来？若有忤逆②的事，便该名正言顺送官治罪，怎么叫二位爷私下杀我？我今日无罪死了，也没有放不下的心肠。只可怜我不曾生子，竟到绝嗣的地位。"说罢，放声大哭起来。

那两人听他说得悲伤，就起了恻隐之心，便将索子割断道："我便放你去，你意下如何？"子芳收泪拜谢道："这就是我重生父母了。敢问二位

---

① 怙恶不悛(quān)——一贯作恶，不肯改悔。

② 忤逆——违反，背逆。

爷尊姓大名,日后好图个报效。"那两个叹口气道:"其实不瞒你说,今日
要害你,通是我主人都士美的意思。我们一个叫都义,一个叫都勇,生平
不肯妄害无辜的。适才见你说得可怜,因此放你,并不图什么报效。如今
你去之后,我们也远去某将军麾下效用,想个出身。但你须躲避,迟五六
日回家,让我们去远,追捕不着,才是两全。"说罢,随举手向子芳一拱,竟
大踏步而去。

子芳见他们去了,重又哭了一场,辗转思量,深可痛恨,就依言在城外
借个僧舍住下,想计害他。

这士美见子芳五六日不回家,只道事已完结,又走入丁氏房内,出入
无忌。一夜,才与丁氏同宿,忽听得门首人声嘈杂,大闹不住。士美悄悄
出来探信,只见一派火光,照得四处通红。那些老幼男女,嚎哭奔窜,后面
又是喊杀连天,炮声不绝,吃了大惊,连忙上前叩问,方知李家兵马杀到。

原来,那时正值李自成造反,联合张献忠,势甚猖獗。只因太平日久,
不独兵卒一时纠集不来,就是枪刀器械,大半换糖吃了。纵有一两件,也
是坏而不堪的。所以遇战,没一个不胆寒起来。那些官府,收拾逃命的,
就算是个忠臣了。还有献城纳降。倒做了贼寇的向导,里应外合,以图一
时富贵,却也不少。

那时,荆州也为官府,一时不及提防,弄得百姓们妻孥①散失,父子不
顾。走得快的,或者多活几日;走得迟的,早入枉死城中去了。

士美得知这个消息,吓得魂不附体,一径望家里奔来。不料,这条路
上已是火焰冲天,有许多兵丁拦住巷口,逢人便砍。他不敢过去,只得重
又转来,叫丁氏急忙收拾些细软,也不与耿氏说知,竟一溜烟同走,拣幽僻
小路飞跑。又听喊杀连天,料想无计出城,急躲在一个小屋内,把门关好。
丁氏道:"我们生死难保,不如趁此密屋且干个满兴,也是乐得的。"

士美就依着她,把衣服权当卧具,也不管外边抢劫,大肆行事。谁知
两扇大门,早已打开,有许多兵丁赶进,看见士美、丁氏,尚是两个精光身
子,尽指着笑骂。士美惊慌无措,衣服也穿不及,早被众人绑了,撇在一
旁。有个年长的兵对众说道:"当此大难,还干这事,定是奸夫淫妇,明白
无疑。"有几个齐道:"既是个好淫的妇人,我们与她个吃饱而死。"因将丁

---

①　妻孥(nú)——妻和儿女统称。

氏绑起,逐个行事。这个才完,那个又来,十余人轮换,弄得丁氏下身鲜血直流,昏迷没气。有个坏兵竟将士美的阳物割下,塞入丁氏阴户,看了大笑。复将士美、丁氏两颗头俱切下来。正是:

>万恶淫为首,报应不轻饶。

众兵丁俱呵呵大笑,一哄而散,可见为奸淫坏男女奇惨奇报。

这子芳在僧舍,听见李贼杀来,城已攻破,这番不唯算计士美不成,连自己的妻小家赀,也难保全。但事到其间,除了"逃命"二字,并无别计。只得奔出门来,向城里一望,火光烛天,喊声不绝,遂顿足道:"如今性命却活不成了,身边并无财物,叫我哪里存身? 我的妻子又不知死活存亡,倒不如闯进城去,就死也死在一处。"

才要动脚,那些城中逃难的,如山似海拥将出来,子芳哪里站得住,只得随行遂队,往山径小路慌慌忙忙的走去。忽见几个人,各背着包裹奔走。子芳向前问道:"列位爷往那里去的?"那几人道:"我们是扬州人,在此做客,不想遇着兵乱。如今只好回乡,待太平了再来。"子芳道:"在下正苦没处避乱,倘得挈带,感恩不浅。"众人内有厚友依允。

子芳就随了众人,行了一个多月,方到扬州。幸这里太平,又遇见曾卖绸缎的熟人说合,就在小东门外缎铺里做伙计度日。只是思想妻子耿氏,不知存亡,家业不知有无。日夜忧愁,过了几月,听人说:"大清兵马杀败自成,把各处掳掠的妇女尽行弃下,那清朝诸将看了,心上好生不忍,传令一路下来,倘有亲丁来相认的,即便发还。"子芳得了这个信息,恐怕自己妻子在内,急忙迎到六安打探。问了两三日,不见音耗①。

直至第六日,有人说:"一个荆州妇人,在正红旗营内。"当下走到营里;说了来情,就领那妇人出来与他识认,却不是自己的妻子。除了此人,并没有第二个荆州人了。子芳暗想道:"她是个荆州人,我且领了去,访她的丈夫送还他,岂不是大德。"遂用了些使费银子,写了一张领状领了回来。看这妇人,面貌敦厚,便问道:"娘子尊姓,可有丈夫么?"那妇人道:"母家姓方,丈夫叫都士美,那逃难一夜,不在家里。可怜天大的家私尽被抢散,我的身子亏我两个家人在那里做将官,因此得以保全。"

子芳听得,暗暗吃惊:"这天网恢恢,疏而不漏,都士美的奸淫,不料

---

① 音耗——消息。

他的妻子就来随我。只是他两个家人，却是哪个？"方氏又道："两个家人叫做都义、都勇，也是丈夫曾叫他出去做事，不知怎的就做了官？如今随征福建去了。"说罢，呜呜咽咽地哭起来。子芳问道："因何啼哭？"方氏道："后有人亲见，说我丈夫与一个妇人俱杀死在荆州空屋里，停了七八日，尸都臭了，还不曾收殓，是他就掘坑埋了，连棺木也没得，可不凄惨。"子芳听了暗想道："那妇人必是丁氏，他两人算计害我，不料也有今日，此信到确然的了。"

子芳见方氏丈夫已死，遂同方氏在寓处成了夫妻。次日把要回荆州查看家业话说明，便把方氏暂安住在尼庵内，一路前往。

行了几日，看见镇市路上有个酒店。子芳正走得饥渴之时，进店沽酒。忽见一个麻面的酒保，看见了便叫道："官人，你一向在哪里？怎么今日才得相会？"子芳吃惊道："我有些认得你，你姓甚的？"酒保道："这也可笑，过得几时，就不认得我了。"因扯子芳到无人处，说道："难道你的妻子也认不得了？"

子芳方才省悟，两个大哭起来。子芳道："我哪一处不寻你，你却在这里换了这样打扮，叫我哪里就认得出？"耿氏道："自当时丁氏与都士美丑事，我心中着恼。不意都贼赔着笑脸，挨到我身旁作揖，无耻。我便大怒，把一条木凳劈头打去，他见我势头不好，只得去了，我便央胡寡妇小厮来叫你。他说：'不在店里。'说你：'同什么人出去，五六日没有回来。'我疑丁氏要谋害你，只是没人打听，闷昏昏地上床睡了，眼也不曾合。忽听得满街上喊闹不住，起来打探，说：'是李贼杀来。'我便魂不附体，去叫丁氏，也不知去向。我见势头不好，先将金银并首饰铜锡器物，俱丢在后园井内，又掘上许多泥盖面，又嘱邻居李老翁：'俟平静时，代我照看照看。我是个女流，路途不便，就穿戴你的衣帽，改做男人。'随同众人逃出城来。我要寻死，幸得胡寡妇同行，再三劝我，只得同她借寓在她亲戚家中，住了三四个月，思量寻你，各处访问，并无音信，只得寄食于人。细想：除非酒店里，那些南来北往的人最多，或者可以寻得消息，今谢天，果得破镜重圆。"他两人各诉避难的始末。

回到店中，一时俱晓得他夫妻相会，没一个不赞耿氏是个女中丈夫，把做奇事相传。店主人却又好事，备下酒席请他二人。一来贺喜，二来谢平日轻慢之罪，直吃到尽欢而散。

次日，子芳再三致谢主人，耿氏也进去谢了主人娘子，仍改女装，随子芳到荆州去。路上，子芳又把士美被杀，及方氏赎回的话说将出来，耿氏听了，不但没有妒心，反甚快活，说道："他要调戏我，倒不能够，他的妻子倒被你收了。天理昭昭，可是怕人。"

到了荆州原住之处，只见房屋店面俱烧做土堆，好不伤心，就寻着旧邻李老翁，悄悄叫人将井中原丢下的东西，约有二千余金，俱取上来。子芳大喜，将住的屋基，值价百余金，立契谢了李老翁，又将银子谢了下井工人。因荆州有丁氏奸淫丑事，名声大坏，本地羞愧，居住不得，携了许多赀本上路。走到尼庵，把方氏接了同行。耿氏、方氏相会，竟厚如姊妹，毫无妒忌，同到扬州，竟在小东门外自己开张绸缎店铺，成了大大家业。

子芳的两个妻子，耿氏虽然面麻，极有智谋，当兵慌马乱之时，她将许多蓄积安贮。后来合家俱赖此以为赀本，经营致富。福在丑人边，往往如此。方氏虽然忠厚、朴实，容貌却甚齐整，子芳俱一样看等，并无偏爱，每夜三人一床，并头而睡，甚是恩爱。不多几年，却也稀奇。耿氏生了两男一女，方氏又生了一女二男，竟是一般一样。子芳为人，即继母也是尽孝，即丑妻也是和好，凡出言行事，时刻存着良心。又眼见都士美奸淫惨报，更加行好。他因心好，二妻、四子、二女，上下人口众多，家赀富余，甚是安乐享福。

一日，在缎铺内看伙计做生意。忽见五骑马盛装华服，随了许多仆役，从门前经过，竟是都义、都勇。子芳即刻跳出柜来，紧跟马后飞奔。原来是到教场里拜游府，又跟回去至南门外骡子行寓处，细问根由。才知都义、都勇，俱在福建叙功擢用①，有事到京，由扬经过。子芳就备了许多厚礼，写了手本②，跪门叩见，叙说活命大恩，感谢不忘。又将当日都士美这些事情告诉，各各叹息。他两人后来与子芳做了儿女亲家，世代往来，这也是知恩报恩的佳话。可见恶人到底有恶报，好人到底有好报，丝毫不爽。

---

①　擢（zhuó）用——提拔任用。

②　手本——亦称手板。明清时下属见上司或门生见老师所用的名贴。

第 四 种

四命冤

凡为官者,词狱事情,当于无疑中生有疑。虽罪案已定,要从招详中委曲寻出生路来,以活人性命,不当于有疑中竟为无疑,若是事无对证,情法未合,切不可任意出入,陷人死地。但犯人与我无仇无隙,何苦定要置他死地? 总之,人身是父母生下皮肉,又不是铜熔铁铸,或是任了一时喜怒,或是任了一己偏执,就他言语行动上掐定破绽,只凭推求,又靠着夹打敲捶,怕不以假做真,以无做有? 可知为官聪明、偏执,甚是害事。但这聪明、偏执,愚人少,智人多;贪官少,清官多。因清官倚着此心无愧,不肯假借,不肯认错,是将人之性命为儿戏矣。人命关天,焉得不有恶报! 孔县官之事可鉴也。师道最尊,须要实有才学;教训勤谨,方不误人子弟。予每见今人四书尚未透彻,即率据师位。若再加棋、酒、词、讼,杂事分心,害误人子弟一生。每每师后不昌,甚至灭绝,可不畏哉!

刀笔杀人终自杀,吴养醇每喜代人写状,不知笔下屈陷了多少人身家性命,所以令其二子皆死,只留一女,即令女之冤屈,转害夫妇孤女,以及内侄,并皆灭绝,天道好还,阅之凛凛。

人之生子,无论子多子少,俱要加意教训,切不可喜爱姑息,亦当量其子才干如何。若果有聪明,即令认真读书;否则更习本分生业,切不可令其无事闲荡。要知少年性情,一不拘管,则许多非为坏事俱从此起,不可不戒。予曾著《天福编》云:"要成好人,须交好友;引酵若酸,哪得甜酒?"总之,人家子孙,一与油刮下流交往,自然染习败行,及至性已惯成,虽极力挽回,以望成人,不可得矣。

明末,扬州有个张老儿,家赀富厚,只生一子,名唤隽生,甚是乖巧,夫妇爱如掌上珠宝。七岁上学读书,预同先生说明,切莫严督,听其嬉戏。长至一十六岁,容貌标致,美如冠玉,大凡人家儿女肯用心读书的少,懒惰的多,全靠着父兄督责。若父兄懈怠,子弟如何肯勤谨。况且人家儿子,十四五至十八九,虽知他读书不成,也要借读书拘束他。若无所事,东摇西荡,便有坏人来勾引他,明结弟兄,暗为夫妇,游山玩水,吃酒赌钱,无所不为。

张隽生十六岁就不读书,没得拘管,果然被几个光棍搭上了。那时做人"龙阳",后来也去寻"龙阳",在外停眠整宿。父亲不知,母亲又为遮掩,及到知觉,觉得体面不雅,儿子也是习成,教训不转了。老夫妇没极奈何,思量为他娶了妻房,可以收拾得他的心。又道:"如今大人家好穿好吃,撑门面,越发引坏了他。况且门面大,往来也大,倒是冷落些人家,只要骨气好便罢。但他在外边与这些光棍走动,见惯美色,须是标致的女儿方好。若利害些的,令他惧怕,不敢出门更好。"两人计议了,央了媒妈子,各处去说亲。等了几时,门户相当的有,好女子难得。及至女子好了,张家肯了,那家又晓得他儿子放荡不好,不肯结亲。

如此年余,说了离城三里远的一个教书先生吴养醇家女儿。这吴先生才疏学浅,连四书还不曾透彻,全靠着夤谋荐举,哄得几个学生,骗些束脩度日,性喜着棋,又喜饮酒。学生书仿,任其偷安,总不教督。反欢喜代人写状词,凡本乡但有事情,都寻他商议,得了银子,小事架大,将无作有,不知害了多少人的身家性命,本乡人远近都怕他。他生的两个极好的儿子,不上三年都死了。只存一女,名三姐,且喜这女性贞貌美,夫妇极爱。

因媒来说张家婚姻,吴老自往城中察访。一见此子标致,且又家财富余,满口依允,择日行礼,娶过张门。吴家备些妆奁来,甚是简朴。张老夫妇原因吴养醇没子,又且乡下与城中结亲,毕竟厚赠,到此失望。张隽生也不快,及至花烛之时,却喜女子标致,这番不唯张老夫妇喜欢,张隽生也自快意。岂料,新人虽有绝世仪容,怎如得娈童①妖妓,撒娇作痴,搂抱掐打。张隽生对她说些风流话儿,羞得不敢应,戏谑多是推拒。张隽生暗说:"终是村姑。"只是张老夫妇见她性格温柔,举止端雅,却又小心谨慎,甚是爱她,家中上下相安。

如此半月,隽生见她心心念念想着父母,道:"你这等记忆父母,我替你去看一看。"次日,打扮得端整,穿上一皂新衣。平日出入也不曾对父

---

① 娈(luán)童——旧时指被当作女性玩弄的美貌男子。

母说,这日也不说,一竟出门,出了城,望吴养醇家来。约有半路,他尝时与这些朋友同行,说说笑笑,远处都跑了去,这日独自行走,偏觉路远难走,看见路旁有个土地祠,也便入去坐坐。只见供桌旁有个小厮,年约十六七岁,有些颜色。

这隽生生得一双歪眼睛,一副歪肚肠,酷好男风。今见小厮,两人细谈,见背着甚重行李,要往广东去探亲贸易。隽生便流连不舍,即诌谎说:"广东我有某官是我至亲。"便勾搭上了,如胶似漆,竟同往广东去了。只是三姐在家,见他三日不回,甚捉不着头路,自想:"若是我父母留他吃酒,也没个几日的,如何不回来?"

又隔两日,公婆因不见儿子,张公不好说甚的,为婆的却对三姐道:"我儿子平日有些不好,在外放荡,三朋四友,不回家里。我满望为他娶房媳妇,收他回心,你日后可拘收他,怎这三四日,全然不见他影?"三姐道:"是四日前,他说到我家望我父母,不知因甚不回? 公婆可着人去一问。"

公婆果着家人去问。吴养醇道:"并不曾来回报。"张老夫妇道:"又不知在哪妓者、哪光棍家里了? 以后切须要拘束他。"又过两日,倒是三姐经心,要公婆寻访,道:"他头上有金挖,身上穿新纱袍,或者在甚朋友家。"张老又各处访问,几多日并不见他,又问着一个姓高的,道:"八日前见他走将近城门,与他一拱,道:'到丈人家去,'此后不曾相见。"

张老夫妇在家着急痴想,却好吴养醇着内侄吴周来探消息,兼看三姐。这吴周是吴养醇的妻侄,并无父母,只身一人。只因家中嫁了女儿,无人照管,老年寂寞,就带来家改姓吴为继子的。

这日,张老出去相见,把吴周一看,才二十岁,容貌标致,便一把扭住道:"你还我儿子来。"这吴周见这光景,目瞪口呆,一句话说不出。倒是三姐见道:"公公,他好意来望,与他何干?"张老发怒道:"你也走不开,你们谋杀我儿子,要做长久夫妻,天理不容!"说到这话,连三姐气得不能言语。

张老把吴周扭到县里。这县官姓孔,清廉正直。但只是有一件癖处,说:"人若不是深冤,怎来告状?"因此,原告多赢,所以告的越多。

这日,张老扭吴周叫喊,县官叫带进审问,张老道:"小的儿子张隽生,娶媳方才半月,说到丈人家中去,一去不回,到他家去问。吴周就是小的媳妇吴氏姑舅兄妹作兄妹的,他回说:'并不曾来。'明系她姊妹平日通奸,如今谋杀小的儿子,以图夫妇长久,只求老爷正法。"县官叫上吴周:"你怎么谋杀他儿子?"吴周道:"老爷,小人妹子方嫁半月,妹夫并不曾来,未尝见面,如何赖小的谋害?"县官又问张老说:"你儿子去吴家,谁见来?"张老道:"是媳妇说的。"又问:"你儿子与别人有仇么?"张道:"小的儿子,年方十九岁,平日杜门读书,并无仇家。"又问:"路上可有虎狼么?"张老道:"这地方清净,并无歹人恶兽。"

县官想了一想,又叫吴周:"你有妻子么?"吴周道:"不曾。"县官就点了一点头,又问:"家中还有甚人?"道:"只有老父、老母。"知县道:"且将吴周收监,张老讨保,待拘吴夫妇并媳吴氏至,一同审问。"

不数日,人犯俱齐。知县先叫吴氏,只见美貌,便起疑心,想道:"有这样一个女子,那丈夫怎肯舍得? 有这样一个女子,那鳏夫怎能容得? 好有十分,谋杀也有八九。"便作色问道:"你丈夫哪里去了?"三姐道:"出门时原说到我父母家里去,不知怎么不回。"县官道:"这句单饶得个不同谋的凌迟。"叫吴夫妇问:"你怎纵容女儿与吴周通奸,又谋杀张婿?"吴道:"老爷,天理良心。女儿在家,读书知礼,他兄妹女儿在家时,一年相会不过一两次。女儿嫁后,才到我家,张婿从不曾来,怎么凭空诬陷?"

县官叫吴周,问:"你这奴才,如何奸了他妻子,又谋他命? 尸藏何处?"吴周道:"老爷,实是冤枉。妹夫实不曾来,求老爷详察。"县官道:"你说不谋他,若他在娼家妓馆,数日也毕竟出来。若说远去,岂有成婚半月,舍了这样花枝般妇人远去?? 把吴氏拶①起来。快招奸情! 这两个夹起,速招谋杀与尸首。"

可怜,衙门里不曾用钱,把他三人拶夹一个死,也不肯招。官叫敲,敲了,又不招,捱了多时,县官道:"这三个贼骨,可是戾气,钟于一家。"吩咐:"且放了,将吴氏发女监,吴老、吴周发隔壁大监,吴老妇人讨保,到次日另审。"吴老妇人见此冤惨,到家晚夕,投井而死。

次日审问,又各加夹打,追要尸首,并无影响。吴老因衰年受刑,先死狱中。县官不肯放手,把吴周仍旧拷打,死而后已,只有一个吴氏,才知父

---

① 拶(zǎn)——旧时本酷刑的一种,以绳穿五根小木棍,套入手指用力紧收,叫"拶指"也简称"拶"。

母并吴周俱死，叫冤痛哭，晕死复苏，道："父母死了，叫我倚靠何人？"傍人道："正是。夫家既是对头，娘家又没人，监中如何过？也只有一条死路了。"三姐道："死，我也不怕，只是父兄实不曾杀他，日久自明，我要等个明白才死。"县官送下女监。

喜得不多时，官已被议。这孔县官是陕西人，离任回籍，新县到任，事得少缓。只有张隽生，只因一时高兴，与小厮去到广东，知无贵亲，将隽生灌醉，把他金挖衣服，席卷远去，醒来走投无路。后来遇见一林客人，惯喜男风，见隽生年少清秀，便留在身旁，贪他后庭。过了年余，身上生了广疮，人都嫌恶不留，隽生自想："我家中富厚可过，娶得妻子才得半月，没来由远来受此苦楚。"

沿途乞化回来，乡里不忿，将隽生扭至新县，问出实情，重打四十，将吴氏提监发放宁家①。三姐不肯回去，众邻再三劝她道："你不到张家，到何处去？"三姐道："我原说待事明即死，只是死了，要列位葬我在父兄身旁，不与仇人同穴。"众人道："日后埋葬事，自然依你，但你毕竟回张家去为是。"

三姐依言，回到家中，见了公婆，张老夫妇自己也甚是惭愧，流泪道："都是我这不长进的畜生苦累了你，只是念他是个无心，还望媳妇宽恕。"三姐走到自己房中，张隽生因受刑伤，自睡一处，叫疼叫痛，见三姐到房，又挨起来，跪着三姐，思量哀求。这三姐正色道："我与你恩断义绝了。我父兄何辜，你凭空陷害他，夹打至死，母亲投井而亡，二年之内，你的父母、上下衙门、城里城外人，哪个不说我奸淫，坏我名节？两载牢狱，百般拷打，万种苦楚，害我至此。你好忍心，你就往远处去，何妨留一字寄来，或着一朋友说来，也不致冤枉大害。如何狠心，竟自远去，自己的妻子从不思想，那有年老的父母全不记念？你不孝、不慈、无仁、无义的畜生，虽有人皮裹着，真个禽兽不如。"隽生只抵着头道："是我不是。"因爬起来，把三姐的手一把捏。三姐把手一挥，道："罢了，我如今同你决了。"因不脱衣服，另睡一处，到得夜静，自缢而亡。

各乡绅士夫闻知，才晓得从前不是贪生，要全名节，甚是敬重，都是来拜吊，即依遗言，葬于吴老墓旁。吴家合族同乡里公怒，各处擒拿隽生，要

---

① 宁家——回家。

置死地。隽生知风,带着棒疮,逃难到陕西地方,投某将军麾下当兵。随奉将令,于某山埋伏。正在山坡伏处,忽见一人蓬头垢面,披衣赤足,如颠如狂,亦飞奔来,自喊道:"我是孔某,在知县任上,曾偏执已见,枉害四条人命,而今一个被刑伤的瘸腿老鬼,领着一个淤泥满脸溺死的女鬼,一个项上扣索吊死的女鬼,又跟一个瘸腿少年男鬼,一齐追赶来向我讨命,赶到此地,只求躲避一时。"隽生知得此事,正在毒打。恭遇大清兵已至山下,架红衣大炮,向山坡伏处,一声响亮,打死几百人。孔县官、张隽生,俱在死数,打做肉泥,连尸骸都化灰尘。可知有子不教之父,误人子弟之师,刀笔客人之徒,偏执枉问之官,以及习学下流,邪心外癖,竟忘父母、妻室之子孙,俱得如此惨报、结局,可不畏哉!

为官切戒

　　来棍大刑,古今律例所未载,平刑者所不忍用也。若非奇凶极恶之大盗,切不可轻用。更遇无钱买嘱之皂役,官长一令,即不顾人之死活,乱打腿骨,重收绳索。要知人之腿足,不过生成皮肉,并非铜炼铁裤,才一受刑,痛钻心髓,每多昏晕几死,体或虚弱,命难久长。即或强壮,终身残疾,竟成废人,是受刑在一日而受病在一世矣。仁人见之,真堪怜悯,予亲见一问官审问某事,加以大刑,招则松放,不招则紧收绳索,再加审问,招即放夹,不招即敲扛。当此之时,虽斩剐大罪,亦不得不招,盖招则命尚延缓月日。若是不招,即立时丧命。苦夹成招,所谓:三木①之下,何事不认?嗟乎! 官心残忍至此。

　　试看姚国师已经修证果位,只因误责人二十板,必俟偿还二十板,方始销结。误责尚且如此,何况大刑,又何况问罪,又何况受贿受嘱,不知问官更加如何报复耶?

　　但审问事情,若唯凭夹棍成招,从来并不真实,必须耐着性气,平着心思,揆情度理②,反复询诘,莫执自己之偏见,缓缓细问,多方引诱,令其供吐实情,则情真罪当,不致冤枉平民,屈陷良善。此种功德,胜如天地父母,较之一切好事,不啻几千万倍矣。

---

①　三木——古时加在罪犯颈项和手足上的刑具。

②　揆(kuí)情度理——从情理上揣度。揆,度量;揣度。

或谓：如此用功细问，岂不多费时日，倘事案繁积，如何应理得完？殊不知为官者，若将酒色货财诸嗜好，俱自扫除，专心办理民事，即省下许多功夫，尽可审理。虽有迟玩之谤，较彼任听己意，草率了事，任随己意，不顾民之冤屈者，岂惟天渊之隔也。

予亲见一好官，终其任，并未将一人用大刑收满。后来子孙果然显报，福寿无量。此为官第一切戒，最要紧之事。又有不可轻易监禁人犯，不可轻易拘唤妇女诸件，予另著有《于门种》一卷，《升堂切戒》一卷，以及命盗奸斗诸案，各有审问心法，俱已刊刻行世。凡为官者，细看事情，时刻体行，福惠于民，即福惠于自己，流及于子孙，世代荣昌矣。

第 五 种

倒肥鼋①

　　能杀得人者，才能救得人。虽孔圣人遇着少正卯，亦必诛之。要知世上大奸大恶，若不剿除，这许多良民都遭屠害。试看甘翁将元凶活埋，便救了无数人的性命，全了无数人的夫妻，保了无数人的赀财，功德甚大，府县嘉奖，百姓讴歌，天赐五福三多，由本因而致也。杀除此等凶恶，用不着仁慈姑息，以此辣手，不独没有罪过，反积大德。

　　大清兵破了扬州城，只因史阁部②不肯降顺，触了领兵王爷的怒，任兵屠杀，百姓逃得快的，留条性命，逃得缓的，杀如切菜一般。可怜这些男女，一个个亡魂丧胆，携老抱孩，弃家狂奔，忙忙如丧家之犬，急急如漏网之鱼。但扬城西南二方，兵马扎着营盘，只有城之东北邵伯一带地方，有艾陵湖十多里水荡，若停船撤桥，兵马不能往来。只有南荒僻静小路小渡可通桥墅镇，走过桥墅镇，便是各沟港乡庄，可以避乱。

　　要知这桥墅镇，乃是归总必由之路。这地上有两个恶棍，一个诨名"大肥鼋"，一个诨名"二肥鼋"。彼时江上出有癞鼋，圆大有四、五丈的，专喜吃人，不吐骨头。因他二人生得身躯肥胖，背圆眼红，到处害人，是以人都叫他做"肥鼋"。

　　他二人先前太平时候，也做些没本钱的生意。到了此时，看见这些人背着的，都是金珠细软，又有许多美貌妇女，都奔走纷纷，好不动心。即伙同乡愚二十多凶，各执木棍，都到桥墅总关要路上，拦住桥口。但有逃难的，便高喊道："知事的人送出买路金银，饶你们性命。若是迟些，就当头一棍，送你上大路。"

　　那些男妇听见，哭哭啼啼。也有将包裹箱盒丢下来放过去的，也有不肯放下物件被抢被夺的，也有违拗即刻打死撇在桥下的。这为头两个恶

---

①　鼋（yuán）——大鳖。

②　史阁部——即史可法。明末抗清将领。

棍,坐在桥口,指挥抢劫,欣欣得意。方才大半日,抢劫的包裹等物,竟堆满了两屋,又留下标致妇女十余人,关闭一屋,只到次日同众公分。

日将晚时,又来了六个健汉,情愿入伙效力。那两个肥鼋,更加欢乐。到了定更时,来的六个大汉,忽然急忙上前,将二鼋绑住,其羽党正要动手解救。忽然河下来了一只快船,装载了十多人,四面大锣齐敲,乌枪五杆齐放,呐喊震天,犹如数百人来捕捉。众恶见势头不好,俱各飞跑,船上一白须老儿,跳上岸吩咐从人:"但跑去不必追赶。"就在桥口北首,并排筑两个深坑,着将捆的两个肥鼋,头下脚上如栽树一般倒埋,只留两只脚在外,周围用土拥实。

原来,这老儿姓甘,名正还,就住在桥墅北首半里远。家业不甚富厚,彼时闻知两恶伙众劫夺,忿恨道:"如此伤天害理,若不急救,害人无数。"即刻传唤本庄健汉并家人二十多个,自备酒饭,先着六人假说入伙,深晚密将为首捆下,自己飞船随到,活埋二凶。又将写现成大字贴,粘在桥柱上,云:

为首两恶,我们已捆拿活埋,余党不问。倘再效尤,照例同埋。凡被掳劫的金银等物,开明件数,对确即与领去;掳来妇女,已着妇看守,问明住处,逐位送还。特字知会。

贴出去对确来领者,已十分之七,其余封贮不动,又封己银赠送跟去有功的人。过了十多日平静,将剩的物件,俱缴本县收库,俟人再领。其掳的妇女,俱各回家团聚。

府县闻知此事,欢喜不已,俱差人持名帖到甘翁家慰劳。破城在四月,到七月十二日,即是甘翁八十大寿,本日自城至乡,有数百多男女,俱各焚香跪满庭堂。挤不上的,俱跪门外场上叩头。又听见鼓乐喧天,乃是江都县知县,奉陈府尊委来贺寿,全副旗牌执事,亲自到门,抬着彩亭,上列"齿德兼隆"四金字匾额。又本城佐贰①各官,同乡绅人等公,送许多礼物庆贺。甘翁一概不收,置酒款待。

翁是时三子、十二孙,五个曾孙,寿高一百又三岁,子孙科甲联绵。后来凡贼盗过桥,即战兢畏缩,几十年路不拾遗。

---

① 佐贰——旧时担任副职的官吏。

第　六　种

洲老虎

事有不便于人者，但有良心，尚不肯为，何况害人命以图占人田产？此等忍心，大干天怒，周之恶报，是皆自取。

或问癞鼋吞食周虎之子，何如竟吞周虎，岂不快心？要知周虎之毒恶，因谋占洲滩，遂害人性命，若竟吞其身，则有子而家业仍不大坏。今只吞其子，留周虎之头以枭斩示众，并令绝嗣，又令妻妾淫奔，家赀抄洗。人谓周之计甚狠，孰知天之计更狠。

不孝为诸恶之最。今曹丐只图进身，现有瞽①母，竟谎答只身，既进身而自己饱暖受用，竟忘瞽母之饥寒苦楚，曾不一顾，又不少送供馈，是曹之根本大坏，即不遭周虎之棍击脑破，亦必遭雷斧打出脑浆矣。其形相富厚，何足恃乎！

顺治某年，江都县东乡三江营地方，渡江约四五里，忽然新涨出一块洲滩，约有千余亩。江都民人，赴控具详请佃。其时，丹徒县有一个大恶人，姓周，名正寅，家财颇富，援纳粟监护符，年已半百，一妻一妾，只存一子。这人惯喜占人田产，夺人洲滩，淫人妻女。家中常养许多打手，动辄扣人毒打，人都畏惧如虎。乡里因他名唤正寅，寅属虎，就起他诨名叫为"洲老虎"，又改口叫他做"周虎"。他听人呼之为虎，反大欢喜。

本县又有一个姓赵的，家财虽不比周富，却更加熟谙上下衙门，也会争占洲滩，却是对手。因江中见有这新洲，都来争论。周虎道："这新洲，我们预纳了多年水影钱粮，该是我们的。"赵某道："这新洲，紧靠我们老洲，应该是我们的。"江都县人又道："这新洲，离江都界近，离丹徒界远，应该是我们的。"互相争讼，奉院司委镇、扬两府，带领两县，共同确勘，禀驳三年有余，不得决断。

周虎家旁有一张姓长者，诌小词二首，写成斗方，着人送与贴壁。周

---

① 瞽（gǔ）——瞎眼。

虎展看,上有词云:

> 莫争洲,莫争洲,争洲结下大冤仇。日后沧桑未可定,眼前讼狱
> 已无休。莫争洲,各自回头看后头。

> 且争洲,且争洲,争洲那管结冤仇。但愿儿孙后代富,拼将性命
> 一时休。且争洲,莫管前头管后头。

周虎看完,以话不投机,且自辞去,照旧不改。

周虎每日寻思无计。一日自街上拜客回来,路遇一气丐,生得形相胖厚,约有三十余岁。周虎唤至僻静处,笑说道:"你这乞儿,相貌敦重,必有大富大贵,因何穷苦讨饭?"乞丐回复道:"小人姓曹,原是宦家子孙,因命运不好,做事不遂,没奈何求乞。"周虎又问:"你家中还有何人?"乞丐问道:"蒙老爹问小人家中何人?有何主见?"周虎道:"若是个只身,这就容易看管。"曹乞丐有个瞽母现在,因谎答道:"小人却是只身,若蒙老爹收养,恩同再造。"

周虎向丐笑道:"我有一说,只是太便宜了你。我当初生有长子,死在远地,人都不知。你随到我家,竟认我为生父,做我长子,我却假作怒骂,然后收留。"丐即依言,同回家内,先怒问道:"你这畜生,飘流何处?如此下品,辱我门风。"要打要赶,丐再三哀求改过自新,方才将好衣好帽,沐浴周身一新,吩咐家人,俱以大相公称呼。乞丐喜出望外,犹如平地登仙,各田各洲去收租割芦,俱带此丐随往,穿好吃好。

如此三月有余,周虎又带许多家人、打手,并丐同往新洲栽芦。原来新洲栽芦,必有争打。赵某知得此信,同为头的六个羽党,叫齐了百余人,棍棒刀抢,蜂拥洲上,阻拦争打。这周虎不过三十余人,寡不敌众。

是日,两相争打,器棍交加,喊声遍地。周虎的人多被打伤,因于争斗时,周虎自将乞丐当头一棍,头破脑出,登时毕命,周虎因大喊大哭:"你等光棍,将我儿子青天白日活活打死,无法无天。"赵某等看见,果然儿被打死,直挺在地,畏惧都皆逃走。

周虎即时回去,喊报县官。因关人命,次日本县亲至新洲尸处相验,果是棍打脑出,吩咐一面备棺停着,一面多差干役,各处严拿凶手。赵某并羽党六人,都锁拿送狱,审过几次,夹打成招。县官见人命真确,要定罪抵偿。

赵某等见事案大坏,因请出几个乡宦,向周虎关说①,情愿将此新洲总献,半亩不敢取要,只求开恩。周虎再三推辞。其后,周虎议令自己只管得洲,其上下衙门官事,俱是赵某料理,他自完结。赵某一面星飞变卖家产,商议救援。这周虎毒计,白白得千余亩新洲,心中喜欢,欣欣大快乐。因同了第二个真子,带了几个家人,前往新洲踏看界址。

是时天气暑热。洲上佃屋矮小,到了夜晚,父子俱在屋外架板睡着乘凉。睡到半夜,周虎忽听儿子大喊一声,急起一看,只见屋大的一个癞头鼋,口如血盆,咬着儿扯去。周虎吓得魂不附体,急喊起家人,自拿大棍,飞赶打去,已将儿身吞嚼上半断,只丢下小肚腿脚。周虎放声大哭,死而复苏。家人慌忙备棺,将下半身收殓。

方完,忽见三个县差,手执朱签。周虎看签朱:"标即押周正寅在新洲,俟候本县于次日亲临验审。"周虎看完,惊骇道:"我这儿子是癞鼋吞食,因何也来相验?"问来差原委,俱回不知。地方小甲,搭起篷场,公座俟候。

到了次日,只见县官同着儒学官,锁着被犯赵等六人,并一瞽目老妇人,带了刑具件作②行人,俱到新洲芦席棚子下坐定。周虎先跪上禀道:"监生儿子,实是前夜被江中的癞鼋吞死,并不是人致死,且尸已收殓,棺柩已钉,只求老父母准免开棺相验。"县官笑道:"你且跪过一边。"因吩咐件作手下人役,将三个月前棍打脑破的棺柩抬来。

不一时抬到,县官吩咐将棺开了,自下公座亲看,叫将这瞽目老妇膀上用刀刺血,滴在尸骨上,果然透入骨内,又叫将周虎膀上刺血滴骨,血浮不入。随令盖棺,仍送原处,即唤周虎问道:"你将做的这事,从实说来。"

周虎见事已败露,只得将如何哄骗乞丐,如何自己打死情由,逐细自供不讳。县官道:"你如此伤天害理,以人命为儿戏。因你是监生,本县同了学师在此。今日本县处的是大恶人,并不是处监生③。他虽已实说,也一夹棍,重打四十。"打得皮开肉绽,着将赵等六人讨保宁家,就将锁枷赵某的锁枷将周虎锁枷,带回收在死牢内,听候申详正法。洲上看的无数

① 关说——指通关节,说人情。
② 件(wǔ)作——旧时官署中检验死伤的吏役。
③ 监生——明清入国子监学习者的统称。

百姓，俱各快心。

有精细人细问县官的随身的内使，方知县官因在川堂签押困倦，以手伏几，忽见一人头破流血满身，哀告道："青天老爷，小人姓曹，乞化度日，被周虎哄骗充做儿子，在众人争打时，自用大棍将小人脑浆打出，登时死了，图占人的洲滩。小人的冤魂不散。但现有瞽目老母在西门外头巷草棚内，乞化度命，只求伸冤。"县官醒了，随即密着内使，唤到瞽目老妇细问，果有儿子。犹恐梦寐不确，特来开棺滴血，见是真实，才如此发落。众人听完，总各知晓。

这县官审完事，同学官即到周家查点家产，有周家老仆回禀："主母同家中妇女，闻知事坏，收拾了金珠细软，都跟随了许多光棍逃走了。"县官听完道："这都是奸淫人妻女的现报。"因将家产房物，尽数开册变价，只留五十两交瞽目老妇，以为养生棺葬之用，其余银两贮库，存备赈饥。至于周虎自己原洲并新洲共计三千余亩，出示晓谕城乡各处，但有瞽目残废孤寡之人，限一月内报名验实，仅数派给，各听本人或卖或佃，以施救济之恩。

不多时，京详到了，罪恶情重，将周虎绑了，就在新洲上斩首，把一颗头悬挂高杆示众，人人大快，个个痛骂。赵等六人并江都县人，俱不敢再占洲滩。本乡人有俚言口号云：

> 两个尸棺，一假一真。
> 假儿假哭，真儿真疼。
> 谋财害命，灭绝子孙。
> 淫人妻女，妻女淫人。
> 枭斩示众，家化灰尘。
> 现在榜样，报应分明。
> 叮咛劝戒，各自回心。
> 诸恶莫作，众善奉行。

第 七 种
自害自

　　人之所为,天必报之。凡一往一来,皆在因由。在明眼观之,通是自取。彼昏昧之徒,任意作为,只图谋利于己,全不代他人设想。殊不知,或报于本身,或报于子孙,断然不爽。要知徽末,尚有赠答。何况于陷害人之身家乎,阅之凛凛。

　　王玉成前生必负此偷儿之债,所以今日特地卖妇偿还,即其嫂之慧心应变,亦是上天知王心之坏念有意安排。不然,远人久隔,何独于此□恰归耶!

　　我有老友赵君辅,为人最诚实,从不虚言,他向我说:"扬州有两件事,原都是图利于己,不顾他人的。谁知都是自己害了自己,说来好不怕人。"顺治四年,有个许宣,随大兵入粤,授为邑令。他妄欲立功,乃搜乡间长发愚民十四人,伪称山贼,申报上司,尽杀之。杀时为正午时。是日,许之家眷赴任,途中遇盗劫,杀男妇,恰是十四口,亦是正午时,此果报之巧者。

　　又崇贞年间,南乡王玉成与兄同居,兄久客粤,成爱嫂甚美,起心私之。乃诈传兄死,嫂号哭几绝,设位成服,未几,即百计谋合,嫂坚拒不从。成见其事不遂,又起坏念,鬻①于远人,可得厚利,因巧言讽其改嫁,嫂又厉色拒之。适有大贾②购美妾,成密令窥其嫂,果绝色也,遂定议三百金,仍绐③贾人曰:"嫂心欲嫁,而外多矫饰,且恋母家,不肯远行。汝暮夜陡猝至,见衣缟素者,便拥之登舆,则事成矣。"计定,归语其妻。

　　嫂见成腰缠入室,从壁隙窥之,则白金满案,密语多时,只闻:"暮夜来娶"四字,成随避出。嫂知其谋,乃佯笑语成妇,曰:"叔欲嫁我,亦是美

----

　　① 鬻(yù,音育)——卖。

　　② 贾(gǔ)——商人。

　　③ 绐(dài)——欺骗;谎言。

事,何不明告?"妇知不能秘,曰:"嫁姆①于富商,颇足一生受用。"嫂曰:
"叔若早言,尚可饰妆。今吉礼而缟素,事甚不便,幸暂假青衫片时。"因
成独忘"以缟素"之说语其妻,且妇又性拙,遂脱衣相易,并置酒叙别,嫂
强醉之,潜往母家。

抵暮,贾人率众至。见一白衣女人独坐,蜂拥而去,妇色亦艾②,醉
极,不能出一语。天明,成始归,见门户洞达,二稚子嚎啼索母。始诧失
妇,急追至江口,则乘风舟发千帆,杂乱不能得矣。于是寸肠几裂,不知所
出,又念床头尚有卖嫂金,可以再娶成家。及开箧视之,则以夜户不闭,已
为穿窬③盗去。

方捶胸恸哭。而兄适自客归,肩囊累累,里巷咸来庆贺,嫂闻之,即趋
归。夫妇相见,悲喜交集。成既失妇,又失其金,二子日日伶仃啼泣,且无
颜对兄嫂,惭痛之极,自缢而死,后来倒靠兄抚养二子。

我细听老友说完,极为叹息。可见天视甚近,岂不畏哉!

---

① 姆——弟妇称兄妇为姆姆,即母母。
② 艾——漂亮,美。
③ 穿窬——穿壁逾墙。指盗贼。

第 八 种

人抬人

凡为官者,只是淡无嗜好,静不多事,便是生民无限之福。要知得"淡静"二字,即是纯臣。凡人只是安分不妄想,但享许多自在之福。

当四海升平,但有奏请,以及廷臣面对,建置更革,或书生贵游,不谙民事,轻于献计。若一旦施行,片纸之出,万民滋害,可不慎欤。为官者,往来仕客甚多,如何应酬?但须酌量轻重,速赠速去,不可听在本地招摇生事,致污官箴。

我生于顺治末年,如今寿将七十,江都县的官,我眼见更换几十人,再不曾见熊县官,自康熙二十六年到任,至三十三年,在任八年之久的。

这熊县官,讳开楚。他是湖广人,只是不肯多事,小民便享许多安静之福。那时汤抚宪颁有对联云:

不生事 不懒事 自然无事
能养民 能教民 便是亲民

凡为官的,须把此联时刻警佩。熊公做到二年后,闻有个刘御史坏了官,自京都回家,由扬州经过。熊公即备程仪银十二两,前去迎接。柬房禀道:"这个御史是削职回去的,老爷可以不必送礼迎接。"熊公笑道:"世人烧热灶的极多,烧冷灶的极少。本县性情专喜用情在冷处,但本县与此人无交,只此便见心思了。"

柬房不敢违拗,因随熊公到东关外刘御史船上相会,御史立于舱口,惊叫道:"人情浮薄,我自罢官,一路来无人睬着,今何劳贵县远迎,又送程仪呢?"熊公道:"些须微敬,不过少尽地主①之谊。卑职不敢动问大御史,因何被议?"御史道:"我在朝房议事,科道各官,多有妄行改革。我说:'当此太平之时,民以无事为福。'那众官俱以我为庸才,暗中竟说我

---

① 地主——所在地的主人,对外来宾客之言。

既喜无事,只宜致仕闲逸的话奏闻。蒙皇上削职还乡,今贵县问及,不胜惭愧。"

熊公道:"凡治民之法,利不百,不可轻易变法,在上台更为紧要。倘上宪若喜多事,再遇不善奉行的下司藉情滋扰,小民受无限的苦累,上台那里晓得?即如做县官的,若喜多准词状,多听风闻,那恶棍并衙役人等,便藉倚着遍地里诈骗愚懦百姓,就难以安乐了。若地方上有大奸大恶,又须严刑尽治,榜示众知,令棍徒敛迹。若是一味安静不理。则虚费朝廷俸禄,而奸恶得志,百姓反不得安生了。总之,滥准、株连、差拘、监禁,此四件是为官大忌,请教大御台,以为何如?"刘御史点头道:"此论深得为官妙法,我心敬服。但我平生自爱,沿途以来,从不谒客,今虽承贵县光顾,又承赐惠,感激不已,即日开船起程,亦不敢到贵县告辞,说完打恭,相别而去。

到了康熙三十三年,正值大计①,考察各官贤否。江南督抚会题,竟将熊公填注才政平常,揭语已经到部。熊公探知此信,就打点罢官回去。过了两个多月,忽然京中飞报到县云:"江都县熊知县大有才能,已奉旨行取来京内升。"遍传此报,府官同大小各官,两城乡绅士民,都到县贺喜。

这熊公甚是惊疑不信,只恐虚报。续有都中来的亲友细说,方知刘御史去后年余,因有一县官多事,百姓聚众鼓噪,皇上闻知,想及刘御史曾说"民以安静无事为福"的话,特召进京供职。此时科部已将熊知县议令解任。刘御史看见,因而抗众议道:"目今四海升平,为州县官的,不肯多事,与民安静,最是难得,这知县不可不行取进京升赏,以厉各官。"因同了天下遴选卓异的好官,并列上奏,奉旨依议,才有此报。

熊公方才知感,又向县柬房道:"岂料昔日些微,今得如此好报。"便择日起程进京。这日,官宦士民齐到县前恭送,人千人万,拥挤不开。前边列着"奉旨行取"的两面金字朱牌,许多旗执整齐,好不荣耀,无人不赞扬。虽是熊公清正,却深亏刘御史之力。可见人要抬举人,切不可遏抑人,亦不可随俗炎凉也。

---

① 大计——官吏每三年一次的考绩。

第 九 种

官业债

圣人治世，不得已而设刑，原为惩大□□□以安良善，非所以供官之喜怒，逞威以□□□，每见官长坐于法堂之上，用刑惨酷，虽施当其罪，犹不能无伤于天地之和，况以贪酷为心。或问事未实，或受人贿嘱，即错乱加刑，甚至拶夹问罪，枉屈愚懦，其还报自必昭彰。观姚国师之事，甚可凛也。

州县前有等无籍穷民，专代人比较。或替人回官，明知遭刑，挺身苦捱，这样人扬俗名为"溜儿。"今日得钱挨打几十，调养股腿尚未全好，明日又去挨打。可怜叫疼叫痛，不知领打了几千几百。同是父母生成皮肉，一般疼痛，为何如此？总因前世做官，粗率错打，所以今世业债，必然还报。试看姚国师修至祖位，亦难逃避，可不畏哉？

永乐皇帝拜姚广孝为国师。这姚广孝，法名"道衍"，自幼削发为僧，到二十余岁，就自己发愤卜紧参悟，因而通慧。凡过去未来，前世后世，俱能知晓。辅佐皇上战争，开创大有功勋，及至天下平定，皇上重加恩宠，他仍做和尚，不肯留发还俗，终日光着头，穿着袈裟，出入八轿①。人都知道皇上尚且礼拜，其满朝文武各官，哪一个不恭敬跪拜？从古至今，都未见和尚如此荣贵者。

他是苏州人，一日启奏皇上，要告假回苏祭祖。皇上准假，又与丹诏敕书，令其事毕速回，自出京城，一路来奉着圣旨，座船鼓乐。上至督抚，下至承典，无不远接，他路上有兴，即唤一二官谒见面谕，爱养百姓，清廉慎刑。若是没兴，只坐船内，参禅念佛，沿路旌旗锦彩，执事夫马，填满道涂，好不热闹。

及离苏州约十里多远，吩咐住船。国师于黑早穿了破纳、芒鞋，密传

---

① 八轿——古时大官坐的由八人抬的轿子。

中军官进内舱，低说：“本师要私行观看阊门①外旧日的风景。这苏州城内，备齐察院，候本师驻扎，凡有文武各官接到船上的，只将手本收下，谕令都在察院候见。”说完，遂瞒着人众，独自上岸，往城步踱。那常随的员役，却远半里跟着。

行至阊门外，只见人烟骤集，甚是繁华。路上遇见许多大小官员，俱是迎接国师的。这国师亦躲在人丛，忽遇一细官，两个皂隶喝道奔来，也是跟随各官迎接国师的。这国师偶从人丛中伸头看望，只见那马上坐的细官，一见国师，便怒气满面，喝叫：“这野僧侧目视我，但本厅虽是微员，亦系朝廷设立，岂容轻藐，甚是可恼！”忙叫皂隶将国师拉倒，剥去衣服，重责二十板。

责完放起，只见远跟的员役，喊道：“这是当今皇上拜的国师，犯了何罪，如此杖责？”一齐拥上，将这马上坐的细官用绳捆绑。一面扶起国师，坐轿进院。随后，院司各官闻知大惊失措，各具手本，但请国师：“将这细官任行诛戮，免赐奏闻，宽某等失察之罪，便是大恩。”

原来，这细官乃是吴县县丞，姓曹，名恭相。他知责了国师，吓得魂不附体。曹县丞也道性命只在顷刻，战战兢兢，随着解差膝行到案下叩头请死。国师吩咐：着大小各官上堂有话面谕，说道：“凡为官治理民事，朝廷设立刑法，不是供汝等喜怒的，亦不是济汝等贪私的，审事略有疑惑，切莫轻自动刑，不要说是大刑大罪即杖责。若是错误，来世俱要一板还一板，并不疏漏。本师只因前世曾在扬州做官，这曹县丞前世是扬州人，有事到案，因不曾细问事情真确，又因他答话粗直，本师一时性起，就将他借打了二十板，今世应该偿还。所以特特远来领受这苦楚，销结因果。本师出京时，即写有四句偈”，一面说，一面从袖内取出，谕令各官共看：

奏准丹诏敕南旋，袈裟犹带御炉烟。

特来面会曹公相，二十官刑了宿愆。

各官看完。因吩咐各要醒悟，将曹县丞放绑逐出。又吩咐侍者烧汤进内，沐浴完，穿着袈裟，端坐椅上，闭目而逝。各官无不惊异。续后督抚奏闻，不说责辱一事，只说自己回首。钦赐御葬，至今传为奇闻。

---

① 阊门——苏州城的西门。

第 十 种

锦堂春

富贵贫贱,皆难一定。如蔡文英,本是寒士,江纳以眼前境界,妄欲悔亲,岂知未久而即荣贵乎?予友史揩臣,题堂匾曰:"那里论得。"诚格言也。

一饮一啄,尚有数定。何况夫妻之配合乎!婚已聘定,即境异当安,若妄想悔改,皆痴迷之至也!

昔年扬州有个江纳,原系三考出身,选得某县丞。因本县缺员,他谋署县印,甚是贪赃,上司叱逐回乡。只生一女,欲将宦赀择一佳婿,倚靠终老,奈曾定于蔡文英为妻。

这蔡文英虽然读书进学,家甚贫寒。江纳外装体面,便目之为路人,常怀离婚之念。所虑女婿是个生员,没人弹压得他。蔡家也不来说亲,江家也并不题起。

一日,与本地一个乡宦商议此事。这乡宦姓曹,名金,颇有声势,人都怕他。他见江纳欲要离婚,便说道:"这事何难?我与兄力为,须招他来,我自有话与他说,怕他不从。"江纳欢喜道:"此事得成,学生自当重谢。"就下了眷弟名贴,期次日会饮。蔡文英看称呼虽异,亦要去看他怎生发付。到这日就是布衣便服,辞了母亲,竟来赴酌。

进了江门,只见坐中先有一客,行礼之后,问及姓氏,方知是曹老先生。蔡文英要把椅移下些,不敢对坐,曹乡宦哪里肯?正在那边推让,只见江纳故意慢慢地摇将出来。蔡文英就与江纳见了礼,茶也不曾吃。江纳道:"我们不要闲坐,就饮酒罢。"曹宦道:"但凭主人之意,无有不可。"江纳便把盏要定曹宦坐第一位。曹宦道:"今日之酒,专为蔡先生而设,学生不过奉陪,怎么好僭①?"蔡文英听见这话,便暗想:"我说他今日请我,有甚好意?他特地请那曹老,要来弹压着我,就中便好说话。那江纳

---

① 僭(jiàn)——超越本分。

不来定我首座便罢,若来定我首座,我竟坐了,与他一个没体面去。"江纳此举,只为离婚,况且原与曹宦商量过的,见曹宦不肯上座,道:"里边有甚九里山计埋伏在内?"江纳走过来,一力定要蔡文英坐。蔡文英初时也逊与曹宦,因有奉陪的话,此番并不推却,俨然竟上座了。

大凡不修名节的人,日日在没廉耻里住的,哪里来顾蔡文英这一座,就是轻薄曹宦了,但只要蔡文英依允,便为得计,明知轻薄,也死心受了。座中只有三桌酒,一桌是蔡文英上座,一桌是曹宦奉陪,下座一桌是江纳傍座。蔡文英见有酒送来就吃,有问就答,欢呼畅饮,毫不知有先达在坐。

直到酒阑起身的时候,只见那曹宦走上前,与蔡文英说道:"学生久仰长兄,今日才会,恨相见之晚。今日得奉陪尊兄这半日,足见高怀,不消说起是个聪慧过人的了。学生有句话劝问,可知江翁今日此酒为何而设?"蔡文英带笑说道:"我晚生是极愚蠢的,老先生休得过誉。但是今日之酌,晚生虽不晓事,或者可以意想得到。"

曹宦携着蔡文英之手,满面堆着笑容道:"我说兄长是个伶俐人,毕竟是晓得的,但兄长且说出来。若与江翁之意一些也不差,一发敬服了。"蔡文英带着冷笑道:"毕竟是亲事上边有甚说话了。"

曹宦点点头,道:"长兄所见极到。学生又请问长兄,令先尊过聘之日,用几多财礼?"蔡文英道:"实不瞒曹老先生说,闻得先父在日曾说,当初原是江翁要来攀先父,此时江翁在京,要图一个好缺,少欠使用,着人与先父说过,钗镯缎疋①之类,一应折银,先父就依来人说话。过聘之日,只用银一百两,此外并无所费。"曹宦道:"尊兄未到之前,江翁也说有百两之数,足见至公,一毫也没甚相欺了。江翁见长兄目下窘乏,意欲将日前尊公之聘送还,一来尊兄有了这些银子,经营经营,可以度日;二来明日尊兄高掇之后,怕没有好亲事?要江翁这样的,恐怕还多呢。"

才说完话,也不待蔡文英答应,就叫手下人取笔砚过来。只见豪奴十余人,突然而入,拿纸的拿纸,拿笔的拿笔,磨墨的磨墨,虽显无相抗之情,却隐有虎豹之势。

蔡文英看了这光景,便鼓掌大笑,伸手抒毫写了一纸退契,又在自己名下着了花押。蔡文英道:"今要烦曹老先生做个见人,倘或晚生一日侥

---

① 疋(pǐ)——即"匹",量词。

幸,岂可令世人疑晚生有弃妻短行的事。"曹宦一心要图江老之谢,况且事做到八九分了,岂可为这花字不写?便丢个空。曹宦也提起笔来,着了花押。

把银子兑足,要交割的时候,蔡文英失声道:"嗳呀!这银子且慢与我着。"曹宦与江老道:"却还有甚话?"蔡文英道:"我还有老母在家,必须与老母讲明,须她也用一个花字便好。"又转口道:"这也但凭江翁之意。"

江翁只要做事十分全美,便道:"我到忘了令堂这个花字,是决要的。"曹宦道:"这个不难,把银子且交付我家人拿了,就随了蔡兄,去讨了蔡孺人的花押,把银子兑换了这张退契回来,岂不甚好?"江老连声道:"是。"蔡文英欣然别曹宦,曹宦就叫四个管家跟了蔡文英去。

蔡文英一到家里,对管家道:"我老安人性子却甚不好说话,待我拿这纸退契进去,与她说个停当,讨了花押出来,那时自当奉谢,诸位且宽心坐坐。"

安放了曹家人,一边自走进去,对母亲说了江老假意将酒款待,借曹宦势威逼退婚事说了一遍。母便咬牙切齿,千禽兽、万禽兽,骂将起来。蔡文英慌忙道:"母亲悄声,曹家人在外边,且不要惊动了他们。我如今开了后门,就将这纸退契去喊府尊。"

一气跑到府前,却好府官晚堂未退。蔡文英将此事始末禀了:"现有曹宦家人,在生员家里持银守候。"这府官姓高,是个一清如水、尽心爱民的,听见此事,差人即刻唤到曹家人问道:"江纳要蔡秀才退婚,这事可是真的么?"曹家人都说:"是真的。"又问道:"如今,江纳要还蔡秀才的聘札,现在何处?"

曹家人一时瞒不过,只得取出来道:"现在这里。"又问道:"今日,你家老爷也是目击这事的么?"曹家人说:"今日是江纳请家爷吃酒,看见是看见的,其中退婚因由,恐怕也不知道。"

高府尊就笑道:"本府晓得你家老爷是有道气的,怎么得知这事?"就叫库吏,吩咐将这一百两银子且上了库。一面发签拿江纳,明日候审。蔡秀才召保,曹家人发放回去,就退了堂,那些差人晓得江纳是个佛主,怎肯放手,连夜伙去吵闹,这也不题。

明日,高府尊早堂事毕,见农民跪上来禀道:"曹爷有书拜上。"高府尊问道:"哪个曹爷?"农民又禀道:"本城乡宦讳金,曾做过科官的。"高府尊道："取来看。"中间不过是要周旋江纳体面,退婚实出蔡秀才本心等语。看完了,就叫柬房发一回贴,便问堂吏道："那江纳可曾拿到么?"只见差人跪上去禀道："已拿到了。"府尊道："既是拿到,怎么不就带上来?要本府问起,才来答应,你这奴才,情弊显然了。"就在签筒里起三枝出来,将差人打十五板。

要知道这十五板,是曹宦这封书上来的,先与江纳一个歹信。凡为官的,做事理上行走,在宦途还有人敬他。若似这般歪缠,那正气官自然与个没趣。即或情面难却,做事决不燥辣。

江纳看见差人先打了板子,万丈豪气已减去大半。府尊就问江纳道："你因甚缘故,就要蔡秀才退婚?"江纳道："老爷,小官江纳,怎敢行此违法之事,但见蔡文英好赌好嫖,不肯习上,他家道日贫,屡次央人来索还原聘,情愿退婚。江纳见他苦苦追求,万不得已应允。昨日蔡秀才又要在聘礼之外,加倍取索,江纳执意不从,他就来诬告,伏乞青天老爷鉴察。"府尊道："我昨日看见那蔡秀才,全不像个好赌好嫖、不肯习上的,恐怕还是你嫌他贫么?"

江纳满口赖道："实是蔡秀才自要退婚,况且江纳薄薄有几分体面,蔡秀才不曾死,女儿又要受一家聘,也是极没奈何的事。望老爷详察。"府尊道："据你口词,是极要成就蔡秀才,到是蔡秀才有负于你,他今不愿退婚,你正好成就他了。"江纳道："如今既是他不仁,我也不义,江纳也不愿与他结亲了。"府尊笑道："据你说,如今又不要成就他了。也罢,如今本府与你处一处。毕竟要蔡秀才心悦诚服才好,不然本府这里依你断了,他又到上司那边去告,终是不了的事。本府处断:'当初蔡秀才有百金为聘,你如今要与他开交,直须千金才好。'"

江纳连忙叩头道："尽江纳的家当,也没有千金,哪里设处得出?求老爷开恩。"府尊道："你既是这般苦求,本府与你两言而决。你若不要退婚,蔡秀才一厘要你不得;你若立意要退婚,限三日内再将七百金上库,凑成八百,叫蔡秀才领了这些银子,本府就与你立一宗案,可令蔡秀才没齿无怨了。"江纳却全没有要蔡秀才完姻之意,只要求八百金之数,再减下些便好。

府尊看了这光景,藉势威逼,不问可知。江纳便磕穿了头,告破了口,再不睬了,提起朱笔批在签上:"着原差限三日内带来回复,如迟重究。"

江纳回来,只得又与曹宦商议,出五百金完交。

到第三日,一面进曹宦的书,一面将五百金上库。午堂差人又带江纳上去,府尊问差人道:"江纳完多少银子了?"差人道:"已上过六百了。"江纳又跪上去,苦苦的求道:"江纳尽力措置,才得这些银子,此外一厘也不能再多了,叩求老爷开恩。"府尊道:"这二百银子,也不要你上库了,你到曹乡绅家讨一贴来,就恕你罢。"

差人又押江纳到曹宦家来讨贴。曹宦晓得这风声,就不相见,说:"有事往乡里去了,有话且留在这里罢。"江纳一向结交曹宦,今略有事,就不肯相见,却是为何?若是江纳拿了这二百两去,那曹宦自然相见了。空着手去说话,怎肯相见?江纳会意,只得回来凑了一百现银,写了一百欠贴,叫人送与曹宦。曹宦那个贴,就是张天师发的符,也不得这样快到府里了。

当日,蔡文英、江纳一齐当面,府尊就叫库吏取出那六百两银子,交与蔡秀才,蔡文英看也不看,哪里肯收?府尊看在肚里,悉见江纳之诬了。因失声道:"我到忘了。"对着江纳道:"你女儿年纪既已长大,定是知事的了。本府也要问她,肯改嫁不肯改嫁?"就发签立刻要江纳的女儿来审。

不多时,女儿唤到。府尊叫江纳上来道:"你女婿有了六百金,也不为贫儒了。我今日就与蔡秀才主婚,两家当从此和好,不可再有说话。若不看曹乡宦的情面,本府还该问你大罪。"一面吩咐预先唤的花红鼓乐,一乘轿,一匹马,着令大吹大打迎出府门。又叫一员吏,将江纳完的六百两银子,送到蔡家,看他成亲回话。

惊动满城的百姓,拥挤围看,没有一个不感府尊之德,没有一个不骂江纳之坏,那江纳羞得抱头鼠窜而归。这蔡文英有了膏火①之助,并无薪米之忧,即便专心读书。职科及第,不过几年,选了崇阳县知县,又生了公子,同着老母、妻子上任,好不荣耀。他做官极其廉明正直,兴利除害,凡有势宦情面,一毫不听,百姓们遍地称功颂德。又差人接了江纳到任上来,另与公子并教公子的西席,俱在书房内安养,甚是恭敬,将从前的事,毫不提起。倒是江纳,每常自觉羞愧。

一日,蔡文英到书房里谈话,江纳拉到一小亭子上,背着西师恼愧道:

---

① 膏火——旧时书院、学校中给学生的津贴费用。

"当日的事,都是曹宦做起,从来府尊要他贴子,才减二百两,他就躲了不面,揹①去我一百两现银,又写一百两欠贴,才肯发贴,后来,晓得府尊另断成婚,自己不过意,着人将欠贴送还与我。但曹宦在地方上,凡有事不论有理无理,只得了银,使以势力压做,不知屈陷了多少事。有一日,忽然半夜里失了火,房屋家产尽成灰炭,父子家人共烧死九口,竟至合门灭绝,你可不快心,可不害怕,当初他若肯好言劝止,或者没有其事也不可知,我如今想起来,恨他不过。"蔡文英笑道:"岳父恨他,在小婿反欢喜他。当初若无此事,小婿江宁科举,北京会试,一切费用,哪有这许多银子应付,即或向岳父挪借,也只好些微,决不有六百两助我,可是感激他不了。"翁婿大笑。

　　一日,时值立春,天气晴和,内堂设宴,铺毡结彩,锦幛围列,老母、夫妻、公子,团聚欢饮。蔡文英道:"今日在这锦绣堂中,合家受享荣华,皆是高府尊成全,不可不知感图报。"其时高府尊已年老告致,因备了许多厚礼,差人赍书遥拜门生,往来不绝,竟成世交矣。

---

①　揹(kèn)——卡,扣。

第十一种

牛丞相

雷者,因阳气被阴气包裹不得出,猛然劈出,所以成声,原有天神主之。人有乖戾①之气,上与相合,则击之。要知良善之人,从未有遭雷击也。

牛耕马驮,辛苦万千;猪羊充食,千刀万剐。是皆恶报偿还,前因后果,必然之理也。人心行好,狗可变做状元;人心行坏,丞相可变做牛,好坏都是自作自受,冥王何预焉?

明朝有个状元罗伦,他是江西吉水县人。极有胆气,凡见事有不当者,即敢言直谏,朝廷因他忤旨②,谪他到福建市舶。未几,奉旨复官,他辞疾不赴。这罗状元是个理学大儒,腹中博通今古,天下的事物,哪件不知!哪件不晓!

一日,由扬州经过,行到湾头东乡地方,忽然阴云四合,大雨倾盆。罗状元奔到村馆中避雨,只见雷电交加,霹雳一声,将耕牛一只击死田内。少刻云散雨止,远近的人都拥挤来看,罗状元亦随众往看。只见牛身被雷斧破开,血流倒地,因而心中不忿,大喊道:"牛是诸畜生内最有功于人的,每日耕田耙地,千辛万苦,到后来皮肉筋骨,都供人用,最为可怜,有何罪过?此时朝中有许多大奸大恶,天雷不击,何以击此最苦之牛?"就借避雨村馆中笔砚,在于牛身上大大的字写二句,云:"不去朝中击奸相,反来田内打耕牛。"同看的都欢喜说道:"这才批得真正有理。"

众人正在称赞之时,忽见天上乌云一块,疾来如飞,罩聚牛身,复又一雷,看的众人都惊跌在地。少刻爬将起来,同罗状元再去一看,那牛身上二句之下,竟是雷神用朱笔另写二句,云:"他是唐朝李林甫,十世为牛九世娼。"罗状元同众人看罢,方才知道这牛是奸相变的。他受尽万千苦楚,再加雷斧而死,以报宿世之恶也。唐朝至今尚未报完,惊叹不已。

---

① 乖戾(lì)——(性情,言语)别扭,不合情理。

② 忤(wǔ)旨——抵触旨意。

这罗状元因此明白,回到吉水本乡,闭户另著明理书传世。可见恶人果报,填还应在屡世不止也。

第十二种

狗状元

佛法广大,不论四生六道,但有觉悟,自然证果。可惜此狗,修入洪福,贪迷荣贵,幸而不幸也。

极细如蝼蚁虮虱,皆具佛性,一得觉悟,俱可成道,况狗兽之大乎!独叹人为万物之灵,百般呼唤,痴迷不省,深可惜也。

一踢尚还五板,若杀彼生命,供我肥甘,如何还报得了,可不害怕!予于状元不说姓名,恐卑污于人也,阅者相谅,勿谓无稽虚语。

扬州小东门内,有个韦明玉,三十多岁。因往镇江游甘露寺,就在寺内削发为僧,方丈中彻大师,是个参悟得道的高僧,每常说法,直捷指点,座下拱听甚多。方丈内养有一狗,但遇大师说法,即伏旁侧耳细听,或说世情闲话,狗即外出。

一日,明玉腹饥,先取一饼在东廊下倚柱咬吃。这方丈狗来跳望,如有求食之意。明玉性起,怒踢一脚,其狗负痛,就地急滚,明玉懊悔自思:"饼又不曾与食,何苦踢此一脚,令他痛滚?"心中不忍,因将吃不完的半个饼,丢地与狗咬吃。过了三日,狗死,报知大师,令埋于后园。

过了一十八年,忽报本地新科状元到寺内进香,兼看江景。大师即忙传众僧远远迎接。只见许多旗伞执事,皂隶夫马,好不荣耀。状元在山门外下马步行,甚是幼小,美貌端壮。上殿焚香拜佛完,到方丈谒见彻大师,留茶谈话,甚是谦和、恭敬,揖别而出,又往两廊闲步。

忽见明玉倚柱背脸,状元看见大怒,呼来跪下,说道:"我来寺里进香,又不曾滋扰汝等,如何没眼看我,好生可恶!"喝叫左右拖在廊下,责了五板逐出,然后往山顶后边观看江景才回去。众僧送山下辞归,都来看明玉。这明玉苦眉道:"我并不曾说话冲撞,又不曾行止犯法,无辜遭此官棒,其实不服,恼恨不已。"

正在苦楚之时,忽又见戴红高帽的两个夜不收①,将明玉和尚拉着往外飞走,口中喊道:"状元叫你去立等说话。"明玉惊怕,暗想道:"莫不是方才打得不好,又要重打不成?"没奈何,只得随去,慌得寺内众和尚,齐进方丈,公禀中彻大师,要往状元府前焚香跪门,中彻大师吩咐道:"汝等不必前去,此番必不难为他。我于状元未来时,已先有二句,粘在壁上。"呼侍者取来与众共看,上写云:

> 一脚还五板,半饼供三年。

众僧看完惊异,方知这状元前生是本寺狗变的。随着人探听,果然唤到时,状元看着明玉道:"我方才一时怒气,责汝五板,仔细想起,甚不过意。但你在寺众清苦,竟在我府中别扫一间静室,每日蔬菜茶饭供养你修行,岂不自在?"明玉和尚喜出望外,感谢不已,竟依住下。

光阴瞬息,已将三年,明玉和尚忽而去世。状元吩咐造龛送化而终。可见世人一举一动,都有前因,凡事岂可不惧耶?

---

① 夜不收——明代辽东边防守军中哨探或间谍的特有称谓。

第 十 三 种

说蜣①螂

神鬼仙佛,或现或隐,遍满世界,奈人之肉眼凡胎,何能知识? 可见一切欺心坏事,虽于无人处为之,在神明已洞若观火。所谓暗室亏心,神目如电者,丝毫不错。人只要心存正念,虽形迹垢污,亦不妨碍。若徒饰精洁于外,机甚左矣。

康熙初年,扬州有一人,姓陈,名友德,年四十余岁,性最爱洁。每喜穿玉色极细布袍。石青缎套,常坐船至江西、湖广卖盐。

一日,行到湖广岳州府,顺路间往岳阳楼游玩。但见楼虽倾坏,其江山景致甚佳。正在玩赏时,见一寒士,身穿破衣,尘灰垢泥,来向友德拱手道:"兄台想是闻岳阳楼的景致来玩的,但此楼胜处,全在衔山吞江,气象万千,真天下之奇观。"友德是个爱洁的人,见其人邋遢,因而不礼貌,亦不应答。那寒士忽倚着楼上栏杆,来携友德的手,指点山水之妙。忽有蜣螂虫迎面飞来,友德以手挥落楼檐。那寒士看见,说道:"这蜣螂虫,俗名'推屎郎',虽是积污推粪之虫,但其志在于转凡脱化。鸣蝉楼于树杪②,飧③光吸露,顿加飞腾,乃最有能干之物,未可轻忽也。"友德口虽微应,亦不答话,少刻下楼别去。

后十年,友德一日进扬城南门,由大街出小东门有事。正行路时,忽然见三个人将友德周身一看,慌忙齐说道:"兄可姓陈,名唤友德么?"友德惊异问道:"小弟是便是的,但与兄们从未识面,如何知我姓名?"三人道:"祖师在南门里常家降乩④,判云:'此时有一人,姓陈,名友德,年约六

---

① 蜣(qiāng)

② 杪(miǎo)——树木的末梢。

③ 飧(sūn)——晚餐,引申为吃。

④ 乩(jī)——旧时迷信者求降示的一种方法。由人扶一丁字形的木架在沙盘上,谓神降时执木架划字,能为人决疑治病,预示凶吉。

十余岁,须发雪白,身穿玉色布袍,石青缎套,从南门大街往北走,可代我赶上唤来,我有话说。'因此奉请回去一见。"友德怒喊道:"我平生最不喜仙佛。你们说什么祖师,妖言惑众,哄骗谁来? 快快回去!"

那三个人坚不放手,婉言恳求道:"你就不信仙佛,屈去一到,即刻便回,也不妨事。"说完,拉着急走。友德无奈,只得随去,口里自说道:"我只不信,看他们如何骗我?"旁人听见的,也跟随二十余人,同去看如何行止。

到了南门内常家,果见香烛供献,二人扶鸾。友德站立案旁,亦不跪拜。忽见乩判云:"陈友德,你来了么?"友德恼怒,亦不应答,乩因判四句云:

　　十年不见陈友德,今日相逢鬓已霜。

　　记得岳阳楼上会,倚栏携手说蜣螂。

友德见此,即刻跪倒在地,叩头百余,谢罪敬服。众人细问原委,友德将十年前如何逢遇,如何说蜣螂的话,从头至尾细说一遍。在道的三人,跟去二十余人俱皆叹服。

友德从此投拜祖师门下,修真悟道,后得证果。可见不曾通彻仙佛的人,切不可一言毁谤也。

第 十 四 种

飞蝴蝶

金钱化蝶飞，唐库之奇传。此从前听闻之语，不意再见真事于今日，岂非异乎？或者道士借此以醒世之钱财，未可着实看也。

事有利益于人者，或幻或不幻，虽凡夫亦是仙佛。否则即真仙、真佛，正与凡夫相等，乃知人具济世利人之言行，即是现在之仙佛矣。至若藉道法以图遂贪欲坏事，恐凡夫人身俱不得也。

哄传扬州府学前，有一道士卖药甚奇。予随众往看，果见数百人围聚。予挤进观看，见有一道士，约年四十余岁，头戴小木冠，纳衣蒲团，手执云帚端坐，余无他物，人来问话，他不多言，人来买药，只取钱一文。将钱丢于道士面前，道士随用手在云帚上一抹，即有一颗丹药与之，随抹随有。虽数百人数百颗，丹俱不完。其丹大如指顶，朱色，能治百病，茶汤任下。

卖药一时内，道士忽有向来人说："你为人极孝，奈少奉养，我当赠送。"即用手在钱堆上，或抓一把，三五十文不等，或两手捧一捧，一二百文不等。忽有向来人说："你家有婚姻喜事，缺少银钱，我当赠送。"任意取钱与之。或说饥寒急迫赠送的，或说病欠调养赠送的，钱数多少不一，人人都说着，道士赠送人的钱虽多，来买药的钱更多。未曾半日，面前即堆积钱约有数千，看的人越多。

正在拥闹之时，人丛中忽挤出两个公差来，向道士喊道："你是何方妖人？敢在江都县衙门左近，以卖药为名哄骗人的钱。我是积年快手，专拿你这等人治罪。"道士笑道："贫道在此卖药，治人疾病，积下来的钱虽多，贫道整几百几十救济人。二位既是县差到此，贫道不好简慢①。该以茶奉敬。"

一面说，一面在袖衣袖内用手接一钟热茶，茶内两个枣儿，连茶匙俱

---

① 简慢——轻忽怠慢。多用作交际上的谦辞，表示招待不周。

有,奉与来差。复将手在袖内,又接出茶一钟,一样奉上那一位,两个差人惊怕,不敢吃,因说:"我们来不是吃你茶的。"道士笑道:"你二位不吃茶,贫道知得二位的心思。但这面前堆的钱,是留了济世利人的,非比外道用以遂自己贪欲的,莫想擅动一文。"又向二位道:"既不吃贫道的茶,可仍旧将茶还我。"两县差因将不曾吃动的茶两钟递交道士。

那道士用左手开着袖口,右手接过一钟茶,把茶钟连茶果远远的往袖中一撩,又接过那一钟茶,也远远的往袖中又一撩。临了,将两只袖子往空中一大摆,说道:"贫道这钱是没得奉敬的。"因两手将钱捧了许多,往空中一屏①,只见钱都变了许多大蝴蝶,纷纷飞去。那道士又捧着钱,一屏一屏,都屏完了。那满空蝴蝶,有几千,飞得好看。

众人都仰面齐看,这道士竟不见了。少停一刻,许多蝴蝶,都往天心里上飞如灰点,也没了许多。众人议论,也有说是神仙下降当面错过的,也有说是幻法骇人的,也有说是真正救济人的,也有说是差人不该滋扰他的。这两个县差也甚懊悔。后来人都散去,遍传以为奇闻。

----

① 屏(hù)——《广雅·释诂》:"屏,抒也。"舀出之意。

第 十 五 种

村中俏

妇人若有奸情，心变两样，嫌此爱彼，渐成杀身大祸，甚可畏也。不听邻老极好佳言，自速其死，皆由平昔借以卖线，喜看妇女而喜调妇女所致，又可畏也。老诚男人，切莫娶风流妇女，汪原事即是明镜。

扬州南门里，有个汪原，是沿街背着线笼生理，年当强壮，尚无妻室，藉卖线为由，专喜看人家妇女，兼且说粗谈细，油嘴打话。因生意稀少，有朋友荐他到西乡里走走甚好。

一日，到了陈家庄地方。见一妇人叫住买线，这妇人美貌孝服，约有二十四五岁。汪原与之眉来眼去，甚是欢喜。访问庄邻，遇一老者说道："这妇女郭氏，有名的叫做'村中俏'，虽然标致，去岁嫁了一个丈夫，不上半年，得了痨病而死，不问而知，是个喜动不喜静的妇人了。我看你是个老诚人，身就壮实，恐怕还不是她的对敌。"汪原道："只因我家中无人照管，不妨娶她。"因而烦媒说合，一讲就成，娶进门来，夫妻十分和好。

过了两个多月，汪原的面皮渐渐黄瘦了，汪原的气息渐渐喘急了。他有个同行卖线的刘佩吾，时常在汪家走动，早晚调妇，遂成私好。这佩吾晓得温存帮衬，又会枕上功夫，妇人得了甜味，因而日渐情密。且见丈夫有病，哼哼叫叫，煎药调理，看为仇敌。邻里人都知道风声。那汪原弱病卧床，佩吾假意问病，遂与背地亲嘴，被汪原看见，奈病难开口。

次日略觉清爽，因向妇人说道："我在这坊住了多年，虽然小本生意，却是清白人家。你须要存些体面，我是不肯戴绿帽子的。倘然出乖露丑，一刀头落，休想轻饶。"妇人勉强说了几句白赖的话，转脚便向佩吾说知。佩吾道："既然你丈夫知觉，我下次谨慎些就是。"妇人道："你我恩情是割不断的，乘其病卧，我自有法。"佩吾别去。

那妇人淫心荡漾，一心迷恋奸夫，又恐丈夫病好，管头缚脚，不遂其欲。夜半乘夫睡熟，以被蒙其头，将一袋米压上，不容转气，汪原被他安排死了。到天明料然不醒，假意哭将起来。

佩吾听有哭声，又听得街坊邻佑都说："这人死得不明，我们急速报官。"佩吾心内如乱捶敲击。"三十六策，走为上策"，要往淮安亲家逃躲两三个月，等事情平静再回来。因一气从湾头高庙走至邵伯镇，已有四十多里，心略放宽。因饿，见个饭店，便走进去，拣个座位坐下，叫主人家："快取些现成饭来吃，我要赶路，有好酒暖一壶来。"主人家答应了。

须臾间，只见店小二摆下两个小菜，放下两双箸、两个酒杯。佩吾道："只用一双箸，一个杯。"小二指着对面道："这位客人，难道是不用酒饭的？"佩吾道："客人在哪里？"小二又指道："这不是你一同进门的？"佩吾道："莫非你眼花了？"小二擦一擦眼道："作怪，方才有长长的一个黄瘦汉子，随着客官进来，一同坐地，如何就不见了？"佩吾想着汪原生时模样，料是冤鬼相随，心上惊慌，不等酒饭吃，便起身要走。

店中许多客人闻知小二见鬼，都走拢来围住佩吾座位，问其缘由。佩吾慌上加慌，登时发狂起来，口中只喊："我死得好苦！"众人道："这客人着鬼了，必有冤枉。"有附近弓兵知道，报与邵伯巡司。巡司是冷淡衙门，以有事为荣，就着弓兵拘审。

半下众客人和店小二扶着佩吾，来到巡司衙门。佩吾双眸反插，对着巡司道："你官小，断不得我的事。"巡司大惊，即叫书手写文书，解江都县来。即刻带审，鬼附佩吾，将自己通奸，郭氏压死丈夫的事直说。县官取了口词，便差皂拘拿郭氏对理。

这郭氏安排了丈夫，捱到天明，正要与佩吾商议。不料他已逃走，这场大哭，才是真哭。哭罢，收拾衣物当银收殓。众邻见汪原暴死，正在疑心。忽然公差来拘。郭氏到官，兀自抵赖，反被佩吾咬定，只得招承。冯知县定郭氏谋杀亲夫，凌迟处死。

若非佩吾通奸，杀心何起，亦定斩罪。不多时，男妇同赴法场，一斩一凌迟。来看的人几千百，都各凛知，果报昭然。

风流悟

世上人既奸其妇，复杀其夫，心为欲遣，一时不慎而犯此法者甚多，其相报不一而足。或因争风而彼此互杀，或因夫见而男妇并杀，或假手于叔伯公姑,或假手于邻里亲党,或鸣于官而以刀杀,或罹①于狱而以杖杀。可见淫者,天下第一杀机也。

我独异其既远窜他方,乃冤魂犹相随不舍,必致于杀。则世之奸人妻女者,其夫、其公婆其父母之冤魂,必时刻跟随左右可知矣。设于暗室独处之际,或黑夜远行孤身旷野,更或逆旅凄凉棘闱②寂寞之时,想着此等冤魂披发切齿,怒目汹汹,必欲相报而后快者,真可寒心、痛心,亟宜改过忏悔,庶可免祸。

若其夫、其公婆、其父母未及身死,彼耻悬眉目之间,恨入心骨之内,必欲食其肉、寝其皮,刺刀于仇人之胸而后快者,亦无以异。所以行奸卖俏之人,其妻儿女媳,往往亦著丑声,旋遭杀戮,虽天道好还,亦未必非此辈冤魂,阴为协助也。

---

① 罹(lí)——遭受苦难或不幸。
② 棘闱——科举时代试院的别称。

第十六种

关外缘

恩若救急，一芥千金，试看彭之施济，不过银五两，袄一件，遂令受者铭感肺腑，诚可法也。

人一好赌，未有不受苦丧身破家者。试看彭案，若非慈心为主，得遇救济，竟至身家妻子莫保。是谁强逼，可不警醒。

俗谓钱在手头，食在口头，可知若非大有主见之人，现钱在手，未有不多费滥用而致害者。观彭事，甚可鉴也。

人若不经一番大苦，其平常动谕，何能改易？只看彭人，自从遭难之后，即另换一副心肠，竟至勤俭成家。但恨事败悔迟，世人急须早醒。

官征钱粮，必须入柜汇解。若任役私收，定致侵挪。虽惩重法，又何益乎？

扬州旧城东岳庙前，有个开磨坊的彭秀文，性喜赌博，又喜奢华。因买充了江都县里书办，把磨坊交与胞弟开张。

那时候，县官征钱粮，只有田亩地丁，是听民自封投柜，其余杂办银两，俱交收役私取给串。逢解时，将银入解。这秀文，因而谋收行夫牙税银两得权到手，收的银子任意大赌大费。次年复又谋收，挪新掩旧，不得露丑。却喜一件，为人极有慈心，时常将官银封小包几十个，每包五、六分，放于身边，遇见跛的、瞎的、年老有病的，给与不吝。

一日，县中收完钱粮，在磨坊店门前闲立，看见对面庙门石鼓旁，倚了一个薄布衣的穷人，低头流泪，连声愁叹。秀文因问那汉子："为何如此愁苦？"那汉子说："小子姓黄，是某科举人，有至亲在扬州现任的某官。因来向官恳些盘费，前往京都谋事。谁知这官，只推不认得，反令下役呼叱，不容见面。害得小子宿的寓处房饭钱全无，房主赶逐，进退无路。计唯寻死,所以伤惨悲痛。"秀文蹙然①道:"你既是书香一脉,前往京都,需用几多盘费?"其人说:"还房饭连搭顺船艄,若有银五两,将就可到。"

秀文因见此人苦楚,遂说:"此时十月,天气寒冷,我看你身上尚无棉衣,我先取件旧布棉袄,与你穿暖,明日仍到此处,我有滋助。"与衣别去。次日,果来俟候。秀文就以银五两,黄举人记着姓名,感激叩别。

忽然,本县因事参离任。康熙某年间,新县官到任,大有才能,点收钱粮,俱系亲自遴选,不容夤②谋。不论正项、杂项,俱听纳户自封投柜,逐项清查。秀文侵用的夫税银子,水落石出,节年计共侵银一千六百余两、严拿收禁比追,受了许多刑杖。怎奈家产尽绝,官不能庇,问成斩罪在狱。

未曾年余,幸遇皇恩大赦,死罪减等,秀文改为流徙关外三千里,因而仝妻出狱,急押起程。胞弟哭别,亲友赠送盘费,奈上路未久,银已用完,可怜夫妻沿途乞化而去。真个破衣赤足,受尽万苦,出得关外,自量有死无生。

行至流徙之处,忽遇一人,立于店铺门首,呼近细看,先说道:"你莫非是彭恩人么?"秀文日久总忘,并不相识。那人自说:"昔日在扬州东岳庙前,赠我盘费、棉衣者,即是我也。我受活命大恩,时刻切记。"

说完,就将秀文夫妇拉入店铺内室,与好衣帽换着,治席款待,叩头致谢。秀文因问:"黄举人如何住到此处?"黄举人道:"重蒙大恩,得银搭船到京,投某王爷宫内效力。某乇见我全诚,十分优待。其时王有契友,犯罪该斩,王求父皇,免死流徙此地。王因我可托,特交银万两,着我同王友开这店铺。凡山、陕、川、广,各省货物,即日用米粮布帛,俱皆全备。恩人夫妇可住于我家,代我掌管料理。"

秀文喜出望外,因受了万千苦楚,性情顿改。凡事俭约,虽不过啬过吝,却也诸事朴实。过了年余,黄举人又分一铺与秀文,立起最富家业。后来,寄书信并带许多关外土产物件,与胞弟磨坊内,方才得知详细。如此因缘奇遇,不可不述其始末也。

---

① 蹙(cù)然——局促不安的样子。

② 夤(yín)——深;攀缘上升,喻拉拢关系,向上巴结。

第 十 七 种

假都天

人心多愚,原易惑以邪说。如释则有炼魔之术,道则有黄白彼家之说。外此,又有"无为教"、"白莲教",名号不一,要皆惑人者也。一为所惑,因而脱骗财物,生盗生奸,甚至聚党作乱,然及其后,未有一人不败者。两陆棍只知藉神谋财,害命惊众,彼时富未享而俱丧狱底,其为首之"活都天",乡愚信哄,尤为怜也。

三教大圣,觉世利人,俱当敬奉,何宋秀才惯喜讪谤,今遭惨死,是皆平昔毁轻神佛之自取也。

扬州便益门外黄金坝地方,于康熙十四年间,有一乡愚担粪灌园,忽有陆大、陆二两个人向说道:"你终年灌园,极其劳苦。我有一法,可得万金财主,你可依呢?"乡愚听得,喜不可言。因引至无人僻静空处传授,须得如此如此,乡愚领会。

明日,乡愚正在灌园时,忽然狂呼踊跳,自称都天神下降,大喊道:"若不立庙祀我,这地方上百姓,各家男女都遭瘟死。"是时,正值瘟疫大行,家家病死的人极多,人都信以为真。旁边陆大、陆二,竭力赞助,先于空地暂搭盖芦席殿篷,奉乡愚正中居坐,称之曰:"活都天"。远近闻名叩首祈祷,男女杂遝者不可计数,香烛牲礼,酒肴供献,络绎不绝。

这"活都天"终日默坐神案上,并不饮食。乡人愿免灾疫,俱争先布施①,或施殿梁银若干,或施殿柱银若干,砖瓦、木料、石灰、人工等银,俱交陆大、陆二登填姓名,收银入柜。

正在人众拥挤时,忽有一屡年毁神谤佛的宋秀才走进席殿来,指着"活都天"高声大骂道:"你这瘟奴才,不知死活,平空地自称'活都天',哄骗乡野男妇,须不能惑得我宋相公。我且打你个死,看你如何治我。"一面骂,一面走到神座,打'活都天'两三掌。陆大、陆二拦阻不放。宋秀才

---

① 布施——以财物与人。

又喊道："我从不信邪,我且将你这些供的酒肴,先请我相公受用受用。"即用手乱抓入口,又斟大钟酒乱吞,又吃又骂。

那日看的人竟有上千,都拥挤不开。只见这宋秀才吃完了酒肴,忽然跳上几跳,跌倒在地,反手如捆绑一般,高声自喊道:"'活都天'老爷,我小人一时愚昧,冲犯得罪,只求'活都天'老爷饶我小人罢。"又高喊道;"不好了,不好了!'活都天'老爷不肯饶我,又打棍了。"

喊了多时,口鼻七孔中俱流出鲜血来,面色渐渐青紫。少停一时,气断身冷,直挺在地。陆大、陆二大喊道:"这宋秀才不知人事,获罪'活都天'老爷,因不肯宽赦,就把他的性命追去了。你们众人内有认得他家的,速些送信去,着他家人来收殓。"

停了一日一夜,次日,宋家男妇多人,痛哭不已,买棺抬去埋了。众人都亲眼看见,个个惊怕,更加凛然敬重,人来的越多。

将近一月,布施的银钱、米粮、木料、砖瓦,堆满几屋。忽一日,本府太守金公亲来进香,只见许多旗伞、执事、皂快人等,好不热闹。这日哄动远近人更多,陆大、陆二欣欣然大有兴头。

金公到了"活都天"处,下了轿,也不上香,也不礼拜,即立着。先问:"'活都天'之外,庙中主事的是哪几个人? 本府问明,便好布施礼拜。"那陆大、陆二站立在旁,急忙说道:"就是我兄弟两个做主。"又问:"已有钱粮若干,尚欠若干?""俱有收簿。"逐细禀答完了。金公即便于席殿正中坐下,吩咐皂快,先将陆大、陆二拿下,然后将"活都天"绑倒。

不由分说,把这三个人,就在席篷下每人先打二十大板,然后叫上来喝道:"尔等做的事,本府俱已知道,可从直说上来,如何造谋装都天,如何害死宋秀才,细细说明。如不实说,即刻打死。"这"活都天"哭禀道:"小的是个挑粪的愚人,一些事都不晓得,俱是陆大、陆二做的,求老爷只问他二人就明白了。"

金公即唤二人审问,抵赖不肯承招。金公吩咐将带来的夹棍,把二人夹起,捱不过刑,陆大只得直说道:"当日哄这愚人装做都天,俱是小的二人主谋帮助的。预先说明,凡得银钱,俱是三人均分。这宋秀才,平日是个惯会骂神佛的人,因筹计于某日黑夜,小的们请他到无人处商议,求他假来打骂,却自己跌倒喊捆喊打,惊骇人敬怕,骗人多布施的。说明凡有财物,俱作四分均分,宋秀才才肯入伙的。"金公又问:"这宋秀才因何七孔流血呢?"陆大又不肯招。金公怒叫:"用棍狠敲。"

　　陆大只得直招:"是放了毒药在酒肴内,哄他吃下,七孔流血死了的。"金公又问道:"宋秀才既然依你入伙,何苦又害他的命呢?"陆大供说:"恐怕多他一人,就添一股分银,因此害他的。"金公又问:"这'活都天',用何法不饮食呢?"陆大供说:"每夜三更人静时,把'活都天'抬下来,荤饭吃得极饱,所以日里不吃饭食了。"

　　金公听完大怒,放了夹,吩咐:"每人再加责二十大板,带回府收禁。"吩咐将收积的银钱同物料变价贮库,买米赈济饥民,众百姓都感颂金府尊神明。回衙门之后,过了三日,又提出三人,各责二十板,先后俱死于狱底。至今多年,但遇不真实的事物,即云:"黄金坝的都天假到底。"

第 十 八 种

真菩萨

财也者,天地间之公物也。天地间公物,理宜为天地间公用。富翁当推有余以济人,所谓不如积阴德于冥冥之中,以为子孙长久之计,此司马温公之至言也。

观世音菩萨,普天之下,家家供奉,人人感颂,总为能救苦救难而致于此。人之言行,有能多方救济者,虽是尘凡之人,即是现在之菩萨矣。

闵世璋,是歙县人。他在扬州行盐,乐善不倦,乃笃行君子也。每年盐业利息,自奉极俭,余悉施济,全不吝惜。

曾一日见郡有夫妇负宦债,以身偿宦,逐夫收妇,其夫妇痛哭,矢死不离。闵公知实,代偿其逋①,夫妇仍归完聚,此特一节。

当时扬州水旱频仍,闵公捐赀赈济,全活饥民,不计其数。

再如倡育遗婴,提携贫交,施絮衣,救难妇,修理桥路,种种不可枚举。

闵公寿过八十,康强如壮,子孙蕃衍②,科名鹊起,咸谓德行之报。

扬州有个蔡琏,这人秉性仁慈,于顺治十二年创立"育婴社"在小东门。其法以四人合养一婴,每人月出银一钱五分,遇路遗子女,收至社所。有贫妇领乳者,月给工食银六钱,每月望验儿给银,考其肥瘦,以定予夺,三年为满,待人领养。

时陈公卓致政家居,为之刊定社规,内分:缘起第一,乳母第二,捐银第三,收养第四,保婴第五,领养第六,清核第七,艺文第八。其议论至详至善,每本二十余页,名曰"育婴编"。此法不但恤幼,又兼济贫,免人世溺婴之惨,功莫有大于此者。凡城邑村镇,宜永远仿此而行。

始初,蔡公五十余岁,尚未有子。因倡此社,后生三子、五孙,寿至八

---

① 逋(bū)——拖欠。
② 蕃衍——繁盛众多。

十七岁。天报善良，洵为不虚。扬城因其活儿甚多，俱以"真菩萨"称之。予见愚人溺儿最惨，要知物命至微，尚体天地之心，放生戒杀，况乎子女？乃或以野合淫奔而灭其迹，或以家贫身病而弃所生，于是有既生而损者，有未生而坠者，骨肉自残，良心灭尽，人世恶业，莫过于此。若所以杀女之情，近愚山施氏破之甚悉。歌云：

> 劝君莫溺女，溺女伤天性。
> 男女皆我儿，贫富有定分。
> 若云养女致家贫，生儿岂必皆怡亲。
> 浪子千金供一掷，良田美宅等灰尘。
> 若云举女碍生儿，后先迟速谁能知？
> 当阶玉树多先折，老蚌双珠不厌迟。
> 有女莫愁难遣嫁，裙布钗荆是佳话。
> 婚不论财礼义存，择婿安贫免牵挂。
> 漫忧养女玷家声，为儿娶妇亦关情。
> 淫首百恶尔先戒，不种孽根孽不生。
> 杀女求儿儿不来，暮年孤独始悲哀。
> 不如有女送终去，犹免白骨委蒿菜。
> 赎人妻女救人殃。阴骘①缠绵后必昌。
> 若还多女竟无男，前生债主今生偿。
> 劝君莫杀女，杀女还杀子。
> 仁人有后恶人亡，桂折兰摧疾如矢。
> 劝君莫杀女，杀女还杀妻。
> 生珍婴孩死索命，牵衣地狱徒悲凄。
> 劝君莫杀女，杀女还自杀。
> 冤冤相报几时休，转劫投胎定夭折。
> 孺子入井尚堪怜，如何摘女葬黄泉？
> 及笄②往嫁尚垂泪，何忍怀中辄相弃。
> 古往今来多杀机，可怜习俗不知非。

---

① 阴骘(zhì)——旧称阴德为"阴骘"。
② 及笄(jī)——古代女子满15岁为及笄。

人命关天况骨肉，莫待回首泪满衣。

扬州有个程有容，业盐生理。大清初年，条陈利弊，当事多嘉纳之。性醇好善，诸如育婴拯溺，以至桥路之施，力行不倦。城南有败闸，植巨楠百数，沉于水，大舟触之立破，人目为"神桩"。有容募人洇水拔之。岁大寝，请于嵯①院，出金粟助赈，身董其事，就食者计有七十余万人。凡两个多月，未尝告瘁，恩赉有加，生平推诚待物，行必以恕。曰："吾留有余，以与子孙也。"后果子孙绕膝者三十余人，科甲联绵。更置义田，以赡宗党之不振者，至今尚存。乡里咸呼公为"菩萨"。

扬州府太守蒋恭靖，讳瑶。正德时大驾南巡，六师俱发，所须夫役，计宝应、高邮站程凡六，每站万人。议者欲悉集于扬，人情汹汹。公唯站设二千，更迭遣以迎，计初议减五分之四，其他类皆递减。卒之上供不缺，民亦不扰。时江彬与太监丘得，挟势要索，公不为动。

会上出观鱼，得一巨鱼，戏言："值五百金。"彬从旁言请以界守，促值甚急。公即脱夫人簪珥及绨绢服以进，曰："臣府库绝无缗②钱，不能多具。"

上目为"酸儒"，弗较也。

一日，中贵出揭帖，索胡椒、苏木、奇香、异品若干，困以所无，冀获厚赂。时抚臣激公他求以应。公曰："古任土作贡，出于殊方，而故取于扬，守臣不知也。"抚臣厉声令公自复。公即具揭帖，详注其下，曰："某物产某处，某物出某处，扬州系中土偏方，无以应命。"上亦不责。

又中贵说："上选宫女数百，以备行在。"抚臣欲选之民间。公曰："必欲称旨，止臣一女以进。"上知其不可夺，即诏罢之。

予谓此一官，当急难之际，用尽智力，宁可自己不顾客累，而庇令万民安稳，何等心思？虽西方菩萨，现身救世，亦不过如此。目今官之有才能、有智谋者颇多，但专图利己，谁肯利民？请以蒋公为式而力行之，不惟功德福报，抑且芳名流传不朽矣。

---

① 嵯（cuó）——盐。

② 缗（mín）——穿线的绳子。亦指成串的线，一千为一缗。

第十九种

老作孽

男女虽异，爱欲则同。老年人只宜安静，乐享余年，切不可寻少艾在旁。不是取乐，反是自寻苦吃，又是自讨罪受，于人何尤？

予曾著《笑得好》书，载有老人房事、修养、软圈、跪香、寻齿等说，极其形容。不是有意嘲笑老人，正是谏老人也。

富贵之家，每每老夫多娶少妾，或老而断弦，仍娶幼女，只图眼前快乐，不顾后来苦楚。要知老人之精力，日渐衰败。在少年妇女，青春正艾。若要遂其欢心，则将灭之灯，何堪频去其油？必致疾病丛生，身命随丧，甚可畏也；若要不遂其欢心，则女虽有夫，如同无夫，孤守活寡，误害终身，衾寒枕冷，日夕悲怨，于心何安，甚可怜也。若要防闲太紧，则女必忧郁生病，往往夭死，岂不大损阴德；若要防闲稍宽，则种种丑事，远近哄传，岂不大辱家声。总之，老虽爱少，怎奈少不爱老。憎嫌之念一起，虽烈妇亦生心外向。请述者自想：何必贪一时之乐，而受无限之苦耶！

妇女生来情性，犹如流水，即以少配少，若有风流俊俏之勾引，还要夺其心肺，何况以老配少？既不遂其欢心，又不饱其欲念，小则淫奔，大则蛊毒，甚至计谋害命。此理势之所必然，每每极多，可不凛然。沈老之作孽，还是三妇人不曾同心计谋，留得病死，事出万幸，未可以此为法。

康熙初年，有个沈登云。他居住扬州南门外，年已六十岁，精力强健。

他生平坏病，终日只喜谋算人的田地，盘剥人的家财，自己挣积，约有六七千金事业，仅好过活。有了正妻，又娶一妾，只是并不曾生一个儿女，此是沈老儿做人残忍，所以上天令其无后。

到了六十岁大寿日，亲友来祝贺的甚多，沈老儿备了许多酒席，款待人众。自于席上，忽想起年周花甲，尚无子息，好不苦楚，因流下泪来。近他的座上,有个樊老者,约有七十余岁,是他的好友。看见他苦恼,因劝慰道:"我也是六十岁上无子,现今生了儿子。虽然幼小,毕竟可免无后之议。你既悲伤,何不再娶个如夫人①来家,还可生得一两个儿子出来。空空流泪,有何益处?"沈老感谢他:"教得是",散了酒席。

过了几日,算计又要娶小。家中原初的妻妾闻知,齐劝道:"有子无子,都是前世修来的。若命里无子,就娶一个来,也没得生育。不如安分过活,何等不好?"沈老不依,主意要娶,寻了媒婆,各处说合。

寻了三岔河镇上范家女儿,名唤二姐。这女儿的父亲已故,只有寡母在堂,女才十九岁。因高不成、低不就,媒婆来说:"沈家有几万两银子的财主,田地极多,一马也跑不到,家里陈柴腊米,穿金戴银。若是嫁了他,如何享用。他情愿把岳母如何养老送终。倘若生了儿子,万贯家财,都归你手里执掌,造化不了。只是莫忘记了我说合的谋人"。

妇女们没得见识,听了这些话,满心欢喜,竟依允了。可怜把一个少年如花的女儿,活活葬送了。不多时,这沈老儿事事丰盛,娶了范二姐过门。见了这少年标致女子,极大的欢喜,床上的事,曲意奉承,十分努力。范二姐原是黄花女儿,情窦未开,趣味未知,混过了满月。这沈老儿因扒得多了,虽然强壮,终是年老,身上就添了好几般病痛,看看再扒不得了。添了那几样病?

> 头里昏晕,眼里流泪,
> 鼻里清涕,喉里痰喘,
> 心里火烧,肚里胀塞,
> 腰里酸疼,腿里软瘫。

沈老周身病痛,请医百般调治,医令:"独宿保养。"原旧的一妻一妾,不必说起,仍是常守活寡。新娶的范二姐,如何守得?捱过了两个多月,沈老的病症,幸喜好了。怎奈那下身物件,竟软如棉花,一些不硬,扶捏不起,如何干事?沈老舍不得范二姐娇媚,未免做干工夫,越挑拨得二姐春心缭乱,情兴火热,无处发泄。沈老没奈何,只得睡在二姐身上,将物件勉强挨塞。不料,这件东西绵软折转,他还在上叠个不了。

二姐怒啐道:"我里边一些也不曾进来,你还在上边叠个什么?"沈老也

---

① 如夫人——称别人之妾。

自觉没趣,只得扒将下来,说道:"我有许多钱财,又有许多田庄,我与你穿好的、吃好的,尽好快活过日子。"二姐恼怒,道:"古人说得好:'良田万顷,不如日进分文',我要家财何用?"沈老又勉强应道:"我因害病,被你嘲笑,待我调养几日,与你要要,只怕你还要讨饶哩。"二姐把手在沈老脸上一抹道:"你自己好不知羞,还来说大话哄人!"因而男女俱扫兴而止。

自此以后,二姐看见俊俏后生,恨不得就吞在肚里。只因嫁了这老年人,不由得她不痛恨母亲,不由得她不咒骂媒人,苦在心里,说不出来。

偶一日,在后门口闲玩散闷。看见一个美少年走过去,彼此对看个不住。正在看得有兴,忽被家人冲散。原来这少年姓张,因他生得标致、俊俏,人都叫他做"赛张生",只离沈家半里路远。此生一见二姐,魂都留恋,每日来盼望。一早一晚,竟与二姐勾搭上了。你贪我爱,如胶似漆,乘沈老养病,不必红娘勾引,亦不必跳墙。每晚竟是二姐于更深时,从内里开门,接迎"张生"入房做事,黑早送出。原旧的妻妾以及家里人,俱也知道风声,都不管事。如此往来,也有两个多月。

一日晚间,沈老到二姐房里来,在门外听得有男人在房内低声嬉笑。沈老着实动疑,敲门多时,二姐假推睡着,将人藏躲桌下,才开门。俟沈老进房,于黑处遮掩放出。沈老只推不曾看见,说了几句闲话,回到书房里再三思量:"若要声张,只恐丑名遍传,如何做人?若不声张,如何容得?"想出一计,正屋后一进有高楼三间,沈老将二姐移到高楼上做房。

二姐恐沈老疑心,只得依从。又着原妻妾看守,不许下楼。沈老又在楼旁一间屋里独宿。沈老只是病不离身,有一长者来候他的病,也略知他家些消息,因劝他道:"尊体年老多病,何不把二位小夫人早早配与人,就积了些阴德,又省了些烦恼,且又得了些财礼,岂不甚好?"沈老口虽答应,心还不舍。

过了两个月,二姐日夜思想那少年,渐渐饮食减少,面色枯黄,医药不效,意成了相思百日痨。果然,未满百日,呜呼死了。二姐的寡母来吵了几场,哭死了几回,过了十多日,伏在棺上死了。

这"赛张生",终日在后门前痴望,杳无消息。买棺的日子。才知道二姐日夜相思死了,这"赛张生"走投无路,只得回家,日夜痛哭了几十回,着实想念不舍,白日里看见二姐牵了去,竟是"活捉张三郎"真正戏文,也是他奸人的妻女现报。

沈老原初的妾,终日孤眠,守得没出头日子。虽看上了几个人,奈看得严紧,总不能到手,随后月余,也忧郁死了。原配首妻,无人做伴,孤苦伶仃,终日烦恼,不上半年,也往阎家去了。沈老见儿女不曾生半个,一妻二妾都死了,心上好生不过意,好生孤苦凄惨。看见原初妻、妾的两个棺材,想起当日她两个人曾说许多好话,劝我莫再娶小,只因我一时昏迷,都不依从,致有今日,痛哭一场。

又看见寡妇的棺材,想起她在生时,费了多少辛苦,养成一个上好女儿,指望配人图后来快活养老,都因我不曾把她女儿安置好处,坑害死了,以致她衰年无靠,苦恼死了,又痛哭一场。及至看见二姐的棺材,又想起初婚的月内,我与她两个人恩爱绸缪,何等亲厚,都因我不自谅衰老,早遣另配,保全她性命,以致把她活活害死了,又痛哭不止。

自此日夜悲啼,声哑泪枯,病症日添,服药不效,时常看见寡妇同三个妇人讨命,没有几日,活拉了去。族众并不理着收殓,都来吵闹家财。停尸四日,臭气熏人,蛆虫满地,方才草率买棺入殓。幸有一个略好的,将公项提起些须,雇人把五个棺材抬去埋了,随即把房卖银瓜分。

可叹这个老儿,只喜谋算人的家财,苦挣一生,不曾做件好事,只落得将许多产业,一旦都分得精光。他把四个妇人性命,活活地坑害死了。后世又不知如何果报? 岂不是老来作孽,世人不可不知警戒。

求嗣真铨①

今之无子者,往往多置少姬,恣行淫欲。要知妾婢既多,嫌疑必起,一遇妒妻,遂有冤屈横死之惨。其为我宠者,枕席迭侍,精液内于,其究也必成我之病。外或不能遍御,幽闭一室,怨恨愁苦,灭绝上天,生生种子,其究也复成人之病。因无子而造诸孽,因造孽而愈无子,且以少年之妾,守一衰迈之翁,徒苦人子女为活寡妇。如此损德而欲望生子,何能哉? 况精竭神枯,一旦弃世,其间丑名播扬,闺门失节,尤多不可言者。从来寡欲多男,每见富贵之士,一子或艰,贫贱之家,多男为累。总在欲之寡与不寡,异之也。

昔一人无子,有医者教之,保惜精神,忽过思过劳,勿大扰大怒,俟经

---

① 铨——古代史书中解说,评论性的文字。

净施之,有娠即异榻。如此半年,果然生子。要知生者,生道也。若不以生生之道,求之句能应乎? 要法曰:莫阴险、莫残刻、莫杀生。凡种种无子之行,俱悉改除。久之又久,未有不获多男之庆矣。

第 二 十 种

少知非

　　少年子弟，宁可终身不读书，不可一日近小人。此陈眉公格言也。要知少年人虽不读书，只是愚朴，却不害大事。若一与小人亲近，染成败坏习气，如油入面，岂独贫贱？每致丧心非为，身家不保，及陷于罪，悔之已晚。试看郑友，若不改邪归正，必遭大难，小人之害如此。

　　少年人只是勤俭守分，不务外事，则一生受享许多快乐。若或一时昏迷错误，随即悔改，犹可收之桑榆。此帙书，少年人不可不熟看。

　　我有一个朋友，姓郑，名君召。他父亲开张布店，约有三百余两本银。因只生他一人，母亲又去世得早，十分钟爱，不曾教训。从小时就不肯读书，最喜玩耍。到二十一岁，就娶了媳妇与他。若是勤俭安分，尽好过活，不意父死之后，他把布店都交与汤伙计掌管，自己只喜闲荡，最爱穿好的、吃好的，每日摇进摇出。人人都说他为"富家郎"。我看这光景，因做了个鼓儿词，写成斗方，劝他莫学奢华。词云：

　　　　劝你们，莫奢华，淡泊些最是佳。何须浪费争高大？珍馐①罗列喉如海，衣服新鲜锦上花。只恐福小难招架，这作为怎能长久？总不如朴实成家。

　　有个小人姓杨，他帮闲称最，篾片②居先，专会吸人咬人，所以人都叫他做"杨辣子"。看见郑友奢华，不知有几万两的家财，因来假同他亲厚，凡有诸事，十分帮衬，十分奉承。郑友不知利害，竟与他往来，做了莫逆，一刻不离。

　　一日，杨篾片欢喜，向郑友说道："人生在世，最难得是少年标致，又难得是手有余钱。古人说得好：'不玩不笑，误了青春年少。'若过到壮老

---

　　①　珍馐(xiū)——美食。

　　②　篾片——旧时豪富人家专事帮闲凑趣的门客。

年纪,岂不将好时光虚度?须要学几出好戏,不独自己玩玩,又且免些村俗,知些欢乐。我有个极好极厚的师傅,他是个串戏老作家。我同你去玩玩,岂不甚妙。"郑友点头道:"承兄指教,好是极好,只恐怕多费银子,又恐怕我生性蠢拙,习学不来。"杨帮闲道:"都在我身上,尽力嘱师傅,用心教导,包管学会。在别人要学会了一出戏,极少也要谢银一两。我与他至厚,只等他教会了,串熟了,每一出不过谢他五钱银子,他也不好较量。"郑友听见所费不多,就满心欢喜,拣了一个好日子,穿了新衣服,同了杨帮闲来拜戏师。

那师一见郑友大喜,叙过几句闲话,笑说道:"尊兄这样一个标致相貌,该做个旦角,只是不敢相屈,竟学一个小生罢。"郑友依允,将抄的曲本交与他,按着鼓板,口传身教。他偏有聪明,不消两三日,已将一二支曲子唱上了。师傅又大喜,上半日唱曲子,到了下半日,就大家闲散玩玩。

那同伙的五六个少年人,都说道:"取纸牌骰子来,大家看个东道,晚上吃酒,不好偏扰一家,不过费几分银子,事极微末。"拉郑友入座。他回道:"从来不知看牌掷骰。"随即有一个人指教他习学。果然,一学就会。先是几回东道、酒食,到后来竟是赌钱。先是几钱,到后来竟是几两。我听见郑友入在赌钱场里,心中大恼,又做了一篇戒赌的唱儿送与他。词云:

> 劝你们,莫赌钱。迷魂阵似蜜甜,无昏无晓相留恋。头家帮客都想赚。打骂争喧最可嫌,娼优隶卒同卑贱。起先时衣囊拆揭,到后来典卖田园。

怎奈郑友听如不听,只因众赌友串通一气要赢他,不肯放松,总不要郑友拿出一厘现银,都是杨帮闲一力招架。郑友初出来玩的,赌到兴头上,竟写一行字付银几两,又付银几两,都交与杨头家。不过玩了十多日,竟输了一百二十余两。

临了那一日,众人收起筹码牌骰,都向郑友要银子,他却并无分厘。众人大嚷道:"好不公道。假如你赢了别人的银子,你可要别人的银子?"这个要剥衣服,那个要拳打脚踢;这个要抓泥来涂污,那个要锁起来喊官。

郑友急得走投无路,只得哀求杨朋友招架,宽期几日。做好做歹,放去设措银子交还。因将父遣的本银，又将些布疋①贱价卖银。反是杨头家假做好人来说合，纹银八折交代，兑出纹银一百余两，又封一两银子谢戏师，方才退贴开交。他一伙小人在暗处瓜分完结。

这郑友回到家中细想，自恨道："无端信人去串戏，起先看东道，及至后来赌钱，白白被人骗去百十两银子，受了多少羞辱，着了多少气恼。若早听某人好话，不到如此，银子费去，又不曾玩得快活，好生不值。"

正在纳闷，另有一个姓袁的帮闲篾片来说道："我闻得郑大爷因输去银子，连日在家纳闷。目今苏州来了一个出奇的妓女，才一十七岁，人才出众，真个是现的西施。我同你去玩一玩，消消忧闷，何等不好？"郑友听得大喜，因同了袁人前往，诱到钞关门外堂巷里一家，果见有妓女，骨格轻盈，十分娇媚。

郑友春兴勃然，又袁人在旁撺掇，自然上了道儿。郑友就星飞回家，取了五两银子，两疋彩缎，两只银杯，送到妓家，交与鸨儿，以为初会之札。那鸨儿收了银子、礼物，甚是欢喜，连忙定桌席，花攒锦簇，吹弹歌舞，宿了三日。一切赏赐等项，俱出袁人之手。郑友银子用完，又来家设措银子去接用。我那时在他布店里，闻得郑友才离了赌场，复又去嫖，不怕他取厌，又做一唱词送了去。词云：

> 劝你们，莫要嫖。姊妹们，惯诨娇，做成假意虚圈套。痴心恩爱如珍宝，当面温存背跳槽，黄金散尽谁欢笑？只落得梅疮遍体，最可怜衣食无聊。

那郑友只当不曾看见，慌忙带了银子，又到妓家去。原来这妓者，叫做"怀哥"，不独生得标致，且有一身本领，吹得好，弹得好，写得好，画得好，唱得又好，饮得又好。所交的都是介公子，在垳衖②中也是数七数八的。这郑友不过生意人出身，字画吟咏，总不知晓。即打差之费，亦在鄙吝半边。

那怀哥眼界极广，那里看得他在心，所以鬼脸春秋，不时波及。郑友是个聪明人，用了几十两银子，反讨不得个喜欢，心中深自懊悔。推事辞了妓者，独自坐在家里，好生烦恼，痛恨这杨、袁二人。想道："若不是他

①　疋(pǐ)——匹，量词。
②　垳衖(háng yuàn)——旧指妓女或优伶的住所。

们来引诱我,怎得自寻罪受?"因吩咐门上店里人:"此后二人若是再寻我,总回他不在家,发誓永不与他们会面。"

正在懊恨时,适值我到了他家,说道:"我今日特备了一肴一壶,在舍下恭候,同你去散闷。"又请了汤伙计做陪客,遂同了二人到家里。三人共席,饮了几杯。我对郑友说道:"在坐无别人,可谈肺腑。我因与你父亲交厚,他去世之时,请了我在床前,当你的面,叮咛托我教训,虽然我是你的朋友,我却是你的父辈、尊长。你这几年嫖赌摇嗛,凡下流的坏事,无不做到,我几次做歌词劝你,你都不睬。

你只想这四五年来,总因不守本分,费了多少银子,吃了多少苦恼,受了多少羞辱,也知道盐也是这样咸,醋也是这样酸,苦辣味都尝尽。但你是个极聪明人,智巧有余,凡百诸事,一学就会。如何这等瞌睡昏迷,呼唤推摇,都不得醒,你若再不急急改过自新,必致贫贱非为,死无葬身之地矣。

我向日曾将少年人的行止好歹,细细地做了一帙,刻在《人事》通书内。因说得甚长,今印了一本,装订整齐,送与你带回家去,细细熟看,心中自然明朗。我劝你就从今日起,依我的好话,只当重又从你母亲胎里另生出个新鲜身子来。真是'已过昨日如前世,睡起今朝是再生',把那些坏人一概都辞绝,把那些坏事一概都不做。每日只坐店中,一心一意只勤本分生理。你这汤伙计,是个诚实好人,齐起本银来,快托他代你往娄塘、江阴、苏州,收买布来,多买多卖。

我又闻得你尊嫂十分贤能,屡次谏劝,你总不听。今后家中事,快托她代你料理。我知道尊翁听积有限,怎比得富贵人家、王孙公子,成千累万供着浪费?幸喜这汤铭兄至诚照管。若遇坏人,此时本银已经都亏折完了,切须改过,包你不久就兴旺发财。不独我心欢喜,不负令尊的嘱托,即是令尊知家声不坠,也含笑于九泉矣。"

郑友听完这些话,两泪交流,说道:"我非草木,从今谨遵老伯台训,急急改过自新了。"我听完这话,也甚欢喜,三人痛饮而别。

自后,我又察访,郑友果然勤俭安分,一毫坏事不为。又过月余,我由江都县门前经过,遇见郑友在县前伺候。我急问:"因何在此?为着何事?"郑友诉说道:"自老伯劝谕之后,我专心改过学好。不意某人欺我忠厚,拖欠我许多布银。向他取要,除布银不还,反把我殴辱,忍耐不住,我因写了状子告他，与他不得开交。"我力劝他回去，"同中再要，如何不还？"又吩咐他："今后宁可价钱让些，切莫赊欠，免得淘气，切莫告状。"因而又做一词寄与他。词云：

　　　劝你们，莫兴讼。告状的，真是痴。花钱费钞荒田地，赢了冤家图报复，输了刑场活惨凄。如炉官法非儿戏，有什么深仇大隙，自寻那困苦流离。

过了年余，郑友从大东门走，见城门内枷了许多人。访问，原来是县官访拿刮棍并赌博打降等犯，每人四十板，枷两月示众。看来，竟有杨、袁并当日同赌的在内。郑友急忙低头走去，只推不曾看见。自想道："若不是改过学好，今日也难逃此难。"见了更加学好，每日将我与他的《人事通》一本，又另将我做的四个唱词抄写一本，都放在几上，时刻熟看体行。

又过了三年，郑友是三十大寿，生了一男一女。那日设席，请的亲友都是长厚好人。那酒席中甚是欢喜，自己计算，竟有父遗的本银增添两倍。因感激我教训成家，拜我为义父，极其尊敬。我又教他代汤伙计娶了亲。自后，除本分利。后来将生的男女，两家结婚至厚。现今过活，甚是快乐，真个是"败子回头金不换"也！

世上人只看这郑友，若不是肯听好话，自己悔改学好，怎得有个好日子过活？少年人不可将我这些话，看做泛常揭过，才有大益也。

第二十一种

刻薄穷

为人只要存心宽厚，富自久长。如财自刻薄奸谋中得来，子孙不独谋官一事，安保其不从嫖赌讼奢内破败耶！

扬州城隍庙，悬有一联，云："刻薄成家难免子孙荡费，奸淫作孽岂能妻女清贞。"此格言，世人不可不时刻谨佩。

每月利息若三二分，皆不为过，多则贫人如何交纳得起？财翁全以宽厚为心，自生好子孙矣。

康熙初年，有个张侉子。他原是辽东人，曾做过游击①，因犯了事，带了二百余金逃走，到扬州东乡里躲住。最有勇力，能会刀、枪、拳、棒，专放加一火债，常于每年三四月间粮食青黄不接之时，借米一担与人，到秋来还米一担五斗，名为"借担头"。只隔四个多月，就加米五斗，利息竟是加一之外。乡中但有穷人无粮的，没奈何，不顾重利，只得借来应急。

倏忽秋来，他就驾船沿庄取讨。若或稍迟，小则嚷骂，大则拳打，甚至占人田产，不管卖人也要交还。人都怕惧，不敢拖欠，积有千余两现银。生有二子，长子痴呆，不知人事，只会穿衣、吃饭，连数目、方向，俱不知晓。次子人都叫他做"小侉"，虽然乖巧，奈他性情不定，易惑易动，不安本分，奢华浪费。父死之后，竟是挥金如土。他的费用事甚多，我只说一件便知。

他曾于大雪时，看见一人骑匹白马，上好鞍辔，人众称赞。"小侉"羡慕不已，即着人买匹白马，置新鞍辔，又特另雇人草料喂养，出入骑坐，自为荣耀，欣欣得意。偶往仙女庙镇上骑马走动，遇着江都县县丞，不曾下马。那县丞差人拘查。小侉慌了手脚，忙请个大乡宦恳嘱，送了县丞礼物银子，约费百余两，方才了事。

因自恨平民无职，要买一微官才可骑马张盖，才可皂役喝道。有人知

---

① 游击——官名。清代绿营设游击，职位次于参将，分领营兵。

其痴呆,因伙通骗棍,谎说:"现今吏部某人,是我至亲,需银四百余两,即可印给凭据去做官。"小侉大喜,即如数交兑,立有笔帖为证。骗棍脱银过手,远遁他方。候至年余,毫无影响,告追无人,寻觅无处。

续后又遇一人,向小侉说道:"你向日只图价少便宜,不够料理,怎有官做?须得银千两,兑交我这样至诚人,星往北京图谋,包管确实。如不放心,某人做保。"小侉听说大喜,又如数兑交,脱银过手,伙同保人,又复远逃。小侉连连遭骗,今日卖田,明日卖房,到后来除没得官做,反将家产用尽。奴仆见穷将来,俱已散去。

呆兄与嫂妻,俱因饥寒难过,接连先死。小侉日夜愁苦,没奈何,照依乃父借米与人的例,走到人家借担头来度命。到得秋来没得还,受逼受辱,捱骂捱打,弄得孤苦只身,夜无宿场,日无食场。竟至饿死路上,棺木俱无,地方小甲用芦席卷了埋去。乡老都知老侉盘剥人报应。有诗云:

从来放债没羊羔,一月三分律有条。

色低数短真刻薄,坐讨立逼太凶豪。

授你家财无尽足,典他房地那宽饶。

不杀穷人怎得富?也与儿孙留下梢。

第二十二种

宽厚富

圣贤仙佛，莫不以利人为亟。世间第一好事，莫如救难怜贫。试看陈翁，存此好心，不过取息略微，遂享全福之报，最可法也。

穷富何常，有少富而老贫者，有祖父穷而子孙富者，沧桑迁改，盈虚消长，岂能预料？但彼我同生天地间，彼不幸而穷，我有幸而富，理宜周济扶持，乃世有不能怜之、恤之，而反欺之、谋之者，是诚何心哉！难免后报如然。

扬州便益门外有个陈之鼎，这人家赀没多，总不过银百余两，生有三子，开个小米铺糊口度日。他立志要救难济贫，每恨力不从心。因自立一法，将本银百两，到秋收成稻价贱时，尽数买稻堆贮。因冬米久贮不坏，即于冬腊人牛闲时，碾出米来堆在庄上。平时只在近处随买随卖，只到三、四月青黄不接，便将庄上的米，着儿子陆续运到米铺里，只零星卖与贫苦人论升论斗。

若到了三四斗，整担的就出多价，也不肯卖。他的本意说："成担多买，毕竟是有钱人家。"他铺里米价，又比别家减一分钱。譬如别处米价每斗银一钱，他只要九分。这些贫淡人，都到他家来买。这个三四升，那个七八升，日日拥挤不开，都是三个儿子料理。但是往乡装米，以及买稻上碾，并门前零星发卖。都是儿子，并无伙计，真是"父子同心山成玉，兄弟同心土变金"。因此钱财日发一日，又且省俭不奢。不到四五年，竟积起本银五百余两。他又尽着多本多买，他仍开这小铺，照旧例发。

偶一夜，有小人把他米铺门前垫沟厚板偷起了去。早起，三个儿子在街坊喊叫："谁人起沟板去？速些送来，免得咒骂。"喊了三四遍，并无影响。不意黑晚，有个某刮棍，吃酒吃得大醉。此时三月春天，他把衣服脱得精光，在陈米店前指名大骂道："你们前铺地板，是我掘起来卖银子用了。你敢出来认话，我就同你打个死活。如不出来认话，如何如何，辱及父母三代。"

　　陈老三个儿子，俱不能忍耐，要出去理论。陈老先把大门铺门都锁了。吩咐儿子家俱不许出门："他是醉汉，黑夜难较，尽他咒骂，切莫睬他。"那刮棍又将沟泥涂污门上，复又大骂四五回，喊得气喘声哑，自己没意思，回家去了。

　　那人因大醉脱衣受冻，喊损气力，本夜三更时就死了。他妻子说："虽同陈老儿家相骂，他闭着门，并不曾回言，又不曾相打，没得图赖。"只得自家买棺收殓。三子才知道："若是昨晚不依父言，出来同他打骂，夜里死了，如何就得了结？"

　　陈老行的宽厚事，如此类颇多。他过七十岁时，家财竟至上万，时常吩咐儿子："存心宽厚，不可刻薄贫人。"后来陈翁活到九十一才去世，虽无官职荣贵，却是夫妻结发皆老，三子四孙，人伦全美，财富有余。此天报良善之不爽也！

第二十三种

斩刑厅

世人切不可种恶因，若一有恶因，必有还报。如德宗禅功已修得道，奈前世之恶因未结，虽无刑厅叩拜之事，亦必有报。昔姚国师尚难逃避，何况德宗乎？凛然哉，慎勿起恶念而种恶因也。

弟兄如手足，损我手足而得赏财，至愚不为。今拼死狱底，是皆自取。最可嘉者，二小童竟有报仇坚志。今世罕见，不可不传，自恨忘其姓名。

顺治年间，扬州有个刑厅，姓武名缵绪。他为人甚是贪酷，恶事极多。我略说二件，便知其人。

这刑厅新到任，旧例要谒见漕抚。那时漕抚姓吴，最信奉佛法。因有个德宗大和尚，是扬州"福缘庵"里得道的高僧。吴漕抚请来对坐谈禅，听事禀扬州武推官新任来叩谒。漕抚即传进内衙谒见。武刑厅顶帽朝服，入内投上手本。朝上三叩头，辞出。于叩头时，看见有一僧人同漕抚并坐受礼，询问方知，是"福缘庵"和尚。

这德宗过了几日回寺，忽一日，有吏持武刑厅名贴到寺，请师谈讲佛法。德宗见贴，即吩咐侍者道："我前世曾谋害了此人性命，今冤家会面，自难逃避，此去不得生回了。可备我龛①塔。"

吩咐完，侍者随师行至府前，正值厅官坐堂。吏禀："德宗唤到。"厅官随令即刻叫上来。德师自阶下朝上行走，立着候问。厅官大怒道："你虽有些须禅学，但本厅是父母官，如何妄自尊大，相见不跪？"尚未答话，就令皂隶重责四十大板。逐出，才出仪门，已经气绝。侍者甚是叹服前知之明，慌忙用龛塔收殓。百姓都说："刑厅毒恶。"

是年四月间，钞关门内有个盐商，家赀积二万余金。生二子二孙，父才去世，二子因家财富厚，你争我夺。兄说弟有偏私，弟说兄有暗蓄，较量

---

① 龛(kān)——石室或小阁。

吵闹，亲族劝解不开，竟在武刑厅衙门互告。这官一见家财几万，弟兄纷争，随即差拿二人收禁。二人在禁，两月并不提审，弟兄会意，懊悔不已。只得和同公中议出银五千两，烦当事缴进。厅官回说："这商家几万之富，嫌少退出。"其后亲族人等禀了几次和息，通存衙不发。弟兄二人无法可施，只得安坐听命。

自四月监禁到十二月，年节将近，适有清军厅因年底亲自下狱清监，弟兄痛哭，跪禀道："只因一时昏迷，为家财事控告，蒙武老爷已禁狱八九个月，不审不结。目下年节已近，总不能回家与老母一面。"诉毕又各大哭。清军面谕道："既是和息，候本厅即面会武年翁释放。"弟兄感恩望信，军厅果然不回宅，即会刑厅言及此事，恳求推分释放。刑厅满口依允，清军又着人知会弟兄二人。

是时腊月二十九，不见释放，那知武刑厅于黑晚密传禁卒至衙内，本夜将二人讨病呈。家人总不知晓，只说恐不能出狱，尚办了许多酒肴，抬送禁中。忽闻得二人暴病俱亡。家人闻信，老母、二子，同家中男妇共有百余人，备二棺在狱洞口，哭声震地，远近俱闻。看者拥挤，满塞街路，无不流泪。

彼时，二子才各十四五岁，披着麻，哭得死而复苏，续大喊道："家中人众，痛哭出血，也是没用。我二人拚性命，星夜往北京喊御状，才得伸冤。"随有被害四个人说道："你小小年纪，如果有志，我等情愿同往帮助。"

二子收殓毕，不理丧事，便将武刑厅恶事十二件，写成御状，飞往北京，击登闻鼓上奏，蒙发某部审问详细复上。奉旨将武缵绪革职，发江南督抚审拟具奏。督抚会审，事事俱实，回复。奉旨着即处决，奉上宪即令新刑厅王某监斩。随将武刑厅绑赴北门外斩首。

是日，阖①城百姓来看的竟有几万。一路上拥挤不开，把斩下来的头，被众百姓用砖石棍斧打成烂泥。那时，预先有一木匠打枷，后来因此匠人犯了法，即用此枷枷号示众。有某生员，戏题一句，云："木匠打枷枷木匠。"对了一年，没得还对。直至此时，方对云："刑厅监斩斩刑厅"。岂不奇异！可见害人的恶因，是种不得的；弟兄手足，是伤不得的；贪酷坏官，是做不得的。如此果报，可不凛然！

————————————

① 　阖（hé）——全，总共。

第二十四种

埋积贼

马厅尊获积贼，先给本银，劝令改过。不改，后重法枷责。又不改，是一而再再而三，终无改过之日矣。及活埋除灭，诚为快事。

予曾见泰州州官，拿获贼人，即用大铁棍，约重二十余斤，手足铁环钉坚，朔望赴官验看，许其沿街求乞，兼令各处寻觅伙贼。若有续获，又将铁棍钉续获之贼。予亲见带铁棍而行者三人，是亦治贼之一法，较之活埋，还留其命。

扬州有个积年贼，叫做："孙驼子"，这人矮小如猴，任你高楼大屋，将身一纵即上。更有本事，只用手指揎着梁橼，空中可行数十步。远近被其偷窃者甚多，恨不得寝皮食肉。

那时有清军厅马老爷讳骧，手下有四五个老快手，专会捕盗。因报有失贼，马厅尊着令老快缉捉。不三四日，即将孙驼子拿见马公，直认不辩。马公极仁慈，因吩咐道："为人在世，诸般生意俱可养生，何苦做贼偷窃？获着夹打吊考，九死一生。本厅念汝初犯，一板也不打，反捐俸银五两，给汝做本钱。或卖薪蔬度活，改过自新。若再做贼，必尽法打死，决不轻饶。"

孙贼叩头感恩，领银而未曾三个多月，本银用完，旧性复起。又往一家偷卷一空。失主报了马公，老快又获孙贼，见马公，问实直招，随将孙贼重责四十板，枷两月。释放时，又当堂吩咐道："本厅今从宽饶死。若或再犯，你莫想有命。"孙贼叩头感颂而去。

过了几个月又偷，又被捉获。马公一见孙贼，大怒道："本厅两次如何吩咐？如何苦劝？奈汝坚不改过。可知再放汝回去，仍是不改。"即着皂头往材板店内，买棺一口，抬到堂上。即令把孙贼用绳捆紧，活活放在棺内钉好，即令抬出北门活埋了。取具土工小甲看守无失甘结回复。抬在府大门外，看的人众拥挤不开。我曾去挤看，尚听得棺内叫喊。自埋贼之后，扬城内外贼盗俱无。百姓夜眠安枕，皆感激马公之法治也。

第二十五种

掷金杯

人一举心动念，不独神鬼俱知，即慧明之人，无不悉见。凡做昧心事欲瞒人者，真是掩耳盗铃也。"人间私语，天闻若雷。暗室亏心，神目如电"，乃实在确语。试看崔公私蓄以及暗昧事，诸人不知，即妻妾子女，亦不尽知。遥遥智朗，千里如镜，岂非至隐至微之地。固已莫见莫显乎？诗云："相在尔室，尚不愧于屋漏。"诚哉是言，阅之凛凛。崔公自会朗师之后，昧心事毫不敢为，虽曰朗师之警悟崔公，而实系成全崔公者大矣。世人俱当以此为鉴，受益不小。

凡见人危难，即思拯救，此即是活佛菩萨矣。朗师只因目击小民寒冻，即思不辞辛勤广募施袄，在禅理深通之人，自然如此。若今之和尚，大半藉募化以肥己，但恐偿还不了，安望有成？

功必要德助，若表里之难缺，只看朗师之言行，可敬可法。紫阳真人云："黄芽白雪不难寻，达者须凭德行深"，应各省察。

扬州府崔府尊名辜，字莲生。坐升两淮盐运司，到任三个月，门上接得某部院手书一封，着僧人智朗投进。崔公拆看书，内略云："智朗和尚，深通禅理，乃有道高僧。倘过扬州，祈为推分青盼"云云。崔公平常最不喜僧道，因屈于部院手札，只得勉强随请相会。

少刻，看见一和尚，光头布衣，足着朱履，走上内堂，向上同揖。崔公只得请坐待茶，便开口问道："某院台极称朗师佛理弘广，今请教大师，直指参悟妙法，足见施惠不小。莫谓我俗吏无知，不堪共语也。"朗师道："人能明通佛法，则能超出生死苦海。但此法难以口说，全在本人立志坚刚，信心诚笃。僧人自幼出家，至今四十余年，才得明悉。知法则易如反掌，不知法则难若登天。"

崔公道："法虽难说，毕竟有法。请问大师指示，如何才得法？"朗师道："世人只因尘事牵缠，才一静坐，不是散乱，就是昏沉。要知寂寂治散乱，散乱去则生昏沉；惺惺治昏沉，昏去则生散乱。止观双持，昏散皆退，所以指群生行觉路而得妙境也。不知此法者，则学何所入？功何所施？智何所发耶？"

崔公听完，深为敬服，点头大喜道："大师如此开发，院台的称赞，果不虚言。"朗师随又道："虽说功夫如此，必要德行兼佐。若专功而无德，必致魔多难就。去冬贫僧因过淮上，见许多老少男女，俱赤体寒冻，难以度命，贫僧顿起怜慈，妄立微愿，募施棉袄一千件，散给受冻贫民。目今时已六月，欲要前往产棉地方，逐件置造，有费时日，转盼冬寒，岂不误事？况且衣工料物，件件缺乏。所以预为早计，约费银六百余两，已经募化某布政司施济五百件。今只缺少五百件，望大老爷慨然完此功德，免无限寒苦，皆出大老爷洪恩。"

崔公听完，即愁眉蹙额道："积德固是善举，但须绰有余货。本司虽执掌几十万盐课①，俱是朝廷正项，谁敢擅自动用？"

朗师又道："亦有应得本分俸赀，何妨积德？"崔公摇头道："俸赀无几，尚不足以供薪蔬，何有余润？"朗师笑道："大老爷现存蓄三千两，可以动三百两积德，不过十分之一。"崔公含糊坚赖道："何曾有得存余？"

两人正在问答不合，忽门吏禀道："本府知府，因北郊虹桥荷花大放，来日请大老爷，兼请督粮道老爷酒船游赏。"崔公性喜饮酒，听见请召，随应道："既是粮道领贴，本司岂有不领贴之理？"

朗师在旁，即忙禀道："大老爷来日赴宴，贫僧斋戒不用荤腥，只饮蔬酒。可吩咐来人另备豆腐一碟，便可奉陪，共席清谈，叨沾台光，得玩赏十里荷花，亦是幸遇。"崔公笑道："昔日苏东坡游玩，常以佛印相伴。此事未尝不可。"随吩咐来役，补请朗师。谈毕，僧回法云寺寓处。

次早，府役奉邀崔公、粮道至北门外酒船，朗师先已在船。那船上张灯结彩，金杯象筋，古董炉瓶，笙歌鼓乐，极其盛设。这粮道因自江宁由扬经过，并不知请僧人何干，乃细询问。崔公将荐举根由，细细说明，才同朗师谈论。果然语言高妙，众皆敬服。

船行入虹桥法海寺，一望荷花遍开，清香扑鼻。真个是：

接天莲叶无穷碧，映日荷花别样红。

各皆对花畅饮，半醉换席时，朗师忽向三位老爷笑道："今日叨陪盛宴，可

---

① 课——国家规定数额征收赋税。

为大幸。席上无可奉敬,贫僧用一小术以博三位老爷一笑。"众官点头,拭目以待。朗师即举面前金杯,当三位老爷向湖中掷去。众官惊骇,各皆怒色,急忙呼人下水捞取。

朗师笑嘻嘻,摇手道:"此金杯三位老爷不必着忙,贫僧已经送入崔大老爷银库内,安放在三千金俸赏桶上。如若不信,可着人速去取来,才知贫僧说话不虚。"众皆谓谎,朗师因又道:"崔大老爷腰间现带锁匙,何不发与近侍,星驰快马至运司库内,将金杯取来,方知不假。"

崔公闻言,即解匙交近侍,飞马至运司内,同公子开库,果见金杯放在银桶上,即取回献上。三位老爷大惊敬服,至晚各散。

次早,崔公即取银三百两,另封程仪,着人送至法云寺交与朗师,即刻起身。朗师烦来人携着原银,即到运司署内,面会崔公。朗师愁眉指银道:"此银分厘不敢收领。"

崔公惊问道:"大师前日再四求为施袄之用,今已照数交银,忽又推辞,本司不解何意?"朗师道:"此银是昨晚某乡绅与某人有仇。送银千两,欲诬陷为私囤,苦打成招。其实某乃良善好人,并非私盐囤户。若是贫僧领去此银,不独并无功德,且将来变驴变马,变畜生偿还不了,所以分厘不收。若是三千两桶内动与贫僧,即刻叩领。"

崔公听完,腹中惊骇,果是某乡绅送的银千两,丝毫欺瞒不得。崔公随将俸赏动三百两,另封程仪,设蔬斋送朗师回去。一面将原银千两,交还乡绅,分厘不收,所诬私囤,并不究问。

是年冬,有人从淮上来,果有圣僧装棉袄千件,称崔公施济,才知诚实不虚。崔公自会朗师之后,凡事但有贿赂,俱辞不收,亦不听情嘱。在任五年,两淮盐商感激至公,捐造崔公祠在运司前,流芳不朽。

第二十六种

还玉佩

从来欲之为害，最足以辱人声名，坏人心术，坑人性命。试看赛西施，貌可闭月羞花，若能贞洁自守，岂不遐迩钦敬？乃一见美少，心爱其人，假同胞以图枕席之欢，赠玉佩以联鱼水之想，全不思袁公之待我何等厚重。一旦挥其财物，弃之如遗，谁知情郎背盟，惨丧官刑，岂非欲之为害乎？袁公以堂堂刺史，不能修身以齐家，唯剥民脂以蓄色，究竟玉人何在，声势已玷，岂非欲之为害乎？更恨甫臣，不崇实敦本，丧失良心，致同惨死。予犹谓其死有余辜，又何非欲之为害乎？奈世之碌碌者，尚堕于欲中而莫之省，深可悲叹也夫。

甫臣三虑，却有见识，予特恨其前之失操，后之背盟。尤可恨者，置赛西施于惨死。读之泪下，真狗彘①之不如也。此负义之毒，更胜于王魁，不必阴报，后亦照样杖毙，岂不大快人心！

绿林中每有仗义疏财者，甫臣之负心丧德，若非有此牵报，其赛西施之惨枉，孰得而超雪哉？予读之大快。袁公用金免盗于死，是亦以义报义，予读之又大快。

筚门②不敢行秽，恐旁属耳目也。偏是深闺大厦，恣意宣淫，罔知顾忌，前人以富贵之家多淫，嗣信然矣。然亦每多主人好淫之报也。

富贵人知有妻妒，便不该勉强娶妾，坑害他人儿女，非唯丧德，又自取丑污，看袁公事可省。

府东太平桥有个少年，姓唐，名甫臣。这人年方二十岁，生得面如冠玉，唇若涂朱，标致胜过美女。因往淮安贺一至亲年节，适值淮府迎春，遂随众立于东门大街，看各官鼓乐旗彩，络绎而过。

---

① 彘（zhì）——猪。
② 筚门——荆竹编成的门，又称柴门。常用以比喻贫户居室。

正看之际，忽见一小婢挨至身旁，低声道："我家主母多拜上相公，今晚在此处有要话面说。"随送上汗巾一方，包里物件。甫臣将汗巾开看，乃是金扇一柄，小金如意一技。甫臣又惊又喜，满口应允。

至晚仍到原处，果见日间小婢立候，引甫巨入高门，转弯几层进内室。只见一美貌妇人，艳妆整齐，笑语先施。

原来，这妇人有名叫做"赛西施"，十分颜色。只是幼年娇养，不曾裹脚，却是一双大脚，乃袁府二夫人。这袁公先曾做过一任同知，极其贪财，因用多金娶此妇来署，所得多半奉与"赛西施"，以买其欢心。无奈正夫人甚妒，袁公升任某府，离淮千里，正夫人不容带妾同往。云俟到任后，再着人迎接，只留老仆同嫡亲老叔在家同居。这日看春，一见甫臣，如渴得浆，如鱼得水，是以私约佳期。相会时，假认为同胞姐弟，寂密来往，十分绸缪。

约有两个月余，妇与甫臣计仪道："妾颇有私蓄，今既同心合意，愿馨囊奉赠，郎君须在此立业。或置田房取利，或做本分生涯，以便长久来往。"甫臣满口依从，却心中暗想道："此妇虽然美貌，但其性甚淫，倘再厚他人，前交自然冷落，此一可虑也；妇足太大，且寿过三十，年纪太长，配不相当，此二可虑也；其夫现任黄堂，倘回来识破机关，身命难保，此三可虑也。不若用甜言骗她多金，逃回扬州，自创事业，另娶少女，岂不万妥。"

主意定了，外面假说："回扬州料理家务，不到月余即来淮立业。"妇人大喜，馨囊捧交，约有四百余金。又将双龙白玉佩一枚，乃祖传稀世至宝，交与甫臣，以为联心合璧。因悲泣叮咛道："见此玉佩，如见妾身，不可遗忘。"两人洒泪哭别。

甫臣脱骗多金，即星回扬州。其时，武刑厅衙门吏书，十分锋利，最有钱赚。因用百多金谋充刑厅隶书，又用百多金另娶十七岁女儿为妻，十分和合，全不思念"赛西施"的恩爱，终日在厅署服役，甚是得意。武刑厅看见甫臣少年美貌，极其喜爱，竟成后庭至好。

这"赛西施"盼望半年，杳无音信，只得修书，寄至扬州。寻至甫臣家内。甫臣只推并不相认，寄书人回复，"赛西施"忧恼成病。又过了两月，筹想无法，只得自己改换女服，将袁公衣帽装扮男人，却好脚大，穿履甚便。带一小童，驾船至扬州太平街唐甫臣家内，两人相会。甫巨看见妇人，因病黄瘦，不似当日容颜，愈觉不喜，只推并不相认，这妇人情急争闹，甫臣唯向人众谎说:"此妇乃有名娼妓,惯会赖人。自淮来扬,知我诚实,平空揢①诈,情理难容。"妇人指面大骂:"忘恩负义,鬼神不容。"

这妇人不改男装,竟到刑厅衙门前,意欲遍告此负义脱骗苦情。甫臣知晓,即时诬此妇无端揢诈情由,预禀武刑厅。这刑厅上堂,唯以甫臣之言为实,即签拿女扮男人,见面不由分说,重责三十板。妇既病后,气恼填胸,又遭重刑,抬出衙门气绝。是日,来看审的人有几千百。厅官吩咐皂头,即时买席卷埋郊外。甫臣见淮妇已死,十分欢喜。

过了半年,忽有淮扬道投公文一角,内系大盗劫杀案,内有伙党唐甫臣,现充刑厅隶书,即时锁拿解道审讯。原来是有淮上大盗,由扬经过,在刑厅前看审,"赛西施"打死,尽知屈害,切齿痛恨。后因事犯,就在淮道案下坚攀甫臣窝藏赃物玉佩等件,是以有此行提。

厅官难以徇庇,即日具文起解。另用禀启,辩其冤枉。不两日,道官审甫臣道:"盗伙或是诬害,但寄有蟠龙玉佩。若是三日内献出来,本道看验,便可以做主超豁②了。"甫臣满口甫臣连夜到扬。将玉佩赍淮当面投上。

道官见有玉佩,即大怒道:"如此赃真罪当,还敢强赖!"喝叫皂隶,重责三十板,寄狱定罪。抬出衙门,喘急身死。道官就吩咐家丁,即用席卷埋于郊外,照庆"赛西施"一样惨死,丝毫不错。道官又行牌到江都县,追比家属贼赃四百两,以为赈饥之用。

时袁公因贪财削职回家,才知妾私扮男打死,盗义攀报情由,羞愧几死,因用重贿情嘱道官,将此盗免死改流,以报其义。道官探知袁公根源,因受其重赏,玉佩是袁妾故物,遂赠还回答。可叹甫臣,貌美必坏,遂至惨死,业绝妻嫁,报应好不惊畏!

---

① 揢(kèn)——压迫,强迫,刁难。
② 豁——使某人免罪或免除。

第二十七种
乩仙偈

念佛贵乎念念无间，纯一不杂，自能做主。譬如狮子哮吼，象王蹴踏，有何妖狐怪兽，能当其声势而不消灭乎？人若不为妄想所迁，则神纯臻化，自然速成三昧矣。我佛设教多方，或小大始终，渐顿偏圆之不同。独此念佛，不涉地位，不落阶梯，一起直入如来实相法门，所谓"销我亿劫颠倒想，不历僧只护法身"也。

禅宗云：余门学道，如蝼蚁上於高山；念佛往生，如风帆行於顺水。要知妄想起时，不须别作除灭。但举阿弥陀佛一句，尽力挨拶便是摄心妙法。时节到来，自然忽悟。

昔永明寿禅师初出家，不知从何法修行。因写三阄，一参禅，一念佛，一焚修，乃焚香拜佛祈祷。"弟子愚昧，何门修持，求佛明示。"以三阄入香筒内，三拈三得念佛，因而专心念佛，果成正果。觉道人有鉴于此，所以信之不疑，力行而得大功也。

扬州有一个觉道人。这道人言行敦厚，虽生于尘凡，却时时有出世之志。虽茹荤腥，每月到有二十余日斋蔬。虽好饮酒，奈酒量甚小，只三四杯便自醺然。有妻、有子孙，薄田数亩，耕读营生，治家勤俭，安分乐道。日常专喜念佛，手持数珠，时刻不懈。

康熙某年，同两个朋友往苏州有事，顺便到虎丘山游玩。是时夏末秋初，进得山门，至千人石、可中亭、剑池、大殿前后，各处玩赏。又到山顶，登宝塔向太湖一望，茫茫白亮，真是奇观。

续又到后天门，但见松阴树色，蔽日张空，幽辟至境。有一静室，进内观看，上供吕祖圣像。屋梁正中，钉有铁圈，用线悬挂木笔一技，乃是木条刻成，不是兔毫制造的。下边方几上，列有沙盘一面。旁有老翁，蒲团坐功，与之行礼茶毕。因问："设此木笔何为？"翁曰："世人但有疑事，只虔诚焚香跪拜，心内默祷。我用符咒代为启请，祖师即降乩，亲自判断。"

道人听说，甚是惊异，欲试其奇，奈心中并无一事。乃暗想："何不以念佛请示?"因向翁道："我是行路人,偶来游山,不曾多带银钱,只有银六分,奉为香赀,乞代召请。"

于是,点烛焚香,翁烧符持咒,道人虔诚叩首,心中默祝："弟子愚昧,时常喜欢念佛,不知有无功效。特求大仙明白指示。"祷祝完,同去两个朋友并代请老翁,总不知心中所问何事。少顷一刻,只见悬空木笔,不用人扶,果然自己运动。先在沙盘内三个大圈,随即判八句,云:

> 念佛虔诚便是丹,念珠百八转循环。
>
> 念成舍利超生死,念结菩提了圣凡。
>
> 念意不随流水去,念心常伴白云闲。
>
> 念开妙窍通灵慧,念偈今留与汝参。

乩笔写完,末后又写："纯阳子赠与扬州某人佩悟。"但见木笔迅运不停,顷刻而就。八句律诗,各以念字起首,语语深通禅理,且竟知觉道人姓名心事,尤为神奇。信是真仙幸遇,孰谓释、道二教,授各不同也耶?乃敬拜服,叩谢祖师之后,复谢老翁。回至寓所,道人同两友将抄偈细读,共加珍爱,不忍释手。后来回到扬州,愈加信心,昼夜虔诚念佛,唯恐世人执着,因撰十条:

> 何必胡思乱想,只要一心念佛。
>
> 何必高声朗诵,只要微和念佛。
>
> 何必成群做会,只要闭门念佛。
>
> 何必谈禅说偈,只要老实念佛。
>
> 何必奇异神通,只要正信念佛。
>
> 何必弃业离俗,只要止观念佛。
>
> 何必知书识字,只要虔诚念佛。
>
> 何必许愿祈祷,只要悔过念佛。
>
> 何必寺院披剃,只要坐家念佛。
>
> 何必敲鱼击鼓,只要安静念佛。

又述念佛要法,云:

> 一句弥陀无别念,不须弹指到西方。
>
> 渐渐鸡皮鹤发,看看行步龙钟。
>
> 任你富贵荣华,难免生老病死。
>
> 唯有径路修行,但念阿弥陀佛。

> 一句阿弥陀佛，真是宗门功券。
> 不拘大众人等，信持都有奇验。
> 行住坐卧莫离，直要不念自念。
> 若能念念不空，管取念成一片。
> 当念认得念人，弥陀与我同现。
> 从此永出娑婆①，圆成极乐心愿。

觉道人又将"十何必"、"同念佛"要法，刊成斗方，印刷数十万张，遍于城乡各处送人，普劝念佛。

这道人生于万历，经崇祯、顺治、康熙，至雍正年。此人已百余岁，尚康健犹壮，不欲人知姓名，真当代之奇人也。

往生奇逝传

志诚念佛，确定往生极乐。历有明验，亦未有予妻周氏之奇逝而速应也。昔年，乡里遍传，以笃周翁之女，生而敏异。六岁入塾师，过目成诵。及至十三四岁，有类成人，谈笑不苟。女红之外，经文书算，无不精通。出口佳句，人俱以"才女"称许。

予闻而聘之，十六岁于归予门，果与传闻不异。香奁唱和，诗歌现在，予深自幸喜。且事公婆至孝，生二子三女，治家宽严互用，眷属二十余人，内外从无间言。予有小庄数处，凡夏秋麦稻收支，以及钱粮费纳，统掌无讹。予因得闲逸，怡然乐道，乃著书九十二部，不啻数十万言，流传天下。而其间凡涉闺阃女训，俱与氏讲论评定，予深服从。

氏之生性崇信佛法，若见闻经典禅语，如同轻车熟路，每每跪讽《金刚尊经》，时常念佛，不离于其口，数珠不离于其手，乃在家而有出家之行也。唯是最奇者，于雍正十年五月十四日午飧②之余，在架上偶撤唐朝纲鉴，执书坐向诸媳女，讲论明皇事典两三张。忽以手自抹眼云："我时常虔诚念佛，今日果有西天童幡来迎接，我当随去。"

说完，即抛书闭目坐逝。予急奔至，和手掩儿口鼻，孰知已屏气不息矣。要知氏之专信佛法，其坚固不二之志，以及其聪慧过人之才，非一世

---

①　娑婆——"娑婆世界"的简称，佛教用语，即大千世界。
②　飧(cān)——同"餐"。

之偶然,由多生厚植善根,而始得天地毓灵所致。因是临去之时,毫无病苦,亦不受恶境缠累,怡然自在,了无愁惨之容,非其平昔笃信笃行之力,何能如是乎?

氏今年五十九岁,与予夫妇四十余年。虽云确定往生极乐,但氏倏尔长离,令予顿少内助而兼失良伴,时刻悲恸惨伤,何能已也。唯予年已衰老,虽同氏有念佛之诚,氏之念珠,现存予手,因失此佳偶,诸病丛生,棺衾齐备,不久当会氏于极乐莲世,永住净土,遂我心愿而矣。

凡予此述,皆乡里亲族,人所共知,并无妄褒假饰。今刻此以告十方,普劝世人,专心念佛,同臻至善,共乐莲域云尔。

第二十八种

亦佛歌

世人贪恋妻财子禄，不肯舍离。殊不知死期倏忽而至，丝毫难带，岂非痴耶？世人只以岁月尚多，不妨姑待。殊不知死期倏忽而至，懊悔何及，岂非痴耶？渤师大加惊醒，许公得以证果，诚有来由也。

出家原为脱离挂碍，予每见有等僧人，贪恋之心仍在，名虽出家，实则与在家之人无异，如此出家，反不如在家而有出家之行者，转为上等。试看古今在家之人得悟菩提者甚多，如傅大士、庞居士诸公，俱有尘累，于道无碍，但恐满眼邪魔，心不坚定，则事大坏矣。

扬州大东门有个开当铺的许长年，娶妻张氏，生了两子。这张氏治家、教子，极有能干。这许长年虽有几万之富，为人最贪、最啬，性情却与汪铁菱一样鄙啬。若看着钱财，便如性命一般。每日想道："我的两个儿子尚小，我年还强健，可以料理支持，须等得儿子长大婚配，便好教他生意坐柜，自己就清闲快活了。"

他是个挣家之人，时时照看着，但见戥头上讨得他人厘毫便宜，也是满怀欢喜。凡来求布施抄化的，休想他破例开手。世上也有一般财主，不肯施舍与人，单图自家受用。这许长年连自己用一文钱，也要打几遍草稿。遇着万不得已破费些银子，就是割他身上肉一般，好不疼痛，整十来夜想起，兀自心痛睡不着。家中逐日三餐，真个是数米而炊，秤柴而爨①。

有这刻苦，所以积下家私，如水浸黄豆，一日大似一日。正是：

生意如春长，财源似水来。

不将辛苦意，怎得世间财。

许长年正当五十寿诞，亲友邻里素知他悭吝，大家商议，要敛个小小份子，与他祝寿，要他设个戏席答礼。他哪里肯收，推来推去，只是不纳。妻子

---

① 爨（cuàn）——烧火煮饭。

看见，到不过意，说道："自己的五十大寿，便受了份子，备筵席能用多少？一来不负了众人庆贺的美意，二来也是做财主家的体面。"

许长年道："贤妻，你往日甚能干，今日这几句话却说差了。要知五十岁还不是收份子的时候。众人出份子，名为'牵虎上门'，是要咬嚼的，有什么美意？若说财主家体面，做财主的全是'体面'二字误了多少事，要体面，就去穿好衣、吃好食、攀好亲、结好眷，与众财主争强赌胜，把家私日渐破坏，无益于事。我所以一味务实，这些虚体面让别人去做罢。"因吩咐家人："将大门也关上。但有客来，只回不在家就是上策，省得费茶、费水。"

家里人都依着他，把门关闭，一切人祝寿，俱回散。独有一和尚辞不去，敲门甚急，自称是天宁寺巨渤和尚，特来贺寿，兼有话说。家人没奈何，只得代为传进。那许长年听得，愁眉道："和尚哪有好话说？不是化斋，就是要布施，也只回他出门去了。"岂知这和尚定然不去，反高声大喊道："瞌睡汉，快些出来，我有话面说。"又呵呵大笑。

原来，这和尚是天宁寺大师，法号"巨渤"，是个得道的高僧。日常说道，凡有灵性，俱是前生有根基。若再兼财富福厚，更为难得，因来提醒度他。这许长年哪里晓得？唯是听见他笑得奇异，只得踱出门来。看见和尚拍手大笑，自己不觉地也大笑。渤师问道："你笑哪个？"许长年道："我笑的是你。"那渤师道："我笑的却是你。"因念四句道：

> 你笑我无，我笑你有。
>
> 死期到来，大家空手。

念完，呵呵的又笑。因向许长年说道："我可怜你终日瞌睡，不曾得醒。我今日来，并不募化你的银钱斋粮，我有'正觉佛法'传授你，你须要信心领会。"许长年问道："这'正觉佛法'有何好处呢？"渤师道："佛者，觉也。人心有觉，即为有佛，能开六度之行门，能越三祇之劫海。普利尘沙，广作福慧，得六种之神通，圆一生之佛果。火镬①冰河，闻之变作香林；饮铜入铁，听则皆生净土。瞌睡汉，你省得么？你若省得，就随我去修行，莫再贪恋。"

许长年道："我苦创这家业，也让我安乐受用受用，我也甘心。"渤师

---

① 镬(huò)——用以煮食物的铁器。

又笑道："你要安乐受用,只怕灾难来脱离不得。"许长年道："我只安分守己,灾难何来?"渤师又笑道："世上事哪里论得? 你既不信佛法,俺即去矣。"说完,就飘然而去。

许长年也不送他,竟回内室。妻子迎着问："和尚有何说话?"许长年道："那疯狂僧人,睬他怎的?"说犹未了,只见一群乞丐,二十多人,蜂拥而来。为首的唤做"马六儿",平昔深怪许长年悭吝,不肯打发。今日闻得他五十寿诞,率领部下乞丐,与他上寿,讨西食赏赐。看见闭门不开,齐来踢开门,拥入庭堂,只将许长年围住,不容转动。众乞丐叫的叫,嚷的嚷,跳的跳,唱的唱,闹得七横八竖。马六儿高喊道："今日是寿星下降,大开金手,将几串钱赏赐众孩儿们,保佑你福如东海,寿比南山。"

许长年欲要脱身,被马六儿扯定左边袖子,说道："你快拿出几串钱来,放你进去。"许长年当下大怒,骂一声："狗花子。"把右手一拳打去,正中太阳穴。六儿负痛放手,往后便倒。众乞丐喊道："打死人也。"嚷做一堆。许长年恨道："今日不是大晦气。适才疯和尚搅了一场,又被这伙狗花子上门啰唣①,兀的不气杀我也。"众乞丐喊道："人都打死了,还说什么啰唣?"

许长年上前看马六儿,果然口内无气,身已冷了。只见众街邻、乡保,俱恼他鄙啬,巴不得有事,同众乞丐喊叫。这几个叫报官府,那几个叫锁凶手,这几个叫买棺材、衣服,那几个叫先打抢他家财物,东西哄闹不止。吓得许长年魂不附体,如痴如呆,走投无路。

只见无宁寺渤大师又踱进来,呵呵笑道："瞌睡汉,你只说无灾无难,若再少停一时,搭尸蓬,买棺材,县官相验,仵作索措,差皂人等,个个要钱,受刑送牢,问罪抵偿,俱是难免,不怕你不费钱财。"

许长年呆了半晌,总不说话。渤师又笑道："人若是拜我为师,随我出家修行,我有法可以解救。"许长年听见,即跪倒在地,叩了许多头,哀求道："倘老师若能解救这灾难,弟子情愿跟师出家。"渤师又笑道："只恐怕事过退悔。"许长年忙说道："断不敢虚言。"

渤师见众聚吵闹,挤入尸旁,向众说道："这尸倘如救得活,诸位可是枉费精神,多说多闹。"众人大嚷道："好痴和尚,人死了半日,如何得活?"

---

① 　啰唣(zào)——纠缠,吵闹。

渤师也不分辩,只将手中的拂尘,向尸上几拂,口中说道:"马六儿,还不速醒,更待何时?"只见死尸伸了一口气,即坐起来。

众人大惊,乡保喊:"快取大钱三四串来,赏众丐散去吃酒。"许长年道:"既不打死他的人,何用多费?"就吩咐只把五百文钱赏他,众丐不肯收,又添五百文,才哄然散去。邻里人等一面惊异也都散去。

这渤师道:"事已完毕,你须拜我为师,速跟我天宁寺禅堂里参悟去。"许长年果然请了香烛,安了坐位,请渤坐上,拜了四拜,留在花园内设蔬斋供养,求传佛法。渤师道:"我这佛法,最简最易,只要信心明觉,一指即会,一会即成,我中峰先师传授大清顺治皇帝的歌诀,拣紧要的传与你切记。"歌云:

> 三界尘劳如海阔,无古无今闹聒聒。
> 尽向自己一念生,一念不生都解脱。
> 既由自己有何难,做佛无劳一指弹。
> 此念即今抛不落,永劫钻头入闹篮。
> 有何难,有何易,只责男儿有真志。
> 志真道力自坚强,力强进道如游戏。
> 亦无钝,亦无利,挑起眉毛休瞌睡。
> 不破疑团誓不休,寒暄寝食从教废。
> 行也做,坐也做,尺寸光阴休放过。
> 心存少见失真诚,意涉多缘成忘情。

渤师道:"此歌最切实,亦如我佛面传,不可轻视。"许长年跪拜受教。

又过了两日,许长年料理财产诸事,贪恋不舍。因又哀求渤师道:"弟子今年五十岁,待过了六十岁,那时儿大事完,一心一意的修行,也不为迟。"渤师大笑道:"光阴迅速,人命呼吸,哪里等待你事完?若要事完,虽过千百岁也不得了结。我多方指教,奈你这瞌睡汉不得省悟,如之奈何?我也回寺里去了。"说完即行,挽留不住,许长年送别回家。

过了月余,忽得寒症,浑身火炭,服药不效。病中这件舍不得,那件丢不开。心如刀割,渐渐待毙,吩咐家人飞往天宁寺,就请渤师来永别。及至师到,他已经气断身冷多时,家中大小,痛哭不已。渤师竟到床前亲看,叹了几声,道:"早不听我好话,以致如此。"即忙用手中拂尘,向徒尸上拂了几拂,叫道:"徒弟,你还不速醒,更待何时?"

只见许长年转身起来,竟下床叩谢道:"弟子此番回生,再不瞌睡,认真参悟《正觉佛法》了。"渤师因教训道:"你在家出家,俱不碍事。凡有一切尘欲念起,便想譬如我身已死,还来管罢,只专心在'坚持正觉'四个字用功,自然大有效应。"

许长年拜教,送回渤师。即在后园中另隔净室一间,只令小童捧接饭食,家中一切大小事,俱交与两儿同妻料理,丝毫不管,亦不许向说。或时自己起念,即依师训:"譬如已死,只坚持正觉。"寿至一百一十三岁,预于三日前吩咐家人,俱各念佛,不许哭泣。

至日,端坐合掌而逝,里郡威为证果矣。

第二十九种

枉贪赃

官若贪赃，自必坏法徇私，纵恶屠善。此等货财，欲自享受，欲遗子孙，予恐上天虽容，利未沾而害已随。观剥皮之事，即现在之前车也。

上司受下司之馈送，以为无碍当收。殊不知，属官谁肯动解己囊，不过仍剥民之膏脂以进献，是明教属官贪污害人。虽欲下司之清正，何可得哉？观某院之取县馈，即现在之前车也。

官之贪赃，不得安享，反致害灾；盗之劫财，不得安享，反致斩首。层层果报，阅之凛然。此事不列贪官姓名，因彼现有亲族，不欲扬人之短。观者勿疑予造言非实也。

顺治年间，江都县有一县官，年老已过六十，履历只开五十一岁，白须用药乌黑。这县官并不顾声名，又不望高升，一心专要多赚银子，回家养老贻后。所以每事不论大小，不问有理无理。若银子到手，无理也是有理；没银子送来，有理也是无理。板子、夹棍，都是他赚钱的家伙，真个连地皮都剥去了。

因他又贪又酷，合县的百姓都恨不得活剥了他的皮，所以起他一个浑名，叫做"现剥皮"。每日，县前人遇着，问道："剥皮可曾发梆？""剥皮可曾坐堂？""剥皮可曾出门？""剥皮可曾回衙？"如此不到半年，丧心的银子积有七八千两，也不知冤屈了多少事，也不知坑陷了多少人，真是怨声遍地。

忽一日，内衙拆公文，拆出一封抚院到县官的密札。县官急忙拆开一看，上写着：

本都院查该县到任，方始半年，物议沸腾，民心丛怨。偏听左右，则滥系无辜，权归胥①役，则事多寝搁，贿赂公行，官箴大坏。昏庸如

---

① 胥（xù）——古代的小官。

此,万民汤火,应即参拿,姑宽谕饬。该县自今日为始,即速洗剔肺
肠,痛改前非。若或仍前迷混,虽欲归老首丘,岂可得乎? 勿谓本院
言之不预也! 慎之毋忽。

县官看完,大惊无措。随即唤儿子商议道:"上宪对此严切,我当设凑银
子,借以目下四月,时届奏销,亲往苏州呈送院台,求他护庇。倘收了我的
财物,便放心了。不然,恐县官难保。"主意定了,便带银二千余两,到了
院前,投手本候见,三日俱不传会。

这剥皮心慌,又另备了厚礼,谒送吴县与抚院最厚的某乡宦,将银转
送。先送一千两,加至三千两才允。带去的银子不够,又重利在苏借凑送
缴,方才收下,方才传县官面会。抚院吩咐道:"该县回去,大要改过自
新,本院另眼青目。"剥皮连声应暗,辞回寓,方才欢喜放心。

正办着往某乡宦家谢劳,并往院前禀辞回县。忽见自己两个家人,自
扬州连夜赶到,急报道:"大不好了! 自老爷公出往苏,第二夜更深时,忽
有一乘大轿,由人抬着,跟随六个大汉,都是广纱袍套,装束整齐,口称自
北京来的某部某大老爷面会。彼时回答:'老爷往苏公干。'彼即急说道:
'知县既然公出,这是紧急的事,就请公子面说。'公子听见,即走出内厅
迎接。这大轿抬进宅门,有一官走出轿来,拉紧公子。那六个大汉,连轿
夫共十人,各俱拔出利刀,放在相公喉下道:'我们好汉,久知你父贪得银
多,快快拿出买命银子来,饶你性命,少迟一刻,即送残生。'大相公吓得
魂飞体颤,直说道:'只有正项官银六千余两,现在内署某处。'来汉手拉
紧不放,道:'无论官银、私银,快着人抬出来。'大相公要活命,只得急唤
取出,逐封尽数都装入来的大轿内,仍着原抬的四人抬着,跟的六个大汉,
同坐轿的大汉,拉住大相公手臂送出县。又要令箭一枝,说有急事,叫开
城门,押着大相公抬上船。行二里远,才放回衙。如今只求老爷火速回去
商议缉拿。"

剥皮听完,将脚连跳上几跳,即刻鲜血满口喷出,晕倒在地。因年纪
衰老,听报此事,怎不伤心痛切? 连忙医救,不省人事,汤水不下,未到半
日,死于旅邸。连忙呈报吴县申院委员印署。家人不曾带得多银,因天气
炎暑,急买平常薄棺,收殓停寓。众役听见本官已死,都各星散回县。

府尊闻知,星飞传齐内丁、各皂快,齐往县署。先将公子家属锁拿送
狱,又差多人亲往署内搜查衣物,俱入账内。一面查盘仓库,已经侵空八

千余两,仓谷二千余石。府尊着慌,随即通详上司,具题究追。行下文来,着将公子家属严比还项。

起先,拆揭完缴。未几,毫无完纳。怨恨的多,禀后县官,竟逐限比较,打了许多板子,坐了半年牢狱。公子无处拆变,思想抚院曾白得了几千两,因着人往苏告助。回报:"抚院因贪赃,科道参拿,赴京治罪。"公子忧哭不已。

府县追比无出,因他是绍兴人,请详发原籍查追,锁押公子家人起解。路过丹徒县,正值冬前决人。这公子挤看,斩的一起大盗,正是当日劫县的十个人。原来劫去的银,被捕役路上拿获,审实拟斩,监候处决,赃银入库充饷。

公子恐怕累害,不敢出认,行到本处,又送狱比追。公子羞见江东父老,忧郁死于狱底。只看贪官自己如此惨死,后代又如此惨死,可不戒哉!

第 三 十 种

空为恶

访拿一事，其中弊窦多端。虽久已革除，后之为官者，如果真光棍大恶人，方可施行。切不可轻信虚言，以致良善倾家丧命，此德无量。

余人秉具文武全才，若是心存仁厚，早已受享荣贵。可惜流入毒恶，致令惨死绝嗣，空积有多金，皆代他人作嫁衣，有何益乎？

扬州北门内，有一少壮人，生得身体敦厚，因姓余，知他生性最毒，世人都呼为"土灰蛇"，言其咬着人则毒恶难救也。他却还聪明，极肯读书，文章倚马千言可待，但最喜刀笔词讼，又专喜嘲笑人，凡见人有些须毛病，如面麻、眼斜、头歪等类，诗词立就，远近通传。年已三十多岁，不能进学，或皆为此。他有大气力，又能弓马、刀枪、拳棒，就改文习武。考过几年，又不能做武生。因而生事打降，挥拳凶恶，乡里侧目。

后来同运司前专工刀笔的人相交最厚，谋人按院衙门充当承差。彼时，买访拿访，最为大弊。但有钱的人，若不殷勤馈送，他即凭空陷害，致令破家丧命。"灰蛇"因有此大权，所以诈得钱多，妻虽淫妒，却生二子一女，衣食富余，安稳度活。

一日，吩咐妻子道："我今日在书房中写要紧文稿，就在书房内安宿，一切客来，都回不在家。"妻虽应喏，心中暗想："闻此人在外嫖几个好妓，莫不是今夜瞒着我，又接妓在书房内欢乐？"

因于更深时，唤婢取梯，放书房墙外，自爬梯上望夫动静。只见爬到墙顶，大惊跌下，口喘气急。家人细问，方说："亲眼望见丈夫在灯下，不知写甚的文章，却只有身子，竟没头脸，岂不怕煞？"

未过三日，即害对口毒疮，医药不效，头害脱落，入棺时竟是身首离开，血脓满地。所有二子，一子淹死邵伯湖内，尸葬鱼腹，一子死于泰兴县路上，无棺土埋。妻女俱随奸夫拐逃，家财亲族瓜分。"灰蛇"一生为恶，如此结局，天之果报，何曾疏漏，可不骇然！

第三十一种

三锭窟

前生业报，注定大劫，虽仙佛亦自难逃。唯竭力尽孝，即能解脱，可见孝之感应大矣。若非狂笑不语，横财可得，奈船小何能重载乎？

扬州日用柴草，大半倚靠瓜洲芦柴。康熙某年，挑三汊河，柴船不能装运，俱系脚夫挑卖，柴价倍增。徐宁门城外滩上，有个挑担穷人，姓丁，扁担为生。因他辛苦得来脚银，极力孝母，远近都称他做："丁孝子"。生得充壮有力，每日五更早起，自瓜洲挑柴到扬发卖。

一日，挑柴从教场法云寺过，遇一和尚，把丁孝子细看，因说道："你这汉子卖完柴，到我寺里寓处来，我有要话向你说。"旁人说："这大师自北京来的，法号'智朗'，最有灵验。"丁孝子答谢应承。柴卖完，即拿扁担到寺内寓处寻见大师，叩求指教。大师道："因是你前生造下来的罪业，注定目今三日内死于刀斧之下。只因你竭力孝母，不但大劫脱难，还有十余两小财可得。此后更要加倍孝母，切须谨记。"丁孝子叩谢回家。

次日。起早往瓜挑柴。因起得太早，走了十多里荒地，才交四更。昏昏月夜，远远望见许多大汉，涂的红脸、黑脸，各执刀斧，火把齐明。丁孝子吓得魂不附体，连忙把扁担横倒，跌在河坎坑内，伸头遥看。那伙人内有抬着重大蒲包，在荒地上掘窟埋好，即各散去。

丁孝子看得分明，爬将出来，用扁担掘看，都是白银，就伸手取了三大锭，仍以土盖好，欢喜异常，急忙奔回自家。妻子接着他，并不开口说话，只指着手中三锭银子，如颠如狂，大笑不住，连饭都不吃。

笑过两日两夜，方才苏醒，说："某处埋有一窟银子，乘今黑夜，快同你到彼地，分几次抬家来，岂不顿成财主？"夫妻急忙跑到，谁知只存空窟，银子毫无，如同做梦，只得恼闷空回。唯将此三锭为本钱，贩些少柴米，在自家门前发卖，家业小康。因记朗师吩咐，更加孝母。后来其子看见，照样习孝。里人共知孝感所致，名其得银处为"三锭窟"。

第三十二种

一文碑

事有最可恨者。莫如唆盗攀良。要知小民一奉拘拿，虽审无干涉，已受无限苦累。为官者，先除此弊，民享安乐之福，此德不小。

予曾著官念珠一帙，各载审奸情之法。大约奸情虽审出真确，亦当代为掩饰，则保全名节多矣。每有一等官府，喜审奸情，以当笑谈，任意诙谐。殊不知败坏男女声名，离间夫妇和好，丧德不小。尝有妇女犯奸，经衙门拘审，人众挤看，唾骂羞辱，多有改过自新者。看传公之审断，则得此中妙法矣。

看刮皮之事，恨不众食其肉。看傅公之事，又恨不逐日焚香礼拜。一喜一怒，人情原不昧也。

扬州府傅府尊讳泽洪，清正才能，善政甚多。我略说一二件，便知其余。曾拿获一起大盗，那盗首供，攀西乡里吴某是窝家，坐地分赃，打劫某某财物，都堆在他家，只求拿来对质，傅公问明年貌、住处，当有捕快跪上堂禀，发签拘审。傅公道："堂上如此明供，此系大窝家，倘再差役往拿，必然走风逃脱。本府自另密拿，且将盗收禁。"

迟了几日坐堂，将盗提出近座前，即呼皂头到宅门耳房内，将吴窝家锁出来面审。那盗坚攀吴某："如何酒饭请小的，某某财物现堆在你家，你还乱赖？"这窝家禀道："小的是本分乡民，从不敢丝毫为非，并不曾与你往来。你何曾有财物寄放小的家里，凭空陷害小的？"两人争论多时。

傅公向盗笑道："你这丧心的死囚！此人是本府衙里的家仆，因攀西乡吴某，本府随着内亲密到彼处细访，彼乃本分长厚好人。只为财富，并非窝家。"因将盗夹问："是谁唆攀？"那盗方才供出："某捕快叫小的如此坚攀的。"随将捕役重责四十板，枷号两月。如此明断，在西乡吴家，安稳过日，尚不知道。

彼时，南门内有亲夫拿获奸夫淫妇，齐带至府前。衙门外看的人，拥挤不开，填满街路。傅公先叫奸夫问，供："并没奸情，明明诬赖。"傅公叫妇人问:"如何通奸?"看妇人甚有颜色。妇供:"并无奸情,如何冤枉假谎。"

说完,傅公叫其夫,吩咐道:"这奸情方才细审,并不真确。这样一个好端正妇人,岂肯做这无耻的事? 都是旁人借奸谋害。你即把妇领去,照旧夫妻和好,切莫听信坏人唆弄。"看的众人,都不喜不服。

只见傅叫奸夫上堂,说:"你奸情事,毫无影响。"奸夫连连叩头,呼:"青天如神。"傅公又道:"本府访闻你在地方上做'刮棍',惯会揹诈害人,因重责三十板,枷号示众。"枷封朱标"刮棍"。如此事情甚多。

莅任五年。因公挂误,解任那日,人山人海,多有痛哭攀留。内有西乡吴某,同拿奸的丈夫,为首高喊道:"这样好官,我们百姓每人一文钱,起造'去思碑',少报天恩。"因将庙中化布施的钱柜,抬在府前。

不两个时候,钱积满柜,因连夜造两碑。左边是"官衔碑",右是"恩流百世善政碑",都在府大门外。未几,升做淮扬道,闻目今又升,天之荣报多矣。

第三十三种

晦气船

地方上多有惯会揭诈人之刮棍，因平昔生事，天叫由船而受刑。虽冤而偿愆①，亦非冤也。

因妒奸竟忍心杀人，思欲独乐，孰知天理不容，夫久抵命。其杀人者，实所以自杀也。

东乡邵伯湖边杨家庄，那一日大风，刮了一只船在沟头摇摆不去。彼时，本庄上有两个惯会揭诈人的刮棍，商议道："船是大风飘来，我们用索扣住，或有人识认，极少也送四五两与我们买酒吃。"

随后，又来两个刮棍，喊道："你们做这样好事，须带我两个走走。"四个人同到船上一看，吓得毛骨直竖。原来船上杀了一个人，满身是血，直挺舱内。四个人着了急，连连推船下湖。怎奈那船推去又来，只在沟内乱撞，早惊动了乡约保甲："适才你四人推船，必有缘故。"

即报了巡检司，又报了江都县，差了许多弓兵、皂快，押着四人并庄头田主，连累十余人。这县官亲到相验，杀伤是真，着保甲备棺权殓，将各犯俱送监。

审过三四堂，将刮棍人等夹打几回，俱审不出真情。又追究此船是何人家的，又拿船主。船主又说："曾有某人来借船去装粮食。"又连累借船人。那借船人却不在家，又拿借船之父收禁，逼要其子。辗转苦累，不只二十余人。已过两月，无辜的板子也打过许多，并无凶犯。

忽一日，借船的人背着被囊来家。众人正在累害，一见面，即时拿送县审。才知："因同奸一妇，为妒奸争风，将此人杀死，思欲远走他方。路上忽听有人说：'邵伯湖边船上杀人的事，县官不究，已经深埋完结。'是以回家，思谋旧好，不意又拿问罪，不用夹打，自供不讳。"

---

① 愆（qiān）——罪过；过失。

县尊听完大怒道:"这死囚虽然直招,也重责四十,定为斩罪在狱,秋后处决。"将一干人犯都释放宁家,船主人因此一船,害得人多,呼为"晦气船",不敢存留,劈碎作柴烧锅。可笑杀人的人,本欲远方逃命,天叫人传说完结无事,令犯自回就戮。坏事岂可妄为乎!

第三十四种

魂灵带

前一事，因色致死人。此一事，因财又致死人。虽是致死他人，即自致自死。因财色丧命者，岂只此二人而已。愚昧不省，说之惨伤。

出外之人，凡有铜铁重物，俱明白开看，知晓同伴，则无谋害之事。昔有买圆酥烧饼，装入布兜，舟人以为白物，捆丢江心，可为明鉴。

钞关城外荒林中，死了一人，布衣布鞋，两手是棉线带捆住，下身卵子割去，血流而死。县官相验，并无苦主凶犯，着落捕快保甲，严加缉拿，半月并无着落。

忽有一小孩童说："前日死的人，原在关口某饭店下的，是个爪洲卖布袜的人，不知何事被人害死？"捕快随至某饭店追寻，店人回说："我家果有个瓜洲卖袜的人，现有行李在房，人未回来"又问："同在一房是何人？""是个泰州卖虾米的，现今在此。"

捕快拘此人到县。审过两次，因供说："若是小的割杀，小的必然远去。还在此饭店等候人拿住，世上哪有如此呆人？"县官点头，因事不真，不便加刑。只吩咐捕快押着此人，不可放走，一面缉拿真凶。

捕快同此人走了商日，忽一日，此人走至粪坑边，将一砖物丢入坑。捕快询查，用芦柴杆取看，乃是系腿的棉线带一条，唯恐有人识出与捆尸的棉带相同，因自己失虚，扎一砖块抛入坑内灭迹。

捕快知得此情，随拉至县，一审即吐真情："原来，因卖袜人腰中积有大钱二百文，不放心，日夜系束腰肚。小的疑有许多银子。那晚间诱至林僻处，扎住他两手，将他卵子割去，死了。小的逃走几次，只看见有个长大黑人阻拦着路，不放远去。是以走来走去，只在此饭店专候捕拿正法。但小的若知道是铜钱，也不害他的命。"

县官审出真情，问个图财害命的罪，收禁处斩，赏捕快银十两，以奖其功。此事天叫小孩说出，又鬼拦去路，魂附棉带，必至败露而后已。请看世上，但有害人之事，岂有逃脱之人耶！

第三十五种

得会银

世人终日忧愁机谋，意谓利由我得。殊不知事皆数定，徽末亦难强拗。观胡姑对朱友之语明达，则一切奸邪恶念自息矣。

昔人云："衙门里面好修行。"凡吏书、皂快人等，但事可以方便者，即实力为人周全。厚报或在己身，或在子孙，断断不爽。请看善差公，家贫德重，胡姑阴助，家送小康。予曾撰书对联，赠衙门友贴司房，曰："常存天理行文案，自有荣华荫子孙。"乃实录也。

扬州西门里城脚下有个县差，夫妇长斋，时常念佛。他遇着差遣事内，若有冤枉负曲之人，不独不赚钱，还赔钱周全。所以家甚淡薄，各乡人都称他做"善差公"。

一日，忽有白发老妇来拜会道："久知台公真是良善好人，特来奉拜。"公问姓名，彼答："姓胡，人都称我为'四姑娘'，今求租东边一间草房，每月重奉租银，足够尊府用度有余。"差公道："承姑娘好意，只恐屋小不堪居住。"胡笑道："我只有佛像一座供奉，并无家伙，今先奉银一两，我明早即来。"说毕别去。

次日早晨，四姑娘已在东边房内说话，差公惊骇。胡姑空中忽说道："你不必害怕，我并不是鬼怪妖邪。你须放心待我，我自有补报你处。"因而住寓间，或现美女形，并不饮食，每日只闻念佛。或有人问吉凶祸福，凡送香仪，不论多少，俱送差公。如此半年，远近都知灵验。

我有一朱友，因有会银五十两，要摇得急用，封了三钱银子同香烛来，在中间堂屋望空叩头，求四姑娘将会银暗助摇大点得来，祷祝完了，忽闻东屋里空中说道："一切事不论大小，俱有数定，人何能强？譬如银钱，不应得的，虽一分一厘也不能到手。目今四月，银不到你，只到九月里，不必来求，你自摇得。"拜辞回来，果然不得。到了九月，才摇得来。

如此应验甚多。可见财物定数，妄求无益。人只安分随缘，即受许多快乐便宜。

第三十六种

失春酒

诸事有因，未有无因而至者。观此事，即知矣。

造业受报分两样：有"现世报"，谓今生造业，即在今生报也；有"来生报"，谓今生造业，来生才报也。今观蝎鳌之现报，虽昧者亦自晓然。一饮一啄，都有数定。何况大事，如不饮春酒是也。

江都县有个差役，浑名叫做："蝎鳌子"。因他心肠狠毒，遇着事不肯轻放，所以有此"美"称。他过年节，家中一个铜香炉被人偷去，备香烛到同班善差家问四姑娘谁人偷去，以便追寻。胡姑说："这香炉是你前生欠人些须，今偷去偿了宿债，不必追寻。倒是你目今，我有四句话你写了去，切切记着，后有应验，再来见我，那时向你说明。"因说四句道：

十二春酒，你不得吃；

一路熬煎，回来苦极。

蝎鳌写了辞回。彼时，有同班人新买门户，于十二日请春酒。那晚席座已安，杯筋已派，忽有皂头急来说："老爷坐在内衙，立等传你说话。"次即刻随到内署。只见本官与朱票同关文，吩咐："即刻起程。飞往山东齐河县，关提某要犯。如敢过限，定拿重处。"

蝎鳌急速收拾盘缠行李，黑早动身。一路忧愁，又遇大雨连绵，提得人来，已是过限，本官怒责二十。回想四姑娘曾吩咐四句都应，"回来还有话说"，遂走到胡姑家叩问。空中说道："你自想，半年前可曾索揸一人？那人因娶媳喜事，你乘急走要拘他寓处，不放归家，熬煎半月，诈银六两，才讨保宁家。神明鉴知，罚此苦累，大约你拘人半月。今一路往来，忧愁熬煎，加倍月余。当日诈银六两，今费用不止十二两，又责二十，此皆现世果报，你须当急速省悟。"

蝎鳌听完，毛骨悚然，才晓得凡人一举一动，都有神明鉴察。自后改过自新，最肯代人方便。但有坏心钱，俱不想赚，竟做了一个良善好人。

这胡姑过了年余，扬城远近问事的极多，每日应酬缠扰个不了，因辞了善差,归山习静修行。善差家业丰余,哭留不住,自后寂然。

公门修行

前人云:"公门之内好修行。"要知人之出入死生,皆操之于手。且其虎狼毒性,一见魂消;牙爪怒威,顿叫魄裂。若人于生杀之时,能一念回头,心存天理,则地狱即是天堂;倘唯利是图,不顾天理,则天堂变为地狱。眼见造业者,不独子孙受殃,即本身多遭凶祸,惨伤报应,丝毫不爽。

公门最有功德者,凡遇无辜被累,必当代为明冤。贫苦无资,不可重加逼索,图圄①重罪,当生慈悲之心;朴责加刑,宜施蒲鞭②之意。毋舞文以害平人,毋挟势而欺愚弱。奸情按律,休生轻薄心肠;捕盗催科,莫牵妻孥出丑。妇女当官,宜以好言安慰;妻儿送饭,须当怜恤容情。时刻存心积德,天必报以大福。昔徐晞为县兵房吏,有犯罪者求脱,贫无可馈。妻颇丽,具酒食令其劝觞。晞绝裾而走,力为救出,后由佐二历抵兵部郎中,复巡抚甘肃,仕至尚书。此修行妙法,在公门内谁个不能? 但患在不为,真可惜也。

---

① 图圄(líng yǔ)——监牢。
② 蒲鞭——蒲做的鞭子。

第三十七种

旌烈妻

五伦为世之纲领。予不知程氏不过一女流,乃即知夫纲之大义,岂不深可敬哉!忠孝节义,皆秉乾坤之正气。是以古今许多圣贤仙佛,俱从此立定根本。程氏可为秉正矣。忠臣不事二主,烈女不更二夫。具此志气,程氏若系男子,必尽忠孝无疑。

程氏年少女流,并不知书识字,即志重夫妇之伦,视死如归。今世之堂堂男子,读圣贤书籍,每有置伦理大义于不问者,观此可不愧煞。

予舍旁隔十数家,有邻人项起鹄。娶妻程氏,年方二十三岁,美貌端庄,夫妇和好,最孝敬公婆。未两月,同友往广东贸易,不意数月病故。凶信至家,程氏即换丧服,日夜痛哭,汤水不食者五日。公婆忍泪,谎言劝慰道:"路途遥远,生死未知确实,何即轻信?"再三婉解,程氏少食粥汤。

忽死信又至,程氏即哭辞公婆,又哀托夫弟竭力孝养公婆,程之父母齐来力劝。彼口哭泣,答:"以无子,相守何人?公婆幸有夫弟相托,我可闭目于地下矣。"是夜自缢,时在雍正三年十月初七夜也。

王县尊询知其实,随捐俸买地,葬于平山堂旁,起牌坊题"义烈堪夸"四字。又刊对联云:

烈烈轰轰,我美胜鬓眉男子。

生生死死,伊自了宿世因缘。

安葬之日,王县尊备许多祭品鼓乐,亲自至墓,焚香再拜,泪流满面,停伫多时方回。是日,合城乡宦士民,远近观者,填塞山冈。又有诸名公题赠挽诗歌章,粘满坊柱。

要知程氏不过一寻常贫妇,乃本县父母官,以及仕宦祭拜感叹,何等光荣!直至今日,每年四时,凡游法海、平山之人,必至墓前瞻仰,无不悲伤叹息,实可垂诸不朽。

第三十八种

剐淫妇

男子有德便是才，女子无才便是德。要知读书识字之人，淫词艳曲、风流惑乱在在难免。唯妇人水性，一有私情，即不顾天理王法。试看程氏，并不知书识字，却知伦理义烈，何等光荣！黄氏聪明多才，读书过目成诵，却灭伦犯法，万人唾骂。虽有满腹珠玑，何足贵乎？

牛之牵犁拽耙，万苦千辛，有大功于世，所以杀牛、食牛之人，历有恶报不爽。今黄氏之夫，喜杀牛，天假黄手，身剐六段，又因牛刀究出真情，罪犯凌迟，是皆现报自取也。

广储门城内，有妇人黄氏，生得身体丰厚，皮肤雪白。又知书识字，颇有聪明，读书过目成诵。善能行医，内外幼科，脉理药性，俱皆精通。出入乘舆，在城脚下三间屋居住，前有天井空地。凡外来男人，不拘老少贫贱，或有病无病，或知文不知文，俱面会谈论，滔滔不绝，全无愧忌。其夫最好饮酒，有利刀喜于杀牛，若口教有不能屠者，即请伊宰杀，得银沽酒。平日夫妇最相和合。

黄氏忽又看上每日抬他的轿夫。这轿夫充实，颇有精力，因与往来稠密，过于胶漆，只虑处暂欢娱，不得久常快乐，且更碍眼碍手。二人造谋，先将平日用的老妈托事遣出，就用屠牛的刀，于某夜将夫灌醉，割下头来。又虑尸骸无处出脱，欲将天井空地，镯①一深坑，埋藏灭迹。因将夫身、手、足、头、腹，分剖六段，便于深埋。

那日用锄镯地，方才向地一镯，谁知地坚如铁，声响如雷，左右邻人喊问，不敢再动，因此不敢埋藏。其住房与城墙相近，二人乘半夜无人时，竟各携尸段，走上城来抛于城外城脚下。又因心慌丢不及，留几段在城上。又恐有人认出夫像来，只将人头埋藏院中灰堆内。

次日，惊动合城内外，看的人多，如同蚁集。保甲飞报府县各官，是时

---

① 镯（zhú）——同"斸"，大锄。引申为掘。

熊县尊讳开楚,即刻亲至彼地各处踏看。吩咐保甲、捕快:"这杀人凶手,只在此地左右不远。若是遥远,怎能抬尸段□□搋度此事,且不是一个人所为。汝等须要上紧,挨家查访缉拿,先将尸段暂殓棺内。"保甲、捕快不敢迟玩,果然挨门逐户,细查细问。

这黄氏与轿夫日夜宣淫,声息渐闻于外,邻近人家,亦多疑惑。

一日,捕快同着保甲,走到黄氏家内,查问:"其夫因何不见?"黄氏答:"以川广贩卖药材,出门时原说迟四五个月就回来了。"言语支离。

县尊拘押巡捕、快役查比,几次回禀:"只有黄氏可疑,除此之外,别无影响。"因将黄氏同轿夫拘拿到县,审过三次,口供坚定,也曾刑讯,并不招认,并无实据,又无见证。事关支解人命大案,县不能定,因详请解府审讯。

那时府尊姓施,讳世纶,为官清正,最有才能。细审黄氏、轿夫,俱不供招,收禁另审。后又唤黄氏紧邻至内堂深处,密密细问:"某夜可曾听见有何动静声息?"回供:"那夜二更时,只听得黄氏家地下有□响数声,我们高喊问时,就安静无声了。"又问:"黄氏□□可有服侍的用人?"回供:"向日并无奴仆,只有一老妇以供炊煮,今已回去多日了。"又问老妇乡里姓氏。

施府尊因着内衙人到彼处密唤老妇至内署,婉转低言,细细询问,那老妇并不肯说。又再四盘问、哄诱,后来才说出真情:"黄氏叫老妇人回乡去,后来又着人来叫老妇人到他家内,下了我一跪,叮咛切戒,莫与人晓得,与我银三两,血污衣服四件,屠刀一把。血衣虽洗净,都存在我妇人家内。"

因着人取来,提出黄氏一讯,看见衣服、屠刀,不用多问,不用动刑,即刻招认。又问:"夫头埋于何处?"供明即干灰堆内取出。定招问为凌迟剐罪,其轿夫死于狱底。请详具题行文下来,着剐黄氏。

那一日,看的人有几千万,予亦随众往看。只见黄氏剥去衣服,只留布裤,雪白身子绑骑木驴,头发扣在驴桩铁圈上,牵至北门外,依律凌迟碎剐。扬城男妇老幼,无不快心,无不唾骂。皆是自作之罪,应当自受。虽有才能,何足惜哉!

戒食牛肉说

人与物虽异,而其贪生怕死,原自相同。试看极微之虮蚁,逢擒则奔,乃知其惜命,莫不如然。但有仁慈之心者,凡一切物命,不论大小,俱当爱护,不可杀彼形躯,充己口腹。然其中最有功于人者,无过于牛,尤当怜惜,顾忍将有功之物,杀而食之乎?

夫牛之不可食者有三,予试言之:观牛之为物,起草除田,代民稼穑,任重致远,代民艰危,计在彼之年功,罔非劬劳①之事,凡在我之资生,悉伊竭蹶之勤。人应惕然,想其百谷之何来,方且爱惜之不暇,岂忍或剥、或烹,以举箸而下咽耶?此牛之不忍食者一也。牛乃上天元武之精,下土太牢之气。非郊祀不敢用,非天神不敢歆②。人若食之,岂不既不造食牛之孽,而复有僭妄之罪乎?此牛之不敢食者二也。在食牛者,固自以为有益于身也,殊不知正大有伤于身也。尝考之《本草》,黄牛有毒,食之发疽,黑牛尤不可食。自死者血脉已绝,骨□已枯不可食。病死者发癫疾痃癖,令人洞下注病□,□疥牛之发痒,独肝牛食之,令人痢血死,且牛能啖蛇,啖过蛇者其毒尤甚,食之立死。观于此,则知牛之为毒非轻。

人尚食焉,不几以性命仅易一脔③,而片脯遂丧终生哉,此牛之不宜食者三也。合此三者以观,是凡今之人,理宜体天心、念物力、爱己身,而坚戒不食也,奈何庖丁之子,初不思牛之上列天星,下兴地利,中伤性命,日为宰割而饕餮④者流,非牛不饱,是诚何心哉?卒之食牛者与不食者,气体未尝或肥,致令冤仇相结,罪孽是造惨恶之报,殃及其身。言念及此,能不凛然?

予历观今昔,其戒而不食与杀而食之者,善恶之报,彰彰可验,不觉目击心伤,因举家皆戒不食。复念俦伍⑤之品不同,但好善之心则一,特述为愚言,广行劝勉。唯祈不食牛肉,曾不费财粟,坚意勉行,亦不甚难。伏望仁人君子,于阅览之后,即为戒食,其增延福寿,如影随形,可不待言矣。

---

① 劬(qú)劳——劳苦;劳累。

② 歆(xīn)——飨,谓祭礼时神灵先享其气。

③ 脔(luán)——切成块的肉。

④ 饕餮(tāo tiè)——比喻贪婪凶恶的人。

⑤ 俦(chóu)伍——同类。

第三十九种

定死期

　　甚矣,因不可种。有因必有果,未有无因而果者,亦未有种瓜不得瓜而得豆者,试看葛老事,因抚抱知府喜爱,又因公子被狗害命,辗转牵引,都有前世来因,岂是旋作而致耶?

　　一饮一啄,俱有定数,何况死生大事?所以死之时刻地境,皆不可移易。世人好谋妄想,究何益乎?总之,唯要现今时刻,存心多种善因,而戒恶因,最为紧要。

　　今之过河渡船,每每平板铺在船之上层,两边并无遮拦,取其站得人多,又因撑船人易于前后用力。殊不知船之上重下轻,或遇阴雨湿滑,或人多拥挤,或衰病老稚,或立脚不稳,倘船一歪欹①,人多坠水。若在冬寒,性命难保。予欲造渡船,当着底铺板,人皆站立船底,且四围高栏,撑船人只在船之首尾用篙,则船下重实,不致上浮,何等安稳?但未试验,另日与老船家议之。

　　凡过渡上船,人众拥挤,不可抢争先后,最要留心略缓,足站稳实。昔有"过渡莫争先"格语也。

　　抚抱小儿,唯出恭之时,切防犬来吃粪,致误大事。

　　扬州东关过渡,往来拥挤,最要小心。康熙初年,渡船人多,舟人手滑,船忽半斜,坠落十余人。其时冬寒,随时捞救俱死。

　　只有一葛老者,六十多岁,自言落河时,但见水底明如白昼,堂上有一官员,查点人数。至葛老者,即高声说:"此人阳寿尚有二年,当死于苏州狱内,不该死在此处,速着人推上岸去。"葛老听得明白,切记在心,因而救活。

　　过了半年,有官船由扬经过,差人四处寻葛老面会。拉至船上,只见一少年官员,说道:"本府乃苏州府知府,因老太太每常说本府幼时,感你

---

　　① 欹(qī)——倾斜,歪斜。

小心抚抱成人，又因你年老单身，时每挂念。今本府生有小公子，年方周岁，特来寻你，跟随本府至署内，抚抱公子。每年厚给工食，以为养老之用，又可报答向年之情。"葛老跪下，力辞不去。

府官再三询问，才将东关落河，死苏狱之话细禀。官笑道："本府现任苏府，下狱不下狱都在本府执掌。况你年老，既不为盗，又不作恶，从何犯法，致令下狱？此虚谬之言，切不可信。"再三强劝同行。葛老遂依允，收拾行装，随船至苏府署内。夫人太夫人喜极，小公子一见如同旧识，极相亲爱，小心抚抱。

约有年余，其时奉督院传苏府赴江宁会审。葛老偶一日，在署内把小公子出大恭，旁边突出一狗来吃粪。葛老未曾防闲，狗竟一口将小公子肾囊吞下，公子即时疼死。夫人哭得死而复苏，急呼家丁："将狗立刻打死。将葛老送狱，候老爷回署发落。"葛老至狱，仰天大哭道："二年前东关落水时，即知苏狱是我尽命之处，又何能活？"因于是晚自缢狱内。

苏府回署，悲叹不已，方悟诸事皆是前生积业注定，各有来因，俱非人力可以逃避也。

第 四 十 种

出死期

世人每多惜财，不肯施济积德。殊不知，大限到来，财可能带去否？安得神人预示死期指点而延促寿耶？早速省悟，勿再昏迷。

或有说我这出死期之事，乃是造语以劝世的。若有此意者，真大没见识之人也。试看从古至今，夭促因积德而至长寿者极多，又有该长寿因损德而致夭亡者亦复不少，载不胜载。即如裴度面上，螣①蛇锁口，不独夭寿，且主饿死。只因还带一事，短命改为长命，复又贵登宰相，死期岂不可出乎？袁了凡因积德而延寿命，死期岂不可出乎？大数虽已注定，转移权柄在人。凡心中若起善念，当愈进于善；若起不善之念，即时消除。世上出劫长寿之法，无过于此。况钱广生系现在实事，又何疑乎？

顺治末年，小东门有个钱广生，开茶叶铺。每年从霍山等处置茶叶，贩与各铺零卖。为人性极刻薄，积得现银五六千两。他生得相貌胖厚魁梧，皆以大富翁称之。

其时有个相士，名唤"余鬼眼"，生得两目碧绿。自淮上来，寓在府东旌忠寺内。风鉴决断如神，远近趋教者极多。广生自己倚着相貌甚好，亦备赀往看。到了寺寓，只见先有一人在内谈相，乃是平昔识认的赵朋友，见礼坐下。只得相士向赵友愁眉说道："尊相生得头皮宽厚，山根高直，原是福寿之相。但嫌黑气侵入天庭，不知目今做了何等坏事？只在一月内，寿数难逃，且主凶死。"其人大恼而去。

随挨这广生即向前请教。相士将相貌细细观看，道："尊相身体敦厚，准头丰大，一生积财富余。只是人中短缩，两眼露神，更加面皮虚薄。诀云：'面皮虚薄，虽人中长而寿亦亏。'又云：'面皮急如鼓，寿只三十五。'请问多大年纪？"广生答道："今年正是三十五岁。"相士又道："莫怪

---

① 螣（téng）蛇——古书上一种能飞的蛇。

我直说,寿算只在百日内归天,身后之事,须要早为料理。"

广生送了相金,回家着实烦恼。自想:"先相的赵朋友,说他只在一月内必死,我尚远有百日,且细细询问赵朋友应与不应。"

原来,这赵某系江都县书吏。其年旱荒,奉上发赈米赈济,是他经管,自己就虚捏多户,侵蚀赈米五十余石肥己,本官察出处死,果在一月之内。广生见赵某已经神验,更加忧虑。

一日,坐在茶叶店后半间屋内纳闷。忽见已故某仆来说道:"奴因生平忠直,城隍尊神收奴充差役,专勾拘人犯赴冥。今见票上人犯四名,内有主人名字,特来报知。我先往丹阳等处拘人,挨拘到一同前往,可速些料理家务。我三日后必到,一到刻不能缓。"说完,不见了。

广生听得明切,且在白昼,非同梦寐可比。自想:"夫妻恩爱,难割难舍;儿女幼小,不曾成立。许多未了事件,不知料理那一件。"心绪如麻,只是号陶痛哭,声惊邻舍。旁有老翁来问知因,说道:"生死大事,无法可作,痛哭苦恼,俱有何益?闻得天宁寺巨渤大和尚,是个得道高僧,你急速去求他指点,或有可生之路,亦不可知。"

广生依言,即往天宁寺方丈,寻见渤师,说相士、故仆原委,痛哭跪求。渤师道:"人之死生定数,何能脱逃?"广生更又哭求不已,渤师道:"要依僧人两件,或可回天保护。"广生道:"若能不死,无不遵从。"渤师道:"第一先要焚香,对佛发誓,将平日刻毒尽改为仁慈。格语云:

　　仁是长生法,宽为大宝箴。

不唯怜救人之危难,即禽兽虫蚁,俱不可损伤。格语云:

　　天本好生,当行放生;

　　人欲长生,须戒杀生。

　　人欲长生须放生,此是循环真道理。

　　物命死时你救他,你命死时天救你。"

渤师又说道:"第二要将所积现银,分一半做实在救济人的功德,只留一半遗与子孙。格语云:

　　人生世间,方便第一。

　　力到便行,错过可惜。"

广生听完,满口依从。渤师问道:"汝积银若干,须要实说。"广生道:"实有现钞六千余两,今蒙吩咐,情愿将三千两积德。"渤师甚喜,又说道:"此二件系德行以为□主，又要二件功夫为之助。所谓功夫，并无多法，今传与汝，须当力行。只有一句曰：'坚持正觉'。若能精悟此句，则西方莲座，续添汝矣。又尘世妙法，悭斋现刻有《三神咒》最简捷，最灵验，我俱查交与汝。虽遇俗事极忙，每日亦要三遍、七遍，只不间断，福寿必然全备。又'十锭金'心法，一同传汝。若能体行，一生安乐有余。"因将诀法交与，广生信心喜授。

看毕，向师说道："'观音咒'、'准提咒'，容易记诵，惟'弥陀咒'，少为难记，弟子愚朦，只会念阿弥陀佛。至于神咒，另日持诵，不知可行得否？"渤师说道："只一句'南无阿弥陀佛'，虔诚多念，功亦无量。"又问道："汝用三千金做功德，意思要做甚的功德呢？"广生说道："弟子亲见有人冒侵赈米五十余石，即促寿凶死。目今年岁大荒，米价贵至每石一两八九钱，草根树皮俱尽，饥民遍野。弟子情愿将此银买米赈饥，这功德岂不实在？"渤师大喜道："如此用心，普救民命，深为大德。但须即日买米，堆贮呈县，迟则悔石生而财难舍矣。"

广生即着人赍银三千两，飞往产米处买米送厂，接凑赈饥。渤师一面吩咐广生："在僧人方丈法座旁，将我日用的念珠，专心念佛。过十日回家，则难劫去而寿命可保延长矣。"广生俱皆依从，果然并无灾殃。

自后存心宽厚，力行善事，每日诚诵神咒，并不隔间，常依十字心法。后来生子三人，孙七人，曾孙二人。玄孙一人，子孙又体祖父之志，存心慈厚，又持咒不懈。其子同心合力，乃贩茶贸易，又增开一大布店，十分兴旺。最难得者，夫妇结发齐眉，广翁寿至一百零六岁，康健少壮，鹤发童颜。

过百岁日，予往祝寿，只见满城内外，人众几千，拥挤不开。但他不过是贸易之人，本城府县、大小各官绅衿，俱亲自到门恭贺。又见亲友、鼓乐、寿轴、寿礼，迎赠金字对联二副：

    眼见四朝事　　　　　身为百岁人
    百年夫女齐眉乐　　　四代儿孙绕膝欢

又金字匾额二：

    熙朝人瑞　　　　期颐全福

又锦屏寿文，冗长不录。如此荣耀，扬城人民，俱赞扬罕见。

又过了六年，忽一日，广翁并无病痛，遍呼子孙至前，说道："我寿命只该三十五岁,遇渤师指教,今已百六岁,可谓增延七十多岁,且又子孙满堂,财谷饶余,感念神天祖宗保佑,兼之自己专意栽培,所以致此。今日早晨见故仆某来告:'向日勾摄之行,为有功德,中途撤销,午刻就有西方神圣,长幡宝盖,接引主人前往极乐世界,永享福果,并不由阎王地府。奴因感主人宽待恩惠,知此消息,特来预报。'说毕而去,是以呼汝等子孙来,当面吩咐,各要依我,常存天良,不可违悖。"说完,念佛数声,闭目端坐而逝。

　　由此看来,可见延寿享福之法,都在各人自己为持,丝毫不爽。

通天乐

目 录

第 一 种　长欢悦　快乐心法 ……………………………（417）

第 二 种　莫焦愁　莫愁诗 ………………………………（420）

第 三 种　沈大汉　武略私议 ……………………………（427）

第 四 种　麻小江　拟禁打降告示 ………………………（430）

第 五 种　追命鬼　娶妾纳婢论 …………………………（432）

第 六 种　讨债儿　速还负债说 …………………………（434）

第 七 种　除魇魅　恤贫现德 ……………………………（437）

第 八 种　打县官　恤农现德 ……………………………（440）

第 九 种　下为上　禁锢婢议论 …………………………（442）

第 十 种　尊变卑　骄傲论 ………………………………（445）

第十一种　投胎哭　因果图说 …………………………（447）

第十二种　念佛功　念佛三昧 …………………………（449）

第一种

长欢悦　快乐心法

　　长，是久远也。有时刻不忘之义。欢，是欣幸之极。悦，是自心喜极。盖悦在自心，乐散于外。得岁月，延岁月。得欢悦，且欢悦。万事乘除总在天，何必愁肠千万结。此邵子歌也。人能体贴此数语，则一生快乐有余。要知一切名利愿欲之事，总因各人前生积业而来。上天久已注定，人徒谋虑争夺，有何益乎。所以田老者，自号靠天翁，识破造化之本源矣。

　　康熙初年，有个田老者，自号靠天翁。为人最长厚，少壮时曾做过一任县丞。到任之后，上司之馈送，各项之料理，若点缀不到，非是委解钱粮，就是押送重犯，终日奔波不宁。凡民间讼事，或上司批词，他立心循理。但有来嘱情的，俱不肯依；但有来贿赂的，俱不肯收。若要他以曲为直，断断不能。时存天良冰心铁面。因此乡绅士宦，俱不喜欢田老。见来的事件，人半是坏心钱财。欲做清官，奈自己家不富余，微俸无几；欲不做清官，自心不安，报应可畏。因而未到半年，即告病回家。

　　城外一里多远，有一大竹园，每年四月间，发笋与人贩卖，得资以供食用。园中有草房三间，安住妻子家眷。屋旁有小草轩一间，草花数种。他生有两子，一子略知书文，即教训蒙糊口。一子壮实粗拙，即教耕种度日。田老者不喜入城，每日只在园中逍遥快乐。予友向我传说，田老者今已九十余岁，须发尚未全白，形容少壮，此当今之异人也，不可不去拜访叨教①。子固执贽至翁竹园，只见万竿绿竹参天，屋傍草轩自题曰："啸玕自乐"。书积盈架，柱有二联云：

　　　　随时快乐随时福，一日清闲一日仙。

　　　　竹里常怡无事福，花间熟读快心书。

又见两壁上粘格语四联：

---

　　① 叨(tāo)教——客套话，领教(受到指教，表示感谢。)

一枕卧羲皇，睡起每因黄鸟唤。

数椽栖巢许，闲来唯笑白云忙。

人莫欺心，自有生成造化。

事皆由命，何须巧用机关。

机息时，即有月到风来，不必苦海人世。

心远处，自无车尘马迹，何须痼疾丘山。

得了便非贫，身外黄金何足美。

能闲即是福，世间白发不相饶。

少时田老出来相会接待，极其谦和，语言极其浑厚，真是有道高人。因与交往。数月之后，我拜求田老如何得此高寿。田老曰："我法最简最易，但世人不肯信服。心之愿欲若要满足，何能得遂。只需自己假设境界，则心中快乐不已。我自有假设三条云：

今只无灾无病，得此康宁，即自以为天上神仙，快乐极矣。

今只蔬饭布服，得此饱暖，即自以为玉食锦衣，快乐极矣。

今只茅屋竹篱，得此安住，即自以为蓬莱阆苑，快乐极矣。"

田老又曰："此三条之外，老汉向日曾受朝廷一命之荣。本是微员薄俸，我自以为高官厚爵。今虽辞官，尚多荣耀，岂不乐极。此一条不入前三条之内，恐多有未曾为官者，岂不缺典，只需前三条，并不烦难，世人俱可自为，即是心满意足，寿由此而延长，福由此而加添，病却身安，得效最速。至于一切得失乘除，俱从各人前生修积所致，上天俱有主宰，今唯有靠天过活，所以我一生并不愁苦机谋。我因自号靠天翁者，此也。鄙见如此，不知高明以为何如。"予深喜敬服，因又恳求长寿捷法。田老又传八句云：

保养三般精气神，少言少欲少劳心。

食唯半饱宜清淡，酒止三分莫过醺。

常把戏言多取笑，每怀乐意不生嗔。

炎凉变诈都休问，让我逍遥过百春。

凡得其指点者，俱皆悦从。其后田老寿至一百一十七岁，无病而逝。总因田老者立心长厚仁慈，已有根本。欲求快乐福寿者，未可只循其法，而置根本于不问也。昔紫阳真人有二句云："黄芽白雪不难寻，达者须凭德行深。"通此窍矣。

快乐心法

人生在世，不论何等境界，唯以存心快乐，为第一事。但此快乐，非谓遂诸愿欲而然，须自假设乐境。靠天翁之法已悉矣，不必再措一词。唯予自立心法，只一句七字曰："安宁饱暖即天仙。"要知此一日也，地狱众生挫烧舂①磨，刀山油锅者，不知经几多惨苦。饿鬼众生饮铜食铁者，不知经几多惨苦。飞卵湿化诸畜生，衔铁负鞍，生烹活剥，刀割斧剁者，又不知经几多惨苦，而我总无从知晓也。纵得为人，当想世人，每多疾病呼嚎展转床榻、医药不效、痛楚难堪、望救无门者，又有痈疽②疔毒、痛钻心髓、浓血淋漓、求死不得者，不知其几万千。我今幸得身体强健，无病无痛，是安之一字，岂非享天仙之乐耶。至于苦难之事，更甚殷繁。要知世上人，每多自罹于名缰利锁，离家别业，红尘白浪，餐风宿露，奔波劳苦而不息者，有贫穷卑贱、无奈无耻者，有官粮私债追逼无完者，有骨肉至好、事逼分离难割难舍者，有卖男鬻女剜肉医疮者，有含冤负屈控诉无门而莫伸者，有刑罚枷责囚锁牢狱者，有贼盗劫杀水溺火焚、蛇螫虎咬死亡无救者，种种惨苦可怜可悲者，万万千千，笔难尽述。我今幸得平安自在，是宁之一字，真有天仙之乐矣。

再看世之无衣无褐、寒侵肌肤、食不充口、饥饿难忍者，又不知其众多无数；我今幸得布衣蔬食，免许多饥寒苦楚，是饱暖二字，不亦有天仙之乐乎。人当时时刻刻想念此一句，则知感上天赐我甚厚，不可不力加德行，栽培以少补答，更须勤修道果，普救含灵脱离诸苦方，遂予心之大乐也。

心宽性怡快乐，就是福。无病无痛康健，就是福。

布衣蔬食饱暖，就是福。茅屋竹篱安稳，就是福。

天伦家口团聚，就是福。兵戈不扰太平，就是福。

家门清吉宁静，就是福。书酒花月领略，就是福。

明窗净几闲逸，就是福。草榻绳牀鼾眠，就是福。

---

① 舂（chōng）——把东西放到石臼里捣掉皮壳或捣碎。

② 痈疽（yōng jū）——毒疮，多而广的叫痈，深的叫疽。

第二种

莫焦愁　莫愁诗

莫者，禁止之词。含有切忌切戒，毋再复蹈之意。火烧太过为之焦。焦者，火烧木也。木被火烧，顷刻灰烬。莫焦莫愁，有急急救熄，不可稍迟之意。又有焦燥之焦，是言性气之急燥，怒恨抑而不伸也。

要知焦最损人。孙真人云："木还去火不成灰，人能戒性还延命。"此性字，即性气急燥之性也。愁者，忧之过甚而不止也。总之，"焦""愁"徒自苦恼，与人何尤。可不戒哉。

邵康节有醒语曰："万事乘除总在天，何必愁肠千万结。"只明此二句，则焦愁之患除矣。

袁宏道云："人情必有所寄，然后能乐。有以文为寄者，有以酒为寄者，有以奕为寄者，有以技为寄者。古之达人①，高人一层，只是他情有所寄，不肯浮泛虚度光阴耳。每见无寄之人，终日忙忙，如有所失，无事而忧、对景不乐，即自家亦不知是何缘故。这便是一座活地狱。更说什么铜床铁柱，刀山剑树也。"此篇绝妙指点，予谓寄情有清浊二种：清寄如书、酒、花月等类是也；浊寄如骄、奢、嫖、赌等类是也。能领清寄者，即日日做快乐神仙。甘蹈浊寄者，即日日为苦恼囚犯。但此二途，一是现在之天堂，一是眼前之地狱。随人自趋，并无阻拦。奈人明知有天堂而不赴，反自入地狱，是诚何心哉？良可叹也。

昔有与僧交往，见其计谋奔逐，因作诗晓之曰：早知都是自拘囚，不合因循到白头。汝既出家还扰扰，何人才得死前休。此予改正之诗也，岂独此僧为然，举世甘为自拘囚者不少。昔信大师礼三祖曰："愿和尚慈悲，乞与解脱法门。"祖曰："谁缚汝？"曰："无人缚。"祖

---

① 达人——旧指通达事理的人，达观的人。

曰:"既无人缚,何用更求解脱。"信于言下省悟,此解脱最妙之法。今虽知之而仍甘为自拘罪囚,竟将千金难买之时光,因循虚度而不领受清寄之快乐者,总由往因积业所致,是以不得自主也,深为可惜,可怜。

韩苦鬼诸事,皆从鄙啬辛苦而起。唯每晚早睡之法,深为可取。治家者,不可因人而废言也。

家资不在多少,只要教得子孙贤能,保守得固。不然千金亦易销散,徒为自苦,有何益乎?

人欲享乐,先要立享乐根基。所谓享乐根基,即吾人之良心也,试看靠天翁,不枉法治民,已有根基矣。后果至快乐福寿。今韩苦鬼,劝伊宽恤贫穷,并不依从,既无享乐根基,致令终身困苦,后代销败,理必然也。

康熙初年,有一人姓韩,开张柴米大铺,因他最有机谋,性气急躁,时刻照管出入,极其刻薄,终日愁眉不展,无事而忧,对景不乐,从不曾见他有一笑脸,远近人都恨他刻毒,起个美号,叫做韩苦鬼。每日打探各处柴米价值,某处价贱,即往买来发卖,某处价贵,即改往贱处贩卖。

这人有许多癖病,即如不住高大房屋,不穿绸缎衣服,不与富贵交往,即荤腥肴馔,亦不肯用。人俱可学,独有三件事,人不能学。第一件是不赴人酒席,自己亦不请人酒席。人问其由,韩答道:"我去赴人筵席,彼费多金,我能吃多少。领过人的,不能不回答,将有用之资,如此浪费,岂不可惜。"第二件是出外贩买柴米,旱路不骑驴,水路不乘船,都是步行。人问其由,韩答道:"扬州地方,东不过大桥张汪一路,西不过廿泉各集场,南不过瓜洲镇江,北不过邵伯高邮,虽远亦不出三四十里,天生我这双脚,若不走路,要他何用。只看世上穷苦人,推车抬轿,挑米担柴,拽纤摇橹,他难道不是父母生成的,我这样安稳步行何等快乐。"第三件是每晚早睡,从不点灯。人问其由,韩答道:"每晚早睡,有五件益处,一者子弟家人无奸盗酗赌诸坏事;二者厨下无火烛之灾;三者灶上无跌破碗盏之虑;四者夜半睡觉已醒,又可听防贼盗之窃发;五者次日早起精神强健,不致昏沉失晓,至于每年省下灯油极多,又不必言矣。"友人叹服。

他只生一子,十多岁放在学堂里听随先生教训,整年累月,不得闲工夫,总不查问读何书,写何字。终日只在财上盘算,真个披星而出,带月而归,年纪才三十七岁,形容衰老,犹如六十余岁。昌黎公有年未四十而发苍苍,而视茫茫,而齿牙动摇。以此移赠本宗之苦鬼,切实不谬。

他空手未曾十年,创业家资约有千金。我因家中日用柴薪,承他照底价卖与我,供用不缺。又因他说话从不失信,所以与他交契。闻他做人刻苦,因到他家内面说道:"世上最苦是贫贱人,凡来买柴米不多者,只看些微利息,宽让体恤;你年将四十,我见你劳苦奔忙,焦愁不了,你自念衣食有余,略放闲散些,也受用许多快乐,何必终日自苦。"因将我向日撰的《新七笔勾》,摘出一条,就在他家内写成斗方奉与他粘壁,嘱他朝夕醒悟。词云:

终日忧愁,用尽机关不肯休。贫贱天生就,富贵天缘凑。休算计五更头,明朝依旧。略放宽心,落得安闲受。因此把妄想贪求,一笔勾。

韩人接过斗方答说道:"重蒙台谕,言言金玉。但我这生意原是贫人买的,利息若少,岂不空代人劳苦。只因我的儿子幼小,趁我壮年,再苦积得千两,我也心足,那时安闲未迟。"

我见言如不言,就告辞回来。我自暗想此人,虽再积千金,恐怕又望万金。这样痴愚真可怜也。

韩人打探得里河场内,出有红草极多,大有利息,每千束本银不过七八两,盘运至扬,即卖至十五六两,除去船资杂用,每千竟有四五两之得。韩人大喜,整齐本银,雇两只大船,往来装贩多次,果然大得重利。

不意那年山水暴发,将高邮至邵伯湾头一带河坝,倒卸极多,奉总河大老爷宪行,立等要红草打坝,着令江都县将一切草船封贮,运送河塘,候领官价。韩人心急如火,暴躁如雷,无极奈何,忍着性气只得随至河官委员处,候领草价,十分不得五分,又用去盘缠杂费,亏折三十余两。自己焦愁恼闷,饮食减少,未十日,右眼红肿,痛不可忍,又舍不得钱医治,只是苦捱,渐渐太阳额角,联络左眼也复肿痛。无极奈何,只得请眼科名医张守斋医治,那张医一看,即说道:"目得血养,方能明视。今此眼都因心火上炎,烧灸肝经,睛已凸高,甚是很重,因何不早治?如今第一件要紧的事,全要自己平着性气,切莫焦躁忧愁。服药调理,犹可保得左眼,若不上紧怡养医治,两眼俱难保固。"因此日日医治。

韩人无极奈何,只得捺着性气,勉强平和。未过一月,右眼已瞽,只留左眼一只。人不叫他韩苦鬼,都顺口叫他做瞎苦鬼。他眼睛才医好了两个月,闻得红草因官封价贵,瓜洲芦柴有利,仍旧并不乘船,步行至瓜洲买柴。已经走到八里铺地方,忽然阴云四起,狂风大雨。韩人借一家门首暂躲,候雨止前行。不想那雨越下越大,守至黑晚雨尚不止。虽时在七月,天气尚暑。他不肯敲门往人家借宿,恐怕又要费钱,只在门外檐下蹲了一夜。哪知受了风寒,遍身火热,那一家惊怕,问明住处,雇轿抬送到家,已自病重。疼痛呼嚎,急请太平桥八十余岁老医王二玉诊脉。之后,即向韩人说道:"人身梦幻泡影,原是虚假,不可认真。焦愁劳苦,有伤元气。此病平日精神亏损,风寒易侵,若不急急发散,怎得消除。因用药发汗,汗后用心调摄,不可再有失误。"医治三个多月,用去许多银子,才得少愈。

复又闻知瓜洲南米到了极多,价贱利重。因此不候全愈,就到瓜洲买了一船米,贩到扬州卖。不意船到扬子桥,河路涌挤,被一漕船上篙捣着米船,将船截漏,米被水浸。急忙另雇一船,呼人挑运过船,已是许多水入船,坏去米三十余石。每石不得半价,人尚憎嫌不要。韩人气填胸膈,不由不焦愁气恼。漕船是奉上行运粮的,谁敢控诉。无极奈何,只得隐忍而归。形容顿变,饮食减少,只是昼夜叹气。才四五日,腰上忽起一发背大疽,急请内外科钱亿林医治。钱云:"总因心事焦愁,抑郁不伸,气血凝滞,致成此患。但今饮食甚少,疮顶平塌,药饵在次,全要自己诸事放下,开怀排遣,时长欢悦,药才见效。服药之后,若是疮不高起,饮食不加,即另请高明,切莫自误。"哪知韩人,当此重疽,并不宽怀,心里又焦愁这件,又焦愁那件。时刻暴躁,只要急速求愈。后五六日,更换数医,越医越重,汤水不进,烂成深塘,浓血淋漓,日夜叫喊,竟至命绝。寿只四十二岁。

子虽十八岁,世事不谙,亲族代为料理,收殓,治办丧事。尚未半年,子被坏人引诱,奸一私窠①妇人。有恶棍串通拿获,拷打送官,措去二百多金,方才释放。又未半年,复又被坏人引诱赌钱,将家财尽数白送与人。竟弄得衣不充身,食不充口。饥寒难忍,无极奈何,只得自己挑菜卖银糊口。可怜韩人辛苦刻薄,挣起若大家财,不肯教子成人,痴愚至此。不可不述,以为世人切戒。

---

① 私窠(kē)——借指人安居或聚会的处所。

莫愁诗

　　予先大人维石公，手抄俚俗旧诗数十首，每常自诵。予今选订新翻，或妄改几句，或妄换几字，颜曰莫愁诗。唯供我愚人吟咏快乐而已，未可以诗法较也。

世事茫茫无了期，何须苦苦用心机。
寻些乐处酤杯酒，偷个闲时诵首诗。
放荡五湖思范蠡，纵横六国笑张仪。
百年光景须臾事，日日追欢也是迟。
诸般得失总虚花，展放眉头莫自嗟。

几朵鲜花除世虑，三杯美酒醉韶华。
徐行野径闲情爽，静坐茅斋逸趣嘉。
分外不须多着意，唯将快乐当生涯。
衣食无亏便好休，人生在世一蜉蝣①。
陶朱不享千年富，韩信空成十大谋。
花落三春莺怨恨，菊开九月燕悲愁。
闲居安静多清福，何必荣封万户侯。

也学如来也学仙，携尊随处乐陶然。
人情只堪付一笑，世事须知无百年。
皓首难陪东阁宴，清风自足北窗眠。
休将烦恼盘心思，急须嬉笑舞疯癫。
人生安分且逍遥，莫向明时叹不遭。
赫赫有时还寂寂，闲闲到底胜劳劳。
一心似水唯平好，万事如棋不着高。
王谢功名有遗恨，怎如颜性乐陶陶？

花甲之外乐余年，秃发留须半是禅。

―――――――――

　　①　蜉蝣——虫名。其成虫的生存期极短。喻之短暂。

杖挂百钱村店里，手持一卷草堂前。
功名与我无干涉，事业随他别处牵。
恼怒不生愁闷灭，饥来吃饭困来眠。

歌几回时笑几回，人生全要自开怀。
百千万事应难了，五六十年容易来。
得一日闲闲一日，遇三杯饮饮三杯。
焦愁恼怒都消散，免致浮躯气早衰。
六尺眼前安乐身，四时怎忍负良辰？
温和天气春秋月，道义宾朋三五人。
量力杯盘随草具，开怀笑语任天真。
细看如此清闲事，虽老何须更厌频。
为士幸而居盛世，住家况复在中都。
虚名浮利非我有，绿水青山何处无。
胜游只宜寻美景，命俦须是选吾徒。
快乐原属闲人事，况与偷闲事更殊。

得失乘除总在天，机关用尽也徒然。
人心不足蛇吞象，世事到头螂捕蝉。
无药可延卿相寿，有钱难买子孙贤。
家常安分随缘过，便是逍遥快乐仙。
穿几多来吃几多，何须苦苦受奔波。
财过北斗成何用，位列三台做什么？
眼底浮云轻似纸，天边飞兔疾如梭。
而今痴梦才呼醒，急享茅底快乐窝。

举世不忘浑不了，寄身谁识等浮沤。
谋生尽作千年计，公道还当一死休。
西下夕阳难把手，东流逝水绝回头。
世人不解苍天意，空令身心夜半愁。

一寸光阴不暂抛，徒为百计苦虚劳。
观生如客岂能久，信死有期安可逃。
绿鬓易凋愁渐改，黄金虽富铸难牢。
从今莫着惺惺眼，沉醉何妨枕曲糟。

人生在世数蜉蝣，转眼乌头换白头。
百岁光阴能有几，一汤扯淡没来由。
当年楚汉今何在，昔日萧曹尽已休。
遇饮酒时须饮酒，青山偏会笑人愁。

第三种
沈大汉　武略私议

天授以圣贤才能，岂令其自有余而已，诚有以补其不足者也。我于世之有力者，亦是如此。

人遭生死危难，在于顷刻。此时虽有钱财语言，俱无所施。唯有大力者，才能救济。予之愚见，乃以用力，又为诸德之首。

有一人姓沈，因他生得比常人高一头，胖一倍，远近都称他为沈大汉。他即自以大汉为名。这人两膀力有千斤，能开敌十多人。又善能走路，一步有常人两步，一日能行二百里。虽如此勇猛能干，为人却忠义正直。但见人或以强欺弱，或以奸揣愚，他即挺身解救。倘若不顺，就拳打推跌，不怕不从。人有危难，即愤不顾身，竭力救援。

他住在缺口门外，并无家眷。有两间屋，几亩旱田。同一老仆帮种麦豆，仅供食用。有表兄在某将军麾下，曾与谈讲许多刀、枪、剑、戟、铳、炮、弓、箭。劝他道："你有这样大气力，能干。乘此壮年，何不出去立些功勋，也有许多荣贵。"大汉答道："我每常见许多将弁，好的少坏的多。只知掳人财物，奸人妇女，杀人性命，罪孽重大，还报不了。我只甘贫守淡，到比他们落得心里安稳，享许多快乐。"表兄不能相强，辞去。但他的好事甚多，我只说一二件，便知其余。

那一年春间，大汉睡至二更时候，忽听得喊声哄哄，又有嚎哭，吵闹嘈杂。大汉火急披起短袄，飞奔街上，只一箭路远，有许多邻人围绕，有一老妇痛哭。问明，方才有七八个大盗，惧用刀斧劈开门户，将老妇的女儿平空抢去。大汉不候说完，即随便拿了一条扁担，如飞地赶去。这大汉走路最急，诸人不及，未一时已经赶到。果见许多强盗，火把齐明，背着一女。大汉将手中扁担竖起，高喊道："我是滩上沈大汉，远近都知得我武艺，知事的好汉，速将女儿放下，饶汝等性命。如若少迟，我一扁担一个，都送残生。"那众盗正要对敌，他只一扁担先打倒了一个，众盗见势头凶勇，料难抵敌，没奈何即放下女儿，将打倒的盗，星飞蜂拥奔散。大汉也不去远追，随将女儿驮回,交与老妇。说道:"此地你不可居,我有好友在城内某处,他现有空房,你即刻收拾家伙,我黑早送你母女到彼安活。"母女感激跪谢。果然不候天明,大汉即来送母女往城内安住。

原来这老妇系寡居,只生此一女,略有些须颜色。二十余岁,高不成,低不就,每日母女针指纺织度日。因房屋浅促①,被盗看知,所以来抢劫。这老妇感念沈大汉恩救,知他并无妻室,因向大汉哭诉道:"小女性最贞烈,若不是恩人力救,久已丧命。今情愿将女服侍恩人箕帚。"大汉摇头,立意不允。转烦许多媒人打听婚配,隔了几年,女已二十七岁,只守着不肯许人。

曾一日,沈大汉到旧城内回拜朋友,行至府西街,忽见一家屋上大烟迷罩,火头已出,邻人惊慌叫喊,聚有几百,束手无策。适值沈大汉过路,才一看见,急将外边长衣脱放傍户杂货店内,跳入屋内。不顾火猛,忙将屋柱只一扳,屋已倾倒。再将墙只一推,墙已卸下。火因此不得上炎,其在下的火,已压熄一半,只烧去此家三间房屋,旁边邻居总不曾漫延。原来这家只有三人,都到城隍庙里看戏,因灶下的余火,未曾全熄,不意延出来烧着壁柱,致有此灾。众邻见火已熄下,俱皆大喜,齐来叩头奉谢。大汉身上烧有十几个大泡,却急忙穿起衣服来。众人问其姓名住处,他并不答应,就如飞地跑去了。

那时昭武杨将军,回家公干,闻知大汉有力重义,着人传来面谈。参见后,将军问其武艺,他就将如何智勇,如何操演,如何重义的话,细细讲说。将军情投意合,大加喜欢,即与他千总官的粮饷,着他时刻跟随左右,不可暂离。大汉随将军到松江年余,小心应酬,甚是得意。

忽一日,有某处贼寇蠢动,将军前往征剿。那一日正在对敌时,帐篷外前,列着许多兵队拥护,将军坐在马扎交椅上,指挥号令。大汉紧随在旁,他猛然把将军坐的交椅推倒,自己同将军都跌倒地下。将军大怒,正在发话究问,只见前列执刀枪军器的护卫兵员几十人,都被贼突然放炮来,也有将头脑连身打去半边的,也有把全身都打去不见的。若不是大汉推倒跌地,性命俱休。原来都是他表兄,平昔讲武艺时,熟知炮发先有如何烟兆,可以预避。因死生在于呼吸,若稍迟半刻,已无救矣。将军知其

---

① 浅促——狭窄,不宽敞。

能干,深感其功,即赐许多金银彩缎,随赏他游击之职,复又时加青目。未久贼已剿灭,大汉赴任甚是荣贵。不多时告假回到扬州,方知那寡母同女,已株守四年,并不婚嫁,专候大汉成亲。这大汉感其厚情,因而允配夫妇。后来女之寡母养生送死,俱系大汉承管。生有二子,与乃父不同,竟改武习文,都继书香科第。未久辞官回家,共享快乐,寿至八十六岁,无病而终。可见有良心,有力而重义之人,必有好报,上天必不有负也。

武略私议

治平以文,戡乱以武,文武并重也。今以武学论之,首在主将得人,粮草足备。设有贼寇蠢动,兵饱马壮,精神充实,已先夺敌人之气魄矣。尤在平时号令严明,勤加操演。要知技艺不精,即难以应手。军令不信,即难以遵行。兵器不可不齐,更需旗帜鲜明。刀枪明亮,上可耀日贯天,下可崩山裂地。此为将之要也。唯三军出师,迤延甚远。被乡村镇市,男女老幼,闻风逃避,俱所不免。全在为主将者,预先严论兵弁,大军到处,不许紊乱队次,不许妄杀平民,不许掳抢财物,不许奸淫妇女,犯即按以军法。是此仁义之兵,所至境界,鸡犬不惊,井里安然。总其始勤令于供备之官,毋迟粮草;严治于领旗之弁,毋轻离汛。庶各各凛遵法纪,不敢少有违犯。则兵将无欺,先声胜敌,功成伟烈,又何疑乎?

第四种

麻小江　拟禁打降告示

天付人以膂力①，不肯济人，反为损人害人之事，致令立毙杖下，谁谓天道冥冥耶。

钞关门外约二里远，有一恶棍名唤麻小江。此人生得矮小面麻，两膀力敌十余人。这人性情却与沈大汉相反。但有钱赚，虽坑人害人之事，都去代做，是个敢作敢为的光棍。

彼时有个赵富翁，因被一油刮屡次索诈，痛恨切骨，曾烦小江去寻事斗打，他即去把那油刮打个半死。富翁大喜，谢银若干。岂小江后来恶揝富翁十多次，不止二百余金。又半里远有一家，因斗殴缢死。小江即插入中间，自认尸亲。先拿住被告，一顿拳头，打得重伤，苦主大喜，认为至亲。两边播弄，小江于中原被各索三四十金，方代结案。因银不应手，遂代为唆讼。又于中代为料理衙门书差，赚银甚多。及至官审几次，原被俱受刑法，两家费得赤贫。水落时，方知俱是小江所为，各恨切骨。

他的坏事甚多，说也说不尽。他住有七进大瓦屋，常与盗贼往来。但有偷来的衣服财宝，都窝藏在他家内。凡有远近偷来的耕牛，进了他的门，不论上好的精壮肥牛，实时牵到后屋宰杀灭迹，垫银与偷贼。他杀的牛，也不计其数。因他有钱，有力捕役俱畏惧，不敢拿他。

那时高府尊讳承爵，新到任，就有二十余纸状子，控告小江恶迹多端。府尊尚不遽信，即着内署贴身的至亲，前往彼处密访回复，果是真正恶棍。府尊即差干役，拿来重责四十板。合衙门皂快，都恨他恶毒，各用切手头号重打。府尊还要枷号示众，不料小江已经气绝，吩咐头役用芦席裹尸，实时于郊外掩埋。那时钞关至南门宝塔湾一带河堤纤路，俱倾倒不堪，天有雨雪，每每伤损行人甚多。府尊上任，访知明确，即传江都县来当面吩咐，将小江的房产财物尽数抄没变价，都为修造河堤之用。远近人民，第

---

① 膂(lǚ)力——体力，力气。

一乐事是除恶棍之害,第二乐事是行堤安稳,称颂功德不朽。

拟禁打降告示

为严禁刮棍打降以除民害事,照得欲植嘉禾,先除蟊贼①。目今有等不营生业,游食趁闲之徒,专学拳棒,结党成群,见事鸱张②,沿街虎踞,每多受他人之雇倩,代为泄忿报仇;抑且入豪右之牢笼,甘作飞鹰走狗。究其极,则为人命之凶手,强盗之把风。种种流毒,深为民害。除现在密访剪除外,合亟饬禁。为此示仰某属官吏军民人等知悉。嗣后该地方,但有油手刮棍,倚仗膂力,遇事生风,插入打降,乡保小甲实时公举到官,重责枷示,驱逐出境。若审有诈财者,照新例究拟立斩。如乡保受嘱徇隐,或被害禀发,或另有访闻,一并究治。其有延请教师,习学拳棒害民者,同居父兄,并拿重处,决不轻贷。

---

① 蟊(máo)贼——原谓吃禾苗的两种害虫。后常喻对人民或国家有危害的人或事物。

② 鸱(chī)张——嚣张,凶暴。

第五种

追命鬼　娶妾纳婢论

人之心念,平昔能持,则当境自定。叶生具如此大才,取科名如拾芥。只因一念差错,遂至破家丧命。深为可惜可怜。世人不可不慎也。

叶介眉,字九之,十七岁初考即进学,此人不独扬州知为才子,即通省各处,莫不闻名。他有三件奇处:第一出口成章,下笔千言,不假思索。第二字法铁画银钩,不亚钟、王①。第三他年方二十五岁,容貌标致,犹如潘安。其妻悍妒,房中有婢女才十七岁,略有颜色,叶生常有爱意,奈妻寸步防间。

那时岳母寿日,妻回家庆祝,连过两日。叶生即同婢私语,婢正色说道:"奴婢人虽下贱,志却清贞,守一不二。今相公如此才貌,若得配偶,即终身服肆,亦所甘心。奈主母十分森严,万一知风,奴婢遭其毒手,竟有性命之忧。相公若不能保全,即万不可行。"叶生笑道:"内人虽妒,毕竟我是夫男,他何敢为持。到那时我自以理说情求,包管无事。"婢因顺从。

其妇回家,细询小奴知情。怒将此婢棍打无数,遍体皆伤。叶生方开言辩求,妇即痛骂,扯耳跪倒,亦被重打。又将婢女另锁空屋,每日另送一餐粗饭,隔日又打。叶生无奈,密请同交二十余人,俱是生员举监,齐来劝解。妇在屏内高声喊道:"男女虽异,理原无二。譬如妇女,守定一夫。倘若再私一男,诸公若是容得,我即宽恕。"众人只得勉强回道:"事虽叶某不是,推众人情分,可将此婢发媒配人,交还身银,何等相安。"妇亦不允。众人无奈,只得辞回。婢闻众劝不解,是夜痛哭几场,自缢惨死。因婢无父母尸亲,妇即收殓掩埋。

叶生在书房读书,即明明看见此婢披发垢颜,长舌系颈,立于对面,行也随行,坐也随坐,不肯暂离,叶生甚是畏惧。过了两日,只得私自向婢魂

---

①　钟、王——即钟繇和王羲之。古代著名书法家。

恳求道:"都是我带累于你,唯今之计,只多请高僧经忏超度升天。望祈宽宥。"婢即怒说道:"当初有话在先,你满口依允包管无事。今已丧命,再复何辞。我立意只追你生命,还报了事。你虽请活菩萨念经,丝毫无用。"叶生终日哀求不离。

那时叶生往江宁科举,方入贡院,才在号房坐下,即见此婢披发垢颜,长舌系颈,立于对面,他又把手抹墨在卷上一涂。叶生惊倒在地,不独文不能成一字,且卷已涂坏,只得袖手而出,急忙回家,焦愁不已。未几日婢于白昼将叶生扯去。初尚哀嚎哭泣,少刻寂寂无闻。家人急来呼唤不醒,方知气绝多时。买棺收殓,正在治丧,妇亦自悔不及。忽见夫同婢齐来扯拉,妇即大声惊叫求饶,口吐鲜血几斗,手扒心胸,跌地而死。家人急忙请亲族办理,岂人众到来,因无子嗣,先将家业衣物,吵闹三日,瓜分罄尽。尸臭难闻,方才用些微买具薄棺,将妇尸收殓。过了两日,尸水滴地,忙着人将两棺抬送郊外埋葬。可见坑人生命,一反一复,因果报应,毫不昧也。

娶妾纳婢论

世上有罪恶极大而不可宥者,莫如娶妾纳婢而已。坑陷人之子女,百般惨苦,无可如何。若正妻不能生育,犹可借以不孝无后为言。每见已有子而又复娶妾纳婢者,意欲何为耶。要知妇人性情嫉妒者颇多,能有几人贤良哉。全在为夫男者,熟筹细酌。即或己不衰老而精壮,亦思所以安顿之策,亦思所以调摄保全之方。首先预度其妻之性情,有可容留之地,虽未必相安尽皆无事,亦不致十分狼藉,稍可以为。一有不然,何如以无事为安乎。最可恨者,世有一种惧内之徒,明知妻之必不能容,而自己却勉强娶妾纳婢,徒有虚名而无实惠,甚至饥寒逼迫,打骂频施。令妾婢度日如年,伤心惨痛,告诉无门,唯有自己背人哭泣而已。日复一日或致郁亡,或致缢死。伤心哉! 人俱各有子女,何忍贻害至此。恶极罪重,因果报应,生生世世,莫能消解。岂止生擒活捉而已也。

第六种

讨债儿　速还负债说

人之钱财，生前百般贪爱，死后必不肯轻舍。试看孙老，原不是欠债，亦不是脱骗，不过彼人情愿存寄，尚然如此讨去。予不知作恶谋算人之财物，又如何取讨也。可不凛凛。孙老守候一年，方动银生利。原意沈客到来，本利交还。如此至诚长厚。甚可敬也。商客在外经营，需念家中父母妻子倚赖。岂可迷恋翠馆，自害生命。阅此宜当切戒。

南门骤行内有个孙汉公，为人最至诚，又最信实。远近各省闻名，多往他家作寓。

有一湖广少年沈客，主仆二人，贩许多川货到孙老家投卖。那时正偵川货缺乏，随发各处，未几都卖完，大有利息，本利共有三百余金。沈客大喜。因钞关门外板场美妓甚多，沈客正当赚财丰余，青年动兴，私向青楼买笑，又恐仆人碍眼。先打发跟顺人回家，说主人有账目未清，随后就回。沈客连嫖几处，孙老知风，再三劝谏。沈客醒悟，正想回去，忽然传说荆州汉口一带，流贼作乱，某将军现今征剿，水陆路俱不平稳。沈客惊慌，对孙老说道："流贼猖狂，若收绸缎去，或带银去，可不是自投虎口。意欲把银留在尊府，轻身从旱路赶回，倘路上安静，然后来置货贩去，以为何如。"孙老道："尊意甚当。但银留舍下，小弟到担一倍干系，须要速去速来方好。"遂把银两秤兑二百两，包封交与孙老。其余除嫖用并剩银带做盘费。孙老置酒送行。

不一日已到故乡地方安堵。原来贼船虽曾到汉口，只在沿江劫掠，未尝侵逼城池，这传信都虚。沈客欢喜不尽，正要设措银两买些本地货物往扬州贩卖。不意面上发出五六个疮来，邻里见了都说此是棉花疮，一定在客边眠花醉柳，所以致此。沈客心里明白，着了慌。寻个外科医治，又性急焦愁，要求速愈往扬取银。因许了医人重谢，竟把轻粉与他吃下。不数日疮收痂落，毒气尽归脏腑。沈客只道已愈，忙忙买货。未到半月，广疮复发，越医越重，结毒穿溃，浓臭难闻。心中又挂念扬州银子，时刻焦躁，到得火尽油干，仙丹难治，归于大梦。

这孙老守候几月，想道："莫不其家果有变乱，羁绊不来。"光阴迅速，倏忽一年。孙老想道："银钱是流通之物，何不动银代置货物，翻出些利息与他，不枉一番知交。"随动银买货营运，本利约有加倍。孙老一日午倦，伏几而睡。忽见沈客远来，孙老大喜，就恭敬谦礼。忽然惊醒，乃是一梦。家人报道："大娘生一个小官了。"孙老闻说，心下顿悟。想道："沈客定是已故，这孩子是他来托生讨债了。"到房中看了一看，虽形容大小不同，恍似沈客模样。孙老从此一日便钉起一本账簿，也不与妻说明，凡收生三朝，并痧麻痘疹，从师教学，但有所用，即登记明白。到十三四岁时，惯得他好穿好吃，赌钱串戏，大有所费。儿至十五岁时，孙老将各年账簿，自己通算，竟用过五百余两。利银比本银，加倍有余。想道："即此偿还，可以止矣。"选日备办酒席，请亲族邻里。对众说道："今日此酒专为小儿。"到叫儿子首座。众见孙老如此举动，只道为儿过于放纵，要发旨劝戒之意。齐向儿道："你且遵父命首座，不必固辞。"其子只得勉强坐下。酒过数巡，即叫小使捧出十五本账簿，一个算盘，又斟大杯酒奉儿，乃坐下对众道，当初十五年前，沈客如何贩货卖银，因路阻如何寄银的话。说完，又道："但此银本是沈客自己留寄，非是我见财起意可比。自今本利算明，加倍销除，更无牵挂了。我自己的家业，再浪费不起。此后望贤郎情谅。"这儿在上席听完这些话，把酒一吸而尽，哈哈大笑。笑完身已不动，向前看时，已瞑目长逝矣。众大惊骇，才知有这个缘故。孙老教将筵席撤过，里面妻闻儿死，一步一跌地哭将出来。孙老道："此儿来投胎讨债，不是你儿子，不需啼哭。"因送出众人，回来买棺殓埋。远近闻知，俱各叹息奇异。

速还债负说

世人不能无缓急，一遇患难危困之中，需用财物甚是迫切。彼时未有不指天誓日，以表其衷。及至借贷得来，事赖周全。岂知安静之后，不想偿还，即置肚外。更有见来取讨，反行憎恶怨恨，竟有大睁两眼，思欲兵刃相加。是诚何心哉！即或目下艰窘，不能即还，亦必熟思审处，心心念念，设处计虑,先完本银,利息继后,于心才安。前人云:"阳间一文钱,阴间一行簿。"杀人偿命,欠债还钱。此一定之理。若或假词推托,并不上紧清交,彼虽日久,彼虽至死,亦不能没没而已。只恐业镜台前,账簿开明,算盘一响,即令披毛戴角,以完凤负。此时悔何及耶!至于取债之人,毕竟家有余资,既济彼于从前,当怜其贫困,宽其时月,劝令缓缓交完,不可辄以毒言相加。语云:"人人说我没行止,你到无钱便得知。"谁无良心,岂肯有钱推奸。若果有钱,安心不肯还债。此等坏人,天亦难容矣。

第七种

除魇魅①　恤贫现德

刻剥贫穷苦汉,固是无良。若匠因虐待,遂用魇法害人,心甚狠毒,往往自作自受,理所必然。

魇魅法,予不知起初出自何人传授。予又不知昔人作此害人之法,抑有何益。始作俑者,致今流毒无尽。自当打在十八层地狱,永不得超升。一念至诚,感动观音菩萨亲传解法。凡为工匠者,切不可习学魇法,自贻伊戚。

小东门内有个杨寡妇,只生一子。三十多岁夫死,守节抚孤成人,贸易养生。但这寡妇,性最刻薄,专喜讨小本穷人便宜。凡日用菜蔬、鱼肉、果物,都叫挑担的到自家门里来看买,价银与得甚贱。譬如他人的菜物,务必用重秤多些进入;自己的银子,务必用轻戥少些兑出。许多贫人,背后怨恨,都有咒骂。其子屡向寡母说道:"小本挑担穷汉,以及用力雇工,每日不过得银些微,合家父母老小俱看着他养活,须要加意厚待,切莫刻剥,就是大德。"奈苦劝不依。

那一年,妇值五十岁。要将房屋重新修造齐整,亲族来好看壮观。因预先叫许多木瓦匠来修造。杨氏不体人情,给与工银,既是短克,且每日饭食,又着匠头连菜看都包去。他却每日大早起来,洗脸后即照管督工。并不许木瓦匠偷闲一刻。只见砌墙的砌墙,锯刨的锯刨,俱上紧辛勤。若或稍迟,即高声数说,甚至嚷骂。扬城旧例,饭食虽然匠头包揽,其房主却五日一次犒赏。每人肉半斤,酒一斤。这寡妇逢犒,每人肉六两,酒半斤。众匠都怨恨她克减。有一李匠背后低说道:"这恶虔婆,这样刻薄我们,又这样琐碎我们,若叫她过得过大寿日,不信我的手段。"氏子窃闻此话,即背着寡母私向众匠说道:"我母亲有些蠢性,每每多话得罪,今后逢犒之日,我另外每人加酒一斤,加肉四两,看我情面,不可理她。"又向诸匠

---

① 魇(yǎn)魅——假借鬼神,以妖术害人的一种巫术。

奉揖,赔个小心。众俱应喏。

不一日屋俱修造完整,焕然一新。才把众匠打发出门,忽然杨氏受凉发热。氏子急忙请医服药,日渐病重,七日归阴。可怜子哀痛异常,治丧停枢在堂,其子每夜在枢旁伴宿。

过了三日,那夜杨氏披发向儿痛哭道:"我因薄待工匠,有李匠大没良心,刻个木人,现今藏在脊正中魇魅,你明早着人取出来。他害了我性命,你速代我报仇。"氏子扳母嚎哭,跌倒醒了,才知是梦。不候天明着人爬上屋,于脊中果然取出木雕的妇人,有三寸长,心中钉一铁钉,背面朱符又写杨氏二字。因痛恨切骨,叫仆到李匠家,只说瓦被猫伙打翻,天要下雨,急等铺拾。哄李匠来家,闭紧门,将刻的木人放李匠面前,把他两手绑住,用棍把两腿痛打,又将拐骨打碎。拾往江都县衙门,正值县尊坐在堂上。那时是晋县尊,听见喊禀,就唤匠人上堂,把木人与他看,问明情由,自认不讳。喝叫皂隶重责三十板。县尊见匠脸青变气喘将死。吩咐抬回,候棒疮略好,再押来枷号示众。才扛出县门,匠已气绝,芦席也没得裹,即刻拖出城外埋了。

氏子因母自小守寡,抚养成人,平日性极孝顺。今魇匠虽然处死,只是日夜悲哭,又想这魔法,受害者不只我一家,如何有法尽除,令普天下的人俱安稳无殃,方满我心愿。哭想了三日,又梦见母来说道:"你平昔最敬奉观世音菩萨,又时常念大明神咒。你只虔诚求菩萨赏法永除,自有灵应。"说完惊醒,原来他家神龛内,供奉观世音菩萨圣像。自见梦之后,因在丧中,时时对着圣像祈祷。

未十日,门外来了一布衣妇人,手敲木鱼,口诵六字真言,向氏子说道:"你因母被魇死,又想法要除害救世,真是个贤孝好人。我不可不传,但我的法最容易,凡起造房屋,可用妇人出恭的粪马桶,只倒去大小便,不必水刷,就是污秽的,扣在地下。于木瓦开工日那晚起,莫与人知晓,密将木匠的斧、凿、墨斗、画齿,瓦匠的铁瓦刀、泥鼻,放在无人处地下,把马桶口向下,底在上,倒扣在木瓦匠家伙上过夜,早晨仍放原处。次日将此马桶照旧出恭,另换今日出恭的粪马桶,又如此,转换坎着,一连三夜。到了房屋造完,工匠都散去了,那日就神前焚香叩头,用净水一碗,柳叶一枝,口诵南无灵感观世音菩萨三遍。左手持水碗,右手执柳枝,于梁柱墙壁各处遍洒。一面手洒,一面口念:唵么尼钵纳弥吽。匠如作魇,为者自当。

我家福寿，世代安康。此咒语，自唵字起，至吽字止，是正咒。后四句是祈求心愿语，俱要接连虔诚念诵。不拘几十遍，各处洒完，然后对神再拜而退。依此法解救，虽有坏匠诸般魔魅，俱不灵应。且为法的匠人，俱自遭大害。所谓自作自受者是也。但此咒不独此二事，凡各样祈求心愿，俱得圆满如意，持咒之人，永离生老病死诸灾难苦恼。其功甚大，切记切记。"氏子听完大喜。进内封银酬谢，及至出来妇已不见了。各处赶寻不见，知是菩萨显灵。回家焚香望空叩谢。自后遍传，依法治之，则人家俱安泰无恙。氏子姓汪名志进，是当代好人，不可不知。

恤贫现德

世上最劳苦者，莫如肩挑步担之贫民。典衣借贷暂为资本，不过贩卖菜蔬鱼果食点等物。每日戴月披星而出，吞饥忍渴而归。夏则挥汗如雨，冬则敝屣凝霜。辗转街市，尽日奔驰，虽得蝇头微利，一家之生命系焉。得利则一家喜，失利则一家怨矣。

有等不体恤人情者，素性悭吝。若遇显亲宦友，挥金不惜，专于经纪贫民，忍心刻薄。又有一等仗势之人，强用色银，巧买克价，赊欠不还，讨急反殴，致彼本利亏折，告诉无门。独不念我有父母妻子，朝饔夕飧①，彼岂无父母妻子，专望养活乎？

又有一等人，因无资本，倚力资生，如车脚轿纤等类，更为辛苦，尤宜体恤。在我只须公价不赊，准戥高色，彼即合家沾润，否则众口咒恨。人怨既多，天灾必至。

予每见为此小事而得凶难者，皆因薄行所致而然也。普劝仁人君子时存恤贫拯苦之心，广施长厚。此现在之德，定有多福之应矣。

---

①　朝饔（yōng）夕飧——早晚都要吃饭。饔，早饭；飧，晚饭。

第八种

打县官　恤农现德

　　请看世上凶锋恶焰，天地神鬼饶过了那个。即如屠二犯罪，费万千心力，前案幸结，可以改过安分矣，岂恶又无端想要打县官泄气，致令父子偕亡狱底，家业尽散。报应昭然可畏。

　　扬城有个屠监生，排行第二。其家甚富，生一子强勇异常。家仆六人，都倚势凶横东乡。有腴田千亩，每年自领子仆往田上收租，共十多人驾大船蜂拥庄房。众佃户杀鸡的杀鸡，秤肉的秤肉，美酒白饭如款大宾。佃人来算账，例俱垂手站旁听命。不论水旱，不许挂欠升合。若有拖欠逆话，即喝令恶仆掌嘴。若麦稻略有潮秕，晒扬几次。自置大斛，比合乡每石多出八升。倚着监生，复又加纳州同，如虎生翼，横暴非常。或有因受不过狠恶，辞田不种。他便锁来重打，定要他种。

　　那时有个姜佃户，因丧母棺衾费用，拖欠租稻。屠二即令豪仆锁到家内，打个半死，捆在后房柱上，不与饭吃，饿了两日。姜佃家人无奈，苦措清完，方才释放。

　　这屠二为恶，怨恨的人极多。那日在田上毒骂佃户，又着仆用扁担，捆打佃户。遂有前遭打的姜佃出头写了状子，开列打死佃户、奸人妻女、占人田产、自置大斛等款。招呼被害之家，男妇老幼，齐有百十多人，将屠二的衣帽碎撕，并拉着恶子恶仆携着大斛，把他拥到府前。正值府尊坐堂未退，因见人众叫问，那屠二喊禀："众佃叛主无法无天。"府尊怒说道："夫人必自侮，然后人侮之。你的恶处甚多，本府久知。"且发江都县审明详解亲讯治罪。将一干原、被都押发县。刘县尊即将屠二同恶子恶仆收禁候审，原告讨保。屠二见事急，请许多乡宦贿嘱县尊，俱不依允。又因他财富恐人疑议，挂牌在城隍庙，对神逐款审讯。审时那日，来看的百姓竟有上千。县尊把豪仆夹了三人，款款俱实。先通详革去屠二的职员，以便刑讯。不意屠二有个至亲，□□□西某院，因备了许多金银，星飞前往求书到江南督抚两宪，嘱令推分从轻审结。府县因上司吩咐，只得屈情发落,只将恶仆三人重责枷示,屠二罚米五百石,赈饥赎罪。因此家财费去大半。田虽千亩,各处人怕他,俱不敢领种,荒了二年反赔钱粮。

适值刘县尊因公被议,奉宪摘印。屠二闻信,恨他执法。齐起恶子恶仆,并平日交往的恶人,共二十多凶,各藏短棍,候县官到川堂会客,欺他没印即拥挤向前,把县官肩上打了一棍。县官急避入署内,吩咐紧闭县门,着捕官飞速赴府,禀屠二带领百多人来县劫库。府尊闻知,急传内丁皂快二百余人,不候轿到,即亲自骑马带着人众飞至县署。坐在县堂,急令各役查拿。那时县廨①内床下都是躲的屠党家人,未一时锁到十二人,送狱听候通详治罪。不月余奉各上司俱严批审究。彼时牢疫盛行,屠二同恶子恶仆俱死于狱内拖洞。只有牵连四人,活出命来。其田居家产尽完,城乡人俱各快心不已。

恤农现德

锄禾日当午,汗滴禾下土。

谁知盘中餐,粒粒皆辛苦。

此聂夷中诗也。予于暑月见农夫耕插之苦,腿脚浸于泥水之中,脊背晒于烈日之下,指掌破烂,皮肤焦黑,百般劳苦,才得成谷。我辈安坐而食,若不感念厚待,是无人心矣。有等田主,租粮刻剥盘算。更有丧心棍徒,衙门胥役佐贰贪官,遇有乡农,便为愚懦可欺,稍涉事隙,即多般恐吓索诈。嗟乎! 彼以奇劳异苦耕耨,养人之人,何忍不以厚待耶。然农之劳筋苦骨,胼手胝足②,终岁辛勤,究竟自食有限,而人赖食养活者多矣。今后但遇乡农,即当怜其极苦,念其大功,不笑其村俗,不嫌其粗鲁。或有执迷者,必当开导指点。或有争讼者,必当劝息解纷。若逢水旱荒年,酌蠲③其租斗。如遇极贫而无食者,量助其口粮。凡事扶持,存我之厚,反予自心,始可相安。此即现在之德,较彼诸般好事,真有数倍之功也。

---

① 廨(xiè)——官署,旧时官吏办公处的通称。

② 胼手胝足(pián zhī)——手掌或足底因长期摩擦而生的厚皮。俗称"长茧"。

③ 蠲(juān)——除去,减免。

第九种

下为上　禁锢婢议论

　　福厚之人，存心仁恕，视下人如同子弟。要知奴婢虽是卑贱，亦是父母所生。只因前世不曾修积，所以计过罚令今世贫乏，而致鬻身。当幼稚之时，即离父母，委身主人。业已唯命是从，若因而残虐之，饥寒之，锢塞之，令其穷愁痛泣，无处控诉，譬如我身当此，又何堪乎。不思一般出世，我得如此，彼竟如彼，是何业债，是何因缘。若不猛醒，凌人傲物，虽不尽如黑婢之以下为上，只恐后世押入穷胎受诸苦楚，悔何及耶。但主婆系一妇人，多不明达，全在家主时加劝谕。凡奴婢之饥寒勤苦病痛，以及夏月之蚊帐，冬来之绵袄，不妨粗厚唯在饱暖。及时婚配，不可误彼青春。即有小过，念其愚拙，量其痴蠢，宽怒开导。如此存我之厚，而我之福报愈厚矣。

　　今人凡遇奴婢或错为一事件，或误损一器物，即痛加打骂，劝解不恕。试看昔日户部尚书马森之父，年四十只生一子。五岁，夫妻宝爱不啻奇珍，婢偶抱出门失跌伤脑而死。封翁见之，呼婢急速奔逃，自抱死儿泣入。太夫人惊恸几绝，撞倒封翁者数次，索婢挞之无有。婢归母家，日夜祝天愿公早生贵子。次年遂生森，左脑宛然跌伤赤痕也。要知奴婢犯罪之大者，莫如死其子。此事尚可恕，又何事不可宽乎。按颜茂猷曰：“奴仆下人，天资多蠢。性又好忘，嘱之以事，全不记忆。性又多拗，自以为是。气又多戾，轻于抵对。心又多狠，常存不善。”所以主人呼令，动辄触怒。其言愈辩，其主愈不平。于是棰楚①加之，竟有失手或致于死亡者，又多添一大罪业也。九为家长于唤令之时，宜宽以处之，多教诲省嗔怒。主人胸中，亦觉安乐。至于妇人，秉性褊复，不识道理，所以酷毒婢妾者尤甚。主人当婉转譬谕之。予谓此虽仁人之用心，究皆栽培自己之福也。

---

　　①　棰楚——棰，木棍；楚，荆杖。古代打人用具，因以为杖刑的通称。

西门里有个薛家汪。这汪当年阔有四十余丈,深有二三丈。遇阴雨之时,合城的水都流聚于此。目今沧桑更变,淤浅水不多贮。汪旁有一徐寡妇。这妇人生性急躁,毫无仁恕。家中有婢女,名黑丫头。因她生得黑而体厚,最有气力,每日在家内听候呼唤服侍。或有一时迟延,或有一事不顺,这徐妇不是棍棒,就是拳掌,无日不打。这黑婢打得遍身青肿,这里腿股才好,那里手臂又伤,终日勤忙,万千苦楚,唯有背人流泪而矣。年至二十五六岁,尚不许婚配。也有几个老人劝她多次,该寻媒偶匹,她全不依从。

大清兵破扬州,首先用大炮只打西门敌台西北角,将城墙打倒,大清兵群拥进城。那时徐妇黑婢,同躲藏在佛龛柜内。有某将军领许多兵丁,打开龛柜,将妇婢驱出。众兵执着大刀在后跟押,迟走即用刀砍。这婢大哭,口喊宁死不肯随去。那将军叫兵紧随不放。黑婢走至汪边向汪内一跳,身沉到底。领兵的将军见了大怒,即着惯会水的兵,跳下水将婢拉将上来。将军急叫换了干衣服,细看虽然体略黑色,却敦厚有福。因吩咐徐妇道:"我把这丫头交与你老妇时刻看守。倘有走失,就将你杀了抵命。"徐妇只得应喏。苦劝紧跟,到平山堂营寨内。原来这将军年约三十余岁,尚未有妻室。那时兵丁掳来许多美貌妇女,不知何因,反选中了黑婢。不几日成婚,即令徐妇时刻服侍,如有怠惰即加重处。徐妇无奈,只得含羞扫地供食诸事,小心殷勤不敢违拗。这黑婢虽然体厚脚大,此时穿了好衣,戴了好饰,竟十分福相。岂知她全不计较徐妇往日打她的仇恨,反宽待她。这徐妇也知趣,分外尊敬。闻知后来黑婢生了三子,俱袭武职,荣贵偕老。徐妇服侍二十余年,至康熙初年才寿终。婢女转做了上人,主婆反做了下人,可见世事那里定得。要知黑婢有此大量,方有此大福也。

禁锢婢私议

男女匹配,理合阴阳。人虽有贵贱之分,若年至长成,其芳隅泣私各有之。奈何有等家长,于自己儿女,即要及时婚配,至于丫环婢女,虽至二三十岁,尚不令知夫妇之伦。意在无夫之女,易于服役,若经婚配,即分事主之勤。殊不知光阴迅速,青春易过,每有倚市海淫,招摇苟合。且怨女旷夫,上干天和,下绝人纪,损德败俗,莫此为甚。今虽谆言苦劝,其奈听如不听。予之愚见,全赖在位贤官长,力挽颓风①,于每年十月初,饬令各乡保挨家通查,某某家有婢女几人,几多岁,不论城乡、大家小户,总不过二十岁,或外嫁经纪平人,或内婚本家童仆,俱于岁内尽行配合。如不依从,许令婢之父母亲族具呈领回婚嫁。不许给当卖身价,亦不许藉情略卖远地。其有隐匿不报,或婢身孤子,过期不配者,许地邻举首重究,仍将婢择贫男无妻者配之。如此则人皆有室家之好,淫风止而德甚大矣。

---

① 颓风——日趋败坏的风气。

第十种

尊变卑　骄傲论

日中则昃①,人生得志能有几时。所以福分胜人者,其势力必不求胜于人也。

谦卦六爻皆吉,谦受益也。既济六爻皆无吉利之辞,初爻深致其戒,谨得无咎,满招损也。

扬州府虽系淮扬道属员,然其职分大小,不过相隔一间。旧例新道官上任,扬州府必具官衔脚色手本,由脚门报门趋进跪下。道官即吩咐掩门,内衙师生坐待茶,从不叩头庭参者。

曾有高淮道,为人奢华骄傲,新到任,就不循旧规。那时施府尊讳世纶,往淮进谒,双手捧着红手本,站在脚门俟候报门进谒,当堂跪下,旁边竟不打鼓退堂,又不吩咐掩门请起。施公此时无奈,只得叩头庭参而出。气恼不过,随即差拿道官的头役处治。有府柬房力禀说:"道尊虽是弟兄官职,毕竟老爷系他属下。岂有府官反拿道役处治之理。"再三婉禀,施公只得忍气回来。方才过了三个月,施公忽接到按察司一牌,仰扬州府即刻差拘高淮道审明,连人解司定罪。原来高淮道于到任之初,即得民间许多贿赂,又科派民间许多供用器物,旋被部科风闻题参,因此发院司转发扬州府审解。此时施公即差人拘高某来扬,随悬牌大书一起犯官高某限次日午堂听审。那时高某知道,必然报复昔日庭参,难免受辱。星夜请了合城乡宦,再三恳情,求在内衙审问,稍存脸面。施公回云:"高某到任之日,旧例内衙谒见他,并不依从,我已在堂上叩头。今日本府并不违例,只照旧堂上审问,并无别说。"众宦再三禀恳,坚辞不允。高某无奈只得布衣去帽,报门一起犯官高某进审。在堂中跪下,叩头,完,施公旁坐不答。叫取草簟②,许他在地上坐着问供。幸喜施公有量,见高某叩谒,便不记

---

① 昃(zè)——日西斜。

② 簟(diàn)——竹席。

往事，从宽详解，照律问罪，追赃给民。世上反复的事也甚多，从不曾有如此迅速。仕途窄狭可不畏哉。至有财富势力者，亦不可恃以凌人也。

骄傲论

昔袁了凡曰："易称：天道恶盈而好谦，鬼神害盈而福谦。书曰：满招损，谦受益。每见寒士将达，必有一段谦光可掬。盖天之将发斯人也，未发其福，先发其慧。此慧一发则浮者以实，肆者以敛，必然之理也。是以人必虚心屈己，常有欻①然不足之意，方是受福根基。"王阳明曰："今人病痛大段，只是傲。千罪万恶，皆从傲生。傲之反为谦。谦字便是对症之药。凡人之傲者，必自足，自足则中满，中满则内无受益之地。傲必凌人，凌人必绝物，绝物则外无启迪之人。是德日减而过日集。"此等人无论不发，即发亦无大受用。每见无知之人，小有才华，生当顺境，根器既薄，性情又劣，气质又刚，识量又浅，自谓才可惊人，权能压众，一切骄容傲态，无所不至。暗哑叱咤，妄逞威锋，凡遇贫寒亲族，朴实宾朋，恣意凌侮，甚且呵群骂座，辱人难堪，岂知人情反复，冰山自倒，死灰可燃，其取辱更甚焉。

---

① 欻（xū）——忽然。

第十一种
投胎哭　因果图说

　　我向日以投胎因果，疑信相半。今亲闻悲嚎知千真万确。世人急各行善戒恶，切莫迟缓。

　　心为佛菩萨，圣贤之本，又是地狱畜生之根。云被毛从此得成佛也。由他真至言也。

　　我曾在北门城外赴酌，敝友留酒谆切，及至回来城门已闭，只得在城外徐舍亲家借宿。睡至半夜，耳中忽听得如有数百人悲号啼哭，喧嚷嘈杂，且多外省蛮侉声音。我大惊骇，犹恐火盗，急急披衣开门，到天井中四边仰望，里露满天，忙喊舍亲询问。舍亲说道："此房隔三家，即是炕房，是专抱小鸭的所在。炕房人先将鸭蛋几百，铺在炕上，微火烘出小鸭来。这众声悲哭，都是在生时为恶行凶的坏人，受过地狱刀山油锅的苦罪，鬼卒押来投胎变鸭，遭刀杀汤煮，供人食馔①的。这许多人因不肯来，所以嚎哭。我们住房邻近听惯的。"我才知道。睡到次早，我同舍亲往炕房亲看，果见几百小鸭，也有才脱蛋壳的，也有半节在蛋内尚未全脱出的。我又问炕房人："你们炕鸭可听见有悲哭声么。"炕房人说道："怎么没有，每到炕鸭的那一夜，但听见先有冷风一阵，吹得灯烛昏暗，又吹得屋上瓦响泥撒。我们听有此风，都另躲在略远些的空房里，让风过去，那风中有许多悲哭声，一时风过我们就知道蛋里小鸭出了，随往炕上收小鸭。"我听完了，方知实事。

　　前年春天，曾有一夜我睡到四更时，似梦非梦，忽听得悲号啼哭。我梦中起来，往街上观看，只见几个恶鬼锁押两个大汉、一个妇人，哭到邻居乔家门前，因不肯进去，被鬼打赶。我惊醒切记，次早着价问乔邻夜来因何嘈嚷。回说："今夜我家母狗生有三个小狗。"我又去问："几雄几雌。"回说，二雄一雌。才知梦中却是实事。由此看来，只罚变畜生一道，照罪

---

　　①　馔（zhuàn）——饮食，吃喝。

恶轻重投胎,如牛、马、猪、羊、鱼、鳖、虾、蟹、蚊、虻、蛆虫等物,都是如此托生。奈人不见闻,如何知晓。深为可怜。

六道因果图说

要知前世因,今生受者是。要知后世果,今生作者是。此四句简明确实,定然出自佛口传宣,非余圣所可及也。予向阅大藏尊经,见人举止言行,虽极微之事,无不各有因果报应。今记忆若干条,另用通俗浅语,明白指出。要知四生六道,皆由自己心造。一切佛菩萨之所悟,悟此心也。一切众生之所迷,迷此心也。盖心是福罪种子。有根芽必生枝叶。种瓜得瓜,种豆得豆,丝毫不爽。且种者一粒,收者百粒。善恶皆然,可不慎耶。

凡人心存中诚,广修福业,坚持正觉,救度群生者,定生天道。

凡人虽修善,常怀胜负嗔邪者,定生修罗道。

凡人心存良善,事着有漏福根,情爱不忘者,定生人道。

凡人行事,只图自己饱暖快乐,不顾他人饥寒困苦者,定堕饿鬼道。

凡人恶毒横生,痴迷不醒者,定堕畜生道。

凡人奸谋诈害,损人利己造诸罪恶者,定堕地狱道。

凡六道中俱各有分别,如天道则有佛菩萨神圣之层次,人道则有贵贱贫富老幼之等第。各道通然,皆从各人自己积善积恶之大小多少而致也。

凡今生富贵福寿安康荣华者,皆因前世心存良善,敦崇伦理,能尽忠孝节义而致也。

凡今生慧性通明,多才多学者,皆因前世诚敬三教圣贤,盛行正道,诵经惜字而致也。

凡今生身体健旺,长寿无病,骨肉团聚者,皆因前世心存仁慈救人灾难,不杀生,专好放生而致也。

见今生妻贤子良,和乐相助者,皆因前世不邪淫而致也。

凡今生专遇好人,不罹凶险者,皆因前世不欺人,不负人而致也。

凡今生仪容端好,辞气昌明者,皆因前世浑厚简默而致也。

凡今生无烦恼无罣碍,自在从容者,皆因前世不怨天、不尤人、不起一切妄念而致也。

凡今生诸事顺遂,机缘凑合者,皆因前世多行方便而致也。

凡今生作事好歹,来世定受报应,因果毫不昧也。

第十二种

念佛功　念佛三昧

世人不必疑性根愚钝，亦不必忧罪业深重，只要至诚念阿弥陀佛，自然生智消罪。

妄念是病，念佛是药。久病非一二剂药可愈，积妄非暂时念佛能除，其理一也。莫管他妄念纷飞，只贵于念佛真切。字字分明，句句接续，方有趋向。所谓用力久而一旦豁然矣。

向有纯阳祖师，亲降乩笔。予曾将念佛法门，求问可有功。仙随答以律诗，极言念佛有大功。已备载于雨花香书内，当与此事互看，理更明悉。

扬州西来庵有个懒和尚，一切世事都不知晓，连自己的姓名也不知，自己的年纪也不晓，岁月时节俱不记得。每日只是默默静坐时常念佛，并不诵经礼忏，亦不迎宾送客。诸事懒惰，远近人所以只叫他做懒和尚。他极粗的茶饭，极粗的衣服，俱不拣择，只有一件性喜饮酒，每饮三四杯便醉。平日并无亲友往来，只与画师陈益庵交厚。隔一两日到他小楼上，同他酌几杯小菜蔬酒。饮酒时也不说甚的话，只自己远远看些云烟山水，树木花草。

那时西门外有个念佛堂，每月初一日有个念佛会。约有三四十人聚来念佛，随人出分，不过各携银三四分，交与厨上道人，以供茶饭腐菜。到了念佛朔日，只见许多老人，也有弯腰拄杖的，也有康健充实的，也有拖鼻涕流眼泪的，也有手持念珠的，也有童仆搀扶的，前前后后到了庵内，拜过佛菩萨，用过斋，即各各散坐念佛。也有高声念的，也有低声念的，也有不出声音默念的，念到几百声之后，都起身绕堂转走。念完一千遍，拜佛而止。这懒和尚到了念佛朔日，也来同众人念佛。先向众老奉揖，后便说道："诸位老爷听着，大凡念佛，须要念时回光。自看这念佛的是谁，发大慧力反照主人。如此用心，勿忘勿助，久久自然省悟。切不可口中念佛，心内仍思想杂事。虽念上几万声，也是无益的。"他说完了，就再不多话，也随众念佛。他却坐在旁边,看众人念完,把众老内指着几个道:"这几人才是真念佛的人,其余都是口念佛的人。大约十个之中,只有二三个是真念佛。"众人听完,俱各自知,说得确实,个个敬服。因再三求问他,如何知得这几个念得好呢。懒和尚推辞几回,才说道:"你们不知道,这几个真念佛的人头上发出灵光雪亮,我才知道。其余没得灵光,我就不敢奉承了。"因此各改诚心念佛者甚多。

有一日懒和尚念完了佛,在西门二铺街上行走,看见三个人同行,内有一姓李的人,懒和尚将这人看了又细看,即向前拉住他的手,说道:"你这人心中想的朱家那件事,定有杀身大祸,切不可为。"说完了这一句,并不多话,即飞奔回庵。李人吃了一大惊,同行的两个人,问他道:"方才这疯和尚,如何独向你说什么胡话,定要说明根由。"李人说道:"这事也甚奇怪。不瞒二位说,我向日朱某曾借了我二十两银子为本钱做生意,不想亏折了没银子还我,因此屡取支吾。我情急发话,那知朱某没良心,除无银还我,他倚着自己有气力,反骂我之后把我打了一顿。我恨他不过,因暗中想来磨了一把尖刀藏在身边,要在他每晚走的路上,我俟候着,竟将他杀死了,我就急忙逃走远方去,才出我这一口怨气。这都是我自己心里想的事,并不曾向一个人说着。不知这和尚如何知我肚里的心事,可知他竟有几分得道。我如今不敢不依他,竟将此事不为了。这朱某的银子,听凭他还与不还都罢了。他就不还我,若是我前世少欠他的,只当偿他的宿债。若是不少欠他的,他少不得变牛变马偿还我。"同行的都惊异,才知懒和尚有些道行。后来人众传说开去,许多人都来问事,懒和尚俱回不知道。因他自己不知多少年纪,过了许多年岁,俱不衰老。听见人猜说,大约有百余岁。一日来辞陈画师,无病而逝。总因他自有功夫,外人怎的知晓。

念佛三昧

念佛原非难事,其难在于一心不乱而反照主翁。此即我夫子操存摄心,下学上达之工也。唯是世人口中虽然念佛,心内仍想杂事。此乃读佛,非念佛也。夫禅家参叩,非不单传直指,而拈花微笑,正大彻大悟之机缘。否则文人或堕狐禅,下士茫无畔崖。道果未成,业因先就。何如念佛法门,真有实落下手处。且得往生快捷方式,况禅宗净土殊途同归,原非划然有二。永明大师云："有禅无净土,十人九错路。"又古尊宿云："合五家之宗派,尽天下之禅和,无有不贩依净土者。"旨哉言乎。要知寂寂治散乱,散乱去则生昏沉。惺惺治昏沉,昏沉去则生散乱。止观双持,昏散皆退。今只须精明念佛,念无二念曰精.念而返照曰明。精即止,明即观。一念佛,而止观备矣。返照念佛人是谁,与参禅意同。只要学人念不离佛,佛不离念,念极心空,感应道交,现前见佛,理必然矣。